SCIENCE FICTION

Herausgegeben
von Wolfgang Jeschke

Von **Paul J. McAuley** erschien in der Reihe
HEYNE SCIENCE FICTION & FANTASY:

Der **ALIEN-ZYKLUS:**

Vierhundert Milliarden Sterne · 0605306
Verborgene Harmonien · 0605307
Ewiges Licht · 0605308

Roter Staub · 0605351 (in Vorb.)

Paul J. McAuley

EWIGES LICHT

Dritter Roman des
ALIEN-ZYKLUS

Aus dem Englischen übersetzt von
WINFRIED PETRI

Deutsche Erstausgabe

WILHELM HEYNE VERLAG
MÜNCHEN

HEYNE SCIENCE FICTION & FANTASY
Band 0605308

Titel der englischen Originalausgabe
SECRET HARMONIES
Deutsche Übersetzung von Winfried Petri
Das Umschlagbild malte Michael Hasted

Redaktion: Wolfgang Jeschke

Erstausgabe by Victor Gollancz Ltd, London

Printed in Germany 1995
Umschlaggestaltung: Atelier Ingrid Schütz, München
Technische Betreuung: M. Spinola
Satz: Schaber, Satz- und Datentechnik, Wels
Druck und Bindung: Elsnerdruck, Berlin

ISBN 3-453-08564-7

O, du rote Rosenknospe!
Des Menschen Schicksal ist so sehr gebunden
An solch bitt'res Leid.
Viel lieber wäre ich im Himmel.
Ich kam auf eine breite Straße,
Wo ein kleiner Engel erschien, um mich zurückzuschicken.
O nein! Ich wollte nicht zurück!
Ich bin von Gott und will wieder zu ihm hin!
Lieber, gnädiger Gott, gib mir ein wenig Licht,
Zu erhellen meinen Pfad zu ewigem Glück!

– Urzeitliches Licht
(aus *Des Knaben Wunderhorn*)
Klopstock/Mahler

Im Reiche des Lichts gibt es keine Zeit.

– J. S. Bell

Inhalt

Prolog

URZEITLICHES LICHT

Es begann, als die Stoßwelle einer nahen Supernova die rote Riesensonne des Alea-Heimatsystems zerriß und zehntausend Sippenvölker zwang, ihre Welt aufzugeben und neue Heime unter den dichtgedrängten Sternen des Kerns der Galaxis zu suchen. Oder es begann, lange nachdem eine Alea-Sippe die meisten anderen hingemetzelt und den Rest gezwungen hatte, zum Kern zu entfliehen, als ein Doppelstern dem Schwarzen Loch genau im Zentrum der Galaxis zu nahe kam. Oder vielleicht begann es eine halbe Million Jahre später, als Alea heimsuchende Asteroiden, in einem Gürtel um den roten Zwergstern BD +20° 2465 eine vorbeifliegende Drohne von Großbrasilien zerstörten, während sie das von ihnen ausgesuchte System passierte. So begann es nun zum Beispiel für Dorthy Yoshida, obwohl es ein Dutzend Jahre vor ihrer Geburt geschah: Der erste Akt in einem sinnlosen Krieg von Mißverständnissen, der in einem freiwilligen Krampf von Völkermord endete.

Es gibt ja so viele Anfänge des komplexen Geflechts der geheimen Geschichte des Universums. Kausalketten verschmelzen und trennen sich und bilden Schleifen wie die vielschichtige Geodäsie des Kontra-Raums, welche die vier Dimensionen der normalen Raumzeit untermauert. Zum Beispiel waren vor einer halben Million Jahre, kurz nachdem der Doppelstern dem Schwarzen Loch im Zentrum der Galaxis begegnet war, die Überbleibsel von dem, was vormals ein unbedeutender Mond eines jupiterähnlichen Riesenplaneten gewesen war, fast nahezu auf Lichtgeschwindigkeit beschleunigt worden und hatten den zweiten Planeten des Sterns Epsilon Eridani gestreift. Dies, das Ende vom Anfang der Gestaltung des modernen menschlichen Schicksals, war das letzte Aufflammen eines Sippenzwistes der Alea, bei dessen Beilegung Dorthy Yoshida zu gegebener Zeit Hilfe leisten würde.

Es gibt kein Ende für Anfänge im grenzenlosen Multiversum und keinen bestimmten Anfang für sein Ende.

Ein zufälliger Anfang ...?

Diese Welt wurde duch einen Eisbrocken erschüttert. Die Hälfte ihrer Ozeane schwappte infolge zahlreicher Treffer ins All; der Rest geriet ins Kochen und überspülte die Kontinente unter globalen Gewittern. Dunkle Wolken hüllten ihn ein von Pol zu Pol – außer dort, wo sich noch Trümmer des aufgeprallten Mondes befanden. Aus dem Orbit waren bebende Dampfsäulen zu erkennen, wo weißglühendes Magma aus dem Mantel an die Oberfläche quoll. – Nun eine halbe Jahrmillion weiter in die Zukunft!

Jetzt leben Menschen auf dieser Welt, die sie Nowaja Rossija nennen. Ihre Vorfahren, eine Schar Prominenter, die auf der Flucht vor einem islamischen Glaubenskrieg der untergegangenen russischen Nation entstammten, waren in Kühlsärgen in den Frachträumen von Schiffen mit Staustrahlantrieb aufgestapelt gewesen, die interstellare Materie aufsammelten und nicht die Lichtgeschwindigkeit erreichten. Seit fünfhundert Jahren leben jetzt Menschen auf Nowaja Rossija; aber trotzdem ist sie nur ein Wrack gegenüber der Welt, die sie einst war, ehe eine Clique einer abgespaltenen Alea-Sippe die Zivilisation zu Falle brachte, die sie einst geschaffen hatte.

Um den Äquator dieses Planeten windet sich schräg ein kompliziert verschlungenes Ringsystem aus Trümmermaterial, das durch den Aufprall in Umlaufbahnen geschleudert wurde. Es besteht aus Klumpen von gefrorenem Wasser und Schlamm und kleinen Glasperlen, die dem verdampften Mantel entstammen, sowie gefrorenen Gasen. Man erzählt sich, daß manche Eisklumpen vollkommen erhaltene schockgefrorene Fische enthalten. Dieses Gerücht hält sich, trotz einigen spekulativen und erfolglosen Versuchen, solche sagenhaften Überbleibsel zu bergen. Der Planet ist an sich noch thermodynamisch instabil. Sein Klima schwankt zwischen sengender Sommerhitze, die am Äquator die flachen Meere aus Kohlenwasserstoff verdunsten läßt, und einem wölfischen Winter, in dem diese Meere bis auf den Boden gefrieren. Die Reste von Leben beschränken sich auf die Gebirge und Hochebenen des südpolaren Festlandes, wo es trotz verheerenden Schnee- und Gewitterstürmen überlebt, die hundert Tage andauern, und Erdbeben wie Vulkanismus trotzt, die durch Verlagerung zerbrochener Krustentafeln bewirkt werden, welche sich einer neuen Geometrie anpassen.

Die meisten Leute leben in großen Kuppelbauten. Nur die Zithsa-Jäger durchstreifen frei die Klüfte und Canyons der wilden Landschaft, indem sie den ständigen Wanderungen ihrer Beutetiere folgen. Sie gelten bei der übrigen Bevölkerung als verrücktes Volk.

Major Sebastian Artemio Pinheiro saß in seiner klimatisierten unterirdischen Bleibe inmitten der geheimen Aushöhlung an den Hängen von Arrul Terrek und fragte sich nicht zum erstenmal, ob er ebenso verrückt würde, wie man es von den Zithsa-Jägern behauptete. Pinheiro war ein hochgewachsener, kräftiger Mann. Er hockte auf der Kante seines Bettes, das als ein quadratischer Felsblock den meisten Platz in dem kleinen Raum beanspruchte. Er polierte seine kostspieligen Stiefel aus Zithsa-Fell zu den Klängen des himmlischen Chors aus Beethovens *Missa Solemnis;* und deshalb dachte er über Zithsa-Jäger nach. Und er putzte seine Stiefel deshalb, weil er sich fragte, was er hier draußen im Flachland machte, wo er ein Dutzend angeheuerter Archäologen beaufsichtigte, von denen kaum einer die Sprache des anderen verstand, eingepfercht durch ständige Kontrollen im Umkreis, solange die Expedition dauern würde. Aber es stand auch der Besuch eines seiner vorgesetzten Beamten bevor.

Pinheiro polierte gründlich und war von seiner Tätigkeit voll beansprucht, bis José Velez die Flügeltür der Hütte aufstieß und ihm meldete, daß die vornehmen Besucher soeben den Wachtposten am Paß erreicht hätten.

Pinheiro stellte die Stiefel ab und langte zu dem kleinen Kühlschrank auf dem Fußboden hinunter. »Ein Drink gefällig?« fragte er Velez.

»Bist du verrückt?«

»So wie eine Wanze«, sagte Pinheiro, schenkte sich einen Schuß gallertartigen Wodkas ein und kippte ihn hinunter. Dann zog er seine engen schwarz schimmernden Stiefel an, stapfte aus dem Zimmer und durch den anschließenden Speiseraum zur Luftschleuse. José Velez folgte ihm dichtauf.

Der untersetzte Bohringenieur sagte: »Sebastian, was es auch ist, ich hoffe, daß du meinen Protest zur Kenntnis nimmst.«

»José, die Besucher sind die letzten Leute, um die du dir Sorgen machen könntest. Weißt du, es sind bloß hochrangige Touristen, die hergekommen sind, um zu gaffen. Reiche deine Beschwerde schriftlich ein!«

»Das habe ich schon getan, sogar zweimal!« Der üppige Schnurrbart von Velez schien zu funkeln, so heftig war seine offene Empörung. Er zog die Luke der Luftschleuse zu und folgte Pinheiro die Wendeltreppe nach oben. Dabei rief er: »Ich brauche Helfer, um die Kerne aus der Tiefe hochzuschaffen! Ich bin Bohringenieur und kein Schwerarbeiter. Die Arbeit, die sie von mir verlangen, ist unter diesen Bedingungen unmöglich. Wir brauchen mehr Leute auf der Ausgrabungsstelle, nicht mehr Wachpersonal!«

Wenn man aus dem Schatten des Treppenschachts hinaustrat, war es so, als ob man in den Gluthauch eines Hochofens käme. Die polare Sonne, eine zusammengedrückte, weiß strahlende Scheibe, hatte sich in ihrem Tageslauf der stumpfen Kuppe von Arrul Terek genähert. Hitze drang durch den Schlackenboden des nahegelegenen Tales. Die gezackten Berge, die sich nach links und rechts anschlossen, schienen über einem wabernden Dunst dick wie Öl zu erzittern.

Die Wohnräume der Archäologen waren tief in den Boden versenkt und durch flache Erdhügel bedeckt und so isoliert, daß sie bis auf das Bündel borstiger Kurzwellenantennen und die kleine Funkschüssel aussahen wie die Grabtumuli der nordamerikanischen Indianer oder von Königen der Eisenzeit. Hangabwärts war die eigentliche Ausgrabungsstätte; und jenseits davon konnte Pinheiro durch Schleier heißen Dunstes am Horizont eben den silbrigen Kopf des Geländefahrzeugs erkennen, das sich aus dem Gebirgspaß in einem Kilometer Entfernung seinen Weg bahnte.

Velez zog die Kapuze seines Schutzanzugs hoch und sagte: »Wie viele Wächter haben wir? Fünfzig? Hundert? Hier ist alles verteufelt rückständig.«

»Es ist die Brutzeit der Zithsa«, sagte Pinheiro. »Sie ziehen durch diese Gegend ins Flachland. Extrawachen wären nötig, um Jäger fernzuhalten, die zu nahe herankommen.«

»Manchmal glaube ich, daß du all diesen Unsinn glaubst.«

Pinheiro zuckte die Achseln, weil er das wirklich mehr oder weniger glaubte. Sicherheit mußte sein. Sie sorgte für Distanz; und es gab keine Alternative für eine große Arbeitskraft, weil schon das Dutzend Archäologen hier ein Sicherheitsrisiko darstellte, das Pinheiro wie den Korken auf einer Flasche heißen Nitroglyzerins empfand. Das konnte er Velez nicht sagen. Er fühlte aber, daß er dem Ingenieur etwas schuldig war. Velez machte allerhand Lärm, war aber ein unermüdlicher Arbeiter.

»Hab Geduld!« sagte Pinheiro. »Ich werde sehen, was ich tun kann. Aber ich kann nicht versprechen, daß es etwas bringen wird. Die Dinge sollten besser im Boden bleiben, als daß die Leute außerhalb unseres magischen Kreises von ihrer Existenz erfahren.«

»Das weiß ich. Aber wenn ich keine Hilfe bekomme, werden die tiefen Kerne im Boden bleiben *müssen*, okay?« Velez lächelte wieder. »Sebastian, ich weiß, daß du dich bemühst, dein Bestes zu tun. Es ist ein harter Ort hier. Aber höre: Trink nicht zuviel Wodka! Der tut deiner Leber nicht gut.«

»Ihr Leute meckert bloß, wenn prominente Besucher fällig sind; und wenn sie dann aufkreuzen, könnt ihr euch nicht genug damit tun, eure Arbeit vorzuzeigen. Was mich angeht, so muß ich die ganze Zeit höflich und charmant sein. Darum brauche ich etwas für meine Nerven.«

»Sage ihnen nur, wie schlecht wir hier dran sind ohne ordentliche Unterstützung! Puste sie an, um ihre Aufmerksamkeit zu erregen!«

Sie gingen zu dem fossilen Ufer hinab, wo das Camp eingesenkt worden war, und um die stufenförmige Ausgrabung herum, die das Team als Amphitheater bezeichnete. Dort unten lag sein Wald aus erstarrten Säulen im Schatten, verwoben durch die flimmernden Linien von Laserschnitten, womit Xu Bing sein Koordinatenschema millimetergenau verfeinerte. Der Boden senkte sich zum Niveau des Amphitheatergrundes ab. Dort befand sich das Bohrgerüst von Velez, ein Labyrinth aus Gräben und ein riesiges Gewirr aus Schnittlinien und Markierungen, sowie aufs Geratewohl abgestelltem Bohrgerät und Abfallhaufen vom Amphitheater. Ausgrabungs- und Bauplätze haben etwas Spiegelbildliches an sich; man kann das gleiche Band vorwärts und rückwärts laufen lassen. Wenn man das Bild anhält, kann man nicht sagen, in welche Richtung der Pfeil der Zeit zeigt.

Die meisten Leute der Mannschaft standen an der Kante des jähen Steilhangs, der einstmals den Absturz vom seichten zum tiefen Wasser gebildet hatte und jetzt halb versunkene Felsblöcke und Verwitterungsschutt aufwies. Das Raupenfahrzeug war inzwischen herangekommen und wirbelte dichte Staubwolken auf, als es den Hang herauffuhr. Seine schmale Windschutzscheibe flimmerte in reflektiertem Sonnenlicht.

Der Paläobiologe Juan Lopez Madrinan trat zu Pinheiro und sagte: »Wie oft soll so ein Zirkus hier noch veranstaltet werden, Sebastian? Ich bin jetzt sechs Monate hier gewesen. Ich habe einen ganzen Berg von Daten. Ich muß dringend publizieren – dringender, als ich ein Weib brauche!«

»Es gibt Leute, die doppelt so lange hier gewesen sind. Nur Geduld, Juan! Es kann nichts veröffentlicht werden, solange nicht alles fertig ist. Das weißt du.«

»Aber du läßt diese Leute wissen, daß wir unglücklich sind, okay?« Madrinan starrte Pinheiro mit dem scharfen Blick eines Falken an. Er hatte als einziger die Kapuze nicht hochgezogen; und auf seinen vorstehenden Backenknochen lag nur ein wenig Creme, die sich auffallend weiß von seiner tiefdunklen Haut abhob. »Du mußt ihnen sagen, daß wir alle hier kurz vor einer Rebellion stehen.«

»Das erzähle ich ihnen jedesmal«, sagte Pinheiro. Er wünschte sich, in seiner Bude noch zwei Injektionen gehabt zu haben. Besucher ließen die Verstimmungen der Archäologen immer scharf hervortreten.

Jagdev Singh sagte: »Alles, was wir möchten, ist ein wenig Anerkennung. Das werden sie verstehen.« Singh war der Leitende Ausgräber, ein sanfter Riese, der sich nicht zu beklagen pflegte. Wenn er so unglücklich war, daß er etwas sagte, liefen die Dinge wirklich schlecht.

Pinheiro erklärte: »Ich werde ihnen sagen, was ich ihnen immer sage.«

»Erzähle ihnen etwas Neues!« schlug José Velez vor. »Immer das alte Lied haut nicht hin.«

»Ich höre dich. Ich höre euch alle. Geht jetzt an die Arbeit! Wenn sie nicht sehen, daß ihr arbeitet, wird nichts für euch herausspringen. Arbeiten, arbeiten!« Pinheiro schrie die Archäologen in einem halben Dutzend Sprachen an. Nachdem sie dann alle weg waren, hatte das Vehikel den höchsten Punkt des Abhangs erklommen; und die erlauchten Besucher kletterten aus seiner rückwärtigen Luke heraus.

Diesmal waren sie zu dritt: Admiral Orquito, ein gebrechlicher weißhaariger Mann, wackelig auf den Beinen, dessen schwarze Augen aber nichtsdestoweniger mit entschlossener Willenskraft in seinem totenkopfähnlichen Gesicht brannten. Seine Adjutantin, eine hübsche, kühle und strahlende Blondine, das Gesicht zur Hälfte rundum durch grüne Schattierungen maskiert, war stets um die Bedürfnisse des Admirals beflissen. Und eine weitere Frau, klein, schlicht und sanft, hatte ihr rundes, blasses Gesicht fast unter der Kapuze ihres Schutzanzuges verborgen. Ihr Händedruck war kurz und schlaff; und sie wandte sich vor Pinheiros forschendem Blick ab. Ihr Name war Dorthy Yoshida.

»Wir wünschen, daß Sie uns alles zeigen, Major«, sagte der Admiral und fixierte den Rand des Amphitheaters: »Vielleicht fangen wir gleich hier an. Meinen Sie nicht auch, Dorthy?«

»Ganz wie Sie wünschen.« Yoshida blickte in die andere Richtung zu den niedrigen Hügeln ringsum.

Admiral Orquito sagte zu Pinheira: »Sie weiß alles über den Feind. Sie wird es uns sagen, wenn dies irgend etwas mit ihnen zu tun hat.« Und er lachte krächzend über Pinheiros offene Ungläubigkeit; denn Pinheiro wußte wie die meisten Menschen, daß niemand bisher auch nur einen flüchtigen Blick auf einen der Feinde erhascht hatte. Es war praktisch nichts über sie bekannt, außer daß sie rote Zwergsterne mochten und daß sie unerbittlich und unsinnig feindlich sein konnten. Die Wohnsiedlungen auf den Asteroiden um BD 20 waren verbrannt worden, ohne daß jemand auch nur auf einen einzigen den Fuß gesetzt hatte. Und obwohl es Gerüchte gab, daß eine Erkundungsgruppe auf die Oberfläche der planetoformten Welt hinabgeschickt worden war, welche die einzige andere bekannte Kolonie des Feindes bildete, so waren das eben nur Gerüchte. Und diese Welt hatte seit dem Ende der Kriege ständig unter Quarantäne gestanden. Deshalb war Pinheiro sofort sehr neugierig hinsichtlich der kleinen reizlosen Frau; aber erst mußte die Zwei-Cruzeira-Tour absolviert werden, ehe er ihr irgendwelche Fragen stellen konnte.

Die Gräben schnitten durch die Schichten von Sedimenten, die von Tsunamis herrührten, die nach dem Bombardement um die Welt gerast waren. Ganz oben waren die Riffelmarken der zurückweichenden Fluten zu erkennen: die Senke, wo man Hunderte von spiralförmig eingekerbten Knochen gefunden hatte, feine Rillen, die vielleicht eine Art Schriftsprache darstellten... aber nur vielleicht, wie Juan Madrinan sagte. Und überall gab es Fossilien, winzige Schneckenhäuser, die unter jedem Schritt zu Staub zermahlen wurden, riesige sternförmig plattgedrückte Rippen, die Gräten von Fischen und so etwas wie Rochenstacheln. Einstmals war dies der schlammige Boden einer üppigen polaren Meeresbucht gewesen.

Der Admiral lächelte und nickte, während die Archäologen ihre Arbeit erklärten. Er wich aber immer plötzlich aus, wenn das Thema der Publikation zur Sprache kam. Juan Madrinan hielt eine kleine vorbereitete Rede darüber, wie wichtig es wäre, anderen Experten zu gestatten, über die Funde nachzudenken; und José Velez äußerte seine üblichen Wünsche hinsichtlich mehr Arbeitskräften. Admiral Orquito sagte: »Sie haben solche Fortschritte erzielt. Es ist wirklich erstaunlich… Jetzt, Major, werden sie mir das Amphitheater zeigen?« Er lächelte Velez flüchtig zu und stapfte am Arm seiner schönen blonden Adjutantin davon. Pinheiro eilte hinter ihm her, um Velez' Ärger zu entgehen.

Das Amphitheater war mehr als alles andere das, was alle prominenten Besucher sehen wollten.

Fast so breit wie das Tal, handelte es sich um eine halbkreisförmige Senke, die aus dem Urgestein der vorsintflutlichen Küste ausgehoben war. Der weite Boden war übersät mit Säulen, die hier dicht zusammengedrängt waren und dort in exakten sechseckigen Mustern dastanden. Viele waren durch die Kraft der Tsunamis zerbrochen oder zur Seite geneigt worden. Alle verjüngten sich von einer breiten Basis aus, die aus Tausenden verschlungener Bänder zusammengesetzt waren, einer Art Tang aus Holz. Außen saßen daran stets die Schalen eines ortsfesten Organismus. In Größe und Form einer *jai alai*-Schöpfkelle ähnlich, waren sie in spiraligen Flechtmustern angeordnet, die den Einritzungen der Knochenstangen verblüffend ähnelten.

Xu Bing führte eifrig sein Meßgitter vor, um seine Theorien der numerischen Anordnung dem Admiral Orquito zu erklären, der sich als ein Experte für Beobachtungen aus dem Orbit entpuppte. Pinheiro ließ sie damit weitermachen und ging los, um die Frau Yoshida einzuholen, die unter dem kathedralenartigen Wald fossiler Säulen spazierengegangen war.

Sie fuhr mit der Hand über die gerippte Oberfläche einer Säule und betastete die gebogenen Mulden. Pinheiro bemerkte, daß ihre Fingernägel bis aufs Fleisch abgeknabbert waren, fragte sie: »Sie wissen wirklich etwas über den Feind?«

»Orquito redet zu viel«, sagte sie: »Er darf das tun, ich aber nicht. Das hier ist ein merkwürdiges Zeug. Erinnert mich an die Haftorgane von Seetang.«

»Wahrscheinlich ist es das auch mehr oder weniger: Als es sich unter Wasser befand, kann man sich vorstellen, daß lange Algenbänder wie ein grünes Dach auf der Oberfläche trieben.« Für einen Augenblick sah Pinheiro das vor sich. Sonnenstrahlen brachen durch die schwimmende Welle und erfaßten die gewundenen Formen der lebenden Schöpfbecher, deren Schalen wie Seifenblasen in dem klaren und ruhigen grünen Wasser schimmerten.

Dorthy Yoshida hatte sich umgedreht, um ihm ins Gesicht zu sehen. Die silbrige Kapuze ihres Schutzanzuges hatte sie vom Gesicht weggezogen. Ihr schwarzes Haar war unvorteilhaft kurz geschnitten und paßte gar nicht zu ihrem runden Gesicht mit den hohen Backenknochen. Die Lippen waren leicht geöffnet und zeigten kleine Zähne, die wie weiße Reiskörner gleichmäßig nebeneinander standen. Ihre Augen waren halb geschlossen. Plötzlich war ihre Miene aufreizend rätselhaft und wirkte verwundbar. Sie sagte träumerisch: »Ja. Ich sehe, wie es hätte gewesen sein können.«

Pinheiro sagte: »Wenn die Kreaturen, die dies erbaut haben, normalerweise in tiefem Wasser lebten, wie ich annehme, dann hätten sie Schatten benötigt, als sie hierherkamen. Leider wissen wir nicht, wie sie ausgesehen haben. Es gibt hier allenthalben viele Fossilien großer Tiere, aber keines davon hatte einen Schädel für ein hinreichend großes Gehirn.«

Dorthy Yoshida lehnte sich an die Säule und paßte sich gut den versteinerten Muschelschalen an. Dann barg sie die Stirn in einer Hand, und Pinheiro fragte: »Ist Ihnen auch wohl?«

Sie sagte: »Es ist bloß die Hitze« – und sank ihm ohnmächtig in die Arme.

Admiral Orquitos Adjutantin eilte sofort herbei. Sie veranlaßte Pinheiro, Yoshida hinzulegen, kniete sich dann neben der Frau hin und zerbrach unter ihrer Nase eine Kapsel. Yoshida nieste und öffnete plötzlich die Augen. »Da waren Spinnenkrabben«, sagte sie verträumt, »viele Beinpaare, manche wie Paddel, manche mit feinen dreiteiligen Krallen. Und sie waren auch auf irgendeine Weise wie Mantastacheln, die ich nicht verstehe. Sie schwärmten durch die flachen Meere und über die sumpfigen Küsten – alle eine Nation, deren Leben durch die solaren Gezeiten bestimmt war. Sie zähmten riesige Seeschlangen und ritten auf ihnen über die Ozeane, sie kartierten die Sterne und erforschten ihr Sonnensystem in Schiffen, die halb mit Wasser gefüllt waren. Sie träumten davon, andere Ozeane zu finden, um darin zu schwimmen ...«

Dann richteten sich Yoshidas Augen auf Pinheiro, und sie fragte in einer ganz anderen, kühlen und sachlichen Stimme: »Was habe ich diesmal gesehen?«

»Ich habe es aufgezeichnet«, sagte die Adjutantin und half ihr aufzustehen. »Major Pinheiro, Sie haben kein Wort hiervon gehört.« Sie blickte auf eine Schar von Archäologen, die vom oberen Rande des Amphitheaters heruntergafften. »Und die haben auch nichts gesehen«, sagte sie und ging zum Admiral hinüber. Ihre langen Beine bewegten sich wie die Klingen von Scheren.

Pinheiro sah ihr verwirrt nach. Es war etwas geschehen, aber er wußte nicht genau, was es bedeutete. Die Adjutantin ergriff Orquito am Arm und führte ihn schnell und dringend sprechend von Xu Bing fort.

Dorthy Yoshida lehnte sich an eine Säule, und Pinheiro fragte, ob sie in Ordnung wäre.

»Es wird vorübergehen«, sagte sie, wieder ganz gefaßt. »Machen Sie sich bitte keine Sorgen! Nun, zumindest haben sie bekommen, was sie wollten.«

Pinheiro hätte sie gern gefragt, was das heißen sollte;

aber er sah in diesem Augenblick, daß das Geländefahrzeug über die Schutthaufen auf das Amphitheater zukam. Singh lief ihm entgegen und ruderte mit den Armen. Pinheiro folgte ihm. Prominente Besucher oder nicht – sie konnten nicht einfach über alle Arbeitsplätze laufen! Als Pinheiro aus dem Schatten der Schüssel des Amphitheaters herauskam, sah er eine Staubwolke aus dem Paß hervorquellen und dann die Dinge, die sich darin bewegten, Dutzende riesiger Tiere, die über den Schlackenboden des Talbodens polterten.

Pinheiro blieb stehen und starrte ungläubig hin. Das Vehikel war jetzt ganz nahe. Die Dieselmotoren brüllten, als es den ersten Schutthaufen zu erklimmen begann. Singh tanzte auf der Spitze wie ein Matador, der einem Stier entgegentritt. Und dann lief eine rote Flamme wie ein Blitz über das Fahrzeug und die Kuppe des Haufens hin. Irgend etwas stieß Pinheiro um. In seinen Ohren war ein ungeheures Getöse, und eine Seite seines Gesichts war gelähmt: Rings um ihn fielen Dinge auf den Boden – heraus aus siedendem Rauch und Staub. Einige Brocken standen in Flammen.

Jemand packte Pinheiros Arm und half ihm auf. Es war José Velez. Der Ingenieur drückte das Gesicht an seines und schrie: »Bist du okay? Was ist das für ein verrücktes Zeug?«

Pinheiro fühlte, wie ihm Blut den Hals hinabrann. Er konnte nicht recht Luft holen. Das Raupenfahrzeug brannte lichterloh. Sein Gerippe glühte in den Flammen. »Zithsas«, brachte er schließlich heraus.

Die Kreaturen kamen sehr schnell heran. Mindestens Hunderte davon. Das war schwer zu sagen bei all dem Staub, den sie aufwirbelten. Pinheiro sagte: »Ich meine, wir sollten uns besser unter die Erde begeben.«

»Wo, zum Teufel, sind die Wächter, Pinheiro? Wir können diese Monster nicht allein zurückhalten.«

»Ich glaube nicht, daß die Wächter in der Lage sind, jemandem zu helfen«, erwiderte Pinheiro. »Irgendwer hat das Fahrzeug weggenommen: Sie werden auch die Wächter beseitigt haben.« Silbrige Gestalten liefen den Hang neben dem Amphitheater hinauf. Pinheiro rannte hinter ihnen her; und Velez ergriff seinen Arm, als er benommen stolperte, und half ihm weiter.

Gerade, als sie die Erdhügel über den versenkten Wohnräumen erreichten, warf sich der erste Zithsa über die Kuppe der Schutthaufen. Er war doppelt so groß wie das noch brennende Fahrzeug. Seine Flanken schimmerten schwarz. Sein großer, mit unregelmäßigen Stacheln besetzter Kopf senkte sich, als er sich umschaute. Oben auf seinem flachen Schädel reckte sich das Blasloch und entspannte sich wieder – *zithsaaaaah!* Klauen scharrten über wegrutschende Steine: Das Sonnenlicht goß Regenbogenstrahlen über seine schwarzen Rückenschuppen.

Ein anderer glitt an ihm vorbei, und noch einer. Pinheiro hatte den undeutlichen Eindruck, daß jemand auf einem von ihnen ritte. Dann schob Velez ihn in das Treppenhaus.

In der Messe hinter der Luftschleuse herrschte Tumult. Alle Archäologen redeten auf einmal. Sie schrien Admiral Orquito und sich gegenseitig Fragen zu. Ihre Stimmen hallten von der gewölbten Decke mit ihren stählernen Rippen wider, Yoshida saß abseits in einer Ecke, heiter und beherrscht, die Kapuze ihrer Schutzkleidung aus dem runden, runzligen Gesicht zurückgeschoben.

Pinheiras Kopf pochte schmerzhaft. Sein Mund schien voller Staub zu sein. José Velez kam mit einem Verbandskasten zurück. Im Gürtel seiner orangefarbenen Hosen steckte eine kleine Pistole.

»Das Kinderspielzeug wird nichts nützen«, sagte Pinheiro, als Velez sein Gesicht mit einem kleinen Stab berührte. Sofort wurde seine verwundete Seite gefühllos.

»Sie haben Singh getötet«, berichtet Velez. »Er ist

nicht hier und stand direkt vor dem Vehikel... Halt jetzt still!«

Der erste Tupfer aus feuchter Watte, mit dem er Pinheiro die Wange abwischte, rötete sich. Der nächste war nur rosa. Pinheiro erlaubte, daß Velez die Wunde mit Verbandmittel besprühte. Er erinnerte sich daran, was geschehen war. Es wurde real. Das Kettenfahrzeug explodierte, die Rauchschwaden am Rande der Hügel stiegen auf. Die Zithsas. Er brachte sein Gesicht dicht an das von Velez und rief durch das Getöse: »Hat jemand die Wachposten aufgerufen?« Durch den aufgesprühten Verband fühlte sich seine Wange schwammig an.

»Vielleicht diese Adjutantin von Orquita: Sie ist da drüben bemüht, das Kommunikationsnetz in Schuß zu bringen.«

»Ich sollte wohl etwas unternehmen.«

Velez ergriff sein Handgelenk. »Mensch, bleib sitzen! Wir können hier unten nichts tun, außer darauf warten, daß die Wachen kommen. Wir Brasilianer sollten zusammenhalten.«

»Behalte diese Pistole in der Hose!« sagte Pinheiro zu dem Bohringenieur. Er schüttelte seinen Griff ab und drängte sich durch die Menge, ohne Fragen, die ihm allerseits zugerufen wurden, zu beachten. Die blonde Adjutantin hatte sich in die Nachrichtenkabine in der anderen Ecke der Messe gezwängt. Sie hantierte an den Kontrollen; aber die Bildschirme über ihrem Kopf zeigten nur Rasterlinien von Interferenzen.

Pinheiro trat neben sie und sagte, daß sie ihm seinen Job überlassen könnte.

Sie schaute auf und verzog etwas boshaft und erbarmungslos einen Mundwinkel. »Wenn Sie mit diesem Ding umgehen können, Major, dann möchte ich, daß Sie das Marinehauptquartier anrufen.«

»Überlassen Sie das nur mir, Seyoura, bitte!«

Sie gab den Sitz mit einer ungeduldigen Geste frei.

Pinheiro suchte die ganze Kurzwelle ab – nichts von irgendeinem Wachposten. Diese dünnen Rauchfäden waren real. Dann entriegelte er den kleinen Deckel über den Kontrollen der Schüsselantenne, welche die Notverbindung zum Marinehauptquartier in Esnovograd via Satellit herstellte. Aber auch die funktionierte nicht. Er sagte: »Vielleicht haben die Zithsas den Antennenkomplex beseitigt.«

»Sie werden es weiter versuchen«, sagte die Adjutantin. »Vielleicht später. Warum gehen Sie nicht und kümmern sich dort um Ihren Admiral?«

»Oh, der amüsiert sich alleine«, sagte die Frau, stolzierte aber doch fort und drängte sich durch die Leute um den weißhaarigen Admiral Orquito. Sie ergriff seinen Ellbogen und sagte ihm etwas ins Ohr. Er schaute zu Pinheiro herüber und schüttelte leicht den Kopf.

Pinheiro hatte sich von der nutzlosen Kommunikationskonsole abgewandt, als er die summende Vibration hörte. Das Geplapper der Archäologen verstummte, und sogar Yoshida blickte auf.

»Zum Teufel!« sagte José Velez. »Das ist mein Schlagbohrer.«

Pinheiro erinnerte sich an den Eindruck, der ihm irreal vorgekommen war – das kurze Bild eines Reiters auf einem der Zithsas, hinter der Halskrause von Hörnern des Tieres. Das Geräusch wurde höher, und die gerippte Metalldecke ächzte. Alle hatten sich in die Ecken des Raumes zurückgezogen.

»Die Köpfe herunter!« rief Velez. Er hatte seine Pistole aus dem Gürtel gezogen: »Wenn das Ding sich hindurchbohrt …«

Das tat es auch.

Pinheiro hielt sich instinktiv mit den Händen die Augen zu, aber das Licht war immer noch schmerzhaft hell. Einen Augenblick lang glaubte er, die Knochen seiner Hand vor der Blendung zu erkennen. Da war ein scharfer Geruch von brennendem Metall und ein kurzer scharfer Luftstoß, als die kühle Überdruckluft in den Wohnräumen sich mit der heißen dünnen Luft draußen ausglich. Pinheiro blinzelte Tränen fort und rappelte sich auf die Füße, als der erste Eindringling durch das rauchende Loch in der Decke hereinkam. Velez hob seine lächerliche kleine Pistole. Der Mann schoß aus der Hüfte. Ein einziger Schuß pustete Velez den halben Kopf weg und stieß seinen Körper auf den Boden.

Jetzt war es ein halbes Dutzend Eindringlinge, die sich leicht von einer Strickleiter herunterschwangen, es aber sorgfältig vermieden, die Seiten des von ihnen gebohrten Loches zu berühren: Es waren schlanke Männer von wölfischem Aussehen. Sie alle trugen silbrige Umhänge über lockeren Hosen und Wämsern, Stiefel aus Zithsaleder, lange Haare, die mit roten Halstüchern zusammengebunden waren, Laserstöcke in breiten, feingeflochtenen Gürteln. Falls es sich nicht um Zithsajäger handelte, so hatten sie sich doch mächtig bemüht, so echt wie möglich auszusehen.

Der erste zog seine Waffe, eine Pistole mit kurzem dicken Lauf und einem Griff aus kreuzweise ziseliertem Knochen. Der kleine Finger seiner linken Hand steckte in einer silbernen Scheide. Das machte ihn entweder zu einem Falkner oder einem Netzfischer; Pinheiro konnte sich nicht genau entsinnen, welches von beidem zutraf. Falls er überhaupt wirklich ein Jäger war. Auf Russisch sagte er: »Wer ist hier der Anführer?«

Pinheiro sagte sich, daß er es war. Die Adjutantin flüsterte dem Admiral Orquito etwas ins Ohr. Der sah sich grinsend um mit eisblauen Augen in seinem faltigen und tief gebräunten Gesicht. Der alte Mann nickte und schien gar nicht beunruhigt zu sein. »Wir sind Forscher, *gospodin*«, fügte Pinheiro hinzu. »Hier gibt es nichts von Wert.«

»Keine Sorge, wir kommen nicht, um eure Daten

oder Relikte der Nebeldämonen zu stehlen.« Der große Mann wandte sich um und ließ seinen silbrigen Mantel mit Absicht theatralisch aufblitzen: Sein silberner Fingerschutz deutete auf Yoshida. »Wir sind Ihretwegen gekommen, Dr. Yoshida.«

Die kleine Orientalin stand auf, selbstbeherrscht wie immer. Sie sagte: »Mußten Sie wirklich so dramatisch sein?«

»Es war wirklich nötig. Wir wünschen, daß die zehn Welten davon erfahren. Sie werden doch kommen, bitte?«

»Ja, natürlich. Es tut mir leid«, sagte sie zu Pinheiro, »wegen ihres Freundes. Ich mißbillige entschieden diese Art des Vorgehens.«

»Und die Wächter«, sagte Pinheiro in höchster Wut. »Sie haben auch die Wächter getötet. Mehr als fünfzig Personen, Seyoura!«

»O nein«, sagte der Zithsajäger. »Die meisten sind weggelaufen, als sie Zithsas kommen sahen. Die übrigen sind bloß entwaffnet und zeitweilig außer Gefecht gesetzt, obwohl wir ihren Außenposten verbrannt haben. Zweifellos sind sie jetzt gerade unterwegs ins Tal, um Sie zu erreichen. Deshalb, Dr. Yoshida, müssen wir jetzt gehen.«

Pinheiro erwartete, daß sie wieder durch das Loch zurückklettern würden, das sie gebohrt hatten; aber sie gingen hintereinander durch die Luftschleuse, der Anführer als letzter. Er zielte mit seiner Pistole zum Spaß auf die entsetzten Archäologen. Was aber Major Pinheiro bis ans Ende seiner Tage erschütterte, war nicht das listige und triumphierende Grinsen des Jägers, sondern die Ruhe, mit der Dr. Yoshida ihre Entführung aufnahm. Als ob es für sie überhaupt nichts bedeutete, als ob es für sie nicht realer wäre als die Vision, die sie in den Ruinen gehabt hatte.

Erster Teil

STRAHLENDE GEFALLENE HELDEN

1

Talbeck, Duke Barlstilkin V., flog in einem gemieteten Unterschallflugzeug von Los Angeles zum Raumhafen Melbourne, dem drittgrößten der Erde, wobei er die Nacht überholte. Dort traf er sich mit seinem Gefolge aus Wartungspersonal, medizinischen Technikern, Entertainern (sogar einem mürrischen ›Talent‹) und Sekretären. Sie stürmten durch das Labyrinth unterirdischer Hallen und Gänge wie eine kleine Revolte, wobei sie gewöhnliche Passagiere und ausweichendes Sicherheitspersonal auseinandertrieben und sich schließlich bei einem Shuttle zusammenfanden, das nordwärts nach São Paulo ging und jemanden mit an Bord hatte, der Talbeck erstaunlich ähnlich sah: ein stämmiger, dunkelhaariger und blauäugiger Mann, dessen Gesicht zur Hälfte eine rohe Fläche von sonnenverbrannter Haut war. Und auch die Polizei der WVN – der WiederVereinten Nationen ging dorthin, während Talbeck einen Stratokreuzer erwischte, der hoch über der rotierenden Erdkugel kreiste, in einem dreißig Minuten währenden Flug in niedriger Umlaufbahn, die zum Flußhafen von Chongqing führte in der Provinz Sichuan der Demokratischen Chinesischen Union am Ufer des Yangtze Kiang.

In China regnete es.

Der sanfte Sommerregen sank durch das undeutliche Licht einer tropischen Morgendämmerung und verschleierte die Signallichter der Schiffe mit hohen Masten, welche auf dem breiten schlammigen Strom verkehrten. Kleine Marktbuden unter roten und blauen Segeltuchdächern säumten die zum Raumhafen hinausführende Straße, wo beim Licht von Leuchtröhren lächelnde rundbäckige Schulmädchen Orangen, Räucherstäbchen und Bündel von Falschgeld verkauften. Es war einer der Festtage im Mondkalender, eine Zeit zur Verehrung der Myriaden von Nebengöttern, die das tägliche Leben der Bauern regelten. Alte Weiber in säuberlich gebügelten *samfoos* entzündeten in dem leichten Regen kleine Scheiterhaufen am Straßenrand und verneigten sich vor flackernden Rauchschwaden mit höchst andächtiger Miene, die Finger im Gebet zusammengelegt. Alte Männer knieten auf feuchtem Gras vor glimmendem Weihrauch und Opfern aus Obst und Flaschen mit Reiswein, oder sie entzündeten Banknoten aus hellrotem Papier und schüttelten die Asche von schwieligen Fingern mit langen Nägeln.

Einem plötzlichen Impuls folgend ließ Talbeck Barlstilkin seinen Wagen halten. Er kaufte von einem verblüfften Mädchen einen Packen nachgemachter Banknoten und steckte diese mit einem chemischen Zündholz in Brand. Die alte Frau und der alte Mann sahen ihn von der Seite an, erstaunt über diesen exotischen Fremdling, der aus dem schimmernden weißen Regentropfen des Fahrzeugs gestiegen war. Ein großer Ausländer, ganz in Schwarz gekleidet, das Gesicht halb zerstört, die Augen geschlossen und die Lippen in Bewegung, als seine Opfergabe verbrannte und ihre Asche in die regenfeuchte Luft emporflatterte. Ein grimmiges, unwillkommenes Eindringen in den ewigen unveränderlichen Rhythmus ihres Lebens, eine verkappte Drohung, die wie ein Fleck in der heller werdenden Luft hing – noch lange, nachdem er wieder in seinen Wagen gestiegen und auf der Straße in Richtung Stadt verschwunden war.

Talbeck verbrachte den größten Teil des Tages in Chongqing, eingeschlossen mit dem örtlichen Polizeichef, bis er sicher war, daß man ihn nicht verfolgt hatte.

Der Polizeichef, dessen Schwager Manager der Lagerhausgesellschaft war, die völlig zu einem Transportunternehmen Talbecks gehörte, bot vollen Geleitschutz an; aber Talbeck lehnte so höflich wie möglich ab, was mehr als eine Stunde dauerte. Dann flog er den gemieteten Flugwagen selbst zu dem Haus im Gebirge.

Der Himmel war aufgeklart, und die ersten Sterne kamen heraus, als er den Flugwagen auf dem Platz vor dem Haus herunterbrachte. Es war eine ungeschickte Landung, die den Rahmen des Vehikels beschädigte. Er hatte seit Jahren überhaupt nichts mehr geflogen.

Das Haus stand auf einer hohen Klippe über einem Bambuswald, der steil in neblige Schluchten abfiel. Die leibeigene Dienerin, die es betreute, erwartete Talbeck im Schatten der Gruppe von Baumfarnen, die das mächtige Doppeltor des Hauses einrahmte. Sie war fast ebenso groß wie ihr Herr, häßlich und teilnahmslos in lockerer schwarzer Arbeitsbluse und Hosen. Das zurückgekämmte Haar ließ die kleinen Metallplatten erkennen, die in beide Schläfen eingefügt waren. Sie sagte ihm, daß der Gast fortgegangen wäre und zuckte nicht mit der Wimper, als die zurückgehaltene Sorge ihres Besitzers für einen Augenblick durchbrach und er sie kräftig ins Gesicht schlug.

Talbeck war sofort wieder ruhig. »Wo ist sie?«

»Drei Komma acht Kilometer nordwestlich im Walde. Sie macht ein Feuer und glaubt, daß man sie nicht beobachtet.«

Talbeck seufzte. Die Meldung über Dorthy Yoshidas sichere Überbringung war gerade eingetroffen, als sich die Gruppe von Goldenen, mit der er reiste, aufgelöst hatte, nachdem einer von ihnen umgekommen war. Ein Stück, bei dem ein Kurzlebiger und die Stiertänzer von Los Angeles mitspielten, war schiefgegangen. Als Antonios Ärzte seinen Körper abgekühlt und zur Reparatur fortgeschafft hatten, waren die anderen ihre eigenen Wege gegangen. Talbeck wollte gerade zu seinem

Haus in São Paulo zurückkehren – zu einem der Häuser, das, wie er wußte, der WVN-Polizei bekannt war. Da hatte er die Nachricht bekommen, daß man Dorthy Yoshida erfolgreich zur Erde geschmuggelt hatte. Jetzt, wo sein Körper noch nach einer ein halbes Dutzend Zeitzonen entfernten Uhr ging und sein Verstand vor einem halben Hundert möglicher Mißgeschicke kochte, kam alles auf ihn an.

Er sagte: »Gib mir eine Lampe und einen akustischen Werfer! Ich werde sie selbst aufspüren.«

Als Talbeck Dorthy Yoshida fand, hatte es wieder zu regnen begonnen. Es war eher ein dichter Nebel, der zwischen den schaukelnden Stämmen der riesigen Bambuspflanzen zu hängen schien, auf ihre lanzettförmigen Blätter platschte und auf die feuchte Erde tropfte. Dorthy Yoshida mußte gemerkt haben, daß er kam, noch ehe sie das Licht seiner Lampe erblickte. Aber sie war nicht fortgelaufen. Das hatte irgend etwas zu bedeuten.

Sie hatte mitten unter einem felsigen Überhang ein Feuer gemacht. Eine Schüssel, die kunstvoll aus Bambusblättern geflochten war und hoch über den Flammen an drei schrägen Stangen hing, dampfte heftig. Dorthy Yoshida kauerte darüber und wandte Talbeck den Rücken zu, als er über die bemoosten Steine näher kam. Ohne sich umzuwenden sagte sie: »Es ist beinahe fertig, Seyour, wenn es Ihnen nichts ausmacht, mit mir zu teilen.«

Die Schüssel enthielt eine sprudelnde Brühe aus Bambussprossen und Wildpilzen. Talbeck schaltete seine Lampe aus und hockte sich neben sie. »Ich hatte gehofft, daß Sie meine Gastfreundschaft genießen würden.«

»Ich habe nicht gebeten, daß man mich hierherbrachte«, erwiderte sie und zeigte ihm die kleine Pistole, die sie in einem weiten Ärmel versteckt hatte, und deren nadelfeine Bohrung auf sein Gesicht zielte.

Irgendein Klient mußte sie nach einem Jagdausflug zurückgelassen haben. Talbeck würgte einen Wutanfall hinunter und dachte: *Sei ruhig und vorsichtig...!* Er sagte: «Glauben Sie wirklich, daß man Ihnen gestatten würde, mich zu töten?«

Das war eine kaltblütige Lüge; aber er wußte genug über ihr Talent, um Dinge vor ihrem Scharfblick verbergen zu können. Tatsächlich wußte nur die leibeigene Dienerin, daß er hier war: Und sie wurde von einem Computer betrieben und zählte nur halb. Seine Gefolgschaft war um eine halbe Welt entfernt. Er konnte hier sterben, und sie würden ihn nie rechtzeitig erreichen. Er grinste bei diesem erregenden Gedanken, obwohl er nicht bereit war zu sterben – noch nicht. Dies war gerade erst der Anfang.

Dorthy Yoshida legte die Pistole auf Moos, das durch die Hitze des Feuers bräunlich angesengt war. Ihr Lächeln war kaum zu erkennen. Talbeck sah, daß sie sich sehr still verhielt. Sie sagte: »Sie versuchen, mich zu verwirren, also lügen Sie wahrscheinlich. Aber, zum Teufel, wir sind hier. Wer sind Sie überhaupt?«

»Mein Name ist Talbeck Barlstilkin.«

»Nun, den Namen kenne ich. Warten Sie! Nun ja, Duncan Andrews hat Sie in einem seiner wilden Ausbrüche erwähnt. Sie sind ein Goldener wie er. Ein Agatherinzüchter aus Elysium. Ein Dilettant, hat er gesagt.«

»Vielleicht stimmt das, aber nicht so, wie der arme tote Duncan es gemeint hat.« Sein Lächeln war gräßlich verzerrt durch das Stück Narbengewebe, das eine Vertiefung in seiner linken Gesichtshäfte bildete. »Duncan mußte tatsächlich losziehen und eine wissenschaftliche Expedition in eine wilde, gefährliche Welt führen, um seinen Wert zu erproben und zu erweisen. Und er wurde für diese Mühe getötet. Ich habe mich damit begnügt, abzuwarten und die Zeit zum Handeln zu wählen. Es macht Ihnen nichts aus, wenn ich esse? Wie ich schon sagte, sind Sie gern dazu eingeladen.«

»Sie wissen, mein Haus enthält alles, was Sie sich wünschen könnten. Ich bin entzückt, daß ich Sie zur Erde schmuggeln konnte, Dr. Yoshida; aber ich bin auch ein wenig gekränkt, daß Sie davonlaufen wollen, ohne auch nur abzuwarten, warum ich das tat.«

»Ich bin jetzt so lange für den einen oder anderen eine Marionette gewesen – es tat richtig wohl, etwas eigenständig zu tun. Zehn Jahre lang von der Marine in die Mangel genommen – so hat man das jedenfalls genannt. Wissen Sie, in meinem Kopf steckt ein Zeug drin. Das haben die Alea hineingetan, als ich auf P'thrsn war. Die Navy hat versucht, es herauszuholen.«

»Ich weiß.«

»Natürlich wissen Sie das.« Ihr Lachen wurde schrill, und sie biß sich auf die Lippe. Nach einem Moment sagte sie: »Andernfalls hätten Sie mich nicht herausgeholt. Aber sehen Sie, ich weiß selbst nicht, was die Alea mit mir gemacht haben. Auf Nowaja Rossija hatte ich dadurch eine Vision der tiefen Vergangenheit, von der Zeit, ehe die Alea eine ganze Zivilisation zerstörten. Aber ich weiß nicht, *warum*. Als ich auf P'thrsn war, wurde ich unfreiwillig Zeugin beim Selbstmord der Sippenchefin der Alea. Sie war so klug. Ihre kollektive Erinnerung reichte eine Million Jahre zurück – und so voller Schuld. Nicht wegen der Zivilisation, die sie vernichtet hatte, damit ihre Sippe in ihrem Versteck sicher bleiben konnte, sondern wegen der Schwestern, die sie ermorden mußte, als sie sich ihr widersetzten. Sie manipulierte den armen Duncan Andrews in eine Position, wo er sie töten mußte; und ihr Gefolge fiel über ihn her und riß ihn in Stücke. Aber ich durfte entrinnen. Ich bin noch in ihrem Griff, verstehen Sie! Ich bin immer noch nicht frei! Was in meinem Kopf steckt ...«

»Tatsächlich ist das, was in Ihrem Kopf steckt, nur ein Teil des Grundes, weshalb Sie hier sind.«

Dorthy Yoshida war wieder ruhig geworden. »Ja, wirklich? Entschuldigen Sie mich, wenn ich esse. Es ist heute meine erste Mahlzeit, und ich habe darauf gewartet.« Sie benutzte zwei Bambusspäne als Eßstäbchen, um dampfende Happen aus der Schüssel zu fischen. Das Licht des Feuers bestrahlte ihr Kinn von unten. Die mandelförmigen Augen lagen im Schatten. Ihr schwarzes Haar war so kurz geschnitten, daß die Rundungen des Kopfes durchschimmerten. Sie kaute und schluckte: »Ich verstehe mich recht gut darauf, in der Wildnis zu leben. Ich habe die Pistole und ein Messer und eine Plastikplane, um darin zu schlafen. Ich habe mich mit viel weniger durchgebracht, an einem weitaus fremdartigerem Orte als diesem.«

»Und was haben Sie gedacht? Daß Weglaufen nützen würde?«

»Die Leute sollten erfahren, was ich auf P'thrsn gelernt habe. Das habe ich mir selbst versprochen, während ich auf Rettung wartete. Nicht bloß einige Politiker und Lamettahengste der Navy. Sondern alle Menschen auf allen Welten. Ich bin aber wohl nicht sehr weit gekommen, wie? Ich denke, dieses Bergland gehört Ihnen, soviel ich weiß.«

»Nur eben das Haus und ein paar tausend Hektar darum herum. Und es gehört mir nicht, jedenfalls nicht direkt. Ein Reis anbauendes Kollektiv benutzt es zur Beherbergung und Bewirtung von Geschäftspartnern. Ich bin zufällig ein bedeutender Anteilseigner in dem Kollektiv über eine Holdinggesellschaft mit Sitz auf Luna.«

»Okay, ich bin beeindruckt. Dies bedeutet, daß der Sicherheitsdienst der Marine oder die WVN-Polizei uns nicht fangen wird?«

»Nicht binnen einiger Tage. Die beste Schätzung lautet tatsächlich sechzig Stunden und die ungünstigste weniger als zwanzig.« Talbeck Barlstilkin rückte etwas näher an das Feuer. Es war kalt hier im Bambuswald auf der dunklen Seite des Berges und in dem leichten Regen der Erde: »Und was wollten Sie den Leuten der zehn Welten erzählen, Dr. Yoshida? Zum Beispiel den Bauern hier in den Tälern: Was *könnten* Sie Menschen erzählen, die sich nicht einmal um die nächste Provinz kümmern, geschweige denn eine andere Welt? Die haben seit dreitausend Jahren das gleiche Leben geführt. Kaiserliche Dynastien, das Britische Imperium, Kommunismus, nichtzentristische Demokratie sind für sie einerlei. Wichtig ist, drei Reisernten im Jahr zu erzielen. Dachten Sie, die würden auf eine zerlumpte Cassandra hören, die aus der Wildnis herunterkommt und schreit: ›Wehe, wehe, dreimal wehe! Im Zentrum der Galaxis gibt es Dämonen, die zu uns kommen!‹«

Dorthy Yoshida sagte langsam und ernst: »Es sind keine Dämonen, sondern nur eine abtrünnige Sippe des FEINDES. Und vielleicht kommen sie nicht auf uns zu. Sie könnten alle vor einer Million Jahren gestorben sein.«

»Aber sie könnten auch sehr wohl noch am Leben sein.«

»Was wissen Sie?« fragte sie. Ihr Blick wurde plötzlich scharf. »Sie wissen anscheinend alles über P'thrsn. Sie wissen alles, was ich weiß, oder auf jeden Fall alles, was ich der Navy erzählt habe. Aber Sie haben Zithsajäger angeheuert, um mich auf Nowaja Rossija zu kidnappen, Sie haben mich unterkühlt, in dem Gefriersarg irgendeines Frachters befördert und dann in einem nicht registrierten Flieger mit einem leibeigenen Piloten hierhergeschafft. Nun wohl, ich weiß dies Drama zu würdigen; aber ich möchte gern erfahren, was dahintersteckt. Was wissen Sie sonst noch?«

»Kommen Sie zurück ins Haus! Ich bin nicht mehr so jung wie früher einmal. Ich könnte mich hier draußen erkälten.«

Dorthy Yoshida machte ein trotziges und sehr jugendlich wirkendes Gesicht: »Und wenn ich es nicht tue? Ich kann verdammt schwierig sein, wenn ich will.«

»Oh, Sie haben wirklich keine Chance«, sagte Talbeck und schoß mit dem akustischen Werfer auf sie. Als sie umkippte, sprang er auf, um sie aufzufangen. Die geflochtene Schüssel kippte heftig, und verschüttete Brühe zischte ins Feuer.

2

Suzy Falcon flog als Nachhut hoch über dem schrägen Rhombus der anderen Flieger in ihrer Kampfgruppe. Sie sah den Vorfall vom Anfang bis zum Ende, eine lange Minute, in der ihre Welt zerbrach.

Shelley flog an der Spitze. Die psychedelischen Zeichen auf seinen Flügeln schimmerten lebhaft über dem zerklüfteten roten Gelände von Titan, und das Banner mit dem gelben und schwarzen Zickzackemblem des Team-Eigentümers flatterte hübsch in dem –200° C kalten Rückenwind. Die Luft war klar und ruhig, und die Sonne stand fast vertikal. Thermik stieg von den Bergketten und Ausbissen aus schwarzem Siderit auf, welche die Oberfläche des Weltengletschers durchbrachen. Es war ein idealer Tag für einen Kampf.

Das gegnerische Team war erst vor wenigen Augenblicken von der Plattform gestartet – helle, dicht gedrängte Punkte, die in Spiralen hoch über den Türmen und Kuppeln der Stadt Urbis flogen, welche die steile Kante der Tallman-Böschung bekrönten. Beim Kampf bedeutete Höhe alles: Sie bedeutete überlegene Sicht und konnte durch Abkippen eines Flügels in kinetische Energie umgewandelt werden. Ein Sturzflug im genau richtigen Winkel konnte die Leine des Heckbanners des Gegners durchschneiden und dieses abtrennen. In den ersten Minuten eines Gefechts stiegen alle so schnell und hoch auf, wie sie nur konnten.

Shelley hatte gerade begonnen einzukurven, um den Aufwind der nächsten Thermikblase zu erwischen, als es passierte. Suzy sah, wie sein linker Flügel kurz kippte und die Vorderflügel aufblitzten. Einen Moment dachte sie, er hätte bloß den Einstellwinkel falsch eingeschätzt, um im Übereifer mit dem Hochsteigen anzufangen. Vermutlich ungeduldig, was immer sein Fehler war, hatte er gehofft, sein Gesicht zu wahren, indem er jene trügerische Thermik finden würde, anstatt nach unten zu gleiten und genügend Geschwindigkeit aufzunehmen, um gegen den Wind zu lavieren. Aber Shelley machte keinen Gleitflug. Es war, als ob er seinen linken Flügel nicht nach unten bringen könnte. So überschritt er den kritischen Anstellwinkel und verlor jeden Auftrieb, wodurch er noch langsamer wurde. Er riß ihn scharf nach links und zwang den rechten Flügel nach oben.

In Suzys Bauch zerrte noch mehr als die ätherische Erregung des Fliegens. In ihren mit Lenkhandschuhen ausgerüsteten Fingerspitzen summte leicht der Druck auf die Flügel des Querruders. Wie eine angezupfte Saite fuhr das Gefühl des Steigens durch ihr Rückgrat und entzog sich jäh ihrer Aufmerksamkeit. Sie war nur Auge.

Sie sah Carlos Perez und Ana Lenidov sich nach links und rechts trennen, helle Flügel, die in entgegengesetzter Richtung in der Thermik aufstiegen, während Shelley weit ausscherte und seinen rechten Flügel zurücknahm im Versuch, durch einen Sturzflug Tempo zu gewinnen und wieder Auftrieb zu bekommen. Artemio Gonzales schwebte unter ihm hinterher.

Und dann fühlte Suzy das zunehmende seitliche Weggleiten, als sie den aufsteigenden Kamin wärmerer Atmosphäre erwischte (relativ warm – ohne ihren Schutzanzug würde sie binnen Sekunden bis aufs Mark gefrieren, wie es Fliegern schon passiert war). Die Warnung vor Überziehen piepte kurz in ihrem Helm, und sie bog die Auftriebsflächen ihrer Flügel und betätigte die Spreizklappen, um einen stabilen Vektor zu erzielen. Der Weltengletscher kippte weit unten zur Seite, als sie sich höher schraubte. Als sie Shelley wieder erblickte, versuchte er, aus dem Sturzflug herauszukommen.

Zu spät. Zu schnell. Als Shelley auszugleichen versuchte, blockierten die Klappen seines rechten Flügels, er rollte nach rechts, der Druck auf die gekrümmte Tragfläche stieg enorm an – und etwas zerbrach. Der rechte Flügel wurde zurückgerissen und zog hinterher. Dabei mußte Shelley sich unweigerlich den Arm gebrochen haben. Jemand schrie. Das hätte Shelley sein können. Dies schien ewig zu dauern, während sich die Flügel um ihn zusammfalteten und er nach unten zusammenschrumpfte, bis er schließlich auf das schmutzige Methan-Eis des Gletschers prallte.

Viel später war Suzy schließlich in einem der Übungsräume, der einzigen ruhigen Stelle in der Unterkunft der Flieger. Sie war ausgepumpt durch die langen tränenreichen gegenseitigen Beschuldigungen und Vorwürfe mit dem Rest ihres Teams und mußte sich durch resolute Presseleute hindurchkämpfen, als sie schließlich den Schauplatz verließ, nachdem Shelleys Leiche hereingebracht worden war.

Die anderen hatten sich ringsum versammelt und sich bereit erklärt, einen Flug weniger zu machen. Artemio Gonzales schwor, daß das Shelleys Wunsch gewesen wäre. Wahrscheinlich hatte er auch recht. Aber Suzy wußte, was Duke Bonadventure dazu sagen würde. Er würde nicht das Gesicht verlieren wollen, indem sein Team im nächsten heißen Kampf ausgelöscht würde, so daß er einen Rückzieher machen müßte. Und Suzy wußte auch, daß die anderen das gerade jetzt noch nicht hören mochten. Deshalb unterdrückte sie ihre Ansichten und machte vage Versprechungen, aus der Gruppe ein Solo zu rekrutieren. Das hätte sie ohnehin tun müssen, sei es auch nur, um für das nächste Turnier bereit zu sein, wenn der ewige Karneval der Stadt wieder einmal damit anfangen würde.

Und dann versuchte sie, sich dem ganzen Schlamassel zu entziehen, und geriet mitten in eine Horde gieriger Nachrichtenleute. Sie hatte einem auf den Hintern geschlagen und damit eine der neugierigen ferngesteuerten Wanzen zerquetscht, die aus der Luft auf sie zuschossen, und sie dann über das Treppengeländer geworfen. Dumm, sehr dumm, Suzy! Das Gerät war einen Augenblick auf Sendung gewesen, eine kleine Live-Extraeinlage für die *enthusiasmos.* Das war eine sehr vielsagende Katastrophe.

Jetzt saß sie mit untergeschlagenen Beinen unter dem Simulator: In ihren Ohren dröhnten Blues, eine Hand war um eine mattierte silberne Karaffe gelegt, während die andere auf öligem Beton Rhythmen trommelte. Eine große schlanke Frau in schwarzen Jeans und einer Jacke aus geschmeidigem schwarzen Leder, den Kopf tiefer gesenkt als bis zu dem implantierten Muskel auf ihrem Rücken, das gebleichte Haar in borstiger Igelfrisur und mit nackten kräftigen Armen. Der linke Arm war von der Schulter bis zum Handgelenk mit einem bunten Drachen in Gold, Scharlach und Grün tätowiert, dessen schuppiger Schwanz sich um ihren Bizeps ringelte, während der weite rote Rachen Flammen über das Handgelenk spie. Sie saß da, lauschte der Musik und trank Pflaumenschnaps. Und versuchte, nicht an Shelleys Absturz zu denken und an alle ihre in Einsitzern bei den Kämpfen verunglückten Fliegerkameraden.

In solchen Zeiten pflegte die Vergangenheit sich an sie heranzuschleichen. Der Geruch des Übungsraums, kalte gefilterte Luft, die nach Öl und altem Gummi stank, war das Aroma der Startfläche auf dem Trägerschiff. Die Beklemmung in ihrem Magen war das Gefühl, mit dem sie morgens immer bei jedem Einsatz aufgewacht war. Der mondgesichtige chinesische Steward rüttelte sie sanft wach und verkündete, daß es genau sechs Uhr sei. Sie zwang das traditionelle Steakfrühstück hinunter und machte gequälte Witze mit den anderen Piloten ihres Geschwaders. Die freundlichen Hände ihrer Flughelfer setzten sie in die Polysilikonhalterung des Kampfeinsitzers. Sie stöpselten sie ein und schnallten sie fest. Öl und warmer Gummi, die Luftanlage summte hinter ihrem Kopf, oben vor sich Bildschirme, die geisterhaft falsche Konstellationen über die Sterndarstellungen legten.

Schließlich war sie die einzige Überlebende des Geschwaders gewesen, als die Marine sich zurückgezogen und das Feld vom Feind gesäubert hatte. Wenn sie diesem Gedanken nachhing, konzentrierte sich ihre Wut wie eine Linse, die sie als Kind benutzt hatte, um in deren Brennpunkt Ameisen mit einem kleinen, befriedigenden Zischen zu rösten.

Zwölf Einsätze waren schon fast ein Rekord. Und dann die Zeit danach, an die sie nicht denken mochte. Verfluchter Beta Corvi! Keine grüne Welt, kein Vermögen. Eine miese Zeit. Nicht einmal ein nennenswerter wissenschaftlicher Bonus. Angeschmiert wie die meisten Veteranen der Einsitzerschiffe. Man hatte ihr Ruhm und Reichtum vorgegaukelt; und alles, was sie bekam, war ein exklusiver einmaliger flüchtiger Blick auf einen Haufen Felsen und einen Gasriesen, der so weit draußen war, daß er den verdammten *Pluto* geradezu einladend machte. Und das Kartell, das sie gefördert hatte, war deshalb freundlich gewesen und hatte in Aussicht gestellt, für ihre Schulden aufzukommen. Du brauchst nur einige Zeit für Urbis zu arbeiten in den Kampfstaffeln, wo auf andere Weise geflogen wird. Und das hatte sie auch gemacht, erst als eine der Einzelpiloten des Kartells und dann als Gruppenführerin für Duke Bonadventure. Zehn abscheuliche Jahre lang.

So trank Suzy noch etwas Brandy und ließ sich von der Musik benebeln. Sie grölte die einsame Lyrik hinaus und schlug im Zwölfertakt auf den Querbalken, bis ihre Knöchel zu bluten begannen, ohne das überhaupt zu bemerken.

Und so fand sie Adam X einige Stunden nach dem Unfall in Trance durch Erinnerungen, Musik und hochprozentigen Brandy.

In der Höhe flammten Leuchtröhren auf, als er in den Raum stapfte, und warfen den Schatten des Simulatars auf schwitzende Felswände. Dessen hin und her gekrümmte Flügel und die Ketten des ausgebreiteten Harnischs hingen wie Eingeweide herunter. Seine Schritte verursachten ein lautes Echo, aber Suzy schaute nicht auf, bis er über ihr stand.

»Donnerwetter!« sagte sie. »Wie hast du mich gefunden?« Die Musik klang ihr noch in den Ohren; und seufzend nahm sie den Spieler heraus, schaltete ihn ab und legte ihn neben sich auf fleckigen Beton.

Adam X setzte sich neben ihr auf den Fußboden. Er war ein großer Mann von fast einhundert Kilo Masse, bewegte sich aber so sanft wie eine Katze. Als ob man ein Kartenspiel gemischt hätte, um eine neue Farbe zu zeigen, runzelte er die Stirn und sagte feierlich: »Suzanne, es tut mir so leid.«

»Zum Teufel, wie kann dir etwas leid tun? Und nenne mich nicht *Suzanne!* Nenne mich Suzy oder sonstwie!«

Ihr Name war wirklich Suzanne, Suzanne Marie Thibodeaux. Aber das war nichts für eine ehrgeizige Fliegerin. Darum hatte sie den Namen vorn und hinten verkürzt und dem Mädchennamen ihrer Mutter vorangestellt. Sie war jetzt Suzy Falcon, die heißeste und schnellste Jagdfliegerin auf Titan, bis sie schließlich das Glück verließ. Es stand ihr gut. Suzanne Marie Thibodeaux war vor einiger Zeit gestorben, in den letzten Tagen des großen Feldzugs nach der Endlösung.

Adam X änderte seine Miene und schenkte ihr ein Lächeln. Im übrigen war das auch nicht sein wahrer Name. Es war ein kleiner Scherz von Duke Bonadventure. Dieser besaß Adam ebenso, wie er (auf andere Weise) Suzy und die anderen im Team besaß. Als Adam sich vorbeugte, um mit gespielter Besorgnis ihre

Hand zu ergreifen, schimmerte Licht auf den kleinen Metallplatten an beiden Schläfen, die durch seine modisch gelockte Ponyfrisur halb verdeckt waren. Suzy unterdrückte einen leichten Schauder bei seiner Berührung. Diese langen, weißen und makellos manikürten Hände hatten mindestens ein Dutzend Kinder in Stücke zerteilt. Seine Hand war glatt und warm.

Er sagte: »Suzy, meine Gefühle sind so, wie es mir gestattet ist. Gegenwärtig bin ich betrübt wegen Shelley.«

Suzy zog ihre Hand weg und hob ihre Schnapsflasche (wobei ihr großes verheddertes Ellbogengelenk knackte), um etwas Besseres damit anzufangen. Sie sagte: »Ich brauche dein Mitgefühl nicht. Ich weiß, daß das alles Simulation ist.« Das Feuer des Branntweins ergoß sich durch ihre Mundhöhle und lief wie ein heißer Draht in die Magengrube.

Aber Adam X konnte man nicht beleidigen. Er nahm den Spieler auf, und die schmerzhafte Musik erfüllte wieder ihre Ohren. Natürlich auch die seinigen. Er war wie Suzy auf Schall verdrahtet. Seine Augen wurden unklar, als er an den Computer in Duka Bonadventures Haus heranging. In diesem Augenblick erkannte Suzy ihn als das, was er wirklich war. Ein Spielzeug. Eine Puppe aus Fleisch. Mikrometerdünne Pseudoneuronen waren durch seine ganze Hirnrinde gewoben und bestimmten jede seiner Bewegungen. Manchmal fragte sie sich, ob noch etwas von dem Massenmörder lebte. Vielleicht in den Muskeln, dicht beim Skelett. Auf diese Weise erinnerte sich ihr Körper an die eingepflanzten Reflexe beim Fliegen eines einsitzigen Schiffes.

Die Musik hörte auf, und Adam X sagte: »Robert Johnson, Country Blues, frühes zwanzigstes Jahrhundert. Warum hörst du dir solche Musik an, Suzy? Sie handelt nur von männlicher Sexualität und Tod.«

»Mir gefällt sie«, sagte sie und nahm ihm den Spieler ab.

»Johnson hat dieses Lied kurz vor seinem Tod aufgezeichnet. Er wurde durch eine Frau vergiftet. Er starb auf den Knien und bellte wie ein Hund. Soviel über Kunst.«

»Manche Leute sagen, er wäre *wegen* einer Frau vergiftet worden. Man hatte ihm eine Flasche giftigen Whiskeys gegeben auf einer Party, weil er sich an die Frau seines Gastgebers heranmachte. Allerdings würdest du den Unterschied kaum würdigen.«

»Suzy, so vieles von der Musik, die du dir anhörst, handelt vom Tod. Das ist beunruhigend.«

»Ich nehme an, du wirst mir erzählen, daß die Leute über meine… *musikalischen Neigungen* reden. Laß sie nur schwatzen! Das kümmert mich nicht.« Aber sie wußte recht gut, was die anderen Jagdflieger sagten. Daß sie mit der Idee des Todes flirtete, und zwar schon seit dem Ende der Alea-Feldzüge. Denn weshalb sollte sie noch im Alter von neunundzwanzig Jahren fliegen? In Wahrheit flog sie nicht, um den Tod eines Fliegers zu ehren (das plötzliche Abreißen von Shelleys Flügel und sein Todesgeheul bis hinab zum erbarmungslosen Boden). Nein, keineswegs. Es war nur, weil ihr sonst nichts mehr geblieben war.

Sie sagte: »Hör auf damit, eine Person zu spielen, und sag mir die Botschaft, zu deren Überbringung du hier bist! Okay? Ich bin nämlich gerade jetzt nicht besonders in Stimmung für Gesellschaft.«

»Duke Bonadventure drückt sein Beileid aus, Suzy.«

Sie wußte, was kommen würde. Sie hatte das Gefühl, sich direkt hier auf dem schmutzigen Betonfußboden im freien Fall zu befinden.

»Natürlich bedeutet dies Unglück, daß dein Team aus dem Wettbewerb ausscheiden wird.«

Als ob einem die Eingeweide herausgerissen worden wären und Luft durch den Hohlraum bliese.

Suzy stand mit geballten Fäusten auf und sagte: »Es müssen hundert Salas auf Team-Arbeit warten. Zum Teufel, ich kenne die meisten von ihnen, und ich kenne ein paar, die sofort hineinpassen würden. Ich kann morgen eine Probe veranstalten und sie unsere Manöver durchlaufen lassen. Sie alle werden uns zugeschaut haben und wissen, um was es geht. Das kann ich in einer Woche machen, und wir haben zwei ...«

»Und dich und den Rest des Teams auspumpen. Nein.«

»Da spricht dein verdammt kühler Computer, nicht wahr? Der hat keine Ahnung davon. Alles, was er weiß, ist, auf Nummer Sicher zu gehen.«

»Du bist erschöpft. Du bist erregt.«

Suzy war so wütend, daß sie ihm am liebsten die Metallplatten aus dem Kopf gerissen hätte. Statt dessen sprang sie auf und steckte eine Hand in einen der Fingerhandschuhe zum Steuern des Übungsgeräts, ballte sie zur Faust und ließ den Bogen, der sich über dem Kopf von Adam X wölbte, heruntersausen. Sie fühlte den Aufprall mit den Fingerspitzen, als große Brocken gegen Beton donnerten.

Aber Adam X zuckte nicht einmal mit der Wimper. Er sagte mit ruhiger Miene zu ihr, als ob nichts geschehen wäre: »Bitte, ich kenne die Verbindung zwischen euch vier. Ich weiß, du willst Shelleys Gedächtnis ehren, indem du weiter am Wettbewerb teilnimmst. Aber ich weiß auch, daß es nicht möglich ist, in so kurzer Zeit ein neues Mitglied in euer Team zu integrieren.«

»Ich will Bonadventure sprechen. Ich werde es ihm begreiflich machen.«

»Das ist gut. Denn er möchte dich sehr gern sehen, Suzy. Er hat ein Angebot für dich. Er braucht einen Piloten.«

»Fragt doch einen Astronauten! Ich habe mich davon längst zurückgezogen.«

Adam X sagte: »Er braucht jemanden mit Kampferfahrung. Jemanden, der gegen den FEIND fliegen kann.«

3

Dorthy Yoshida erwachte mit trockenem Mund und Kopfschmerzen. Sie war in weiße Leinenhosen gekleidet und eine weiße Tunica mit einer breiten schwarzen Schärpe als Gürtel und lag auf einem Bett, das so groß und weich war wie eine Wolke, welches mitten in einer steinigen Lichtung in einem von der Sonne beschienenen Fichtenwald stand. Eine sehr große Fahne aus roter Seide, bemalt mit gelben Han-Ideogrammen, leuchtete im spätmorgendlichen Glanz der irdischen Sonne.

Eine Quelle sprudelte unter einer schrägen Granitplatte hervor. Dorthy trank aus zusammengelegten Händen und spritzte sich kaltes Wasser ins Gesicht.

Das Wasser, die Steine, der weiche Rasen waren auf jeden Fall real. Es war schwer zu sagen, wo der Raum aufhörte und das Hologramm des Fichtenwaldes anfing. Nach einer Weile fand sie es heraus. Man mußte dem kleinen Bach mit seinem Kiesbett folgen, der von der Quelle gespeist wurde. Er verlief zwischen zwei hochragenden Fichten, die dahinschwanden, als Dorthy zwischen ihnen in einen noch größeren Raum trat, dessen Dach die sich überdeckenden Tafeln einer geodätischen Kuppel bildeten, welche hellblau gefärbt waren. Jenseits eines Hektars von smaragdgrünem Rasen, halb verborgen durch eine Gruppe (realer) Fichten, stürzte ein Wasserfall von einer hohen Felswand in einen großen runden Teich. Dorthy ging über die rot angestrichene Holzbrücke, die sich über das Wasser wölbte, und hielt inne, um den großen Karpfen zu betrachten, der über saubere weiße Kieselsteine ruderte.

Die Planken der Brücke vibrierten leicht unter ihren bloßen Füßen. Sie nickte sich selbst zu und ging weiter.

Ein muffiger bemooster Tunnel führte durch die Felswand hinter dem Teich zu einem Gewächshaus. Geharkte Kieswege verliefen um Gruppen von Obstbäumen unter stärker blau getöntem Glas. Dorthy kaute süßes Pfirsichfleisch und drang durch den Vorhang aus Efeu, der die einzige andere Tür verbarg. Sie fand sich bis zur Hüfte in Sternströmen.

Talbeck Barlstilkin wandte sich ihr über hunderttausend simulierte Lichtjahre hin zu, sein entstelltes Gesicht grotesk angestrahlt durch die hellen, dicht gedrängten Sterne des galaktischen Kerns. Er sagte: »Kommen und sehen Sie, Dr. Yoshida! Ich werde alles erklären.«

Er mußte auf sie gewartet haben, dachte Dorthy; aber wie hatte er gewußt, daß sie den Weg hierher finden würde? Posthypnotische Suggestion? In einem Moment schwindelerregender Panik fragte sie sich, wie streng sie gefangengesetzt war und was man von ihr wollte. Vielleicht war nichts von alledem real. Sie könnte im Schlaf sein. Sie hatte auf P'thrsn soviel Zeit schlafend zugebracht und unter Zwang geträumt. Vielleicht hatte sie deshalb so leicht akzeptiert, was mit ihr geschehen war. Nach so vielen Jahren des Träumens erschien nichts mehr ganz real.

Aber das Planetarium erheischte Aufmerksamkeit. Direkt vor ihr hing die vertraute dreifache Spirale der Galaxis, Sterne wie dicht gepackter Diamantstaub, die sich in die Bahnen dunkler Gase wanden, welche den glühenden Kern verhüllten, wo Barlstilkin stand. Das Ding, das in Dorthys Kopf lebte, rührte sich. Sie konnte es fühlen, sonst nichts. Ohne Gegenmittel für die Sekretionen ihres Implantats war ihr Talent kaum mehr als eine unspezifische Empathie geringen Grades; und die Navy hatte ihr nie Zugriff zu Gegenmitteln gewährt, nicht seit P'thrsn. Aber das hielt sie nicht davon ab, ihren Gast zu sondieren, so wie ihre Zunge immer und immer wieder an einen schmerzenden Zahn rühren mochte.

»Bekannter Weltraum«, sagte Barlstilkin; und Geflimmer von vierhundert Milliarden Sternen verschwand in einem Wimpernschlag. Einige hundert Lichtpunkte erfüllten jetzt das Planetarium, die meisten von ihnen schwache rote Zwerge. Barlstilkin war eine vage Schattengestalt, schwarz auf Schwarz. Er sagte: »Altair: 1745 BD plus zwanzig Grad. 2465 Procyon. Sol.« Und jeder Stern leuchtete der Reihe nach auf: ein brillanter blutroter Rubin, zwei schwache Karneolpunkte, dicht beisammen, ein Saphir, ein Diamant. Sol war im Zentrum.

»Sehr hübsch. Ich bin wirklich beeindruckt. Aber warum zeigen Sie mir dies?«

»Noch zwei Schritte«, sagte Barlstilkin, »dann sind wir da. Zuerst erweitere ich den Rahmen.«

Ringsum schienen andere Sterne in den ovalen Raum zu strömen, und die Blase des bekannten Raums schrumpfte, bis sie sich in einem Ozean von Sternen verlor.

»Jetzt lassen wir die Eigenbewegungen von der Gegenwart aus rückwärts laufen, etwa tausend Jahre pro Sekunde in realer Zeit.« Barlstilkins Stimme war kühl und beherrscht, mit einem leichten Aufschwung am Ende jedes Satzes. Dorthy konnte sein Gesicht nicht sehen und mit ihrem gelähmten Talent nicht mehr tun, als seine Präsenz zu empfinden.

Die Sterne fingen an, wie Staubkörnchen im Sonnenlicht dahinzutreiben. Einige bewegten sich schneller als andere, manche schwirrten gegenläufig zu der allgemeinen Bewegung; aber die meisten rutschten von links nach rechts und sanken auf den Fußboden zu.

»Das ist die Eigenbewegung in diesem Teil des galaktischen Armes«, sagte Barlstilkin, »aber es gibt natürlich Schurken. Hier zum Beispiel Barnards Stern ...« Und ein schwacher roter Punkt bewegte sich drei- oder viermal so schnell wie die anderen Pünktchen und flammte so grell auf, daß er Barlstilkins Zeigefinger beleuchtete.

»Eigenbewegung von ungefähr zehn Bogensekunden. Das ist alles wohlbekannt«, sagte Dorthy. Aber die Darbietung war faszinierend. Sie erregte ein atavistisches ozeanisches Gefühl, als ob man sich im grenzenlosen Universum auflöste. Aber sie konnte nicht sagen, ob das ihr wahres Ich betraf oder das, was sie insgeheim ihren *Gast* nannte.

»Ich weiß natürlich, daß Sie Astronomie studiert haben vor den Alea-Kriegen. Aber jetzt beobachten Sie bitte diesen Punkt ...« – und ein anderer Stern flammte auf, dunkel grünweiß. Er bewegte sich entgegen der allgemeinen Richtung. Wie ein Blitzstrahl war er jetzt heller geworden. In wenigen Augenblicken war er aus dem Rahmen enteilt.

»Ist das real?« Dorthy empfand eine Art von krankem Verlangen, das nicht Erregung war und mehr als Sehnsucht. Am ehesten konnte sie es definieren als die Abhängigkeit, die in jede Zelle eines Drogensüchtigen eingebrannt ist, so stark, wie sie einen Schimmer davon gefühlt hatte – Tage, nachdem sie in jugendlicher Unerfahrenheit die Empfindungen und Gedanken solcher Personen am Kamali-Silver-Institut flüchtig untersucht hatte. Ein verzweifeltes Bedürfnis, alles darüber zu erfahren, ohne zu wissen, was sie eigentlich erfahren mußte.

»Jetzt ist es ungefähr siebzig Lichtjahre entfernt«, sagte Barlstilkin. Dorthys Augen hatten sich an die samtige, von Sternen übersäte Dunkelheit gewöhnt. Sie konnte seinen Körper ausmachen, der sich wie eine große Staubwolke vor den dahintreibenden Sternen auftürmte, so wie einer jener Götter, mit denen die Menschen einst die Himmel besiedelt hatten. Er sagte:

»Als vor siebenhundert Jahren die ersten umfassenden Kataloge gemacht wurden, befand er sich ungefähr einhundertundzehn Lichtjahre entfernt und bewegte sich vom Sagittarius her auf uns zu. Mit *uns* meine ich das Sonnensystem. Eine Extrapolation zeigt, daß er in zwölfhundert Jahren Sol passieren wird. Vielleicht so nahe, daß die Bahnen der Planeten gestört werden. Die Schwierigkeit, die Eigenbewegung von etwas zu messen, das direkt auf uns losrennt, läßt einen weiten Spielraum an Irrtümern, wie Sie sich denken können. Tatsächlich ist der Stern in einigen der alten Kataloge aufgeführt; aber niemand hat bemerkt, wie ungewöhnlich er war.«

»Das ist kaum der richtige Ausdruck für einen Stern, der sich mit ungefähr sieben Prozent der Lichtgeschwindigkeit bewegt?«

»Das ist richtig. Mit einer relativen Eigenbewegung von fast siebzehntausend Kilometern pro Sekunde ist er der schnellste Stern in der Galaxis. Er ist auch sonst ein sehr merkwürdiger Stern. Er enthält alle Arten ausgefallener Metallinien und scheint sehr schnell zu rotieren, schnell genug, um ihn in ein flaches Sphäroid zu verzerren. Fast genug, um ihn in Stücke zu reißen. Falls er sich auf der Hauptreihe befände, wäre er wirklich längst zerrissen worden; aber weiße Zwerge haben natürlich eine recht dichte gleichmäßige Struktur.«

Dorthy hatte sich etwas ausgedacht, eine so phantastische Schlußfolgerung, daß sie die Zahlen noch einmal durchgehen mußte. Langsam und widerstrebend sagte sie: »Er ist aus dem galaktischen Kern gekommen, vor ungefähr einer halben Million Jahre.«

»Allerdings. Einen Teil dieser Geschichte kenne ich schon, Dr. Yoshida, aus der gleichen Quelle, die mir von dem schnellsten Stern erzählt hat. Vor einer halben Million Jahre haben die Alea, die den Planeten bewohnbar gemacht haben, den wir P'thrsn nennen, Flüchtlinge aus einem Bürgerkrieg im galaktischen

Kern entdeckt, daß es dort eine interstellare Zivilisation gab, die von dem zweiten Planeten von Epsilon Eridani herkam. Die Alea befürchteten, daß diese Zivilisation die Aufmerksamkeit jener erregen würde, vor denen sie geflohen waren. Daher schossen sie einen kleinen Mond mit Fast-Lichtgeschwindigkeit ab. Dieser zerfiel mehr oder weniger, als er die staubige Gravitationssenke von Epsilon Eridani kreuzte; aber genügend Fragmente trafen diesen zweiten Planeten, um seine Biosphäre für immer zu vernichten. Nun, ich brauche Ihnen wohl nicht noch mehr über Nowaja Rossija zu sagen. Sie sind ja schließlich dort gewesen.«

»Aber die Sippe, welche die Zivilisation von Nowaja Rossija vernichtete, hatte doch nie die Technik, um einen *Stern* zu beschleunigen! Und es gab auf der Erde damals keinerlei Zivilisation und nichts zu zerstören!«

»Natürlich nicht. Aber wovor ist die Alea-Sippe geflohen, Dr. Yoshida? Wer war der Feind des FEINDES?«

»Die Marodeure«, sagte Dorthy. »Glauben Sie, daß sie es getan haben? Daß sie in die Zukunft blicken konnten?«

»Ich weiß nicht. Aber es gibt etwas, das *Sie* wissen sollten, Dorthy. Es gibt mindestens einen Planeten, der den überschnellen Stern umkreist. Wer würde die Bahn einer Welt um eine Waffe legen?«

Später saßen sie auf einer Terrasse, die über Klippen und den abgestuften Bambuswald blickte, der in einem Meer von Nebel versank. Die gleichgültige Dienerin stellte ein lackiertes Tablett hin mit einer Teekanne und Porzellantassen, die so dünn waren, daß das Licht hindurchschimmerte. Dann trat sie zurück und wartete still an der rohen Felswand.

»Jasmintee ist eine meiner Schwäche«, sagte Talbeck Barlstilkin, während er einschenkte.

Dorthy blickte über simulierten kilometerweiten Nebel zu runden Berggipfeln und nahm ihre Tasse zerstreut entgegen. Sogar ein Vogel kreiste mitten in der Luft. Sonnenlicht blitzte auf seinen Flügeln, als er seine Kurven erweiterte. Sie sah zu, wie der illusionäre Vogel immer höher kreiste, nippte an dem parfümierten Tee und dachte über alles nach, was man ihr gezeigt hatte.

Da hatte es eine projizierte Simulation gegeben, wie der ausgerissene Stern beschleunigt worden war. Ein Paar weißer Zwergsterne, das nahe dem Schwarzen Loch im Zentrum der Galaxis hereinschwenkte. Der eine Stern wurde eingefangen und spie seine Eingeweide in einem Nova-Ausbruch über den Himmel, während der andere den Impuls seines Partners aufnahm und augenblicklich tangential davonflog. Es war unmöglich, daß er einen Gasriesen mitgenommen hätte. Das konnte Barlstilkins Simulation unmöglich erklären. Die Bahnen der Komponenten des Doppelsterns waren so eng gekoppelt, daß keiner der Partner einen Planeten hätte haben können: Außerdem wäre jeder Planet in der Newtonschen Begegnung mit dem Schwarzen Loch verlorengegangen.

Und dann hatte es eine Simulation gegeben von dem, was geschehen würde, wenn der überschnelle Stern dicht an Sol vorbeigezogen wäre. Kataklysmische Flutwellen zerrissen die äußeren Planeten und rafften ihre Monde dahin. Die Bahnen der Myriaden von Asteroiden im Gürtel brachen in Richtung auf die Sonne zusammen. Die Bahnen von Mars und Erde wurden exzentrisch ausgedehnt.

Messungen der Relativbewegung des überschnellen Sterns waren noch grob. Es war durchaus möglich, daß er Sol um ein Lichtjahr verfehlen würde: Aber eine enge Begegnung war eine Möglichkeit. Dies würde tausendmal schlimmer sein als die Katastrophe von Nowaja Rossija. Und falls die Öffentlichkeit davon Kenntnis erhielte, würde niemand aufhören, über Wahrscheinlichkeiten nachzudenken oder sogar darüber, daß das Unglück erst in zwölfhundert Jahren passieren würde… Dorthy fühlte sich gleichsam in eine Ecke getrieben. Sie saß in der Falle. So wie die Marine sie eingefangen, wegen ihres Talentes benutzt und dann ins Gefängnis geworfen hatte wegen dessen, was auf P'thrsn geschehen war, und dessen, was in ihrem Kopf steckte. Aus demselben Grunde hatte man sie befreit; aber sie wußte nicht *warum*.

Barlstilkin hatte ruhig die Aussicht genossen und Tee getrunken. Dorthy merkte, daß er darauf wartete, sie würde sprechen. Sie fragte ihn: »Warum tun Sie dies?«

»Sehen Sie mir ins Gesicht, Dr. Yoshida, und fahren sie fort! Mir macht das nichts aus.«

»Ich fragte mich, weshalb Sie es nicht in Ordnung gebracht haben…«

Ihre Tasse knallte auf die Steinfliesen der Terrasse. Barlstilkin hatte über den kleinen Tisch gelangt und sie mit einer klobigen, kräftigen Hand unter dem Kinn gepackt und ihren Kopf herumgedreht, bis sie ihm direkt ins Gesicht blickte.

»Sehen Sie sich dies an!« Seine Fingerspitzen quetschten ihr Zahnfleisch durch die Wangen hindurch.

Sie sah hin.

Blankes Narbengewebe bedeckte die linke Seite und zog den Mundwinkel herunter. Das Auge war halb verborgen, eine wimpernlose schimmernde Sichel. Unter der Kappe seines glatten schwarzen Haares war sein linkes Ohr eine Beule aus Zellgewebe, das um das Loch gedreht war. Dorthy begegnete seinem Anstarren ihrerseits (das tat ihr mehr weh als sein Griff) und empfand den Wirbelsturm seiner Emotionen. Ein brennendes Schloß hoch über einem tobenden Meer, Flammen, die Hunderte von Metern hochschlugen und vom Wind in die Nacht fortgerissen wurden…

»Sie sehen…« Seine Stimme war sanfter, sein Griff lockerer.

Dorthy wich zurück. Sie konnte nicht sagen, ob es seine Wut war, die sie empfand, oder ihre eigene.

Barlstilkin sagte: »Es geschah vor der Föderation des Gemeinsamen Wohlstandes. Nicht lange nachdem der Phasenwandler erfunden war und die WVN Expeditionen entsandten, um herauszufinden, was aus den alten amerikanischen und russischen Kolonien geworden war. Sie installierten eine Marionettenregierung auf Elysium und waren entschlossen, die Kontrolle über die Agatherinproduktion zu gewinnen. Als sie alle Produzenten zwangen, in die Fontaine des Jugend-Kombinats einzutreten, entschloß sich mein Vater zum Widerstand. Er heuerte von der Erde ungefähr fünfzig Söldner an, aber die Finanzkraft der WVN war unerschöpflich. Sie mieteten eine scheußliche *Armee*. Ihre Truppen eroberten und plünderten das Schloß und ermordeten meinen Vater. Ich konnte ihnen entkommen, aber nur deshalb, weil ich so schwer verwundet war, daß sie mich nicht erkannten. Danach stellten sich die WVN freundlich, um die anderen Produzenten zu besänftigen. Sie stahlen mir nicht mein Erbe und gewährten mir einen Sitz im Rat des Kombinats: Das war ein Fehler. Ich bekam genug Geld, um zu tun, was ich wollte. Um weiterzumachen. Die WVN hatten sogar vor den anderen Regierungen der zehn Welten verheimlicht, was Ihnen auf P'thrsn passiert war. Aber ich brachte es heraus. Und sie haben auch den überschnellen Stern geheimgehalten, obwohl sie schon eine Expedition dahin entsandt hatten. Auch ich werde dorthin gehen und möchte, daß Sie mit mir kommen, Dr. Yoshida. Sie wollten allen Völkern der Föderation die Wahrheit über Alea mitteilen. Ich will die *ganze* Wahrheit herausfinden.«

»Ich auch«, sagte Dorthy und freute sich, seine Überraschung zu sehen. Das gab ihr für einen Augenblick das Gefühl der Kontrolle noch vor dem Spiel. Im Versuch, ihn aus dem Gleichgewicht zu bringen, fragte sie: »Sind wir nicht schon unterwegs?«

Talbeck Barlstilkin lächelte und machte eine Handbewegung. Die Berge und der neblige Himmel flogen weg wie Lumpen. Es waren nur noch die Myriaden Lichtpunkte der Sterne zu sehen, hart und hell vor der interplanetaren Nacht. Sehr langsam schwebten sie unmerklich von der Balustrade empor.

»Ich hätte wissen müssen, daß ich ein Talent nicht ewig zum Narren halten kann«, sagte er.

»Oh, ich bin schon früher auf einem Schiff wie diesem gewesen, als ich eine junge Arbeiterin war. Tatsächlich wäre eine Luftfabrik einfacher als Ihr Gewächshaus mit Wasserfall und Fichten.«

»Einfacher, aber nicht so elegant. Ich muß... mein Ansehen wahren. Dieses Schiff ist sehr viel größer, als Sie denken. Ein Relikt wie ich.« Er war vor den Sternen nur ein umfangreicher Schatten, aber Dorthy wußte, daß er lächelte.

»Und wohin bringen Sie mich?«

»Natürlich zu dem überschnellen Stern. Aber erst zu Titan.«

»Titan? Aber interstellare Schiffe dürfen nur aus dem Luna-Orbit starten.«

»Exakt. Wir werden zwei Tage mehr brauchen, um dorthin zu kommen. Wir müssen unseren Piloten aufnehmen. Das arrangieren ein paar alte Freunde für mich. Ich bin kein einsamer Ränkeschmied, Dr. Yoshida. Mindestens ein Dutzend von uns sind dabei beteiligt. Die anderen erwarten Profite aus exotischen Technologien. Das tue ich vorgeblich auch. Inzwischen schlage ich vor, daß Sie den Rest unserer Reise genießen.«

Dorthy wußte, weil sie schon einmal die Fahrt von der Erde zu Titan gemacht hatte, daß es erheblich mehr als zwei Tage erfordern würde. Sie sagte: »Sie haben mich wieder in Schlaf versetzt.«

»Das tut mir leid. Es war eine notwendige Vorsichtsmaßnahme, obwohl ich eine falsche Spur gelegt hatte.

Ich habe Sie von Luna zur Erde geschafft, weil der Luna-Hafen zu streng kontrolliert wird. Zu viel Handelsverkehr, zu viel Marine. Chongqing ist von allen obskuren Häfen der Erde der allerobskurste, aber doch ...«

»Ich werde Ihnen helfen. Aber ich will, verdammt noch mal, keine Bevormundung!« Dorthys Verärgerung war nicht zu überhören. »Ich werde es tun, weil jeder auf der Erde, jeder auf den zehn Welten erfahren sollte, was ich auf P'thrsn herausgebracht habe. Nicht, weil Sie Rache üben wollen!«

Er versuchte sie zu beruhigen. »Natürlich, natürlich. Darum wußte ich, daß Sie mir helfen würden. Ich spiele ein verzweifeltes Spiel, Dr. Yoshida. Trotz meiner Vorsichtsmaßnahmen hat uns die WVN-Polizei beinahe erwischt, als wir den Erdorbit verließen. Eines ihrer Schiffe verfolgt uns sogar jetzt noch; und es wird viel Glück erfordern, unseren Piloten an Bord zu bringen und jedem Empfang zu entgehen, der uns auf Titan erwarten kann.«

Dorthys Wut war verflogen. Sie lächelte über sein archaisches, geschraubtes Portugiesisch und sagte: »Wenn Sie lieber Englisch reden wollen – das ist meine zweite Sprache.«

»Natürlich eine geborene Australierin. Ich könnte mit Ihnen verwandt sein, Dr. Yoshida. Viele der ursprünglichen Kolonisten von Elysium kamen aus dem fünfundvierzigsten Staat der USA. Nun bitte, möchten Sie noch etwas Tee haben? Genießen Sie die Aussicht! Schauen Sie dorthin! Sehen Sie?«

Dorthy drehte sich um und sah.

Mit Ringen schräg um seinen bebänderten Globus, ging Saturn hinter der Balustrade auf.

4

Urbis war durch ein Kartell Goldener gegründet worden, die damit eine exklusive Erholungsstätte schaffen wollten, gelegen auf dem Boden des einzigen ständig klaren Flecks in den trüben Wolken von Titan. Das war vor dreißig Jahren gewesen. Inzwischen waren die Preise für Reisen zwischen den Planetensystemen in den Keller gesunken. Urbis war nicht weiter exklusiv, sondern bloß elegant. Die ursprüngliche Arcologie war verlorengegangen unter dichtgedrängten Kuppeln und Türmen, die an dem steilen Grat von Tallmans Scarp hinauf und herunter krochen. Der natürliche Felsboden war durchsetzt von hydroponischen Tunnels und Speicherbecken und Kraftwerken. Um dem Gedränge und der Unbequemlichkeit des ständigen Karnevals zu entfliehen, waren die Reichen in extravagante Wohnungen in der wilden Landschaft nördlich des Grates umgezogen.

Suzy reiste mit der privaten Linie Bonadventures und sah, wie Eisnadeln hinter der durchsichtigen Wand des kleinen Wagens vorbeiwirbelten: Sie zupfte mit ihren langen, doppelt gelenkigen Zehen an den Quasten des handgewobenen Teppichs und suchte Adam X möglichst zu ignorieren. Der saß ihr gegenüber, still und aufrecht, die Hände auf den Knien, mit entspanntem Gesicht. Er bot keine bessere Gesellschaft als ein Leichnam und war ebenso störend.

Sie hatte es aufgegeben, irgend etwas aus ihm herauszubekommen, und versuchte sich nun selbst ein Bild zu machen: Suzy, denk nur dies eine Mal an das, wo du hineingerätst! Das war nicht leicht.

Der FEIND... Sie waren in ihren Asteroidensiedlungen um BD 20 verbrannt worden; aber es gab noch ein anderes Nest von ihnen, weniger als fünf Lichtjahre entfernt. Eine jämmerliche, knapp planetoformte Welt, die von der Navy unter Quarantäne gestellt war. Niemand wußte, woher ihre Bewohner gekommen waren. Sie hatten vor einer Million Jahre diese beiden Systeme besiedelt und konnten in der ganzen Galaxis stecken. So war vielleicht ein Erkunder in einem einsitzigen Schiff auf eine andere Kolonie gestoßen. Man konnte mit dem FEIND nicht verhandeln – er war sofort unerbittlich feindlich –, aber wenn man ihn ausräuchern konnte, ohne seinen Kram zu zerstören, war das ein planetares Vermögen wert. Wenn ihr Hauptstern ein kühler roter Zwerg war, könnte man ein Intersystemschiff tausend Kilometer über der Photosphäre in Umlaufbahn bringen, den Phasenwandler einschalten und eine Eruption hochjagen. Das hatte die Navy bei BD 20 gemacht und alle Asteroidensiedlungen in Asche gelegt. Aber wenn es ein Planet war... Eine Eruption würde eine Biosphäre zerreißen, würde aber nicht alles zerstören. Nun ja. Sie würde das gern tun. Ameisen unter einem Brennglas.

Suzy nahm einen kräftigen Schluck Pflaumenschnaps. Die Flasche war fast leer, obwohl sie sich nicht richtig betrunken fühlte. Nur... gelöst.

Hohe Klippen fielen zurück, als der Flugwagen in einer langen Kurve auf die hochliegende Gerade einbog. Bis zum nahen Horizont erstreckte sich netzartig ein Eisfeld, wo Cirruswölkchen wie Federn am rosafarbenen Himmel standen. Voraus lag der schroffe Berggipfel, auf dem das Haus von Duke Bonadventure thronte.

Suzy war einmal auf einer Party gewesen mit jemandem, den sie in der Stadt kennengelernt hatte, einem Astronomen von der Fra-Mauro-Universität mit einer Leidenschaft für Filmdramen des zwanzigsten Jahrhunderts. Als vor ihm plötzlich Bonadventures Haus auftauchte, hatte er tief Luft geholt und gerufen: »Das Schloß von Graf Dracula!« Später hatte er ihr zweidimensionale Schwarzweißbilder mit grobem Korn aus seinen Beständen gezeigt, und Suzy hatte irgendwie verstanden, was er gemeint hatte.

Auf dem steil ansteigenden Fels sitzend, seine von hohen Zinnen gekrönten Mauern aus massiven Steinblöcken gefügt und Türme mit schmalen Fensterschlitzen in jeder Ecke, sah Bonadventures Haus wirklich wie sein imaginäres Gegenstück aus, bis hin zu dem riesigen Torbogen, durch den der Wagen tauchte und Suzy in ihren Sitz drückte, als er langsam in einer weiten Marmorhalle zum Stehen kam.

Ihr gegenüber zwinkerte Adam X und zwang seinen Mund langsam zu einem Lächeln.

Es war weit zu gehen von dieser Marmorhalle, durch Korridore, die so weit waren wie Autobahnen zur Zeit der Verschwendung über weitgeschwungene Treppen, die zu noch mehr Korridoren führten und durch große Räume, in denen es nur riesige dunkle Gemälde an den Wänden gab, und plötzlich über eine transparente Passage, die eine Tiefe von hundert Metern überspannte, in der zerbrochene Felsen und Eis lagen, kälter als flüssiger Sauerstoff. Adam X ging rasch, und Suzy marschierte hinter ihm her. Sie wurde immer ärgerlicher und bemerkte kaum die einzige Person, an der sie in all dieser Zeit vorbeikamen, einen Mechaniker, der verschmitzt lächelte, als sie hinter Adam X hereilte. Als sie schließlich das Zimmer erreichten, wo Duke Bonadventure auf sie wartete, war alle Vorsicht bei Suzy erloschen. Man möge ihr einen der FEINDE zeigen, und sie würde ihm gern mit bloßen Händen den Kopf abreißen – sofern er einen Kopf hätte.

Der Raum war hoch und weit, so groß wie ein Promenadeplatz. Vom Fußboden bis hoch zur Decke waren weiße Seidenbanner über Wände aus nacktem Stein drapiert. Suzy stapfte durch etwas, das wie einige Hektar tiefen weißen Teppichs aussah, zu der Gruppe von Leuten an der eingetieften Feuerstätte am anderen Ende, wo blaue Flammen über einem Haufen simulierter Baumstämme brausten. Auf Titan konnte nicht einmal Gabriel, Duke Bonadventure II., es sich leisten, Holz zu verbrennen.

Bonadventure stand mit dem Rücken zu den Flammen. Eine üppig mit Gold bestickte Robe aus roter Seide war über seiner Brust offen gehalten. Einige medizinische Techniker bemühten sich um die Datenausgaben eines tragbaren Autodocs, den sie auf einen schwarzen Eichentisch gestellt hatten, der über tausend Jahre alt zu sein schien, mehr aus Stein als aus Holz. Leitungen führten von ihm zu der diagnostischen Binde um Bonadventures Arm.

»Er wird sofort mit Ihnen sprechen«, sagte sein Sekretär, ein höflicher weißhaariger Mann in einem auf diskrete Art kostspieligen grauen Anzug, zu Suzy und fing sie gut dreißig Meter vor dem Duke ab. Der Sekretär winkte einem Lakai, der einen silbernen Pokal auf einem silbernen Tablett brachte.

Suzy schnupperte an dem Zeug darin, das klar war wie Wasser, und nippte davon. Die Flüssigkeit schien auf ihrer Zunge zu verdunsten und schmeckte nach kühler Meeresluft und nach Winter in einem Tannenwald, wenn der erste Schnee gefallen ist. Seine Schärfe war wie ein Moment von Feuer und verging dann in einer nachklingenden Glut.

Der Sekretär lächelte. »Das ist etwas Polytrophisches, von Serenity.«

»So.«

»Das bedeutet nur, es ist alles, was man sich immer vorstellen mag. Bitte entspannen Sie sich, Seyoura Falcon, und gestatten Sie mir, Ihnen zu sagen, was geschehen wird. Der Duke hat heute zehn Minuten Zeit,

Ihnen seine Aufmerksamkeit zu schenken. Er wird Sie fragen, ob sie Pilotin bei einer besonderen Expedition sein wollen. Sehr gefährlich, aber auch sehr lohnend. Zumindest möglicherweise. Wenn Sie zusagen, wird man Ihnen die Details geben.«

»Der FEIND«, sagte Suzy. »Man hat mir gesagt, daß es sich darum handelt.«

»Vielleicht. Wir sind nicht sicher. Aber die Wahrscheinlichkeit ist sehr hoch.«

»Ich werde es tun«, sagte sie und kippte den Rest des kühlen Feuerwassers hinunter.

Die sanfte Miene des Sekretärs änderte sich nicht. »Natürlich. Darum habe ich Sie gefragt. Sie werden mit Ihrem Schiff zusammentreffen in etwas mehr als einem Tag, wenn es Titan passiert.«

»Passiert?«

»Die WVN-Polizei kennt unsere ... Pläne schon. Wir müssen jetzt mehr achtsam sein.«

Suzy kam ein beschwipster Einfall. »Ich bin nicht die erste Person, die Sie gefragt haben, nicht wahr? Dies ist so wichtig, daß Sie es nicht innerhalb eines Tages vom Boden aufsteigen lassen wollten. Sofern Ihnen keine Wahl bleibt.«

Der Sekretär berührte seinen seidigen weißen Bart mit zwei exquisit manikürten Fingern. »Seyoura, ich gebe zu, daß Sie ganz recht haben. Unser Pilot wurde auf Luna verhaftet, als er den Liner nach Titan bestieg. Der zweite wurde hier festgenommen, in Urbis, gerade gestern.«

Suzy beschloß, dies so gut durchzustehen, wie sie konnte. »Nun wohl, ich bin im Ruhestand gewesen und darum vermutlich kein Opfer. Aber ich möchte hierbei eine Chance haben. Gegen den FEIND.«

Der Sekretär lächelte: »Seyoura, Sie sind unsere letzte Hoffnung, wenn ich so sagen darf. Tatsächlich sollten Sie gar nicht wirklich hier sein. Aber der Duke wünschte mit Ihnen zu sprechen, ehe Sie abreisen.«

»Das ist gut, denn ich muß ihn eine ganze Menge fragen.«

»Warten Sie, Seyoura! Er ist noch nicht bereit...«

Aber Suzy marschierte schon dahin, wo Bonadventure stand. Einer der Ärzte fuhr ihm langsam mit einer Art silbernen Rute über die Brust, ein anderer studierte auf einer kleinen Holofläche das unscharfe, rot auf Rot pulsierende Muster.

Suzy sagte: »Sie wollten mit mir reden.«

Der Sekretär versuchte, sich zwischen Suzy und den Goldenen zu drängen. »Es tut mir sehr leid, Gabriel. Ich fürchte, sie ist ungeduldig. Seyoura, Sie werden in einem Moment sprechen können.«

»Laß sie jetzt gleich reden!« knurrte Bonadventure, stieß den Arzt fort und schloß seine Seidenrobe. Er war ein kleiner stämmiger Mann, häßlich wie die Pitbulls, die Suzys Vater zum Kampf abgerichtet hatte. Kräftige, grimmige Muskeln an den breiten Kinnbacken, eng beisammen sitzende Augen unter hervorstehender Stirn: Sein modisch enthaarter Schädel schimmerte im Feuerschein. In einer Steckdose hinter seinem rechten Ohr hing ein Bündel von Datenstöpseln. Er war so sagenhaft alt, daß sein Gehirn nicht groß genug war, um alle seine Erinnerungen zu fassen. Er klatschte in die Hände, und sofort standen zwei Leute zu seinen Seiten. Der eine war ein fetter Mann mit bloßer Brust und einem eleganten schwarzen Bart; die andere war eine Frau, so mager wie eine Stange und mit Augen so kalt und hart wie jeder Stein auf Titan. Sicher eine Goldene.

Bonadventure sagte zu Suzy: »Zwei meiner Gesellschafter. Los, Mädchen, sag deinen Spruch auf!«

»Ich wünsche zu wissen, in was ich da hineingerate, das ist alles.« Trotz des benebelnden Dunsts von Alkohol und Polytrophem verspürte Suzy Angst. Sie war Bonadventure früher schon öfters begegnet, aber nur zusammen mit dem Team bei kurzen formellen Anlässen nach Turnierkämpfen. Niemals so, mit ihm allein.

Sie konnte das Gewicht seiner Autorität und seines Alters fühlen. Es war, als ob man einer Elementarkraft entgegentreten wollte, einem Gewitter oder einer Sonneneruption. Sie sagte: »Ich meine, ich will für Sie gegen den FEIND fliegen. Ich will noch mal eine Chance gegen sie haben: Aber ich möchte wissen, auf was ich mich da einlasse.«

Bonadventure streckte eine Hand aus, und jemand gab ihm einen silbernen Pokal – eine verblüffend schöne Frau, das Haar hoch aufgetürmt und mit kleinen Lichtern durchzogen, ein kleines, ruhiges Gesicht und vollkommen weiße Haut, die die silbernen Maschen ihrer Kleidung betonte; es war, als ob sie durch einen Wimpernschlag in die Existenz gerufen worden wäre, als sie neben Bonadventure trat, weniger real als die projizierten Goldenen beiderseits von ihm.

»In was du dich einläßt, ist höchst illegal«, sagte Bonadventure. »Manche mögen es sogar für einen kriegerischen Akt gegen die Föderation halten.«

Der fette Mann sagte: »Ich würde ihnen zustimmen. Es ist ein Krieg. Das ist der wesentliche Punkt.« Er hatte eine hohe, schnarrende Stimme mit leichtem Lispeln. Er lächelte Suzy direkt an. »Schließlich kontrollieren meine Gesellschafter und ich Wirtschaftsimperien, die weit größer sind als viele Länder der Erde. Wir sind Monarchen, die über grenzenlose Gebiete herrschen, über Subjekte, die alle ausschließlich zu unserem Vorteil arbeiten. Aber diese Länder liegen innerhalb der Konföderation. Das macht all dies so gefährlich, meine Liebe.«

»Gerade am Ende des Krieges hat jemand ein neues Verfahren aufgezeigt, um Orthidium zu gewinnen«, sagte Bonadventure. »Dadurch ist der Preis für Katalfission-Batterien ins Bodenlose gefallen – und mit ihm der Preis für interplanetare und interstellare Reisen. Wir sponsern ein Dutzend Erkunder mit Einsitzern. Schon besitzen wir die Rechte für eine Welt so gut wie

Elysium, vielleicht sogar noch besser. Es gibt darauf bereits kleine Kolonien, Gruppen, die uns für das Recht der Ansiedlung bezahlt haben. Gruppen, die die harte Arbeit der Errichtung von Brückenköpfen verrichten und feststellen, ob die einheimische Biosphäre irgendwelche Fallen enthält. Draußen, jenseits der Jurisdiktion der Föderation, verstehst du? In fünfzig Jahren werden wir mehr Welten kontrollieren, als du dir träumen läßt.«

»Seyoura Falcon, wir treten in ein neues Zeitalter ein«, sagte der fette Mann. »Wir verlassen die alte marxistisch-demokratische Ära, wo das Individuum nichts galt und die Geschichte durch Massenpsychologie bestimmt wurde, die sogenannte Führer emporschwemmte.«

»Ein neues Zeitalter, Suzy!« brüllte Bonadventure. »Eine Ära von Imperien und Imperatoren!« Er trank aus, was in dem Pokal war, und stellte ihn heftig auf den antiken Tisch. Sein Gesicht schimmerte im flackernden Licht der Flammen, die in dem großen Kamin prasselten. Seine Augen funkelten. »Und du fragst, was das mit dir zu tun hat, mit dem FEIND?« sagte er.

»Nun ja.«

Bonadventure lächelte und zeigte kleine, weit auseinanderstehende Zähne. Als Keimlinge einem geklonten Embryo entnommen. Die vollen medizinischen Programme, die zu der Behandlung auf Langlebigkeit gehörten, hielten ein halbes Dutzend Klone, denen man das Gehirn entfernt hatte, als Ersatzteile bereit. Suzys alter Freund hatte recht gehabt. Goldene waren irgendwie Vampiren ähnlich, nur daß sie sich von Untoten ernährten, anstatt von Lebendigen. Obwohl man munkelte, daß manche Leute ihre Klone gesetzeswidrig austragen und aufwachsen ließen, verfügbar für Gehirnverpflanzungen. Langlebigkeit war nicht genug. Auf Unsterblichkeit kam es an, indem man einen Körper nach dem anderen in Betrieb hielt. Nun eben doch Vampire!

Die schöne Frau übergab Bonadventure einen anderen Pokal, und er gebot ihr, auch Suzy einen Drink zu geben. Das war schwarzer rauchiger Wein, bitter wie Schießpulver. Sein starker Dunst stieg ihr in die Nase.

Bonadventure toastete ihr mit seinem Pokal zu, nippte daran und sagte: »Der FEIND. Suzy, hast du je darüber nachgedacht, woher er kam?«

»Ursprünglich, meinen Sie? Ich vermute, daß wir manchmal darüber gesprochen haben; aber das waren nur Vermutungen. Niemand weiß es.«

Der fette Mann sagte: »Doch, es gibt jemanden. Sie hat alles über den FEIND auf der anderen Kolonie erfahren. P'thrsn.« Das Geräusch, das er machte, war wie eine Mischung von Spucken und Niesen. »Natürlich keine präzise Übersetzung; aber es war das, was der FEIND dort seine Heimat nennt. Sehen Sie, es gab eine Expedition auf die Oberfläche. Der FEIND verhielt sich zunächst still. Nicht wie jene bei BD 20. Sie waren nicht normal intelligent, nicht so, wie wir Intelligenz definieren. Nur unter Bedrohung oder in feindlicher Umgebung, wie den Wohnsiedlungen der Asteroiden.«

Auf der anderen Seite von Bonadventure gähnte die Frau mit den kalten Augen auffällig, sagte aber nichts.

Suzy setzte den Pokal auf dem Tisch ab und rieb sich die Schulter. Der Schwanz des tätowierten Drachens bewegte sich unter ihrer rechten Hand. »Jemand ist auf diesen Planeten gelandet? Steht er nicht unter Quarantäne?«

»Das war *vor* der Quarantäne«, sagte der fette Mann. »Fast alle Teilnehmer der Expedition wurden getötet, nachdem der FEIND durch das Eindringen sozusagen aufgeweckt wurde. Es überlebten nur zwei, und einer davon hat die Geschichte des Feindes herausgefunden. Sie haben einige Brocken und Teile gehört, weil die Navy einzelne ausgewählte Fakten nach außen durchsickern ließ. Zum Beispiel das Gerücht, daß der FEIND seine Kinder verzehrt. Und das ist wahr, bis auf einen Punkt.«

»Ich brauche keine Biologiestunde«, erwiderte Suzy. »Was ich brauche, ist, daß man mir genau sagt, in was ich hineingerate.«

Und dann wurde sie gepackt, gegen Bonadventures Seidenrobe gepreßt und auf Armeslänge gehalten. Seine Augen starrten in die ihren. Sie waren blau, mit kleinen gelben Flecken darin. Das hatte sie vorher nicht bemerkt.

»Was mir an dir gefällt, Suzy, ist, daß du nicht wie andere Kurzlebige bist«, sagte Bonadventure. »Du kennst meine Macht, bist aber nicht übermäßig eingeschüchtert.«

Suzy suchte sich aus seinem Griff zu befreien; aber er war stark, kräftiger als ihre verstärkte Muskulatur. Ihn in die Hoden treten? Na und?

Bonadventure zeigte wieder seine Babyzähne, dann ließ er sie frei. Zu beiden Seiten von ihm sahen der Sekretär, die wunderbare Frau, die beiden Meditechniker und die anderen Lakaien alle nicht ganz auf ihn und auf sie. Suzy wurde sich plötzlich dessen bewußt. Als ob sie mit dem Goldenen in einer Sicherheitsblase eingeschlossen wäre: Das war seine Macht. Die Macht, inmitten einer Schar seiner eigenen Bediensteten unsichtbar zu sein. Die Macht, diesen Gehorsam zu verunsichern. Sie sagte zu dem projizierten Bild des fetten Mannes – überrascht, wie ruhig ihre Stimme war: »Sie wollten mir gerade erzählen, woher der FEIND gekommen ist.«

»Der FEIND ist alt, wie Sie wissen. Sehr alt. Er kam vor einer Million Jahren aus dem Zentrum der Galaxis. Er ist aber noch viel älter. Zwei Millionen, zehn Millionen, eine Milliarde Jahre. Überlegen Sie einmal, Suzy, was er in all dieser Zeit entdeckt haben könnte. Sehen Sie, das ist der Preis. Man kann nicht zulassen, daß die

Wiedervereinten Nationen und Großbrasilien das alles stehlen und für sich behalten.«

»Ich kenne über den FEIND zwei Dinge«, sagte Suzy. »Er besitzt nicht den Phasenwandler, und er ist langsamer als das Licht. Und wir haben ihn bei BD 20 zum Teufel gejagt. Wie tüchtig kann er also sein?«

»Nur eine kleine Kolonie«, sagte Bonadventure. »Mädchen, wohin du gehst, wird es mächtig viel haariger sein als der Kampf um BD 20. Dessen bin ich sicher.«

Die Frau mit den kalten Augen sagte: »In den falschen Händen könnte eine vom FEIND gestohlene Technologie äußerst destabilisierend sein. Das ist der Punkt.«

Der fette Mann, plötzlich aus irgendeinem Grund ärgerlich, sagte: »Das muß man ihr nicht erst sagen.«

»Suzy, das sind gefährliche Zeiten«, versicherte Bonadventure. »Darum verlassen wir uns auf dich.«

Suzy sah, daß der Sekretär seinem Arbeitgeber ein leichtes diskretes Zeichen machte, und verstand, daß ihre Zeit abgelaufen war. Sie platzte mit einer letzten Frage heraus: »Wohin soll ich also gehen?«

Aber Bonadventure hatte sich schon abgewandt, und im gleichen Augenblick verblaßten die projizierten Bilder der anderen Goldenen. Der weißhaarige Sekretär sagte: »Seyoura Falcon? Bitte, kommen Sie mit mir! Ich werde Ihnen zeigen, was Sie wissen müssen.«

5

Auf dem Schiff gab es noch ein weiteres TALENT. Dorthy Yoshida war sich dessen sicher, trotz des Nebels, den Biochemikalien ihres Implantats ständig in ihren Blutstrom einsickern ließen. Sie hatte nicht eine Tablette von einem Gegenmittel abgesetzt in all der Zeit, da sie ein ›Gast‹ der Marine gewesen war, und hatte sich an dumpfe Empathie geringen Grades gewöhnt anstelle von scharfem Eindringen anderer Geister. Das war wie ein Leben mit schlechtem Sehvermögen und ohne eingepflanzte Linse. Man gewöhnte sich schließlich an verschwommenes Licht.

Bis jetzt, da sie sich konzentrieren mußte und gewahr wurde, wie sehr sie verkrüppelt war.

Sie hatte es mit Zen-Meditation versucht, dem Trick, den sie immer benutzt hatte, um sich zu beruhigen, um das Echo anderer Stimmen in ihrem stillen Zentrum zu finden, als sie eine junge Arbeiterin gewesen war. Aber das hatte ihr nur das seltsame, verdrehte Gefühl gegeben, als ob jemand ihrer mehr gewahr wäre als sie seiner, als ob sie sein undeutlicher Reflex wäre in einem Spiegel am anderen Ende eines langen dunklen Korridors. Ein Talent irgendwo auf dem Schiff; aber warum? Talente waren selten und teuer anzuheuern. Warum brauchte Talbeck Barlstilkin zwei? Vertraute er ihr wirklich, trotz seinen Beteuerungen?

Es gab niemanden, um ihre Fragen zu beantworten. Sie hatte Talbeck Barlstilkin oder seine Dienerin seit dem Gespräch auf dem Balkon nicht mehr gesehen. Und obwohl sie viele Monate damit verbracht hatte, das Schiff zu durchforschen, hatte sie nicht mehr als einen flüchtigen Blick auf jemand sonst geworfen.

So groß war das Schiff.

Es erinnerte etwas an ein Wrack, auf das sie getroffen war, als sie am Großen Barrier Reef tauchte. Australien. Der Pazifik. Sonnenlicht, das senkrecht aus dem weiten blauen Himmel brannte und durch blutwarmes Wasser auf Korallenriffe traf. Zuerst hatte sie geglaubt, das Schiff wäre nur ein weiterer Grat in der Topographie des Riffs. Und dann konnte sie die Reihe von Bullaugen erkennen, durch die hellbunte Fische schwammen. Die zerbrochene Oberstruktur war mit weißem Kalk bedeckt. Die Linie einer Stange trug Fahnen von Seetang mit sich… Alles war überwachsen und verwirrt, verkrustet durch die purpurne, braune und weiße kalkige Architektur der geduldigen kleinen Korallentiere. Das Wrack war ein Überbleibsel von den Schiffen, die die Weltherrschaft von Rußland und den Vereinigten Staaten beendet und das Interregnum eingeleitet hatten.

Barlstilkins Schiff war ebenso alt wie das im Riff steckende Wrack, ein Konglomerat aus mindestens einem halben Dutzend Fahrzeugen, die in einen Tunnelkern aus Mondschlacke eingefügt waren, übersät mit Kuppeln für Lebenserhaltungssysteme und einem großen Reaktionsmotor. Vielleicht war es ursprünglich eine Arcologie gewesen, eines der sogenannten unabhängigen Habitate, die einmal draußen jenseits Luna im Lagrangeschen Librationspunkt L_5 gehangen hatten. Das würde den Gesteinskern erklären, einen Zufluchtsplatz gegen Sonneneruptionen.

Ein paarmal begegnete Dorthy Mitgliedern der Mannschaft – kleine respektvolle Leute, so scheu und beweglich wie wilde Affen. In enge einteilige schwarze Overalls gekleidet, die ihre Hände und Füße frei ließen, mit geschorenen Köpfen und einer Haut im Ton matter Bronze und Mongolenfalten in den Augenwinkeln, sahen sie für Dorthy alle gleich aus. Seltsame zwergenhafte ästhetische Mönche, die von Sonnenstrahlen und dem Dampf lebten, der aus frisch gekochtem Reis aufsteigt. Vielleicht waren es Klone, aufgezogen in Tanks und allein durch Hypädie erzogen. Sie sprachen keine ihr bekannte Sprache, weder Japanisch noch Portugiesisch, Englisch oder Polynesisch. Sie versuchte sogar ihr kümmerliches Russisch. Aber die Leute lächelten nur, verbeugten sich und rannten fort durch gewundene Gänge oder in enge Röhren, wobei sie erstaunlich perfekte Manöver in Schwerelosigkeit ausführten, denen Dorthy gar nicht folgen konnte.

Nur die Kuppeln der Lebenssysteme hatten künstliche Schwerkraft. Im Innern des Felskiels des Schiffs konnte Dorthy mühelos durch das Labyrinth von Korridoren fliegen, über Laufstege, die sich wie ein Netzwerk durch riesige leere Frachträume zogen, und um Tanks, die bei der Berührung tönten. Im Zentrum des Kiels, sicher vor mutierender Strahlung, blubberten in einer seitlichen Kaverne mit makellos sauberen Wänden aus aufgesprühtem weißen Kunststoff Reihen von algenfarbenen Röhren im Schein künstlichen Sonnenlichts. Dahinter waren Teile eines unglaublich alten Shuttles in einer Schicht schmutziger Schlacke eingebettet. Die röhrenförmige Kabine wurde durch schwache gelbe Fluoreszenzlampen erhellt. Der grobe Plastikbezug einer Doppelreihe von Sitzen knisterte unter Dorthys Fingern. Saubere Blocks mit *kana-* und *kanji*-Beschriftung gaben überholte Anweisungen für längst verstorbene Passagiere bei Schwerelosigkeit. Mitsubishi-Nippon-Service für orbitale Flüge … Aus der Zeit vor dem Verlust von Japan. Das trieb ihr Tränen in die Augen, eine unerwartete Sehnsucht nach einem Ruhm, von dem sie nur durch die müßigen Prahlereien ihres Vaters gehört hatte.

Es war immer präsent, alles. Alles würde wiederkommen, wenn sie es verließe: Ihre kurze Kindheit in der kleinen westaustralischen Walfangstadt; die spartanischen Wohnblocks der Company; ihr Vater, bitter, weil seine Familie ihn gezwungen hatte, eine *gaijin* zu heiraten; ihre Mutter, ausgezehrt durch Armut und die unmöglichen Forderungen ihres Gatten; der schwache betrunkene Onkel Mishio; die arme Hiroko, ihre zweimal verlorene Schwester... Als Dorthy am Ende ihres Kontraktes mit dem Kamali-Silver-Institut aus dem Orbit heruntergekommen war, war sie zwanzig Jahre alt gewesen, und ihre Kindheit war längst vorbei – irgendwann nach ihrem ersten Selbstmordversuch während des kontrollierten Erwachens ihres TALENTES. Sie war eitel gewesen, selbstsicher bis zur Arroganz. Ihre ganze Zukunft war vorgezeichnet: Ein oder zwei Jahre als freiberufliches Talent und dann die Fra-Mauro-Universität und eine Laufbahn in Astronomie, Flucht in die freien Räume des tiefen Weltraums... Aber zuerst war sie gegangen, ihre Familie zu besuchen, oder was davon nach dem Tode ihrer Mutter übrig geblieben war. Sie geriet alsbald in einen Alptraum.

Ihr Vater hatte das Geld aus Dorthys Vertrag mit dem Institut benutzt, um eine Viehfarm im australischen Busch zu kaufen; aber Dürre und Schmarotzer hatten sein Kapital aufgezehrt. Dorthy hatte Hiroko aus Onkel Mishios blutschänderischen Armen befreit und für sie ein Apartment in Melbourne gefunden, einen laufenden Kredit eingerichtet und ihre Laufbahn als freiberufliches TALENT wieder aufgenommen. Drei Monate in Rio de Janeiro, danach war sie zurückgekehrt und hatte festgestellt, daß Hiroko fort war, zurückgekehrt zu der jämmerlichen Viehfarm. Sie hatte nur eine rätselhafte Notiz der Erklärung hinterlassen: *Ich kann nicht unter Fremden leben.*

Dorthy hatte sie nie wiedergesehen. Sie war zu stolz oder zu feige gewesen, ihrer Familie wieder entgegenzutreten. Sie hatte ihren akademischen Abschluß erzielt und war von der Navy vershanghait worden, an der Expedition teilzunehmen, die einen Planeten eines unbedeutenden roten Zwergsterns erkundete, der, wie man dachte, durch den FEIND planetoformt worden war.

In der Kabine vom Beiboot des Shuttles dachte Dorthy, daß es so einfach wäre, der Vergangenheit Zutritt zu gewähren. Die lag immer auf der Lauer, um sie zu überfallen. Ihre eigene Vergangenheit und die geheime Geschichte des Feindes, der Alea. Die arme Hiroko lebte wahrscheinlich noch, und Dorthy fiel nichts ein, was sie für sie tun könnte, nachdem die Navy sich ihrer bemächtigt hatte. Und jetzt Talbeck Barlstilkin und vielleicht eine Chance zur Befreiung.

In der Mikrogravitation waren in ihren Augen große Tränen aufgekommen. »Verdammt!« sagte Dorthy und wischte sie weg. Sie schwamm durch matt erleuchtete Luft in das Flugdeck des Shuttles. Das war ausgeräumt worden und hing jetzt voller Kabelstränge. In deren Mitte befand sich wie eine glänzende schwarze lauernde Spinne das Polycarbongehäuse eines überschnellen Computers. Illegal für jedermann außer den WVN oder der Föderationsmarine in diesen Tagen nach dem Interregnum. Die Verschwörung war also tiefer, als sie gedacht hatte. Kameras drehten sich, um ihr zu folgen. Aber das wollte oder konnte keine ihrer Fragen beantworten. So floh Dorthy aus der gespenstischen Kammer mit ihren realen und eingebildeten Geistern.

Soweit sie feststellen konnte, war die plumpe zusammengefügte Struktur noch immer im Zustand der Beschleunigung. Im Kiel zog das Gespenst der Schwerkraft sie von Saturn weg. Offenbar würde das von Talbeck Barlstilkin angekündigte Rendezvous zwar im Orbit, aber bei einem Swingby-Manöver stattfinden.

Dorthy revidierte ihre Schätzung, wie lange sie sich im Tiefkühlschlaf befunden hatte. Schiffe wie dieses waren so klapprig, daß sie nicht mit viel mehr als einem zwanzigstel Ge beschleunigen konnten... Bei konstanter Beschleunigung ohne Wendemanöver wären mindestens vier Tage von der gewöhnlichen Fahrzeit abgeknapst worden. Barlstilkin hatte es eilig, und das mit gutem Grund. Ein Schiff der WVN-Polizei saß ihm im Nacken, und wer wußte, welcher Empfang ihm beim Saturn erwartete.

Als Dorthy das Schiff untersuchte, hatte sie immer das Gefühl, ein anderes TALENT beobachtete sie aus ihrer eigenen Haut heraus. Einmal, als sie in dem Planetarium saß und die simulierten Sternwindungen der Galaxis betrachtete, glaubte sie, ein leichtes Zischen zu hören. Sie lief durch das Gewächshaus über die Brücke, die sich über den Teich des Wasserfalls spannte, und jagte dem Ton nach über den Korridor, der sich in die leeren Räume des Schiffs absenkte, dann schwächer wurde und verschwand. Nur ihr Atem, das Summen der Ventilatoren und das ständige kribbelnde Rumpeln des Rückstoßmotors des Schiffes.

Dorthy hatte keine Lust, Geistern hinterherzujagen, und ging wieder ins Planetarium. Sie hatte dort ein halbes Dutzend Stunden verbracht und Szenarien für die Beschleunigung des überschnellen Sterns ablaufen lassen. Immer wieder änderte sie die Parameter für die Begegnung des weißen Zwergdoppelsterns mit dem Schwarzen Loch und versuchte zu sehen, ob die Marodeure Planeten auf die gleiche Weise hätten beschleunigen können. Aber in jedem Fall wurden Planeten über den Himmel verstreut, die meisten zerrissen durch Gezeitenkräfte und verschwindend in dem flimmernden Ereignishorizont des Schwarzen Loches. Gesteinsplaneten mit oder ohne geschmolzene Kerne, Gasriesen, sogar eine Kugel aus reinem Eisen – nichts hatte genug Kohäsion, um den schrecklichen Gezeitenkräften zu widerstehen. Atmosphärische Gase wurden in einer Nanosekunde fortgerissen, Steine flossen wie

Wasser. Nur die Neutron-Neutron-Kräfte, wie sie in weißen Zwergsternen vorkommen, konnten einer engen Begegnung mit den Gezeiten des Schwarzen Lochs standhalten.

Dorthy brauchte Stunden, um herauszufinden, daß die Marodeure Planeten hinzugefügt haben könnten, nachdem der Planet beschleunigt worden war, mit Benutzung des gleichen Antiträgheitsantriebs, den die Alea von P'thrsn verwendet hatten, um den Planeten eines roten Zwerges mit gebundener Rotation so in Drehung zu versetzen, daß er bewohnbar wurde, und einen Mond aus seiner Umlaufbahn zu reißen und gezielt über Lichtjahre laufen zu lassen, um selbst in Sicherheit zu bleiben. Das erforderte ein unglaublich feines Manövrieren, war aber nicht unmöglich.

Zumindest dies war beruhigend. Es gab dem Unbekannten einen gewissen metrischen Rahmen, ein mögliches Gesicht.

Als Talbeck wieder auftauchte, war Dorthy auf dem Balkon und nahm eine ihrer unregelmäßigen Mahlzeiten ein. Sie sah ihn zuerst nicht, so sehr war sie in die Betrachtung des Saturns versunken, der jenseits der Balustrade riesengroß geworden war.

Die Ringe waren wie ein zarter weißer Bogen um den bebänderten, leicht abgeplatteten Globus geneigt und wurden von seinem Schatten zerschnitten. Tausend gedrängte Bahnen schmutziger Eisberge strömten ständig um den Äquator, körnig weiß beiderseits der Cassinischen Trennung. Sie fingen gerade an, ihre komplexe geflochtene Struktur zu zeigen. Aus Dorthys Blickpunkt erstreckten sie sich fast über den ganzen Himmel. Einige Monde warfen perfekte schwarze Schatten auf turbulente, lachs- und ockerfarbene Bänder. Ein anderer Mond hing als heller, beständiger Stern jenseits des Endes des Ringbogens.

Rhea, Iapetus, Tethys, dachte Dorthy. Dione, Enceladus, Mimas. Und Janus, Hyperion und Phoebe. Nicht zu erwähnen ein halbes Hundert fliegender Berge, die nur mit dem Datum ihrer Entdeckung katalogisiert waren. Und als größter von allen, noch größer als Merkur: Titan. Ein Sonnensystem im Kleinformat, ein perfektes Newtonsches Spielzeug.

Talbeck Barlstilkin hustete höflich, und Dorthy wirbelte herum. Ihr Herz tat einen jähen Sprung der Angst.

»Nun«, sagte er und zeigte sein grausam verzerrtes Lächeln, »ich hatte nie gedacht, daß ich mich an ein Talent heranschleichen könnte.«

Genau hinter ihm, nicht größer als hüfthoch, stieß der kleine Junge nervös unordentliche schwarze Locken von seiner glatten runden Stirn zurück. Dann kroch seine Hand die plumpe Wange hinunter, und sein Daumen versenkte sich im Munde.

Dorthy sagte zu Barlstilkin: »Was wollen Sie mit einem weiteren Talent?« Sie blickte aber den Knaben an.

Sieben, acht? Er lutschte am Daumen und erwiderte Luzys Anstarren mit feierlicher Gleichmut. Er trug Latzhosen, blaßblau und weiß gestreift, mit großen hellroten Plastikschnallen. Barlstilkin legte eine Hand auf sein Lockengewirr, aber der Junge reckte sich plötzlich in die Höhe.

Barlstilkin tat so, als ob er nichts merkte, und sagte: »Diemitrios ist mir vom Kamali-Silver-Institut geliehen worden. Sogar von Isidora Silver selbst. Ja, sie gehört auch zu der Verschwörung.«

Dorthy hatte vergessen, wie gespenstisch sein Lächeln war, wie ein krampfhaftes Grinsen des Schädels mit dem silbrigen Narbengewebe. Er trug lose schwarze Hosen und eine eng anliegende Strickjacke, die die Wölbung seines Brustkorbs und seine muskulösen Arme zeigte. Stiefel aus Zithsaleder schimmerten matt in dem starren Licht des Saturns.

»Böse Frau«, sagte Diemitrios plötzlich.

Barlstilkin kniete sich hin, so daß sein zerstörtes Gesicht auf gleicher Höhe wie das des Jungen war. »Was ist böse an ihr, Diem? Sie wird uns helfen.«

»Etwas falsch. Etwas falsch mit ihrem Kopf, wie ein Ding, das tief in ihr reitet.«

»Ich weiß«, sagte Dorthy. »Wie sieht es aus? Kannst du mir das sagen?« Sie glaubte, es zu wissen, hatte aber bisher nie eine Chance gehabt, das herauszufinden. In ihr war eine üble Wut, fast wie Gier, die alle Vorsicht verdrängte und jede andere Frage überwucherte.

Der Mund von Diemitrios erweiterte sich um seinen feuchten Daumen. Auch seine blauen Augen wurden größer, so daß sich rings um die blauen Pupillen das Weiße zeigte. »Licht«, sagte er. »Zu viel Licht.« Dann rollten seine Augen hoch, und er brach auf dem Fußboden zusammen.

»Mein Gott!« Barlstilkin betastete den Hals des Knaben, um seinen Puls zu prüfen, und zog ein Augenlid hoch. Noch im Knien wandte er sich um und schaute zu Dorthy auf. »Was hast du getan?«

»Nichts.« Und als er sie anstarrte. »Wirklich nichts. Dein Wunderknabe ging direkt auf meinen Passagier los ohne die elementarste Vorsicht.« Sie wandte sich, nur wenig beunruhigt, dem Jungen zu. So etwas passierte alle Tage mit Novizen im Institut. Sie hatte nicht mehr gezählt, wie oft sie in ihren Anfangszeiten selbst von der einfachsten Probe überwältigt worden war.

Diemitrios atmete flach, aber gleichmäßig, wie im Schlaf. Wahrscheinlich war er in einem einfachen Dämmerzustand, aus dem er bald herauskommen würde. Dorthy nahm ihm den Daumen aus dem Mund und richtete seine schlaffen Gliedmaßen aus. Seine Haut war weich und warm. Ein Geruch wie von abgestandener Milch und Honig ging von ihm aus. »Er wird in Ordnung kommen«, sagte sie zu Barlstilkin. »Er ist ein wenig zu jung, um in eine so riskante Sache hineingezogen zu werden. Um sich einzumischen, wo er nicht hinpaßt.«

»Er wird nicht die ganze Reise mitmachen, sondern nur bis Saturn. Er ist das beste und erfahrenste Talent, welches das Institut besitzt. Zumindest nach dem, was mir Isidora gesagt hat.«

»Dann ist er es wahrscheinlich auch.« Ein Gedanke erschütterte sie. »Sie haben ihn in meinen Kopf blicken lassen, als ich im Tiefschlaf war, nicht wahr?«

Barlstilkin stand auf und wischte seine zerdrückten Hosen ab. »Dorthy, ich weiß, daß du einen Passagier hast. Ich weiß, der Marine ist es nicht geglückt, das zu verstehen. Ich glaubte, daß es der Mühe wert war, Diemitrios auszuprobieren. Du willst doch auch darüber Bescheid wissen, habe ich recht?«

»Natürlich. Natürlich will ich das. Darauf kommt es nicht an. Es ist die Art, wie Sie über die Dinge denken. Die Art, wie Sie mich fühlen lassen, daß ich benutzt werde, nicht besser als damals, wo mich die Navy im Griff hatte. Ich will hier sein, ich will zu jenem Stern gehen. Aber nach meinen eigenen Bedingungen.«

»Ich habe dir wohl übel mitgespielt. Ich entschuldige mich. Aber die Zeit ist knapp, knapper, als ich gehofft hatte, daß sie sein würde.«

»Die Navy hat alles ausprobiert, was sie sich ausdenken konnte, um an meinen Passagier zu kommen«, sagte Dorthy. »Ich bin nicht überrascht, daß Ihr kleiner Junge da es nicht besser konnte. Wenn er aufwacht, wird er sich nicht an das erinnern, was er gesehen hat. Soviel weiß ich.«

»Was weißt du sonst noch?«

»Ich weiß, daß es da ist, aber nicht, was es ist. Ich wurde seiner bewußt, kurz nachdem ich von P'thrsn gerettet wurde. Es hat mit dem zu tun, was dort geschah.«

»Das männliche Neutrum.«

»Weiblich.«

»Gibt es da einen Unterschied?«

»Gewöhnlich haben die Alea kaum ein Gefühl für männlich oder weiblich. Aber ihre Kinder verwandeln sich in kurzlebige intelligente neutrale männliche Wesen, wenn die Strahlung stärker wird. Eine evolutionäre Entwicklung, um mit dem drastisch erratischen Stern ihres Heimatplaneten fertig zu werden. Die Sippe, welche P'thrsn kolonisiert hat, hatte neutrale Weibchen erzeugt, die sehr langlebig und sehr intelligent waren. Um eine Insel der Zivilisation für alle Zeiten intakt zu halten. Ihre Einweisung hat Ihnen nichts darüber gesagt?«

»Vielleicht. Ich vergesse vieles, wenn ich einmal sicher bin, daß ich die Fakten nicht mehr brauche.«

»Sie werden sie brauchen, wenn die Alea sich hinter dem überschnellen Stern befinden.«

»Dann werde ich sie wieder lernen, wenn wir dort hinkommen. Dazu ist Hypädie gut. Also, diese ... dieses weibliche Neutrum hat dir, deinem Geist etwas angetan?«

»Ich glaube, sie hat einen Teil von sich oder seinen Wesen in meinen Kopf getan. Sie war klug, gerissen, unglaublich alt. Sie hätte es tun können. Ihr Geistesschema war unmißverständlich, wie ein Schwarm brennender Bienen. Wenn der Junge wieder zu sich kommt, werde ich ihn danach fragen. Aber er wird sich nicht erinnern.«

»Diemitrios«, sagte Talbeck Barlstilkin. »Er heißt Diemitrios.« Er schien das Interesse an dem verloren zu haben, was passiert war, und schlenderte hinüber zu dem Tisch an der Balustrade und probierte von der Speise, die Dorthy dort übrig gelassen hatte. »Mein Gott«, sagte er nach einem Moment, »Was ißt du da eigentlich?«

»*Shiitake no tsumeage.* Sie müssen die Pilze in die Soße hier eintunken und mit dem Rettich zusammen essen. In einer Hinsicht ist Ihre Küche besser als bei der Marine. Deren Messen waren streng großbrasilianisch.«

Barlstilkin stopfte sich ein Stück Pilz in den Mund und sagte dabei: »Da wir gerade von der Marine reden, ich erinnere mich daran, warum ich jetzt kam, dich zu sehen. Wir werden von einer Einladung auf Titan erwartet. Computer, zeige uns die Intercepter!«

Drei rote Punkte erblühten jenseits und etwas oberhalb der vorangehenden Kante der Saturnringe. Sie bildeten ein perfektes gleichseitiges Dreieck.

»Wenn du genau hinschaust...«, sagte Barlstilkin, »Titan ist in der Mitte. Wir sollten in dreiundvierzig Stunden in den Orbit eintreten, aber wir sind jetzt dem Zeitplan etwas voraus. Wir haben beschleunigt, anstatt abzubremsen, eine kleine Änderung des Plans. Nach dem, was mir meine Spione über die Leistungsfähigkeit der Polizei-Einsitzer mitgeteilt haben, sollte das genügen, um ihnen zu entkommen. Falls sie unsere Geschwindigkeitsdifferenz nicht erreichen können, ist der einzige Weg für sie, uns zu stoppen, daß sie uns abschießen. Und das ist politisch nicht akzeptabel. Es würde Schwierigkeiten für das Rendezvous mit unserem Piloten bewirken; aber ich bin sicher, daß ein Weg gefunden werden wird. Ich habe keine Verbindung zu den Leuten, die das auf Titan organisieren, vertraue aber auf ihr Geschick, ihren Teil des Planes auszuführen.«

»Ich habe mich über die Beschleunigung gewundert.«

»Natürlich, du bist im Hauptkörper meines Schiffs herumgeschwebt. Ein drolliges Vehikel, meinst du nicht auch?«

»So kann man es auch ausdrücken. Ich habe auch Ihren überschnellen Computer gesehen. Ist er es, der Ihre Strategie ausarbeitet?«

»O nein. Das mache ich selbst. Im Computer läuft eine Simulation von *Polizei*-Strategie, um auszuprobieren und herauszufinden, was die tun wird.« Er stippte noch einen Pilz in die Soße und nahm etwas geriebenen Rettich. Für die herrschende Situation wirkte er viel zu ruhig, da Abfangjäger der WVN-Polizei sich seinem Schiff näherten und komplexe Pläne ein unsichtbares Netz um seinen Kopf bildeten. Etwas von dem extremen Solipsismus der Goldenen, die unverwundbare und unveränderliche Zuversicht, die ihre Waffe gegen Entropie war.

»Sie scheinen sehr selbstsicher zu sein«, sagte Dorthy.

»Das muß ich auch. Ah, Diemitrios, du bist wieder bei uns.«

Der kleine Junge mit dem zerzausten Haarschopf rappelte sich auf die Füße und glotzte Dorthy an, als sie sich ihm zuwandte. »Böse Frau«, sagte er. Er glühte vor Scham und Angst. »Ich hasse dich! Ich hasse das Ding in deinem Kopf!«

»Was ist es denn? Weißt du, was es ist, Diemitrios?«

Aber Diemitrios griff sich einen Luftstock, der neben der Tür lehnte, setzte sich rittlings darauf und sauste davon mit dem summenden Hauchton, den Dorthy so oft gehört hatte, ohne zu wissen, was es war.

6

Suzy Falcon erwachte mit dem anhaltenden Schmerz eines Katers, der hinter ihren Augen bohrte, und einer warmen Gestalt, die sich an ihre Seite drückte … und etwas Neuem in ihrem Kopf, dem Gefühl, daß der Eisenstern, der ihr letztes Ziel bildete, durch Titans Masse an ihr zog, über siebzig Lichtjahre hinweg. Der Mann neben ihr – aus dem einen Ende der Decke schauten Füße mit blauen Adern heraus, aus dem anderen eine Kappe glänzenden schwarzen Haares – rührte sich nur wenig, als sie aufstand und ins Badeabteil ging. Sie entleerte ihre Blase, trank etwa einen halben Liter Wasser und fühlte sich etwas besser.

Aber irgend etwas stimmte nicht. Ein gewisses unausgeglichenes Gefühl, etwas, das an dem Szenario fehlte, in das sie hineingezogen war. Nur wußte sie nicht, was es war. Sie saß auf der Toilette, massierte sich den Schädel und ließ die Ereignisse des vorangegangenen Tages Revue passieren. Sie versuchte, sie ganz zu überdenken und ihnen Sinn abzugewinnen.

Shelleys Tod. Das machte keinen Sinn. Adam X, der sie gefunden und ihr so deutlich den Vorschlag übermittelt hatte. Erst eine Sache, dann die andere. Eine Verbindung dazwischen konnte sie nicht recht sehen. Wie jenes Gespräch mit Duke Bonadventure und den anderen Goldenen. Auch hier fehlte etwas. Dessen war sie sich sicher. Aber es war nichts falsch gewesen an den Missionsprofilen, sonst würde sie es wissen. Man hatte ihr diese unter Hypädie eingeprägt und an einem Simulator getestet tief im Innern von Bonadventures

Haus, Stunde um Stunde. Und Adam X hatte sie zum Raumfeld hochgeführt und ihr das Vehikel gezeigt – ein häßliches kleines Ding, mehr Projektil als Schiff, zum größten Teil ein Rückstoßmotor, das Lebenserhaltungssystem eine Art von engem Sarg, der nachträglich angebaut worden war –, das sie für das Rendezvous mit dem Schiff, das sie bei der Mission lenken sollte, irgendwo jenseits von Saturn, benutzen würde. Keine große Vorbereitung, wenn man bedachte, wie wichtig nach Aussage der Goldenen all dies war. Aber vielleicht wollten sie nicht, daß sie zu viel erführe, sondern nur genug, um den Einsatz zu fliegen. Vielleicht trauten sie ihr zu, daß sie das Richtige tun würde.

Sicher, Suzy. Trink noch mehr Wasser und nimm eine Pille, um den Kater zu vertreiben! Sie entdeckte Bißspuren auf der Schulter, Kratzer herauf und hinunter an den Schenkeln und lange parallele Striemen (sie mußte sich drehen, um sich im grellen gespiegelten Licht zu betrachten) über den buckligen Muskeln ihrer Schultern. Mist! Sie und Xing waren in der letzten Nacht hübsch zur Sache gekommen.

Nachdem Adam X sie freigelassen hatte, war sie durch das karnevalistische Gewühl gewandert und hatte einem netten Vergnügen auf Titan entgegengesehen. Sie erinnerte sich, daß sie in einem der kleineren Plätze in eine Theateraufführung geraten war, bei der Schauspieler und Publikum sich abwechselten an einer Reihe von Schlaginstrumenten, von Tamburinen bis zu einem Gong, der so groß war wie die hochgewachsene Frau, die ihn schlug. Sie machten einen dröhnenden rhythmischen Krach. Suzy schlug mit den Handflächen eine Kesselpauke (»Mach weiter!« drängte der Mann, der sie aus der Menge herausgeholt hatte, »finde nur deinen eigenen Rhythmus!«), während die Hauptpersonen in Dominos und voluminösem Schwarz oder Weiß sich aufspielten und umeinanderwirbelten. Dabei mimten sie Bedrohungen, die immer extravaganter wurden, bis ein langer Schwertkampf mit mehreren Teilnehmern den Platz hinauf und herunter wogte, während die Menge im Kontrapunkt zu den Trommeln klatschte, die Akrobaten noch verrückter wurden und holographische Projektionen von Feuer hochstiegen, als die Trommelei ihren Höhepunkt erreichte, eine willkommene Katharsis, nach der Suzy atemlos war. Ihre Hände vibrierten noch Stunden danach elektrisch.

Nachdem sie dem Schauspieler geholfen hatte, die Kesselpauke zu verstauen, schlug sie vor, daß sie beide losgehen sollten, um etwas zu essen. Er sah sich zu den anderen Schauspielern in der Runde um (die stapelten Kästen mit Perkussionsinstrumenten auf und die anderen Geräte, die stimmungsbeeinflussenden Ultraschall erzeugt hatten; sie rollten Lichtkabel auf, die die Flammen beim Finale projiziert hatten und vorher die Bilder von Wolken am Himmel, von Zweigen mit Blättern und scheckigem Sonnenlicht), woraufhin er die Achseln zuckte und lächelte. Er sagte: »Warum nicht?« Er hätte noch nie eine Fliegerin getroffen.

Er zeigte beim Lächeln leicht die Zähne und hatte kleine, lebhafte Augen mit hübschen Mongolenfalten. Augen und Mund waren von weißer Fettschminke umrahmt, die Suzy ihm abwischte. Er war nicht der Typ, der sie gewöhnlich anzog – sie mochte kompakte, muskulöse und behaarte Männer –, aber er hatte in ihr etwas geweckt oder war gerade zur rechten Zeit am Ende dieses langen, mühseligen Tages zur Stelle gewesen.

Sein Name war Wu Xing.

Sie hatten in einem Restaurant mit Blick auf den Weltengletscher gespeist, einem kostspieligen Lokal, das hoch über den gestaffelten Reihenbauten der City freitragend schwebte. Man kochte sich dort sein eigenes Essen, Fleisch und Gemüse auf langen Spießen aufgereiht, die über einer Blasen schlagenden Lava bruzzelten. Der Maître kannte Suzy natürlich; sie und Xing erhielten einen bevorzugten Tisch neben dem dicken Glasfenster. Weit drunten erstreckten sich Hänge aus reinem Wasser-Eis und Felder von matschigem Hydrocarbon-Schnee mit der Farbe alten trockenen Blutes bis zu den gebündelten Kegeln von Eisvulkanen hin: Cumuluswolken hingen wie Federn an dem klaren rosafarbenen Himmel in zwei oder drei Kilometern Höhe. Der Saturn war eine schmale Sichel, die Ringe wirkten wie eine seinem Bogen angepaßte Pfeilspitze.

Titan. Suzy wünschte sich plötzlich, von alledem weit entfernt zu sein.

Touristen starrten das schwarze Lederzeug ihrer Fliegeruniform an; aber niemand wagte näherzukommen, nicht einmal die *enthusiasmos*. Besonders die nicht, welche wußten, daß sie die Anführerin des Teams war, das an diesem Morgen eines seiner Mitglieder bei einem tödlichen Unfall verloren hatte.

Suzy ignorierte die aufdringlichen Blicke der Touristen nach Kräften, wußte aber, daß sie keine sehr gute Gesellschaft bot. Xing schien das nichts auszumachen. Er erzählte in einem fort Anekdoten über seine Schauspielertruppe und langte gelegentlich über den Tisch, um ihr die Hand zu betapsen, etwas, das sie normalerweise geärgert hätte, aber jetzt merkwürdig beruhigend fand.

Suzy lächelte und nickte, während Xing weiterplapperte. Das war irgendwie tröstend; aber ihr Kopf war voller riskanter Flugbahnen, dem Zerren von Gravitationsgezeiten und orbitalen Parametern. Als sie ihre Wange an das dicke, leicht grünliche Glas preßte, das sie von Titans Atmosphäre nur um Zentimeter trennte, konnte sie bis hinunter zum Anfängerhang sehen, wo die Deltadrachen der Touristen, blattförmige Gebilde in grellen Farben, in Spiralen die gleichmäßige Thermik hinabglitten. Und da sah sie wieder den Anfang von Shelleys Überziehungsmanöver, jenen klaren Augenblick, als sein rechter Flügel zurückgedrückt wurde.

Durch all den Nebel dessen, was sie getrunken hatte, begann sie sich zu fragen, ob das überhaupt ein Unfall gewesen war, als Xing ihr die Hand tätschelte und sie fragte, was nicht stimmte.

Irgendwie hatte sie die Mahlzeit geschafft, ohne es zu bemerken. In einer dicken Porzellantasse vor ihr wurde Kaffee kalt. Sie entschuldigte sich irgendwie für ihre Unaufmerksamkeit, aber der Schauspieler wischte das beiseite.

»Ich weiß, wieviel Unannehmlichkeiten Sie haben, Seyoura Falcon. Ich hoffe nur, daß ich ein bißchen helfe.«

»Nicht nur ein bißchen«, erwiderte Suzy, häufte Zimt und Schokoladeflocken auf ihren Kaffee, kippte ihn mit einem Zug herunter und leckte sich den Schaumbart von der Oberlippe. Sie ließ die Rechnung im Tisch aufleuchten, steckte ihre Kreditscheibe ein und sah kühl zu, wie ihr eine unglaubliche Menge von Luftstunden abgezogen wurden.

»Ich glaube nicht, daß ich dabei viel helfen kann«, sagte Xing, fasziniert durch die lange Zahlenreihe.

»Bring mich zu einer Bar, die dir gefällt«, sagte Suzy, »und kaufe mir einen Brandy! Am liebsten Pflaumenschnaps.«

So zogen sie von Bar zu Bar, wie sie sich entsann, als sie im dem hellen Bad ihr Make-up in Ordnung brachte. Sie hatten einen vertikalen Schnitt durch die City gemacht, von einer schmierigen Matrosenkneipe, die sie mochte, weil ihr dort niemals jemand Aufmerksamkeit schenkte, durch ein nettes Touristenlokal mit viel fließendem Wasser und miserabler Holographie, wo sie hinausgeworfen wurden, weil sie zu viel Lärm machten, und weiter durch etliche andere Lokale zu einer Bar ganz oben auf einem spitzen Turm der Stadt, dürftig und teuer, mit Blick über den Raumhafen.

Die zusammengefalteten Formen der Strömungssperren und Ablenkplatten waren wie eine Schar grauer Segel. Die Nasen der Schiffe, die dazwischen aufstiegen (auch ihr eigenes war da draußen; der Gedanke war wie ein Krabbeln von Fliegen). Ein Tramp-Laster, der in dem mattblauen Tunnel Fahrt aufnahm, angetrieben durch gravitische Generatoren, und dann in dem neonrosa Himmel entschwand.

Suzy erinnerte sich nicht, wie sie in ihr Kapselhotel und ihr spartanisches, fest gemietetes Zimmer gekommen war. Aber sie erinnerte sich an langsame, angenehme Liebesspiele, die dann wild und rasend geworden waren ... Und danach hatte sie wahrscheinlich das Bewußtsein verloren. Oder war eingeschlafen. Sie vermeinte, Xing Zärtlichkeit schuldig zu sein; und die einzige Art und Weise, wie sie ihm das in der kurzen Zeit, die sie noch hatte, rückzahlen könnte, war durch ihren Kredit, an den sie nie wieder herankommen würde, wenn sie erst Titan verlassen hatte. Benutze es oder verlier es ... na ja. Sie weckte ihn mit einem Kuß auf, schlug vor auszugehen und sich einen schönen Tag zu machen. Zu ihrer Überraschung stimmte er sofort zu.

Gleich vor dem Hotel lag immer ein Nachrichtenmann auf der Lauer, ein stattlicher Bursche in einem hochmodernen Anzug von auffälliger Farbe. Er rannte Suzy und Xing nach, als sie zur Stadtbahn gingen, sein Fernmikrophon schlingerte vor ihm durch die Luft. Als er zum drittenmal ihren Namen rief, wandte Suzy sich um und blieb stehen, und er holte sie tolpatschig und arglos ein.

Er sagte außer Atem: »Nur ein Wort an ihre Fans, Seyoura Falcon! Ich bin sicher, daß viele von ihnen befürchten, Sie könnten daran denken, endgültig die Turniere aufzugeben nach Ihrer kürzlichen nahen Begegnung mit dem Tod. Ich frage ...«

Da trat Suzy ihn unter die linke Kniescheibe. Er klappte heulend zu einem häßlichen Haufen zusammen. Sie trat auf seine Hand, stieß mit dem Fuß die Kontrollplatte für die Fernsonde über die Kante des Gehwegs, packte eine Handvoll seines trockenen, silberfarbenen Haares und zerrte daran. Sein Gesicht war weiß und rot gefleckt und seine Augen vor Angst geweitet.

Die vorspringenden Linsen der Sonde funkelten in Suzys Augenwinkel, und sie schlug dagegen; aber das Ding sauste über das Geländer fort. Irgendein homöostatisches Schutzprogramm. Also lächelte sie dazu und verdrehte das Haar des Reporters so, daß er noch lauter heulte. Laut sagte sie: »Meine Fans werden sich wirklich freuen, daß meine Reflexe so scharf sind wie eh und je.«

Dann machte sie auf dem Absatz kehrt und ging weiter, wo Xing auf sie wartete. Er applaudierte ihr leise. Sein breites Lächeln schloß die Augen zu Schlitzen. Er sagte: »Eine beachtliche Show.«

»Genau das, was der kleine Mistkerl haben wollte. Ich hätte mich beherrschen sollen. Er wird mindestens eine Woche daraus machen.«

»Fühlst du dich jetzt wenigstens besser?« Xing nahm ihren schnellen, wütenden Schritt auf, den Kopf gesenkt, so daß die Tolle seiner schwarzen Haarkappe schräg stand.

Suzy überprüfte ihre Gefühle: Wut! Abscheu vor sich selbst, kaum beherrschtes Gelächter.

Sie lachte. »Nun ja, ein bißchen.«

»Ich werde für dich noch ein paar Reporter mehr finden. Für dich ist das eine gute Therapie, und sie machen Profit. Dann sind alle zufrieden.« Lächelnd rieb er Zeigefinger und Daumen gegeneinander. »Auf Titan ist das immer Geld.«

»Xing, was ich jetzt möchte, ist etwas zu essen. Aber vorerst will ich etwas nachprüfen. Hast du schon einmal die Quartiere der Flieger gesehen?«

Xavier Delgado, der Chefmechaniker des Hangars, war ein plumper fetter Mann, aufgebläht durch Appetit und zu viele Jahre unter geringer Schwerkraft. Er hüpfte auf seinen Fußballen auf und ab, wie ein angebundener Ballon, der in Latzhosen gezwängt war, während er Suzy erklärte, es wäre wahrscheinlich Materialermüdung in einem der Träger gewesen, wodurch Shelley abgestürzt war.

Suzy fühlte sich etwas erleichtert. »Also war es ein Unfall.«

»Vielleicht. Es gibt verschiedene Arten von Ermüdung.« Delgado rüttelte mit einer flachen Hand an den havarierten Flügeln Shelleys, die auf dem ölfleckigen Zementboden der Kaverne des Hangars ausgebreitet waren. Zerbrochene Sparren aus Polycarbon, die das einstmals so kühne Profil der Auftrieb verleihenden Fläche abzeichneten. Die zerfetzten Bänder und Kontrolldrähte des hingestreckten Schutzanzugs. Fetzen aus farbigem Mylar, die durch die intensive Kälte des Methanschnees vom Gletscher fleckig waren. Ein schreckliches, trauriges Relikt.

»Was möchtest du mir sagen, Xav? War es kein Unfall?«

Delgado lutschte laut an dem hohlen Stab, der frech aus seinen fleischigen Lippen herausragte. Außer allem möglichen andern war er auch übel nikotinsüchtig. »Alles, was ich sage, ist, daß man nicht sicher sein kann, wenn man es bloß anguckt. Die Spreizstangen der Vorflügel sind dünn. Das weißt du. Und Polycarbon ist etwas wie Glas – in einer Richtung stark, in der anderen zerbrechlich. Wenn eine Spreizstange nicht genau ausgerichtet gewesen wäre, hätte sie unter Stress gestanden. Wäre schließlich gebrochen. Aber es gibt noch andere Arten von Ermüdung, wie ich gesagt habe.« Er tat, als ob einen Draht mit den Händen hin und her böge: »Wenn man das mit der Stange macht, ehe man sie einbaut, gibt es das gleiche Ergebnis, nicht wahr? Oder es gibt Möglichkeiten, sie chemisch anzugreifen. Ich habe sogar gehört, daß es etwas wie ein Virus gibt, das an Carbon-Carbon-Bindungen knabbert.« Delgado zuckte die Achseln – eine Bewegung so monumental wie ein Erdbeben. »Vielleicht gibt es noch ein weiteres halbes Dutzend Wege zur Sabotage. Alles, was ich recht gut weiß, ist, daß Shelley ein wilder Bursche war; aber er wußte, wie er sein Gerät durchchecken mußte.«

Suzy ballte die Fäuste und fühlte, wie sich die Nägel in das Fleisch bohrten. Die dumpfe Gewißheit davon biß in sie, kalt wie ein Zephyrwind von Titan. Sie hätte ohnehin weggehen wollen, Turnier oder nicht. Aber es war wie ein Goldener: absolut sicher zu sein und sich zu vergewissern, daß alle Basen geschützt waren. Das war eine der sinnlosen Redensarten im Volk gewesen, die ihr Vater gern benutzte.

»Kannst du das nachprüfen, Xav?« fragte sie. »Wie lange würde das dauern?«

Wieder ein monumentales Achselzucken. »Ich schätze, daß Röntgenkristallographie zeigen würde, ob die Stange künstlich verspannt wurde. Chemische Untersuchungen würden länger dauern. Und das Virus. Nun, ich habe davon bloß einmal gehört und nie Erfahrungen damit gemacht.« Delgado sog an seinem Stab und kniff seine Schweinsäuglein verständnisvoll zu. »Vielleicht zwei, drei Tage. Um sicher zu sein. Ich muß auch eine Anweisung von dir haben. Du mußt den Kredit autorisieren.«

In zwei Tagen würde sie von Titan weit fort sein. Suzy beugte die Arme, und der Buckel aus eingepfropftem Muskel verschob sich auf ihren Schultern. Sie sagte: »Nein ... ich vermute, daß ich bloß paranoid bin. Es ist doch nicht so, daß irgend jemand wirklich einen Gewinn davon haben würde. Stimmt's?«

Delgado schob sein Stäbchen von einem Mundwinkel in den anderen.

»Verdammt!« sagte Suzy. »Xing, ich bin hier jetzt fertig.«

Ein langer Weg durch die Kaverne. Der Schauspieler wandte sich von den bis zur nackten Felsendecke aufgestapelten Flügeln ab und von den Konstellationen der Leuchtröhren, die er angestarrt hatte. Delgado legte Suzy die Hand auf die Schulter und sagte mit empfindsamem Flüstern: »Seien Sie jetzt vorsichtig, Seyoura!«

»He, Xav, mach schon! Ich bin doch immer noch hier?«

Delgado zog die Hand weg. Eine schwere, rauhe Hand. Die Fingernägel waren abgebrochen und von Öl gerändert. »Ich höre hier ein Gerede, daß du jetzt in eine andere Einheit überwechselst. Ich wünsche dir Glück und Tempo, wenn du es brauchst.«

Das war eine alte Redensart der Raumfahrer, ein formeller Segen, wenn sich ihre Wege trennten. Er berührte Suzy an einer Stelle, die sie längst für verhärtet gehalten hatte. Als daher Xing fröhlich etwas über Kämpfe mit Flugdrachen sagte, waren ihre Augen getrübt, und sie wandte sich jäh ab, um ihre Schwäche zu verbergen.

Später standen sie am Geländer eines Balkons des höchsten Kreises der Zentralpyramide, einem Schacht von einem halben Kilometer Durchmesser, der die Stockwerke der Stadt von der Spitze bis zum Grund durchzog. Der Karneval näherte sich seinem täglichen Höhepunkt. Hunderttausend Leute drängten sich in Kanälen, Plätzen und Korridoren auf der Suche nach der perfekten Sünde oder dem perfekten Liebhaber, oder vielleicht auch nur der perfekten Phantasievorstellung vom einen oder anderen.

Der Karneval handelte nicht bloß von Turnierkämpfen, obwohl er daraus emporgekeimt war, wie es schien, größer mit jedem Zyklus, wie eine Wachsflocke um den ursprünglichen Fleck einer Polymerkette wächst, wenn sie Kilometer um Kilometer durch die Wolken absinkt, die Titan überall verhüllen außer über dem klaren Fleck über Tallman Scarp. Es gab theatralische Ereignisse, die von einem einzelnen Schauspieler in einem kahlen Raum bis zu einer Aufführung reichten, wie der von Xing, die die überfüllten Plätze der City beanspruchte und jeden, der davon gepackt wurde, zum Mitspieler machte. Es gab Maskenbälle und Gruppensagas, die ihre mystischen und krummen Szenen in das Gewimmel des Karnevals einfädelten; es gab Speisen von allen zehn Welten und (wie das Gerücht besagte) sogar von einigen, die bisher noch nicht einmal die Goldenen besucht hatten, das volle Spektrum legaler Drogen, Totalmilieukammern, in denen Solipsisten sich in privaten Phantasien verlieren konnten ... Kurzum – alles zur Befriedigung der rituellen Ungebundenheit der Leute der Company, der Regierung und der Leute, die ihr Leben lang die Schaltkreise der menschlichen Zivilisation abstimmten.

»Termiten«, sagte Xing und blickte über die Brüstung.

Jeder etwas größer als derjenige über ihm, sank Kreis um Kreis zum Boden ab, wo Mengen von Menschen, die nicht größer aussahen als Insekten, sich gegen sprühende Fontänen und Explosionen von Grünpflanzen abhoben. Jemand hatte eine riesige holographische Projektion in die Mitte des Schachtes plaziert, die aufflammte und flackerte zu den kaskadischen Rhythmen von Bocksa, der populären Tanzmusik des Jahres.

Suzy ließ sich durch die Musik und den Lärm der Mengen faszinieren, die aus der erhitzten Luft aufstiegen. Sie hätte sich vollkommen gehen lassen, wenn sie gekonnt hätte; aber das absolute Gefühl des Eisensterns zog an ihr. Sie fühlte, wie Blöcke implantierter Daten sich in der Basis ihres Gehirns festsetzten. In ein paar Stunden würde es Zeit sein zu gehen. Es war schon spät am Tage, ihrem letzten auf Titan. Sie mußte sich noch verabschieden, falls sie es wünschte. Sie müßte sich eine Menge Drinks einflößen, um das herauszufinden.

»Oder vielleicht Ameisen«, sagte Xing, als sie nicht antwortete.

»Ameisen? Ameisen gibt es nicht auf Titan. Von Kellerasseln weiß ich. Aber keine Ameisen.« Ehrlich gesagt, wurde sie mit Xing allmählich etwas ungeduldig. Nachdem sie in einer Nudelbar gegessen hatten, fragte sie ihn geradeheraus, ob er nicht proben sollte oder was immer sonst seine Truppe tat, um für die Vorstellung bereit zu sein. Er hatte gelächelt und sagte etwas zu schnell, daß es sein freier Tag wäre. Vielleicht genoß er es, in dem reflektierten Licht der Aufmerksamkeit zu baden, die sie überall erregte. Suzy Falcon, die berühmte Fliegerin. Vielleicht gefiel sie ihm einfach. Aber er begann sie zu belasten. In der letzten Nacht hatte sie Gesellschaft gebraucht; und jetzt unmittelbar vor Bonadventures Mission brauchte sie etwas Raum.

Aber Xing lächelte nur und sagte: »Mit Ameisen meine ich die Leute da unten. Ich meine, es sind zu viele, um sie sich als individuelle Personen vorzustellen.«

Suzy hielt ihr halbleeres Trinkgefäß über die Brüstung: »Wenn ich dies fallen lasse, glaubst du, daß es jemanden töten würde?«

»Sicher. Die Schwerkraft ist gering, aber wir sind hoch droben. Oh, Moment ...« Sie hatte so getan, als ob sie ihre Finger öffnen wollte.

Suzy sagte zu ihm: »Schau, du bist besorgt. Ich – ich könnte eine Bombe von hier oben fallen lassen und mich keinen Deut darum scheren.«

»Flieger brauchen Publikum.«

»Ihr Clowns braucht Publikum. Wir brauchen bloß Flügel und eine gute, beständige Thermik.« Suzy wandte sich von der Brüstung ab und betrachtete die

Leute, die auf der Galerie herumgingen. Zumeist auffallend gekleidete Angestellte mit einem Ferienbonus der Company, begleitet von Frauen in engen Kleidern, die wie mehrschichtige Metallfolie aussahen und wie Kupfer, Gold oder Bronze blitzten. Eine Brust frei gelassen oder mit transparentem Material bedeckt, da Brüste dieses Jahr in Mode waren. Das Haar war in gelackten Schichten aufgetürmt. Suzy fragte sich, wie sie mit so etwas schlafen könnten. Vielleicht taten sie es gar nicht. Vielleicht gab es einen Schalter im Nacken, den man umlegte und sie damit ausschaltete, bis der nächste Tag begann. Ringe auf ihren manikürten Fingern, Spangen und Armbänder, die an ihren feinknochigen Handgelenken klapperten, waren ein komplexer Code für sozialen und finanziellen Status. Was in diesen Tagen nicht unbedingt dasselbe war. Hier am Beginn eines neuen Jahrhunderts, eine Dekade, nachdem die Menschheit ihren ersten Kampf gegen Aliens geführt und gewonnen hatte, und die Erde das Zentrum einer interstellaren Allianz aus zehn Welten war, gab es in Großbrasilien immer noch Frauen, die nicht mehr waren als Anhängsel ihrer Gatten, Zutaten, deren Kleidung und Kultur den Reichtum und Geschmack ihres Besitzers verkündeten. Manche schauten auf Xing und Suzy (besonders auf Suzy, deren Attacke auf den Reporter schon durchs Nachrichtennetz gelaufen war). Scheue Seitenblicke wie von Gazellen, die sich nervös erregten über die Löwen, die zufällig am gleichen Wasserloch mit ihnen waren. Noch weniger Besucher studierten die wilden Fresken, die irgendein Künstler auf sandgestrahlte Steinwände gekritzelt hatte.

Xing sprach von der Überlastung der Umweltsysteme der Stadt. »Es gibt jetzt zu viele Menschen in Urbis beim Karneval. Das ist es! Die Kläranlagen arbeiten unablässig, um Ketone und Butyrate aus der Luft zu beseitigen. Wenn eine davon versagt, stinkt die ganze Stadt nach einem Tag wie ein alter Schuh. Mit

Wärmeaustauschern ist es ebenso, obwohl die wenigstens Elektrizität erzeugen.«

»Nun ja«, sagte Suzy und fand es merkwürdig, daß ein Schauspieler sich über so etwas Sorgen machte.

Eine Gruppe Goldener bewegte sich zwischen den gewöhnlichen Touristen, jeder einzelne protzig und einzigartig, wie Flamingos, die unter einem Schwarm Hausspatzen stolzieren. Da war ein Mann mit einer Art von Metallhelm um den ganzen Kopf und in ein Dutzend oder mehr dünne Ringe gezwängt, die, wie Suzy mitbekam, die Ringe des Saturns darstellen sollten. Jemand anders bewegte sich innerhalb einer rotierenden Säule aus blutigem Dampf. Bei momentanen Lücken in dem roten Dunst wurden ein dunkles Knie oder eine Hand sichtbar. Ein Mädchen in einem plissierten Sarong mit nackten runden Brüsten und von Schweiß triefend, tanzte einige Schritte mit einem löwenartigen jungen Burschen in einem Body, auf dem Taifune in grellen Farben wirbelten, und dann hakte sie einen sich bei einem bärtigen Jungen ein, der eine schimmernde Toga trug. Jemand warf einen Ball hoch, der explodierte, als er die leuchtende Decke berührte, und goldene Schneeflocken ausstieß sowie einen Geruch nach brennenden Geranien verbreitete.

Xing beobachtete, wie Goldene einander am Schacht der Rolltreppe anrempelten: »Leute wie die denken, daß sie sich alles leisten können. Lassen verbotene Narcotica in die Atmosphäre ausströmen.«

Suzy holte tief Luft und fühlte, wie sich die Blutgefäße in ihrem Gesicht entspannten. Plötzlich wirbelte Luft das Gelee in ihrem Hirn auf, als ob sie einen Zug von reinem Sauerstoff genommen hätte. »Vielleicht wollen sie bloß die Verfahren hier aufmöbeln und sich einen fröhlichen Tag machen.«

»Binnen zwanzig Minuten könnten wir Schaum vor dem Mund haben von Entzugserscheinungen. Goldene haben einen merkwürdigen Begriff von Humor.«

Suzy schaute Xing an. Was auch immer in den goldenen Flocken sein mochte, es war ein kräftiger Stoff. In ihrem Kopf kam plötzlich alles zusammen, wie Maschinenteile, die auf Öl reibungslos zusammenspielen.

Bonadventure. Niveaus innerhalb von Niveaus.

Sie sagte: »Du magst die Goldenen nicht?«

»Ich glaube, die älteren von ihnen wachsen über die Menschheit hinaus.« Xing sprach ruhig und sorgfältig, als ob er etwas im Mund hätte und Mühe, die Worte zustandezubringen. Der Stoff hatte auch ihn gepackt. »Sie sehen uns nicht als Menschen. Unsere Leben sind zu kurz, um für irgend etwas zu zählen. Ich hatte einen Hund. Als ich ein Junge war. Auf der Erde. Der starb an Altersschwäche, als ich fünfzehn war. Ich habe diesen Hund geliebt, ihn aber nie mit einem menschlichen Wesen verwechselt. So ist es auch mit uns und den Goldenen. Suzy, warum beobachten sie die Flieger so gierig?«

»Das wirst du mir doch wohl erzählen, nicht wahr?«

»Sie fürchten den Tod und werden zugleich von ihm angezogen. Je mehr man hat, desto größer wird auch der mitempfundene Reiz des Verlustes: Wir in Urbis sind alle Teilnehmer an ihren Spielen. Ich weiß nicht – vielleicht bringt mich die Droge auf solche Gedanken.«

Suzy schaute ihn an. Ein großer, lächelnder Mann mit einer Kappe glänzenden schwarzen Haares und einer hochgedrehten Locke im Nacken. Ein Schauspieler, der über Recycling der Atmosphäre sprach, ein Fremder, der sich mit einem Male an ihr Leben geheftet hatte, gerade in dieser kritischen Minute …

»Wer bist du?« fragte sie. »Wer bist du wirklich?«

Sein Lächeln war unerschütterlich. »Ich verstehe nicht, was du meinst.«

»Ich meine, für wen arbeitest du? Die Navy, die WVN-Polizei?«

Die Leute warfen ihr Blicke zu. »Bitte, nicht so laut!« flüsterte Xing. »Wir wollen keine Szene.« Er packte sie an einem Handgelenk, und sie stellte fest, daß sie sich nicht aus seinem Griff befreien konnte. Er war stärker, als er aussah. Sein Gesicht war nur Zentimeter von ihrem entfernt. Er hatte seinen Akzent abgelegt und wirkte plötzlich zehn Jahre älter. »Bleiben Sie nur ruhig, Seyoura Falcon! Es wird Ihnen nichts passieren. Sie sind nur ein Bauer im Schach und kein Spieler. Wir brauchen Sie, um unseren Part zu spielen.«

»Sie regen mich verdammt auf, Mann!« Als ob sie neben sich selbst stünde, war sie darüber verblüfft.

»Nur ein kleiner Transfer von Pheromonen, nichts Dauerndes. Es läßt schon nach. Ein Trick des Unternehmens. Ich arbeite jetzt schon seit Jahren verdeckt und beobachte diese Goldenen, für die Sie arbeiten. Ein Service-Ingenieur, der überall hinkommt und alles sieht. Was ich weiß, Seyoura Falcon, ist, daß Ihr Leben in Gefahr ist. Bonadventures Plan ist nicht ganz so, wie es aussieht. Er ist ein Strohmann für ein Kartell Goldener, die Sie benutzen wollen, um an Barlstilkin heranzukommen. Sie wollen Stabilität. Sie wollen Barlstilkin eliminieren ohne Unruhe und ohne Skandal.« Xing erfaßte kräftig Suzys Hände. »Sie sind ein Bauernopfer, aber ich bin da, um Ihnen zu helfen.«

Suzy trat zu, aber Xing wich geschickt aus, drehte sie herum und legte seinen Unterarm über ihre Kehle wie eine Eisenstange. Und das war verkehrt. Suzy beugte ihren aufgepfropften Muskel, er wurde hingefläzt, und sie trat ihn in die Kehle. Sie schrie »Bastard. Bastard!« und verletzte sich die Zehen an seinem Schädel. Er war zusammengekrümmt. Seine Augen waren zurückgerollt, als er zu atmen versuchte. »Ich sollte dich über das verdammte Geländer werfen!« schrie sie.

Aber sie sah, wie einige Polizisten um den Kreis der Galerie herumliefen. Rote Uniformen schimmerten durch die Menge. Sie mußten mit der Rolltreppe hochgekommen sein. Und sie zog ihn in die andere Richtung, wobei sie überraschte Touristen wegdrängte. Ein

Fangnetz schoß hinter ihr her, traf aber nur das Geländer und warf hundert sich windende Fäden aus. Suzy erblickte einen Servicekorridor und ging darin nach unten. Das war verkehrt. Es war eine Sackgasse.

Sie machte kehrt und sah, wie ein Polizist auf sie zukam. Er hob seine Pistole und lächelte. Da fiel etwas von der hohen Decke auf ihn herab, und er brach schreiend und strampelnd darunter zusammen. Eine kybernetische Kreuzung zwischen Spinne und Skorpion, die sich mit finsterer Grazie bewegte, nagelte den Mann mit ihren gelenkigen Beinen fest und besprühte ihn mit etwas, das wie Blut aussah. Es färbte seinen roten Waffenrock dunkel und besudelte alles um ihn herum.

Hinten über ihr sagte eine Stimme: »Hierher, Seyoura! Jetzt schnell!«

Ein Seil mit Knoten fiel aus einem Ventilationsschacht, als ein Fangnetz in einem rasenden Tanz um den Roboter und den Polizisten, den es festhielt, explodierte. Suzy sah, wie der zweite Polizist wieder zielte, packte das Seil und kletterte daran empor. Eine Hand langte herunter und half ihr über die Kante in murmelnde, staubige Finsternis.

7

Sie befand sich in einem engen Kriechgang und hockte Auge in Auge dem Burschen gegenüber, der sie hochgezogen hatte. Es war der Mechaniker, den sie bei Bonadventure kurz gesehen hatte, groß und unglaublich dünn. Der Kopf war geschoren bis auf einen Kamm borstigen blonden Haares, das vorn über blaßblaue Augen fiel. Schwarze Hosen, höllisch eng, mit nackter Brust unter einer schwarzen Lederjacke. Der linke Ärmel abgerissen, um den kraftverstärkten Arm zu zeigen.

Während Suzy wieder zu Atem kam, zog der Mechaniker das Seil hoch und befestigte das Gitter wieder an seiner Stelle. Die vielgelenkigen verlängerten Finger seiner prothetischen Hand huschten über die Befestigungen.

Suzy sagte: »Ich sollte Ihnen wohl dafür danken, daß sie meinen Hals gerettet haben.«

»Danken Sie mir nicht, bevor Sie nicht wissen, was ich will!« Er hielt eine Schlinge aus geflochtenem Draht in seiner Kunsthand. »Halten Sie einen Moment still!« sagte er und wickelte ihr den Draht von oben bis unten um den Körper. Sie sagte: »Was, zum Teufel, machen Sie da?«

»Nur eine Vorsichtsmaßnahme.« Die Augen des Mechanikers schienen sich einen Moment zu trüben. »Jawohl. Jetzt laufen sie alle.« Sein breites, zufriedenes Lächeln zeigte ungleichmäßig stehende Zähne in blassen, schwammigen Kiefern. »Mann, ich habe mein ganzes Leben darauf gewartet, diese Stadt einzuschalten. Sie laufen ...«

»He«, sagte Suzy und schüttelte seinen natürlichen Arm. »Diese Bullen draußen haben Freunde, okay?«

Der Mechaniker blickte durch das Gitter. Licht und Schatten glitten über sein mageres weißes Gesicht und seinen rasierten Schädel mit dem borstigen Kamm. Alte Narben waren an der linken Seite, als ob einmal jemand versucht hätte, seinen Kopf auseinanderzunehmen. Er sagte: »Mein kleiner Helfer da unten blockiert irgendwie den Weg. Aber Sie haben recht. Wir werden uns jetzt ein Schiff schnappen.«

»Sie wollen fahren. Ich habe ein Schiff, glaube aber nicht, daß Sie mit mir reisen möchten. Ich habe auch keine Möglichkeit, einen Passagier unterzubringen.«

»Ich würde irgendwohin gehen. Bin zu lange in dieser Stadt gewesen. Aber Sie brauchen nicht Bonadventures Schiff. Mindestens nicht das, welches Sie nach dem Willen seiner Freunde fahren sollen. Ich weiß alles darüber, und wir sollten lieber ein anderes aussuchen. Kommen Sie mit!«

Es folgte ein langes und schmutziges Gekrabbel durch ein Labyrinth von Röhren und Kriechräumen: Suzy erfuhr, daß der Mechaniker sich *Robot* nannte. Er war ein braver alter Bursche aus Galveston, keine zweihundert Kilometer von da entfernt, wo sie aufgewachsen war. Als sie aus den Röhren in einen Kabeltunnel kamen, wo sie wenigstens halbwegs aufrecht gehen konnten, anstatt auf allen vieren zu kriechen, waren sie zu Englisch übergegangen. Nach weiteren fünf Minuten fiel Suzy ein, warum ihr sein Name so vertraut war.

»Sie sind dieser Artist! Der die Maschine entworfen hat ... Wer war das nur?«

Robot lächelte ihr zu und zupfte an seinem borstigen Kamm. Seine Hosen wurden von einem Stück gedrehten Drahtes gehalten. In einem Bein war ein Schlitz: Blasses Fleisch schimmerte zwischen straffen Fäden. »Ein alter Kerl war mal WVN-Repräsentant für Elysium.«

»Gab es da ein Inserat? Ich erinnere mich irgendwie.«

»Es war das, was man anfangs des einundzwanzigsten Jahrhunderts eine ›Schlinge‹ zu nennen pflegte. Man wickelt einen in sein Sensorium, wird rasch verhökert und losgelassen. Auch meine Apparate waren so ähnlich, aber mobil, und sie reagierten so, wie man es von ihnen erwartete. Der alte Kerl begann zu zanken, als es um die Religion ging. Da setzte es Widerrede, und dadurch wurde *er* noch lauter... Nun, ich glaube, er wäre noch da, wenn die Bullen ihn nicht hätten auffliegen lassen. Sie haben auch die verfluchte Maschine zerbrochen.« Wieder schienen sich seine Augen kurz zu trüben. »Ich habe inzwischen welche, die besser funktionieren. Hatte dies geplant, seit ich in den Weltraum gegangen bin.«

»Ich dachte, man hätte Sie deportiert.«

»Sie haben es versucht. Ich habe ihr Gefängnis überredet, mich laufen zu lassen. Sie nahmen mir den Arm weg, sehen Sie, aber die Maschine konnte mit den Schaltkreisen des Gefängnisses reden, und *die* konnten sie mir nicht wegnehmen. Habe meinen Arm zurückbekommen und lebe seitdem in den Mauern; und Sie sollten lieber glauben, daß ich nicht der einzige bin. – Ich meine, wir sollten lieber weitergehen.«

»Sie haben nichts weiter zu tun, als mich zu Bonadventures Haus zu bringen. Erzählen Sie mir nicht, daß Sie den Weg nicht kennen! Ich habe Sie nämlich dort gesehen.«

»Ich habe für ihn und seine Freunde gearbeitet, und darum weiß ich, daß Sie dieses Schiff nicht fliegen sollen. Haben Sie je von den Pyramiden gehört?«

»Bringen Sie mich dann nur einfach zu seiner Station! Ich denke, daß ich es schaffen kann, da draußen einen Wagen zu fahren.«

»Sie müssen noch allerlei lernen. Bonadventures Haus ist der letzte Ort, wohin Sie gehen sollten. Schon deswegen, weil Bonadventure schwer in der Klemme ist, sich selbst zu helfen. Er stand dicht vor dem Bankrott. Wußten Sie das nicht? Zuviel Investitionen in Erkundung, die sich nicht auszahlten, und zuviel in konventionelles Orthidiumschürfen. Er hat schwere Verluste erlitten, als der Preis in den Keller ging. Seine Freunde haben ihn unterstützt, Darum wurde er zum Strohmann für dies Vorhaben. Was Sie und ich gesehen haben, waren bloß Simulacra. Ich wette, daß sie nicht einmal so ausgesehen haben wie die richtigen Personen.«

»Jetzt machen Sie mal einen Punkt! Bonadventure und pleite?« sagte Suzy.

»Wahrscheinlich haben Sie mehr Luftstunden als er. Und der andere Grund, nicht zu seinem Hause zu gehen, ist, daß die Bullen jetzt ihn fertigmachen werden, da sie nun wissen, daß sie aus Ihnen nichts mehr herausbekommen können. Übrigens möchte ich wetten, daß sie Ihnen einen homöostatischen Stromkreis eingepflanzt haben. Darum habe ich die supraleitende Spule um Sie gewickelt. Induktionsstrom wird jeden Sender ausschalten.«

»Ich bin für Schall verdrahtet, Sie Arsch! Sie sind auf dem Holzwege mit Ihrem Kram.«

»Sie können es ausprobieren; aber die einzige Luft, die mir gehört, befindet sich in meinen Lungen. Strom sollte Sprechern in keiner Weise schaden. Wir haben nicht viel Zeit. Kommen Sie also?«

»Ja, zum Teufel, habe ich denn eine Wahl?«

»Keine, soweit ich sehe«, sagte Robot.

Sie kletterten eine Stahlleiter hinunter, die ein Kilometer vertikal durch die Versorgungsniveaus zu führen schien. Nach etwa zehn Minuten Abstieg bogen sie ab in einen Kanal zwischen gekrümmten Rohren, die zum Wärmeausgleichsystem gehörten.

Weit voraus ein heller Lichtschimmer. Geräusche einer Menschenmenge, gedämpft und verstümmelt durch metallische Echos.

»Ich will bloß ein paar Dinge inspizieren. Es scheint aber alles gutzugehen«, sagte Robot.

»Sind Sie sicher, daß die Bullen uns nicht folgen? Ich könnte ebenso zum Hafen gehen, wenn es Ihnen nichts ausmacht.«

»Liebes Kind, ich bin der Mittelpunkt des größten Stücks interaktiver Kunst, das Sie sich vorstellen können; und ich möchte Sie wenigstens einen flüchtigen Blick darauf tun lassen. Machen Sie sich keine Sorge wegen der Bullen! Ich beobachte sie ständig.« Robot führte mit seinem verstärkten Arm eine seltsam tänzerische Geste aus; und Suzy erblickte eine kleine Maschine von der Größe einer Ratte, die vorn und hinten mit Sensoren gespickt war und an dem Wellblechdach des Kanals hing. »Ich habe ein Dutzend wie diese eingestöpselt«, sagte Robot, »und ich kann Ihnen sagen, daß die Luft rein ist. Kommen Sie jetzt! Es wird nicht lange dauern.«

Die kleine Rattenmaschine folgte ihnen mit der sturen Beharrlichkeit eines Schoßtieres, während sie durch den dunklen Tunnel hinuntergingen. Dabei klickten und kratzten die Klauen ihrer Extremitäten über ihnen. Suzy empfand eine traumhaft schwebende Gelöstheit, als wäre sie in eine Saga eingeschaltet anstatt in reales Leben. Robots Geschichten von Menschen, die in den Tunnels und Kanälen lebten, eine marginale alternative Gesellschaft, die großenteils durch Goldene unterstützt wurde, die auf der Suche nach illegitimen Reizen in die Slums kamen, waren phantastisch, aber doch ohne weiteres glaubhaft, wie die Parameter der teuersten Art von Sagas. *Freiatmer* nannte sie Robot.

»Auf der Erde sagen wir: frei wie die Luft. Aber hier ist die Zeit des Atmens das ökonomische Medium. Daher ist es eine ernsthaft radikale Sache, ein Freiatmer zu sein.«

»Das klingt so, als ob Sie das billigten.«

»Sicher. Nicht, daß ich keine Wahl hätte, wissen Sie.

Aber nun ja, es ist ideologisch korrekt, soweit es mich angeht. Urbis ist überkünstlich, alles Menschenwerk und geregelt. Jede Fabrikanlage in der Stadt hat einen Maschinencode, wissen Sie das? Keine Wildnis, keine *Zufälligkeit*. Das ist es, wozu meine Maschinen da sind, besonders die RÄUBER. Man verschaffe den Routinen einen etwas höheren Adrenalinpegel, eine gewisse Unvorhersagbarkeit. In unseren Gehirnen haben wir drei Niveaus. Wir sollten sie alle benutzen.«

Die Klarheit der Droge der Goldenen verließ Suzy, vielleicht durch Adrenalin ausgebrannt; und sie war verwirrt durch Robots Gerede – halb Straßenjargon, halb Kunsttheorie, das zwischen hinterwäldlerisch schleppender Sprache und etwas, das fast akzentfrei war, hin und her wechselte. Es war so, als ob er ihr etwas verkaufen wollte, oder sie zu einem obskuren Glauben bekehren. Sie sagte aufs Geratewohl: »Räuber?« Und dachte wieder an die Maschine, die den Polizisten angesprungen hatte.

»Das ist, was wir jetzt sehen werden. Hören Sie den Lärm vor uns? Es hat angefangen. Ich habe es schon gestartet, als ich Sie aufgriff.«

Suzy mußte rennen, um mit Robots lässigem Tempo Schritt zu halten. Licht und Lärm nahmen zu. Sie kamen bei einem schmalen Balkon heraus, der zwischen das weite und mit vielen Gittern versehene Maul eines Luftumwälzers gequetscht war. Drei Stockwerke tiefer war der große runde Boden der Zentralpyramide. Die Leute saßen an zusammgerückten Cafétischen oder gingen wie weidendes Vieh zwischen Marktbuden umher. Suzy und Robot befanden sich ungefähr auf gleicher Höhe wie die Spitzen der pulsierenden Fontänen, die hier und da aus frei verteilten und gestalteten Teichen sprühten, höher als die Kronen beschnittener Uferbäume über der gepflasterten Plaza.

Robot deutete mit seinem künstlichen Finger und sagte: »Da drüben.«

Suzy konnte ihn kaum erkennen, einen undeutlichen Stern aus Licht in mittlerer Höhe weit auf der anderen Seite der Plaza. Er schwebte lässig wie eine Schneeflocke nach unten, küßte das blaue Wasser eines Teichs – und explodierte in eine breite Bank aus weißem Schaum, der in einem Moment über die Fläche des Teiches sprühte, dann in die Fontänen gesogen wurde und hoch in die Luft schoß. Es gab leichte Schreie, zumeist von Gelächter, als Leute dem Schaum auswichen, der über die Ufer des Teichs schwappte und seine weiße Flut über die bunten Kacheln der Plaza ausbreitete. Auch andere Teiche explodierten von Schaum. Die Luft war erfüllt von driftender Gischt wie in einem dichten Schneesturm.

Robot sagte: »Eine kleine Maschine, nicht größer als Ihre Hand. Katalytisch.« Er berührte Suzys Arm und deutete.

Aber Suzy hatte schon die menschengroße Metallspinne aus einem der Tunnels gleiten sehen, die die Plaza säumten. Die Leute wichen vor ihr zurück. Dann sprang sie hoch, fing und hielt ihr Opfer in den vorderen Gliedmaßen. Sie besprühte es mit symbolischem Blut, ließ es fallen und stellte einer anderen Beute nach. Jetzt waren noch mehr Spinnen in der Plaza, die zusammenprallende Wellen von Leuten in Panik einwickelten und losließen, gleitend und rutschend, verschlungen von aufquellenden Blasenschichten.

»Jetzt können wir gehen«, sagte Robot und klemmte etwas an das Geländer, eine kleine Spule, aus der eine Art Griff ragte. »Monofilament«, erklärte er, kletterte über das Geländer (der Riß in seinem Hosenbein wurde dabei noch größer), »also Vorsicht!« Und dann fiel er auf die Plaza zu, an der unsichtbaren Leine hin und her schaukelnd. Als er den Boden erreichte, ließ er los. Die Leine schoß zurück und schlug gegen das Geländer. Suzy folgte ihm nach unten. Ihr ganzer Körper war ein kribbelndes Ziel. Die Bullen mußten hier auch irgendwo stecken, und beides war keineswegs unbedenklich.

Als sie hinuntersauste, sprach Robot in eine Sonde, die wie ein großes hypnotisiertes Insekt vor seinem Gesicht schwebte. Er erging sich in irgendeiner Theorie, bis Suzy die Geduld verlor und auf das Gerät schlug, welches prompt hoch zur entfernten Decke der Pyramide emporschoß und in dem Sturm der langsamen Schaumflocken verschwand.

Robot erklärte: »Ich signierte gerade das Stück.« Er schaute sich mit einer Art idiotischer Genugtuung in dem Chaos um.

»Ist das eine Art von Kunst?«

»Sicher. Ich nenne sie *Urbanen Terrorismus.* Einst im zwanzigsten Jahrhundert, als Technologie sich wie Unkraut durch alle Schichten der Gesellschaft verbreitete, fanden einige Menschen plötzlich heraus, daß sie die Macht hatten, den Status quo zu verändern. Eine einzige Person konnte eine ganze Stadt erpressen, wenn er oder sie hinreichend fanatisch und schlau war. Es gab Splittergruppen aller Art, die sinnlos heftig protestierten. Von Gruppen, die glaubten, daß Tiere die gleichen zivilen Rechte hätten wie menschliche Wesen, bis hin zu kümmerlichen religiösen Sekten, die meinten, es wäre besser, Ungläubige in Stücke zu sprengen, anstatt Zeit auf ihre Bekehrung zu verschwenden. Natürlich war das nicht wirklich Kunst. Schon deshalb, weil ihre Leistung fast nie gewürdigt wurde.«

»Das ist großartig. Ich vermute, daß ich nicht entkommen werde. Aber zumindest habe ich reichlich Zeit, die kritischen Besprechungen dieser Sache durchzusehen. Falls man mir freien Zugriff dazu gibt, nachdem sie mich einkerkern.«

»Nein, das ist okay: Hören Sie, dies Ding hier ist nur ein Teil von dem, was in der ganzen Stadt geschieht. Die Bullen werden gar nicht daran denken, jetzt noch nach uns zu suchen. Sie haben genügend Sorgen, die Touristen ruhigzuhalten.«

Suzy trat einige Schritte zurück. Dieser Kerl war wirklich wahnsinnig. Sie sagte: »Verzeihen Sie mir, daß ich diese Ihre Sache nicht richtig würdige; aber ich bin in Eile. Okay?«

Dann lief sie los, zwischen zwei anschwellende Türme aus Schaum. Und eines von den Spinnenbiestern brach aus einer Schaumbank keine zehn Meter vor ihr hervor und bäumte sich auf, als ihre Stiefel auf nassem Pflaster ausrutschten und sie kopfüber hinfiel. Außer Atem blickte sie auf, als glitzernde Vorderbeine in der Luft über ihr hingen. Dann machte das Ding kehrt und hastete davon. Robot langte hinunter, um ihr aufzuhelfen.

»Es tut mir leid«, sagte er, wieder ohne Akzent. »Sie müssen dicht bei uns bleiben. Wir sollten machen, daß wir weiterkommen.«

Suzy überlegte, ob sie ihn in einen Teich werfen sollte. Sicher, um dann von dem Spinnentier zu Hackfleisch gemacht zu werden. Sie ignorierte seine Hand und stand auf. »Sie stecken wirklich in solchen Sachen drin?«

»Natürlich.« Robot warf eine kleine weißgrüne Scheibe in die Luft, fing sie wieder auf und schlug sie auf den Rücken seiner prothetischen Hand. »Wir werden diesen Weg einschlagen. Die Sache ist noch nicht vorbei. Wir müssen ein Schiff erwischen.«

Während sie durch den Tunnel gingen, erzählte Robot ihr, wie er einen Autodoc verändert hatte, damit er sein Gehirn etwas anders verdrahtete – sein Ausdruck –, in der Art, wie man es mit Verbrechern tat, denen das Gehirn gelöscht war, wie Adam X. »Stromkreise in der linken Hemisphäre, um sich der Routine anzunehmen, damit die rechte, die kreative Seite frei wird. Sie läßt mich alles träumen, was ich will. Sag Hallo, Maschine!« Robot hielt den Kopf schief und sagte in seiner anderen, neutralen Stimme: »Seyoura

Falcon, wir haben miteinander gesprochen, aber ich hatte noch nicht die Gelegenheit, mich vorzustellen.«

»Kein Blödsinn.«

»Kein Blödsinn«, sagte Robot und führte aus, daß er unter der Haut im Nacken auch einen kleinen Biosender trug, der ihn mit seinen Kreaturen über das Citynetz in Verbindung hielt. Sie hatten ihre eigenen Pseudoreflexroutinen; aber er konnte sich in jede davon einschalten, sie übernehmen oder einfach Einblick durch deren Sensorium gewinnen.

Robot schien stolz auf das zu sein, was er mit sich gemacht hatte. Aber Suzy fand es ein bißchen gruselig und sogar morbid. Wie Verstümmelungskulte oder die gotische Technologie des Prä-Interregnums, welche fast die Erde vernichtet hatte. Maschinen und Menschen waren nicht dazu da, so eng in Kontakt zu stehen. Das war irgendwie obszön.

Aber Robots Stück von Terrorismus oder Kunst – oder was immer – schien die Polizisten der Stadt in Atem zu halten. Falls sie noch nach Suzy Ausschau hielten, taten sie es an der falschen Stelle. Suzy und Robot fuhren in einer Kapsel die ganze Strecke bis zum Komplex der Administration des Raumhafens, ohne eine einzige Rothaut zu sehen; und dann tauchten sie wieder in die Service-Etagen hinab. Robot knackte mit seiner prothetischen Hand das Schloß einer Wartungszelle. Sie legten Druckanzüge an und schleusten sich durch die Luftsperre in die Tunnels, die unter dem eigentlichen Flugfeld verliefen. Die kleine rattenähnliche Maschine hockte auf der gerippten Schulter von Robots Druckanzug und schmiegte sich an seinen Helm, als er Suzy durch einen Raum nach dem anderen führte, wo gravitische Generatoren in keramisch versiegelten Gruben steckten. Dann ein Schacht zur Oberfläche, hinaus zwischen die grauen Segel von Ablenkplatten, die wie eine Blütenkrone um einen Einsitzer gefaltet waren, der steil auf seiner Abschußrampe stand.

Eine deltaförmige Auftriebsfläche ragte aus dem schmalen Körper mit Wespentaille heraus. Die Nase war so gestaltet, daß sie Lufteinlässen Platz bot. Es handelte sich um das Modell eines Einsitzers, der auch in einer Atmosphäre fliegen konnte und von der neuen Generation von Erkundern benutzt wurde. Selbst mit einem Dutzend dicker chemischer Booster, die um sein Triebwerk montiert waren, war es das Schönste, was Suzy seit langem gesehen hatte.

Robot sagte über den Kommunikationskanal: »Ehe wir einsteigen, möchte ich Ihnen etwas zeigen.«

»Der Tower wird Sie hören, Mann!«

»Darauf kommt es gerade an. Schauen Sie!« Robot hielt in seiner behandschuhten Hand ein kleines Gerät. Er gestikulierte damit heftig und zielte dahin, wo der Saturn hinter den Mengen von Ablenkplatten und Strömungssperren gerade unterging.

Am Rande des Raumflugfeldes erwuchs ein schmerzhaft heller Stern. Einen Augenblick danach fühlte Suzy, wie die Polycarbon-Blöcke unter den Stollen der Stiefel ihres Druckanzuges zu vibrieren begannen. Der Stern war ein Schiff, das mit chemischen Boostern aufstieg. Sie konnte jetzt sein Dröhnen hören, ein Basso profundo, der ein plötzliches Geschnatter erschrockener Stimmen auf dem allgemeinen Kanal übertönte.

Robot stöpselte in Suzys Anzug eine Kommunikationsleitung und sprach direkt zu ihr. »Das ist das Schiff, das Sie nach dem Willen Bonadventures Freunden benutzen sollten; das Schiff, das Sie zu Ihrem Rendezvous mit Talbeck Barlstilkin bringen sollte. Ich habe es für ihn anders verdrahtet, aber auch einige eigene Dinge von mir hinzugefügt.«

»Mann, die werden Ihren Kopf für weniger als das braten! Ein dämliches Schiff per Draht fliegen und chemische Booster innerhalb der Stadtgrenzen zu benutzen ...«

»Verstehen Sie das nicht? Barlstilkin hätte uns beide getötet. Mich, weil ich zuviel weiß. Und Sie – beobachten Sie jetzt das Schiff! – Sie werden bald sehen.«

Der weiße Stern des Schiffs stieg rasch empor mit mindestens acht Ge. Er zog einen ausgefransten schwarzen Kondensstreifen über den rosafarbenen Himmel. Suzy bog den Kopf zurück gegen den Widerstand des Druckanzugs, als der Stern über den Zenith raste, jetzt so klein und doch so hell ...

Und dann entfaltete er sich plötzlich zu einer Blüte aus Licht, die einen Moment lang heller war als die geschrumpfte Sonne. Das Gebrabbel auf dem offenen Kanal wurde durch ein Heulen von Statik abgeschnitten. Suzy wirbelte weg. Ein Fleck von der Größe ihrer Hand verdunkelte das Visier ihres Anzugs. Alles war Schatten und weißes Licht. Und dann begann das Licht zu verblassen. Die Stimmen kamen wieder und schrien sich an. Suzy drehte die Lautstärke herunter. Sie hatte das Gefühl, auf etwas zu treffen. Das Ding, das sie vermißt hatte, als die Goldenen sie befragt hatten. Als ob sie das Zentrum eines Ulks wäre, den sie nicht begriff. So blöd. So vertrauensvoll. So verdammt treuherzig.

»So eingestellt, daß die Katalfissions-Batterien ihre ganze Energie auf einmal freisetzen würden«, sagte Robot. »Vermutlich dann, wenn Sie Ihr Rendezvous machten. Ich habe daran etwas verändert. Bonadventure und seine Freunde ...«

»Donnerwetter, ich kapiere! Sie wollen ein Schiff klauen? Los, machen wir uns daran!« Und Suzy riß die Kommunikationsleitung heraus, drehte sich um und marschierte die Netzrampe hoch, die sich über ein dickes Gewirr von Energiekabeln zur Luke des Einzelschiffs aufwölbte. Sie schlug so hart auf die Sperre, daß sie meinte, sich vielleicht einen Knöchel gebrochen zu haben, obwohl dieser Schmerz nur klein war gegenüber ihrer Wut. Die Luftschleuse war so eng, daß es auf der anderen Seite nur einen Druckvorhang gab, dessen unsichtbare Umarmung an ihr zog, als sie hindurchkroch.

Und sie befand sich Auge in Auge Adam X gegenüber, der sie gegen ein gepolstertes Schott schleuderte und ihr den Helm herunterdrehte. Es gelang ihr, mit einem Knie seine Hoden zu treffen, aber das machte keinen Unterschied. Über ihnen in der geneigten Kabine drehte sich Duke Bonadventure in der kardanisch aufgehängten Pilotenliege. Die Hälfte der Verkleidungstafeln für die Kontrollpaneele hing um ihn herum. Er sagte: »Die Dinge laufen wirklich sehr schlimm. Ich bin von dir enttäuscht, Suzy.«

»Das ist immerhin etwas.« Binnen einer knappen Sekunde war ihre Wut in Angst umgeschlagen. Sie zitterte von Kopf bis Fuß von Adrenalin, das plötzlich nirgends hin abfließen konnte. Die warme Hand von Adam X stieß ihr Gesicht hart gegen die Polsterung, so daß sie Bonadventure gerade noch aus dem Augenwinkel sehen konnte. Der nostalgische Geruch von Öl, Harz und Ozon stieg ihr in die Nase.

Bonadventure hatte plötzlich eine Pistole in der Hand. Er sagte: »Du solltest nicht hier sein, Suzy. Ach, und du auch nicht, Robot.«

Oh, verdammt! dachte Suzy, Der hätte mindestens so vernünftig sein sollen, draußen zu bleiben.

Robot sagte ruhig: »Sie haben mir eine Passage von Titan weg versprochen.«

»Habe ich das? Solche Details pflege ich zu vergessen. Adam, ich glaube, du solltest sie lieber beide umbringen.«

»Denk noch einmal nach, Mann!« sagte Robot in seiner schleppenden Redeweise.

Zwei Dinge passierten zugleich. Suzy bemerkte, wie der verstärkte Arm Robots die monofilamentöse Leine, an der sie vom Balkon heruntergeglitten waren, herausschleuderte. Sie griff um Bonadventures Hand und entriß ihr die Pistole. Und gerade als Bonadventure loszuheulen begann, fiel eine kleine Rattenmaschine Adam X auf den Kopf.

Der Leibeigene zuckte krampfhaft. Eines seiner Knie stieß Suzy gegen den Magen, ein Ellbogen erwischte sie unter ihrem rechten Auge, und alles wurde erst rot und dann schwarz. Danach ließ sein Gewicht nach. Robot hatte Adams Kopf zur Seite gezerrt und ihn in die gegenüberliegende Seite der Luftschleuse geschleudert. Die kleine Maschine fiel von Adams Schädel auf den Kragen von Robots offenem Helm herunter.

Suzy mußte zwei- oder dreimal ansetzen, um die Frage durch den angeschwollenen Knoten herauszubringen, der ihr in die Kehle gerammt worden war. »Haben Sie ihn getötet?«

»Wir haben alles in der Hand. Keine Zeit für Liebhabereien.«

Suzy schaute zu Bonadventure auf. Der Goldene war weit in die engen Winkel der Kontrollorgane zurückgedrängt. Er trug noch seinen Druckanzug. Der mußte sein verletzte Handgelenk abgeklemmt haben. Nur etwas dunkles rotes Blut rann aus dem sauber abgetrennten Stumpf.

Sie sagte: »Was sollen wir mit diesem Schuft anfangen?«

»Er kann seinen Druckanzug dichtmachen.«

»Und fortgehen? Er könnte versuchen, Methan zu atmen.«

»Das wäre Mord. Die Bullen werden ihn kriegen, Suzy. Für ihn wäre das schlimmer als ein sauberer Tod. So wie ich es sehe, wurde er als Strohmann benutzt von den Leuten, die ihn vor dem Bankrott gerettet haben. Du kannst nicht an sie herankommen; aber die Polizisten könnten es, wenn sie Barlstilkin zum Reden brächten.«

»Unsinn! Sie haben Adam X umgebracht, warum jetzt aufhören?«

»Was wir mit Adam X gemacht haben, war Beschädigung von Eigentum und kein Mord, Seyoura Falcon. Legal ist er nicht mehr menschlich gewesen, seit ihm seine Persönlichkeit aus dem Gehirn getilgt wurde. Das können Sie dem Konto anderer Sachbeschädigungen zurechnen, das wir angesammelt haben. Aber keinen Mord.«

»Die Maschine hat also recht? Sie ist verdammt schlau.« Suzy starrte den Goldenen an. »Ich sollte dich umbringen. Das weißt du.«

Bonadventure bewegte sich nicht bis auf einige Muskeln, die sich um seinen Mund verzogen. Es war, als wäre sein glattes Jungmännergesicht abgehäutet und zeigte jetzt den ängstlichen alten Mann dahinter – blutarm, mit grauer Haut. Wie wenn man von einem Stück Holz die Borke ablöst, um die Termiten zu zeigen, die darunter wimmeln und das geheime Muster ihrer Tunnels in dem verrotteten Holz offenbaren, das eben noch heil erschienen.

Robot sagte: »Duke Bonadventure, wir werden Ihnen jetzt den Rest Ihres Anzugs anlegen. Seien Sie besser kooperativ! Wir wollen uns zunächst mit Ihrem Diener hier befassen. Los, Suzy!«

Die Schließmuskeln des Leibeigenen hatten alles ausgeschieden, als er überwältigt worden war. Ein schrecklicher Gestank ging von ihm aus wie von Tod. Das Hantieren mit der schlaffen Leiche war ein obszöner kleiner Tanz in dem beengten Raum. Es war ein hartes Stück Arbeit, ihn wieder durch den Druckvorhang zurückfallen zu lassen und durch die Luke, die dahinter noch offen war. Suzy blickte weg. Sie wollte nicht sehen, was mit dem Körper geschah, wenn die eisige Atmosphäre Titans darauf traf. Sie hatte noch nie eine Leiche gesehen, trotz aller Feinde, die sie schon getötet hatte. Das war alles auf große Distanz gewesen und war in einem Lichtblitz vorbei.

Als sie mit Adam X fertig waren, mußten sie Bonadventure seinen Druckanzug versiegeln lassen. Der Goldene zitterte und bekam einen Schock, so daß Suzy für ihn das meiste tun mußte. Sie besudelte sich mit Blut, als sie den Handschuh dort befestigte, wo seine Hand hätte sein müssen. Die hatte Robot schon aus der Luke geworfen. Für einen Moment war Suzy versucht, das Lebenserhaltungssystem so zu manipulieren, daß es nach einigen Minuten versagen mußte und ihn in seinem eigenen Atem erstickte. Aber besser war es, wenn die Bullen ihn zu fassen bekamen und er den Rest seiner Ewigkeit im Knast verbringen müßte – oder als irgendeines anderen leibeigener Diener.

Gerade als Suzy dabei war, seinen Helm zu schließen, hielt Bonadventure ihre Hand fest und sagte: »Du begehst einen Fehler, Suzy. Barlstilkin will die Föderation sprengen. Darum wollten wir ihm Einhalt gebieten.«

»Auch Sie wollen sie zerstückeln«, sagte Robot. »Aber allmählich, nicht plötzlich. Damit hätten Sie genug Zeit gehabt, Ihre eigenen persönlichen Imperien aufzubauen, Sie und jeder einzelne von Ihnen.«

»Suzy, du kannst daran beteiligt werden. Ich besitze eine Welt, eine ganze Welt! Ich kann sie dir geben, wenn du mich bloß dorthin bringst!«

»Was, zum Teufel, sollte ich mit einer Welt anfangen?« Suzy schob Bonadventures behandschuhte Hand fort und klammerte seinen Helm fest. Er redete immer noch. Die Lippen bewegten sich hinter dem goldgetönten Visier. Aber Suzy hörte nicht mehr hin. Sie sagte ins Mikrophon ihres Anzugs: »Passen Sie gut auf! Sie kommen aus der Luke und fangen an zu laufen. Entfernen Sie sich ein gutes Stück, sonst werden die Booster Ihnen den Arsch rösten.« Dann beugte sie sich zurück, hielt sich fest und versetzte ihm einen Tritt in den Hintern, der ihn halbwegs durch den Druckvorhang schickte. Er krabbelte den Rest des Weges in rasenden unbeholfenen Bewegungen, und die Luke schloß sich winselnd hinter ihm.

»Okay«, sagte Robot. »Ich glaube, ich muß wohl fragen, ob ich hier einen Platz zum Mitfahren schnorren kann. Ich kann mich nicht vor den Bullen und Bonadventures Freunden zugleich verstecken. Was meinen Sie dazu?«

»Am besten bringen Sie diese Paneele wieder in Ordnung, da Sie der Mechaniker sind.«

»Und ich ersetze die Schaltkreise, die ich entfernt habe. Darum war Bonadventure gerade mit ihrer Reparatur beschäftigt.«

»Das haben Sie gut geplant, nicht wahr?«

»Die Maschine hat das meiste davon ausgearbeitet. Aber wir hätten es nicht geschafft ohne *Urbanen Terrorismus.* Also haben wir es wohl gemeinsam geleistet. Was meinen Sie, Suzy? Werden wir unsere Reise unternehmen?

8

Dorthy schlief gerade, als Talbeck Barlstilkin zu ihr kam. Zuerst erblickte sie ihn in ihren Träumen. Er lief zwischen hohen Steinwänden einen Korridor entlang. Hinter ihm schwebte ein einzelner roter Lichtpunkt, der leicht und lässig mit seinem Voranstürmen Schritt hielt. Als Talbeck in den Hof hineinplatzte, warf das Licht seinen Schatten weit über feuchtes Kopfsteinpflaster. Drei Schritte vor der Tür hielt er an, um wieder zu Atem zu kommen. Auf der gegenüberliegenden Seite versuchten Leute, ein Durcheinander von Wagen um das Tor zu entwirren. Sie brüllten die Pferde und sich gegenseitig an. Ein Wimpel flatterte in der Meeresbrise über dem Torturm und hob sich hell gegen die Nacht ab. Talbeck schaute zu ihm auf, als die Vorhangswand eine dicke Flammenzunge ausspie. Er konnte gerade noch schreien, bevor das Feuer über ihn herfiel.

Er setzte sich hoch. Der seidene Pyjama war von Schweiß getränkt. Nein. Sie war Dorthy. Ihr Name: Dorthy Yoshida.

Talbeck Barlstilkin hielt einen Moment lang ihre Schulter. Dann schüttelte sie seine Hand ab. Die Ruine seines Gesichts und der von Fichten umgebene Hain waren nur durch den frostigen Glanz der Sterne erhellt, die sich über den hängenden Bannern oberhalb ihres Bettes ausbreiteten.

»Es ist Zeit zu gehen«, sagte Barlstilkin, und ohne auf Dorthys Antwort zu warten, machte er kehrt und rannte das trockene Flußbett hinunter in die Dunkelheit zwischen den hohen Bäumen.

Dorthy folgte ihm, noch halb im Bann ihres Traumes. Als sie zwischen die projizierten Bäume trat, hatte sie eine kurze Empfindung von *déjà-vu* und erwartete feuchte, vom Feuer erhellte Pflastersteine hinter dem ovalen Torbogen zu sehen. Aber es war nur von Sternen beleuchtetes Gras und oben die Sterne selbst, hart und scharf hinter den Schatten des Gerüstes der Kuppel. Der Teich war leer, der Wasserfall trocken. Die Brücke erzitterte, als sie darüber lief, um den schattenhaften Herrn des Schiffs einzuholen.

»Sie haben unsere Geschwindigkeitsdifferenz ausgeglichen«, sagte Barlstilkin, obwohl sie ihn zweimal fragen mußte, um eine Antwort zu bekommen. Sie eilten durch das Gewächshaus. Er griff nach oben (wie konnte er in der matten Dämmerung etwas erkennen?) und pflückte etwas von einem Baum. Ohne sein Tempo zu mäßigen, stürmte er durch herabhängenden Efeu in das Planetarium.

Dorthy wurde von Licht geblendet, weißes Licht, das von glatten weißen Wänden reflektiert wurde. Es war wie im Innern eines Porzellan-Eies.

Barlstilkin sagte: »Computer, öffne die Luke!« und ein vollkommener Kreis fiel zu seinen Füßen aus dem Fußboden. »Gravitationsschacht«, sagte er und tauchte kopfüber in den Raum.

Dorthy setzte sich etwas vorsichtiger auf den Rand. Etwas zog an ihren Füßen, und sie gab dem nach. Möglich schien alles, am ehesten, daß sie gleich umkippen und in dem gewöhnlichen Schlafzimmer der Suite erwachen würde, die so lange ihr Gefängnis gewesen war.

Sie fiel vorbei an Bändern aus Metall, die mit Bändern aus leicht glimmendem, halb durchsichtigem Kunststoff wechselten, in gleichmäßigem Tempo fünfzehn Pulsschläge lang, die sie zählte. Dann hörte der Fall einfach auf, und sie schwebte. Eine Hand langte in den Schacht und zog sie hinab in einen weiten Raum, der industriell grell erleuchtet war. Ein metallener Gehsteig, der kopfüber angeordnet war, durchschnitt die Helligkeit. Dorthy fühlte mehr, als daß sie hörte, eine langsame, starke Vibration durch die Luft pulsieren. Plötzlich kam eine Brise auf und zupfte an ihrem Pyjama.

Barlstilkin drehte sich Kopf über Fuß mitten in der Luft. Dann trat er gegen das Ende des Rohres und packte Dorthys Taille, als er auf das entgegengesetzte Ende des Frachtraums zuschoß. Er sagte: »Ich habe immer geheime Passagen geliebt. Jetzt ist es nicht mehr weit.«

»Wohin?«

»Zu unserem Schiff. Dem *realen*. Und wir müssen uns schnell bewegen. Die Luftfabrik kann den Verlust nicht noch länger wettmachen. Wir ziehen los, ehe die Bullen uns entern. Und das wird nicht mehr lange dauern. Der Computer hat sie unterschätzt. Ich weiß nicht, ob wir unseren Piloten jetzt bekommen werden. Ich muß es selbst machen und auf Gott vertrauen.«

»Was sind …?«

Der Gehsteig lief unter ihnen durch. Barlstilkin griff zu und packte sein Geländer mit der freien Hand. Licht und Schatten vollführten einen langsamen würdevollen Salto. Und dann hingen sie nicht an einem Gehsteig, sondern an einer Leiter.

»Was machen wir eigentlich?«

»Ausreißen natürlich. Und mit der ersten Teilstrecke unserer Reise zu dem Hochgeschwindigkeitsstern anfangen. Das ist es. Klettern!«

Dorthy kletterte. Einmal schaute sie hoch und sah, wie sich eine Decke aus schwarzem Metall wegkrümmte. Das war der Kiel des Frachtschleppers. Er verdeckte fast alles Licht. Einmal, als der Wind plötzlich doppelt stark blies, sah sie nach unten und erblickte hinter Talbeck Barlstilkin einen Spalt in dem Steinboden. Nur ein flüchtiger Blick; aber am Boden des Spaltes glaubte sie Sterne zu sehen. Das Schiff brach auseinander.

9

Suzy schien es, als sei sie ihr ganzes Leben lang durch die Umstände in die eine oder andere Ecke gezwängt worden, niemals durch freie Wahl. Sogar ihre kurze Laufbahn als Erkunder mit einem Einzelschiff war statistisch unvermeidlich gewesen. Die meisten raumerfahrenen Kampfpiloten hatten sich nach dem Krieg für diesen dummen Job verpflichtet, weil er ein einfacher Weg schien, um reich zu werden. Wie Suzy hatte sich kaum einer von ihnen bemüht, einen Rechtsanwalt hinzuzuziehen, ihre Kontrakte zu prüfen. Wie Suzy waren die meisten in den Klauen der Kartelle gelandet, die sie gesponsort hatten. Teleskopische Durchmusterungen mit großer Reichweite hielten nur Hoffnungen aufrecht, mehr nicht. Es gab im näheren Umfeld kaum eine Handvoll Planeten von Erdnorm. Trotzdem war Suzy verlockt worden.

So war es. Für Bonadventure oder für die Goldenen, deren Strohmann er war, war sie ein Trottel oder Gimpel gewesen. Für Robot war sie ein Mittel, um dem Gefängnis von Urbis zu entkommen.

»Mars ist fein«, sagte er, während er die Steuerung reparierte. »Oder Erde. Alles außer Urbis. In Urbis bin ich *persona non grata,* bis die Sonne einfriert.«

»Bedenken Sie, daß wir dies Schiff stehlen. Also können wir nicht zur Erde. Sind Sie verrückt?«

»Ach ja. Darum habe ich die Maschine in meinen Kopf gesetzt.«

»Vielleicht Mars?«

Aber sie wußte, daß sie etwas für sich selbst haben wollte. Sie wollte zu jenem schnellen Stern hinaus und zurückbringen, was immer sie finden konnte, und das durch die Kanäle der Föderation pusten. Sie wollte sehen, wie die Goldenen, die wünschten, daß alles beim alten bliebe oder sich nur so langsam veränderte, wie es ihnen paßte –, sie wollte sehen, wie ihnen das gefallen würde. Und vielleicht auch einen Haufen Geld machen. Sie entsann sich, was das fette Simulacrum über den unkalkulierbaren Wert alter Alien-Technologien gesagt hatte. Man konnte es auch Rache nennen. Rache für Shelley und für sie selbst.

Die gravitischen Generatoren des Raumhafens waren ausgeschaltet worden, nachdem Robot das aufgetakelte Schiff halbwegs über Titans Himmel gejagt hatte. Darum war der einzige Weg, von diesem Steinklumpen wegzukommen, der Einsatz chemischer Booster innerhalb der Grenzen von Urbis City. Da Suzy aber gerade dabei war, das Kapitalverbrechen der Piraterei zu begehen, würde sie nicht in Schweiß ausbrechen wegen Verletzung städtischer Vorschriften.

Sie lag flach auf dem Rücken in ihrem versiegelten Druckanzug in der geschlossenen kardanischen Liege. Sie hatte das Lebenserhaltungssystem des Schiffs mit stoßdämpfendem Gel geflutet, um sowohl Robot zu schützen, der in der engen Schlafnische angegurtet war, wie auch sich selbst. Das Schiff begann mit zunehmendem Schub sich zu schütteln. Das Gebrüll der Booster erfüllte die Kabine, mehr physische Kraft als Geräusch... Und das war nur ein Tausendstel des Lärms, den es hinter dem Achterteil wirklich entwickelte. Zumindest übertönte es das Gequäke des Towers der Raumhafenbehörde.

Die Vibration erzeugte seltsame Druckverläufe in dem hellblauen Gel, das gegen ihr Visier drückte; aber Suzy nahm das nur undeutlich wahr. Ihre Sinne waren entblößt und mit den Systemen das Schiffs verschmolzen. Sie fühlte zunehmenden Schub, als ob sie ihre eigene Masse auf den Fingerspitzen anheben wollte. Sie sah in kristallklarem Gesichtsfeld von dreihundertsechzig Grad große Dampfschwaden über die dichtgedrängten grauen Segel von Ablenkplatten und Strömungssperren fegen. Das Panorama war überlagert von den feinen Typen der Myriaden Anzeigen der Systeme des Schiffs, von denen jede sich zur Lesbarkeit aufweitete, wenn sie ihre Aufmerksamkeit darauf richtete. Sie hatte den Computer des Schiffs ausgeschaltet für den Fall, daß der Tower versuchte, ihn irgendwie außer Kraft zu setzen. Sie flog per Draht, wie sie es stets bei den Höhepunkten des Kampfes getan hatte, in den lebenswichtigen paar Minuten, wenn die Flugbahn ihres Einsitzers die einer feindlichen Wohnsiedlung geschnitten hatte.

Genau im Zentrum ihres Gesichtsfeldes schwebte die Angabe des Schubs. Der näherte sich langsam dem Punkt des Gleichgewichts, wo die Schiffsmasse auf dem komprimierten, überhitzten Dampf des Treibstoffs aus Wasser- und Sauerstoff balancierte. Ein Zittern über der Linie ... jetzt!

Suzy warf den Reaktionsmotor des Schiffs an. Weißglühendes Feuer brannte den Nebel fort. Einen klaren Augenblick lang sah sie Ablenkplatten nach allen Seiten auseinanderfliegen. Und dann stieg das Schiff auf, gleichmäßig und schmerzhaft langsam. Die Booster waren jetzt nahezu erschöpft. Nur noch knappe Minuten blieben ihnen, als das Schiff höher kam. Sperrbolzen flogen weg, Methan schmolz in der eisigen Atmosphäre durch das Feuer zu Kohlenstoff und überhitztem Dampf. Dichter schwarzer Nebel wallte auf, als das Schiff höher stieg, höher als die messerscharfen Spitzen von Tallman Scarp. Urbis war ein glitzerndes Spielzeug dazwischen, Eisvulkane zeichneten sich als spitze Kegel am Horizont ab ... Und dann kippte der Horizont weg, und es gab nur noch klaren, rosigen Himmel, als das Schiff in seine geneigte Bahn einlenkte. Die luftatmenden Triebwerke sprangen an, sobald die Geschwindigkeit den kritischen Punkt überstieg. Sie rissen eine Tonne Methan pro Sekunde an sich und stießen es hinten wieder flammend aus. Ein brennender Speer, der auf die heitere, beringte Scheibe des Saturns hin gerichtet war.

Suzy war mit der Beobachtung flimmernder Blöcke von Zahlen und Symbolen zu sehr beschäftigt, als daß sie sich um den Anblick hätte kümmern können. Beschleunigung preßte sie tief in die Liege, eine Falte in ihrem Anzug schnitt ihr in die linke Hinterbacke, *dürfte eine höllische Quetschung geben*, sagte sie sich. Gel versteifte sich um ihre Arme und Beine, Vibrationen wühlten sich tief ins Mark ihrer Knochen. Bruchspuren rannen wie blaue Blitze durch das Schutzgel. Sie hatte Zeit, unter sich eine flockige Wolkenschicht zu bemerken, rotbraun wie getrocknetes Blut; und dann schalteten sich die Luftatmer aus. Der Smog Titans war jetzt zu dünn. Das ganze Schiff schüttelte sich wie ein Lachs bei seinem letzten Sprung, und der Reaktionsmotor und die erschöpften Booster erloschen. Sie hatten den Orbit geschafft.

»Jesus Christus!« sagte Robot mit schwacher Stimme.

Suzy fragte, ob ihm wohl wäre. Nachdem er das bejaht hatte, drehte sie die Lautstärke seines Geplappers herunter. Über den Horizont kam ein recht seltsames Signal, vielleicht zwanzigtausend Kilometer entfernt und vorbeigehend wie ein aus der Unendlichkeit gefallener Stein. Radardichte Objekte, die aus einem diffusen Expansionszentrum flohen und deren Trajektorien eine parabolische Kurve beschrieben, alle auf Saturn hin gerichtet.

Sicher.

Suzy stellte das optische System des Schiffs auf Verfolgung bei stärkster Vergrößerung und wurde belohnt durch den Anblick von Trümmern aller Arten von sich ausbreitenden körnigen Substanzen aus – was? Laserspektrographie meldete ihr, daß es sich um Olivin und

Diopsit handelte, Asteroidenmaterial, vermischt mit mannigfachen Legierungen... Sie schaute von der immer länger werdenden Liste weg, die zu einem Punkt zusammenschrumpfte. Fragmente flimmerten, wenn sie in freies Sonnenlicht gerieten. Waren das Bäume? Jawohl, gebrochene Fichten, die in all dem Müll rotierten.

Suzy ging zu einer schwächeren Vergrößerung über und verfolgte ein halbes Dutzend infraroter Auspuffspuren von Reaktionsmotoren zwischen den Systemen verkehrender Lastenschlepper laut Identifikationsschlüssel. Wenn der Computer eingeschaltet wäre, hätte er ihr vielleicht verraten, wem die Schlepper gehörten. Aber instinktive Vorsicht unterdrückte diesen Impuls. Schwer zu sagen, was geschehen war; aber sie war sicher, daß diese Trümmer das waren, was von Barlstilkins Schiff übrig geblieben war.

Suzy lächelte in ihrem Helm. Ein verschlagener Hundesohn, würde er sich gewiß auf einem der Schlepper befunden haben. Aber sie *alle* zielten auf Swingby-Manöver um Saturn. In weniger als einem Tag würden sie über den halben Himmel verstreut sein und in radikal verschiedene Richtungen verschwinden. Ihnen sollte man folgen! Ihre impulsive Reaktion wurde einen Moment später bestätigt, als sie die saubere Formation dreier Jagdschiffe erspähte, die Kurs auf das Wrack hielten. Ohne Zweifel WVN-Polizisten. Dann verschwand das Bild unter dem Horizont von Titan, und sie wandte ihre Aufmerksamkeit wieder dem eigenen Orbit zu.

Und sah über Titans unscharfem Rand das Einzelschiff direkt hinter ihrem Heck aufdämmern. Sie warf den Reaktionsmotor an, und dessen Feuerschein brannte quer über das aschgraue Licht, das matt die Nachtseite erhellte.

Robot wollte wissen, was vor sich ging; und Suzy sagte ihm, daß ein Schiff hinter ihnen aufgetaucht wäre und sie in einen höheren Orbit übergingen, um zu gegebener Zeit leichter ausbrechen zu können.

»He, aber wohin gehen wir? Wird er uns nicht fangen können?«

»Vielleicht gibt es eine Stelle, wohin er uns nicht folgen kann. Es wird Ihnen nicht gefallen, aber wir können uns dem Mars nicht annähern, wenn er uns nachsetzt. Halten Sie jetzt die Klappe! Ich muß einiges ausrechnen.«

Was nicht genau stimmte; denn sie wäre nicht imstande gewesen, die Vektoren genau zu berechnen, bis sie dorthin kam. Vorerst würde es reine Navigation nach Sicht sein, indem man das größte Ziel am Himmel anvisierte. Aber sie brauchte Zeit zum Nachdenken und wollte nicht mit ihrem Passagier streiten. Sollte er sich ausmalen, was passierte. Inzwischen würde es für ihn zu spät sein, etwas zu unternehmen. So hoffte sie wenigstens.

Das Schiff hinter ihnen hatte sich ihrem neuen Orbit angeglichen, wie Suzy feststellte. Das war keine echte Überraschung. Adrenalin erregte ihr Blut. Dies war real und ein wirklicher Höhepunkt. Drachenfliegen war dafür kein Ersatz. Sie kamen jetzt herum zu Titans von der Sonne beschienenen Seite. Der zusammengeschrumpfte Punkt der Sonne dämmerte einige Minuten früher auf, als Saturn selbst aufging, eine geflügelte Hemisphäre, fast so groß wie der sich unter ihr drehende Globus.

Suzy erwartete, bald wieder über Tallman Scarp zu sein. Nun, zur Hölle – scharf zielen, nicht wahr? Sie startete wieder den Reaktionsmotor, und die Beschleunigung drückte sie wieder in die Liege mit etwas mehr als Erdenschwere. Ihr Verfolger wurde durch die Photonenschleppe des Reaktionsmotors überstrahlt, aber sie wußte, daß auch er beschleunigen würde.

Weg von Titan, hin zu Saturn.

Man denke sich zwei feste Punkte zu beiden Seiten eines Ozeans auf einem Planeten, so groß, daß seine Oberflächenkrümmung vernachlässigt werden kann. Offenbar ist die kürzeste Entfernung zwischen ihnen eine Gerade. Jetzt schleudere man einen Punkt mit tausend Kilometern in der Sekunde fort. Dann beschreibt er einen Orbit, eine Ellipse, um den ersten Punkt. Um ein besseres Maß zu erhalten, lasse man beide Punkte in irgendeiner beliebigen Richtung davonfliegen, wobei der erste um den zweiten läuft und beide sich um ein gemeinsames Zentrum bewegen. Jetzt ist es nicht nur eine Frage der Distanz, sondern auch der Geschwindigkeit, der Zeit. Im Weltraum ist der kürzeste Weg zwischen zwei Punkten immer eine Hyperbel.

»Schau, wenn wir direkt auf Saturn gezielt hätten, würden wir ihn verfehlen, weil wir noch die Bahngeschwindigkeit von Titan haben. Also bremsen wir relativ zu Titan ab und bewegen uns in die umgekehrte Richtung.«

»Obwohl wir die ganze Zeit schneller sind.«

»Wir beschleunigen, um zu verlangsamen. Wir waren in Bewegung, noch ehe wir Titan verließen. Titan bewegt sich um Saturn mit einer bestimmten orbitalen Geschwindigkeit. Davon müssen wir uns abstoßen, um in einen niedrigeren Orbit zu gelangen.«

»Ich weiß nicht«, sagte Robot zum vielleicht fünften Mal. »Das klingt für mich alles wie ein Koan.«

»Also lehnen Sie sich zurück und genießen Sie die Aussicht!« Sie hatten inzwischen mehr als eine Stunde über das Konzept der Navigation zwischen Himmelskörpern diskutiert, und Suzy war davon reichlich ermüdet. Sie hatte eine interne Verbindung zwischen Robots Implantaten und dem optischen System des Schiffs hergestellt, so daß er wenigstens sehen konnte, was um sie herum vorging. Aber war er zufrieden?

»Was ist mit dem Bullen?« fragte er nun.

»Ich nehme an, daß er noch da ist. Aber ich müßte

den Antrieb ausschalten, um ihn zu sehen, und das habe ich nicht vor.«

»Also könnte er uns einholen. Oder er könnte etwas auf uns abfeuern, vielleicht ein Projektil.«

»Ein Projektil könnte unsere Beschleunigung nicht lange durchhalten. Auf jeden Fall würde es in unserem Raketenfeuer verbrennen. Nein, was ich an seiner Stelle täte, wäre dort zu bleiben und abzuwarten, bis die Anziehung des Saturns zunimmt. Dann loslassen und überholen, das Schiff wenden und uns mit dem Antrieb in zwei Stücke schneiden. Man kann sich einen Reaktionsmotor als einen wirklich großen Laser vorstellen.«

»Während wir also wie ein Stein aus unendlicher Höhe fallen« – so hatte sie ihm zuerst den Transferorbit zu erklären versucht –, »könnten wir durch einen tausend Kilometer langen Plasmastrahl halbiert werden.«

»Photonen. Ich habe Plasmawaffen gesehen. Glauben Sie mir, die sind viel schlimmer. Da unten in der Gravitationssenke von BD 20 kommt dieser schrecklich heiße Strahl fast mit Lichtgeschwindigkeit auf einen zu. Nackte Quantenpartikel brennen die Hülle in einem Augenblick weg. *Ffffp!* Ameisen unter einem Brennglas. Seien Sie eine Weile still! Ich muß die Vektoren feinabstimmen.«

»Was Sie planen, ist illegal, wenn alles herauskommt, nicht wahr? Ich meine, es ist ein geschütztes astronomisches ...«

»So können Sie sich das vorstellen. Sie gehen dahin, wo seit mehr als fünfhundert Jahren niemand mehr gewesen ist. Aber jetzt will ich wirklich etwas ausrechnen.«

»Aye-aye, Captain«, sagte Robot.

Suzy schaltete ihr Abspielgerät ein und wählte aufs Geratewohl Blues aus dem zwanzigsten Jahrhundert. Dann machte sie sich an die Berechnung des Swingby. Je früher sie die feinen, empfindlichen Korrekturen der hyperbolischen Bahn des Schiffs vornehmen würde, desto leichter würde es sein. Aber da unten gab es so viele *Klamotten* …

Stunden vergingen. Suzy merkte das kaum, während sie Matrizen aufstellte und umstellte und durch hundert verschiedene Lösungen des Problems laufen ließ. Alle mußten das gleiche Ergebnis liefern: Die Aufsummierung der Ablenkungen des Einzelschiffkurses sollte die Geschwindigkeit und, noch wichtiger, die relative Eigenbewegung anzeigen, um auf das nächste Ziel zu treffen, den Neutronenstern, dessen absolute Position wie der ganze Rest des Profils dieser verrückten Mission ihr durch Hypädie eingebrannt worden war. Denn der Impuls bleibt bei Übergang durch Kontraraum erhalten; und so wie Planeten und Monde ihre Orbits durchstreifen, machen es auch Sterne.

Saturn wuchs über die Koordinatengitter von Suzys Berechnungen hinaus, aber sie hatte nur Augen für einen einzelnen hellen Punkt nahe der Cassinischen Teilung zwischen den Ringen. Alles außer diesem Punkt und den laufenden Berechnungen rückte an die Peripherie ihres Horizonts. Die einsame Stimme eines klagenden Bluessängers aus Louisiana, das ständige Brummen ihres Reaktionsmotors, der Mief aus Schweiß und wiedergeatmeter Luft in ihrem Anzug, das Zerren des Anschnallgurts, die Umklammerung durch die Liege und das Stoßschutz-Gel, der Schmerz ihrer gequetschten Hüfte.

Musik und Mathematik durchströmten sie, ein ganz ungeheures Gefühl. Das verdammte Dreikörperproblem. Über genau so etwas hatte sie in der Akademie geschwitzt. Haarige Boltzmanngleichungen mit vier räumlichen ganzen Zahlen, kleine Knoten von Daten wie Schwarze Löcher in ihrem Bewußtsein. Aber sie mußte zugeben, daß sie dieses Zeug vermißt hatte.

Ihr Passagier war gottseidank ruhig. Ehe sie das

Schiff hatte aufsteigen lassen und während er mit der Reparatur der Sabotage beschäftigt gewesen war, hatte er etwas gesagt. Ohne Ihre Tätowierung, Seyoura, wäre Robot vielleicht nicht gekommen; aber wir bewundern den Impuls dahinter. *Es muy simpatico.* Möglicherweise dachte er, daß das zu seinen eigenen Verstümmelungen paßte. So etwas dem Gehirn anzutun. Mein Gott! Eine steinzeitliche Prozedur wie eine Trepanation. Außer, daß er böse Geister einließ. Aber doch immerhin bequem für Mathematik. Es gab Zeiten, da sie fast versucht war, den Computer einzuschalten unter dem Risiko, durch den Bullen hinter ihr überrannt zu werden.

Und so verging die Zeit, bis die Ringe, jetzt riesengroß und nahe, in ihren leuchtenden Bändern eine körnige Struktur zeigten und das optoakustische System des Schiffs mit weißem Rauschen und dem gräßlichen Quaken einer Sirene reagierte, Musik und Ringlandschaft verschwanden. Suzy stellte alles ab und schaltete Hilfskanäle ein, um wieder sehen und hören zu können. Aber sie konnte nicht die Stimme ausschalten, die plötzlich auf jedem Kanal war.

Die Stimme sagte: **»Sie nähern sich der Grenze des Astronomischen Schutzgebietes des Saturns.«** Es war eine weibliche Stimme, zischend und süß, die ein reines akzentfreies Portugiesisch sprach. **»Bitte korrigieren Sie Ihre orbitale Flugbahn sofort! Es ist streng verboten, sich mehr als fünftausend Kilometer der mittleren Umlaufbahn des Ringsystems zu nähern.«**

Robot fragte: »Ist das der Bulle?« Seine Stimme war vor Furcht schrill.

»Zum Teufel, nein. Nur eine Warnboje. Und wie sind Sie überhaupt in diesen Kanal geraten? Ich dachte, ich hätte Sie ausgeschaltet.«

»Ihr Schiff ist identifiziert worden als Intersystem Singleship MV 397E222894. Bitte nehmen Sie zur Kenntnis, daß Ihre Flugbahn aufgezeichnet und an die Verkehrskontrolle von Urbis, Titan, übermittelt wird. Eindringen in den verbotenen Be-

reich des Astronomischen Schutzgebietes des Saturns wird die Konfiskation Ihres Schiffs zur Folge haben. Diese Mitteilung stellt eine ausreichende Warnung dar gemäß der WVN-Charta für Menschenrechte 2698.«

»Robot ist nicht an Maschinen gebunden. Er *benutzt* sie.«

»Sie nähern sich der Grenze des Astronomischen Schutzgebietes des Saturns...«

Und dann sank die Stimme zu einem Flüstern ab. Robot sagte mit unausstehlich selbstgefälligem Ton: »Na also. Keine Gesetze, stimmt's.«

Suzy schaltete das interne optoakustische System des Schiffs zum erstenmal ein, seit sie von Titan aufgestiegen waren. Ein helles kleines blaugetöntes Fenster hing vor den Ringen des Saturns. Robot hatte sich in die Schlafnische geklemmt und war in einem Crashkokon angeschnallt wie ein behaglicher Käfer. Aber ihn umgab eine Art Geflecht aus Kabeln und Drähten und Buchsen, das sich durch das Stoßschutz-Gel schlängelte und größtenteils hinter einem aus der Wand gezogenen, gepolsterten Paneel verschwand. Seine kleine Rattenmaschine saß in dem Geflecht wie eine Art Blase im Stoßgel, die Gliedmaßen zusammengefaltet wie eine tote Spinne.

Irgendwie hatte Robot es geschafft, die Sendung der Boje auszuschalten. Das war theoretisch unmöglich. Allerdings hatte er sie nicht völlig ausgeschaltet, was besagte, daß seinen Fähigkeiten Grenzen gesetzt waren. Aber es war zu spät, sich um ihn Gedanken zu machen. Schließlich war es an der Zeit, selbst etwas zu unternehmen.

Suzy stellte den Blues ab und ging zu dem über, das sie für diesen Moment ausgewählt hatte. Etwas, das einem wirklich *Mumm* gab.

Die ersten Noten der elektrischen Gitarre klangen auf und hackten rauh über das Zusammenspiel von Schlagzeug und Bass. Dann kam die Stimme, hektisch und rauh getönt, in einem Akzent, der der historischen Vergangenheit angehörte.

*Did you hear about the Midnight Rambler …**

Ja, sie war der mitternächtliche Wanderer, der Nachtschwärmer. Hing an der äußersten Kante. Mal sehen, ob der Bulle *hierbei* folgen konnte.

Die Ringe erfüllten jetzt ihr Gesichtsfeld mit der Cassinischen Trennung dazwischen als eine schmerzende Leere. Sie rief einen Cursor auf, um den Lichtpunkt einzuklammern, der ihr Ziel darstellte.

Robot sagte in ihr Ohr: »Sie fliegen ein komisches Schiff.«

»Es gefällt Ihnen nicht. Wohin unser Kurs führt, gibt es eine Menge Steine, auf denen man sich hinsetzen und auf eine andere Reisegelegenheit warten kann.«

Sighing down the wind so sadly –
*Listen and you'll hear him moan …***

»Felsen und Steine«, sagte er. »Weit draußen. Prüfen Sie meine Geschichtskenntnisse! Seyoura, wir haben Zugriff auf einen Gigabitspeicher. Robot stellt ihn Ihnen zur Verfügung, falls Sie ihn brauchen sollten.«

»Mein Gott, und Sie denken, daß ich ungewöhnlich bin. Jetzt bleiben Sie still, he? Genießen Sie die Fahrt! Wir nehmen jetzt eine kleine Kurskorrektur vor, und ich möchte sehen, ob der Bulle *diese* Kurve kratzen kann …«

Ihr eingeklammertes Ziel kam näher, genau am Rande der geflochtenen Ströme der Ringe aus Milliarden von Körnern aus Eis und Gestein und urtümli-

---

* *Hast du gehört von dem mitternächtlichen Wanderer …*

** *So traurig klagt der Wind hernieder –*
Horch und du wirst ihn jammern hören …

chem Kohlenstoff, die von der Kondensation des Sonnensystems übrig geblieben waren und dem massigen Körper des Saturns zu nahe waren, um sich jemals zu einem richtigen Mond zusammenzuballen. Aber in dem scheinbaren Chaos herrschte Ordnung. Kleinere Monde liefen wie Schäferhunde zwischen den zwei Dutzend Unterteilungen der Ringe hin und her. Ein jeder von ihnen hielt die wimmelnden Bahnen einer Million Körner gegen die Anziehung Saturns im Gleichgewicht. Suzy hatte einen davon eingeklammert, einen fliegenden Berg von zehn Millionen Tonnen. Das Schiff beschleunigte genau auf ihn zu.

»... ist streng verboten. Ihr Schiff ist identifiziert worden ...«

Die Ringe formierten sich jetzt unter ihr zu einer festen Ebene, einer leuchtenden geneigten Fläche, die auf sie zuraste. Sie stimmte die Haltung des Schiffs fein ab in einer letzten Justierung. Sie riskierte, ihre Konzentration zu stören, indem sie nach hinten blickte, sah aber kein Zeichen von dem Bullen. Er hing irgendwo dort draußen genau im Lichtschein des Reaktionsmotors, Nun, jetzt würde sie seine Nerven aufs äußerste testen.

»O Mann«, sagte Robot, »wir sind wirklich im richtigen Fahrwasser.«

»Seien Sie jetzt um Gottes willen *still!*«

I'm called the hit-and-run rape her in anger
*The knife-sharpened tippytoe thief ...**

Jetzt nur noch Sekunden. Sie stürzten in einem spitzen Winkel auf den anscheinend haarfeinen Riß zu, der eine Trümmerbahn von der nächsten trennte.

---

* *Man nennt mich den flinken Frauenschänder voll Wut,*
Den schleichenden Dieb mit dem scharfen Messer ...

»Bitte korrigieren Sie Ihre orbitale Flugbahn sofort! Es ist streng verboten, sich mehr als fünftausend Kilometer der mittleren Umlaufbahn des Ringsystems zu nähern …«

»Fällt mir nicht im Traum ein, sie zu korrigieren«, murmelte Suzy.

»Mann, das ist einfach verrückt …«

»Ruhe!«

Noch einige Sekunden. Auf der ganzen Rundumsicht Suzys flammten Warnlichter wegen zu großer Annäherung an die Ringebene auf. Feiner Staub prallte klirrend auf die Schiffshülle, von molekülgroßen Körnern bis zu mehreren Kubikmetern. Das Geräusch zischte durch die sich steigernden Akkorde. Gitarre und Mundharmonika schleuderten sich unsaubere Noten zu über dem festen Grundrhythmus. Suzy konnte jetzt die Struktur der Ringe erkennen, körnig und dreidimensional. Der Zeitgeber sprang auf Null, und sie schaltete den Motor aus in der dringenden Hoffnung, daß der Bulle sich verdrückt hätte; denn dies war seine Chance zu überholen und sie aus dem Himmel zu pusten. Robot sagte etwas, das sie nicht mitbekam, weil sie zu sehr auf die wirbelnde Kante des Rings achtete und das taumelnde, von Kratern übersäte Ziel erblickte …

Und dann war es vorbei, und sie flogen *unterhalb* der Ringe, durch die nahe Begegnung mit dem Hirtenmond gravitativ in einen neuen Kurs geschleudert, der auf die weite Krümmung Saturns hinabführte bis zur nächsten Kursänderung.

I'll stick my knife right down in your throat
*– And that hurts!**

---

* *Ich stecke mein Messer dir tief in die Kehle*
– Und das schmerzt!

Stille.

Eins nach dem anderen schalteten die Warnlichter wieder auf Grün. Keine Spur von dem Bullen. Er war ihnen nicht gefolgt.

Suzy konnte sich nicht enthalten, einen Triumphschrei auszustoßen. Robot sagte kühl und ironisch: »Sie sind sich darüber klar, Seyoura, daß die Massendifferenz zwischen dem Schiff und diesem Mond nicht so groß ist, daß die Schleuderpassage auf ihn keine Wirkung haben wird. Ich schätze, daß in einigen Milliarden Jahren sich die Bahn des Mondes stark genug verändert haben wird, um den Teil des Ringes aufzubrechen, den er gegenwärtig beisammenhält.«

»Die Ringe werden lange vorher sowieso auseinandergebrochen sein. Sie sind nicht stabil, sondern hochgradig chaotisch.«

»Ja, das stimmt«, sagte Robot und lachte. Es war das erste Mal, daß sie ihn lachen hörte. Das klang wie ein altmodischer Ventilator, ein regelmäßig krächzendes Japsen, das sich ein paarmal wiederholte und dann abbrach. Er sagte: »Also wo liegt jetzt unser Ziel?«

»Wir haben gerade eben eine neue Kurskorrektur durchgeführt. Diesmal mit Hilfe des Saturns.«

»Und wohin geht es nun?«

Man könnte es hinter sich bringen. »Robot«, sagte sie, »ich sage Ihnen, nach diesem Mist können wir es uns auf keine Weise auf irgendeiner der zehn Welten bequem machen. Also bin ich hier wohl oder übel pleite und entlassen.«

»Ein Publikum, das mich schätzen würde, ist auf keiner Kolonialwelt zu finden, Captain.«

»Hören Sie auf, mich so zu nennen! Wir haben sowieso keine Kolonialwelt zum Ziel. Nach Saturn werden wir unsere Geschwindigkeit richtig auf Trab bringen. Wir müssen einen Impulstransfer machen, um ...«

»He, warten Sie einen Moment! Halten Sie mich für verrückt?« Robot zappelte in seinem Crashkokon, konnte sich aber nicht mehr als einen Zentimeter zur Seite bewegen.

»Mann, Sie hätten fragen sollen, ehe Sie die Reise als Anhalter mitmachten«, sagte Suzy. »Beruhigen Sie sich nur und lassen Sie mich das Schiff fliegen! Ich habe uns doch schon bis hier gebracht, nicht wahr? Also vertrauen Sie mir!«

Sie versuchte, ihm von all dem zu erzählen, das sie finden könnten und das sie beide vielleicht reicher machen würde als den erfolgreichsten Einzelschifferkunder, der je gelebt hatte. Aber er schrie sie wieder an oder zitierte in der neutralen Maschinenstimme Kapitel und Absatz aus den Gesetzen gegen Kidnapping und Piraterie. Also schaltete sie die interne Verbindung ab und richtete ihre Aufmerksamkeit nach außen. Sollte er selbst herausfinden, daß er keine echte Chance hatte.

Die Ringe lagen jetzt weit zurück und wurden vom Schatten des Planeten verschlungen. Wolkenbänder, breiter als der Durchmesser der Erde, zogen unter dem Schiff dahin. Lachsfarben, Umbra, Ocker, mit abblätternden Kanten, vermischten sie sich in komplexen Wirbeln und wurden kleiner bis hin zu großen matten Sechseckgebilden am Pol. Und dann verschluckte sie die Schattengrenze des Terminators, und die Sterne kamen heraus. Voraus schnitten die Schatten der Ringe eine schmale Ellipse aus ihren Schwärmen aus.

Die Wolkenbänder des Saturns waren noch schwach sichtbar, gesäumt von leuchtenden Knoten und Schnörkeln. Weit jenseits seiner dunklen Krümmung bezeichnete ein leichtes Flimmern die Oberseite eines elektrischen Sturms, der mindestens so groß war wie Titan.

Suzy leistete sich eine Stunde Schlaf und erwachte durch das Summen des Weckers. Sie hatte im Mund einen sauren, pelzigen Geschmack, den sie mit einem Mundvoll Wasser aus der Röhre in ihrem Helm wegspülte, während sie auf das riesige Panorama der Nachtseite des Saturns schaute und die Sterne dahinter.

Sie konnte ihr Ziel natürlich nicht sehen, wußte aber, wo es lag. Und sie fühlte, wie die komplexen Koordinaten des Kontraraumes aufzutauchen begannen…

Robot lag reglos in seiner Wiege aus Kabeln. Suzys erster Gedanke war, daß er schliefe. Aber als sie das Bild vergrößerte, um durch das Visier des Helms sein Gesicht zu erkennen, sah sie, daß die drolligen omegaförmigen Gläser der Brille, die er aufgesetzt hatte, ehe er den Anzug schloß, beschlagen waren. Ein privater Film, oder vielleicht auch ein nach außen gewandter Traum, der zu einem Film umgestaltet wurde… Was auch immer geschehen könnte, mit Robot an Bord würde es wohl eine seltsame Reise werden.

Die Ringe erschienen von der Kante her als eine schwarze Linie, so dünn, daß man sie fast unmöglich verfolgen konnte. Sie rasten vorbei, als das Schiff durch die dreitausend Kilometer breite Lücke der Cassinischen Trennung schoß. Die Warnlichter für Annäherung verwischten Suzys Blick einen Wimpernschlag lang. Dann war es vorbei.

Sie stiegen wieder ins Licht der Sonne auf mit zusätzlicher Geschwindigkeit, die sie aus dem Bahnimpuls des Saturns gewonnen hatten. In einem Gitternetz außerhalb des Zentrums ihres nach vorn gerichteten Gesichtsfeldes spulten Zahlen ab als Countdown für die Neuzündung des Reaktionsmotors. Das war schon gelaufen, seit sie den Motor für das erste Schleudermanöver abgestellt hatte; aber gewohnheitsmäßig hatte sie es ignoriert, bis es anfing kritisch zu werden. Jetzt sah sie nur Zahlen, die auf Null zurückliefen. Sie wurde flach auf die Liege gepreßt. Im Stoßschutz-Gel, das ihren Handschuh umgab, ballte sie die Hand zur Faust. Robot schien nichts zu merken. Na schön, laß ihn nur!

Voraus sah sie Lastschlepper über den ganzen Himmel verstreut. Dopplerdaten verrieten ihr, daß sie alle mit unglaublicher Geschwindigkeit in ein halbes Dutzend verschiedene Richtungen auseinanderstrebten. Sie waren einen langen, langen Weg gefallen, ehe sie dem Saturn begegnet waren.

Die Bullen würden nicht wissen, wo sie anfangen sollten, sie zu verfolgen; aber Suzy erkannte sofort, welches Schiff von Talbeck Barlstilkin gesteuert werden mußte. Denn es hielt genau den gleichen Kurs wie ihr Schiff – es war jetzt *ihr* Schiff, sie war schon in jede seiner Ecken hineingewachsen – und bewegte sich rückwärts zu dem Punkt in der Gravitationssenke Sols, aus dem ein Schiff sicher in den Kontraraum fallen konnte. Zu der Zeit, wo sie diesen Punkt erreichte, würde sie sich Barlstilkins Geschwindkeitsdifferenz angeglichen haben; aber er wäre schon längst fort und ihr mindestens drei Tage voraus auf seinem Wege zu dem nächsten Ziel. Und Suzy würde folgen, zum Neutronenstern und darüber hinaus; und wenn sie immer noch Lockvogel war, würde sie Bescheid wissen, bis sie den überschnellen Stern erreichten.

Zweiter Teil

EISENSTERNE

1

Es war einmal ein gewöhnlicher Stern der Hauptreihe gewesen, doppelt so groß wie die Sonne der Erde, aber heißer und blauer. An einem Punkt, wo der durch die Temperatur seiner Fusionsprozesse erzeugte, nach außen wirkende Strahlungsdruck durch die potentielle Energie der Kompression durch seine eigene Schwerkraft ausgeglichen wurde, hatte er sich stabilisiert und etwa fünf Milliarden Jahre lang in dieser Weise gebrannt. Lange genug, damit sich Leben auf einem seiner fünf Planeten hätte entwickeln können, sofern er Planeten gehabt hätte; und lange genug, daß große und glorreiche Zivilisationen hätten entstehen und vergehen können, oder länger geherrscht hätten, als irgendein menschlicher Diktator sich jemals hätte träumen lassen, zu herrschen... Aber nichts währt ewig.

Der Stern hatte in jeder Sekunde seiner Existenz auf der Hauptreihe ungeheure Mengen an Wasserstoff verbrannt, indem pro Sekunde Tonnen von Helium und ein geringfügiger Betrag an Kohlenstoff und Sauerstoff verschmolzen wurden. Das ging in Ordnung. Es gab reichlich Wasserstoff, genug für sechzig Milliarden Jahre. Aber indem Wasserstoff zu schwereren Elementen verschmolz, nahm die Dichte im Kern des Sterns zu; und bei höherer Dichte konnte Strahlung nicht so leicht entweichen. Langsam, in einem für jeden menschlichen Maßstab unmerklichen Tempo, stieg die Kerntemperatur an, bis ungefähr zehn Prozent des Wasserstoffs zu Helium verschmolzen waren und der erste kritische Punkt erreicht war. Denn nun war durch die Kontraktion des Sterns seine Kerntemperatur so hoch geworden, daß weniger wirksame Brennzyklen auftreten konnten. Kohlenstoff zu Helium und Neon und Magnesium, Sauerstoff zu Helium, Silicium und Schwefel, Silicium zu Nickel. Wie bei einem metastasierenden Krebs breiteten sich diese Reaktionen vom Kern her aus. Der Stern wurde größer, aufgebläht durch Strahlungsdruck zu einem roten Riesen (wobei jene wunderbaren hypothetischen Zivilisationen und deren hypothetischer Planet verdampften). Es setzte eine Art fieberhafter Oszillation ein: Zyklen von Kontraktion und Expansion, gemischt mit instabilen Ausbrüchen, wenn der Strahlungsdruck so groß wurde, daß Hüllen aus unverbranntem Wasserstoff und Helium aus der dünnen äußeren Atmosphäre ausgestoßen wurden.

Auch dies konnte nicht ewig dauern. Denn alle thermonuklearen Reaktionen führen unausweichlich zu Eisen, und Eisen kann nicht brennen (wie die Architekten des Totenreichs recht gut wußten). Die Energie, um es in irgendein anderes Element umzuwandeln, ist größer als die von der Reaktion freigesetzte Energie. In den äußeren Schichten des Sterns wurden die nuklearen Herde verschlackt und immer schwächer. Indessen stieg paradoxerweise die Kerntemperatur höher denn je, aufgeheizt durch gravitative Kontraktion, als sich immer mehr Eisen ansammelte und der Kern immer dichter wurde. Damit war dann der zweite kritische Punkt erreicht, als die Kerntemperatur solch enorme Werte erreichte, daß Eisenkerne spontan zu Helium zusammenbrachen und dabei ungeheure Energiemengen absorbierten.

In einem Augenblick stürzte die Kerntemperatur um eine Milliarde Grad. Sie strahlte nicht mehr genügend Energie aus, um ihren Gravitationsdruck zu überwinden. Schließlich hatte die Schwerkraft über das Licht gesiegt. Der Stern brach zusammen in einer katastrophalen Kaskade von Röntgenstrahlen, als Elektronen und Protonen zu Neutronen zusammengepreßt wurden. In einigen Tagen war alles vorbei, einen Wimpernschlag in der langen Lebenszeit des Sterns. Es blieb nichts übrig als eine perfekte Sphäre von zwanzig Kilometern Durchmesser, eine dünne Kruste aus Eisen und entarteter Materie, die eine Supraflüssigkeit nackter Neutronen, Protonen und Elektronen bedeckte, und ein Kern aus massivem Neutronium, dem dichtesten Stoff im vorstellbaren Universum. Der Körper eines Sterns auf dem Boden einer unermeßlich steilen Gravitationssenke, der sich unheimlich schnell drehte, weil es immer noch den Drehimpuls des viel größeren Körpers besaß, der er einst gewesen war.

Aber auch der Drehimpuls währt nicht ewig.

Drei Stunden und zehn Millionen Kilometer weit entfernt waren die optischen Systeme des Schiffs endlich imstande, den alten Neutronenstern zu entdecken. Dorthy beobachtete ihn auf der Brücke. Sie beugte sich nach vorn in der Mitte der riesigen umhüllenden Kommandoliege, das Kinn auf die zusammengelegten Fäuste gestützt und die Ellbogen auf den Knien, während sie angespannt in den Navigationstank starrte.

Es gab nicht viel zu sehen. Der Neutronenstern war ein matter, gleichmäßig roter Kreis wie die letzte Glut eines erlöschenden Feuers. Aus der Verzerrung seiner Magnetfelder durch die dünnen Gashüllen, die ihn immer noch umgaben, hatte Dorthy berechnet, daß er für ein Objekt seiner Klasse sehr langsam rotierte, nur einmal in 3240 Sekunden. Ebenso oft zog ein Stern hinter ihm vorbei; und dann bildete ein vollkommen kreisrundes Aufblitzen die trübe rote Scheibe ab, da seine Schwerkraft in jeder Richtung Licht wie eine Linse fokussierte. Und das war es, was Dorthy beobachtete. Kein menschliches Auge hatte das jemals zuvor gesehen, denn niemand hatte es gewagt, ein Schiff so nahe an ein derart gefährliches Objekt heranzuführen.

Barlstilkin hatte ihr gesagt, daß er das Einkommen eines Jahres darauf verwandt hatte, um den alten Neutronenstern zu finden. Er hatte ein Gravitationsteleskop am äußeren Rand der Oortschen Wolke bauen lassen, ein halbes Lichtjahr von Sol entfernt, wo eine Milliarde kalter Kometen seit ewigen Zeiten ihre Bahnen ziehen und die Anziehung Sols so gering ist, daß sie praktisch nicht existiert. Eine Forschergruppe aus einem halben Dutzend Astronomen war zusammengestellt worden (Dorthy kannte die meisten Namen; mit zwei von ihnen hatte sie zusammen an Fra Mauro studiert, bis Schicksal, Krieg und ihr Talent sie aus ihrer sich aufbauenden Laufbahn als astronomische Forscherin gerissen und auf eine trockene, planetoformte Welt geführt hatten, die vom FEIND bewohnt war.) In weniger als sechs Wochen hatte das Team einen Transferpunkt für den überschnellen Stern präzise ermittelt, ein Doppelsternsystem aus einem weißen Zwerg und einem alten, langsam rotierenden Neutronenstern, der durch einen glücklichen Zufall nur einhundertfünfzehn Lichtjahre von Sol entfernt war und in der ungefähren Richtung von Sagittarius lag.

Der ursprüngliche Plan hatte einen doppelten Vorbeiflug vorgesehen, erst eine Schleife um den weißen Zwerg, dann wieder Übergang in den Kontraraum und Durchqueren der Lücke von einem Viertel Lichtjahr vor dem Wiederaustritt. Dann dicht an den Neutronenstern heruntergehen und bei dem Impulsaustausch aus seinem Vorrat an kinetischer Energie so viel gewinnen, daß es für die Anpassung an die Eigenbewegung des überschnellen Sterns reichte. Ein trickreiches, kompliziertes Manöver, aber sicherer als der Versuch, aus dem Neutronenstern allein Geschwindigkeit zu gewinnen, wodurch das Schiff hätte sehr nahe an die Gezeitenschranke herangeführt werden müssen. Aber eben das war es, was Barlstilkin jetzt vorschlug. Den schnelleren Kurs nehmen, auch wenn er gefährlicher war.

In dieser Hinsicht zumindest war er wie sein Freund, Duncan Andrews Reckless, ungeduldig, voll falschen Selbstvertrauens, für den das Weltall ein endloser Spielplatz war. Dorthy wußte es besser. Das war zum Teil die Botschaft, die sie von P'thrsn mitgebracht hatte. Die Galaxis war kein jungfräuliches Territorium, reif für Eroberung, sondern ein Palimpsest, das übereinander aufgezeichnet die Geschichten anderer intelligenter Species trug. Die Menschheit war nur der zuletzt aufgetretene Akteur auf dieser übervollen Bühne, ein frecher Neuling, der von den Lichtern geblendet war und sich nicht des Auditoriums bewußt war, das kritisch hinter dem Schimmer wartete. Sie selbst war Zeugin des endgültigen Aktes eines Sippendramas gewesen, das mehr als eine Million Jahre gedauert hatte und beiläufig eine aufkeimende Zivilisation auf Nowaja Rossija zerstört hatte und auch die menschliche Kultur vernichtet haben würde, wenn nicht sehr viel Glück im Spiel gewesen wäre.

Wie alle Goldenen, die Dorthy je kennengelernt hatte, war Talbeck Barlstilkin für eine solche Lektion über die Gefahren der Hybris unempfänglich. Er beabsichtigte ewig zu leben und brannte gleichzeitig vor Ungeduld. Rache ist ein Gericht, das am besten kalt serviert wird; und er hatte sechzig Jahre lang über das wahre und eingebildete Unrecht gebrütet, das man seiner Sippe angetan hatte, und ein weiteres Dutzend Jahre darüber, die Elemente seiner Rache zusammenzufügen. Aber jetzt waren seine Pläne der Lösung so nahe gekommen, daß er jedes notwendige Risiko eingehen würde, um sie durchzuführen.

Dorthy grübelte über dieses Paradoxon nach und sah zu, wie Sternenlicht um die Glut des Neutronensterns aufblitzte, als Barlstilkin sie überraschte. Sie hatte sich so sehr an seine Anwesenheit in den engen Wohnbereichen des Schiffs gewöhnt, daß sie seiner Gegenwart erst gewahr wurde, als er sprach. In den Tagen zwischen der Begegnung mit Saturn und dem Erreichen des Punktes, wo das Schwerefeld der Sonne flach genug war, um einen Übergang in den Kontraraum zu ermöglichen, hatte Dorthy sich angewöhnt, einen Druckanzug anzulegen und sich an einer kilometerlangen Leine vom Schiff wegtreiben zu lassen, bis dieses nur noch ein weiterer Lichtpunkt unter den vielen Sternen war. Das war eine willkommene Entspannung von der lästigen Empfindung der unterdrückten Wut Barlstilkins und dem toten Gehirn des leibeigenen Dieners gewesen. Der Transit durch den Kontraraum war eine fast unerträgliche Pein gewesen trotz der Tatsache, daß ihr Implantat alles bis auf eine Restaktivität ihres TALENTS abschirmte. Einhundertfünfzig Tage in einem winzigen Schiff mit einem wiederbelebten Leichnam und einem Goldenen eingesperrt zu sein, der so nach Rache dürstete, daß es schon fast psychotisch war. Dorthy war in ihre alten Gefängnisgewohnheiten verfallen mit einer Leichtigkeit, die sie geradezu erschreckte. Lesen, Essen, Schlafen. Meistens schlafen. Nach zehn Jahren Kerker hatte auch Shakespeare seinen Reiz verloren. Sie hatte auch etwas Tiefkühlschlaf gehabt. Und nun fuhren sie zu schnell, und es gab zu viel Gas und zu viel Strahlung, um sich durch Weltraumspaziergänge abzusetzen.

Die einzige Ausflucht war, so viel wie möglich in ihrem eigenen Kopf zu bleiben. Als daher Barlstilkin zu sprechen begann, gab es Dorthy einen kleinen Ruck, und er lachte, weil er sich freute, ein Talent überrumpelt zu haben.

»Es sind nur noch zwei Stunden bis zum Transit«, sagte er. »Wir sollten uns bald in unsere Kühlsärge zurückziehen. Aber zuvor solltest du etwas wissen.« Er griff hinüber und drehte die Kugel, die das Blickfeld des Schiffs steuerte, so, daß das Volumen des Sternfeldes nach hinten gerichtet war. Der grünweiße Punkt des weißen Zwerges lag außerhalb des Rahmens. Ein eiserner Sternkörper von der Größe eines Planeten, zu klein, um bis zu Neutronen zu kollabieren; eine reine Elektronenentartung, die der gravitativen Kumpression die Waage halten konnte. »Computer, laß die visuelle Aufzeichnung dreiundfünfzig Minuten zurücklaufen!« befahl Barlstilkin.

In der Mitte des Tanks schimmerte etwas und verblaßte, ehe Dorthy sicher sein konnte, daß sie es wirklich gesehen hatte: »Falsche Photonen«, sagte Barlstilkin. »Ein anderes Schiff hat gerade den Transit gemacht.«

»Die Navy?«

»Vielleicht. Obwohl es ein Einzelschiff ist mit ziviler Registrierung. Es hat ebenfalls die schnelle Route gewählt, aber wir sind ihm einige Tage voraus.« Talbeck Barlstilkin empfand eine Art grimmiger Genugtuung. Das war eine nachträgliche Rechtfertigung für das Risiko, das er einging.

Dorthy wandte den Kopf, um ihn anzusehen. Schatten und das schwache Licht auf der Brücke wirkten zusammen, um die bleiche Ruine seiner linken Gesichtshälfte zu kaschieren. Er sah aus, als ob er von edlem Geblüt wäre und nach Rache dürstete gemäß einem uralten, atavistischen Ehrencodex …

»Das könnten Ihre Freunde von Titan sein«, sagte Dorthy. »Ich denke, das wäre besser als die Navy oder die WVN-Polizei. Aber nicht sehr viel besser.«

»Nun, ich nehme an, wir werden das herausfinden, wenn wir den überschnellen Stern erreichen.«

Barlstilkin schaute auf sie hinunter. »Dorthy, du bist so sehr ruhig dabei, gleichgültig. Als ob du es nicht wirklich durchlebtest, sondern nur zuschautest. Du weißt, wir könnten in ein paar Stunden tot sein. Es besteht eine reale Möglichkeit, daß das Schiff durch die Schwerkraft des Neutronensterns zerrissen wird. Wir müssen sehr dicht an die Roche-Grenze herangehen.«

»Ich habe nicht den ganzen Weg hierher zurückgelegt, um als ein Ring zerrissener Moleküle im Orbit um ein Stück Glut zu enden.«

Barlstilkin war leicht amüsiert. »Sagt dir dies das Ding in deinem Kopf?« Das war nicht so wichtig wie seine Rache; überhaupt nichts war so wichtig.

»Ich weiß nicht«, gab Dorthy zu – vielleicht zum zehntenmal. »Ich lebe damit schon so lange, daß ich nicht sagen kann, was ich bin und was nicht. Ich bin von einem halben Dutzend Talenten sondiert worden, als die Navy mich im Griff hatte. Auch die konnten es nicht herausbringen, aber ich bin nicht überrascht. Sie war sehr alt und schlau.«

»Das weibliche Neutrum. Das den armen Duncan getötet hat.«

»Andrews hat sie umgebracht. Sie wollte es. Aber ich vermute, daß sie ihn getötet hat – in gewisser Weise.« Die Erinnerung an die seltsame Plaza war plötzlich stark ... das matte Licht der Brücke war dem Licht der roten Zwergsonne von P'thrsn sehr ähnlich. Reihen von Alea, die sie beobachteten wie zerlumpte Mönche, deren Gesichter in ihren Hautkapuzen wie aus kahlem Leder verborgen waren. Das weibliche Neutrum lehnte da wie eine obszöne Parodie Buddhas. Die Wolke der restlichen Persönlichkeiten ihrer Schwestern, die sie ermordet und absorbiert hatte, wirbelte in einer doppelten Schleife.

»Was auch immer sie getan hat, sie tat es mit Bedacht«, sagte Dorthy. »Vielleicht wußte sie von dem überschnellen Stern. Sie hatte ein Radioteleskop. Vielleicht wußte sie, daß die Marodeure anrückten ... Aber was soll's, Barlstilkin, ich *weiß* es nicht. Teile von ihr waren eine Million Jahre alt; und sie war fremdartig, sehr, sehr fremdartig. Ich *glaubte*, es damals zu wissen. Aber vielleicht wollte sie eben, daß ich das glauben sollte.«

Dorthy erschauerte plötzlich. Barlstilkin legte ihr eine Hand auf die Schulter. Es war das erste Mal, daß er sie berührte, seit er sie aufgeweckt hatte, damals auf dem alten kombinierten Schiff. Er sagte: »Wir sollten uns auf den Transit vorbereiten.«

Das Schiff, ursprünglich ein interplanetarer Lastenschlepper, der ein halbes Jahrhundert lang Frachtpaletten von der Erde zum Mars und zurück geschafft hatte, war ein abgenutztes altes Arbeitspferd mit einem nackten Mindestmaß an Wohnraum. Barlstilkins Renovierungen hatten noch weniger Platz gelassen. Die Messe war ein öder Raum von etwa hundert Kubikmetern, der sich hufeisenförmig um den massiven Komplex herumzog, der die Energieanlage und das Rückgrat des Phasenwandlers beherbergte. Fußboden aus Stahlgeflecht, nicht abgedeckte Leuchtröhren, ein paar funktionale Möbel. Die Leibeigene klappte Liegen zusammen und machte sie unten fest, als Barlstilkin und Dorthy die Wendeltreppe herunterkamen. Sie hielt nicht inne und schaute nicht einmal auf, als sie in den Kriechgang hinab zu ihren Kabinen schlüpften, kleinen asymmetrischen Verschlägen, die in die verbliebenen Lücken zwischen dem Reaktionsmotor, der Luft-Wiederaufbereitungsanlage und dem Phasenwandler gezwängt waren.

Barlstilkin blieb an der Gabelung der Wege stehen, und einen ängstlichen Augenblick lang dachte Dorthy, daß er sie an sich drücken wollte. Sein zerstörtes Gesicht war in dem beengten Kriechgang nur wenige Zentimeter von dem ihren entfernt. Schweißtropfen standen auf seiner unverletzten Haut. Dorthy konnte schwach den Hauch seiner Angst fühlen. Sie war vollkommen furchtlos. Aber er sagte nur: »Ich werde dich in einigen Stunden sehen.« Dann wandte er sich um und ging zu seiner Kabine.

Eine kleine Holo-Bühne sprang über dem Beschleunigungstank hoch. Suzy war in Stoßschutz-Gel eingetaucht, kalte metallische Luft zischte durch ihre Gesichtsmaske, und sie konnte beobachten, wie die trübe Scheibe des Neutronensterns über der Stoßwelle von Emissionslinien der Balmerserie wuchs, welche das Schiff auslöste, als es durch Reste von emittiertem Helium pflügte. Es fuhr jetzt sehr schnell. Künstliche Schwerkraft kompensierte mehr als zwanzig Ge Beschleunigung. Die in eine Ecke des Blickfeldes projizierten Ziffern der Statusindices brodelten ständig. Dorthy fragte sich, ob das Licht der Sterne jenseits des Neutronensterns allmählich nach blau verschoben werden würde, als Barlstilkin plötzlich etwas sagte. Seine Stimme wirkte in der Gesichtsmaske schrecklich intim.

»Ich habe gerade über Orthidium nachgedacht. Weißt du, wie Katalfissionsbatterien funktionieren?«

»Nein. Es hat etwas damit zu tun, daß aus Neutronen Gammastrahlen werden.«

»Nicht genau. Ein molekülgroßes Stück. Orthidium wird in einer magnetischen Zange gefangen, umgeben von einem hauchdünnen Mantel aus U^{238}. Das Uran sendet bei seinem Zerfall langsame Neutronen aus, von denen einige in die Zange gefiltert werden, um mit nackten Orthidium-Quarks zu reagieren. Eingefangene Neutronen zerfallen in noch mehr Orthidium und setzen Gammastrahlen frei, die die Batterie in Energie umwandelt. So bekommt man schließlich mehr Orthidium, als man hineintut. Es dauert ungefähr ein Jahrhundert, die Menge zu verdoppeln.«

»Ich verstehe nicht ...«

»Ich besitze – oder besaß – einen Anteil an einer Orthidium-Schürfgesellschaft, die auf den trojanischen Asteroiden von Procyon arbeitete, ehe die Islamische Nationale Volkspartei auf Nowaja Semlja alle privaten Firmen konfiszierte, als sie aus der Föderation auszubrechen suchte. Nachdem die Föderation diese Regierung abgesetzt hatte, nach den Kämpfen, hat sie natürlich das beschlagnahmte Eigentum nicht den ursprünglichen Besitzern zurückgegeben... Macht es dir etwas aus, wenn ich rede?«

»Sollten Sie nicht das Schiff fliegen?«

»Das besorgen jetzt die Computer. Aber mir kam eben gerade der Gedanke, was geschehen würde, wenn man ein bißchen Orthidium in jenen Stern injizierte?«

»Sie sind der Experte für Orthidium.«

»Der ganze Stern würde in Orthidium verwandelt werden. Natürlich müßte man es durch die Kruste bringen. Und sich weit entfernt halten, denn die Gammastrahlung wäre ziemlich ungesund. Das einzige Problem ist, wie man das Orthidium dann aus dem Boden der Gravitationssenke heraufschafft. Wenn ich das hinkriegte, könnte ich die Kosten dieses Abenteuers milliardenfach hereinholen.«

»Sie sprechen doch nicht im Ernst?« Dorthy wurde ein wenig schwindlig, als ob sich ihre Füße und ihr Kopf in entgegengesetzte Richtungen bewegen wollten. Jetzt waren es mehr als fünfzig Ge, ein halbes Dutzend Ge über der Grenze für künstliche Schwerkraft. Am besten nicht daran denken, was passieren würde, wenn sie versagte.

»Es ist aber doch ein interessanter Gedanke, nicht wahr? Wenn wir dies überleben...«

»Wir werden.« Das sind die Gezeitenkräfte, dachte sie. Ihre Füße waren dem Neutronenstern um anderthalb Meter näher als ihr Kopf; und in dieser steilen Gravitationssenke war ihre Orbitalgeschwindigkeit dementsprechend etwas größer. Je niedriger die Umlaufbahn, desto schneller muß man sich bewegen. Die Sterne in der Umgebung des Neutronensterns erschienen etwas länglich. Sie waren nicht mehr Punkte, sondern radiale Linien, die alle von dieser gleichmäßigen roten Scheibe nach außen verliefen. Und das Rot war jetzt noch ausgeprägter. Sie befanden sich nahe dem Perihel, und die Flut...

Talbeck Barlstilkin hob an und sagte: »Ich bin nicht

sicher ...« Und plötzlich füllte die rote Scheibe die Holobühne.

Einen Moment lang hatte Dorthy das Gefühl, sie würde auf einer Streckbank auseinandergezerrt. Sogar das Gel begann sich zu verformen und strömte zu ihren Füßen hin. Das Schiff ertönte wie eine Glocke. Und dann war der Neutronenstern vorbeigehuscht. Das Schiff taumelte. Sterne rasten wie Schwungräder über die Holobühne. Dies war das letzte, was Dorthy sah, ehe der Beschleunigungstank ihr etwas in den Schenkel spritzte, das sie bewußtlos machte.

2

Der Zunftkapitän Carlos Almonte hatte sich nie wohl gefühlt bei dem traditionellen Ritual des allabendlichen Dinierens mit den Erste-Klasse-Passagieren. Er hatte seinen Weg durch die Hierarchie der Zunft von ganz unten her gemacht; und weil seine Laufbahn durch die Alea-Kriege beschleunigt worden war, hatte er keine Zeit gehabt, die notwendigen sozialen Verhaltensweisen zu lernen: Die taktvolle Pause, die ablenkende Frage, das Geschick, über prahlerische oder betrunkene Langweiler hinwegzusehen. Infolgedessen gab es an seinem Tisch oft lange, steife Gesprächspausen, wenn er eine witzige Bemerkung oder ein abgedroschenes, aber doch elegantes Kompliment hätte machen sollen. Oder es drängte sich eine streitsüchtige und selbstbewußte Person in den Vordergrund, die noch weniger als der Zunftkapitän Almonte ein Gefühl für gesellschaftliche Feinheiten hatte.

Aber diesmal war es nicht ausschließlich sein Fehler; denn die Plazierung von Professor Doktor Gunasekra an dem gleichen Tisch wie Reverend Carlos Erman Rodriguez, S.J., hatte eine explosive Mischung geschaffen, die sogar der taktvollste und diplomatischste Kapitän nur schwer beherrscht hätte. Der Professor Doktor war für seine herausragende Position lächerlich jung, kaum in den Dreißigern und aussehend wie ein Teenager, mit plumpen Backen, scharfen, dunklen, eindringlichen Augen und glänzendem schwarzen Haar bis auf die Schultern. Er beugte sich vor und zielte mit einem Finger auf Pater Rodriguez, wenn er seine Pointen vorbrachte. Und wenn Kapitän Almonte überhaupt etwas über den autokratischen Schiffskaplan gelernt hatte, dann war dies, daß es nichts Schlimmeres gab, als durch derart schlechte Manieren sein Temperament zu reizen.

Indessen schien Pater Rodriguez durch Gunasekras Suada mehr amüsiert als verärgert zu sein. Vielleicht ebensosehr durch die lächerlich schrille Stimme des Professor Doktors wie durch die Argumente selbst. Kapitän Almonde hatte es nach den ersten paar Minuten aufgegeben, ihnen zu folgen. Das war eine andere gesellschaftliche Tugend, die er noch lernen mußte. Aber wen kümmerte es überhaupt, woher das Universum kam, und ob es eine Erste Ursache und einen Ersten Beweger gegeben hatte; oder ob das ganze Ding irgendwie oder nur zufällig geschehen war? Es war da. Das war für jeden vernünftigen Menschen sicher genug. Den Rest konnte man Rodriguez und seinen Leuten überlassen.

Unten an der mit weißem Leinen gedeckten Tafel, die von Blumenarrangements strotzte (das Schiff hatte sein eigenes Gewächshaus) und von Silberzeug und Kristall strahlte, schienen diejenigen seiner Gäste, die zum Marinestab gehörten, die Meinung Almontes zu teilen. Zwei führten sogar ein geflüstertes privates Gespräch – ein Verstoß gegen die Sitten, fast so schlimm wie Gunasekras flegelhaftes Benehmen. Aber die Wissenschaftler schienen sich mit Zuhören zufriedenzugeben. Nur der Exobiologe Martins warf ab und zu eine kurze eigene Bemerkung ein, obwohl sowohl Gunasekra wie Pater Rodriguez ihn mehr oder weniger überhörten.

Zunftkapitän Almonte zerdrückte heimlich mit schmerzhaft starrer Miene das überhängende Ende des leinenen Tischtuchs mit einer Hand, betete für das Auftragen des nächsten Gangs und formulierte eine komplizierte Verwünschung für das unerbittliche Rotationssystem des Pursers, das jeden Abend seinem Tisch eine neue Kombination von Passagieren zuwies. Und alle von der Ersten Klasse! Keine Touristenklasse! Der Raum für die Tiefkühlsärge war ausgeräumt und in ein Erholungszentrum mit geringer Schwerkraft umgebaut worden, um die Langeweile der langen Reise zu mildern.

Transit durch Kontraraum war bei dieser problematischen Reise das Geringste. Man mußte auch die schreckliche Eigenbewegung des Ausreißersterns kompensieren. Das Schiff war weit vor dem Kurs des Sterns wieder in den Normalraum eingetreten und hatte seitdem beschleunigt. Fast drei Monate mit dem Getöse der Fusionsflamme, das jedes Zentimeter des Schiffsgefüges durchdrang; und von dem Ziel war nichts zu sehen außer einem grünweißen Fleck achteraus, der ständig heller, aber nicht sichtlich größer wurde, während der Stern sich dem Schiff näherte.

Es gab keinen anderen Weg, die Himmelsmechanik zu umgehen, aber Kapitän Almonte hätte das hitzige Zusammentreffen verhindern sollen. Wenn er den nötigen gesellschaftlichen Riecher gehabt hätte, müßte er es haben kommen sehen. Und wenn es nach ihm hätte gehen können, würde er alle Passagiere für die Dauer der Reise auf zwölf Grad tiefgekühlt haben.

Endlich hatte Professor Doktor Gunasekra seine Meinung vorgetragen, wie auch immer sie gewesen sein mochte. Er schaute sich unter seinen Kollegen mit der Genugtuung von jemandem um, der eine Diskussion unwiderleglich gewonnen hat. Er nahm seinen Finger weg und lehnte sich in seinem Sessel zurück (einer echten, spindeldürren Holzimitation im Stil des siebzehnten Jahrhunderts; Kapitän Almonte, der ein großer, stämmiger Mann war, noch größer als selbst Pater Rodriguez, wagte kaum, einen Muskel zu rühren aus Furcht, daß sein Sessel unter ihm zusammenbrechen könnte).

Kapitän Almonte erkannte seine Chance, die Konversation von der Kosmologie wegzulenken; aber ehe er noch den Mund aufmachen konnte, beugte sich Pater Rodriguez vor und stieß mit dem Zeigefinger durch das Geklirr von Silberzeug und durchscheinendem Porzellan. Sein Ellbogen warf eine Fingerschale um, und Rosenblätter wirbelten auf eine sinkende Flut von mit Limonen aromatisiertem Wasser.

Mit sanft polternder Zuversicht sagte Pater Rodriguez zu Gunasekra: »Sie können noch immer nicht das zentrale Argument bestreiten. Daß es nämlich, weil unsere Existenz so unwahrscheinlich ist, eine spezielle Ursache dafür geben muß. Wenn das Leben im Weltall so allgemein verbreitet ist, wie Sie behaupten, wo sind dann die anderen intelligenten Species? Würden die nicht längst die Galaxis – und jede Galaxie – von ihnen kolonisiert worden sein? Ich bin kein Physiker« – was nicht ganz stimmte; denn Rodriguez war ein Experte für die Topologie des Kontraraums und konnte notfalls als interplanetarer Pilot einspringen –, »aber ich weiß auch, daß sich, wenn sie einmal gestartet ist, eine Wellenfront der Kolonisation sehr schnell ausbreiten wird. Höchstens eine Million Jahre, um jeden Stern in der Galaxis zu kolonisieren. Aber wo sind sie denn?«

»A-aber sie sind doch hier«, fiel ihm Martins stürmisch ins Wort. »Was meinen Sie, wohin wir gehen, Pater?«

Ein paar Leute lachten, aber der Priester zog nur seine buschigen Brauen hoch und deutete ein verächtliches Achselzucken an: »Die Alea sind nicht wirklich intelligent, das steht außer jeder Diskussion. Sie ahmen Intelligenz nach, wenn es nötig wird, aber sonst sind sie einfach Tiere.«

»Verschlußsache!« rief eine Dame; doch Gunasekra lächelte ihr nur zu. »Sind wir hier alle gleich?« Sein Lächeln galt auch Kapitän Almonte, der merkte, wie er an den Rändern der Ohren leicht errötete:

Martins sagte: »Vielleicht haben die Alea intelligentes Leben in der ganzen Galaxis unterdrückt. Wie sie es auf Nowaja Rossija getan haben.«

»Die Art und Weise, wie sie uns zu unterdrücken versucht haben«, warf ein Navy-Offizier ein.

Martins fuhr fort: »Man nimmt an, daß es sie in der ganzen Galaxis gibt, wenn das, was diese Dame Yoshida berichtet hat, zutrifft. Flüchtlinge aus einem Krieg, die verborgen bleiben wollen und sich dessen *versichern,* daß es so bleibt, indem sie alles umbringen, was sie entdecken könnte. Falls es sie in der ganzen Galaxis gäbe, Rodriguez, warum sollte Gott so um *uns* besorgt sein? Warum nicht um sie?«

»Weil wir den Krieg gewonnen haben.« Gelächter erhob sich, und Rodriguez machte eine Handbewegung, als ob er eine Mücke wegscheuchen wollte. Ein Rosenblatt hing am Ellbogen seines abgewetzten schwarzen Ärmels: »Noch wichtiger deshalb, weil sie keine Seelen haben, wie das Parlament von Brisbane kürzlich erklärt hat. Aber das umgeht die Hauptfrage. Das Universum ist alt genug, um intelligentes Leben auf Kohlenstoffbasis seit mindestens einer Milliarde Jahren getragen zu haben. Lange genug, daß es sich zu jedem Stern in jeder Galaxie hätte ausbreiten können. Aber warum sehen wir gar kein Zeichen davon? Ich werde es Ihnen sagen: Weil es nicht existiert. Nun, ich habe genügend Kosmologie studiert« – er lächelte über seine sich selbst verspottende Bescheidenheit –, »um zu wissen, daß wir nicht existieren könnten, wenn nur eine einzige der fundamentalen Eigenschaften von Materie und Raumzeit um eine Winzigkeit anders wäre. Kein Leben auf Kohlenstoffbasis könnte das. Zum Beispiel die Heliumresonanz, die gewährleistet, daß Kohlenstoff und Sauerstoff in stellaren Fusionsprozessen vorzugsweise erzeugt werden. Oder die Größe des Boltzmann-Faktors, der bewirkt hat, daß es nach dem Urknall viel mehr Protonen als Neutronen gab, sodaß Wasserstoff im Weltall vorherrscht.

Es gibt noch Tausende anderer Beispiele, manche trivial, manche tief. Wenn die Physik uns in den letzten fünfhundert Jahren etwas gelehrt hat, dann ist es die Tatsache, daß die Signatur Gottes unabänderlich in das Weltall verwoben ist. Und Sie, Gunasekra, sagen, daß es dafür keinen Beweis gäbe. Ich sage, Sie haben nichts getan, um es zu widerlegen.«

Gunasekras Lächeln wurde breiter. Er machte eine kurze Pause und sagte dann mit seiner hohen, klaren Stimme: »Aber mein lieber Kaplan! Da gibt es überhaupt nichts zu beweisen! Ich höre immer nur eine alte Leier abgedroschener Koinzidenzen. Ich hoffte, Gott wäre um unseretwillen schlauer. Sehen Sie, es ist ganz einfach. Wir sind hier, nicht weil das Universum raffiniert so konstruiert wurde, daß es uns dienlich wäre. Denken Sie nur nach, meine Herren! Vierhundert Milliarden Sterne allein in dieser Galaxis, eine Billion Galaxien gleicher Art… und fünfzehn Milliarden Jahre nicht aufgezeichneter Geschichte, so daß Sterne alle Ingredienzen zusammenbrauen konnten zur Versorgung unseres kurzen Lebens.« Er ergriff ein Messer und klopfte mit seinem Griff auf den Tisch. »Sterne, die in Supernovas explodieren, nur um mir das Mittel zu liefern, mein Gemüse zu schneiden.«

Es gab wieder ein Gelächter, und Gunasekra grinste breit, als er die Tafel herauf und hinunter blickte. Seine plumpen Backen waren tief mahagonifarben gerötet, und Schweiß glitzerte auf seiner faltenlosen Stirn. Er sagte: »Nein, nein. Das verlangt von uns zu viel Selbststolz, um wahr zu sein. Nein. Es würde uns nicht geben. Das ist alles ein uralter Hut. Das schwache anthropische Prinzip ist wohl schon tausend Jahre alt. Neuerdings, Pater, wie Sie vielleicht wissen, da Sie *gewisse* physikalische Kenntnisse zu besitzen scheinen, trotz Ihrer Bescheidenheit, ist viel Fortschritt in der Theorie der vielen Welten erzielt worden. Es ist fast sicher, daß es neben unserem eigenen eine unendliche

Anzahl von Universen gibt, und daß es einen Meta-Raum gibt, in dem jedes Universum nur eine Blase darstellt. Ein schlechter Vergleich, aber treffend. Ich habe mich aus Liebhaberei damit befaßt, weil die Mathematik natürlich an das Problem der Geometrie unserer eigenen Raumzeit angrenzt. Postulieren wir einen Gott für jedes dieser Universen, Rodriguez? Oder ist unser Universum das einzige, das von der Göttlichkeit berührt wurde, so wie wir die einzigen Lebewesen mit unsterblichen Seelen sind? Brauchen wir eine Fülle von Universen wie von Sternen und Zeit, um unsere Existenz zu rechtfertigen? Das ist wirklich Hochmut!«

»Ich habe Ihren Aufsatz über dies Thema gelesen«, entgegnete Pater Rodriguez, »und nicht ohne Interesse: ›Hin zu einer Formulierung lokaler Grenzbedingungen in einem N-dimensionalen unbegrenzten Super-Raum‹. Professor, ich habe den Flug Ihrer Phantasie genossen. Sie hatten die Schönheit der Ökonomie. Aber lassen Sie mich dieses sagen: Wenn Sie Ihre persönlichen professionellen Vorurteile einem persönlichen Gottesbegriff zuordnen, ist das der erste Schritt auf dem dunklen Pfad zur Blasphemie.«

»Oh, Blasphemie! Ich bin nicht sicher, ob ich den Ausdruck vollständig verstehe, mein lieber Kaplan. Ich bin schließlich als Buddhist erzogen worden.«

Weiter unten am Tisch fragte ein düsterer Mann mit blassem Gesicht, der, wie sich Delmonte erinnerte, etwas mit Verbindungen zwischen Dienstleistungen zu tun hatte, ob man durch Kontraraum zu anderen Universen fliegen könnte. Gunasekra wandte sich ihm zu, vielleicht erfreut über die Gelegenheit, von einer Diskussion wegzukommen, die er gewonnen zu haben glaubte. Er sagte geduldig: »Kontraraum ist ein Teil unseres eigenen raumzeitlichen Kontinuums. Er grenzt nicht an andere Universen. Nun, es ist durchaus möglich, daß viele davon keinen Kontraraum haben. Mathematisch ist nichts einzuwenden gegen ein Universum mit nur vier Dimensionen – oder sogar drei, was ich allerdings für das irreduzible Minimum halte. Was Reisen zwischen Universen angeht, so würde die einzige vorstellbare Route durch die Singularität eines Schwarzen Loches führen – vorausgesetzt natürlich, daß es rotiert. Oder durch eine rotierende nackte Singularität. Was man als Wurmloch bezeichnet hat.« Er zuckte die Achseln. »Eine alte Idee, aber immer noch nur eine hypothetische Vorstellung.«

»Und außerdem«, mischte sich Kapitän Almonte ein, »wären mir die navigatorischen Probleme zuwider.« Er lächelte und freute sich, schließlich doch zu der Konversation beigetragen zu haben.

Aber die Wissenschaftler ignorierten ihn alle mehr oder weniger, während eine Frau am Ende der Tafel, mit einem unansehnlichen, plumpen Gesicht, das rund wie der Vollmond und von strohigem Haar eingerahmt war, eilig zu reden begann über die Evolution aller intelligenten Rassen zu Gott oder vielleicht in Gott *hinein*. Es war schwierig, ihren Worten zu folgen, weil sie erregt und nervös war, mit einem Schimmer um die Augen, dem fanatischen Licht einer erst kürzlich Bekehrten. Sie hatte auf dem Revers ein Abzeichen, ein billiges Hologramm des Feuerrades der Milchstraße ... Sie gehörte also zu den *Zeugen*. Von denen gab es recht viele auf der Reise unter dem niedrigen wissenschaftlichen Personal ... Offenbar agierten einige davon politisch. Alles, was Almonte über sie wußte, war, daß sie sich bei Raumflughäfen herumtrieben und Datenwürfel jedem aushändigten, der den Irrtum beging, ihnen nur die geringste Aufmerksamkeit zu widmen. Diese Frau war zweifellos jemandes Adjutantin aufgrund ihrer Inbrunst und Kenntnisse, aber ohne ein Gefühl dafür, still zu sein. Schließlich hörte sie zu reden auf, oder fand wenigstens keine Worte mehr. Am Tisch entstand ein unbehagliches Schweigen, eine Oase der Verlegenheit in dem hohen Kuppelraum, während ringsum an anderen Tischen hundert Gespräche das Rumoren des Reaktionsmotors übertönten.

Almonte wollte gerade etwas sagen – irgend etwas –, als er einen Steward auf sich zukommen sah. Er wurde auf der Brücke verlangt, um den Wachwechsel zu kontrolllieren, eine Phrase, die bedeutete, es wäre ein ernstes Problem aufgetaucht. Immerhin fühlte Almonte sich deutlich erleichtert, als er sich mit einer Verbeugung bei Tisch entschuldigen und dem Steward folgen konnte.

Das Schiff machte seine letzte Annäherung an den Park-Orbit, der jetzt in etwa dreißig Stunden bevorstand. Der Methangas-Riesenplanet, der sein Ziel bildete, ragte gewaltig auf, in halb voller Phase und gefleckt mit matt wirbelnden Grünflächen. Sein einziger Mond, Colcha, befand sich auf der entgegengesetzten Seite, so daß das ihn betreuende Forschungsschiff außer Funkkontakt war. Im Moment lag das ganze Problem also bei Zunftkapitän Almonte.

Er packte den verchromten Rand des Navigationstanks, während sein Erster Offizier, Manuel de Salinas, ein ruhiger, tüchtiger Brasilianer, den Computer die Sequenz durchlaufen ließ. Das Schiff – unglaublich, es war ein interplanetarer Schlepper – hatte den Phasenübergang in einer Kaskade falscher Photonen genau im Gleichgewichtspunkt gemacht. Ein paar tausend Kilometer weiter, und es hätte zu tief in der Schwerkraftsenke des Sterns gesteckt und wäre bei Äqualisierung der Energiepegel von gewöhnlichem und Kontraraum infolge seines Phasenwandlers zerrissen worden. Es fuhr schon mit einer Geschwindigkeit, die höher war als die Eigenbewegung des überschnellen Sterns. Um eine Umlaufbahn zu erreichen, mußte es einen Teil seines Tempos los werden. Aber das war unmöglich; denn der Schlepper taumelte auch unkontrollierbar in einer höchst exzentrischen Drehung Bug über Heck mit einer

Periode von weniger als einer Sekunde. Sein Bild flackerte schwindelerregend in dem Navigationstank.

»Es war noch schlimmer, als sie in die Phase getreten sind«, bemerkte de Salinas. »Der Pilot brauchte die ganze Reaktionsmasse des Schubes für Lagekontrolle, um es so weit herunterzukriegen, wie Sie es jetzt sehen.«

»Wie ist das passiert? Und wie konnte ein interplanetarer Schlepper es schaffen, sechs Prozent der Lichtgeschwindigkeit zu erreichen, um Gottes willen?«

De Salinas lächelte. Er war selbstvernügt. Licht aus dem Tank fiel unter sein Kinn, ließ sein mageres, faltiges Gesicht unglaublich finster erscheinen und erfüllte jede Vertiefung seiner pickligen Wangen mit halbmondförmigen Schatten. »Der Pilot sagt, er hätte eine Impulsübertragung durch Passagemanöver um einen langsam rotierenden Neutronenstern gemacht. Aber das mißlang gründlich. Er kam ein bißchen zu nahe an den Neutronenstern heran und bekam dadurch sowohl Rotation wie Geschwindigkeit.«

»Und er kann die Rotation nicht anhalten. Er hat Glück gehabt, daß die Verdrehung sein Schiff nicht zerrissen hat. Können wir es schaffen? Nein, wir müßten das Schiff in Drehung versetzen, um uns ihm anzupassen; und das würde es nicht aushalten. Vielleicht einer der *Vingança*-Schlepper? Ich nehme an, daß er geborgen werden will. Er muß ein Krimineller *und* Verrückter sein, wenn er hier ist.«

»Er will gerettet werden.« De Salinas Lächeln wurde breiter. »Er hat natürlich keine Alternative. Er hat ein Riesenglück, daß wir da sind. In weniger als zwei Stunden wird das Fenster für Bergung vorbei sein. Aber so, wie es ist, wird es eine einfache Sache sein, die Geschwindigkeit anzugleichen und eine unserer Wartungsdrohnen zu opfern. Ich lasse eine Simulation laufen, um zu sehen, ob wir genügend Reaktionsmasse in eine Drohne packen können, daß sie sich selbst hinreichend Rotation verleihen und sie wieder tilgen kann, nachdem sie an dem Schlepper festgemacht hat.«

»Und wie wird das unseren Zeitplan beeinflussen?«

»Man muß ungefähr fünfzig Stunden hinzuzählen. Tut mir leid.«

»Vielleicht werden wir sie aufgeben müssen«, sagte Almonte und machte mitten in der Luft kehrt, um keinen Blick auf den Tank zu haben. Er mußte gründlich darüber nachdenken, und die vertraute Szene der Brücke bot nur sehr wenig Ablenkung. Ein von Rotlicht erhellter funktioneller Raum, ein halbes Dutzend Leute der Mannschaft in Beschleunigungsschlingen hängend, die Gesichter durch Schaltschemata und Bildschirmkapuzen verborgen. Kein Geräusch außer dem leichten Summen der Klimaanlage. Gedämpfte Stimmung von Konzentration wie in einer Kirche ...

Normalerweise hätte Almonte nicht gezögert. Eine Katastrophe im Weltraum war gewöhnlich total und hoffnungslos. Bergung kam wegen der Entfernung und radikal verschiedener Geschwindigkeit meist nicht in Betracht. Jede Chance, jemanden zu retten, war daher sehr gewagt und risikoreich. Aber es war natürlich auch eine Frage der Sicherheit. Außer denen, die schon hier waren, wußten nur einige wenige hochrangige Navy-Offiziere, Zunftfunktionäre und der Sicherheitsrat der WiederVereinten Nationen von dem Hochgeschwindigkeitsstern. Der Bergbauschlepper war auf keiner Vergnügungsreise. Bergung würde also bedeuten, einem unbekannten Sünder zu helfen und ihn zu ermutigen. Aber die Entscheidung mußte Almonte treffen. Um die Zeit, da Colcha und die *Vingança* um den Gasriesen herumkamen, würde der taumelnde Frachter jenseits des Bereichs jeder Hilfe sein, die Almontes Schiff bieten könnte.

»Gut«, sagte Almonte, »Wo ist der Verbindungsoffizier unter unseren Passagieren? Ich nehme an, daß er verständigt werden muß.«

Das war der Mann mit dem blassen Gesicht, der am Kapitänstisch gespeist und die undeutliche Frage über Navigation zwischen Universen gestellt hatte. Er hieß Alexander Iwanow. Höchst unbehaglich in der traditionellen Mikrogravitation der Brücke, klammerte er sich verzweifelt an den Navigationstank, während de Salinas ihm die Lage schilderte. Iwanows glattes schwarzes Haar fiel ihm immer über die Augen; und wenn er es mit einem Ruck des Kopfes zurückschüttelte, trieb ihn diese Bewegung vom Tank weg. Daher bezweifelte Almonte, daß er sehr viel von de Salinas ruhigem Gerede mitbekam. Aber als der Erste Offizier fertig war, sagte Iwanow: »Gibt es wirklich keine Möglichkeit, mit der Stabsebene Verbindung aufzunehmen?«

De Salinas sagte geduldig: »Das Schiff wird sich jenseits der Reichweite jedes Rettungsversuchs, den wir machen können, befinden, bis die Flugbahn Colchas die *Vingança* in Sicht bringt.«

»Aber der Gasriese hat einige Überwachungssatelliten im Orbit, und die haben Kontakt zur *Vingança*. Wir könnten über diese Verbindung herstellen.«

»Es sind im ganzen drei Satelliten«, sagte de Salinas. »Aber wir dürfen ihre Datenströme nicht unterbrechen, Seyour Iwanow. Kontinuierliche Überwachung ist zu wichtig, um unterbrochen zu werden.«

Der Verbindungsoffizier versuchte, sich an Almonte zu wenden, verlor fast seinen Halt am Tank und stieß mit den Beinen in die falsche Richtung. De Salinas erwischte ihn gerade noch rechtzeitig am Schlitz seiner Brokatjacke. Der Mann schluckte, Schweiß stand auf seiner käsigen Stirn; und für einen schrecklichen Augenblick dachte Almonte, daß er sich übergeben würde. Aber der Krampf verging. Iwanow sagte bitter: »Das Risiko eines Kompromisses ist zu groß, Kapitän. Sie werden keine Rettung versuchen.«

»Seyour Iwanow, ich habe Sie auf die Brücke gebeten, um Ihre Meinung zu hören. Ich stehe nicht unter Ihrem Befehl.«

»Der Stab würde die gleiche Entscheidung treffen, das weiß ich. Sie werden sie ihres Weges ziehen lassen. Keine Rettung. Wir wissen nicht, wer sie sind. Höchstwahrscheinlich Rebellen von Nowaja Semlja. Lassen Sie die auf dieses Schiff, und als nächstes würden Sie unter *dere*n Befehl stehen.«

»Es sind nur zwei Personen an Bord«, erwiderte de Salinas. »Ja, und außerdem ein Leibeigener. Außerdem weiß ich, daß sie in schlechter Verfassung sind. Nur einer ist wach, und auch der steht unter Beruhigungsmitteln. Die Wirkung ihrer exzentrischen Bewegung …«

»Sie selbst sagen, nur drei«, versetzte Iwanow.

Zunftkapitän Almonte fragte de Salinas: »Wie lange noch, bis wir außer Reichweite sind?«

»Wir müßten binnen zwanzig Minuten zünden, um ihre Geschwindigkeit zu erreichen. Wie ich gesagt habe, wird das Manöver unser Rendezvous mit der *Vingança* um fünfzig Stunden verzögern. Wir werden ein Passage-Bremsmanöver um den Gasriesen machen müssen.«

»Manuel, Sie werden unsere Zündung starten und eine Wartungsdrohne freilassen«, befahl Zunftkapitän Almonte. »Lassen Sie sie betanken und bereitmachen, den Schlepper zu verlassen, sobald wir unsere Geschwindigkeit angeglichen haben und diese absurde Präzession beseitigt ist. Auf diese Weise werden sie nicht imstande sein, irgendeine Dummheit zu versuchen. Vergewissern Sie sich, daß sie das verstehen! Sie können durch eine der Hilfsschleusen hereinkommen, einzeln, ehe wir ihr Schiff sichern. Nein, Seyour« – Iwanow hatte angefangen, etwas loszustottern über Unterstützung und Ermutigung unfreundlicher Mächte –, »ich muß Sie daran erinnern, daß dies kein Schiff der Navy ist. Als ich dieses Kommando erhielt, hat die

Navy es verabsäumt, meinen Dienstgrad zu reaktivieren. Ich diene nur der Zunft. Wir befinden uns mit niemandem im Krieg, und außerdem haben weder die WVN noch irgendein anderer Souverän einen territorialen Anspruch auf dieses System erhoben. Da ist ein Schiff in Not; und ich bin in der formalen Lage, ihm zu helfen. Also ist es meine Pflicht, ihm zu helfen.«

»Kapitän Almonte«, sagte Iwanow. »Sie zwingen mich zu der Erklärung, daß ich einen offiziellen Bericht erstatten werde.«

»Nehmen Sie sich auf jeden Fall zusammen, daß Sie nicht auf meine Brücke speien!« Almonte winkte dem Steward, der Iwanow begleitet hatte. »Bringen Sie diesen Passagier zu seiner Kabine! Und warum handeln Sie nicht nach meinen Befehlen, de Salinas? Die Zeit wird knapp.«

Später beobachtete Almonte im Navigationstank, wie die Wartungsdrohne sich langsam der Längsachse und dem stumpfen Bug des Schleppers näherte. Dann rotierten Drohne und Schiff, nur schwach beleuchtet durch das trübe Licht des weißen Zwerges, beide so schnell, daß die Röhrenblitze der Drohne helle Bogen zu beschreiben schienen und unregelmäßige Reflexe am Bug des Schleppers hervorriefen. Dann koppelten sich beide mit einem Ruck aneinander; und das schräg gerichtete Schubtriebwerk der Drohne begann im Gegentakt zu der schnellen erratischen Rotation mit fast unmerklichem Blinken zu pulsieren.

De Salinas schwebte neben Almonte, seufzte und sagte: »Es wird Ärger deswegen geben, nicht wahr?«

»Ohne Zweifel.«

Danach herrschte auf der Brücke längere Zeit Schweigen. Die taumelnde Rotation von Drohne und Schlepper verlangsamte sich allmählich.

»Wissen Sie«, sagte Zunftkapitän Almonte, »ich habe seit langem keine solche Genugtuung mehr empfunden. Wenn sie mir mein Kommando entziehen, werde ich das natürlich vermissen. Aber nicht, als Gastgeber für einen Haufen aufgeblasener Funktionäre zu dienen.«

Drohne und Schlepper hatten sich fast stabilisiert und drehten sich nur noch sehr langsam Ende um Ende. Dahinter zeichnete sich die matte Sichel des Gasriesen vor den Sternen ab, befrachtet mit Geheimnissen.

»Manuel«, erwiderte Zunftkapitän Almonte, »wir haben Glück, daß wir hier sind. Und noch etwas. Da ein Notfall vorliegt, meine ich, daß ich mehr Zeit auf der Brücke verbringen sollte. Sie können dem Purser sagen, daß ich meine Mahlzeiten künftig hier einnehmen werde.«

3

Dorthy nahm an ihrem ersten Morgen an Bord der *Vingança,* noch benommen von einem wilden Traum, außerhalb ihrer Kabine die falsche Richtung und war binnen einer Minute verloren in dem Gewirr miteinander verbundener Unterbringungsabteile, die auf dem kilometerlangen Rückgrat des Forschungsschiffs üppig gediehen wie Entenmuscheln auf einem Felsen. Nur ein kleiner Teil davon war in Betrieb. Der Rest war nicht geheizt und wurde nur in größeren Abständen durch die matt leuchtenden Sterne phosphoreszierender Notbeleuchtung erhellt. Die Luft war dünn, abgestanden und kalt. Hunderte über Hunderte von Abteilen, die nichts enthielten als Staubschichten und die besonders quälenden Geister jener, die nicht tot sind, sondern sich bloß entfernt haben.

Ursprünglich ein interstellares Frachtschiff, war die *Vingança* von der Marine beschlagnahmt und umgebaut worden als Hauptoperationsbasis für die Alea-Kriege. Ein halbes Lichtjahr entfernt von BD 20 stationiert, sicher außerhalb der Reichweite der rein newtonischen Schiffe des Feindes, war es die Startplattform gewesen für ein halbes Dutzend Geschwader von Einzelschiffen und die Heimat für ein mehr als tausendköpfiges Personal. Jetzt waren nur weniger als zweihundert an Bord. Dorthy ging lange durch die leeren Räume und erfreute sich an dem kalten Schweigen draußen und drinnen in ihrem Kopf – das hydra-artige Geplapper des Mobs war zu einem entfernten Flüstern abgesunken – und versuchte, sich an alles von dem Traum zu erinnern, dessen sie fähig war.

Sie hatte geträumt, sie wäre auf P'thrsn und erstiege die bewaldeten unteren Hänge der gigantischen Caldera. Der arme tote Arcady Kilczer war irgendwie in der Nähe. Sie konnte ihn nicht sehen, wußte aber, daß er sich hinter ihr befand, in dem schattigen Baumdickicht, das durch das trübe rote Licht von P'thrsns roter Zwergsonne kaum erhellt wurde. Und da war auch noch etwas anderes. Dorthy vernahm ein hohes, aufgeregtes Lachen und sah flüchtig ein- oder zweimal ein weißgekleidetes Mädchen, dessen bloße Beine in der stygischen Dämmerung aufblitzten, wenn es zwischen schuppigen Stämmen und bemoosten Steinen davonhüpfte. Als Dorthy dieser Erscheinung nachzulaufen versuchte, schienen ihre Glieder mit mehr als Erschöpfung belastet; aber irgendwie geriet sie aus dem Wald heraus an das kahle Ufer eines Sees. Dessen ruhiges dunkles Wasser spiegelte die riesige, gefleckte Scheibe der roten Sonne und die schwachen Tagessterne. Ein kleines Mädchen stand auf einem Vorsprung aus bröckligem schwarzen und roten Andesit, der über das Wasser ragte. Drei, vier Jahre alt, in einem weißen Kleid und rotkarierter Bluse, mit langem schwarzen Haar, das zu einem öligen Zopf geflochten war und bis halb über den Rücken hinabreichte. Sie winkte, als Dorthy zu ihr aufschaute.

Das Mädchen rief: »Ich weiß, wer *du* bist, aber ich kenne deinen Freund nicht. Wer ist er?«

Dorthy blickte zurück auf den Waldrand. Eine Gestalt, die zu groß war, um Kilczer zu sein, bewegte sich in den Schatten unter den Bäumen.

Der Schock hatte sie aufgeweckt. Nachdem sie sich Wasser ins Gesicht gespritzt und mit den Fingern durch ihr kurzes schwarzes Haar gefahren war, hatte sie gemerkt, daß das Mädchen noch bei ihr war. Es war ihre eigene Kindheit, aus dem kurzen Alter der Unschuld, ehe sie für das Kamali-Silver-Institut verpflichtet worden war. Als sie jetzt durch leere, hallende

Gänge schritt, erkannte sie auch, wer der Beobachter im Wald war.

Er war das Ding, das sich ihr eingeprägt hatte, das Ding, das in den schlammigen Sedimenten ihres Hinterkopfes lauerte wie ein uralter Karpfen, das Ding, welches sie veranlaßt hatte, die grelle Erleuchtung ihres Talentes zu begehren. Sie begann zu argwöhnen, daß es schließlich dort war, wo es sein wollte, und jetzt zu handeln verlangte. Es wollte die Tore der Wahrnehmung aufschließen. Plötzlich verlangte es Dorthy wieder nach Gesellschaft, nach menschlichen Geräuschen. Sie war ihrem Bedürfnis nach Einsamkeit im Kerker entwachsen. Sie fing gerade eben erst an, das zu erkennen.

Einige der Terminals arbeiteten noch in den verlassenen Abteilen. Dorthy schaltete sich in das Netz des Schiffs ein und ließ es eine Leitung zum nächsten Speisesaal geben.

Sie befand sich noch in der öden Mannschaftskantine und beschäftigte sich mit ihrer dritten Tasse Kaffee, als die Wissenschaftler sie fanden. Es waren zwei – Leute, die Dorthy aus ihren Tagen bei Fra Mauro kannte, ihrer abgebrochenen Laufbahn als Forschungsastronomin. Der plumpe, nervöse Estaban Flores und der schlanke, elegante Luiz Valdez. Dorthy hatte ein kurzes Techtelmechtel mit Valdez gehabt, aber außerdem auch kurze Affairen mit mehr als einem Dutzend Männern auf Fra Mauro, wodurch sie viele der großbrasilianischen Studenten schockierte, die glaubten, daß Verführung und sexuelle Promiskuität ein Vorrecht der Männer wären.

Das Paar nahm sich Zeit, bis es zur Sache kam. Dorthy hörte alten Klatsch über ihre früheren Klassenkameraden und hielt sich zurück bezüglich ihrer Rolle in den Alea-Kriegen. Sie ließ durchblicken, daß sie später auf ihre Funktion als TALENT wieder eingegangen wäre. Sie wußte noch nicht, ob sie ihnen trauen könnte mit dem, was sie gelernt hatte.

Schließlich sagte Luiz Valdez: »Die Crux an der Sache ist, daß wir hier auf einer Bombe leben. Im Innern von Colcha könnte es alles mögliche geben. Die Navy ist zu bescheuert, eine Sonde in einen der Schächte zu schicken. Und über die Außenseite haben wir alles in Erfahrung gebracht, was wir wissen müssen.« Er machte eine müde Handbewegung, als ob er die Marine aus der Diskussion ausschalten wollte.

Gegenüber am Tisch sagte Estaban Flores, der noch fülliger geworden war seit den Jahren, da Dorthy ihn zuletzt gesehen hatte, mit Unbehagen: »Man erwartet eigentlich, daß wir nicht darüber reden. Zumindest nicht hier.« Wie Dorthy sich erinnerte, war Flores damals auf Fra Mauro schon immer neurotisch gewesen hinsichtlich der Übertretung ungeschriebener Verhaltensregeln. Ein Mann der Company durch und durch, hartnäckig und geduldig und ohne jeden Funken von Originalität.

»Flores, jeder hat die Hand in der Tasche jedes anderen«, sagte Valdez. »Zum Beispiel weiß jeder von deiner schmutzigen kleinen Affaire mit jener Technikerin, so sehr du dich auch bemühst, sie geheimzuhalten. Sie ist eine *Zeugin*«, sagte er zu Dorthy. »Ich fürchte, daß sie Flores bekehren wird.«

»Du machst dir um niemanden Sorge außer dir selbst«, sagte Flores. Er errötete.

»O Flores, wenn du erst anfängst, das Zentrum der Galaxis anzubeten, wen sonst würde ich finden, der mich jeden Tag dreimal beim Schachspiel schlägt? Und werde nicht so rot! Sex ist gesund. Mit der richtigen Person.«

Valdez war immer so heftig gewesen, wie Dorthy sich erinnerte, von einer gefährlichen impulsiven Schärfe. Der siebente Sohn eines kleineren Industriebarons, sein Profil markig wie das Portrait auf einer geprägten Münze, das Haar glatt nach hinten frisiert mit etwas, das es wie poliertes Holz aussehen ließ, den

Schnurrbart in feine Spitzen gewachst. Er lächelte Dorthy zu, und sie sagte: »Was sind das für Zeugen? Die Leute mit den komischen Feuerrad-Ansteckern?«

»Dorthy, wo hast du eigentlich gesteckt?« Die Überraschung von Valdez war echt.

»Auf Nowaja Rossija, auf Reisen.«

»Längere Zeit nicht auf der Erde.«

»Es sind Chiliasten«, sagte Flores.

»Sie sind verrückt. Sie denken, daß es irgendwo in diesem Universum, vermutlich auch unten in den Schächten von Colcha, weise alte Aliens gibt, die bald von sich hören lassen werden und kommen, um die Menschheit vor sich selbst zu retten. Und wenn diese Musterknaben erscheinen, werden sie natürlich nur die Zeugen retten. Das ist eine Art von Cargo-Kult.«

»Es ist noch mehr daran«, sagte Flores.

»Vorsichtig, Dorthy! Er wird dir gleich einen Datenwürfel geben.«

»Die Zeugen glauben, daß unsere Art von Intelligenz nur der erste Schritt ist in der Evolution zu einer pangalaktischen, pan-universalen Intelligenz«, sagte Flores. »Sie glauben, die Existenz der Alea besagt, daß es viele weitere Zivilisationen geben muß. Falls das zutrifft, dann müssen manche davon sehr alt sein, vielleicht Milliarden Jahre alt. Sie glauben, daß wir die Evidenz dieser älteren Zivilisationen nicht sehen, weil die mechanische Eroberung des Weltalls nur gerade der erste Schritt ist, der bald aufgegeben werden wird.«

»Wir alle werden Engel, die durch das Weltall fliegen auf Schwingen des Lichts. Oder so etwas Ähnlichem«, sagte Valdez. »Zeugen halten den Hochgeschwindigkeitsstern für eine Art Botschaft. Darum sind so viele von ihnen hier. Dies und der Umstand, daß Gregor Baptista der Bruder des großbrasilianischen Polizeiministers ist. Sie sind nicht wirklich daran interessiert, die Wahrheit herauszufinden, weil sie glauben, daß sie sie schon kennen. Sie sitzen auf ihren fetten Hintern und warten darauf, daß die Wahrheit aufleuchtet wie eine seltene gute Tat in diesem unserem nichtswürdigen Universum. Sie sind völlig bekloppt, um es deutlich zu sagen.«

»Nun, in gewisser Hinsicht könnten sie recht haben«, gab Dorthy zu bedenken. »Plötzlich war die Erinnerung an die Vision, die sie auf P'thrsn gehabt hatte, lebendig: ausgedehnte Strukturen um das Schwarze Loch im Kern der Galaxis, die Quelle einer Super-Technologie, von den Marodeuren für ihren Krieg gegen die anderen Alea-Sippen angewandt.«

Valdez beugte sich vor und sagte: »Was weißt du, Dorthy?«

»Ich glaube wirklich nicht, daß wir hier reden sollten«, sagte Flores. Er sah sich in der hell erleuchteten Kantine um und betrachtete die abgenutzten Tische und die ramponierte Theke, den Knäuel von Leuten in der gegenüberliegenden Ecke, Mechaniker in Lederjacken und Stewards mit den losen Stehkragen ihrer Uniformen, die mürrisch auf die in ihren Händen aufgefächerten Karten blickten. Das ständig laufende Pokerspiel. Offenbar lief das schon, seit die *Vingança* den Phasensprung aus dem Sonnensystem gemacht hatte. Flores sagte: »Strenggenommen dürften wir nicht einmal hier sein. Können wir nicht irgendwo anders reden?« Schweiß glitzerte auf dem kleinen Schnurrbart, den Flores auf dem plumpen Abhang seiner Oberlippe gezüchtet hatte (was ihn paradoxerweise noch jünger aussehen ließ als damals auf Fra Mauro – ein fettes, sanftes Mondkalb).

»Mir ist es lieber als die Offiziersmesse«, sagte Dorthy.

»Nun«, meinte Valdez, »hier ist es lustiger als in der Messe. Das mußt selbst du zugeben, Flores.« Er drückte Dorthys Schulter. »Die Marineoffiziere schauen an ihren langen aristokratischen Nasen entlang auf uns herab, wenn wir uns bloß dort aufhalten, geschweige denn anfangen zu trinken; und alle die widerlichen Stewards werden uns wiederaufbereitete, gefriergetrocknete Pisse servieren. Das ist nun mal die Navy – wißt ihr?«

»O ja, ich kenne das alles nur zu gut.«

»Ja, du und P'thrsn. Ich habe etwas darüber gehört.«

»Ich begann schon zu argwöhnen, daß das der Fall wäre.« Dorthy überlegte, wagte aber nicht zu fragen, wieviel er eigentlich wußte. Vermutlich nicht, daß sie in den Jahren nach P'thrsn von der Marine festgehalten worden war, und sicher nicht, daß sie nur mit der Hilfe von Talbeck Barlstilkin entkommen war. Niemand auf dem Schiff konnte davon wissen. Es war geschehen, lange nachdem das Passagierschiff, welches sie und Barlstilkin gerettet hatte, Kurs auf den überschnellen Stern genommen hatte. Und wenn sie es wüßten, hätte man sie nicht auf der *Vingança* zugelassen und ebensowenig Barlstilkin.

»Ich werde dir was sagen«, schlug Valdez vor. »Wir tauschen Geheimnis aus gegen Geheimnis. Die Navy denkt, wir könnten alle in kleinen wasserdichten Kästen arbeiten. Sicherheit. Ich habe nicht einmal direkten Zugriff auf das Schiffsnetz.«

»Ich weiß auch alles darüber«, sagte Dorthy.

»Er hat versucht, es zu umgehen; und nun muß er seinen Aufseher Fragen für sich stellen lassen. Ich meine, daran ist er selbst schuld.«

Dorthy lächelte. »Valdez, treibst du immer noch diese Art Spiele? Ich entsinne mich, du hast einmal alle unsere Zensuren auf Null gedrückt.«

»Na ja, kindisch, nicht wahr? Aber hör zu, Dorthy! Wenn wir es schaffen, daß du mit einem der wirklich wichtigen Leute sprichst, die das Passagierschiff gebracht hat, dann könnten wir es knacken. Meinst du nicht auch? Die große Waffe des Feindes entschärfen und vielleicht sogar gegen ihn selbst richten. Und wenn wir dich in das Forschungsprogramm einschleusen könnten, würden wir vielleicht dein Rückfahrtticket auf dem Passagierschiff streichen. Und diese Schleimkugel auf deinem Rücken beseitigen. Eine Latrinenparole besagt, daß sie ein Polizeispitzel der WVN ist.«

Dorthy schüttelte seine Umarmung ab und ergriff ihren Becher mit starkem schwarzen Kaffee. Sie fühlte tatsächlich eine gewisse Erregung im Blut. Sie hatte immer geschickte, schlaue und leicht gefährliche Männer gemocht. Daß sie nicht vorhersagbar waren, sogar sich selbst gegenüber (ganz besonders sich selbst gegenüber), war eine gewisse Würze. Und sie hatte auch von Fra Mauro angenehme Erinnerungen. Sie sagte: »Das klingt gut. Aber ich glaube, es ist keine Waffe und hat bestimmt nichts zu tun mit den Alea. Jedenfalls nicht direkt.«

»So? Was ist es dann? Und wenn es nicht der FEIND ist, wer sonst?«

»Als ich auf P'thrsn war, habe ich ein paar Dinge über die Geschichte der Alea erfahren. Man hat euch wahrscheinlich etwas von dem erzählt, was ich der Navy berichtet habe«, sagte sie, »obwohl ich wette, daß ihr nicht wußtet, wie sie zu der Information gekommen ist.«

Valdez lächelte, sagte aber nichts.

»Nun, ich dachte, ich würde jedermann berichten können, sobald ich einmal zur Erde zurückkäme, aber die Navy hat es unterbunden.« Plötzlich war Dorthy sich ihres Passagiers deutlich bewußt und fragte sich, ob sie einen neuen Anfall bekommen würde, etwas, das seit Nowaja Rossija nicht mehr geschehen war. Als sie den Becher absetzte, spritzte Kaffee auf die schmutzig grüne Tischplatte aus Kunststoff. Flores sah sie mit seinen einschmeichelndsten Augen an. »Ich bin okay«, versicherte sie ihm. »Ich bekomme nur diese kurzen Anfälle. Ein anderes Erbstück von P'thrsn.«

»Nun ja, dir ist es dort schlecht ergangen«, gab Valdez zu. »Sag mir jetzt, was es deiner Meinung nach sein könnte!«

»Valdez, du wirst sehr weit gehen. Weil du nicht einen Pfifferling für jemanden gibst außer dir selbst«, entgegnete Dorthy. »Wieviel weißt du überhaupt von mir? Wo hast du das herausgebracht?«

»Tatsächlich nicht so sehr viel. Aber doch mehr, als man denken würde. Das ist das Verrückte dabei, wenn man bedenkt, wo wir sind.« Valdez war amüsiert.

»Ich glaube diesen Mist von der Navy ebensowenig wie du. Seit BD 20 ist es mit der bergab gegangen. Die maßgeschneiderten Uniformen mit all dem goldenen Lametta, Galadegen, Schwertgürteln mit diamantenen und silbernen Intarsien. Eine einzige dieser Uniformen kostet mehr, als mein Vater in seinem ganzen Leben verdient hat.« *Einschließlich dessen, was er mir weggenommen und für diese hoffnungslose Viehfarm im Busch vertan hat*. Ihre Wut war jäh und wild. Das Gefühl, sie würde einen ihrer prophetischen Anfälle bekommen, ging darin unter. Sie trank ihren Kaffee aus und warf den leeren Becher in die Recyclingbox, wobei sie zu dem Abfallberg in deren Schlund beitrug.

»Hört einmal!« sagte Sie. »Ich werde bei euch mitmachen, weil es zu wichtig ist, um durch Marinepolitik kompromittiert zu werden. Dies ist der Teil einer Geschichte, die seit Jahrmillionen läuft. Es sind nicht einfach die Alea, obwohl ich glaube, daß sie sie beschleunigt haben. Nachdem die Sippenvölker aus ihrem Heimatsystem in den galaktischen Kern fliehen mußten, ist eines davon auf eine uralte Technologie gestoßen, die dort um das Schwarze Loch aufgegeben worden war. Wißt ihr das alles?«

Flores schüttelte den Kopf. »Ich weiß auch nicht, ob es eine gute Idee ist, wenn du uns das erzählst. Ein bißchen Wissen ist eine gefährliche Sache. Ich will sagen, ist es von Belang für die chaotische Geologie von Colcha oder den überschnellen Stern? Das ist es, was wir hier herausbringen sollen, keine halbgare antike Geschichte.«

»Es ist die Wahrheit«, sagte Dorthy. »Es ist das, was geschehen ist, Flores. Du solltest dem besser ins Gesicht blicken.«

Flores' Wangen verdunkelten sich in einem Anfall von Wut. »Ich erinnere mich an die arrogante Art, wie du Leute angesprochen hast und in ihre Köpfe eingedrungen bist. Du bist um Fra Mauro herumgelaufen mit deiner arroganten Nase in der Luft und hast Shakespeare deklamiert... Nichts davon hat dich besser gemacht als irgendeinen anderen: Was gibt dir das Recht, mir zu sagen, was ich glauben soll?«

»›Ein freundlich Auge würde nie solch Fehler sehen‹«, zitierte Dorthy. »Aber du hast recht, Flores. Ich war damals ein bißchen belämmert. Und du mußt mir jetzt nicht Glauben schenken. Aber ihr seid hier, um die Wahrheit über den überschnellen Stern herauszufinden, und ihr solltet euch anhören, wie es mir ergangen ist. Das muß euch nicht gefallen, und ich verlange auch nicht, daß ihr mich mögt: Aber was hat das mit irgend etwas zu tun?«

Sie hielt Flores' Blick aus, bis er wegschaute, und schämte sich sofort über diesen billigen Trick.

»Mach dir nichts aus Flores!« warf Valdez ein. »Er kann immer weglaufen und Experimente über Treffer interstellarer Körner machen. So etwas machen wir gerade, ein Zeug, das die Navy zu schätzen weiß. Nicht die gewieften Fragen.«

»Geh zum Teufel!« sagte Flores. »All dies Gerede über Wahrheit; und alles, was du wirklich willst, ist Ruhm.«

»Wenn wir das Spiel hier richtig machen«, entgegnete Valdez, »dann wird es für jeden genug geben. Höre jetzt zu!« sagte er zu Dorthy, »du solltest deine Geschichte Gunasekra erzählen. Soweit ich weiß, kann er die Navy überhaupt nicht leiden, weder die Teamleiter noch irgendeinen Teil des Systems, das hier läuft.«

»Der Mann mit der Vacuumtopologie? Ist er hier?«

»Er ist mit dem Passagierschiff gekommen«, sagte Valdez, »das dich und diesen verrückten Goldenen gerettet hat. Du kannst mir auch diese Geschichte erzählen, wenn wir etwas Zeit übrig haben.«

»Laßt uns von vorne anfangen!« sagte Dorthy. Sie erzählte ihnen über die Heimatwelt der Alea, die um einen braunen Zwerg kreiste, der selbst um einen schwachen roten Überriesen lief innerhalb der Gaswolken, die das Herz der Galaxis verhüllten und durch hereinfallenden Wasserstoff erneuert wurden bei der Passage durch Gasgürtel, die von Supernovas unter den Sternen des Kerns zusammengedrückt waren. Sie erzählte ihnen von den Alea, den zehntausend Sippenvölkern und ihren Kinderscharen, welche eine Metamorphose zu intelligenten männlichen Neutren erfuhren, jedesmal, wenn die Riesensonne eine Periode von Eruptionen durchmachte. Diese improvisierten eine Technologie, die ihre unwissenden trägen Eltern vor Strahlungsströmen schützte und davon abhielt, mit anderen Sippen Kriege zu führen und auszusterben, wenn die Gefahr vorüber war. Sie erzählte ihnen von der Supernova, deren harte Strahlung den langsamen Tod und die Auflösung des Superriesen gezeitigt hatte, der Flucht der Alea-Sippen nach innen, um neue Heime unter den dichtgedrängten Sternen des Kerns zu finden, dem Auftreten langlebiger weiblicher Neutren, die den Sippen Sicherheit gewährten während der Jahrhunderte, die es erforderte, passende Welten umzugestalten – Welten trüber, roter Zwergsterne. Sie erzählte ihnen von den Marodeuren, einem Sippenvolk, das durch Piraterie Technologie erbeutet hatte, die nahe dem Schwarzen Loch im toten Zentrum der Galaxis aufgegeben worden war. Diese hatten einen rücksichtslosen Feldzug des Völkermordes gegen die anderen Sippen geführt. Dann von den Archen, die vor den Marodeuren und aus dem Kern geflohen waren, um sich zwischen den vierhundert Milliarden Sternen der Spiralarme zu verstecken. Sie erzählte ihnen von P'thrsn und dem, was ihr dort zugestoßen war, und dem Passagier in ihrem Kopf.

Es war eine lange Geschichte, die einige Stunden erforderte und etliche Tassen Kaffee. Schließlich sagte Dorthy: »Das ist, warum ich hier bin. Ich weiß nicht, ob ich von denen oder von mir selbst dazu angetrieben bin, und das spielt auch keine Rolle mehr. Ich hatte versucht, mir ein normales Leben aufzubauen nach den Jahren, die ich als ein TALENT verbracht hatte. Es sollte nicht sein. Da war P'thrsn und ... danach. Ich akzeptiere das jetzt. Ich will aus dem, was ich habe, das meiste herausholen. Darum bin ich hier. Werdet ihr Burschen mir helfen?«

»Sag mir, was du willst!« forderte Valdez.

»Ich will wissen, was hier vor sich geht. Der Gasriese, der komische Mond mit den Löchern darin. Ich habe den Kapitän gefragt, als er sein kurzes Gespräch mit Barlstilkin und mir führte, aber er wollte nichts Genaueres sagen.«

Valdez lachte. »Du hast den Kapitän gefragt? Das ist gut! Der weiß überhaupt nichts, Dorthy. Er fährt nur dieses Schiff. Ich kann dir *alles* über Colcha erzählen. Noch besser – ich kann dir einen Flug besorgen, um Colcha aus niedrigem Orbit zu betrachten. Was sagst du dazu, Flores? Du hast immer mit deinen Fallen für interstellare Körner Material gesammelt. Ein, zwei Flüge täglich, nicht wahr?«

»Es ist möglich. Aber ich sage, daß wir dafür erst eine Freigabe bekommen müssen.«

»Und ich sage, darauf kannst du pfeifen! Wie lautet dein Ermächtigungscode? Keine Sorge – ich kenne ihn schon. Los, Dorthy, laß uns einen Ausflug organisieren!«

Die Oberfläche vom Mond des Gasriesen war eine verrückte Mischung aus hundert verschiedenen Geologien, über der ein Dunst aus gefrorenem Methan und schmutzigem Ammoniakschnee schwebte. Auf dem Rückweg von Flores' Sammelexperiment – einer kilometerbreiten Fangfläche aus Mylar, die im Orbit hing an dem hinteren trojanischen Punkt des Gasriesen – ging der Pilot dicht an die gesperrte Zone heran, um Dorthy einen der rund hundert rätselhaften Schächte zu zeigen, die die chaotische Oberfläche des Mondes durchzogen. Es war ein ausgezackter Kreis wie ein durch Drogen geweitetes Auge am Boden eines glatten Kraters von fünfzig Kilometern Durchmesser. Als Dorthy hineinstarrte, schien dieses riesige rätselhafte Auge zu blinzeln, als ob es momentan von einer geisterhaften Landschaft verdeckt würde.

»In Wirklichkeit ist es eine Lücke«, erklärte Valdez. Er befand sich mit Dorthy Schulter an Schulter. Sie mußten sich abwechseln, um aus dem dreieckigen Bullauge zu schauen, und stießen in ihren Druckanzügen ungeschickt aneinander, weil die Kabine so klein war. »In früheren Tagen haben einige Physiker Telemetriesonden in die Schächte geschickt. Sie versuchen immer noch, die Ablesungen zu verstehen. Da unten verändert sich alles.«

»Wozu dienen sie, Valdez?«

»Tore – irgendwohin. Das ist die beste Vermutung. Permanente Phasenpunkte, Wurmlöcher … niemand weiß es wirklich.« Er zuckte die Achseln und setzte in der Mikroschwerkraft des Bootes sie alle beide in Bewegung. »Wenn da ein schwarzer Monolith zu finden wäre, hätten wir vielleicht eine bessere Idee.«

»Siehst du dir immer noch diese alten Filme an?«

»Ich staune, daß du dich daran erinnerst.«

»Doch, ich erinnere mich«, sagte Dorthy. Sie beobachtete, wie die trübe Mondlandschaft sich hinter dem dicken Glas des Bullauges entfaltete. Eine rauhe Fläche, die so viele Pockennarben an Kratern aufwies, daß sie einander überlappten. Dann wichen sie plötzlich einer Ebene mit vielen geraden, parallelen Falten. Irgend etwas fuhr durch ihren Leib, eine Flut, die in ihrem Blut erwachte. »Das ist es, Valdez«, sagte sie. »Dorthin muß ich gehen.«

Der Pilot, ein schlanker, grünäugiger irakischer Jude aus Bombay, sagte: »Ich kann Sie nicht hinbringen. Da ist jemand für die Bedienung der Überwachungsstationen. Die ist bestimmt verrückt genug, Sie mitzunehmen. Aber auch sie verhält sich da unten vorsichtig, Sie sollten nichts aufwecken. Klar?«

»Amosh, wie wäre es, wenn wir in eine Umlaufbahn gingen?« fragte Valdez den Piloten.

»Sie wissen, daß das nicht erlaubt ist.«

»Nicht einmal ein Vorbeiflug in geringer Höhe? Dr. Yoshida hier hat ein besonderes Interesse an Colcha.«

»Ich kann die Flugkontrolle fragen. Aber die wird nein sagen.«

Als der Pilot die Kanäle eingeschaltet hatte, fragte Valdez Dorthy, wobei seine Lippen ihrem Ohr so nahe waren, daß sie kitzelten: »Hilft dir das etwas?«

»Ich meine nicht, daß ich dort hinuntergehen muß. Ich habe dir von meinem Passagier erzählt (der übrigens weiblich zu sein scheint). Meistens ist sie mir nicht zugänglich, aber es gibt Anstöße, die sie in den Vordergrund meines Bewußtseins rücken. Dadurch erhalte ich Zugang zu dem, was sie weiß. Vielleicht gibt es Hinweise auf Colcha. Valdez, du bist der Planetologe. Sag mir, was ich sehe! Könnte es durch eine Kollision zerschmettert und dann durch gravitativen Zug wieder neu gestaltet worden sein?«

»Die Gesteine haben unterschiedliches Alter. Das jüngste ist eine Milliarde Jahre alt, das älteste elf Milliarden. Übrigens ein Rekord. Was da wie fossiler Meeresgrund aussieht bis hin zu Wellenmarken, sind Sedimente. In ihnen hat man Mikrofossilien gefunden. Die sind zur Klassifikation auf das Passagierschiff gebracht worden. Für mich sehen sie aus wie Foraminiferen; aber was weiß ich schon?«

Der Netzfußboden vibrierte, und der Reaktionsmotor brummte in einem tiefen Baß. Bei Dorthy machte sich Schwerkraft bemerkbar.

»Amish, was ist los?« fragte Valdez. »Eine Zündung für Eintritt?«

»Dr. Valdez, wir müssen umkehren. Es wurde ein Eindringling geortet, wie mir die Verkehrskontrolle sagte, der gerade durch Phase in das System eingetreten ist. Wir haben Alarmstufe eins.«

»Ein Einzelschiff?« fragte Dorthy. Ein Doppelstern, die *Vingança* und das Passagierschiff, dämmerten über dem gezackten Horizont auf. Die rätselhafte Oberfläche des Mondes fiel nach unten. Die würde warten müssen.

»Wieso haben Sie das gewußt?« fragte der Pilot.

»Dorthy, was weißt du?« fragte Valdez.

»Ein Einzelschiff ist uns um den Neutronenstern gefolgt. Mehr weiß ich nicht. Um was es sich handelt, mußt du Talbeck Barlstilkin fragen. Er ist sein Pilot. Ich bin bloß für die Fahrt mitgekommen.«

4

Suzy kam aus dem Kontraraum heraus in einer Lohe falscher Photonen. Alle ihre Nerven waren nackt gegen die Eingaben des Einzelschiffs gepreßt. Wie in einem Gefecht, mit Phasenübergang an der harten Gravitationsgrenze, verdrahtet bis zu den Backenzähnen und bereit, allem, das nur blinkte, einen Mordshaufen an Ärger zu bereiten. Eine Sperre von Information entlud sich vor ihrem Rundumgesichtsfeld, als ein Dutzend verschiedener Displays zugleich aufleuchtete. Radar und Radio, Einblendungen von Ultraviolett und Infrarot auf den sie umgebenden Bildschirmen, ganz zu schweigen von undurchdringlichen Datentabellen aus den seltsamen Sensoren, die der Standardausrüstung aufgenietet waren. Zum Beispiel ein Neutrinodetektor, der von Signalen aus dem geschrumpften Stern und diskreten Punktquellen im Orbit um den Gasriesen zischte, ein Gravitationswellenmeßgerät, etwas, das die Quantenbelastung des Vacuums maß, eher ein verdammtes physikalisches Experiment als irgend etwas, das ein Pilot sich wünschen könnte.

Robot, oder eher die *Maschine* (Suzy hatte sich noch immer nicht daran gewöhnt, hier zu unterscheiden) hatte ihre Spezialitäten aus Material zusammengesucht, das sie in der Schiffsbibliothek gefunden hatte, und durch Robots kleine Rattenmaschine zusammenbauen lassen. Mit dem Entwurf der esoterischen Detektoren hatte sie nur die Zeit des Transits totgeschlagen, wie Maschine gesagt hatte – offenbar war sie überhaupt nicht an Sex interessiert, womit Suzy und Robot einen großen Teil *ihrer* Zeit verbracht hatten.

Maschine hatte sich etwas unklar geäußert über das, was sie mit ihren ulkigen kleinen Geräten entdecken wollte; und Suzy war höllisch weit davon entfernt zu verstehen, was sie ihr mitteilen wollten. Bis an die Augäpfel mit Adrenalin und cortikalen Stimulantien vollgestopft, ließ sie einfach alle die Datenströme durch sich laufen und hielt nur zurück, was Sinn ergab.

Es war wie ein Gefecht, außer... daß nichts da war. Nur ein schwacher kleiner ausgebrannter weißer Zwergstern, nicht größer als die Erde, aber mit so viel Masse wie Sol... und ein Gasriesenplanet... bloß ein einziger Mond... Eine Handvoll diskreter Punkte um den Mond des Gasriesen ließen den Neutrinodetektor aufleuchten; aber die müßten von der Navy sein. Die Fusionsgeneratoren, die die Neutrinos ausstießen, verbrannten das gleiche Lithium/Deuterium-Gemisch wie kommerzielle Reaktoren, nach der kleinen dreidimensionalen buckligen Kurve des Detektors zu schließen. Nichts Fremdartiges, keine andersartige Aktivität, sofern sie nicht tief in den elektrischen Gewittern und gefrorenen Methanwolken des Gasriesen verborgen war.

Überhaupt nichts... nicht einmal Staubkörner, was seltsam war. Nichts außer einem leichten Regen molekularen Wasserstoffs, des interstellaren Mediums, durch welches der überschnelle Stern und alles in seinem Gefolge pflügten und mit rund sechs Prozent der Lichtgeschwindigkeit dahinrasten. Wenn dies nicht gewesen wäre, hätte Suzy nicht sagen können, wie schnell das Schiff fuhr, um mit diesem langweiligen kleinen System mitzuhalten. Es war nicht wie damals, als sie um den Neutronenstern gerast waren. Ein trüber roter Glutbrocken, eingebettet in eine Senke aus reflektiertem, nach Blau verschobenem Sternenlicht, der sich direkt entgegenstürzte – vorbei! Genau so. Rotverschiebung durch einen Schwerkraftgenerator, Stoßschutz-Gel plötzlich so starr wie Beton, die Rippen bestrebt, am offenen Herzen zu manipulieren – als Impulsaustausch das Schiff nach draußen warf, so schnell, daß es sich in weniger als drei Minuten hundert Millionen Kilometer von dem Neutronenstern entfernt hatte, weit genug von der Gravitationssenke, um den Phasenübergang in den Kontraraum zu schaffen. So etwas sollte man Fliegen nennen; und kein Zuschauer außer einem altmodischen Komiker, der sich die halbe Zeit für eine Maschine hielt.

Suzy ließ das Scanning noch einmal durchlaufen und bemerkte dabei flüchtig, daß Robot in eine der Verbindungen eingestöpselt war, die sein Haustier angebracht hatte. Wie jemand, der an deinem Gesichtsfeld Teil hat, wenn du in einer Saga steckst und die Realität mit schwerem Atem dir ins Genick dringt. Er war fest in den Crashcocon eingebunden. Darauf hatte Suzy bestanden.

»Okay«, sagte sie nach einer Weile. »Was denkst du?«

»Oha! Ich wußte nicht, daß ich Meinungen haben dürfte.«

»Vielleicht eine. Wenn sie gut ist.«

Sie hatte die Alea-Kriege überlebt, und zwar, wie sie meinte, dadurch, daß sie *nicht* vorausplante, sondern alles nahm, wie es kam in den wenigen hektischen Minuten am Umkehrpunkt des Orbits, wenn sie an jedem widerlichen Felsbrocken vorbeischoß, der ihr Ziel gewesen war. Wenn man zu viel nachdachte über das, was passieren könnte, blieb man in seinen eigenen Szenarien hängen, Realität ist der einzige Film, wie jener Astronom, mit dem sie einmal liiert gewesen war, zu sagen pflegte. Was war es also? Nun ja, alles andere ist Schatten.

Aber weil sie mit zumindest irgendeiner Form unerwarteter Fremdartigkeit gerechnet hatte, war Suzy durch Fehlen eines jeglichen möglichen Zieles verwirrt. Sie war bereit, gegen alles anzugehen, das auch nur entfernt aussah, als ob es den Stempel des FEINDES trug – aber da war … *nichts*. Ein ausgebrannter Stern. Ein Gasriese, der Uranus hätte sein können, wenn man nicht zu genau hinschaute. Ein unbedeutender Mond, um den vielleicht ein großes Schiff der Navy kreiste und etwa ein halbes Dutzend kleine. Schwer zu sagen. Der Neutrinodetektor war nicht allzu empfindlich, und keines der Schiffe strahlte eine Kennung aus. Wieder einmal vertane Zeit, die Geschichte ihres Lebens.

»Hast du nicht etwas zu sagen?« fragte sie Robot. »Wenn es nicht wegen der Navy hier wäre, würde ich denken, daß wir den falschen Stern erwischt hätten. Los! Was versuchen diese komischen Detektoren mir zu sagen?«

Maschine sagte: »Daß alles normal aussieht, Seyoura.« Und Robot fügte hinzu: »Hören Sie nicht auf sie! Sie hat keine Seele.«

»Maschine hat recht, wenn du mich fragst. Niemand ist *genau* da, wo wir sind. Das interstellare Gegenstück zum Geschäftsviertel der Äußeren Mongolei in einer ruhigen Nacht. Ich hatte erwartet, daß es voller mistiger FEINDE wäre; denn darauf kam es doch an, nicht wahr? Warum bin ich hier? Wenn man einen weißen Zwerg gesehen hat, kennt man sie alle, selbst wenn er sich schneller bewegt als alles andere in der Umgebung.«

»Eben das ist es«, sagte Robot. »Denken Sie darüber nach, Suzy! Was für eine tolle Absichtserklärung! Durch seine bloße Präsenz erleuchtet und verändert er uns. Er ist seine eigene Botschaft, zu einem Minimum zusammengedrängt. Wie die Werke der Abstrakten Monumentalisten im einundzwanzigsten Jahrhundert am Ende der ersten Weltraumära. Sie hatten einen Steinhaufen auf irgendeinem entfernten Asteroiden errichtet, weiter nichts. Oder auf Mars Steine einer bestimmten Größe ausgesucht und in einem weiten vollkommenen Kreis angeordnet. Oder auf dem Mond, das habe ich gesehen, haben sie eine Grube ausgetieft, eine perfekte Halbkugel von genau 3,142 Metern Durchmesser. Sie wird alle anderen Kunstwerke überdauern und die meisten menschlichen Artefakte. Aber so schlicht. Eine perfekte Aussage von Willen, von Absicht. So ist dies auch. Was wollen Sie mehr?«

»Für einen Anfang wird ein Ziel genügen.«

»Sie wollen Ihr Glück machen; haben Sie aber wirklich überlegt, was Sie mit all dem Kredit anfangen wollen? Sie haben nicht die Infrastruktur, sich darum zu kümmern. Jemand anders muß es für Sie tun. Sehen Sie, auf Vermögen kommt es nicht an. Wenn Sie geschickt genug sind, können Sie das System umstürzen wie die Freiatmer.«

»Wie ein Haufen Parasiten«, erwiderte Suzy schroff. Sie hatte dieses Gespräch schon ungefähr eine Million mal geführt, und da war es wieder.

»Parasiten sind ihrem Wirt immer einen Schritt in der Evolution voraus«, sagte Robot. »Lassen Sie mich einmal von der Gen-für-Gen-Hypothese erzählen! Wer ist also fortgeschrittener? Vergessen Sie Kredit, Suzy! Leben Sie im Augenblick! Ich bin hier verliebt. Wenn ich aus diesem Cocon herauskönnte für eine Sekunde, würde ich Ihnen zur Erinnerung einen Kuß geben. So perfekt ist das.«

»Männer«, höhnte Suzy, »die hacken ihr Gehirn entzwei und können doch immer nur an Sex denken.« Aber sie lächelte.

»An dem Mond ist etwas interessant«, warf Maschine ein.

»So?«

Er war von dem visuellen System des Schiffs zu weit entfernt, um mehr als eine Sichel ohne Merkmale zu zeigen, Dämmerung hinter dem schrägen Rand des Gasriesen. Die verfolgenden Subroutinen durch Reflex, die sie eingerichtet hatte, waren lange genug auf ihn geheftet gewesen, um seine unmerklich vorwärtsgehende Bahn zu berechnen, recht regelmäßig, mit einer

Exzentrizität von 0,3 und einer siderischen Periode von etwas über eintausend Stunden. Hm, demnach würde er die meiste Zeit durch den Stern oder den Gasriesen vor jedem Schrott abgeschirmt sein, der durch das System sauste. Klein, mit einem Durchmesser von nicht mehr als tausend Kilometern. Dies und sein Orbit ergaben eine geringe Dichte, geringer als Wasser, obwohl er kalt genug war, um ein kompakter Schneeball aus gefrorenen Gasen zu sein wie etwa Charon.

Suzy erkannte das alles auf einen Blick und sagte: »Ich sehe nichts, was besonders merkwürdig wäre.«

»Sie sollten sich mit Ihren Maschinen mehr direkt beschäftigen. Zwischenflächen behindern Denkprozesse. Sie sind Schranken ...«

Noch ehe Robot eine weitere kritische Bemerkung machen konnte, sagte Suzy: »Warum sagst du mir dann nicht, was deine überlegenen Sinne anzeigen, he? Wenn ich in den Orbit gehe, muß ich unsere Geschwindigkeitsdifferenz binnen einiger Stunden angleichen.«

»Das ist ganz einfach. Der Mond ist voller Löcher«, sagte Maschine.

»Zeige sie mir!«

Suzy sah lange auf die Graphik. Eine Schattensphäre, deren Oberfläche punktiert war von Löchern, Schächten, mehr als hundert an der Zahl. Ihre Verteilung zeigte keine Ordnung, aber sie waren alle gleich groß. »Okay«, sagte sie, »ich zünde jetzt.«

Robot sagte überhaupt nichts, weder vor noch nach den paar Minuten geringer Beschleunigung, die den Fall des Schiffs durch das System um den geringen Wert veränderten, der nötig war, um es wieder dicht genug an den Gasriesen heranzuführen: Das Schweigen zog sich hin, so lange, daß Suzy glaubte, er hätte wieder ausgeschaltet, indem er sich mit rasanten Kunststücken beschäftigte oder nur einfach abgestellt, wie er es ab und zu getan hatte, während das Schiff durch die nichtlineare Architektur der Kontraraums pflügte. Das war ein Trick, um den Suzy ihn beneidete. Sagas, Anhören von Blues, sogar Playbackschlaf (der ihr immer Alpträume in Technicolor bereitete) dehnten nach einiger Zeit die endlosen Stunden nur aus, anstatt bei ihrem Verstreichen zu helfen. Wenn Robot die ganze Zeit wach gewesen wäre, wäre sie vermutlich sogar gegenüber Sex überdrüssig geworden...

Anzeigen leuchteten auf. Die Navy schien das Einzelschiff schließlich doch geortet zu haben. Vorsichtige, schwache Radarpulse von Nanosekunden sondierten es. Es gab einen kurzen, groben Versuch, den ausgeschalteten Computer zu befragen.

Suzy ging die Checkliste des dürftigen und völlig illegalen Arsenals des Schiffs durch. Wenn es hier wirklich nichts gab, dann würde sie sich nicht von der Navy fangen lassen. Es gab in diesen Tagen viele Orte, wohin man gehen konnte, wenn man ein Renegat mit einem gestohlenen Raumschiff war. Ein Dutzend Grenzwelten zum Beispiel, von denen die ältesten noch keine drei Jahre besiedelt waren und von kaum mehr als zehntausend Personen. Da draußen wurden keine Fragen gestellt. Das war es, weshalb die Föderation Erkundungen einschränken wollte. Macht unterliegt wie das Licht dem umgekehrt quadratischen Gesetz der Verminderung mit der Entfernung ...

Die monotone Stimme von Maschine überraschte sie. »Seyoura Falcon, ich glaube, daß es nichts weiter gibt, das Sie wissen müßten. Empfangen Sie irgendwelche Sendungen?«

»Die Navy sondiert uns. Kein Versuch zu sprechen. Noch nicht.«

Maschine sagte: »Gut, aber ich verstehe das wirklich nicht; aber irgend etwas versucht, mit mir zu reden.«

»Warte! Hast du *etwas* gesagt?« fragte Suzy.

5

»Ich nehme an, du bist gekommen, um mir von deiner kleinen Reise um Colcha herum zu berichten«, sagte Talbeck Barlstilkin.

»Wie haben Sie davon erfahren?«

Barlstilkin zeigte nur sein falsches Lächeln.

»Na schön«, sagte Dorthy. »Ich nehme an, auch das gehört zu Ihren Geheimnissen. Aber was soll ich eigentlich Ihrem Willen nach tun, wenn ich mein Talent benutzen kann? Sie wollen doch die Wahrheit herausbekommen, nicht wahr? Das ist einfach. Lassen Sie einen der Laborleute das Gegenmittel gegen die Sekretionen meines Implantats synthetisieren! Dann werde ich mein Talent haben und kann herausfinden, was *sie* weiß.«

Barlstilkin erwog das einen Moment lang. Seine leibeigene Dienerin stand geduldig direkt hinter ihm, die Augen ins Unendliche gerichtet. Sie saßen in einer Ecke der Offiziersmesse, entfernt von den anderen. Eine serielle Lichtphantasie spielte auf dem Schirm, der eine ganze Wand einnahm. Auf einem anderen Niveau des riesigen Raumes brachte ein Steward in weißem Jackett ein Tablett mit Getränken zu einem Tisch, wo dienstfreie Offiziere in ihren eleganten, goldbesetzten blauen Uniformen faulenzten.

»Wenn das so einfach wäre, hätte ich nicht herzukommen brauchen«, sagte Barlstilkin. »Denkst du wirklich, daß du Erfolg haben wirst, wo Diemitrios und alle von der Navy beschäftigten Talente versagt haben?«

»Sie will mit mir reden. Sie ist in meinen Träumen,

und das ist neu. Sie ist real, Talbeck, realer als eine Erinnerung. Ich muß sie bloß in den Vordergrund bringen.«

»Vielleicht, indem du nach Colcha gehst und ein Stichwort gibst?«

»Sie sind wirklich tätig gewesen.«

»Ich finde es merkwürdig, daß ein Talent schon ein wenig … Ausspähen übelnehmem sollte. Ich muß wissen, was du tust, Dorthy.«

Dorthy nahm einen Haferkuchen mit Zimt von dem Haufen auf der üppigen Platte, legte ihn aber wieder hin, nachdem sie ihn in zwei Stücke gebrochen hatte. Sie sagte: »Ich habe das Gefühl, daß sie von Colcha weiß. Sie dringt direkt in meine Träume und zeigt mir flüchtige Blicke von ihr selbst. Beim letzten Mal war ich wieder auf P'thrsn und erklomm den Wald auf den äußeren Hängen der Caldera …«

Und für einen Moment war sie wieder da, auf den Hängen, die sie allein erstiegen hatte, nachdem Arcady Kilczer von einem der männlichen Neutren der Alea getötet worden war. Sie kletterte steile Felsen empor unter vereinzelten, vom Wind geformten Bäumen, blaugrünen Fichten, deren Vorfahren vor einer Million Jahre von der Erde hergebracht worden waren, als die Alea nahegelegene Welten geplündert hatten, um die Biosphäre ihrer neuen umgestalteten Heimat zu reparieren, nachdem sie durch Bürgerkrieg ruiniert worden war. Der dunkle Himmel, getupft mit glimmenden Tagessternen, wurde von dem glühenden Antlitz der roten Zwergsonne beherrscht. Wind wehte den sauberen Duft der Fichtenwälder hoch, die zu dem dunklen Auge des Teiches abfielen, den sie und Arcady überquert hatten in einem Boot, das sie einer Bande neu transformierter männlicher Neutra entwendet hatten. Dorthy war damals glücklich gewesen, obwohl sie Arcady und sich selbst verloren hatte, getrennt von der Hauptexpedition und allein auf einer wilden fremdartigen Welt. Vielleicht würde sie nie wieder so glücklich sein.

Sie fragte Barlstilkin: »Was werden wir ohne mein Talent anfangen? Ich habe mich umgesehen, und mir gefällt nicht, was ich sehe. Sie versuchen hier nichts. Auf P'thrsn war die Navy vorsichtig, hier sind es die Wissenschaftler. Die meisten von ihnen wollen nicht wissen. Sie wollen, daß man es ihnen zeigt. Sie sitzen herum und warten auf eine Offenbarung.«

»Zeugen«, sagte Barlstilkin. »Und außerdem sind sie weit von zu Hause entfernt. Und sie haben alle Zeit, die sie möglicherweise brauchen. Jedenfalls sieht es so aus. Es gibt nichts, das sie herausfordern kann, nicht wie es auf P'thrsn war oder noch spezieller bei BD 20. Es gibt keinen Krieg und also auch keine Eile. Ohne Zweifel will die Navy oder wollen deren Herren es so.«

»Es muß für Sie frustrierend sein, diesen ganzen Weg herzukommen und dann dies vorzufinden. Dieses schäbige, heruntergekommene Schiff ...«

»Aber, Dorthy, es hockt unmittelbar am Rande des Geheimnisses. Ich spiele das nach Gehör« – einer seiner archaischen Ausdrücke –, »und wenn ich die Chance sehe, ergreife ich sie. Es gibt hier gewisse ... mißvergnügte Elemente, derer ich mich bedienen kann. Du solltest besser bereit sein.«

»Hat das etwas mit dem Einzelschiff zu tun?«

»Ich weiß nichts von dem Einzelschiff. Ich erzähle wirklich die Wahrheit. Vielleicht mag es etwas zu tun haben mit denen, die ich einst gern für meine Mitarbeiter gehalten habe. Wenn das so ist, muß ich so schnell handeln, wie ich kann, ehe die Dinge zu kompliziert werden.«

»Was haben Sie vor? Ein Schiff stehlen? Ist das möglich? Vielleicht würde ich nicht mitkommen wollen.«

»Du bist jetzt schon so weit gekommen«, sagte Barlstilkin schließlich.

»Wenn ich überhaupt noch weiter gehe, kann ich mir bessere Piloten vorstellen.«

»Aber wir sind hier. Ich gebe zu, daß ich das Schleudermanöver hätte besser hinkriegen sollen; aber es hat geklappt.«

»Nur weil das Passagierschiff zufällig in unserer Reichweite war, als wir hier den Phasensprung machten.« Dorthy war gereizt durch Barlstilkins unerschütterliche Zuversicht, den bodenlosen Glauben an beständiges Glück, der für alle Goldenen charakteristisch war.

»Wir haben Glück gehabt. Das gebe ich zu. Aber was macht das aus, jetzt, wo wir hier sind? Halte die Augen offen, Dorthy, und sei bereit, sofort zu handeln! Das Einzelschiff ... ja, das wird die Sache fast sicher erschweren.«

»Sie wollen also zurückeilen und jedermann erzählen und Ihre Rache haben. Glauben Sie, daß das nur ein glücklicher Zufall wäre?«

»Im Moment ja. Aber das wissenschaftliche Team hat mit seinen Erkundungen gerade erst begonnen.«

»Mir scheint, die haben aufgehört, ehe sie angefangen haben. Die Schächte sind der offensichtliche Ausgangsort; aber sie haben darauf verzichtet. Niemand geht jetzt auf den Mond hinunter.«

»Aber du wirst gehen, vielleicht mit deinem Dr. Valdez. Du wirst es versuchen und Gegenmittel bekommen, wenn ich dir nicht helfe. Du wirst hinuntergehen auf jede dir nur mögliche Weise. Oh, bitte, Dorthy, sei nicht wieder ärgerlich! Du brauchst mich ebensosehr, wie ich dich brauche. Ich werde mein Bestes tun, dir zu helfen, zum Beispiel der Aufmerksamkeit von Seyour Iwanow zu entgehen. Er schien dramatisch darauf versessen, mir zu zeigen, daß wir beide seiner Überwachung unterliegen.«

»Wir treiben nicht dasselbe Spiel, das ihr Goldenen unter euch spielt. Es geht um viel mehr. Es genügt nicht, dazusitzen und kluge Bemerkungen zu machen.«

»O Dorthy, ich entschuldige mich. Habe Geduld mit mir! Ich bin schließlich ein alter Mann, der sich noch von seiner letzten Begegnung mit dem Tod erholen muß. Jawohl, das hat mich mehr erschüttert, als du verstehst. Ich weiß, du denkst, alle Goldenen wären allzu zuversichtlich. Bedenke aber, ich habe nicht mehr meine gewohnte Umgebung, meine medizinischen Ersatzteile. Ich habe mich an die Kante begeben und handle darum vorsichtig. Du bist ungeduldig mit mir. Hast du gedacht, daß es so sein könnte, weil das Gehirnimplantat, das du auf P'thrsn bekommen hast, dich antreibt?«

Talbeck Barlstilkin lächelte wieder schief. Dann weiteten sich seine Augen, als Dorthy so schnell von dem Plüschsofa aufsprang, daß sie beinahe den Lacktisch und das silberne Frühstückstablett darauf umstieß. Ihre Hände zitterten, obwohl sie sich innerlich sehr kühl fühlte, ganz abgesetzt von der Wut, die an die Oberfläche schäumte.

»Zum Teufel mit Ihren Wortspielen!« sagte sie und sah, wie die Dienerin sich etwas zur Seite bewegte. »Und sagen Sie Ihrem verdammten Robot, daß ich Sie nicht verletzen werde!«

»Wir sollten keine Szene machen«, sagte Talbeck Barlstilkin.

Dorthy blickte zu dem Tisch der Offiziere, die alle von ihr wegschauten. Der eine sagte etwas, und die anderen lachten.

Talbeck Barlstilkin sagte ruhig: »Setz dich hin! Wir wissen nicht, wer etwa lauschen könnte.«

»Ich setze mich, wenn Sie sagen, was Sie vorhaben.«

»Dann hau ab! Solche Spiele spiele ich nicht.«

»Ich bin ein Teil davon. Ich sollte Bescheid wissen.«

»Je weniger du weißt, desto besser. Laß uns so tun,

als ob wir hier aus unterschiedlichen Gründen wären, Dorthy. Du gehst hinab auf Colcha. Ich werde ...«

Die Musik brach ab. Die Lichtphantasie setzte aus. Eine Stimme sprach durch die Luft, rauh und dringend. Sie sagte: »Alarmstufe vier! Alle Leute auf ihre Posten! Alarmstufe vier!« Die Marineoffiziere liefen zur Tür, und Valdez drängte sich durch ihr Gewühl. Er rief Dorthy über die erbarmungslos sich wiederholende Ansage zu: »Da unten spielt sich etwas verdammt Seltsames ab!« Er klappte hastig einen Teil des wandgroßen Schirms auf und machte sich über die Kontrollen her.

Der Schirm wurde hell, als Dorthy zu ihm stieß. Die spitze Sichel des Gasriesen, gesprenkelt mit Wirbeln von Grün in Grün, füllte mehr als die Hälfte des Bildes. Colcha, der buntgescheckte Mond, war ein kleiner, vollkommen runder Schatten vor den ständigen Stürmen des Gasriesen.

»Ich kann hiervon nicht viel bekommen«, sagte Valdez und hämmerte auf die Tastatur. »Ich kann nur offene Datenkanäle einstöpseln. Hier, das kommt von dem hochpolaren Satelliten herunter.« Wolken von Piktogrammen und Pfeilen flimmerten über die komplizierten Gebilde des Gasriesen, als er die Kanäle absuchte.

»Halt hier an!« sagte Dorthy und trat zurück, um besser sehen zu können. »Da, was ist das?«

Eine feine Linie gelben Lichts schoß über den Gasriesen. Flackernde, ständig wechselnde Indices liefen darüber: Oben zeigte ein Inset eine Verkettung schwacher Flecken von Silber und Schatten, die Dorthy rasch als ein Einzelschiff erkannte.

»Die Navy wird empört sein«, sagte Barlstilkin. Er hatte seine Teetasse mitgebracht und blickte über ihren geneigten Rand, als er daraus trank. Grünes Licht verursachte seltsame Muster auf seinem Narbengesicht.

»Nicht unbedingt«, sagte Valdez. »Sehen Sie diese Geschwindigkeitsdifferenz?« Seine Finger stießen auf

Reihen gelber Zahlen, klein und scharf, in der holographischen Projektion über dem Tastenfeld. »Wer auch immer das Ding da fliegt, muß eine Art von Selbstmordjockey sein. Das relative Drehmoment ist zu hoch, um eine Umlaufbahn zu erzielen.«

»Geht es in den Gasriesen hinunter? He, Dorthy, da ist ein Pilot, der noch schlechter ist als ich.«

»Es wird auf Colcha aufschlagen«, sagte Valdez. »In knapp unter zehn Minuten. Sieh hier dies Dekrement …«

Und dann waren seine Finger, sein Arm, sein ganzer Körper in Licht gebadet. Dorthy kniff die Augen zusammen gegen die Blendung, die durch ihre Lider drang und über den ganzen Raum flutete. Valdez und Barlstilkin und die Dienerin waren Schatten in einem Sturm von Licht, der plötzlich aussetzte, als der Schirm seine Intensität verminderte. Der projizierte Flug des Schiffs, die begleitenden Indices, das Insetbild – alles war verschwunden. Da war nur die heitere Sichel des Gasriesen und der Schattenfleck seines rätselhaften Mondes. Das Schiff war verschwunden.

6

Suzy war im Halbschlaf, als der Reaktionsmotor ansprang. Obwohl sie dadurch geweckt wurde, war sie sich zuerst nicht sicher, was geschehen war. Sie tauchte aus unangenehmen Träumen des Fallens auf in die vertraute Umgebung des vibrierenden Schiffs, der strahlenden Kabinenleuchten und des intimen Gestanks in ihrem Druckanzug.

Robots Stimme sagte ihr ins Ohr: »Ich glaube, wir sind in Schwierigkeiten.«

Da erkannte sie, daß die Vibration vom Reaktionsmotor kam, den sie nach der kurzen Brenndauer während des Eintritts ausgeschaltet hatte. Irgendwie war er wieder angestellt worden. Und nach fünf Minuten war klar, daß sie ihn nicht abstellen konnte. Ihr erster Gedanke war, Robot hätte mit den Befehlssequenzen herumgefummelt; aber er beteuerte energisch seine Unschuld und fügte hinzu, daß es auch nichts mit dem funktionsuntüchtigen Schiffscomputer zu tun hätte, was sein erster Gedanke gewesen war.

Suzy musterte die Reihen von Daten, die auf ihr 360-Grad-Panorama der eisigen Landschaft projiziert wurden. Die matte grüne Sichel des Gasriesen lag vor ihr. »Ich schätze, daß die Navy eine parasitische Befehlsfolge eingegeben haben könnte. Die haben uns hin und her sondiert, seit wir den Phasensprung gemacht haben.«

»Daran habe ich auch gedacht«, sagte Robot. »Wenn sie es getan haben, sind sie raffinierter als Maschine. Und das halte ich nicht für besonders wahrscheinlich.«

»Ich wünschte, ich hätte von mir selbst eine so gute Meinung.«

»Die Navy hat kein Interface mit uns. Die sind noch im dritten Jahrtausend. Ich nicht.«

Suzy sog Wasser aus dem Lutscher in ihrem Anzug und studierte projizierte Vektoren. »Wir machen nicht schlapp! Unsere Bahn wird sich genügend ausweiten, daß wir wirklich dicht an den Parkorbit der Navy um diesen komischen kleinen Mond herankommen. Du sagst immer, es ist nicht das Werk der Navy?«

»Die Navy ist nicht das einzige, was hier draußen passiert«, erwidert Robot.

»Hört Maschine immer noch diese mysteriösen Stimmen?«

»Gerade jetzt nicht.«

»Sie tut es, wie du sagst. Noch besser wäre es, wenn du sie dazu brächtest, daß sie versucht herauszubringen, woher sie kommen. Das zu wissen, wäre mir jetzt sehr angenehm.«

»Sie haben direkt zu mir gesprochen, Seyoura Falcon.«

»Dann frage sie doch, um Gottes willen! Und, Robot, bleib unbedingt in diesem Crashcocon mit versiegeltem Anzug! Hörst du mich? Es ist kein Stoßschutz-Gel mehr da. Daher ist der Cocon dein einziger Schutz.«

Suzy verbrachte die nächste Stunde mit der Durchprüfung aller Waffensysteme des Einzelschiffs, während der Reaktionsmotor unablässig rumorte und die Sichel des Gasriesen sichtlich anschwoll. Was auch immer in das Schiff eingegriffen haben mochte, den Motor zu blockieren, hatte die einschüssigen Röntgenlaser nicht beeinträchtigt oder die homöostatischen gebündelten Projektile angerührt. Deren kleine paranoide Gehirne träumten in ihren Startrohren noch von wilden Flugbahnen. Suzy ging die Daten mit einem Gefühl kühler Wehmut durch. Sie wiederholte rituelle Vorbereitungen, die sie so oft während der Kriege ausgeführt hatte. Keine Vorahnung, nur der Moment. Wie ein Zen-Koan entleerte das ihren Geist von allem außer Entschlossenheit.

Als daher Robot sie unterbrach, indem er sich in ihre Datenströme mittels der geschmuggelten Leitungen einschaltete, die Maschine eingerichtet hatte, war das so schockierend intim wie die unliebsame Liebkosung eines Fremden.

Seine Stimme kam aus einem Bild, das quer vor den wirbelnden Ansichten der gigantischen kalten Stürme des Gasriesen auftauchte. Es war ein Bild des kleinen Mondes, eine scheckige Kugel mit zackigen dunklen Linien und übersät von Löchern, *Lücken*… wie ein tönerner Ball, der zertrümmert und ungeschickt wieder zusammengefügt worden war, wobei einige Stücke fehlten.

»Wir haben dies studiert«, sagte Robot. »Es ist keinesfalls ein natürlicher Körper. Jemand hat es angefertigt.«

Das Insetbild sprang in Falschfarben über, wie eine Illustration des Problems der vier Farben auf einer Karte. Es begann sich zu drehen. Blöcke von Graphemen zuckten über unterschiedliche ausgefranste Grenzen. »Außer den Löchern…« – das war jetzt die kühle Stimme von Maschine – »gibt es noch viele andere Anomalien. Da ist Sedimentgestein, das auf einer so kleinen Miniwelt unmöglich ist. Was wie ein erloschener Vulkan aussieht, ist auch unmöglich. Der Körper ist von seinem Hauptgestirn zu weit entfernt, als daß sein Kern durch Gezeitenwirkung hätte aufgeheizt werden können.«

»Vielleicht war er früher einmal näher. Woher hast du all dies Zeug?«

»Um den Mond läuft ein kartierender Satellit. Ich habe seinen Gedächtnisspeicher angezapft.«

»Ja, zum Teufel, hast du nie bedacht, daß die Navy dich auf dem gleichen Wege anzapfen könnte? War das, bevor oder nachdem der Reaktionsmotor ansprang?«

»He, vertraue Maschine!« rief Robot. »Es war eine ganz einfache Unterbrechung durch eine Frage in einem Nanosekundenimpuls; und ich schwöre, daß dadurch nichts bloßgestellt wurde.«

»Könnt ihr nicht etwas anderes probieren, he? Ich gebe keinen Pfifferling für diese Kugel aus totem Gestein. Der Feind befindet sich irgendwo hier draußen. Das kann ich riechen. Und darum kümmere *ich* mich.«

»Es ist eine Skulptur«, berichtete Robot. »Sehr großer Maßstab, hoher ästhetischer Inhalt. Das ist bei der Navy vergeudet.«

»Nun ja, es ist sehr hübsch und alles; aber halte dich aus meinen Eingaben heraus, okay? Ich kann keine Ablenkungen gebrauchen. Das ist der FEIND, mit dem wir es hier zu tun haben, keine Bande blöder Künstler. Ihr seid den ganzen Weg gekommen, um euch die Szenerie anzusehen? Also schaut hin!«

Das Insetbild verblaßte. »Robot denkt, du solltest dich vergewissern, daß er tatsächlich der FEIND ist, ehe du diese niedlichen Waffen einsetzt. Ich habe einmal eine Frau gekannt. Eine Mechanikerin. Kennst du Mechaniker?«

»Sie tun ihre Arbeit, ich die meine.«

»Wenn man ihnen operativ einen ihrer eigenen Arme durch eine verstärkte Prothese ersetzt, werden sie so konditioniert, daß sie diese als einen Teil ihrer selbst annehmen.« Robots Stimme war wieder monoton geworden. Die linke Häfte seines Gehirns sprach. Maschine sagte: »Es hilft ihnen bei der Heilung und auch zu lernen, wie sie die so bald wie möglich benutzen. Robot hat in uns etwas so Ähnliches einprogrammiert, als wir seine Modifikationen gestalteten. Die Frau, die er kannte... Mit deren Konditionierung ist etwas schiefgegangen. Es war zu stark. Sie wollte nur zu Maschinen sprechen. Zum Beispiel redete sie mit mir, aber nicht mit Robot. Sie verstand den Unterschied auf einem Niveau, das sie nicht erklären konnte. Es war in ihr Gehirn eingebrannt.«

»Das ist eine Parabel, nicht wahr?« Suzys Vater war mit Parabeln ganz groß gewesen. Er las jeden Sonntag aus der großen in Leder gebundenen Bibel vor, die für Suzy schwach aber unmißverständlich nach etwas roch, das lange tot und begraben war. Die Seiten waren braun und an den Ecken brüchig, aber die Druckerschwärze war noch klar und deutlich und die Farben der ausgemalten Buchstaben am Anfang jedes Buches nicht verblaßt. Die Bibel war schon lange in der Familie, seit Jahrhunderten. Aus der Zeit vor den Kriegen und vor dem, was die Kolonisten das Interregnum nannten. Der einzige wirkliche Besitz ihres Vaters, vielleicht realer als Frau und Kinder. Sicher realer als das verfallende Haus, das er als Wohnung erhalten hatte, und besser als die vorfabrizierten Hütten der Arbeiter, allerdings nur so eben. Die meisten Räume waren leer, die hölzernen Fundamente durch Termiten untergraben und mit Polymer besprüht und versiegelt, um zusammenzuhalten. Billiges homöostatisches Mobiliar, eine mächtige steinzeitliche Klimaanlage, die ständig ausfiel. Der Gedanke an die Bibel brachte die Klaustrophobie ihrer Kindheit wieder herbei, das halb eingefallene Haus und die Hütten mit ihren Leinen voller Mais, Gemüse und Zuckerrohr, der umgebende Wald aus genmanipulierten Fichten, der sich in exakten Reihen von Horizont zu Horizont erstreckte. All dies gehörte der Lusitania-Sippe, die so weit entfernt und mächtig war wie Götter.

»Hast du jemals gedacht, daß die Navy dich konditioniert haben könnte, während du als Jagdpilotin ausgebildet wurdest?« fragte Maschine.

»Ich weiß, was du meinst, aber wie könnte ich das wissen? Es wäre ein Teil der Konditionierung, daß ich es nicht wüßte. Jetzt hör auf mit dem Blödsinn und laß mich weitermachen, was ich zu tun habe!«

Aber sie log, weil sie verdammt gut wußte, daß Maschine die Wahrheit erraten hatte. Sie war zu einer Waffe geschliffen worden, damals in Galveston. Das galt für sie alle. Die Hälfte der Einzelschiffjockeys, die die Feldzüge überlebt hatten, hatten Selbstmord begangen innerhalb eines Jahres der Endlösung. Die meisten übrigen waren wie sie, hielten Ausschau nach dem Tod und gaben vor, das nicht zu tun. Falls es eine Möglichkeit gäbe, Jagdflieger zu deprogrammieren, so hatte die Navy sich nicht darum gekümmert.

Es war so weit gekommen, daß es Suzy nichts mehr ausmachte. Sie war, was sie war. Suzanne Marie Thibodeaux war tot. Sie hatte damals in Galveston zu sterben begonnen, in den langen Wachträumen der Hypädie. Das Ende der Alea-Kriege hatte ihr den Rest gegeben. Sie war gestorben und wiedergeboren, aber als jemand anders.

Das Einzelschiff trieb über die dunkle Seite des Gasriesen. Hörner weißen Lichts verbreiterten sich über dem weiten Rand des Planeten. Der weiße Zwerg war, als es dämmerte, nicht mehr als der hellste Stern unter den Millionen, die über dem tiefen Schwarz des Raumes verstreut waren. Der Mond ging nach dem weißen Zwerg auf und wuchs von einem leuchtenden Punkt zu einer strukturlosen Sichel an.

Der Neutrinodetektor konnte jetzt zwischen den Fusionsgeneratoren von zwei Schiffen unterscheiden, die in einem synchronen Orbit jenseits des scheckigen Mondes schwebten. Mitteilungen belegten die Radiofrequenzen, die meisten davon waren mechanische Wiederholungen: Mahnungen, den Reaktionsantrieb abzustellen; Warnungen, keinen Versuch zu unternehmen, eine Umlaufbahn um Colcha einzuschlagen (wobei es sich, wie sie vermutete, um den Mond handeln mußte, auf den zu ihr Schiff immer noch beschleunigte), beizudrehen und die Gefangennahme zu erwarten. Robot rezitierte eine Art von Kunstkritik, die gegen die wenigen menschlichen Stimmen in den sich endlos wiederholenden Warnungen gerichtet waren.

Suzy ließ ihn so weitermachen. Sie konnte die Schiffe jetzt fast visuell erkennen. Mit Ausnahme zweier nahmen sie in dieser Entfernung nicht mehr als einige Pixels ein. Das eine war unverkennbar ein Passagierschiff der Zunft. Das andere hatte mit der Aussendung seines Rufzeichens begonnen. Schockiert stellte Suzy fest, daß es sich um den riesigen umgebauten Frachter handelte, der als Startplattform für ihr Jagdgeschwader gedient hatte: die *Vingança*. Schon der bloße Anblick des halb vergessenen Doppelstreifens, der unter dem verwischten Mosaik des langen, mit Blasen bedeckten Rückgrats des Versorgungsschiffs verlief, brachte den Geruch nach Rauch und schalem Brandy in der Messe zurück, endlosen weißen Korridoren, das ungedämpfte Strahlen der Leuchtröhren und Wang Kings unerschütterliches Mondgesicht, welches Suzy am Morgen jedes Einsatzes als erstes gesehen hatte. Mein Gott! All das lag jetzt vor ihr; nur jetzt war ihr Schiff ihr Ziel, auf das sie sich zu konzentrieren hatte. Sie war jetzt fast versucht, das Schweigen zu brechen und zu erklären, daß sie hilflos und besessen war. Sicher. Wenn sie das täte, würde man sie höchstwahrscheinlich glatt aus dem Himmel schießen, weil sie die Wahrheit sagte, oder weil man dachte, sie müßte wahnsinnig sein.

Also verhielt sich Suzy still und hörte nur mit einem halben Ohr auf Robots verrückten Monolog, während sie die Waffensysteme noch einmal überprüfte. Wenn etwas sie hineinzog, so bewirkte das einen Schock, sobald sie nahe genug herankam, um sich auszumalen, was es war und wo es war. Sie nahm nicht genau wahr, wann der Reaktionsmotor aussetzte. Sie war so sehr mit Zustandskontrollen beschäftigt und hatte sich so an sein Dröhnen gewöhnt, daß sie ein paar Sekunden brauchte, um zu erkennen, was fehlte.

Robot fragte sie, was das zu bedeuten hätte. Aber sie befahl ihm zu schweigen. Sie schwitzte über Vektoren und versuchte, die Schiffsgeschwindigkeit gegenüber der komplizierten Drei-Körper-Wechselwirkung von Colcha, dem Gasriesen und dem weißen Zwerg, auszugleichen. Das Verrückte war, daß sie laut ihren Berechnungen immer noch beschleunigten, nach den Schiffsinstrumenten sich aber im Ruhezustand befanden.

Robot kam zu dem gleichen Schluß. »Wir nehmen Geschwindigkeit auf; aber Maschine sagte, es gebe kein Anzeichen von Beschleunigung. Irgend jemand hat jedes Molekül des Schiffs im Griff. Das ist die einzige Antwort.«

Suzy sah, wie die *Vingança* und das Zunftschiff und ein halbes Dutzend kleiner Schiffe über der Kurve des gefleckten Mondes aufstiegen. Eine nicht zu stoppende Flut von Mitteilungen und Warnungen lief ein. Einige waren üble Countdowns. Dieser Mond wuchs so schnell an! Sie versuchte sich noch vorzustellen, was mit dem Schiff geschehen würde – es würde sicher nicht zerschellen! –, als eines der kleinen Schiffe, die hinter der *Vingança* in Formation waren, ein Projektil abschoß.

Suzy ergriff sofort Gegenmaßnahmen. Sie ließ ein Dutzend autonome Bojen los, um die Mordlust des Projektils abzulenken. Sie richtete ein Radarabwehrgeschoß gegen die intermittierenden Ortungsimpulse des Angreifers. All dies in einer Handvoll Sekunden, ehe Robot Zeit hatte, etwas zu sagen.

»Mir scheint, wir haben sie verrückt gemacht.«

»Keine Sorge deswegen! Ich...«

Eine zerfranste Feuerblume schoß aus dem scheckigen Mond und verblaßte, während sie sich ausdehnte.

»Bravo!« sagte Robot.

»Aber dafür war keine Zeit. Es war nicht...« Suzy

schaute nach ihrem Gegenprojektil, das schwerlich genug Zeit gehabt hatte, sein Ziel zu erreichen. Es lag nicht auf seinem Kurs, und sie brauchte eine lange Minute, um es zu finden. Es trieb parallel zum Schiff in ungefähr hundert Kilometern Entfernung dahin. Gefangen von der gleichen Kraft, die das Einzelschiff zu dem Mond hinzog.

Suzy und Robot verstummten, als das Einzelschiff um den verrückten, pockennarbigen Globus des kleinen Mondes kurvte. Es bewegte sich schnell genug, um sich durch ein Schleudermanöver von ihm zu entfernen… tat es aber nicht. Es vollführte eine unmögliche, unverlangte Kehrtwendung im reinen Vacuum, die Nase hinab zur dunklen Seite des Mondes gerichtet. Nur war diese nicht ganz dunkel. Da unten glühte etwas und breitete sich in einzelnen Wellen von einem einzigen Punkt aus, komplexe Flügel entfaltend. Geraffte Vorhänge, Wellen, samtige Bänder weißen Lichts ergossen sich um das Einzelschiff. Wo sich Falten überschnitten, leuchteten Knoten auf, explodierten und schossen davon. Es war, als ob das Einzelschiff auf der Nase stünde über einem Trichter, wo rasende Lichtpunkte in ein Schwarzes Loch konvergierten.

In eine der Lücken, wie Suzy erkannte. Radar meldete ihr, daß es vielleicht einen Durchmesser von einem Kilometer hatte… verdammt! Da stimmte etwas nicht mit der Abstandsmessung. Auf keinen Fall konnte es unendlich tief sein. Irgend etwas hielt sie da zum Narren. Das würde ihm noch leid tun. Sie rief die Zieldarstellung auf.

Robot sagte: »Das sollten Sie nicht tun.«

Suzy legte das Gitternetz über die Landschaft aus welligem rasendem Licht und schloß Koordinaten an das Loch, auf das sie gezielt hatte, und sagte: »Ich werde sehen, was eine schwache Fusionszange in diesem Ding für uns tut.« Sie fühlte sich ganz kühl, überhaupt keine Angst, nur eine distanzierte Empfindung von Präzision.

»Ihr anderes Projektil hat seine Aufgabe nicht erfüllt, Seyoura. Wirklich, ich glaube nicht …«

Das Projektil meldete ihr seine Startbereitschaft, sie schickte es los.

Radar zeigte, wie es sich seinen Weg durch Schleier von Licht bahnte, hinab in den Trichter, der durch helle absinkende Knoten markiert war. Aber dann beschleunigte es nicht mehr. Es wurde langsamer, kam gegenüber rasenden Lichtern zur Ruhe und schien dann gegen das Einzelschiff aufzusteigen. Aber es bewegte sich nicht. Dies tat das Schiff.

Suzy sah die schlanke Barracuda-Gestalt des Projektils vorbeitreiben, ein Schatten vor Lichtschleiern. Dann war es über und hinter ihr. Es wich mit dem Gegengeschoß zurück, als das Einzelschiff langsam zu tauchen begann. Konzentrierte Lichtpunkte schossen an allen Seiten vorbei. Das Loch, welches deren Zentrum war, schien zu ihr aufzusteigen. Robot brüllte etwas; und dann schien alles – seine Stimme, die Displays des Schiffs, die enge Umarmung ihres Anzuges – gleichzeitig in alle Richtungen auseinanderzufliegen.

Es trat eine Pause ein. Dunkelheit.

7

Eine volle Woche nach dem, was als das EREIGNIS bekannt geworden war, war die inoffizielle Gruppe von Wissenschaftlern, die sich um Dorthy und Professor Doktor Abel Gunasekra gebildet hatte, aus mehr als zwei Dutzend Leuten, die gelegentlich für eine Stunde, eine Wachperiode, einen Tag aufgekreuzt waren, ehe sie ausschieden, auf eine Clique von sieben ausgesiebt worden. Valdez war noch dabei. Als Planetologe hatte er nicht viel zu bieten, wollte sich aber seine Chance für Berühmtheit nicht entgehen lassen. Auch Flores hielt sich noch dran. Er machte reichlich Notizen und sprach wenig. Dann war da ein schlanker, kupferhäutiger Jake Bonner, Experte für Partikelspaltung und Anhänger ausgefallener kosmologischer Theorien. Er allein von ihnen konnte mit Gunasekra Schritt halten. Ein anderer Mathematiker, Seppo Armiger, der sein derbes schwarzes Haar eingefettet als dicken Zopf nach hinten trug und immer die gleichen Hosen aus Segeltuch mit vielen Taschen, sowie eine Art gesteppter Weste über seiner nackten Brust. Außerdem gab es den Exobiologen Martins, der ein amateurmäßiges Interesse an Kosmologie und nichts Besseres zu tun hatte. Er sprach meistens sehr wenig, raffte sich aber gelegentlich zu einer strengen – und ungewöhnlich scharfen – Kritik an Gunasekras lebhafteren Sprüngen der Phantasie auf.

Außer Dorthy waren es lauter Männer.

Sie hatten eine der Kabinen in den leeren Unterkunftssektionen übernommen, sie mit einem Datennetzterminal ausgerüstet, der weißen Tafel, die Gunasekra gern benutzte und einer Handvoll weicher Sessel, die sie aus einer der Messen geklaut hatten. In der Mitte des Raums stand ein Projektor, auf dem stets die gleiche Bandschleife lief. Es gab eine Heizplatte, eine Kaffeemaschine und ein Dutzend dreckige Tassen. Das war alles.

Dorthy und Abel Gunasekra verbrachten dort wahrscheinlich mehr Zeit als jeder sonst. Die anderen mußten an ihren offiziellen Projekten arbeiten, reduzierenden Splittern der großartigen Vision, die sie in dieser schäbigen und kalten kleinen Kabine zu gewinnen hofften.

Trotz aller Zeit, die sie in seiner Gesellschaft verbracht hatte, wußte Dorthy immer noch fast nichts über Abel Gunasekra, außer daß er so brillant und rätselhaft war, wie ein jeder sagte. Die Flut seiner Gedanken war wie Lava, die einen steilen Berghang hinabfließt, heiß, hell und schnell, jederzeit gut für unerwartete Explosionen oder Abweichungen und im vollen Fluß gar nicht aufzuhalten. Anders als viele der Gelehrten war er nicht auf den überschnellen Stern verfallen aus Ruhmsucht oder zur Bestätigung eines Glaubens (es war überraschend und verwirrend, wie viele Wissenschaftler das schäbige Feuerradabzeichen der Zeugen trugen). Gunasekra war schon sehr berühmt, und das in unglaublich jungen Jahren, als er gezeigt hatte, daß die Dichte der Materie im Weltall genau gleich dem theoretischen Wert war, bei dem die Expansion der Raumzeit schließlich aufhören und sich umkehren müßte. Daraus hatte er rasch den sensationellen Schluß gezogen, mit einer Gleichung aus siebzehnhundert Zeilen die verflochtenen Topologien von gewöhnlichem und Kontraraum vollständig zu beschreiben. Soweit Dorthy es beurteilen konnte, war er hier, weil er den Eindruck hatte, das weltliche Universum erschöpft zu haben. Für ihn war das überschnelle System ein Laboratorium, ein Ideengenerator für höhere Ebenen der

Wahrheit. Wie die anderen in der kleinen Gruppe war er nicht interessiert an dem Ereignis und dessen Folgen an sich. Es war ein Sprungbrett für tiefe Spekulationen, auf die Gunasekra besonders versessen war, die Hypothese der vielen Welten und die Struktur des hypothetischen Hyperuniversums.

Die Mathematik ging Dorthy meistens über den Horizont, und es handelte sich hauptsächlich um Mathematik. Sie verbrachte ihre Zeit mit Schachspiel gegen sich selbst oder gegen Valdez, der, obwohl er es nicht zugeben wollte, fast ebensooft wie sie Schnitzer machte. Oder sie betrachtete die Lichtmuster, die sich über dem Projektor entfalteten, die Gloriole des EREIGNISSES oder die fast identische Darbietung, die hervorgerufen wurde, als eine Sonde in einen anderen Schacht geflogen war. (Die hatte sich geradezu unwahrscheinlich schnell beschleunigt und war Millionen von Kilometern durch einen Mond von nur tausend Kilometern Durchmesser gefallen, wobei ihre Telemetrie durch das Spektrum abgesackt und völlig verschwunden war in dem Moment, als der Schacht und hundert Quadratkilometer um ihn herum ersetzt wurden durch ein chaotisches Terrain von Wasser-Eis, das in rußigen interstellaren Körnern enthalten war.)

Aber Dorthy wurde nicht für mathematische Einsichten gebraucht. Die Männer erhofften sich von ihr eine Vision, einen Zipfel der Mystik, die sie fest in ihrem Kopf verschlossen glaubten, einen Hinweis, der, wenn er nicht aus der dünnen Luft mathematischer Spekulation kam, so vielleicht doch in einem Traum.

An jenem besonderen Tag lief die Sache zäher als gewöhnlich. Es war spät am Abend, und Gunasekra schwang Reden wie so oft. Er hatte sich bemüht, einen Punkt zu klären, den Seppo Armiger gemacht hatte. Dabei war er immer weitschweifiger geworden, bis der ursprüngliche Haken an der Sache längst verlassen und in einem Gewimmel gekritzelter Gleichungen,

Schnörkel und Modifikatoren untergegangen war, die in Grün, Gelb und Purpur die weiße Tafel randvoll ausfüllten.

Wie ein Bergsteiger, der mit riskanten Griffen eine Traversierung macht, hatte Gunasekra sich zu dem vorgearbeitet, was er als das Hauptproblem ansah, die Quelle der immensen Energien, die kurzzeitig den Raum zerrissen hatten, als die Wurmlöcher – niemand stellte in Frage, daß die Schächte in Kurzschlußverbindungen führten, die durch Kontraraum gestanzt waren – sich um die flüchtige Singularität und die Sonde geschlossen hatten. Die Effekte der Displays liefen noch weiter und schleppten sich durch lokale Raumzeit wie das Kielwasser eines Schiffs durchs Meer. ›Seltsame‹ Partikel wurden jäh existent, scheinbar aus dem Nichts. Paare hochenergetischer Photonen, Gammastrahlen von vielen Milliarden Volt, die so viel Energie enthielten wie der Kern eines Chlor- oder Arganatoms, heißer als alles im bekannten Universum, sogar noch heißer als der urtümliche, nadelspitzgroße Feuerball, von dem es aufgebläht worden war. In fast jedem Fall vernichtete jedes Photon seinen Partner im Moment ihrer Entstehung, wie die virtuellen Elektron/Positron-Paare, die ständig überall im Universum blitzartig entstehen und vergehen, ein Ozean momentaner Funken, die in dem körnigen Schaum nackter Singularitäten hinein und heraus wirbeln, kleiner als die Plancksche Länge und deshalb unmeßbar, die der Struktur von Raumzeit unterliegen.

Aber nicht alle Photonenpaare ultrahoher Energie vernichteten sich gegenseitig. Andernfalls würde niemand etwas von ihnen wissen. Statt dessen vermied ein Paar von etwa jeder Milliarde den gegenseitigen Selbstmord und zerfiel prompt. Einer aus dem wissenschaftlichen Team hatte sie als Popcorn-Photonen bezeichnet, so kurzlebig, daß ihre Existenz gefolgert werden mußte aus den Kaskaden von Partikeln, die ihr

Zerfall erzeugte: Elektronen und Hadronen – Mesonen, Protonen, Neutronen –, die sich zu Atomkernen kombinierten, und ein Zoo von Partikeln, die noch nie zuvor beobachtet worden waren außerhalb der riesigen Teilchenbeschleuniger, die im späten zwanzigsten Jahrhundert die Physik beherrscht hatten. Das Team hatte Gravitations-Sinkkollektoren aufgestellt, um einige der Zerfallsprodukte aufzuwischen. Meistens Wasserstoff mit Spuren von Deuterium und Helium, das Material des ersten Augenblicks der Schöpfung, aber gewürzt mit höchst unwahrscheinlichen und unglaublich kurzlebigen Isotopen schwerer Elemente – Kohlenstoff 17, Eisen 62, Gold 290.

Gunasekra behauptete, daß die Popcornphotonen aus einem anderen Universum gezerrt wären, das nur ein paar Lichtjahre Durchmesser und deshalb eine hohe Energiedichte hätte. Dieses hätte die Veränderung in den Zuständen der Vacuum-Energie während des Öffnens und Schließens von Wurmlöchern bewirkt. Diese Lösung war ebenso elegant wie unbeweisbar, weil sie besagte, daß die einzige von dem Ereignis hinterlassene Signatur auf dieser Seite des Himmels nicht gelesen werden könnte, wie es auch genau der Fall war. Es war wie ein Koan. Wenn man ihn knackt, verschwindet er.

Jetzt skizzierte Gunasekra eine Hypothese für Grenzbedingungen, die einen solchen Transfer ermöglichen könnten, etwas, das Dorthy als eine Ableitung der klassischen Lösung von de Witt erkannte:

$$\Gamma' (R = 0, \tau) + \alpha\Gamma (R = 0, \tau) = 0$$

»Sie haben hier eine neue Konstante eingeführt«, sagte Bonner nach einem Moment. Seine langen Beine hatte er ausgestreckt und an den Knöcheln gekreuzt. »Wollen Sie damit sagen, daß in dem anderen Universum eine jede Bedingung möglich ist? Falls ja, können

Sie gar nichts beweisen oder widerlegen; und wir könnten ebensogut mit etwas anderem weitermachen. Außerdem, wenn Ihre undefinierte Konstante *alpha* auf der anderen Seite meßbar ist, dann muß sie es auch auf dieser Seite sein; sonst wäre keine Kongruenz erhalten, und Ihre Grenzen würden sich überhaupt nicht schneiden.«

»Sehr richtig!« sagte Gunasekra und lächelte zufrieden. Seine gleichmäßigen weißen Zähne blitzten. »Wir müssen also Alpha gleich Null setzen, was, wie Sie wohl zugeben müssen, in der Singularität gilt. Damit erhalten wir:

$$\Gamma' (R = 0, \tau) = 0$$

– was dann in die Wellenfunktion unseres Universums eingesetzt werden kann.« Er wandte sich wieder der Tafel zu, und in der purpurnen Tusche, die seinen Daumen und Zeigefinger bis zu den Knöcheln befleckte, flossen Symbole darüber:

$$\Gamma' (R, \tau) = [{}_3i/\ {}_4Lp \sin\tau]^{1/2} \exp [({}_3\pi/{}_4i) (\cot\tau)\ R/Lp)^2].$$

»Wenn *Lp* die Plancksche Länge ist«, sagte Bonner, klappte seine Beine auseinander und kreuzte sie wieder, »ist sie dann nicht beiderseits der Grenze gleich? Sie könnten sagen, auch für *pi* und jede physikalische Konstante, die Sie einführen, gälte dasselbe.«

»O nein«, sagte Gunasekra. Sein langes Haar wippte, als er mit dem Purpurstift auf die Tafel klopfte. »Wenn beide Universen von Natur quantenhaft sind, dann müssen alle Lösungen durch die Singularität $R = 0$ gehen, wenn $\tau = 0$ wird. Die Singularität dominiert immer. Sie ist der Anfang und das Ende der Dinge in einem Quantum-Universum. Unter solchen Bedingungen kann die entsprechende Greensche Funktion abgeleitet werden, welche unter den de-Wittschen Grenzbedingungen kongruent ist, so daß Konstanten entfallen können. Es kann nur eine einzige Lösung auf beiden Seiten geben.«

»Er hat recht«, sagte Flores und sah von seinem Tablett auf.

»Das ist alles recht gut«, erklärte Martins, »aber ich habe immer noch das Gefühl, daß Sie aus der apriorischen Beobachtung eines Kaninchens auf die Existenz des Hutes eines Verschwörers schließen.«

»Vielleicht sollten wir uns nach anderen Kaninchen umsehen«, sagte Armiger und blickte sich mit breitem Lächeln in der Runde um. »Vielleicht sollten wir an andere Quellen für die Popcornphotonen denken, Quellen, die innerhalb unseres eigenen Universums liegen. Wir sollten dem Offensichtlichen eine Chance geben, ehe wir uns auf das mürbe Eis unbeweisbarer Hypothesen wagen. Andernfalls enden wir alle mit Spekulationen über Geister oder Gott oder sonst etwas Unplausibles.« Das Wort *Gott* hing einen Moment schwer in der Luft.

»Manche Mechaniker behaupten, Geister gesehen zu haben hier auf dem Schiff«, sagte Dorthy; aber wie gewöhnlich nahm niemand irgendwelche Notiz von ihr.

»Wenn Sie das Mögliche eliminieren, bleibt nur das Unmögliche übrig«, sagte Gunasekra. Sein Lächeln wurde noch breiter. »Ich zitiere meinen fiktionalen Lieblingscharakter falsch; aber ich meine, daß hier eine Maxime zutrifft. Nicht einmal die Emissionen von Seyfert-Galaxien können für die Energien aufkommen, die wir der Quelle von Partikeln zuerkennen müssen, welche, wie man beobachtet hat, um diesen Mond herum geschaffen wurden. Und wir müssen bedenken, daß wir nicht wissen, ob überhaupt Seyfertgalaxien bis in diese Ära der Evolution des Weltalls überlebt haben. Anders als astronomische Bilder muß jede Quelle von Partikeln in diesem Universum zeitgleich sein: Oder sollen wir das Gesetz der Kausalität verletzen?«

»Ich meine, wir sollten die Idee nicht von vornherein

verwerfen«, warf Dorthy ein. »Schließlich haben wir hier doch keine anderen Alternativen für den Hauptstrom des Denkens. Martins, wollen Sie, daß wir aufhören radikal zu sein?«

Der Exobiologe drehte seinen Stift in den Fingern. »Ich will nicht, daß wir mit etwas herausplatzen, das sogleich total in Stücke gerissen wird. Falls Sie nicht etwas wissen, das wir alle nicht kennen.«

»Sie würden es wissen, wenn Sie den Verstand losgelassen hätten«, sagte Dorthy. »Nein, ich spreche für mich selbst. Ich glaube, wir haben genug darüber geredet. Es ist Zeit, daß wir etwas *tun*. Wenn ich zu Colcha hinuntergehen könnte …«

Valdez sagte: »Wenn ich ein paar Eier hätte, könnte ich zum Frühstück Schinken und Eier haben … falls ich ein Steak hätte …«

Alle lachten.

»Ungezielte Aktion ist noch weniger von Nutzen als ungezielte Worte«, mahnte Seppo Armiger. »Wir brauchen eine Richtung, in die wir gehen müssen.«

»Auf ein Ziel gerichtet«, ergänzte Valdez. »Martins hat recht. Wir würden verdammt dämlich aussehen, wenn wir etwas versuchten und vor den Zeugen glatt auf die Schnauze fielen.«

»Nun, ich bin nicht diesen ganzen Weg hergekommen, um die Hände in den Schoß zu legen«, erwiderte Dorthy. »Dieses ganze System ist eine Versuchsanordnung, so offenkundig, wie man sich denken kann. Wenn es uns nicht gelingt, sie zu verstehen, verdienen wir es nicht, weiter voranzukommen. Anstatt Löcher in diese Idee zu hacken, sollten wir vielleicht an Möglichkeiten denken, sie zu testen. Vielleicht können wir ein anderes Wurmloch aufmachen und ihm folgen, wohin auch immer die Sonde und das Einzelschiff gegangen sind.«

»Falls sie nicht vernichtet sind«, warf Armiger ein. »Ich bin noch nicht völlig überzeugt, daß wir es nicht mit dem Feind zu tun haben.«

»Das ist nicht der Fall«, sagte Dorthy. »Glauben Sie mir! Wenn die Alea-Sippe, die das Zentrum der Galaxis übernommen hat, die Marodeure, für dieses System verantwortlich wäre, so würden wir das sicher wissen. Die Marodeure waren hundertmal feindlicher als die Alea von BD 20. Schließlich haben diese ja auch den Krieg verloren. Sie flohen vor den Marodeuren, die nicht bloß ein verirrtes Einzelschiff aufgreifen und es dabei belassen würden. Sie hätten die *Vingança* vernichtet, lange ehe sie den Orbit erreicht hätte.«

Sie unterdrückte einen Schauder bei den Erinnerungen, mit denen sie auf P'thrsn gefüttert worden war, so real wie nur irgend etwas, das ihr zugestoßen war, so in ihre Psyche eingebettet, daß sie nicht einmal mehr die Grenzen davon finden konnte, trotz der analytischen Praktiken, die man sie im Kamali-Silver-Institut gelehrt hatte in ihren Anfangsjahren als keimendes TALENT. Eine Billion intelligenter Fleischfresser, die durch den Kern der Galaxis schweiften wie eine blutdürstige Schule von Haien, nach deren Launen Sonnen aufflammten, die alles, was sie nicht verschlangen, vor sich her trieben … Und die Marodeure hatten den Kern vor mehr als einer Million Jahre erobert. Was war inzwischen aus ihnen geworden?

»Was schlagen Sie also vor zu tun?« sagte Jake Bonner zu Dorthy. »Sollen wir uns daran machen, diese Geister zu jagen, die die Mechaniker gesehen zu haben glauben?«

»Es könnte ein Anfang sein«, erwiderte Dorthy.

»Wenn wir nicht wissen, wo wir nach Geistern Ausschau halten sollen«, sagte Gunasekra, »und wir sind nicht an ihnen interessiert, werden wir sagen, daß es keine Geister gibt. Aber wenn wir unvoreingenommen sind, würden wir eine Geisterfalle konstruieren. Dorthy, Sie machen ein ärgerliches Gesicht. Ich beabsichtige nicht zu scherzen. Nehmen wir einmal an, daß die

Schächte wirklich heimgesucht sind von denen, die dieses System geschaffen haben. Gewiß muß etwas übrig bleiben, um die Vernichtung oder das Verschwinden des Einzelschiffs zu lenken. Die Schächte sind ein ebenso guter Ort zum Anfangen wie jeder andere. Und wenn wir Geister finden, können wir sie um Antworten auf unsere Fragen ersuchen.«

Valdez sagte: »Die Schächte sind ein so naheliegender Platz, um nachzusehen, so offenkundig seltsam, daß eine Menge von Daten über sie gesammelt sein muß, wenn ihr alle euch die Mühe macht, nach ihnen Ausschau zu halten. Wenn es keine Antworten gibt, dann gibt es auch keine Geister.«

»Weil niemand nach ihnen gesucht hat«, erwiderte Dorthy. »Ich werde euch allen sagen, was ich auf jeden Fall tun werde. Ich werde mich auf die Oberfläche von Colcha begeben, ob es verboten ist oder nicht. Vielleicht wird das etwas auslösen auf die Art, wie es mein Besuch auf Nowaja Rossija getan hat. Machen Sie kein brummiges Gesicht, Valdez! Sie haben mir zu Anfang von diesem hier eine Fahrt dort hinunter versprochen.«

»Niemand geht da hinunter«, knurrte Valdez. »Nicht nach dem Ereignis.«

Dorthy stand auf und sagte: »Ihr könnt spekulieren, wie ihr nur wollt. Ich werde mit meinen eigenen beiden Augen nachschauen, was es dort wirklich gibt. Dazu bin ich schließlich hergekommen, nicht für Seminare über höhere Kosmologie. Das ist nicht als Kränkung gemeint, Professor Guanasekra.«

Gunasekra machte eine leichte Verbeugung und zwinkerte mit seinen schwarzen Augen: »Nicht so verstanden, Dr. Yoshida.«

Valdez sagte: »Dorthy ...«

Aber sie war schon gegangen.

Dorthy hatte den Hauptschacht zum Querdeck erreicht, als Valdez sie einholte. Er ergriff ihren Arm, als sie gerade auf eine jener endlos hochsteigenden Scheiben aus goldpoliertem Holz treten wollte.

»He, Baby, du willst uns doch nicht wirklich davonlaufen?«

»Keine Sorge! Ich werde nicht versuchen, irgendwelche Visionen zu haben, während ich fort bin. Und falls doch, werde ich euch alles darüber erzählen.«

Valdez lächelte. »Nun, verstehst du, nicht ich bin es; aber ein paar von den Burschen denken, du könntest zurückgehalten werden ...«

»Sage ihnen, daß das nicht stimmt! Valdez, warum denken sie, daß ich an erster Stelle hierher gekommen bin? Sage ihnen das!«

»Okay, okay. Nimm es nicht schwer!«

Dorthy holte einmal und noch einmal tief Luft. Ruhe, Ruhe! Finde das Zentrum! Sie sagte: »Du hast recht. Aber es ist schwierig, verstehst du. Weißt du, was man einen ›Ausbruch‹ nennt? Talente sprechen nicht gern darüber. Wenn wir das tun, was ihr Gedankenlesen nennt, bekommen wir eine Art von Modell der Gedankenprozesse und -wege des Subjekts, dessen geistige Struktur in unserem Kopf fixiert ist. Gewöhnlich ist das nur ein zeitweiliges elektrisches Muster, das auf unsere eigenen neuralen Bahnen übertragen ist. Aber manchmal, sehr selten, wird es elektrochemisch fixiert. Noch seltener übernimmt es die Persönlichkeit des Talentes. Was ich habe, ist ein Transfer, der an mir ohne mein Wissen durchgeführt worden ist, damals, als ich auf P'thrsn war. Ich wußte nicht einmal davon, obwohl es sofort damit begann meine Denkungsweise zu verändern. Es war nicht in meinem Großhirn fixiert, sondern viel tiefer, unten im Archipallium, der innersten primitiven Reptilschicht. Und es ist nicht menschlich, sondern ein Fragment einer kollektiven fremden Mentalität, die eine Million Jahre alt ist. Natürlich habe ich davor schreckliche Angst.«

Valdez ergriff ihre beiden Hände mit seiner. »Du bist

besorgt, daß irgend etwas das auslösen und ihm gestatten könnte, dich zu übernehmen. Mein Gott, Dorthy, du brauchst es ihnen bloß zu sagen. Sie würden es verstehen.«

»Würden sie wirklich? Weißt du, wie das ist, wenn ein Fremder mit einem Teil deines Gehirns denkt? Das ist viel intimer als das, was wir erfahren, wenn wir miteinander ins Bett gehen, Valdez, viel intimer, als neun Monate lang einen Fötus tragen, möchte ich meinen. Vielleicht ist es das, weshalb die meisten Talente, die wahnsinnig werden, Männer sind. Ich habe noch nie darüber nachgedacht. Männer lehnen einander ab und tragen ihr Selbstgefühl wie einen Schild. Ich weiß über all das Bescheid, glaube mir, über die Selbstsucht und Eitelkeit von Männern. Versuche nicht zu diskutieren, Valdez! Es würde nur beweisen, daß ich recht habe.«

Valdez lachte. »Das ist so verdreht, als wenn du mich fragtest, ob ich schon aufgehört hätte, meine Frau zu prügeln.«

»Hast du?«

»Warum gehen wir beide nicht für eine Weile anderswo hin? Das könnte uns doch gut tun. Es ist wirklich spät, und du bist den ganzen Tag hier drin gewesen.«

»Es ist so, als ob ich nicht einhalten könnte. Ich muß Bescheid wissen, Valdez.«

»Vielleicht liegt das gerade an dem Ding, das du hast, deinem Passagier, diesem Gedankenkomplex. Vielleicht will er dich in Gang halten, damit du nicht Zeit hast nachzudenken, warum.«

Das war eine tiefe unerwartete Erkenntnis. Valdez hatte sie wieder überrascht; und sie gab zu, daß das wahr sein könnte.

»Ich glaube, du bist zwischen einem Felsen und einem Abgrund gefangen. Deinem Passagier und Seyour Talbeck, Duke Barlstilkin V.«

»Talbeck kümmert sich zusammen mit den jüngeren

Navy-Offizieren um seine eigene Angelegenheit. Er rührt Dinge auf und wartet, daß etwas geschieht. Ich habe nicht viel über ihn erfahren, weiß aber, daß er sowohl immens geduldig wie auch ein Opportunist ist. Ich glaube nicht, da er sich um das kümmert, was ich mache, bis etwas passiert.«

»Oh, er wird alles über dich wissen. Und vergiß die Navy! Es heißt, daß er mit dem Kopf der Zeugen etwas vorhat.«

»Dem Mann, der so aussieht, als hätte er gerade die Gesetzestafeln aus der Hölle heraufgeholt?«

»Herab vom Berg, meinst du wohl. O ja, Gregor Baptista.«

»Ich weiß, was ich meine. Ich habe ihn gesehen. Er verursacht bei mir eine Gänsehaut.«

»Wir haben hier draußen alle Typen, Baby. Du, ich, Abel Gunasekra ...«

»Barlstilkin, Baptista ... Wenn die Marodeure hier wären, wäre das für uns ein Kinderspiel. Das ist so verrückt, daß es wahr sein könnte. Schaff mich von all dem weg, Valdez, ehe ich hysterisch werde!«

8

In dieser Nacht träumte Dorthy wieder von P'thrsn. Es war eine paradiesische Vision von P'thrsn, wie es einige tausend Jahre lang gewesen war, nachdem der Bürgerkrieg seine neu planetoformte Biosphäre dezimiert hatte. Auf der Erde mußten die Ahnen der modernen Menschheit noch durch die tiefe Senke wandern, die später zum Mittelmeer werden sollte. Auf P'thrsn waren die kreisförmigen Narben des Asteroidenbombardements unter einer Flut von Leben verschwunden, das von Welten eines Dutzends Systeme im näheren Umkreis importiert worden war. Staubige Grasflächen, punktiert von kleinen flachen Süßwasserteichen, erstreckten sich von Pol zu Pol als ausgedehnte Weiden für die barbarischen empfindungslosen Alea mit ihren Herden von Kindern im Larvenstadium, unersättlichen Pflanzenfressern, wie eine Kreuzung zwischen Riesenschnecken und enthaupteten Walrossen, die bei ihren unablässigen Wanderungen breite Schneisen durch die Savannen schnitten, blutrote Spuren in dem Hochofenlicht der roten Zwergsonne.

Dorthy träumte, daß sie sich schnell hoch über einer Grasebene bewegte, ein körperloser Blickpunkt, der sich mit vergrößertem Bild auf einen jener Schildvulkane richtete, die während der Planetoformung Milliarden Tonnen von Kohlendioxid und Wasserdampf in die dünne Atmosphäre von P'thrsn ausgestoßen hatten. Die Abhänge des Vulkans waren in Fichtenwälder gehüllt und erhoben sich fast senkrecht über der Ebene in die Schäfchenwolken, die den Gipfel einhüllten.

Ohne Übergang stand Dorthy auf einer weiten Steinplattform, die aus einem Grat nackter schwarzer Lava hervorragte. Auf der einen Seite fielen gedrängte Einsturzkrater und rauchende Fumarolen zu dem faltigen Boden der Caldera ab; auf der anderen senkte sich die ganze grüne Welt zum Horizont, wo die große Scheibe des roten Zwerges glühte, gescheckt mit Gruppen schwarzer Sonnenflecken. Ein kalter Wind peitschte um Dorthy. Er zerrte an dem groben Stoff ihrer grauen einteiligen Uniform und zischte wie statisches Rauschen in ihren Ohren.

Am Rande der Plattform regte sich eine Gestalt als Silhouette vor der gigantischen untergehenden Sonne. Sie stützte sich auf einen Ellbogen. Der Kopf war von einer Kapuze eingehüllt. Ohne Worte rief sie Dorthy zu sich.

Dann war es Nacht. Sterne eilten dicht gedrängt über den mondlosen Himmel. Der Rand der Plattform durchschnitt den verschwommenen Bogen der Milchstraße. Die Figur mit der Kapuze war jetzt ein undeutlicher Schatten, der nicht klarer wurde, als Dorthy über die Plattform ging, wobei ihre Stiefel auf glatten Steinplatten klapperten. Die Gestalt war größer als sie, größer als jeder Mensch. Eine neutral weibliche Alea; aber nicht das alte, plump korpulente weibliche Neutrum, das Dorthy auf P'thrsn angetroffen hatte. Diese hier war schlank und geschmeidig, wie eine Schlange ganz am Rande der Plattform zusammengerollt. Eine Kapuze aus nackter Haut strahlte um ihr kleines, tierisches Gesicht, welches so klein war, daß Dorthy beim Sternenlicht davon nur das Schimmern ihrer tiefliegenden, sehr großen Augen sehen konnte.

– Nein, sagte die Alea, in gewisser Weise bin ich ein Teil von ihr. Ein sehr kleiner Teil zu der Zeit, wo sie dich gefangen haben, aber hier erholt.

»Du bist eine ihrer Ahnen.«

– Eines ihrer jüngeren Selbste, um es genauer zu

sagen. Ich erinnere mich an die Flucht aus dem Kern in nur zwei Zwischenstufen, und ich trage nicht die Schuld für das Massaker an meinen Schwestern und die Zerstörung von Nowaja Rossija. Das wird erst noch geschehen. Es erschien passend, daß ich mit dir sprechen sollte.

Dorthy saß in Sazen-Haltung auf kaltem Stein vor der sich zurücklehnenden Alea. Sie war sich irgendwo im Hintergrund ihres Geistes bewußt, daß dies ein Traum war. Daher akzeptierte sie ohne Angst oder Fragen das, was geschah. Vielleicht kam es gerade darauf an. Sie fragte: »Wie viele von dir gibt es in meinem Kopf?«

– Ich weiß es nicht, aber ich schätze, daß es mindestens fünf sein müssen, weil das die Mindestzahl ist, um einen stabilen Konsens zu erzielen.

»Du weißt, daß du nicht real bist.«

– Fühl den Stein an! Fahr fort!

Der Stein war poliert und trocken und so kalt, daß Dorthy einen Stich in der Handfläche empfand.

– Die Nervenimpulse, die in diesem Augenblick in deinem Cortex zünden, sind identisch mit jenen, die aufgetreten wären, wenn du den aktuellen Stein auf P'thrsn berührt hättest, der vor Tausenden von Generationen verschwunden ist, ehe menschliche Wesen hier eintrafen. Ist er weniger real, weil das nur in deinem Kopf geschieht? Ich weiß, daß ich nur ein Konstrukt bin. Meine Inkarnation ist eine überlagerte stehende Welle in einem Haufen Neuronen in deinem Gehirn. Aber ich fühle mich keineswegs weniger real wegen dieses Wissens. Ich fühle, daß ich von dieser Plattform heruntertreten könnte, falls ich das wünschte, und durch die Jugend meiner Welt schreiten. Vielleicht träume ich, und du bist diejenige, welche nicht real ist.

»Träumen Alea?«

– Das ist eines der wenigen Dinge, die wir mit Menschen gemeinsam haben, obwohl unsere Träume ganz anders sind als die euren. Ihr träumt von der Vergangenheit und filtert Ereignisse aus, um Versuche anzustellen und eurem Leben Sinn zu verleihen. Ihr seid immer bestrebt, dem Fluß des Universums Muster aufzuprägen. Wir träumen nur von der Zukunft, von den Möglichkeiten, die sich stets vor uns eröffnen, von Aktionen, die wir vielleicht unternehmen müssen, um unsere Erblinien zu erhalten, von Aktionen, die wir nicht unternehmen sollten für den Fall, daß wir diese in Gefahr bringen. Deshalb glaube ich, daß du in meinen Traum gefallen bist, weil du aus einer Zeit kommst, zu der meine Welt stirbt wegen der irrtümlichen Taten eines meiner späteren Selbste. Hier ist die Welt noch allenthalben lebendig. Die Brüder und Schwestern meiner Erblinien müssen erst noch auf die Verstecke eingegrenzt werden, jene wenigen Inseln des Lebens in einer planetarischen Wüste. Die Grasflächen atmen Sauerstoff auf die Oberfläche der Welt. Es ist noch nicht notwendig, unsere sauberen, klaren Meere in dickflüssige Kulturen Sauerstoff erzeugender Bakterien zu verwandeln. Denn nach dem Verbrechen meines ungeborenen Selbstes wird nichts getan werden, um die langsame Entartung unserer Schöpfung aufzuhalten, das Entweichen von Wasser aus der Atmosphäre, die Rückkehr der Welt zu ihrem Zustand durch Gezeiten gebundener Rotation. Ich lebe hier im Anfang vom Ende des Paradieses. Die Saat der Paranoia ist bereits gesät, muß aber erst noch keimen. Sie werden erst dann zu einer vollen und schrecklichen Blüte kommen, wenn eines meiner ungeborenen Selbste den Gebrauch einer überlichtschnellen Physik nahe dem Stern entdeckt, den ihr Epsilon Eridani nennt.

»Fühlst du dich dessen schuldig, was du tun wirst? Du wirst eine ganze Welt zerstören, um zu experimentieren und dich zu retten… Und du wirst nicht einmal Erfolg haben.«

– *Ich* werde das nicht tun. Dorthy. Ich werde schon

Tausende von Jahren tot sein, ehe das geschieht, nicht mehr als ein verstreutes Stäubchen in dem Bewußtsein meiner ungeborenen Schwester. Nur einige wenige leben in mir. Ich kann mir nicht vorstellen, wie es sein wird, das Gefäß von tausend Überbleibseln früherer Selbste zu sein. Ich weiß, was geschehen wird; aber es ist, als hätte ich in den sich windenden Historien unseres Volkes gelesen, die noch auf die Türme zu schreiben sind, die man einst unten in der Caldera erbauen wird.

»Du kannst also deine Hände in Unschuld waschen.«

– Ich verstehe nicht.

»Tut mir leid. Nur eine Redewendung, eine Art von Anspielung.«

– Manchmal finde ich es schwer, eurer Sprache zu folgen. Sie ist so reduzierend, so gedrängt. Jedes Wort läßt ein Dutzend anderer widerhallen, die Geister von Bedeutungen, aus denen es entstanden ist. Unsere Sprache hat sich nicht verändert, soweit wir uns erinnern können, zumindest eine Million Generationen. Jedes Wort steht für das eine Ding, für das es immer gestanden hat, nicht mehr. Du begreifst, daß ich keinen Zugang zu deinen chemisch codierten Erinnerungen habe und auch nicht zu deinem eigenen Selbst. Wir müssen uns hier treffen, auf dieser schwachen Brücke.

Glatter kalter Stein unter ihren Hinterbacken, der gestirnte Himmel, die sehr windige Nacht, klare, kühle Luft, die leicht nach den Fichten auf den Hängen weit unterhalb der Plattform roch. Es war so detailliert, so real, daß Dorthy sehr stark bezweifelte, ob alle diese Information in jene wenigen umgestalteten Nervenzellen in ihrem limbischen Cortex zusammengedrängt wäre. Irgendwie waren in ihrem Sensorium Schablonen ausgepackt, die diese ganze Phantasie schufen, wie Träume die bekannte Welt erzeugen. Die Alea log, wenn sie sagte, sie hätte keinen Zugang zu Dorthys höheren Gehirnfunktionen. Aber dieser Gedanke rührte in Dorthy keine Panik auf. In diesem Traum gab es keinen Raum für Panik.

– Ich bin ausgewählt worden, um mit dir zu sprechen, weil ich die Älteste der geistigen Gemeinschaft bin, die du auf P'thrsn getroffen hast. Hier in meiner Zeit leben wir wie in der alten Welt, ehe wir sie aufgeben und neue Heime unter den Sternen des Kerns finden mußten. Es ist eine Zeit des Friedens, des Träumens. Es gibt keine Meinungsverschiedenheit, keine Notwendigkeit der Entscheidung. Jene Schwestern, deren Rebellion uns fast vernichtet hat, sind alle in ein anderes System entronnen, wo sie ständig im Verborgenen leben werden voller Furcht, daß Energie, die bei der Umformung dieser Welt vergeudet wurde, von den Abtrünnigen entdeckt wird, vor denen wir geflohen sind.

»Die Marodeure.«

– Ja, die Fresser aller Kinder, deren Verbrechen so viel schlimmer sind als die meiner ungeborenen Schwestern. Wenn wir einst Nowaja Rossija zerstören und diejenigen unserer Schwestern abschlachten, die gegen den Völkermord ankämpfen, werden wir die Hoffnung aufgeben. Wir werden Selbstmord verübt haben, lange, ehe ihr ankommt und zum endgültigen Instrument unseres Todes werdet. Darum werden wir nichts tun, wenn die Menschen anfangen zwischen den Sternen zu reisen. Nicht etwa, weil wir ohne eine Waffe wären. Wir können immer Waffen herstellen, wenn wir es müssen. Aber hier, in diesem Moment, ist die Welt so, wie wir sie gewollt haben, während wir immer noch durch den Spiralarm auf diesen Stern zufallen. Es ist ein Paradies, und ich bin ein Teil davon, Dorthy. Ich möchte noch, daß meine Brüder und Schwestern leben. Ich möchte meine Erblinien erhalten.

»Wolltest du deshalb, daß ich zu dem überschnellen Stern komme? Willst du deshalb, daß ich zu dem scheckigen Mond hinabsteige? Was gibt es da unten? Wohin führen die Wurmlöcher?«

– Es gibt vieles, was wir nicht wissen. Als meine Vorfahren und all die anderen Sippen anfingen, den Kern zu besiedeln, sind wir in eine geheime Geschichte der Galaxis – vielleicht des Universums – hineingetappt, die in den Gaswolken über unsere kleine Welt hingezogen ist.

»Ja, ja, ich weiß, die Marodeure haben eine Technologie angewandt, die um das Schwarze Loch des Kerns aufgegeben worden war. Aber der Mond, der überschnelle Stern. Sind sie das Werk der Marodeure? Wohin führen die Wurmlöcher?«

Die Kapuzenhaut der Alea flammte um ihr Gesicht auf. Die stumpfen Klauen an ihren dreizehigen Füßen kratzten gegen Stein, als sie ihre Beine anzog.

– Eine halbe Million Jahre nach dem Tod dieser Inkarnation wird der Stern gestartet werden, um den galaktischen Orbit des Sterns eurer Heimatwelt zu kreuzen. Ihr werdet keine Zivilisation haben, wenn der Stern gestartet wird. Auch keine überlichtschnelle Physik, um eure Existenz zu verraten. Ich glaube nicht, daß es das Werk der Marodeure sein wird. Aber ich kann es nicht wissen.

»Was suchst du mir also mitzuteilen?«

– Wir glauben, daß wir infiziert wurden, als wir anfingen, auf den Welten der Sterne des Kerns zu leben. Wir haben genetische Schablonen von Pflanzen und Tieren geholt von Welten der Systeme in der Umgebung des Sterns von P'thrsn, um dessen Biosphäre nach dem Bürgerkrieg zu restaurieren. Auf dreien dieser Welten entstanden bald danach intelligente Species. Meine ungeborenen Schwestern werden die Species von Nowaja Rossija vernichten, wenn sie mit der Erkundung der nahen Sterne anfängt. Eine andere Species, die Ureinwohner von Elysium, wird von sich aus zugrunde gehen; und schließlich werden Menschen uns fast vernichten. Wahrscheinlich waren wir die unwissenden Akteure eines Paradigmas, das Intelligenz entfacht. Denn andernfalls sollte in Anbetracht der räumlichen und zeitlichen Nähe aller drei Species die Galaxis, das Universum von raumfahrenden Zivilisationen wimmeln.

»Wie konntet ihr eine Idee befördern? Etwa wie ein Virus? So etwas hat es in den letzten Jahren der amerikanischen und russischen Reiche gegeben. Loyalitätsseuchen.«

– Kein Virus könnte Species so unterschiedlicher biologischer Zweige infizieren. Wir verstehen es selbst nicht, außer daß es die wahrscheinlichste Lösung ist. Eine Idee braucht vielleicht keinen physischen Ort. Ist eine Idee wahrer, wenn sie auf Stein geschrieben ist, oder wenn sie in der verschlungenen DNA deines tiefen Gedächtnisses haust? Wenn du nicht an die Idee denkst, existiert sie dann noch? Wenn der Stein zerstört wird, wenn das Gehirn stirbt, stirbt auch die Idee? Wir sind an Wissen nur interessiert, wenn es dem Überleben unserer Erblinie hilft. Wir werden von dieser Möglichkeit nur erfahren, wenn sie durch die Computer aufgeworfen wird, die meine ungeborenen Schwestern bauen werden, um die Species zu beobachten, die sie ermorden wollen. Vielleicht haben Menschen eine Antwort. Das ist ein Grund, weshalb ich dir gegeben wurde.

»Vielleicht. Aber mir scheint, daß es an Gnostizismus grenzt. Geheimwissen in das Gewebe des Universums eingetragen und darauf wartend, daß es zum Ausdruck kommt, wenn eine hinreichende Komplexität des Geistes erzielt ist ... Gewiß, es gibt Gesetze und Bedingungen; aber sie existieren, ob wir von ihnen wissen oder nicht. Sie offenbaren sich nicht selbst. Oder zumindest glaube ich nicht, daß sie es tun. Ich wurde als Wissenschaftlerin ausgebildet. Als Beobachter, nicht als Philosoph. Vielleicht kennen andere die Antwort.«

– Dorthy, du mußt sie fragen. Es ist wichtig, sehr wichtig.

»Ja, ich werde sie fragen. Aber du hast meine Frage wegen der Wurmlöcher nicht beantwortet. Ich muß wissen, wohin sie führen, ehe ich sie überreden kann …«

Die Alea richtete sich so rasch auf wie eine zustoßende Schlange, ein Schatten doppelt so hoch aufragend wie Dorthy als Silhouette vor plötzlichem roten Licht. War das die Dämmerung? Sicher, dachte Dorthy, war die Sonne in jener Richtung untergegangen. Aber das Licht wurde von Sekunde zu Sekunde heller. Die Alea schien darin zu verblassen. Dorthy konnte tief im Schatten ihrer strahlenden Kapuze kaum ihr Gesicht erkennen. Ihr größeres Armpaar war weit gespreizt wie in einer dringenden Bitte. Das kleine sekundäre Paar zerrte an dem borstigen Fell ihrer Brust.

– Und frage sie auch, ob ich nur eine Idee bin! Ich kann mich anscheinend nicht an alles erinnern, das ich einmal wußte; und weiß doch auch nicht, was ich vergessen habe. Frage sie, Dorthy, frage sie!

Das Licht war jetzt strahlend, zu hell, um von dem trüben roten Zwergstern P'thrsns zu kommen. Dorthy wandte den Kopf von seinem pulsierenden Glanz ab und erwachte auf der schmalen Liege ihrer Kabine.

Valdez schlief neben ihr, einen Arm um ihre Hüften gelegt und sein Gesicht so nahe, daß sich sein Atem mit dem ihren vermischte. Es brannte nur das eine Licht, das in der Kabine nicht ausgeschaltet werden konnte, eine vor Alter flimmernde Leuchtröhre. Dorthy schlüpfte aus Valdez' Umarmung und zog sich noch im Halbschlaf schnell an. Aber sie wußte, wohin sie ging, auch wenn sie nicht wußte, warum.

Die Docks verliefen über die ganze Länge des Kiels der *Vingança*, ein Kilometer von Startbetten und Hellingen, die unter einem Gewirr von Trockendocks, Gehsteigen,

Plattformen mit Geländern und Hebezeug verliefen. Sogar einstöckige Büros mit metallenen Wänden waren dabei. Es schien ewig so weiterzugehen, ein enges, lineares Universum aus Metall, das sich in einer Kreuzschraffierung aus Leuchtröhrenglanz und Balken schwarzer Schatten verlor. In den Startwiegen waren nur wenige Fahrzeuge, meistens Einzelschiffe und suborbitale Schlepper. Dorthy erhaschte einen Blick auf die knollige Bugkonstruktion von Barlstilkins Schiff, als sie eine Wendeltreppe hinabstieg. Sie verlor sie aus den Augen, indem sie einem Quersteig folgte, wo Metall auf Metall erklang. Sie ging um ein Bündel von Kabeln herum, deren jedes dicker war als ihr Oberschenkel, und das über den Rand einer leeren Helling verlief. Auf der gegenüberliegenden Seite bewegten sich einige Gestalten hinter einem großen Fächer goldener Funken, die in die Finsternis hinabsanken, wo ein Schweißroboter eine Naht in der schwarzen Hülle eines einsitzigen Jagdschiffs abdichtete.

Als Dorthy auf sie zuging, blieb der Roboter stotternd stehen. Eine der Figuren rief: »Zum Teufel, was glauben Sie, wohin Sie gehen? Oh, Sie sind es, Seyoura Yoshida. Das hatte ich nicht gesehen. Es ist uns eine Ehre, nicht wahr, Ramon?«

Es handelte sich um einige Mechaniker, mit denen sie in der Mannschaftskantine ein paarmal gesprochen hatte. Während sie neben dem ständig laufenden Pokerspiel saß, pflegten sie ihr den jüngsten Klatsch zu erzählen, wobei sie an glühend heißem öligem Kaffee nippte, den einer von ihnen (Nein, Seyoura Yoshida, Sie bleiben bitte sitzen. Das macht gar keine Mühe.) mit erlesener Höflichkeit von der Theke geholt hatte.

Diese zwei führten jetzt eine Parodie dieser Routine auf. Ramon verschwand hinter dem stumpfen borstigen Bug des Schiffs und kam mit einer Plastiktasse dünnen Kaffees zurück (auf einer Seite des Randes ein schwarzer Daumenabdruck), während der jüngere

Mann, João, für Dorthy eine Sitzgelegenheit fand. Er sagte: »Seyoura, Sie sehen traurig aus. Eine so junge und hübsche Frau wie Sie sollte nie ein so trauriges Gesicht machen.«

»Eine so junge und hübsche Frau sollte nie einen Grund haben, traurig zu sein«, sagte der dicke, blühend aussehende Ramon. Er steckte seinen verstärkten Arm in den Schweißroboter. Die Flamme kam stotternd wieder zum Leben, und erneut sprühten Funken, die zischend durch schwarze Luft fielen. Er fügte hinzu: »Sie sollte aber auch nicht hier herumlaufen. Das ist ein gefährlicher Ort, wenn man ihn nicht kennt. Viele Hellinge stehen unter Vacuum. Der Druckvorhang würde Sie nicht aufhalten, wenn Sie hineinfielen.«

»Vielen Dank für die Warnung! Es scheint hier so leer zu sein. Wie vieles im Schiff, nehme ich an.«

Ramon sagte: »In den alten Tagen …«, und João fuhr dazwischen: »Wir alle wissen von den alten Tagen, mehr als die, welche hier waren, vermute ich. Aber Seyoura, Sie sind doch sicher nicht hergekommen, um uns zu besuchen? Falls doch, fühlen wir uns sehr geehrt.«

»Sie verbringen zu viel Zeit mit den Wissenschaftlern«, sagte Ramon. »Da oben machen sie sich endlose Sorgen über das, was sie tun müssen.«

»Und ihr hier unten macht euch keine Sorgen? Dies ist ein gefährlicher Ort für jeden, nicht bloß für die Wissenschaftler.«

»Wenn der FEIND hier wäre, würden wir das wissen«, sagte Ramon. »Ich habe auf diesem Schiff gedient, als es bei BD 20 Krieg führte. Ich weiß alles über den FEIND, Seyoura. Diese Lightshow, nichts als automatische Verteidigungen.« Auf der Rundung seiner Schulter dehnte sich knochenlos die Tätowierung einer nackten Frau, als sein verstärkter Arm sich auf und ab bewegte. Hoch über seinem Kopf ahmte der fernbediente Arm des

Schweißers seine Bewegungen wie ein Affe nach. »So wie ich es sehe, machen wir uns keine Sorgen, weil, falls sie uns kriegen, alles vorbei sein wird, ehe wir etwas merken. Ich will Sie natürlich keineswegs alarmieren, Seyoura.«

»Ich bin nicht alarmiert. Wirklich. Ich bin hergekommen, um mehr herauszufinden. Da gab es einen Piloten, der mir einen Flug um Colcha herum ermöglicht hat. Befindet er sich vielleicht hier unten irgendwo?«

João tauschte einen Blick mit Ramon, und Dorthy merkte, daß ihr durchsichtiges Spiel, sich verlaufen zu haben, durchschaut war. Es ging etwas vor sich, über das sie sich nicht recht klar wurde. João gestikulierte mit seinem verstärkten Arm und sagte: »Wenn Sie etwas über Colcha erfahren wollen, Seyoura, dann sprechen Sie mit Ang Poh Mokhtar! Sie hat vor dem Ereignis die Wartungsarbeiten geleitet.«

»Geht sie zur Oberfläche hinunter?«

»Vor dem Ereignis tat sie das sicher. Es muß sich jemand um all das Zeug kümmern, das die Wissenschaftler dort zurückgelassen haben.« Ramon wandte sich ab, um zu verfolgen, wie der Arm des Schweißers langsam über die Hülle des Einzelschiffs fuhr. Er fügte hinzu: »Auf jeden Fall hat sie das ferngehalten.«

»Sie ist eine seltsame Frau, Seyoura«, sagte João. »Seien Sie vorsichtig!«

»Ich werde das beachten«, sagte Dorthy. »Wo genau ist sie?«

Ang Poh Mokhtar lebte auf ihrem Schiff. Das war ein Schlepper zwischen Orbit und Oberfläche, ein Bündel von Kugeln, übersät mit dicken Schubaggregaten und gespickt mit diversen Antennen. Die Fähre hing in ihrer Wiege, die drei gelenkigen Beine nach oben gerichtet. Ihr Pilot war eine schlanke Frau mit faltigem Raubvogelgesicht und dichtem eisengrauen Haar, das von der Stirn zurückgekämmt war. Sie sagte: »Sie wollen auf die Oberfläche hinunter? Wenn Sie genug Mut dafür haben, können wir sofort starten. Sie sind so klein wie ich, daher sind Druckanzüge kein Problem. Los jetzt! Oder sind Sie doch nicht so tapfer?«

»Ich werde kommen«, sagte Dorthy, überrascht durch die Direktheit der Frau. »Natürlich komme ich. Sind Sie sicher, daß Sie dadurch keine Unannehmlichkeiten bekommen werden?«

Ang spuckte roten Saft in die schwarze Grube unter dem Gittersteg, auf dem sie beide standen. Sie war barfuß. Die runzlige Haut auf der Oberseite ihrer Füße zeigte blaue Venen. »Die Zeit ist richtig. Wir wollen Ihnen auf jede Weise helfen, wie wir können, Dorthy. Machen Sie sich keine Sorgen, meine Liebe! Ich lebe hier in einer komfortablen kleinen Nische, und niemand schert sich viel darum, was ich mache. Und wir Zeugen haben darauf gewartet, daß Sie dies unternehmen würden.«

»Tatsächlich? Dann darf ich mich wohl glücklich schätzen, daß Sie mich nicht einfach gekidnapt haben.«

»Wir wollen Ihnen helfen«, sagte Ang. »Wenn Sie mit Dr. Baptista gesprochen hätten, wäre alles klarer gewesen. Was mich daran erinnert, daß ich Ihnen dies geben soll.«

Sie streckte die Hand aus. Eine runde weiße Tablette lag auf den Linien ihrer Innenfläche. »Das ist die Droge, die Sie wollen«, sagte Ang nach einem Moment des Schweigens.

Dorthy lief ein Schauder den Rücken hinunter. »Ein Gegenmittel? Woher haben Sie das?«

»Der Medikotechniker ist einer von uns, Dorthy. Dr. Baptista sagt, das ist ein Zeichen unseres guten Willens.«

Dorthys Hand ergriff die Tablette und steckte sie in den Mund. Licht blendete sie, als sie den Kopf zurückwarf, um zu schlucken. Und plötzlich war sie wieder sie selbst. Sie fühlte, wie die harte Tablette ihre trockene Kehle hinab in die Dunkelheit ihres Stoffwechsels rutschte.

Ang spuckte noch einen Strom roter Brühe in die Grube, wischte sich das Kinn ab und kletterte auf der gekrümmten Flanke einer der Blasen des Schleppers empor, indem sie mit Händen und Füßen in eingelassene Rungen griff. Dorthy folgte ihr und fand das leichter, als es aussah. Die Schwerkraft war hier nur halb so groß wie im Hauptteil des Schiffs. Als sie sich nacheinander in die kleine Kabine schwangen, fragte sie die Pilotin: »Was kauen Sie da eigentlich?«

»Betel. Meine einzige schlechte Angewohnheit, aber ich denke, bei meinem Alter kann ich mir eine erlauben. Das und die Jungs scheuchen, was hier erheblich leichter ist. Ich meine damit, daß ich die Großbrasilianer mehr oder weniger die Navy in Gang halten lasse. Mindestens bedeutet es, daß das Verhältnis der Geschlechter zu meinen Gunsten ist. Die einzige Konkurrenz kommt von diesen schlappen kleinen Adjutanten, die einige der Gelehrten von Rang mitgebracht haben. Sie können darauf wetten, daß die mit ihrer Gunst geizen. Oh, es tut mir leid, ich bringe Sie in Verlegenheit. Ich vergaß, daß ihr Chinesen nicht gern über so etwas redet.«

»Nun, ich bin Japanerin, oder genauer: Halbjapanerin.«

»Tatsächlich? Die andere Hälfte ist dem Akzent nach australisch. Ich bedaure. Ich bin bloß eine alte unwissende Nepalesin, die von Rechts wegen auf den steinigen Feldern auf halber Höhe des Himalayas mit einem Pflug hinter ihrer Kuh herstolpern sollte. – Hier, jetzt ziehen Sie dies an und bleiben Sie mir aus dem Weg, während ich uns ins Vacuum bringe!«

›Dies‹ war ein einteiliger Druckanzug. Dorthy legte ihre Jacke und die weiten Hosen ab, kroch in ein Unterzeug und zwängte sich in die steife Umarmung des Druckanzugs, während Ang mit jemand (»Einer von uns, keine Sorge!«) über Freigabe sprach mittels eines Pflastermikrophons, das sie an ihrer dürren Kehle befestigt hatte. Inzwischen schloß sich die Luke, und verschiedene Hilfsgeräte und Gebläse wurden winselnd lebendig. Ein feines, ständiges Zittern vibrierte in der ganzen Struktur des kleinen Schiffs, als ob es aufgewacht wäre. Dorthy hockte sich nieder, um die Verschlüsse und Anzeigen des Lebenserhaltungsrucksacks zu prüfen, was bei dem schwachen Rotlicht in der Kabine nicht ganz einfach war. Als sie sich wieder ausstreckte, füllte das turbulente grüne Licht des Gasriesen die dreieckigen Bullaugen.

9

Auf ziemlich die gleiche Weise, wie Dorthy Yoshida das Zentrum der Clique von Wissenschaftlern geworden war, die nicht zu den Zeugen gehörten, und trotz der scharfen Aufmerksamkeit von Iwanow, dem Verbindungsoffizier (eine so ausgefallene Bezeichnung für einen Sicherheitsbullen, wie sie ihr schon oft begegnet war), hatte Talbeck Barlstilkin es geschafft, eine Anzahl mißvergnügter Navy-Offiziere um sich zu versammeln. Bis auf einen Großbrasilianer waren sie zumeist jüngere Söhne verarmter aristokratischer Familien, deren Güter zu einem schäbigen Haus in der Hauptstadt und einer Fazenda mit ein paar tausend lebensfähigen Hektaren in den Provinzen geschrumpft waren. Ihnen stand keine andere Laufbahn offen als die Marine oder auch das diplomatische Corps, wenn sie besonders intelligent, oder die Kirche, wenn sie fromm waren.

In vielerlei Hinsicht waren sie wie Talbecks jüngeres Selbst in den bitteren Jahren, nachdem die Föderation die sture, isolierte Rebellion seines Vaters niedergeschlagen hatte. Sie waren stolz und reizbar. Sie murrten vergeblich gegen die Unbilligkeit des Universums im allgemeinen und ihre Postierung bei dem überschnellen Stern im besonderen. Es war bis auf die Bezeichnung eine gewisse Degradierung, wie sie gewöhnlich erfolgte infolge einer Übertretung der komplizierten Regeln der Etikette und Achtung vor der Marine. Es war die Verurteilung zur Langeweile und dem stets gegenwärtigen Risiko, daß die Einmischung der Wissenschaftler die Alea aufwecken würde, die (in dieser

Hinsicht waren alle Offiziere überzeugt) im Innern des scheckigen Mondes schlummerten. Sie litten unter der lockeren Führung des Schiffskapitäns, eines sanften und leutseligen Bürokraten, der nur selten in der Offiziersmesse zu sehen war. Sie dürsteten nach Taten und Ruhm, nach einer Chance, ihre gekränkte Ehre im Feuer der Schlacht wiederherzustellen. Das war die Art, in der sie redeten; und Talbeck hing dies bei ihnen an die große Glocke, obwohl er nicht den Schimmer einer Idee hatte, was er mit ihnen anfangen könnte, außer ihnen seine leibeigene Dienerin zu leihen, um ihre physische Frustration etwas zu mildern.

Na wenn schon! Es würde schon etwas passieren. Die Zuversicht, die Dorthy argwöhnte, hatte in Wirklichkeit tiefe Wurzeln. Schließlich hatte Tarlbeck ein zauberhaftes Leben geführt. Wegen der Ermordung seines Vaters war er der bei weitem jüngste Direktor der Interessengemeinschaft ›Quelle der Jugend‹. Die anderen Mitglieder waren aus der Zeit übrig geblieben, ehe die Erde sich wieder Elysium zugewandt hatte, erhalten durch Agatherin und prominent durch den Reichtum, den es erbrachte, aber immer noch im Grunde motiviert durch Reflexe, die sie erworben hatten, als ein jeder Herr eines winzigen Königreichs gewesen war. Kleine Inseln der Zivilisation in einem Meer von Barbarei. Nur ein Schößling von Unkraut in den Reisfeldern des Salzwassers und der Krankheit, die sie in jeder Zelle hegte. Die Basis für Agatherin und die Kuren für Langlebigkeit waren noch völlig unbekannt. Talbeck hatte durch reine Willenskraft in der Interessengemeinschaft seine Spur hinterlassen; und weil er praktisch als einziger Direktor willens war, zu den anderen Welten der Föderation zu reisen… Aber er war des Kombinats überdrüssig geworden, als ihm klar wurde, daß er nie etwas anderes sein würde als ein Strohmann, eine Marionette für die Interessen der Föderation.

Die Realisation hatte Talbecks Sinn für Überlegenheit geschärft. Er durchschaute die Scharade der Selbstverwaltung, während die anderen Direktoren, jene primitiv schlauen Überbleibsel eines verlorenen Zeitalters, sich damit begnügten, den Direktiven und Empfehlungen der Offiziere der Gemeinschaft zu gehorchen, solange das eine Anhäufung sagenhaften Reichtums garantierte. Und das hatte seinen Rachedurst verstärkt. Wie sein Narbengesicht hatte sein Haß gegen die Föderation ihn von den Goldenen getrennt, mit denen er so viel vom Rest seines Lebens verbracht hatte, den stets frustrierten Erben unsterblicher Lords und Ladies, ewiger Selfmade-Wirtschaftsbosse. Mit Selbstironie hatte er angefangen, sich in Schwarz zu kleiden, um eine Ära distanzierter Verachtung für die kunstvollen Kapriolen und *bon gestes* der anderen seiner Gruppe auszudrücken, während er von Welt zu Welt mit ihnen eilte, nicht auf der Suche nach Unterhaltung, sondern einem Hebel, der lang genug war, die Regierungen der Erde zu stürzen.

Talbeck gab sich nicht der Täuschung hin, daß das ein leichtes Unterfangen sein würde. Er hegte bald Phantasien, einen Skandal zu enthüllen oder anzuzetteln, der die Sicherheitskontrolle der WiederVereinigten Nationen umstürzen würde, oder eine Rebellion zu finanzieren, die die gegnerischen Loyalitäten der zehn Welten spalten würde (nicht, daß Skandale selten wären; sie waren vielmehr üblich. Und es gab viele Rebellengruppen, von denen die meisten für verlorene Ziele kämpften und die meisten übrigen zu instabil waren, um das Risiko einzugehen). Er hatte, natürlich ganz diskret, der revolutionären islamischen nationalen Volkspartei auf Nowaja Semlja Waffen zukommen lassen, als sie versucht hatte, sich von ihren Verträgen mit der Föderation zu distanzieren. Aber die Alea-Kriege hatten dem ein Ende gemacht; und nach der Vernichtung von BD 20 hatte die Navy bald die Rebellenregierung gestürzt und an deren Stelle eine kooperativere Partei gesetzt.

Nein, Politik war ein zu subtiles und riskantes Mittel für einen einzigen Menschen. Talbeck wollte etwas direkteres haben, das umfassend und unbestreitbar war. Er hatte sein halbes Vermögen verbraucht, ehe der hochrangige WVN-Offizier, den er gekauft hatte, während er Waffen nach Nowaja Semlja schaffte, an ihn herangetreten war mit Informationen über eine streng geheime Expedition zu einem sehr ungewöhnlichen Stern und mit einer Geschichte über ein Talent, das seit zehn Jahren praktisch gefangen gehalten wurde, seit dem Ende der Alea-Kriege. Vielleicht war es ein Zeichen seiner Verzweiflung, daß Talbeck sich auf die Geheimhaltung gestürzt hatte, die die Erforschung des überschnellen Sterns umgab, als ein Zeichen dafür, daß die Marine eine Entdeckung geheimhielt, die so radikal war, daß sie – letztlich – vielleicht nicht der Hebel, aber doch der Angelpunkt sein könnte.

Denn obwohl Agatherin die menschliche Lebensspanne verlängerte und den unvermeidlichen Verfall jugendlicher Kraft hemmte, war das nicht für immer. Fehler in DNA, die sich trotz gegenläufigen Transskriptionsreparaturen durch Agatherin angehäuft hatten. Zellen wurden mit Abfallprodukten verstopft trotz des großen Aufwands an Behandlungen für ihre Säuberung. Talbeck wurde alt von Tag zu Tag. Gewiß unmerklich im Vergleich mit Kurzlebigen, aber dennoch gleichmäßig und unaufhaltsam. Dies war vielleicht seine letzte Chance, und er ergriff sie mit beiden Händen im Vertrauen darauf, daß sein Glück ihn würde durchhalten lassen.

Aber jetzt, da er der Realisierung seines Lebensziels so nahe war, wurde er immer vorsichtiger. Die rettende Entführung von Dorthy, die Flucht vor der WVN-Polizei, die fast eingetretene Katastrophe bei dem Neutronenstern hatten ihn viel Spannkraft gekostet. Außerdem hatte er derzeit kein Publikum, um sich aufzuspielen, außer vielleicht den lauernden Alexander Iwanow.

So hatte er aufgepaßt und abgewartet, und die Gemüter der gefährlich wankelmütigen jungen Offiziere beruhigt. Er wußte, daß Dorthy schließlich doch etwas unternehmen würde. Das lag in ihrer Natur. Und so war es auch gekommen. Sie war auf die chaotische Oberfläche des scheckigen Mondes hinuntergegangen.

Talbeck hörte es zuerst von Iwanow, der wütend über das war, was er für eine unverschämte Übertretung seitens Dorthy ansah, und Talbeck Barlstilkin unmittelbar dahinter vermutete.

»Tatsächlich, Seyour«, sagte Talbeck, als Iwanows einleitende Tirade mehr oder weniger vorbei war, »habe ich nichts davon gewußt. Ich weiß, daß es Ihnen schwerfällt, das zu glauben; aber Dr. Yoshida und ich sind hier aus ganz verschiedenen Gründen. Sie geht ihren Weg, ich den meinen. Setzen Sie sich jetzt bitte hin! Ich riskiere, einen Muskel in meinem Hals zu überanstrengen, indem ich zu Ihnen aufschaue.«

Die Dienerin schob einen dünnen vergoldeten Stuhl nach vorn, und nach einem Moment saß Alexander Iwanow auf dessen Kante mit unbequem gespreizten Knien. Das schwarze Haar, aus der Stirn nach hinten gebürstet, bedeckte fast den Kragen seines Waffenrocks. Ein blasses, volles Gesicht, das immer leicht unangenehm feucht schien wie der Bauch eines toten Fisches, kleine, eng beisammen liegende Augen, die unter der dichten Barrikade starker buschiger Augenbrauen hervor in die Welt blickten.

Der Verbindungsoffizier sagte: »Zumindest werden Sie jetzt zugeben, daß Sie einen Grund haben, hierher zu kommen. Das ist immerhin ein Anfang.«

»Seyour Iwanow, ich glaube, daß ich Ihnen schon

mehrfach seit dem erschöpfenden Interview, das ich mit Ihnen hatte, nachdem ich so freundlicherweise von dem Passagierschiff gerettet wurde, gesagt habe, daß der Grund meines Hierseins reine Neugier ist, nichts weiter. Ich bin – sagen wir – etwas übersättigt von den Reizen, die die Zehn Welten zu bieten haben. Ich halte Ausschau nach exotischeren Wegen, meine Zeit zu verbringen; und dies hielt ich für einen hervorragend geeigneten Ort. Aber um Ihnen die Wahrheit zu sagen, bin ich von ihm ein wenig enttäuscht. Ich erwarte vielmehr die Abreise des Passagierschiffs.« Nur das letzte war eine klare Lüge. Talbeck konnte nicht widerstehen, sie dem mürrischen Verbindungsoffizier zu unterschieben. Ehe Iwanow antworten konnte, fügte Talbeck hinzu: »Ich hoffe, daß Sie mit mir eine Erfrischung teilen werden. Ich gestehe, daß ich mich an gewisse altmodische Formen von Etikette halte, die mich nötigen, den Gastgeber zu spielen.«

»Ich bin nicht hergekommen, um mich zu verbrüdern. Ich will wissen, was Sie vorhaben, Barlstilkin. Ich hätte darauf bestehen können, daß Sie und Yoshida auf dem Passagierschiff bis zu seiner Abreise festgehalten würden, anstatt die Erlaubnis erhielten, sich hier in die Angelegenheiten einzumischen.«

»Ich will auf jeden Fall Tee haben – Jasmin«, sagte Talbeck seiner Dienerin, »wenn es den hier gibt. Ich glaube, es ist für mich ein Glück, Seyour, daß Sie weder das Passagierschiff noch die *Vingança* befehligen, Seyour. Sonst wäre ich überhaupt nicht hier.«

Iwanow hatte sich umgedreht, um die Dienerin zu beobachten, wie sie geschmeidig zu der Theke hinüberschritt, biegsam in ihrem nahtlosen einteiligen Overall. Er sagte: »Ich entschuldige mich nicht für meine Empfehlung. Sofern Sie das überhaupt etwas angeht. Außerdem hatte das keine persönliche Note. Ich wußte nicht einmal, wer an Bord Ihres Schiffes war.«

»Entschuldigen Sie, wenn ich es *doch* persönlich

nehme«, sagte Talbeck. »Ah, hier ist mein Tee. Sind Sie ganz sicher, daß Sie …?«

»Schluß mit dem Unsinn, Barlstilkin! Ich habe es schon früher mit Goldenen zu tun gehabt. Ich weiß, was ihr von uns haltet und wie ihr uns nennt. Kurzlebige. Ich kenne die kleinen Aktionen, die ihr anstellt.«

Talbeck nippte an seinem Tee. Natürlich stellte er mit einem jeden dieses oder jenes an. Er hatte lange aufgegeben, das nicht zu tun. Das Problem lag darin, daß er Iwanows Typ nur zu gut kannte. Tückisch, kleinkariert und boshaft, auf kleine, billige Art verwundet, so daß er von jedem immer das Schlimmste annahm. Eher seinem Pflichtgefühl als seinen Herren gegenüber loyal, was ihn zugleich naiv und gefährlich machte. Vielleicht war dies der Grund dafür, daß er hierhergeschickt worden war. Eine kleine schmutzige Campagne, um Korruption auszurotten, war zu weit gegangen und war so unterdrückt worden.

»Auch Ihr Schweigen beeindruckt mich nicht«, sagte Iwanow.

»Sie sind ein schwieriger Mann. Es ist nicht leicht, mit Ihnen umzugehen, Seyour. Alles, was ich sage, macht mich schuldig, und ebenfalls alles, was ich nicht tue. Mindestens könnten Sie«, sagte Talbeck, dessen Herz wieder den kleinen Sprung reiner Erregung machte, wie damals, als Iwanow ihm von Dorthys Ausflug auf die Oberfläche des Mondes erzählt hatte, »Sie könnten mir mindestens sagen, was Dr. Yoshida vermutlich getan hat und weswegen ich angeklagt bin.«

»Mit Dr. Yoshida werde ich mich beschäftigen, wenn sie zurückkommt. Was Sie angeht, so wäre die Anstiftung von Meuterei der wichtigste Anklagepunkt, sollte ich meinen. Konspiration, um die Moral aktiver Marineoffiziere zu untergraben, käme sicher hinzu.«

»Ich nehme an, daß ich versuchen könnte, die Gesellschaft der Marineoffiziere zu vermeiden. Aber ich bin ein alter Mann, Seyour. Ich genieße sehr die schmeichelhafte Aufmerksamkeit der jungen Leute.«

»Genießen Sie die, solange Sie können!« sagte Iwanow ironisch. »Und sagen Sie ihnen, sie sollen dieses Ihr weibliches Spielzeug genießen, solange *sie* es können! In weniger als einer Woche werden Sie und Dr. Yoshida auf dem Passagierschiff zurückkehren. Harte Klasse, in der medizinischen Abteilung. Es wird Ihnen schwerfallen, Unruhe zu stiften, wenn Sie sich im Tiefschlaf befinden mit einer Kerntemperatur von minus zwölf Grad. Und ich höre, daß bei Goldenen das Auftauen problematisch ist. Also genießen Sie alles, solange Sie können, Seyour! Nur für den Fall.«

In dieser Richtung gab es noch mehr, aber Talbeck hörte einfach nicht mehr zu. Er entsann sich jetzt, woran Iwanow ihn erinnerte, den ersten seiner Art, der Talbeck begegnet war, den höflichen jungen Diplomaten, der seinem Vater das Ultimatum vor vielen Jahren ausgehändigt hatte, die kaum verhohlene Drohung, daß, falls Duke Barlstilkin IV. sich nicht der Interessengemeinschaft der Fontäne der Jugend anschließen würde, die gesamte Herrschaft über sein Land aufgehoben werden würde. Das hatte in Talbecks Vater einen Wutanfall ausgelöst, den ersten, den er bei diesem selbstbeherrschten Mann erlebte. So viele Jahre tot, getötet, als eine Laserkanone den westlichen Wachturm gefällt hatte. Nach einiger Zeit merkte Talbeck, daß Iwanow nicht mehr da war, und er schaute sich um.

José Navio Alverez saß dicht hinter Talbecks Sessel, die langen Beine ausgestreckt und an den Knöcheln seiner weichen Stiefel aus Zithsa-Fell gekreuzt. Er sagte: »Seyour Barlstilkin, endlich sind Sie wach. Gut. Wir müssen reden.«

»So viele Leute wollen heute mit mir sprechen.« Talbeck führte seine Tasse Tee an die Lippen, aber der war schon ganz kalt. »Ich nehme an, daß Sie hier aus dem gleichen Grunde sind wie Iwanow, aber vielleicht wollen Sie mir gerade erzählen, was Dr. Yoshida getan hat.«

Alverez zog die Beine an und beugte sich nach vorn wie ein Klappmesser, das sich schließt. »Niemand weiß es genau«, sagte er heftig. »Sie ist noch dort unten. Wissen Sie, es waren die Zeugen, die sie gehen ließen. Die Pilotin ist eine davon. Ich habe jemand, der die Funkübertragungen ihrer Anzüge mithört, und ich muß annehmen, daß das auch für Iwanow gilt.«

»Oh, ich wäre gar nicht überrascht.« Talbecks leibeigene Dienerin hatte ein halbes Dutzend mikroskopische Abhörgeräte in seiner Kabine geortet. Ohne Zweifel gab es noch weitere, die sie nicht finden konnte.

Alverez befingerte die Narbe an seiner linken Wange, das Überbleibsel eines Duells, in dem er einen Menschen getötet hatte. Er hatte Talbeck alles darüber mehr als einmal erzählt, höchst stolz über den dummen Streit wegen einer eingebildeten Kränkung. Sie alle waren Kinder, die Verschwörer. Allerdings gefährliche Kinder, so unstabil und explosiv wie ein Quecksilberzünder. Talbeck konnte jetzt die Erregung des Mannes fast riechen. Er fragte: »Was sollen wir tun?«

»Die meisten Wissenschaftler werden uns helfen«, sagte Alverez. »Das heißt die Zeugen. Sie haben den verrückten Glauben, daß es irgendwo im Universum Wesen wie Götter gibt. Die können sich ebenso an den Enden der Wurmlöcher befinden wie sonstwo. Deshalb wollen die Zeugen hingehen und nachsehen. Natürlich hat es keinen Sinn, sie eines Besseren zu belehren; aber für die Gegenwart werden sie auf unserer Seite sein, und das ist alles, was wir brauchen. Mit ihnen haben wir eine ansehnliche Majorität, mehr als genug, um die liebedienerischen Lakaien der WVN zu verdrängen. Es wird«, sagte er wütend, »in unserer Macht liegen, gegen den Feind einen Schlag zu führen, der durch die Korridore der Geschichte widerhallen wird.«

Talbeck empfand einen Anflug von Furcht, als er in

das Gesicht des jungen Offiziers sah, die straffen Züge und die Glut von Fanatismus. Als ob er auf eines Messers Schneide exponiert wäre, hoch über allem anderen und gestoßen von einem grausamen Wind. Nun, er hatte es sich selbst zuzuschreiben, dachte er und überlegte nicht zum ersten Male, ob das nicht trotz all seines Geredes und Rachedursts nicht letztlich an einem unbewußten Willen nach Vergessen läge. Der Flirt mit dem Tod war unter den Goldenen inzwischen so verbreitet, daß er sogar in die populären Mythologien der Sagas Einzug gefunden hatte. Vielleicht waren solche Todeswünsche die faustische Konsequenz des evolutionären Verbrechens angestrebter Unsterblichkeit, des Versuchs, sein Selbst vor der anstürmenden Flut der Zeit zu isolieren, von angehäuften Jahren, die eine Uhr in Gang setzten, die dem Genom eingepflanzt war. Gewiß konnte Talbeck in diesem Moment das Gewicht jedes einzelnen seiner Jahre fühlen, die wie Donner auf seinem Haupt lasteten. »Ich möchte gern mit Gregor Baptista sprechen«, sagte er. »Ich will wissen, ob wir den Zeugen vertrauen können.«

»Wir sollten uns jetzt rühren, sonst könnte der Augenblick verpaßt sein. Die Bürokraten sind langsam, aber nicht gänzlich stupide.«

»Der Humor eines alten Mannes«, sagte Talbeck. »Ich habe einen Instinkt entwickelt, der mir erlaubt zu bestimmen, wann jemand versuchen wird, mir ein Messer in den Rücken zu stoßen. Ich will sicher sein, daß unsere Verbündeten das eher später als früher versuchen werden.«

10

Blaugrüne, graue und kalt cyanfarbene, ins Grün spielende Schuppen wie die Rückenschilde giftiger Käfer, so verschmolzen die ständigen Gewitter des Gasriesen in komplexe, verflochtene Muster. Wirbel lösten sich von den Rändern der Hurrikane von Größe der Erde, horizontale Spuren eisiger Turbulenz zuckten um den Äquator. Aufschlag interstellarer Trümmer hatte die Atmosphäre des Planeten in anhaltendes Chaos gequirlt. Bei sechs Prozent der Lichtgeschwindigkeit hat selbst ein Staubkorn die Leistung einer Fusionsbombe. Colcha war vor diesem Bombardement durch die Gasmasse seines Zentralkörpers abgeschirmt; sonst wäre es schon vor Jahrtausenden zerschmettert worden.

Gerade jetzt war der scheckige Mond ein Fingernagelabschnitt aus Licht vor dieser immensen Turbulenz. Seit dem Ereignis hatte die *Vingança* ihren Orbit um Colcha zu einer Ellipse ausgeweitet mit einer großen Halbachse von mehr als vierzigtausend Kilometern. Für Ang Poh Mokhtars Fähre war es ein weiter Weg hinunter.

Dorthy schwebte an einem dreieckigen Bullauge, festgehalten durch Druck der Fingerspitzen, und beobachtete, wie der kleine Mond sichtlich größer wurde. Ihr Talent erweitete sich langsam – ein vertrautes, wenn auch halb vergessenes Gefühl. *Ich weiß nicht, was du willst, das ich da unten finden soll,* dachte sie, als ob sie zu dem Geist in ihrem Kopf spräche, *aber ich bin gewillt, die Fahrt solange fortzusetzen, wie es wirklich etwas zu finden gibt. Denn es ist an der Zeit, daß ich erfahre, warum ich diesen ganzen Weg hergekommen bin.* Es erfolgte keine Antwort, aber sie hatte natürlich auch keine erwartet.

Ang hing über dem Kontrollgestell neben Dorthy. Kaltes Licht strömte unheimlich über ihr runzliges Gesicht, als sie aus ihrem eigenen Bullauge schaute. Ihr Druckanzug war mit gedrehten Mustern dekoriert, die in dem schwachen Rotlicht der Kabine auf unterschiedliche Schattierungen reduziert waren und immer, wenn sie sich bewegte, gegeneinander in wilden chthonischen Figuren zu rotieren schienen. Nach einer Weile sagte sie beiläufig: »Man sagt, Sie wären die Konkubine des Goldenen. Stimmt das?«

»Wer sagt das?«

»Die Männer natürlich.« Ang lachte plötzlich und überraschend leise. »Nun, sehen Sie, mir ist es gleich, ob dem so ist oder nicht.«

Dorthy sagte: »Ich bin es nicht.« Sie war von dem Hänseln der Mechanikerin überrascht. Was unschuldig geschienen hatte, war jetzt plötzlich von dunklen Obertönen überschattet.

»Männer und besonders brasilianische Männer können nicht den Gedanken ertragen, daß eine Frau unabhängig ist«, erklärte Ang. »Aber ich komme mit ihnen zurecht und, wie ich annehme, Sie auch. Sonst wären Sie nicht hier. Habe ich recht?«

»Ich bin nicht dadurch hierhergekommen, daß ich mit Barlstilkin geschlafen hätte.«

»Niemand würde Ihnen das ins Gesicht sagen, aber das Gerücht geht um. Ich möchte wissen, was man von mir erzählt, aber das kümmert mich nicht. Ich ignoriere sie, und darum bin ich hier, entfernt von all der Kurzweil. Die Männer sagen eines und denken das andere, wenn Sie wissen, was ich meine.«

»Oh, gewiß. Sehen Sie, ich habe seit sehr langer Zeit keine echte Chance gehabt, mit einer anderen Frau zu sprechen.« Angel Sutter in der dunklen Kabine des Flugzeugs auf dem Rückweg nach Camp Zero nach der

Katastrophe beim Stützpunkt des weiblichen Neutrums. Ihr dunkles, starkes und schönes Gesicht im Profil vor der Wüstennacht, nur erhellt durch das Licht der Instrumente an dem kleinen Steuerpaneel. Der silberne Schimmer ihrer Tränen um den Tod ihres Geliebten, Duncan Andrews. Was war wohl aus ihr geworden?

Gefangen in ihren Erinnerungen, war Dorthy entgangen, was Ang gesagt hatte. Sie mußte sie bitten, es zu wiederholen.

»Wissen Sie, daß Sie nicht nur als die Konkubine des Goldenen gelten, denken manche Burschen auch, Sie wären eine interstellare Spionin für die Untergrundregierung von Nowaja Semlja. Und deshalb schlafen Sie mit diesem mürrisch aussehenden Planetologen. Wie ist doch sein Name? Valdez. Oh, wissen Sie, auf einem Schiff kann man nichts geheimhalten. Zumindest nicht vor der Mannschaft.« Ang lachte. Sie zeigte dunkel gefärbte Zähne und einen Packen von etwas Fasrigem, den sie von der einen Backentasche in die andere schob. Die Droge verwischte den Strom ihrer Gedanken und machte es für Dorthy schwierig, sich in diese einzufühlen.

»Ich vermute, es ist dieser widerliche Verbindungsoffizier Iwanow, der dies Gift verbreitet«, sagte Dorthy.

»Sie kennen ihn? Er würde mich beseitigen, wenn er könnte. Vielleicht in ein Vacuum sperren.«

»Machen Sie sich keine Sorge um ihn! Wir können ihn ausfrieren, wenn die Zeit kommt. Leute seines Schlages gab es bei BD 20 in der ganzen Flotte, wie Ratten in einem Kornspeicher. Sie fürchteten wohl, daß wir alle zum Feind überlaufen würden, wenn wir auch nur eine halbe Chance bekämen.«

Als Colcha den Gasriesen zu bedecken begann, plauderten sie über die Alea-Kriege. Dorthy gab eine sorgfältig bearbeitete Version von dem, was ihr auf P'thrsn widerfahren war; und es stellte sich heraus, daß Ang im System von P'thrsn nach ihrer Fahrt zu BD 20 ein Jahr lang als Vorposten auf weite Entfernungen Dienst getan hatte. Damals hatte sie sich den Zeugen angeschlossen, obwohl sie nichts über die näheren Umstände sagen mochte. Sie war eine Einzelgängerin, zog aber die formale Leiter von Beziehungen vor, die die Marine der zivilen Gesellschaft bot. Wenn man seine Nische fand, war man für das ganze Leben versorgt. So lautete ihre Philosophie. Sie hatte nicht vor, den Dienst zu quittieren wie so viele altgediente Piloten, obwohl sie mit einigen Kameraden Verbindung hielt, die sich der Erkundung mit Einzelschiffen zugewandt hatten. Darunter war sogar einer, der einen 0,99 bewohnbaren Planeten im System Alpha Phoenicis entdeckt hatte. Jetzt gab es dort ein halbes Dutzend Siedlungen, und mit seinem Anteil an den Erträgen der Kolonie hatte der Mann sich sein eigenes Einzelschiff gekauft, wobei noch genug übrig blieb, um ein Jahrhundert Behandlung mit Agatherin zu garantieren.

»Um Ihnen die Wahrheit zu sagen, weiß ich nicht, ob er lange genug leben wird, um das zu genießen«, sagte Ang. »Er ist gerade jetzt wieder unterwegs, mehr als siebzig Lichtjahre zu einem Stern der Spektralklasse K, Kaus Coronae Borealis. Er ist nur zufrieden, wenn er wieder einmal unsicheren teleskopischen Daten nachjagt, wobei er sich weiter hinauswagt als jemand sonst und alle Zeichen von Zivilisation hinter sich läßt.«

Ang sagte das leise, als einen Segen für etwas, das vertrocknet war, ohne daß sie es bis jetzt bemerkt hatte. Dorthy fühlte die Trübsal der Frau und wandte sich ab, um das chaotische Terrain des scheckigen Mondes anzustarren. Eine Ebene, verdorrt und zerrissen durch tausend parallele Sprünge. Ein Feld erodierter Krater, eine flache schwarze Fläche, punktiert mit weißen Fahnen gefrorener Gase. Von hundert Kilometern Durchmesser bis hinab zu Flecken nicht größer als ein kleiner

Krater. Die radikal verschiedenen Typen wechselten sich ab ohne erkennbares Muster.

Mit Ausnahme der Schächte.

Ang beobachtete die Loran-Anzeige und die Radar-Entfernungsmesser, darum sichtete Dorthy ihr Ziel als erste. Es sah buchstäblich aus wie ein vollkommener schwarzer Kreis im Zentrum der sanft konvergierenden Abhänge eines großen Kraters. Es erinnerte Dorthy an etwas, das sie fast jeden Tag ihrer kurzen Kindheit in der kleinen australischen Walfangstadt gesehen hatte – die kleinen Gruben, die Ameisenlöwen im Sandboden der freien Plätze zwischen Wohnblocks gegraben hatten. Kinder warfen Ameisen in diese Fallen und sahen mit Begeisterung zu, wie die auf dem Boden verborgene Kreatur Sandkörner schleuderte, um die zappelnde Ameise aufzuscheuchen und auf den Grund des vollkommenen Hohlkegels der Grube zu stoßen. Dann gab es dort eine kleine Eruption, als das winzige Monstrum aus dem Versteck kam, um sein Opfer zu verschlingen. Während sie durch das dreieckige Bullauge der Fähre auf die rätselhafte Öffnung blickte, empfand Dorthy einen leichten Schauder irrationaler Angst, daß etwas Furchtbares jederzeit aus den unendlichen Tiefen hervorbrechen könnte. Was hatte der Pilot gesehen, als das Licht eines anderen Universums um ihn ausbrach? Oder vielleicht war es gar nicht ihre eigene Angst. Vielleicht rührte sich der Passagier in ihrem Schädel unten im Reptilkeller ihres Gehirns zwischen den mattroten Fluten primärer Hormone.

»Anschnallen!« sagte Ang energisch. »Wir gehen runter.«

Der Schlepper driftete über den riesigen Krater und landete an seinem Rand, einige hundert Meter von einem kleinen Instrumentenaggregat und der geneigten Parabolschüssel einer Verbindungsantenne entfernt. Während Ann eine diagnostische Prüfung der Instrumente durchführte, begab sich Dorthy zum Rand des Kraters, der wie ein Trichter in den Schacht führte. Sie verfiel bei der verminderten Schwerkraft fast automatisch in das känguruhartige Hüpfen, das sie auf Fra Mauro gelernt hatte.

Spinnfadendünne Sensorkabel verliefen von den Instrumenten Hunderte Meter weit nach allen Richtungen, anscheinend rund um den ganzen Krater. Dorthy schlurfte bis zu der genau definierten messerscharfen Kante, wo ein Kabel abbog, um den glatten steilen Abhang hinunterzuführen. In dem steifen Schutzanzug durch die Masse ihres Versorgungspakets gebeugt, blickte sie in den Schacht hinunter. Ihr Atem war laut in der Blase des Helmes.

Es machte ihr keine Angst mehr. Der Maßstab war so ungeheuer, daß für Angst kein Platz war. Es war ebenso wenig mehr eine Bedrohung wie Ayer's Rock oder der Grand Canyon.

Die kleine Sonne stand hinter ihrem Rücken, und Dorthys Schatten wurde ein weites Stück den Kraterhang hinuntergeworfen, groß und schwarz abgezeichnet vor blassem Staub. Viele grüne Halos bildeten Reflexe in der Helmblase. Der lange Abhang fiel ab zu der pechschwarzen, kilometerweiten Öffnung des Schachtes. Colcha war so klein und der Krater so groß, daß die gegenüberliegende Kante eine glatte Kurve aus dem Horizont schnitt, wo der Gasriese den halben Himmel erfüllte. Dorthy konnte den Doppelstern der *Vingança* und des Passagierschiffs knapp erkennen, wie er vor Wirbeln aus blaugrünen Federwolken eines monströsen Tornados am Äquator des Planeten hing.

Lange Zeit stand sie bloß da und ließ den Anblick in sich eindringen, während das Gegenmittel seine letzten Veränderungen bewirkte. Ihr TALENT war nach seinem sehr langen Schlaf so fremdartig und zugleich vertraut. Angs Gedanken, früher nur unzusammenhängende Funken, fügten sich allmählich zusammen zu einer kraftvoll strömenden Fontäne, die Dorthys Aufmerksamkeit aus ihrem eigenen stillen Zentrum herauszog. Sie mußte ihre Aufmerksamkeit konzentrieren.

In dem steifen und unbeholfenen Druckanzug konnte sie nicht die Lotushaltung einnehmen, schaffte es aber, sich an der scharfen Kante des Kraters halb hinzuhocken, die Hände in ihren Handschuhen im Schoß übereinander gelegt. Sie sah, daß der Staub langsam brodelte. Körner krochen hoch, als ob sie sich um eine perfekte Anordnung bemühten. Sie bildeten radiale Linien und zerfielen wieder, ordneten sich aufs neue ... Sie fuhr mit dem Handschuh durch den Staub. Sofort erhoben sich chaotische Wirbel, die sich langsam in dem allgemeinen linearen Brodeln auflösten.

Aber es gab keine Zeit, sich darüber zu wundern. Sie war hier, um unter die Oberflächen zu blicken. Ruhe, Ruhe, finde das Zentrum! Es war schon lange her, aber die Gewohnheiten der Meditation, *Sessan Amakuki,* gab es noch. Sie warteten nur darauf, daß man sie rief.

Langsam sank sie von Ang weg, von ihrem eigenen Selbst. Sie sank in *Samādhi,* in das notwendige Vergessen, aus dem für sie alles Verstehen floß.

Und nach einem zeitlosen Intervall blähte sich ein schwarzes Stäubchen in der Schachtöffnung. Deren Dunkelheit kehrte sich um, und Sterne ergossen sich aus dem Zentrum – Tausende über Tausende dicht gedrängter Sonnen, die in heißen, lebhaften Farben strahlten.

Der Kern.

Dorthy erkannte ihn sofort. Die Alea hatten ihn ihr auf P'thrsn gezeigt, und sie war in ihren Träumen immer und immer wieder zu ihm zurückgekehrt... falls es wirklich ihre Träume gewesen waren.

Der Schacht schrumpfte vor Dorthy, und sie tauchte ein zwischen dicht gepackte Haufen von Sternen. Es war, als ob man in ein Schmuckkästchen fiele, vorbei an doppelten, drei- und vierfachen Systemen, die sich in feierlichen Pavanen drehten. Viele waren helle rote

Riesen der Population II, die ihre üppige Jugend verstrahlten. Das war nicht der gegenwärtige Kern, sondern die Galaxis kurz nach ihrem Zusammenschluß, noch sehr verheißungsvoll. Ihre Sterne verpraßten ohne den mäßigenden Effekt schwerer Fusionsprodukte sagenhafte Vorräte an Wasserstoff.

Sterne fielen hinter ihr zurück; und da war der Materie aufsammelnde Diskus im toten Zentrum der Galaxis, eine dünne Spirale, deren Grenzen mehr durch die Artefakte gekennzeichnet waren als durch ihre schwache ultraviolette Fluoreszenz. Die riesengroßen Konstrukte wurden durch Schwärme von Dingen bedient, die teils Maschinen, teils Organismen und so groß wie Raumschiffe waren. Einige waren in den Gezeiten der Spirale um die Sammelscheibe eingebettet, andere waren irgendwie am virtuellen Horizont des Diskus in Raumzeit gefangen, aber die meisten bildeten eine ungleichmäßige Schale von einem Dutzend Lichtjahren Durchmesser um den Diskus. In einer Myriade unterschiedlicher Morphologien tanzten die lebenden Maschinen zur Wartung auf Artefakten der Größe von Planeten, oder sie schwärmten in Wurmlochstationen hinein oder heraus. Dorthy sah, wie sie auf sich verschiebenden Fehlstellen *zwischen* Galaxien fuhren. Es war die goldene Zeit der Intelligenz im Weltall. Der Kern war ein Kreuzweg, wo sich die Bewohner von tausend Galaxien in der Lokalen Gruppe trafen und vermischten.

Dann war es vorbei. Die Galaxis rotierte zweimal, und die riesigen Konstruktionen, die um das Schwarze Loch kreisten, waren leer und still. Viele waren in der Gravitationssenke des Schwarzen Lochs eingefangen und liefen in Spiralen durch die zunehmend hellere Fluoreszenz des Sammeldiskus, wie Motten aufflammend, die zu nahe an das Feuer fliegen, wenn Gezeitenkräfte ihre Moleküle zerrissen. Die Galaxis drehte sich wieder. Plötzlich glitzerten die wenigen restlichen

Artefakte mit winzigen Schiffen, die um sie herumschwärmten, wie sich Elritzen um den Kadaver eines ertrunkenen Riesen sammeln. Die Marodeure waren angekommen.

Dorthy wurde diese Geschichte gelehrt durch eine Zapfstelle in ihrem Bewußtsein, von deren Existenz sie gewußt hatte. Ihr Passagier war nicht bloß ein Implantat, ein Bündel falscher Erinnerungen, die darauf warteten, durch das richtige Stichwort ausgelöst zu werden. Nein, er war aktiv, selbstbewußt und zielsicher. Er hatte nicht geschlafen, sondern beobachtet, auf seine Zeit und Chance gewartet. Jetzt packte er sie, wie der Erinnerungsdraht sie auf P'thrsn ergriffen hatte, nachdem sie von der Sippe des weiblichen Neutrums gefangen worden war. Dieser Draht hatte ihr einen Teil der Geschichte des Bürgerkrieges eingeimpft und, dessen war sie sich sicher, den Passagier einquartiert. Und was noch? Was hatte er ihr sonst noch angetan?

Ein Adrenalinstoß durchfuhr sie, eine Fluchtreaktion. Für einen Moment war sie sich wieder ihres Körpers bewußt, der in den steifen Druckanzug gezwängt war. Und Ang war ganz nahe. Dorthy wandte sich von dieser Realität ab, überschaute die Ablenkung von Angs Gedanken und blickte weiter und tiefer in ihr Ich, als sie zuvor je gewagt hatte.

Bilder tauchten vor ihr auf, geboren aus heißen primitiven Ängsten. Ein verzerrtes priapisches Bild von Onkel Mishio mit dem tückischen Blick seines einen Auges. Die Gefangenschaft auf P'thrsn, dessen spiralige Lichtspuren in dem Hochofenlicht der roten Zwergsonne flimmerten und dessen zahlreiche Spitztürme den hyperintelligenten neuen männlichen Alea zum Zwerg machten, der aus gefühllosen Kindern frisch verwandelt war als Antwort auf menschliche Präsenz, auf die er sich den inneren Abhang des erloschenen Vulkans hinabarbeitete. Wieder stand sie nahe dem oberen Ende des Spiralwegs des Gewahrsams, mit dem Rücken zu einer gekrümmten Wand, die geschichtliche Inschriften trug, als ein neues männliches Wesen mit mörderischer Absicht anrückte. Die Kapuze um sein Gesicht war in Blut getränkt und seine Hände mit ihren Klauen waren gegen sie erhoben. Wieder war sie in der Lagerstatt des alten weiblichen Neutrums, dessen neue männliche Diener in wilder Panik waren. Duncan Andrews, über dem das weibliche Neutrum aufragte, erhob ruhig sein Gewehr, bereit zu sterben. Das weibliche Neutrum fiel sofort hin, und Duncan Andrews rief Dorthy zu wegzulaufen, kurz bevor er zerrissen wurde.

Dorthy wich zurück und kämpfte sich durch die Rhythmen ihres Stoffwechsels (als ob man in Falten aus staubigem, blutrotem Samt stieße, eine erstickende Klaustrophobie), selbst dann noch, als sie erkannte, daß diese Bilder eine Schranke waren, die das Ding errichtet hatte, das schon vor ihr floh und wie Blut im Sand in die vor die Stufe der Säugetiere zurückreichende Schicht ihres dreigegliederten Gehirns versickerte. Sie wagte nicht zu folgen. Dieser Weg führte nur zur Katatonie, denn sie hatte keine Karten. Geschlagen, wie ein mürrischer Schläfer, der aus einem bösen Traum erwacht, kämpfte sie sich ins wache Bewußtsein zurück.

11

Dr. Gregor Baptista, der Führer der Zeugen, war ein gebeugter alter Mann mit einem runden Gesicht so milde wie Milch, das von einem strähnigen Heiligenschein weißer Locken und einem sauber gestutzten Bart eingerahmt war. Er betrat die kleine Kabine tief in den verlassenen Wohndecks der *Vingança* auf den Arm einer jungen Frau gestützt. Sie richtete besorgt die Kissen auf dem Lehnstuhl, ehe sie ihn hineinsetzte, und servierte ihm eine der kleinen Tassen mit bitterem Kaffee, die Alverez hatte herunterbringen lassen. Dann setzte sie sich zu seinen Füßen hin wie ein Hund vor seinen Herrn.

Talbeck und Alverez, die nebeneinander auf der staubigen Matraze der Liege saßen, rückten in der übervollen Kabine eng zusammen. Als Platz für eine Zusammenkunft ließ sie fast alles zu wünschen übrig; aber selbst Iwanow hätte nicht eine jede der Kabinen in den Wohnsektoren verwanzen können. Talbecks Dienerin stand draußen als Wache. Alverez hatte angedeutet, daß er seine eigenen Vorkehrungen getroffen hätte, und ohne Zweifel hatten die Zeugen dasselbe getan. Trotz seiner Bedenken gaben die sich überdeckende Geheimhaltung und die erzwungene Intimität der kleinen Kabine Talbeck ein Gefühl, daß endlich etwas passierte.

Baptista kam sofort zur Sache. Er sagte in makellos reinem, wenn auch etwas gespreiztem Portugiesisch: »Wir haben Dr. Yoshida auf der Oberfläche von Colcha überwacht. Sie ist in Trance verfallen; aber wie Sie uns geraten haben, Seyour Barlstilkin, haben wir uns vergewissert, daß sie einen tonlosen Kommentar gab. Ich muß sagen, daß ich entzückt bin über die Wirksamkeit des chemischen Mittels.«

»Ich habe eine Menge harter Währung bezahlt, um den Auslöser in Erfahrung zu bringen, den das Kamali-Silver-Institut bei Dorthy benutzt hat, während sie dienstverpflichtet war. Ich freue mich, daß Sie denken, es ist den Preis wert gewesen.«

»Falls Sie glauben, Sie wären berechtigt zu erfahren, was Dr. Yoshida gesagt hat, so wird es mir ein Vergnügen sein, Ihnen möglichst bald eine Niederschrift zu geben. Darf ich zusammenfassen?«

Alverez sagte: »Die Wurmlöcher sind ein Weg zum FEIND. Das ist alles, was wir besprechen müssen.«

Baptista lächelte. »Mir scheint, wir sind alle in Dr. Yoshidas Gedanken eingeweiht.«

»Sie benutzen doch Marinegerät?« fragte Alverez.

»Gewiß. Wiederum sind wir dankbar. Dann sind wir vielleicht alle gleicher Meinung. Es ist ganz klar, daß Colcha nur ein Terminus ist oder eine Wegstation. Es ist kein Ende an sich, aber ein Anfang. Der Weg in den Kern der Galaxis steht offen. Wie Sie, Leutnant Alverez, sind auch wir darauf erpicht, ihn zu gehen – wenn auch aus einem anderen Grund. Sie wollen Ihrer Ehre genügen. Wir glauben, daß die ganze Menschheit an der Schwelle eines Quantensprungs in konceptueller Evolution steht, hinweg von rein planetar orientierter Zivilisation. Ein solcher Schritt ist notwendig, wenn wir den Aufstieg zu reiner Bewußtheit vollenden wollen; und es ist wesentlich, daß er begonnen wird, ehe die Menschheit durch unkontrollierte Zivilisation der näheren Sterne zerstückelt wird. Colcha selbst wird keinen Anstoß liefern, aber vielleicht wird es das tun, was dahinter liegt. Das muß ich wohl glauben, wenn ich überhaupt etwas von Dr. Yoshidas Vision verstehe.«

»Oder es könnte auch nicht mehr als ein Trick des Feindes sein«, sagte Alverez. »Ich bin ein Mann der

Taten. Dr. Baptista, Sie haben vollkommen recht. Verzeihen Sie mir, wenn ich nicht an Theorien galaktischen oder universellen Bewußtseins interessiert bin. Mich interessiert, was ich weiß und was ich tun kann. Was ich weiß, und meine Kameraden auch, ist, daß wir durch den Schacht gehen müssen, um herauszufinden, ob Colcha wirklich das Werk des Feindes ist. Falls ja, wird uns das eine Chance ohnegleichen geben, direkt in sein Herz zu stoßen. Hier steht die Ehre der Navy auf dem Spiel. Wir verteidigen die Menschheit durch Taten, und nicht durch Postenstehen. Wir hätten P'thrsn zerschmettern sollen, als wir die Gelegenheit dazu hatten; aber die Zivilisten, die die Macht über uns ausüben, waren zu schwach und zu schüchtern. Und so ist es auch hier.«

Alvarez sah Baptista herausfordernd an, aber der alte Gelehrte war zu höflich, um nach dem Köder zu schnappen. Er lächelte und sagte, falls die Alea das Übergeschwindigkeitssystem geschaffen hätten und wenn es eine Bedrohung der Menschheit darstellen sollte, würden die Zeugen nicht verzweifeln. Eine solche Bedrohung könnte die Menschheit nur vereinen, so wie sie während des Krieges gegen die Alea bei BD 20 einig gewesen war. Vereint könnten sie auf der Bühne der galaktischen Geschichte voranschreiten, indem sie den Weg gingen, den so viele andere intelligente Rassen gegangen sein mußten. Oder waren die Galaxis und das Weltall nicht berstend voller Zivilisationen? Dorthy Yoshida hatte von einer pangalaktischen Zivilisation berichtet, die vor Milliarden Jahren vergangen war. Wohin? Die Menschen müßten das herausfinden und das Recht erwerben, zu folgen.

Es kam noch viel mehr in dieser Stimmung. Während Baptista redete, begann Talbeck einen zunehmenden, mit Schwindel verbundenen Alarm zu fühlen. Er wußte recht gut, wenn jemand eine Sache predigte, an die er nicht wirklich glaubte. Er hatte es mit Karrierepolitikern zu tun gehabt lange, ehe Alverez geboren war, in seinen Jugendjahren des Kombinats der Jugendfontäne: Aber Baptista, der es in der starren Hierarchie der Zeugen weit gebracht hatte – einer Hierarchie, die viel starrer war, als Dante den Kreisen des Paradieses zugebilligt hatte –, predigte aus vollem Herzen. Es schien, als seien die Zeugen nicht nur ein weiteres Glied in der langen Kette chiliastischer Bewegungen, die mehr darauf aus waren, Kanonenfutter zu rekrutieren, als Glauben zu verbreiten. Nein, sie waren unendlich gefährlicher als jene; denn sie waren echte Fanatiker bis in die obersten Ränge.

Baptista sprach lange. Sein Sermon, der nur allein durch den Faden seiner Stimme getragen und melodiös gemacht wurde durch die von Natur reichen Reime und Rhythmen der portugiesischen Sprache, entwarf ein ausgedehntes farbiges Wandgemälde. Er redete über die unausweichliche Existenz von Milliarden Zivilisationen im ganzen Weltall angesichts der Tatsache, daß sich eine und eine halbintelligente fremde Species innerhalb einiger Lichtjahre von der Erde entwickelt hätten, und daß es riesige Maschinerien gäbe, die das Schwarze Loch im Herzen des galaktischen Kerns umkreisten und von der alten pangalaktischen Zivilisation aufgegeben worden wären. Er redete über die Evolution bewußter Wesen jenseits der Grenzen von Fleisch, Blut und Maschinen hin zu Organisationen von Energie, die letztlich das ganze Universum erfassen würden. Vielleicht würde es ein Kollektivbewußtsein sein, sagte er, ein einziges Überwesen, das aus Elementen aller intelligenten Arten bestünde. Er redete über Rassengedächtnis und die Entwicklung der empathischen Talente als Vorläufer dieser Kollektivierung – ein Geschwätz von Unsinn nach Jung, das Talbeck letztlich beruhigte, der nur zu gut die Art und Weise kannte, in die Pseudowissenschaftler hinabzusteigen pflegten, wenn sie versuchten, das

Irrationale zu rationalisieren, ohne Gott ins Spiel zu bringen.

Zuletzt lächelte Baptista und klatschte in die Hände, als ob er einen Zauber bräche. Alverez streckte seine langen Beine aus. Die Absätze seiner Stiefel aus Zithsaleder zogen Furchen durch jahrzehntealten Staub. Die junge Frau, die Baptista zu Füßen gesessen hatte, und die Talbeck fast vergessen hatte, goß ihrem Meister eine frische Tasse Kaffee ein.

Baptista dankte ihr und nippte daran. Dann sagte er, er glaube, es müßte intelligente Species geben, die in Zustände des Seins gelangt wären, die Menschen sich kaum vorstellen könnten, die aber nicht so entwickelt wären, um gänzlich unbegreiflich zu sein. An diese Species von Halbgöttern könnte man vielleicht herantreten und Bitten vortragen. Die Menschheit müßte ihren Wert dadurch beweisen, daß sie den Versuch unternähme, oder sie müßte klaglos untergehen – so sicher, wie viele andere Species dahingeschieden wären.

Inzwischen sah Alverez mit finsteren Blicken auf die von ihm hinterlassenen Spuren auf dem staubigen Fußboden, und Talbeck fragte Baptista, wie die Zeugen der rebellischen Besatzung helfen könnten, die Kontrolle über das Schiff zu erlangen.

Baptista lächelte. »Nun, Seyour Barlstilkin, wir sind bereit, sofort zu handeln, mit oder ohne Ihre Hilfe und die von Leutnant Alverez und seinen Kameraden.«

Alverez blickte überrascht auf: »Wir können ebenso rasch handeln wie Sie. Aber ich weiß nicht, ob wir uns so rasch rühren *müssen*.«

»Dr. Yoshida hat den Weg festgelegt«, sagte Baptista. »Was brauchen wir noch mehr?«

Da kam eine Stimme von oben: »Alles, was Sie tun müssen, ist da zu bleiben, wo Sie sind. Sie stehen alle unter Arrest.« Es war die Stimme von Alexander Iwanow.

Alverez sprang auf und fummelte an der Klappe seines eleganten Pistolenhalfters; aber ehe er die Waffe ziehen konnte, flog die Falttür beiseite, und zwei Männer schleuderten ihn auf die Liege. Der Ellbogen von jemandem erwischte Talbeck an der Kinnspitze und schickte ihm einen stechenden Schmerz direkt ins Gehirn. Vor Tränen blind, bemerkte er kaum, wie Alverez, eine Waffe gegen den Kopf gedrückt, hochgezogen und aus der Kabine gezerrt wurde.

»Wirklich ein bejammernswerter Anblick«, sagte Iwanow. Talbeck konnte ihn durch einen Tränenschleier kaum sehen, nur wie einen Schatten in dem erleuchteten Rechteck der Tür. »Ich hatte mir einige Aufregung versprochen, aber Sie haben es mir so leicht gemacht. Vermutlich Arroganz. Sie denken, weil ich keine teuer geschmückte Uniform trage und weil ich nicht aus einer Familie mit *Namen* komme, wäre ich harmlos. Man könnte mich mißachten. Sie sind nicht die ersten, die diesen Fehler begehen.«

Talbeck zwinkerte heftig, um die Tränen aus den Auge zu bekommen. »Ich unterschätze niemanden«, sagte er. »Ich muß annehmen, daß Sie mir oder Alverez ein Abhörgerät eingesetzt haben.«

»Das war nicht nötig. Es gibt Telephonleitungen im ganzen Schiff. Ich habe sie alle aktiviert, und ein Computer hat Gespräche auf Schlüsselworte ausgesiebt. Eine sehr alte Technik, aber höchst wirksam. Ich bin vielleicht ein Kurzlebiger, Seyour Barlstilkin, aber ich bin ein Kurzlebiger, der Ihr Schicksal besiegelt hat. Auch das Ihre, Dr. Baptista.«

Baptista lächelte bloß.

»Sie müssen es glauben«, sagte Iwanow und schaute sich um, als von hinten Geräusche eines Kampfes kamen. Ein erstickter Fluch und der laute Krach, wie jemand auf menschliches Fleisch schlug. Er sagte: »Ihr zwei hättet ihn besser auf dem Boden festhalten sollen, wenn er sich nicht benehmen will. Meinetwegen sich ihm auf den Kopf setzen. Seht nur zu, daß wir ihn nicht erschießen müssen! Zuerst muß ein Prozeß kommen. Irgendwer wird mir mit den anderen helfen.«

Er trat beiseite, um noch einen bewaffneten Mann in die Kabine zu lassen. Das Mädchen zu Füßen Baptistas stieß ein entnervendes, unterdrücktes Geheul aus und warf sich auf den Wächter. Metall blitzte auf, als sie ihren Arm nach oben und dann nach unten riß. Das kleine Messer, welches sie von irgendwoher gezückt hatte, traf den Mann im Gesicht so heftig, daß Talbeck deutlich hörte, wie sein Kinnbacken knackte. Seine Pistole fiel zu Boden, als er mit beiden Händen sein blutiges Gesicht hielt. Mit mehr Geistesgegenwart, als Talbeck ihm zugetraut hätte, nahm Iwanow die Pistole des Verwundeten auf. Er trat vor dem wilden Schwung des weißgesichtigen Mädchens zurück und schoß aus der Hüfte.

Das erste Geschoß traf den Arm des Mädchens und machte ein Loch dicht über dem Ellbogen. Sie machte eine leichte Pirouette, und der zweite Schuß traf sie hinter dem Ohr. Aus ihrem Hinterkopf flog etwas heraus und bespritzte die Wand, als sie nach hinten fiel. Ihre Absätze polterten einen Augenblick lang auf dem staubigen Boden, und dann war sie still.

Iwanow hob das Messer auf und stieß schwarzes Haar zurück, das ihm ins Gesicht gefallen war. Einen Moment dachte Talbeck, daß er auf der Stelle erschossen werden würde; aber Iwanow winkte ihn und Baptista einfach auf den Korridor hinaus.

Alverez saß auf dem Fußboden gleich vor der Kabine, die Hände über dem Kopf gefaltet und die Pistole des Wächters übers Ohr gepreßt. Die Nasenwurzel war purpurrot angeschwollen, und helles Blut netzte seinen sauber getrimmten Schnurrbart. Talbecks Dienerin stand in dem engen Gang etwas weiter entfernt, bewacht von einem dritten Mann. Sie wollte zu ihrem Herrn eilen, als Talbeck aus der Kabine kam, aber der machte ein schnelles Handzeichen, und sie wich zurück.

»Das ist gut«, sagte Iwanow. »Sie ist wertvoll, und ich möchte ihr nicht schaden.« Schnell und grob untersuchte er den Wächter, den das Mädchen angegriffen hatte, und tat die Verletzung als Fleischwunde ab. »Sie müssen meine Helfer entschuldigen«, sagte er zu Talbeck, »aber das sind alle, die ich zur Hand hatte. Jetzt werde ich Sie beide durchsuchen müssen.«

»Natürlich«, sagte Talbeck und duldete es ohne Murren, daß der Mann, der über seiner Dienerin stand, seine Jacke und die weiten Hosen abklopfte. Die Berührung des Wächters war zögernd und bebend, als ob er kaum glauben könnte, daß er zu dieser Kränkung autorisiert wäre. Talbeck selbst war nicht absolut ruhig. Er konnte tief in seinem Innern ein feines Zittern spüren, wie eine angezupfte Saite, deren Ton oberhalb der Hörschwelle liegt. In seinem Atem war eine brennende Schärfe, als ob die Luft plötzlich so dünn geworden wäre wie auf dem Gipfel eines hohen Berges. Er fing Baptistas Blick auf. Obwohl er mit dem Blut und Gehirn seiner Jüngerin bespritzt war, behielt der Zeuge sein heiteres Lächeln bei.

Talbeck wagte kaum zu hoffen, was diese Heiterkeit bedeuten könnte. »Sie haben einen Prozeß erwähnt«, sagte er zu Iwanow, als der Wächter sich anschickte, Baptista zu durchsuchen. »Als Zivilist beanspruche ich das Recht, von meinen Peers einen Prozeß zu bekommen. Ich unterliege nicht dem Militärgesetz.«

»O nein«, sagte Iwanow schadenfroh. »O nein, Sie werden bald herausfinden, wie sehr Sie sich irren. Sie sind an Bord eines Schiffs der Marine der Föderation in einer erklärten Kriegszone. Wußten Sie das nicht? Jammerschade. Sie werden Glück haben, wenn Sie etwas mehr als ein summarisches Gehör finden, ehe man Sie splitternackt auszieht und aus der Luftschleuse stößt. Verleitung zur Meuterei, Verschwörung gegen die Autorität des kommandierenden Offiziers des Schiffs – jedes davon wird Ihnen einen sehr persönlichen Orbit bescheren.« Sein Grinsen straffte seine blasse Haut bis zu den hohen Wangenknochen. Er sah aus wie ein Totenkopf. »Und ich werde da sein und zusehen. Das letzte, was Sie sehen, ehe Ihnen die Lungen zum Hals herausquellen, wird mein Gesicht sein.«

»Darauf würde ich mich nicht verlassen«, sagte Baptista; und die Lichter gingen aus.

Die Dunkelheit währte nur einen Augenblick, bis der fahle Schein der Notbeleuchtung knackend ansprang; aber die Zeit genügte dafür, daß die leibeigene Dienerin den Wächter tötete, der sie festhielt, und daß Alverez dem Posten, der über ihm stand, die Pistole entriß und auf Iwanow richtete.

»Erschießen Sie ihn nicht!« sagte Talbeck ruhig. Seine Dienerin hielt ihm die Pistole des toten Wächters hin. Er nahm sie von ihr, obwohl er nicht die leiseste Absicht hatte, sie zu benutzen.

»Das wollte ich auch nicht. Noch nicht«, sagte Alverez. »Leutnant, Sie haben immer noch die Chance, ehrenvoll zu sterben«, erwiderte Iwanow. »Geben Sie jetzt auf! Ich werde beim Prozeß ein gutes Wort einlegen.«

»Jesus Christos, halten Sie mich für einen verdammten *Piraten* oder so etwas?« Alverez atmete schwer durch den Mund. »Es scheint, daß wir unsere hübsche kleine Revolution eher haben, als geplant. Dr. Baptista, ich danke Ihnen für Ihre Hilfe. Aber ich hoffe, daß Ihre Leute so vernünftig sind, sich aus dem Weg zu halten, bis das Schiff sicher ist.«

»Leider kann ich nicht für sie sprechen.«

»Dann beten Sie für sie!« sagte Alverez sanft. »Es wird kein leichter Kampf sein.«

»Er wird leichter sein, als Sie glauben, Leutnant«, sagte Baptista. In der Ferne erklang ein Gerumpel, eine Baßvibration, die Talbeck durch die Knochen ging. Die Notbeleuchtung flackerte und wurde wieder gleichmäßig bei schwächerem Glühen.

Alverez schrie: »Da macht sich eine Sektion los. Baptista, haben Sie das veranlaßt? Sind Sie wahnsinnig?«

»Ein Wohnmodul, um genau zu sein. Die Bergung der Wissenschaftler und des Marinepersonals an Bord wird den Kapitän des Passagierschiffs beschäftigt halten, während Sie, Leutnant, die *Vingança* durch das Wurmloch bringen.«

Baptista trat zurück; und plötzlich waren ein halbes Dutzend Leute um ihn, alle mit Pistolen bewaffnet. Als ob sie aus dem Oberdeck gesprungen wären ... Nein, es gab einen Fallschacht in der Ecke des Korridors. Einen Moment lang dachte Talbeck, es wäre seine Begleitung. Aber die hatte er in Melbourne zurückgelassen. Er war allein hier. Die Zeugen hatten Alverez an eine Wand gedrängt und ihm die Pistole abgenommen. Talbeck verbeugte sich vor Baptista und übergab seine eigene Pistole einer Frau, die er als die Leiterin des Teams für planetare Erkundung erkannte.

Baptista sagte den umstehenden Leuten: »Evangeline ist tot. Sie starb im Kampf für uns alle; und zu gegebener Zeit müssen wir ihrer gedenken. Schafft Iwanow und seine Helfer hinaus und erschießt sie! Barlstilkin und Alverez dürfen leben. Sie könnten für uns von Nutzen sein.«

12

Eine grellbunt gekleidete Figur stand über Dorthy. Ihr Gesicht war eine goldene Schale, die ihre eigene Person im Druckanzug widerspiegelte, die stämmigen Beine ungeschickt gespreizt und einen Handschuh halb zum Helm erhoben.

Angs Stimme sagte ihr ins Ohr: »Es ist vorbei, Dr. Yoshida. Kommen Sie jetzt! Es ist Zeit zu gehen.«

»Bitte nur noch einen Moment, Ang! Ich bin auf einem Trip gewesen.«

»Oh, ich weiß. Ich war mir nicht sicher über all dies verfluchte Gedankenlesen, bis Sie anfingen zu stammeln. Los hier!«

Trotz der geringen Schwerkraft des Mondes brauchte Dorthy Angs Hilfe, um auf die Füße zu kommen. Ihre Beine waren durch Krämpfe verknotet. Die Furcht der anderen Frau erfaßte sie. »Stammeln? Das habe ich nicht getan, seit ich ein kleines Kind war. Na ja, macht nichts. Wichtig ist, daß ich Bescheid weiß. Ich weiß!«

Die Geschichte des Kerns lief immer noch irgendwo in Dorthys Geist ab. Der Krieg der Marodeure gegen andere Sippenvölker der Alea, die Flüchtlinge, die aus dem Kern in die Myriaden Feldsterne der Spiralarme enteilten … »Ich weiß, wohin es geht!« Sie fühlte ein manisches Grinsen, das ihre Kinnbacken gegen den Rand der Helm-Auskleidung preßte. »In das Loch hinunter! Die ganze Strecke hinein … bis zum Zentrum!«

Ang machte eine ungeduldige Geste. Ihre Hand im Handschuh beschrieb einen flachen Bogen von der Brust weg. »Natürlich. Aber wir sind hinter dem Zeitplan zurück, und es ist wirklich Zeit zu gehen.«

»Ich weiß. Den ganzen Weg bis zum Zentrum der Galaxis. Zum Kern. Da passiert es, und da ist es immer passiert.«

»Sie sind außer sich. Los jetzt, Dorthy Yoshida! Wir machen uns auf den Rückweg.«

»Ja, natürlich. Ich muß Barlstilkin berichten. Und Abel Gunasekra. Valdez wird darüber so glücklich sein.«

»Das ist nicht nötig. Kommen Sie jetzt!«

Sie kletterten wieder unbeholfen und langsam in die Fähre, wobei sie in dem engen Raum aneinanderstießen, der, nachdem die Luke geschlossen war, dröhnte und brüllte, als Gebläse ihn unter Druck setzten. »Es war richtig«, sagte Dorthy, als sie erst einmal die Helme abgelegt hatten. »Es war alles richtig.«

»Das ist gut«, sagte Ang gleichgültig. Aber zwei senkrechte Falten standen zwischen ihren glänzend schwarzen Augenbrauen, als sie die Checkliste durchging. Sie sagte: »Sie werden jetzt ruhen. Sie haben viel geleistet.«

»Ich bin nicht verrückt. Wirklich. Oder jedenfalls nicht verrückter als zuvor. Ich habe nie ein wirklich normales Leben geführt, Ang. Ich habe das versucht, nachdem ich das Institut verlassen hatte. Ich habe mich angestrengt bemüht, eine Astronomin zu werden. Aber die Geschichte wollte mich das nicht lassen, sehen Sie. Nicht bloß menschliche Geschichte, sondern die geheime Geschichte des Weltalls. In deren Echos leben wir eben jetzt. Sie hallen durch uns wider, wie Wasser in einem Glas zittert, wenn in hundert Kilometern Entfernung eine große Glocke läutet. Ja, es tut mir leid, ich bin etwas verdreht. Ich werde mich hinsetzen und ausruhen, falls man hier irgendwo sitzen kann.«

»Ziehen Sie das hier heraus und sitzen Sie jetzt still!« sagte Ang. »Sie haben uns eine sehr große Verspätung verursacht, und die Dinge spielen sich schneller ab, als wir erwartet haben.«

Der Sitz war nur eine gepolsterte Stange, die aus der Wand herausgeschwenkt wurde; aber als sie sich rittlings daraufsetzte, fand Dorthy sie bequem genug. Der Versorgungspack ihres Anzugs hielt sie, gegen die gekrümmte Wand der Kabine gedrückt, aufrecht. Die Luft war kalt, und ihr Atem schwebte in einer kleinen Wolke vor ihr. Da war der scharfe Pfeffergeruch von Schießpulver; und es dauerte ziemlich lange, bis Dorthy erkannte, was das war. Es war der Geruch des Staubes, den sie mit sich hereingetragen hatten. Es war der Geruch von Colcha.

Inzwischen sprach Ang ruhig mit jemandem auf der *Vingança,* ehe sie schließlich den Antrieb zündete und die Fähre in die Umlaufbahn brachte. Nach dem kreischenden Donner des Abhebens, als die Fähre Colcha hinter sich ließ, fiel Dorthy in eine Art Halbträumerei. Es war eine harte Arbeit, in den eigenen Geist zu tauchen. Aber sie hatte etwas gewonnen... oder war damit beschenkt worden. Sie war zu ermüdet und zu hochgestimmt, um zu erkennen, daß der Unterschied eine Rolle spielte; und sie verstand noch nicht, wie sehr ihre Vision das Schicksal der Expedition entschieden hatte, bis der Motor der Fähre plötzlich aussetzte.

Er hatte lange gebrannt, wie es Dorthy langsam bewußt wurde, und mit einem erheblichen Bruchteil von Ge beschleunigt. Ang hatte es wirklich eilig zurückzukommen. Dorthy ließ ihre Aufmerksamkeit sich ein ganz klein bißchen ausdehnen und richtete sie vorsichtig auf Angs nervöse Besorgnis. Dornen ungerichteter Nervenenergie sprühten und sausten um einen Kern von Angst... Furcht oder Versagen, von Zurückgelassensein. Zurück vor was? Dorthy bemühte sich, in der schweren Umklammerung ihres Anzugs aufrecht zu sitzen und sich zu konzentrieren.

Ang war über die Steuersäule gebeugt, die staubigen Stiefel ihres Druckanzugs in Halterungen des Maschendecks gestemmt. Ihr Kopf wirkte seltsam klein über dem Halsring ihres Anzugs. In ihrem linken Ohr war ein Hörstecker befestigt, und sie sprach leise in ihr Kehlkopfmikrophon.

Obwohl Dorthys Talent zu schwinden begann, indem die Sekretionen ihres Implantats die Gewalt über das Gegenmittel übernahmen, gelang es ihr, den Sinn von Angs geheimnistuerischem Gemurmel zu erfassen. Sie sagte: »Ich habe alles in Gang gesetzt, nicht wahr?«

Ang sah sich nicht um; aber Dorthy registrierte ihre jähe Überraschung. Die Zeugin sagte: »Es war fällig, meine Liebe. Soweit ich verstehe, versuchte Iwanow, Dr. Baptista zu verhaften und ihren Goldenen Freund auch. Wie gut sind Sie im Weltraumspaziergang?«

»Keine Übung mehr ... Sie meinen, die Zeugen hätten die *Vingança* übernommen, können sie aber nicht richtig betreiben?«

»Wir haben nicht damit gerechnet, so schnell zum Handeln gezwungen zu werden. Jetzt müssen wir uns sputen, ehe das Marinepersonal geborgen ist und sich neu gruppieren kann. Und dann ist da noch ein gewisses Problem mit der Inbetriebnahme der Startwiegen. Wir werden aus dem Schiff springen, sobald wir der *Vingança* nahe sind, und so schnell wie möglich hineinkommen auf jedem uns nur möglichen Wege.«

»Ihre Leute wollen die *Vingança* durch ein Wurmloch in den Kern der Galaxis fliegen lassen. Aber sie können nicht die Startwiegen in Gang bringen? Macht Ihnen das keine Sorge, Ang?«

»Das wird Sie aber nicht aufhalten, nicht wahr.«

»Verdammt richtig. Oh, ich verstehe. Es war Sabotage. Ang, Sie konnten nichts unternehmen und vor mir geheimhalten. Ich werde sie in jedem Fall auflesen.«

»Der Schaden war nicht ernsthaft, und wir haben jetzt volle Kontrolle über das Schiff. Es gibt einfach nicht genug Zeit, auch nur laufende Reparaturen auszuführen. Sie sollten lieber wieder Ihren Helm aufsetzen. Wir sind fast da.«

»Was hat die Navy denn sonst noch gemacht, ehe die Zeugen sie zusammengetrieben hat?«

Ang mußte eingestehen: »Das wissen wir nicht.«

»Sie hätten Ladungen anbringen können, um das Schiff explodieren zu lassen. Oder den Phasenwandler sabotieren. Vielleicht bin ich doch nicht so sicher, Ang.«

»Meine Liebe, Sie haben keine Wahl. Wenn Sie etwas wissen, so wissen Sie das eben. Ist Ihr Helm eingerastet? Gut! Jetzt keine Sorge! Das ist Routine.«

»Ich mache mir keine Sorge, ich habe Angst. Stellen Sie sich vor, daß mich ein interstellares Korn trifft? Bei siebzehntausend Kilometern in der Sekunde wird es mich verdampfen.«

»Das Schiff befindet sich im Schatten von Colcha, und Colcha im Schatten des Gasriesen.« Ang hängte ihren Anzug an den von Dorthy. »Bitte, benutzen Sie nicht ihre Rückstoßpistole!« sagte sie, wobei ihre Stimme durch die Funkverbindung vertraulich klang, »bis ich Sie dazu auffordere! Und keine Angst, ich habe das schon oft gemacht.«

»Das ist gut zu wissen.« Dorthy war wirklich besorgt. Sie hatte Mikrogravitation nie gemocht, und die Aussicht, auf den Rumpf der *Vingança* zu kriechen, war erschreckend.

Die Luke glitt auf hinter Angs psychedelisch bemaltem Anzug. Ang ließ eine Schleife silbrigen Seiles durch ihre behandschuhte Hand gleiten. »Bleiben Sie jetzt dicht bei mir!« befahl sie. »Vielleicht wird es Ihnen sogar Spaß machen.« Dann stieß sie sich ab, ehe Dorthy etwas entgegnen konnte, fiel sauber durch die Öffnung und zog Dorthy hinter sich her.

Die *Vingança* erstreckte sich über ihnen, eine Leiter, die vor der grünen Scheibe des Gasriesen gegen die leuchtende Sichel Colchas herausragte. Würfel und Kugeln und vielflächige Körper ballten sich in Intervallen an ihrer langen Kiellinie. Sie war genarbt von offenen Luken. Trümmer glitzerten wie Lichthöfe im matten Schein des weißen Zwerges.

Dorthy rotierte langsam am Ende der Leine und hinter ihren Stiefeln die Bündel von angesetzten Triebwerkseinheiten, die den Reaktionsmotor des Schiffs während des Jahres der Beschleunigung unterstützt hatten, das nötig war, um den überschnellen Stern zu erreichen. Die längliche Sphäre des Passagierschiffs befand sich ein Dutzend Kilometer entfernt und schimmerte vor dem Licht der Sterne. Für einen Augenblick krallte sich ein Schwindelgefühl durch Dorthys Nervensystem. Ringsum gähnte Unendlichkeit, getränkt in Sterne. Sterne überall jenseits des Schiffs ohne Anfang und ohne Ende. Sie könnte für immer fallen und würde doch nie den allernächsten erreichen.

Und dann straffte sich die Leine, als Ang die Rückstoßpistole abschoß. Dorthy wurde scharf herumgewirbelt. Sie bewegten sich von der Fähre weg auf den scharf beschatteten Rand eines Wohnmoduls zu.

»Halten Sie die Leine fest!« sagte Angs Stimme Dorthy ins Ohr. »Dann werden Sie sich nicht so stark drehen. Wie geht es Ihnen?«

»Ich bin nicht überzeugt, daß jemand daran Spaß haben kann.« Als sie über den Rand der Luke des Schleppers gegangen waren, hatte Dorthys Magen einen Salto geschlagen. Eine atavistische Reaktion auf das, was offenbar passieren würde. Über eine Kante gehen und *fallen*. Jetzt war es nur ein wenig besser, als sie in etwa hundert Metern Entfernung – in dem scharf abgegrenzten Chiaroscuro von Licht und Schatten waren Entfernungen schwer zu schätzen – über eine Reihe offener Luken glitten.

Ang sagte: »Wir müssen nur noch hineingehen. Das wird nicht lange dauern.«

»Es lag doch schon in der Luft, nicht wahr? Ich war bloß der Funke am Pulverfaß.«

Dorthy war überzeugt, daß Talbeck Barlstilkin bei der Meuterei eine Hand im Spiel gehabt haben mußte. Aber auch ohne ihn und sogar ohne sie würden die Zeugen früher oder später gehandelt haben. Das war der Grund für ihr Hiersein und warum so viele Wissenschaftler hier Zeugen waren. Sie wußten, daß der überschnelle Stern irgendwie mit der Supertechnologie zu tun hatte, die die Marodeure geplündert hatten. Sie *glaubten,* daß er eine Botschaft, ein Zeichen wäre. Sie *glaubten,* daß diese ganze Expedition einfach die Schneide der politischen und kulturellen Kräfte wäre, die langsam, aber unvermeidlich die Föderation in Stücke rissen. Während sie frei am Schiff entlangfiel, erschien Dorthy alles so einfach. Das würde nie wieder vorkommen.

Ang veranlaßte sie hochzuschauen, und sie sah, wie sich ein Modul vom Rückgrat der *Vingança* löste und zu taumeln begann, als sich der Abstand vergrößerte. Ang sagte: »Meine Leute haben die Besatzung dort hineingeschafft, um uns Zeit zu geben wegzukommen. Wir werden eine Stelle finden zum Einklinken an die Schweredocks, Dorthy. Keine Zeit, einen besseren Platz zu suchen.«

Die Rückstoßpistole feuerte wieder, und wieder wirbelte Dorthy am Ende der Leine herum. Ihr wurde übel im Hals. Sie bewegten sich direkt auf eine offene Luke zu.

Dorthy sagte: »Ich habe so lange hierauf gewartet … und jetzt weiß ich nicht, Ang. Ich glaubte zu wissen, was sich am anderen Ende befand, aber das konnte irgend etwas ganz Beliebiges sein! Ich bin wahnsinnig in Panik. Ist das nicht seltsam?«

»Keineswegs, Dorthy. Es wäre seltsam, wenn das nicht der Fall wäre.«

»Vor einigen Jahren wäre das nicht so gewesen, Ich glaubte, alles zu wissen. Aber, Ang, es ist so viel komplizierter. Dort könnte es alles mögliche geben.«

»Der FEIND wird dort sein. Dessen sind wir uns alle sicher. Uns erwartet etwas Wunderbares!«

»Aber das ist alles so lange her… Sogar die Marodeure könnten fort sein. Vielleicht gibt es da überhaupt nichts. Ich weiß es einfach nicht.«

»Erzählen Sie niemandem von Ihren Zweifeln! Wir gehen hin, um dem FEIND abzunehmen, was rechtens uns gehört. Um das Erbe zu gewinnen, das die Alten hinterlassen haben.«

»Den ganzen Weg zum Kern zurückzulegen, um einen Krieg zu führen, der seit mehr als einer Million Jahre andauert. In Wirklichkeit ist das nicht einmal unser Krieg.« Dorthy empfand plötzlich eine traumhaft gelöste Klarheit. Vielleicht hatte der Anzug auf ihren steigenden Pulsschlag reagiert und ihr eine Beruhigungsspritze verpaßt.

Sie erreichten die offene Luke und klammerten sich an deren Kante. Eine schwache, anhaltende Vibration wurde durch die Handschuhe Dorthys übertragen und kitzelte in ihren Knochen. Der Reaktionsmotor des Schiffs war gezündet worden. Das tropfenförmige Passagierschiff wich langsam gegen die Sterne zurück. In der anderen Richtung, jenseits des Bugs der *Vingança* und der gebündelten Kommandokuppeln, vor denen sich der Gasriese als Silhouette abzeichnete, wurde Colcha erheblich größer.

Die beiden Frauen suchten flüchtig nach einem Zufluchtsort, aber alles lag im Dunkel, und die Luke des einzigen Schleppers in bequemer Reichweite war gesperrt; daher klemmten sie sich in das Gerüst eines Greifers. Ang schnitt die Leine in zwei Teile, und sie banden sich an einem dünnen Stahlmast fest.

Die Meuterer oben in der Kommandokapsel hatten entweder vergessen, die Luken zu schließen, oder Sabotage hatte das verhindert. Dorthy und Ang konnten die Oberfläche von Colcha vorbeigleiten sehen, als das

Schiff in eine niedrige Umlaufbahn überging. Der Reaktionsmotor war nach dem Orbitalmanöver ausgeschaltet worden, trat aber nach einem Umlauf wieder in Tätigkeit. Die Oberfläche von Colcha schwenkte vorbei, als das Schiff wendete, den Bug auf den Mond gerichtet.

Dorthy klammerte sich fest an den Mast, als sie fühlte, daß sie zum Heck des Schiffs hinuntergezogen wurde. Ein Fall von einigen hundert Metern durch einen mit Maschinerie vollgepackten Raum wäre tödlich, ohne Rücksicht, wie schwach das Schwerefeld war. Der Anzug hatte ihr bestimmt eine Spritze gegeben, um sie zu beruhigen. Das Medikament stieg in ihr Implantat herauf; und ihr TALENT erwachte wieder, in schwindliges Gefühl innerer Expansion, das den verlagerten Strom von Dorthys Geist übernahm, berührte das halbe Hundert von Leuten, die sich irgendwo auf dem Schiff befanden. Ferne Sterne zeichneten sich langsam scharf ab.

Dorthy versuchte, sich von diesen Zerstreungen abzuwenden, schloß die Augen und bemühte sich, in die falschen Alea-Personae hineinzuschauen, die in ihrem limbischen Gehirn fixiert waren. Die wußten alles über Wurmlöcher, sie hatten gewollt, daß sie hierherkam …

Es war schwierig, sich zu entspannen und den Geist zu reinigen, während sie in einem Druckanzug über einem tödlichen Tropfen hing, an einem Schiff, das sich langsam auf ein Loch in der Raumzeit hinmanövrierte. Die Rhythmen ihres Mantras brachten sie so weit und keinen Schritt weiter. Die Erleuchtung war nur einen Schritt entfernt, aber einen Schritt, den sie nicht tun konnte. Und dann fing Ang an, darüber zu reden, daß man es kommen sähe und das Licht erblickte. Eine ungestüme Schärfe in ihrer Stimme brachte Dorthy wieder in ihr alltägliches Selbst zurück, als Angs Stimme abgeschnitten wurde und mit ihr die wirbelnde Flut ihrer Angst und das halbe Hundert anderer Geister der

Leute im Schiff. Sie waren in das Wurmloch eingetreten. Dorthy öffnete die Augen. Und sah – nichts.

Während ihrer kurzen freiberuflichen Laufbahn, als sie sich um die Launen reicher Neurotiker kümmerte, die ein TALENT nötig zu haben glaubten, das ihre Gefühle teilen und verewigen könnte, und die ihren Geist mißbrauchten, damit sie mit deren Geld ihren Weg durch Fra Mauro machen konnte, da war Dorthy einmal Teil des Gefolges einer Sagaschreiberin gewesen, während einer bizarren Tour quer durch Antarctica. Die hatte die Idee gehabt, daß die Eisfelder und Trockentäler eine Art von Palimpsest wären, auf dem sie sich selbst neu entdecken würde. Dorthy war als Teil des Prozesses gedacht, obwohl sie nie einsah, wie die Autorin Zeit fand für ernste Selbstbetrachtung inmitten der Ablenkungen durch das runde Dutzend von Freunden, die sie mitgebracht hatte, ganz zu schweigen von den Fahrern, Köchen, Gepäckaufsehern, Mechanikern und Führern und sogar einer Masseuse. Es war mehr ein Zirkus als ein spiritueller Feldzug. Dann hatte an irgendeinem Morgen in dem endlosem Tag des antarktischen Sommers der reine, blaue Himmel allmählich eine weiße Färbung angenommen. Binnen einer Stunde hatte ein Sturm die Gesellschaft überfallen und alles zu einer Blase aus wirbelndem Weiß auf ein paar Meter hin reduziert. Während alle anderen in Kreisen herumliefen und das Lager aufzuschlagen suchten und die Sagaschreiberin lauthals schrie, daß das eine persönliche Beleidigung und eine Verschwörung der Götter wäre, war Dorthy entschlossen in den Sturm hinausmarschiert. Bald war alles Menschliche hinter ihr zu einem bloßen Funken geschrumpft und tief in unbegrenztem Weiß versunken. Zum erstenmal in ihrem Leben hatte Dorthy erfahren, was es heißt, allein zu sein.

Jetzt war es etwa so ähnlich wie damals. Das Weltall

war auf das Innere ihres Anzugs reduziert. Jenseits ihrer unscharf erkennbaren Nasenspitze sah Dorthy nichts außer dem schwachen Reflex ihres Gesichts, das mit offenem Mund auf nackten Kontraraum starrte. Es war weder dunkel noch hell. Aber die genaue Farbe des Innern ihres Kopfes war, weil sich dies hinter ihrem Gesichtsfeld befand, ohne jede Farbe und dimensionslos. Wären nicht die Spiegelung ihres Gesichts gewesen und das halbe Dutzend farbiger Leuchtpunkte der Zustandsanzeigen unter ihrem Kinn, hätte sie meinen können, blind zu sein. Sie konnte die Ränder der Stange fühlen, an die sie sich klammerte, aber davon abgesehen war es, als ob das ganze Schiff und das ganze Weltall verschwunden wären.

Nach einer unbestimmbaren Zeit fühlte sie einen vorsichtigen Druck auf der Schulter ihres Anzugs, und dann kroch Angs Hand in ihrem Handschuh zu ihrer eigenen hinunter. Dorthy schöpfte etwas Mut, ließ mit der rechten Hand die Stange los und ergriff die Hand Angs. Etwas später fummelten sie herum, bis sie sich aneinander drücken konnten. Sie versuchten nicht, durch Helmkontakt miteinander zu sprechen, sondern hielten sich bloß gegenseitig fest, zwei getrennte Universen, die in den zehn Dimensionen des Kontraraums zusammengefaltet waren.

Draußen verging keine Zeit. Sie waren außerhalb von Zeit. Da war nur der Puls ihres Blutes, die intime, nicht markierte Uhr der Gebärmutter.

Ganz plötzlich kehrte das Universum zurück. Über die Schulter von Angs Anzug blickte Dorthy durch die offene Luke direkt unter ihr.

»Mein Gott!« sagte sie. »Oh, mein Gott!«

Sie erblickte, was noch kein menschliches Wesen je gesehen hatte, sofern nicht der Pilot des Einzelschiffs das Ereignis überlebt hatte. Sie sah die spiraligen Lichtfluten der Sammelscheibe um das Schwarze Loch im galaktischen Zentrum. Das Wurmloch hatte die *Vingança* über achtundzwanzigtausend Lichtjahre befördert in einem Bruchteil der Zeit, die sie gebraucht hatte, um den überschnellen Stern zu erreichen.

Weite Lichtströme krümmten sich über den Himmel zu einem gemeinsamen Zusammenfluß. Sie wurden immer heller, während sie hineinschwenkten auf einen winzigen asymmetrischen Fleck, der so hell war, daß er überhaupt keine Farbe erkennen ließ und in Dorthys Augen schmerzte trotz der Filter ihres Visiers. Der Fleck stieg langsam höher, während die *Vingança* langsam rotierte; und mit ihm dämmerte ein schwacher roter Überriese auf, gehüllt in eine asymmetrische Kapuze. Seine Photosphäre wurde durch den Wind einfallender Gase weggerissen, eine ersterbende Glut vor der strahlenden Glorie der Sammelscheibe. Dorthy entsann sich, daß dieser Diskus gespeist wurde durch Gasströme, die sich fünf oder sechs Lichtjahre weit nach außen erstreckten. Um aber überhaupt etwas zu sehen von dem Mahlstrom der Strahlung um das eigentliche Schwarze Loch, konnte die *Vingança* nur ein paar Lichttage entfernt sein, höchstens eine Lichtwoche.

Strahlung ... In Dorthys Ohren war ein Dröhnen, das immer lauter wurde wie ein herannahender Tsunami. Es war der Ton des Gammazählers in ihrem Anzug.

Auch Ang hatte sich umgewandt, um zu schauen. Sie sagte mit einer über das Radio knarrenden Stimme: »Dorthy, wir müssen einen Schutz finden.«

»Aber wir haben es geschafft, Ang! Das da unten ist das Schwarze Loch. Wir haben die ganze Strecke geschafft!«

»Das mag wohl sein; aber da draußen ist es nicht friedlich. Sehen Sie nicht die Szintillation, das Aufblitzen in Ihrem Gesichtsfeld? Mit jedem Fleck stirbt eine Reihe von Zellen in Ihrem Gehirn.«

»Sie haben wohl recht.«

»Sie werden noch viel Zeit haben, all dies zu betrachten. Wir sind hier, aber wie kommen wir zurück?«

»Ich weiß nicht. Oder zumindest weiß ich es jetzt noch nicht. Ich habe nachgedacht über das Einzelschiff, das vor uns gefahren ist. Wir müssen versuchen, es zu finden.«

»Vielleicht werden wir gar nicht zurückkommen«, sagte Ang. »Vielleicht erwarten *sie* uns, Dorthy.«

Sie waren vor Äonen gestorben, noch ehe auch nur die Alea am Zentrum der Galaxis angekommen waren. Aber Dorthy wollte keinen theologischen Disput anfangen und blieb daher still. Die beiden Frauen banden sich los und begannen über das Gerüst der Halterung zu kriechen. Ihre Helmleuchten tanzten in der Dunkelheit. Sie hatten gerade das Geländer eines Steigs erreicht, als die Notbeleuchtung ansprang, ein trübes rotes Glühen, das die Sicht über die Hellingen nach vorn und nach hinten ermöglichte. Es gab eine mahlende Vibration. In der ganzen Länge der *Vingança* schlossen sich die Luken.

INTERZONE

Es gab ein Intervall von Dunkelheit, und dann war unmeßbar lange Zeit überhaupt nichts da, nicht einmal das kinästhetische Gefühl des eigenen Körpers, das Rauschen des Pulses in ihren Ohren oder die warme Dunkelheit hinter ihren Lidern. Sie war eine entwirrte Saite von Bewußtsein, die durch das Nichts gesponnen war.

Es gab keine Möglichkeit festzustellen, wie lange der Zwischenzustand dauerte. Aber nach und nach war sie imstande zu hören – oder vielleicht zu fühlen, denn es schien so intim wie ihr eigener Herzschlag – einen tiefen, gedämpften Rhythmus, wie eine große Maschinerie, welche die Tiefen eines leblosen Ozeans quirlt. Und dann, plötzlich wie beim Umlegen eines Schalters, konnte sie sehen. Ein hartes rosa Licht, und ihr Körper hing darin – nackt, die Glieder ausgebreitet wie bei einer hingefallenen Puppe, die Augen offen und glasig.

Sobald sie ihren Körper erblickte und erkannte, was er war, begann er sich von ihr zu entfernen, oder sie fing an, über ihn emporzuschweben. Er schrumpfte rasch zu einem Fleck, einem Stäubchen, und war verschwunden. Da war nur der schreckliche, ruhelos stampfende Rhythmus, der sie durch formloses rotes Leuchten hochtrieb und im Tempo des Stampfens zu vibrieren begann. Sie reiste durch Ringe aus Licht, die in einen Tunnel zusammenliefen, der weit über ihr aufragte.

Sie fühlte nichts. Keine Furcht, keinen Schmerz, nicht einmal Verwunderung. Sie war die Seele, der Gast, die willfährige Braut des Lichts.

Das Stampfen war das Geräusch der Schöpfung, dachte sie, obwohl sie nicht wußte, woher dieser Gedanke kam. Wenn das Universum mit Luft erfüllt gewesen wäre, hätte dies die Ohren jedes fühlenden Wesens zerstört. Der Ton von Raumzeit, die sich entfaltete, während alles andere auf den Schwingen des Lichts des Monolithen auseinanderflog.

Sie konnte jetzt das Ende des Tunnels sehen, einen Punkt intensiven, klaren, weißen Lichts, der sie mit einer schrecklichen Sehnsucht erfüllte. Daheim! Daheim! Körperlos schwamm sie durch Licht zum Licht und hüpfte fröhlich, wie ein Lachs in den Wassern seiner Geburt dem Tod entgegenspringt.

Eine unwiderstehliche Kraft drückte jeden Teil ihres Körpers nieder und stieß sie hin und her. Ein formloses Dröhnen peinigte ihre Ohren und klang ab, als sie in eine andere Richtung ging. Dann wurde es wieder lauter. Ein jäher kalter Schwall zwängte sich zwischen ihre Lippen und über die Zunge …

Japsend und Salzwasser ausspeiend warf sie den Kopf zurück, um Luft zu schnappen. Dann wurde sie durch grünes Licht und Schaumfetzen fortgewirbelt, abwärts gezogen und erhielt danach wieder einen flüchtigen Blick auf einen glatten und hellen Meeresboden, ehe der Griff sich umkehrte und sie wieder Licht und Luft entgegenwarf.

Sie trat gegen den Sog und benutzte all ihre Kraft in den Paketen verstärkter Muskeln über ihren Schultern, um die Arme nach unten und außen zu bewegen und im Schwimmen zu bleiben. Ihre Lungen sogen rein durch Reflex Luft ein. Die war berauschend wie kühler Wein.

Die nächste Welle trug sie nach oben und zeigte ihr ein Panorama von Wellenbergen, die in parallelen Reihen auf irgendeine entfernte Küste zuliefen... Und dann war die Welle verschwunden. Sie fiel in den Trog und wurde durch die nächste Welle wieder emporgetragen, so daß sie wieder die quälend lockende Küste erkennen konnte. Ein von Palmen eingerahmter Strand, hinter dem ein Berg aufragte.

Sie hatte keine Angst und fühlte sich stärker als je in ihrem Leben. Sie begann zu stoßen und mit den laufenden Wellen der Küste entgegenzuschwimmen.

Sie lag gespreizt mit dem Gesicht nach unten auf warmem weißen Sand ohne Erinnerung daran, wie sie dahin gekommen war. Hitze und Licht begannen durch Salzwasser zu brennen, das auf ihrem Rücken und ihren Seiten trocknete. Sie rollte sich herum und stützte sich auf die Ellbogen.

Der weiße Strand wich nach rechts und links vor der grenzenlosen grünen See zurück. Sie konnte die Linie weißen Wassers sehen, wo die Wellen sich an irgendeiner Barriere brachen. Zwischen den Brechern und dem Strand war die See glatt wie Seide. Kleine, klare Wellen liefen über feuchten Sand und zogen sich zurück. Die Sonne war unmittelbar über dem Kopf.

...es war nicht die Sonne nicht irgendein Fleck im farblosen Himmel durch den Licht strömte ohne jede Gestalt...

Irgend etwas ergriff sie und ergoß sich durch alle ihre Zellen. Es war kein Schmerz, aber schlimmer als Schmerz. Als es vorbei war, lange Zeit danach, setzte sie sich auf und rieb Salzkrusten und Sand von ihren Beinen, dem flachen Bauch und den Brüsten. Eine muntere scharlachrote Schlange wand sich an ihrem linken Arm nach unten und spie Flammen über ihr

Handgelenk. Sie drehte sich und zerrte an der Haut, um sie genau zu sehen. Der Drache legte ihr ein Wort auf die Zunge, aber sie konnte nicht sprechen – noch nicht.

Sie stand auf, blickte den gekrümmten Strand auf und ab und kniff die Augen zu gegen die Helligkeit. Hitze und Salz … Sie hatte Durst und trat unter die Palmen, die sich über den weißen Sand beugten, um nach Trinkwasser Ausschau zu halten. Die Wipfel der Palmen zerstreuten Licht und warfen getigerte Muster auf ihren nackten Leib. Kokosnüsse lagen wie Schädel überall auf dem dürftigen Gras zwischen den Palmen. Aber sie hatte keine Möglichkeit, sie zu öffnen, und ging daher weiter.

Nur ein kleines Stück vom Strand entfernt ragte ein Fels aus dem sandigen Boden. Er war überwachsen von Farnen und Moos und war kühl unter ihren zugreifenden Zehen und Fingern, als sie dahin kletterte, wo Wasser über den Rand eines kühlen tiefen Teichs quoll.

Als sie ihren Durst gestillt hatte, setzte sie sich hin. Streifen von Licht verflochten und entflochten sich auf ihrer nackten Haut, zitterten auf der klaren Wasserfläche des Teichs und wurden als Schatten auf den reinen Sand am Boden des Wasserbeckens geworfen.

»Suzette«, sagte sie nach einiger Zeit.

Das Wort war ins Licht gekommen. Es war ihr Name, wenn er auch falsch klang.

»Australien«, sagte sie etwas später. »Ich war diesmal in Australien …«

Aber sie wußte, daß dies nicht Australien war.

Sie erschauerte, sprang dann auf die Füße und stieg auf dem Felsen weiter auf. Sie wollte sehen, wo sie sich befand … auf irgendeiner verlassenen Insel … einer fernen tropischen Küste … Wo immer sie war, mußte es Menschen geben. Sie wollte sich vom Aussichtspunkt auf dem Berggipfel nach Zeichen von Zivilisation umsehen.

Der Anstieg war lang und anstrengend. Der Berg – falls es ein Berg war – war höher, als es von der See aus geschienen hatte. Da waren weite Flecken dürrer Dornbüsche, die sie umgehen mußte. Unmöglich steile Hänge von rutschigem Geröll verletzten ihre Finger und Füße. Die weiße Küstenlinie und ihr schmaler Palmensaum schienen einen Kilometer unter ihr zu liegen und entschwanden nach links und rechts in gleitenden Kurven, die im Unendlichen aufhörten. Grünweißes Licht blendete sie jedesmal, wenn sie aufschaute, und sie sah den Gipfel nicht, bis der Abhang plötzlich flach wurde.

Sie befand sich auf einer sanften geneigten Ebene aus nacktem Fels und dahinter war etwas, aus dem sie sich zunächst keinen Reim machen konnte. Eine weite, großgemusterte Fläche. Große wirblige Formationen in Rot und Gelb, die komplizierte Spiralen ausstießen, während sie auf einen ebenen Horizont hin entschwanden, dessen stechendes Licht gegen den Himmel aufstieg. Es sah aus wie eine Stadt, eine aus Licht gebaute Stadt.

Zehn Kilometer entfernt? Zwanzig? Hundert? Keine Möglichkeit, das zu sagen.

Nach einer Weile wagte sie es, dorthin zu gehen, wo glatte kahle Steine sich in den Anfang einer der Spiralformationen absenkten. Sie setzte vorsichtig erst den einen und dann den anderen Fuß auf glattes gelbes Material, das genau die Temperatur ihrer Haut hatte. Es war ein Grat mit flachem Kamm von vielleicht hundert Metern Breite. Er schien mit innerem Licht zu strahlen. Die Kanten waren gekräuselt und zu endlos komplizierten Spiralen geformt, denen zu folgen sie einfach schwindlig machte. Federn und Schlingen und Figuren wie Seepferdchen ineinander verschlungen. Detail ohne Ende sprang sie an… Irgendwie plumpste alles hinunter auf einen Boden aus weißem Sand… Nur war es nicht genau Sand und schien sich zu verschieben und zu blähen wie Nebel, der von einer Brise aufgewirbelt wird. Gleichzeitig aber schien es fest zu sein.

Aber der gelbe Grat war massiv genug und schien sich von dem stechenden Licht der Stadt wegzukrümmen. So ging sie daran entlang weiter und stellte sich aus irgendeinem Grund vor, sie wäre von einem Roboter begleitet oder mindestens von einem Mann wie ein Roboter. Obwohl sie ihn nicht sehen konnte, war er irgendwie überall präsent. Er würde ihr helfen, den Zauberer zu finden und eine Antwort auf alle ihre Fragen.

Sie ging einen weiten Weg. Ganz gleich, wie sich der Kamm drehte und wendete, die Stadt lag immer vor ihr und erschien nicht näher als vom Rand dieser seltsamen Wüste aus. Es war, als ob der Horizont ebenso schnell zurückwiche, wie sie vorankam. Als sie sich schließlich entschloß, nach hinten zu blicken, konnte sie nicht mehr den Hang aus gewöhnlichem Fels sehen, von dem aus sie losgegangen war. Was sie sah, war, daß der Grat hinter ihr zerkrümelte. Das gelbe Leuchten verblaßte. Komplexe Muster wurden einfacher und sanken ab, verflacht in losem Nicht-Sand. Sie hob einen Fuß und sah, daß sie einen vollkommen weißen Abdruck in der glühenden Oberfläche des Grates hinterlassen hatte. Die Weiße verbreiterte sich zusehends und dehnte sich beiderseits von ihr aus. Die Kanten des Grates verschwammen. Zurückgebogene Formen glätteten sich und zerfielen mit einem leisen, knackenden Geräusch.

Sie fing an zu laufen, um die Stadt einzuholen und zugleich der Auflösung des Grates zu entkommen. Spiralen lösten sich unter ihren fliehenden Füßen auf. Der Luftzug ihres Laufens verschärfte sich in ihren Ohren. Das Licht der gespenstischen Stadt wurde heller, verschwamm und verbreiterte sich durch die vom Wind verursachten Tränen in ihren Augen. Einen Augenblick lang hatte sie das Gefühl zu fliegen ... Und dann stolperte sie und fiel mit gespreizten Gliedern in heißen weißen Sand. Sie war wieder am Strand. Was sie für das Geräusch ihres Blutes in den Ohren gehalten hatte, war die Brandung, die ein paar hundert Meter draußen auf dem Meer an das Riff schlug.

Sie stand auf und erschauerte in warmem, hellem Licht.

Etwas Schreckliches und Unmögliches war geschehen; aber es entschwand aus ihrer Erinnerung, als sie es zu definieren versuchte. Der Strand krümmte sich nach links und rechts. Sie traf eine willkürliche Wahl und marschierte los.

Es gab keine Nächte, sondern nur den einen endlosen Tag.

Sie aß, wenn sie hungrig war, schlief, wenn sie müde war, und erwachte immer bei demselben grünweißen Licht, das herunterströmte von… Aber sie dachte nicht darüber nach, woher das Licht kam. Es war ein reines Licht, das genau alles beleuchtete, auf das es fiel; so daß sie meinte, wenn sie scharf genug hinschaute, könnte sie in jedes einzelne Sandkorn am Strand schauen und durch die Oberfläche von Blättern in ihre geheime Struktur, eine Fläche von Räumen ohne Fenster und Türen. Wenn sie aufs Meer hinausblickte, war jede Welle deutlich und entschwand klar in den grenzenlosen Ozean ohne Horizont.

Sie lernte es, grüne Kokosnüsse zu zerspalten, indem sie sie gegeneinander schlug. Weiter im Landesinneren gab es Obstbäume, Orangen, Avocados, Papayas und Brotfrucht. In gelegentlichen Lichtungen des Busches reckten prickelnde Birnbäume ihre Zweige in die Luft. Fische streiften über den geriffelten Sandboden des seichten, ruhigen Wassers innerhalb des Riffs. Einzelne schiefergraue Thunfische und Schulen silbriger Sprotten. Sie fand Bambusgruppen in dem Gebüsch hinter dem Strand, brach die härtesten Stämme ab und rieb mit einem Stein ein Ende davon spitz. Sie watete in das warme Wasser und wartete darauf, daß etwas vorbeischwamm. Sie aß die Fische roh mit dem Saft ausgequetschter Zitronen. Später lernte sie die Herstellung von Salz, indem sie Meerwasser in der Hälfte einer Kokosschale verdunsten ließ.

Während der ganzen Zeit, die sie draußen an der grellen Küste mit Fischen verbrachte, wurde ihre Haut niemals dunkler als das gewohnte sommersprossige Milchkaffeebraun.

Der Strand verlief vor ihr stets in einem sanften Bogen. Da war immer das ferne Brüllen der Brecher draußen am Riff, das gleiche klare vertikale Licht, der gleiche Saum von Palmen, die sich über die gewürfelten Schattenmuster beugten, die sie auf den weißen Sand warfen.

Sie zwang sich, beim Gehen stets rundum Ausschau zu halten. Denn man konnte nie wissen … Manchmal glaubte sie, Knäuel von Licht fern an der Krümmung des Strandes wirbeln zu sehen, immer vor ihr, wie schnell immer sie auch ging. Luftspiegelungen … vielleicht. Falls ja, waren das die einzigen optischen Illusionen in dem klaren reinen Licht.

Es war nicht leicht, wachsam zu bleiben. Die Küste erschien wie ein endloses Band, das durch den Raum dorthin verlief, wo sich gekrümmte, nicht parallele Linien in die Unendlichkeit erstrecken. Ein unendlich langes fraktales Muster, das sich immer und immer wieder mit nur geringsten Variationen wiederholte. Es kam ihr immer so vor, als ob der Strand hinter ihr zerfiele, die Materialien eilends nach vorn schaffte und dann gerade rechtzeitig wieder zusammenfügte.

Als sie dann sah, wie das Kap ins Meer hinausragte, erkannte sie zuerst nicht, was es war, oder gar wie groß es war. In dem grünweißen Licht hätte es irgendein

Tier sein können, das nur einige Meter entfernt an der Meeresküste hockte, oder auch ein weit entfernter Berg. Sie duckte sich hinter dem schuppigen Stamm einer schräg geneigten Palme und studierte das Gebilde lange, ehe sie es wagte weiterzugehen.

Wie ein Schloß erhob sich das Kap steil auf einem Fundament riesiger umgestürzter Felsblöcke. Seine Flanke war von Platten und Rissen gespalten; und es war recht leicht, zwischen Schlingpflanzen und dichten Farnbüschen emporzuklettern. Ganz oben war ein sanfter Abhang aus kahlem Fels, und sie folgte ihm so weit, bis die Stufen eines natürlichen Amphitheaters in klares Wasser abfielen.

Und dort blieb sie stehen und schaute eine lange, lange Zeit auf die kleine Bucht und die dunklen Gestalten, die sich zwischen Reihen versunkener Säulen in kleinen Wellen bewegten, unter einem schwimmenden Baldachin langer Bänder schwarzpurpurner Algen.

Schwarz wie ihre eigenen Schatten auf dem weißen Sandboden der Bucht, deltaförmig und unglaublich flexibel, waren die Schatten was auch immer, aber keine Fische. Sie konnte nicht zählen, wie viele es waren, denn sie alle waren dauernd in Bewegung. Aber es mußten mindestens zwei Dutzend sein. Lebendige Schatten, die einen komplexen Tanz woben und sich nie berührten, wie nahe auch sich ihre Wege schneiden mochten. Manchmal würde einer sich plötzlich um eine Säule drapieren wie ein von einem unwiderstehlichen Strom getriebener Mantel. Dann raffte er sich wieder zusammen und glitt davon zu dem schmalen Einlaß, der das versunkene Amphitheater mit dem Meer verband, um unter dem Ansturm weißer Brecher zu verschwinden.

Schließlich stieg sie die etwa ein Dutzend flacher Stufen hinunter, die sich um die Bucht krümmten. Über die letzte von ihnen floß eine Handbreit Salzwasser, warm wie Blut, als sie hineintrat.

Der Glanz auf der unruhigen Wasseroberfläche machte es schwer, die Formen der Schatten zu erkennen. Ohne nachzudenken und ohne Angst legte sie ihren Bambusspeer hin und tauchte glatt in das Wasser. Sie schwamm kräftig zu der ersten Säule und klammerte sich kurz an deren rauhe Oberfläche zwischen schleimigen Algensträngen. Als sie sich hinabsinken ließ, sah sie weitere Säulen, die in grünlichem Licht über einen ausgedehnten Boden von gekräuseltem Sand zurückwichen. Die Schattenwesen trieben und drehten sich inmitten der Säulen; und sie sah, daß es auch noch weitere Kreaturen gab. Wesen mit schwarzen, schildartigen Rückenpanzern hoben und senkten sich entlang des Beckenbodens und schleppten lange Stacheln mit sich, die den Sand furchten. Wesen wie halb zerquetschte Krabben, versteckt in Höhlungen an den unteren Enden der verkrusteten Säulen. Und es gab Kreaturen, die sich an die Säulen klammerten, große Muscheln, gekrümmt wie Schöpfkellen, mit ovalen Öffnungen, gesäumt mit pulsierenden Schleiern aus etwas, das wie zerfetzter Spitzenstoff aussah.

Sie stieg hoch, um Luft zu holen, tauchte wieder und fand sich von vier oder fünf der Schattenwesen umringt.

Aus dieser Nähe konnte sie erst sehen, wie schön sie waren. Schwarze, biegsame Haut mit regenbogenartigem Glanz, als ob sie mit Diamanten besetzt wäre, Bündel von Stielaugen – zartblau mit verschmierten schwarzen Pupillen – und fransige Fühler längs der Vorderkante. Als sich die Schattenwesen um sie drehten, sah sie auch ihre blasseren Unterseiten, eine einzige Reihe von Kiemenspalten, ein Maul mit runder Irisöffnung, eingerahmt von komplizierten Mundtastern mit etwas Weißem und Knorrigem dahinter.

Sie wußte nicht, wie lange der Tanz währte. Die Schatten wogten unablässig durcheinander und erzeugten im Wasser komplexe Druckmuster, die ihre nackte Haut erregten. Irgendwie merkte sie, daß dies ein Kommunikationsversuch war, und sie tanzte auch vor ihnen in dem blutwarmen Wasser. Unbeholfen und ohne Grazie, aber mit einem klaren, kalten Feuer, das jeden Nerv in ihr reizte, eine Gewißheit, die sie nicht gefunden hatte, seit sie sich an diesem fremdartigen zeitlosen Ort befand. Sie stieß an die Oberfläche, um Luft zu holen, und tauchte wieder. Sie machte eine Rolle, um zu zeigen, wie sie im Schwall des offenen Ozeans gefangen wurde. Dann kraulte sie dicht an den Sand, um zu zeigen, wie sie ans Ufer hinaufgekrochen war. Danach ruderte sie aufrecht mit den Armen und festen Stößen der Füße in Parodie ihrer ziellosen Odyssee.

Und während dieser ganzen Zeit schwebten die Schatten auf und ab und um sie herum. Ihre weiten schwarzen Flügel bewegten sich unendlich anmutig.

Als sie schließlich zu müde war, um fortzufahren, schwamm sie zu den Stufen, die aus dem Sandboden des Beckens in die Luft ragten. Ihr Speer lag noch da, wo sie ihn gelassen hatte … Und auf der Stufe darüber schob sich eines der flachen krebsartigen Dinge, ein Riese von einem vollen Meter Breite, voran und stieß mit seinen gelenkigen Fühlern ein halbes Dutzend silbriger Sprotten auf sie zu.

Sie griff hin; und das Krabbenwesen wich zurück, bewegte sich gleichmäßig auf spitzen Flossen die Stufen hinunter und verschwand im Wasser, ohne es aufzurühren. Sie sah ihm dabei zu. Der Anblick seiner komplexen Mundpartien fixierte sich in ihrem Geist. Reihen von Dornen und gezähnten Kämmen … und ein weißes knorpliges Ding weiter hinten sitzend, der gleiche Parasit, den jeder der Schatten getragen hatte.

Während ihre sich erwärmende Haut zu jucken begann, als das Salzwasser darauf trocknete, schnitt sie jede Sprotte mit dem Splitter ihrer Speerspitze auf, weidete sie mit einem gebogenen Finger aus, zog die kleinen Streifen von Fleisch heraus und verschlang sie im ganzen. Ihr leichter Salzgeschmack machte sie noch durstiger. Sie kletterte die steile Seite des Kaps hinunter, fand ein klares Bächlein zwischen den Palmen am Ende des Strandes und trank sich satt. Dann schöpfte sie kaltes Süßwasser über ihre runzlige, vom Salz juckende Haut. Sie sang beim Waschen wortlos vor sich hin, glücklicher, als sie je gewesen war, so weit sie sich erinnern konnte. Sie könnte hier bleiben, sich an den Tänzen der Schattentänzer beteiligen (Sie erkannte mit einem Mal, daß das ihr wahrer Name war; und sie sprach ihn laut aus. Ihr gefiel seine Gestalt in der luftigen Höhle ihres Mundes) und mit ihnen tanzen, bis sie alles von ihnen wüßte – und sie von ihr.

Aber als sie zum Kap zurückging, zeichnete sich ein Licht ab zwischen den zerbrochenen Steinen an seinem Fuß, ein sich windender Schatten, der heller wurde, bis sie davor die Augen zukneifen mußte. Sie hielt einige Meter davor an und fragte, was er wollte. Sie hatte Angst, war aber auch neugierig.

Sie erwartete keine Antwort, schien aber eine schwache Stimme aus der Luft kommen zu hören. Vielleicht war es nur das Flüstern des Windes, der die steifen Schwerter der Palmblätter bewegte.

Geh weiter!

»Du sollst mir sagen, warum ich hier bin«, sagte sie. »Du *sagst* es mir. Sag mir, wer ich bin, woher ich komme ...« Sie weinte. Tränen flossen ihre Wangen herunter, die Nase lief, ein Schmerz in der Kehle ließ sich nicht herunterschlucken: »O Gott, bitte sag mir, was du *willst!*«

Geh weiter! Der andere weiß.

Nur der Wind in den Palmen oder die Wellen, die

sich an der zur See gerichteten Kante des Kaps brachen.

Geh jetzt!

Wind und Wellen, Luft brauste in ihre Lungen, Blut schoß ihr durch die Adern. Es war eine in die Struktur der Welt eingewobene Stimme. Es würde nicht verneint werden, aber sie wagte, die Frage danach zu stellen.

»Du meinst die Schattentänzer? Wie kann ich zu ihnen sprechen, wenn ich weitergehe?« Sie trat zur Seite, aber der brennende Fleck schwebte vor ihr her. Als sie zurücktrat, folgte er. Sie riß den rechten Arm hoch und schleuderte den Speer ins Licht.

Ein heller Glanz blendete sie. Hitze spülte über ihre Haut. Sie stolperte zurück und preßte sich einen Arm über das Gesicht. Sie sah hinter ihren zusammengedrückten Lidern abgezeichnet eine brennende Gestalt in der Luft hängen. Flügel aus Feuer waren über ihre Hände und Füße gelegt. Ein drittes Paar schlug nach hinten, um sie vor ihr herzutragen.

Als sie es wieder wagte, hinzuschauen, war das Licht verschwunden. Wo es gewesen war, befand sich ein glattes Becken aus geschmolzenem Sand, im Zentrum noch weißglühend und am Rande kirschrot. Es gab keine Spur von dem Bambusspeer.

Geh weiter!

Nur der Wind, nur die Wellen. Aber ein Schauder ergriff sie, der von den Zehen bis zum Scheitel aufstieg. Sie wandte sich um und rannte. Sie stapfte durch loses weißes Pulver zu festerem Sand an der Küste. Fächer von Gischt, die ihre stampfenden Füße aufgewirbelt hatten, glitzerten wie Diamanten. Sie blickte nicht zurück und wurde nicht langsamer, bis sie sicher war, daß das Kap hinter der endlosen Krümmung des Strandes verschwunden war. Dann ging sie zu einer langsamen Gangart über und faßte sich an die Seite, wo ein Stechen zu drohen begann. Sie war im Griff von Dingen wie Götter. Es konnte alles passieren, dachte sie, alles nur mögliche.

In ihrem Kopf drehte es sich wie ein Mantra, vernetzt mit dem stampfenden Rhythmus ihrer Schritte. Gebeugte Palmen und der Strand blieben hinter ihr zurück. Mehr Palmen und Strand kamen vorn in Sicht. Als sie den Funken am Endpunkt der Kurve aufleuchten sah, hielt sie ihn zuerst für eine weitere Manifestation. Aber dann trieb ein Rauchfaden über das blaue Meerwasser und verfestigte sich schnell zu einem flatternden Banner.

Ausgerissene Sträucher waren zu einer Pyramide zusammengefügt, die ihre Größe hatte. Sie brannten in einem Herd aus flachen Steinen, die in den weißen Sand gelegt waren. Die Büsche schimmerten mitten im Feuer und wurden nicht verzehrt. Es war wie ein Zaubertrick oder ein geschlossenes Hologramm. Aber die Hitze, die ihre Haut traf, und der dichte weiße Rauch, der so weit über das Meer trieb – die waren real.

Hinter dem Feuer war eine Art Schutzhütte, eingerahmt von gestutzten grünen Pfählen und mit geflochtenen Platanenblättern gedeckt. Lichtstreifen leuchteten wie Sterne auf dem kühlen Schatten. Es gab Büschel bunter Tigerlilien und eine Quelle, die zwischen zwei Palmen entsprang und einen klaren Teich speiste, dessen Seiten wie ein Korb von den Faserwurzeln der Palmbäume gesäumt waren.

Durch das hohe Gras zwischen den Palmen zog sich ein Pfad hin. Überall im Sand gab es Fußabdrücke. Sie verbrachte eine lange Zeit mit dem Prüfen der Spuren im Vergleich zu ihren eigenen Fußabdrücken. Sie paßten alle.

Später schlief sie unter dem Dach aus Platanenblättern ein und träumte, daß sie hier schon lange gelebt hatte, so weit sie zurückdenken konnte … obwohl das nicht viel besagte, weil sie sich so wenig erinnern konnte.

Sie entsann sich nicht, wie sie hierhergekommen war, sondern dachte nur in ihren Träumen an die schwarzen Schattentänzer und den brennenden Engel. So weit rings um den Horizont der unendlichen Kurve des Strandes – ein anderes Leben. Sie spießte Fische in den Untiefen, wickelte sie in grüne Platanenblätter und briet sie auf den flachen Steinen am Rande des Feuers, das die Büsche, von denen es brannte, nie verzehrte. Sie lag im kühlen Schatten ihrer Hütte. Immer wieder schlossen sich ihre Augen, ehe sie auch nur Zeit hatte zu merken, daß sie schlief; und etwas später wachte sie benommen wieder auf. Lichtflecke, die durch das Dach der geflochtenen Blätter tanzten, Licht, das auf dem weißen Sand jenseits des kühlen Schattens flimmerte, der gluckernde Gesang der Quelle, das ferne Murmeln der Brandung – alles dies zog sich durch ihren Schlaf; und im Wachen machte ihre Wahrnehmung davon eine besondere Wendung, als ob sie selbst der Strand, die See, die kleine Quelle geworden wäre. Das Gefühl hielt eine Weile an und wich dann von ihr, und sie schlief wieder ein.

Wie lange das so weiterging, konnte sie nicht sagen. Aber schließlich wachte sie auf und spürte, daß jemand sie beobachtete. Ein Gefühl, das nur schwer von der sanften Empfindung zu trennen war, sich in die Welt aufzulösen. Sie rappelte sich auf einen Ellbogen hoch und blinzelte in das starke Licht, welches die Gestalt einrahmte, die auf sie herabblickte.

Es war Robot.

In dem Augenblick, da sie ihn erkannte, kamen alle Erinnerungen jäh zurück. Suzy Falcon drehte den Kopf, und ihr wurde sehr übel.

Robot half ihr zu der kleinen Quelle, spritzte ihr frisches, kühles Wasser auf die Stirn und ließ sie aus der

Mulde seiner prothetischen Hand trinken. Er war nackt wie sie. Hager, mit weißer Haut und mit einer blonden Mähne, die zu einem zottigen Hahnenschwanz gewachsen war. Das beschnittene Glied wirkte in seinem haarigen Nest frech. Er hockte sich auf den sandigen Rasen und sah zu, wie sie Wasser über ihr Gesicht und den Nacken goß.

»Geht es Ihnen gut?« fragte er, als sie fertig war.

»Ich meine ... Ich weiß nicht.« Erinnerungen überlappten sich wie zwei Bilder, die auf gegenüberliegende Seiten der gleichen Glasscheibe gemalt sind. Erinnerungen daran, wie sie in ständig vertikalem Licht an der endlosen Krümmung des Strandes gegangen und in dem blutwarmen Wasser des Amphitheaters der Schattentänzer geschwommen war, an die Lichterscheinung des Engels, der sie von diesem Paradies ausgesperrt hatte. Und eine Erinnerung daran, wie sie an die Küste gekommen war und da gelagert hatte, sich eine Schutzhütte zwischen den Palmen und Lilien gebaut, mit einem kleinen Fiedelbohrer Feuer gemacht und eine lange, einsame Nachtwache gehalten hatte. Keine Engel, außer vielleicht in ihren Träumen ... Und auch diese letzten Erinnerungen verblaßten, sobald sie sie zurückrufen wollte. Es war, als ob man Nebel einzufangen suchte ...

Sie sagte: »Es ist alles voller Löcher ... Jemand spielt mit meinem Verstand herum, stimmt's? Ich erinnere mich an etwas wie eine Säule aus Licht, die mich hinderte, dahin zu gehen, wohin ich wollte. Ich warf etwas darauf, einen Bambusstock, mit dem ich Fische aufzuspießen pflegte. Und das Ding flammte auf, verbrannte den Stock, machte mich fast blind ... Was war das, Robot? Nun, du weißt es ... Ich sehe das einfältige Lächeln in deinem Mundwinkel. Was weißt du über diesen Ort? Sind wir im Innern jenes Mondes? Ich erinnere mich daran, wie unser Schiff gefangen wurde.«

»Wir befinden uns nicht genau in dem Mond. Aber

wir sind auch nicht außerhalb davon.« Robot fuhr sich mit seiner natürlichen Hand durch seinen Hahnenschwanz. »Sie sind getestet worden«, sagte er. »Das kennzeichnet nicht ganz genau, um was es ging, aber es kommt der Wahrheit so nahe, wie mir möglich ist. Sie erinnern sich an die Schattentänzer. Das bedeutet, Sie haben bestanden. Sonst würden Sie sich nur an diesen Ort erinnern.«

»He, ich habe bestanden? Was denn?«

»Sie glauben, alle Aliens zu hassen. Das tun Sie natürlich nicht. Sie kennen nur den FEIND und haben noch nicht einmal einen davon lebendig erblickt.«

»Ich hasse sie immer noch – wegen dessen, was sie getan haben.«

»Sie sind aber nicht xenophob. Sie sind mit den Schattentänzern geschwommen.«

»Jawohl. Daran erinnere ich mich. Woher weißt du, wie ich sie nenne?«

Robot zuckte die Achseln, und seine blaßblauen Augen waren von schweren rosa Lidern bedeckt.

Suzy durchfuhr ein Gedanke, der ihr einen jähen Schauder verursachte und wie Eis über ihre nackten Schultern lief. Sie erbebte in dem warmen grünweißen Licht und sagte: »Bist du wirklich *Robot?*«

»Ja und nein, Suzy. Erinnern Sie sich, daß Robot an sich selbst arbeitete? Er hat die meisten Verbindungen zwischen den beiden Hälften seines Gehirns zerschnitten und in der linke Seite einen Helfer eingesetzt.«

»Maschine?«

Er nickte feierlich.

»Okay, ich kann das Spiel spielen auf jede Weise, die du willst. Mann, du bist so empörend ruhig. Als ob dir das Zeug bekannt wäre. Wo hast du es erfahren, he?«

»Der ursprüngliche Teil von mir, den Sie den realen Robot nennen würden, schläft. Oder träumt, daß er schläft. Und er träumt den Traum, an dem Sie teilhaben.«

»Ich dachte, es wäre *mein* Traum, Robot.« Sie glaubte ihm nur halb, wenn überhaupt so weit. Sie maß die Distanz zwischen ihnen beiden und zwischen ihr und der Hütte, wo ihr neuer Fischspeer lag. Wenn es dazu kommen sollte, konnte sie es wahrscheinlich mit Robot oder Maschine aufnehmen, mit oder ohne verstärktem Arm. Sie könnte ihn wahrscheinlich so lange peitschen, wie sie seine prothetische Hand, die Laserpunkte und Schneidkanten von deren Verlängerungen von ihrem Gesicht fernhielt. Er war groß, aber auch hager, und nicht gewohnt zu kämpfen. Sie aber war das und hatte den Vorteil des Pakets verstärkter Muskeln über den Schultern. Sie konnte ihn hochheben und ihm das Kreuz brechen, wenn es dazu käme …

Vielleicht hatte sie unbewußt ihre Angriffsmuskeln spielen lassen, weil Maschine sagte: »Suzy, ich bin nicht hier, um Ihnen zu schaden. Ich bin hier, um zu erklären.«

»Okay, dann sag mir, was die Schattentänzer sind!« Damit traf sie ihn in die Flanke, das sah sie. Also konnte er jedenfalls nicht ihre Gedanken lesen. Sie hatte von solchen Dingen gehört, aus den schlechten alten Zeiten, wo Computer auf der Erde herrschten. Tote Leute in Speicherbänke gepumpt, in ein künstliches Milieu. Nur waren sie nicht die reale Person, die Anima, gewesen, sondern nur ein Schatten – aber sie hatten später dann nichts gewußt.

Maschine sagte: »Die Schattentänzer sind ein Traum innerhalb eines Traums, wobei ihr eigener mit dem Robots vermischt ist. Sie wurden von Nowaja Rossija geborgen, als ihre Biosphäre durch den Feind zerstört wurde …«

»Warte hier einen Augenblick!« sagte Suzy. »Der FEIND hat nie eine unserer Welten angegriffen. Mann, ich war damals bei BD 20. Ich weiß nichts darüber, daß sie jemals über unsere Vorposten hinausgelangt wären.«

»Suzy, Suzy, Sie müssen sich beruhigen.« Maschine lächelte, wenn auch eigentlich mehr als zur Hälfte steif und düster. »Ich spreche von etwas, das sich vor einer halben Million Jahre ereignet hat. Und es waren nicht die Alea von BD 20, sondern ein Teil der Alea-Sippe, die auf P'thrsn verblieben, nach einer Art Bürgerkrieg, einem aufgeputschten Sippenstreit. Als die Schattentänzer anfingen, die benachbarten Sterne zu erforschen, haben die Alea von P'thrsn ihre Ausrottung beschlossen, so daß die Marodeure ...«

Suzy unterbrach wieder, und Maschine ging geduldig weiter zurück und erzählte ihr vom Ursprung des Feindes, der Alea. Dem Doppelsystem des roten Überriesen und des schwachen braunen Zwerges, um das ihre Heimatwelt umlief, in den Gürteln aus interstellarem Gas, die den galaktischen Kern umgaben. Den gefühllosen Hirten, ihren Herden von Kindern im Larvenstadium, die während der Perioden, wenn der Überriese aufflammte, sich in intelligente männliche Neutren verwandelten anstatt in Hirten. Maschine erzählte Suzy von den fremdartigen, zeitweilig aufblitzenden Zivilisationen, die binnen weniger Dekaden im Kampf um Land aufstiegen und verfielen unter dem Ansturm von Hitze und harter Strahlung durch die Explosion des Überriesen, unter den Überschwemmungen, Wirbelstürmen und allgemeinem Unheil, das die Biosphäre befiel. Sie erzählte ihr von der nahen Supernova, welche den langsamen Untergang des Überriesen bewirkt hatte und die Alea zwang, nach innen zu wandern, zu den dichtgedrängten Sternen des Kerns. Von den langen Jahrhunderten der Erforschung und Kolonisierung und dann dem Auftreten der Marodeure, einer Alea-Sippe, die sich räuberisch eine Technologie angeeignet hatte, die am Rande des zentralen Schwarzen Lochs aufgegeben worden war. Von dem unaufhaltsamen Gemetzel der Marodeure, die in dem überfüllten Kern schneller als das Licht von Stern zu

Stern flogen und eine Welt nach der anderen inhalierten, und der Flucht einiger Sippen unter der Führung intelligenter, langlebiger weiblicher Neutren. Von Archen, die mit etwas weniger als Lichtgeschwindigkeit durch die Gaswolken pflügten, welche den Kern verhüllten und sich in den vierhundert Milliarden Feldsternen der Spiralarme verloren.

Maschine erzählte Suzy, diese Sippen hätten sich seitdem versteckt, aus Furcht, daß die Marodeure sie aufspüren würden. Darum hatten sie sich entschlossen, auf Welten von Sternen am Rand zu gehen. Sie lehnten es ab, selbst *in extremis* den Phasenwandler zu benutzen. Die Sippe, welche P'thrsn bewohnbar gemacht hatte, spaltete sich, weil eine ultrakonservative Partei geglaubt hatte, daß es den Marodeuren gelingen würde, die Energien zu entdecken, die ausreichten, die früher durch Gezeiten gebundene Welt in Rotation zu versetzen. Die Konservativen hingegen hatten sich der Arche bemächtigt und mühsam davongemacht, um sich im Asteroidensystem von BD 20 niederzulassen. Danach hatten sie stets nach Eindringlingen Ausschau gehalten, die ihrer Meinung nach nur Marodeure sein könnten, die kämen, um sie zu vernichten. Daher kam es zu dem Krieg mit den Menschen.

Es war nur ein kleiner, am Rande liegender Teil der geheimen Geschichte des Universums, aber es erforderte viel Zeit, ihn zu erzählen. Einen Teil dieser Zeit saßen sie im kühlen grünen Schatten bei der Quelle; während eines anderen Teils wanderten sie durch das Gebüsch hinter den Palmen, wo das von dichten grünen Blättern gebrochene Licht Streifen auf ihre nackten Körper warf. Suzy pflückte alle möglichen Früchte – alle vollkommen reif und äußerlich fehlerfrei. Bananen oder Pflaumen oder Brotfrüchte warf sie oft schon nach einem einzigen Biß weg, ehe sie nach mehr griff. Einen weiteren Teil der Zeit spazierten sie entlang dem schmalen, feuchten Band von festem feuchten Sand, wo kleine, klare Wellen den Strand beleckten.

Maschine erzählte Suzy, daß die Alea unvernünftige und hastige Eindringlinge wären, schlecht geeignet zur Anwendung von Technologie, weil die Evolution ihnen Intelligenz als letzte Zuflucht gewährt hatte. Und darum benutzten sie diese, taumelten von einer Krise in die andere in einem Dunst von Ärger und einem Durcheinander widersprechender Absichten. Sie waren auf einer sehr seltsamen Welt eines sehr seltsamen Systems aufgewachsen und waren nie vorausgesagt oder entdeckt worden, bis es zu spät war, bis eine Krise sie auf die Bühne der galaktischen Geschichte gezwungen hatte. Und die Marodeure gab es immer noch im Kern; und sie planten, das Universum zu unterwerfen ohne Rücksicht auf die Konsequenzen. Alles, was sie kannten und um was sie sich kümmerten, waren ihre Sippen: Nichts anderes spielte eine Rolle: Es war ein pathogener genetischer Zwang, eine falsche Schaltung der Gehirne männlicher Neutren. Ihnen mußte Einhalt geboten werden, ehe sie sich in andere Galaxien ausbreiteten und der von ihnen in Gang gesetzte Prozeß unumkehrbar wurde.

Suzy lachte darüber. »Du sagst, daß ich gegenüber diesen Dingen etwas jung wäre? O Mann! Du bist wirklich Robot. Das weiß ich jetzt. Nur du würdest so verrücktes Zeug reden. Das ist ein anderer Trick, wie deine Terroraktion damals in Urbis, nicht wahr?«

»Ich glaube das nicht, obwohl ich nicht sicher sein kann. Die Engel sprechen nicht direkt mit mir, Suzy. Es gibt keinen Dialog. Vielleicht unterhalten sie sich mit Robot; aber der schläft und träumt nur von all diesem.«

Sie saßen wieder einmal im Schatten an dem von der Quelle gespeisten Teich. Suzy zog einen Fuß durch seidig kühles Wasser und sah zu, wie die kleinen Wellen zwischen dem Geflecht der Palmwurzeln an der anderen Seite zusammenstießen. Sie blinzelte immer zu Maschine hinüber. Sein dürrer Körper zeichnete sich als Silhouette vor dem hellen Strand ab. Helle Lichtpunkte zuckten durch die Lücken in seinem verstärkten Arm. Sie hatte vor ihm keine Angst mehr; die war vergangen während seines langen Berichtes über die Alea. Sie zog das Bein an und schüttelte silberne Tropfen ab, die dort, wohin sie fielen, Spuren auf dem weißen Sand hinterließen. Sie fühlte unter ihrem nackten Gesäß grobes Gras kitzeln. Irgendein Traum, in Ordnung.

»Was ist nun mit den Engeln?« fragte sie.

»Die Engel… sind mir weniger klar, obwohl es sie überall gibt, Suzy, rings um uns. In jedem Wassertropfen des Ozeans, in jedem Sandkorn. Sie haben sich größtenteils von dem uns bekannten Universum zurückgezogen, sie hatten nicht erwartet, daß man sie wieder holte.«

»Handelt es sich um diese Stadt? Oder ich meine, daß es eine Stadt ist, hinter einer seltsamen Ebene oder Wüste… Ich glaube, ich habe versucht dorthin zu gelangen, konnte es aber nicht.«

»Suzy, der Ort, wohin sie gegangen sind, ist allzu verschieden. Jene Wüste war ein virtuelles Diagramm der Entropieschranke zwischen hier und da. Man müßte eine unendliche Menge Energie aufwenden, um sie zu überschreiten.«

»Sie schien gar nicht so weit entfernt zu sein, bis ich anfing, darauf zuzugehen.« Suzy fröstelte es in der warmen Luft. Sie erinnerte sich plötzlich der flachen Kammlinie, die in gelbem Licht glühte, und der Weise, wie ihre Fußabdrücke sie zerstört hatten. Sie war eine Närrin gewesen, als sie, ohne zu bedenken, in was sie hineingeriet, losmarschiert war. Sie hätte sterben können.

»Es ist wie eine fraktale Fläche«, sagte Maschine. »Analog der Kochschen Kurve oder der Mandelbrotformel. Eine unendlich komplexe Grenze, kartiert in einem endlichen Raum. Sie hätten ewig weitergehen können und wären um keinen Zentimeter dem Ort näher gekommen, wo die Engel hausen.«

»Über die blöden Fraktale weiß ich genau Bescheid, zum Teufel! Was ich nicht von Null an weiß, sind diese Engel oder das, was sie von mir wollen.«

Maschine antwortete nicht gleich, sagte aber nach einer Weile: »Wenn Sie genau horchen, können Sie ihre Stimmen hören.«

Er wurde wieder still, und Suzy erinnerte sich an die Stimme des Engels – oder was immer es gewesen war –, die gewoben war aus dem Murmeln des Bachs, der Welt zwischen Welten. Schließlich wagte sie die Frage: »Wo ist denn nun *dieser* Ort? Wo sind wir eben jetzt? Du sagtest, daß Robot das träume. Ist das alles in deinem Kopf?«

»Die Engel haben sich aus dem körperlichen Universum zurückgezogen, aber nicht gänzlich. Es ist für sie noch wichtig. Notwendig wie eine Nabelschnur. Wir befinden uns in dieser Nabelschnur, dieser Verbindung, aber nur ein kleines Stück. Ich weiß nicht, wo sie endet.«

Suzy horchte auf das Schweigen unter seinen Worten und dachte einen Moment lang, sie könnte eine geflüsterte Ansage in vielen Sprachen hören... Oder vielleicht war Verrücktheit ansteckend. Sie sagte: »Falls du noch Fragen beantwortest, kannst du mir von den Schattentänzern erzählen.«

»Die stammen aus Nowaja Rossija, soviel habe ich Ihnen doch wohl schon gesagt. Sie sind Flüchtlinge aus dem Genocidprogramm der Alea, wenn auch nicht Flüchtlinge im physischen Sinn. Rekonstruierte Engramme oder Animae, das ist nicht klar. Obwohl sie nur wenige sind, tragen sie Erinnerungen an alles, was verloren war... Sie sind eine symbiontische Assoziation zwischen den kolonialen seßhaften Kreaturen, die Sie an den Säulen haben leben sehen, und den Kreaturen, die auf den seßhaften Kolonien weiden. Können Sie folgen?«

Suzy nickte in der Erinnerung an graziöse schwarze Kreaturen, die durch warmes kristallklares Wasser huschten, an die knorpligen Knoten hinter ihren Mäulern, zwischen den Fühlern des krabbenartigen Dinges. Robot erklärte, daß die Symbionten das Nervensystem ihrer Wirte infiltriert hätten, wodurch sie einander verstärkten und gemeinsam ein intelligentes Individuum bildeten, wo zuvor keines existiert hatte. Wenn sich der Wirt paarte, dann tat das auch der Symbiont. Er verstreute Myriaden Larven, von denen vielleicht eine in einer Million eine neue Kolonie Seßhafter fand. Die Kolonien entließen Schwärmer, die die Wirte infizierten und so den Kreislauf vollendeten. Im Laufe der Entwicklung von Zivilisation wurden andere Kreaturen zu Gästen gemacht, um Augen und Gliedmaßen für Arbeit auf trockenem Land zu liefern. Ein Band von Industrie hatte sich längs der Küsten der warmen, flachen Ozeane ihrer Welt entwickelt. Die Symbiose hatte den Phasenwandler entdeckt und war dabei, die näheren Sterne zu erforschen, als die Alea sie niedergeschlagen hatten. Die Wirte der Schattentänzer waren natürliche Empathen, und die Entwicklung der Symbiose war eifrig beobachtet worden – ob mit oder ohne die Engel, wußte Maschine nicht oder wollte es nicht sagen –; und daher wurden außerordentliche Maßnahmen ergriffen, um etwas davon zu erhalten. Sie wurden in diesem Gefängnis gehalten, bis eine passende Heimat gefunden werden konnte, damit sie ihre Entwicklung fortzusetzen in der Lage waren.

»Und die Art, wie ich auf sie reagierte, war eine Art Test. Mir scheint, du willst darauf hinaus, mir zu sagen, wie man von mir erwartet, schließlich oder vielleicht sogar schon jetzt das Universum zu retten.« Suzy nahm eine resolute Haltung ein, machte den Rücken steif und schob das Kinn vor: »Mach weiter! Ich kann es ertragen. Du kannst mir zunächst erzählen, warum diese allmächtigen Engel es nicht tun können, während du dran bist.«

»Sie sind nicht allmächtig«, sagte Maschine. »Sonst wäre bestimmt keiner von uns hier. Sie sind beschränkt, weil sie sich zurückgezogen haben. Es gibt nur bestimmte Plätze im körperlichen Universum, wo sie einen begrenzten Einfluß ausüben können. Es gibt riesige Gebiete, wo sie nicht einmal mehr beobachten können. Sie sehen, die Geschichte, die ich Ihnen erzählt habe, ist wirklich Geschichte. Wir leben in einer Zeit, da ...«

Während er sprach, hatte ein in der Ferne rumorendes Dröhnen zugenommen. Und dann war es plötzlich so laut, daß Suzy es auf der nackten Haut ihres ganzen Körpers fühlen konnte. Sie stand auf, als ein Wind Lichtflecke über den Teich verstreute, Sandfäden über den Strand peitschte und Gischt über das glitzernde Meer jagte. Maschine war auch aufgestanden, die Hände über den Ohren, und brüllte etwas, das Suzy nicht hören konnte. Es wurde dunkler. Suzy schaute auf und sah, daß der Fleck im Himmel jetzt ein dunkles Loch war, umringt von verschlungenen Filamenten aus weißem Licht. Ein Donnerschlag übertönte das Heulen des Windes; und die saubere, elegante Gestalt des Einzelschiffs fiel aus dem sich erweiternden Fleck.

Suzy kreischte vor Freude auf und lief aus dem Schatten der Palmen, den Unterarm erhoben, um die Augen zu beschatten, während sie sah, wie das Schiff die Meeresoberfläche streifend auf den Strand herbeieilte... Und dann parkte es sauber auf weißem Sand, als ob es schon immer dort gewesen wäre. Sein Deltaflügel reichte vom Palmensaum bis zu den Brechern, die nach dem plötzlich verschwundenen Sturm ans Ufer schlugen. Der ungleichmäßige Fleck, der an der Stelle einer Sonne stand, strahlte wieder in grünweißem Licht am blauen Himmel.

Maschine packte Suzys Arm mit seiner natürlichen Hand und sagte: »Wir müssen gehen. Andere sind schon vor uns gegangen. Die Zeit ist hier durcheinander … Suzy, wir müssen unser Schiff bewaffnen und sie erwischen, ehe sie Schaden anrichten können.«

Suzy wollte gerade fragen, was er meinte, als er hinzufügte: »Sie sind bereit für uns. Schauen Sie!«

Eine Art Dunst sammelte sich um das Schiff. Es war eine Herde Engel. Sie brannten heller als der Fleck am Himmel, wie sie sich um die schwarze, blattförmige Gestalt des Schiffs tummelten. Und dann, als Suzy über den Streifen heißen Sandes auf sie zukam, erhoben sie sich hoch in die Luft und verschwanden wie Seifenblasen.

Suzy ging um die runde Kante der Tragfläche ihres Schiffs und ließ eine Hand über die schwarze Keramik gleiten. Sie fühlte sich warm und leicht gerippt an – real. Sie duckte sich unter den sigmaförmigen Lufteinlaß des Staustrahltriebwerks und sah, daß die Waffennische offen war und die Halterungen für die Projektile zeigte (ein Fach war leer, wo das Geschoß gewesen war, das sie zwecklos in den Wirbel abgefeuert hatte, der sie zu diesem real/nichtrealen Strand hinuntergezogen hatte). Flockige, komplexe Lichtmuster sanken in die goldene Haut der Geschosse, noch während sie hinschaute.

»Gefechtsköpfe mit Kernfusion durch Zangeneffekt werden gegen die Marodeure wenig ausrichten«, sagte Maschine. Er stand in dem heißen Licht ganz still, etwas entfernt von dem scharfen Schatten, den das Schiff auf den Sand warf. Mit halb geschlossenen Augen, die nur weiße Spalten zeigten, schien er einem Anfall nahe zu sein; aber seine Stimme war hell und heiter. »Man hat uns etwas Besseres gegeben als rohe Energiewaffen. Die Geschosse sind mit einer Art von mathematischen Virus getränkt. Die Marodeure benutzen Prozesse, die nur sie zu verstehen glauben. Diese Gegenmaßnahme ist ein Geschenk seitens derer, die diese Prozesse als erste entwickelt haben. Sie haben sich von unserem Universum zu weit entfernt, um wieder einzutreten. Die Plancksche Konstante würde ihr Entropieniveau nicht aushalten. Sie würden zerstreut werden wie ein Schiff, das es mit Kontraraum aufnimmt und zerstreut wird, wenn es zu tief in einer Gravitationssenke steckt. Aber Sie und ich, Suzy, werden die Überbringer sein. Das ist ein großartiges Unterfangen.«

»O ja, da bin ich sicher. Und wie werden wir wissen, worauf wir schießen müssen?«

»Das wird unser geringstes Problem sein. Wir werden es erfahren, wenn die Zeit kommt.«

»Wir werden es erfahren – großartig!« Suzy versuchte, nicht daran zu denken, was sie tun würde, wenn sie endlich wieder in der Realität zurück wäre. Auf keinen Fall Drachen jagen auf Geheiß eines Haufens Feuerbälle, das war sicher. Sie unterdrückte den Gedanken, so gut sie konnte. Sie war wieder ganz verdreht bei der Vorstellung, daß die Engel oder Maschine oder vielleicht Robot, der angeblich diese ganze Szene träumte – wo war er? Im Innern des Kopfes von Maschine? –, ihr direkt ins Hirn sehen könnten.

Sie sagte: »Das ist Zeitverschwendung. Wir sollten lieber weitermachen. Ich habe genug Sand gesehen für mein ganzes Leben und deines auch.«

Der Anblick des dichtgedrängten Versorgungsystems des Einzelschiffs traf Suzy mit einer großen Welle von Nostalgie und brachte schlagartig Erinnerungen zurück wie Eisbrocken von einem kalbenden Gletscher. Die kardanisch aufgehängte Liege, deren silbriger Bezug noch die Eindrücke ihres Körpers trug. Das Steuerpult, bei dem Streifen mit ihrer krakeligen Handschrift unter der Hälfte der Schalter steckten. Fettspuren auf der Eingabetaste von ihren Fingerspitzen. Und vor allem der Geruch: süßlich und faul, ihr eigener und der Geruch von Robot, vermischt durch Wochen des Verweilens in dem kleinen Raum. Sie atmete tief ein; aber schon verschwand der Geruch, als ihre Nase sich wieder daran gewöhnte.

Der Servomotor der Schleuse winselte hinter ihr. Auf dem Netz des Decks schrumpfte ein Bogen aus grünweißem Licht zu einer Linie und verschwand.

»Sie werden die Waffennische schließen«, sagte Maschine. »Dann sind wir sofort startbereit.«

Suzy blickte ihn an. Er hatte sich in den rückwärtigen Teil der Kabine gezwängt. Seine lange blonde Mähne streifte das Netz der Decke. Die natürliche und die prothetische Hand baumelten neben den Schenkeln. Er stand ganz anders da als in der lässig gebeugten Haltung von Robot. Die Haut sah weiß und etwas schmutzig aus im Licht der Leuchtröhren. Muskelflächen quer über dem Magen, Haar wie gesponnene Messingdrähte über seinem schrumpligen Glied. Nackt – wie sie auch.

Suzy holte Unterkleidung für Anzüge aus dem Verteiler, warf eine Garnitur Maschine zu, drehte sich um und kletterte eilig in die andere. Sie fühlte sofort große Erleichterung, als die Berührung mit weichem gesteppten Stoff an die Stelle luftiger Empfindung der Nacktheit trat. Mit dem Daumen drückte sie das Schließband vom Nabel bis zum Hals zu. Sie wandte sich um und sah, daß Maschine immer noch nackt war, das Unterzeug unter seinen bloßen Füßen zerdrückt (mit staubigem weißem Sand überpudert, die Zehen zusammengepreßt, die gelben Nägel krumm und zusammengeschrumpft).

Suzy sagte: »Zum Anziehen nimmt man erst das eine und dann das andere Bein.«

Maschine sagte ohne eine Spur von Ironie: »Ich entsinne mich« und bückte sich, um mit seiner prothetischen Hand das Unterzeug aufzuheben.

Suzy stieg in die Liege, stellte sie auf Sitzposition und rief eine Zustandskontrolle auf. Sie war so konzentriert mit dem Durchgehen der Symbolreihen, daß sie kaum bemerkte, wie Maschine sich in die enge Schlafnische der Wand hinter ihr zwängte. Alles war nominal. Die Wasserstoffbooster waren betankt, Luft/Wasser/Energie zeigten Grün, und auch die Verpflegung war irgendwie aufgefüllt. Die etwa ein Dutzend kleinen Macken, die während der langen, riskanten Fahrt zu dem überschnellen Stern aufgetreten waren, waren alle verschwunden.

Suzy schloß die Waffennische und wandte den Kopf, um Maschine zu sagen: »Deine Freunde haben gute Arbeit geleistet. Sie sind für nichts anderes gut, aber hervorragende Mechaniker. Sag mir jetzt, wie der Flugplan aussieht!« Behaglich in sauberer Wäsche, kühle, gefilterte Luft atmend, eingekuschelt in die Stoßschutzhülle, fing sie an, sich wieder als Herrin ihres Schicksals zu fühlen. Sie konnte mit dem Schiff hinausfliegen, ohne sich umzuschauen; und auch nichts konnte sie veranlassen, den Kamikaze-Auftrag der Engel auszuführen. Sie hatte genug solcher Unternehmen durch die Asteroiden-Siedlungen von BD 20 geflogen, daß es für eine doppelte Lebenszeit gereicht hätte. Mindestens.

Maschine lag in der engen Nische ausgestreckt auf dem Rücken, die Hände über der Brust gefaltet, und sah aus wie das Bild eines toten Heiligen oder so, das in der großen Familienbibel von Suzys Kindheit gewesen war. Seine kleine Rattenmaschine saß in der Nähe seines Kopfes – Suzy vermutete, daß sie dort die ganze Zeit gewartet hatte – und langte jetzt mit spitz zulaufenden Extremitäten aus Stahl und Plastik hoch, um die gebogenen Platten seines Panzers zu streicheln, so wie man unbewußt eine Katze liebkosen könnte. Ihr biegsamer Körper war irgendwie drollig; Platten entfernten sich voneinander, als ob sie sich dehnte und in Stücke fallen könnte … Nach einem Moment drehte Maschine den Kopf, um Suzy anzuschauen.

Er sagte langsam, als ob er auf eine innere Stimme lauschte: »Sie werden direkt nach oben fliegen. Für Sie wird ein Weg geöffnet werden, und Sie werden hindurchgehen. Wir werden an einem Ort ankommen, den noch kein menschliches Wesen gesehen hat. Dort werden wir die Marodeure aufspüren … Und dort werde auch ich das Schiff steuern.« Die kleine Maschine klammerte sich an seinen verstärkten Arm, spann feine Kabel und stöpselte ihn in die Systeme ihres Schiffs ein. *Ihres* Schiffs.

»He, ich bin hier der Pilot. Erinnerst du dich daran?«

»Ich erinnere mich, Suzy. Sie können das Schiff in den Normalraum zurückfliegen, aber danach kann man Ihnen nicht vertrauen.« Sie wollte protestieren, aber Maschine sagte: »Hören Sie mir zu! Sie entsinnen sich, was mein Helfer mit dem Diener von Duke Bonadventure auf Titan gemacht hat. Das kann ich auch leicht mit Ihnen machen, wenn Sie nicht gehorchen. Suzy, ich hoffe, daß wir Partner sind, aber Sie werden nicht imstande sein, den kritischen Moment zu erkennen, die Zeit und den Ort, wenn die Geschosse abgefeuert werden müssen, um die gestohlene Technologie der Marodeure auszubrennen. Das ist es, was dieser Teil von mir gedacht hat, während Robot den Traum geträumt hat, durch den Sie geschritten sind. Die Engel konnten zu mir sprechen, Suzy, zu mir allein. Sie werden uns dorthin fliegen, und ich werde den Rest erledigen.«

»Mir scheint«, sagte sie ärgerlich, »daß ich überhaupt nicht benötigt werde. Und wo ist Robot? Lassen wir ihn zurück?«

»Sie werden gebraucht, Suzy. Als Pilotin und als Zeugin. Bitte, lassen Sie das Schiff aufsteigen!«

Sie tat es, hart und schnell, mit Wasser/Sauerstoff-Boostern und Reaktionsmotor zugleich. Sie brannte eine geschmolzene Grube in den Strand. Palmen und die kleine Hütte und der Teich mit seiner klaren Quelle verschwanden in einem weißen Feuerstoß, als das Schiff in einem Bogen aufstieg und über dem blauen Wasser entschwand.

Die Beschleunigung drückte Suzy in die Liege. Sie hatte sich innen in die Lippe gebissen. Der scharfe, kupfrige Geschmack von Blut war der Geschmack ihrer Angst und Wut. Ihr Sichtfeld war erfüllt von Einblendungen, schwankenden Angaben über Schub, Treibstoff und Geschwindigkeit. Maschine streckte sich flach aus in seiner mit einem Stoßschutznetz umhüllten Schlafnische, das Gesicht totenblaß und die Augen zurückgerollt. Seine Rattenmaschine fing an, Kabel um ihn zu weben. Ein Radarschwenk, der völlig ergebnislos war, weil er besagte, daß es draußen nichts gab, nicht einmal einen Horizont, während ringsum die Einblendungen die Sicht nach unten und hinter das Schiff zeigten, als es in seiner steilen Bahn nach oben donnerte.

Das blaue Meer, gesprenkelt mit weißen Schaumkronen. Das unendliche weiße Band des Strandes, der den Rand der See von den in sich verflochtenen Strukturen der fraktalen Wüste trennte. Suzy schaute aus nach der Bucht der Schattentänzer, aber der Strand war schon von einem Band zu einer schmalen Linie geschrumpft. Und über den fernen Horizont erhob sich wie immer der stechend goldene Schimmer der himmlischen Zitadelle …

Suzy empfand bei dem Anblick eine schreckliche Sehnsucht. Wenn sie könnte, hätte sie einen Immelmann gedreht und wäre auf den flüchtigen Schimmer losgerast. Bei Mach fünf horizontal würde sie ihn bestimmt erreichen. Aber sie wußte, daß es nicht so war, nicht für sie.

Und während sie noch so dachte, begann sich alles um das Schiff herum wegzukrümmen und eine Richtung einzuschlagen, die sie nie vorher bemerkt hatte. Das Schiff bebte. Booster und Reaktionsmotor setzten aus; und obwohl Suzy das Steuerpult nicht berührt hatte und die Katalfissionsbatterie nicht beansprucht wurde, befand es sich plötzlich im Kontraraum.

Dritter Teil

DIE WIEGE DER SCHÖPFUNG

1

Die *Vingança* war aus einem von etwa zwei Dutzend Wurmlochgruben herausgekommen, die den Äquator eines unregelmäßigen Planetoiden umgaben. Und der Planetoid war in Umlaufbahn um einen massiven roten Überriesen, ungefähr fünf Lichttage entfernt von dem Schwarzen Loch im Zentrum der Galaxis, tief in dem gezackten Oval seiner Sammelscheibe. In der Nähe schwebte ein riesiger Gasbogen über den Himmel, ein geflochtener Strom aus glühenden Filamenten und Spiralbändern um magnetische Feldlinien, so ungeheuer, daß das Sonnensystem nicht mehr wäre als ein von seinen Flußenergien fortgewirbeltes Blatt. Der Strom krümmte sich einwärts um das Schwarze Loch und erstreckte sich weit durch die Hülle aus Gaswolken, die die Sammelscheibe umgaben.

Dieselben Gaswolken, Reste einer gewaltigen Explosion vor hunderttausend Jahren, verdunkelten auch die meisten Sterne des galaktischen Zentrums. Es war nicht das hübsche Bild, das man Dorthy auf P'thrsn gegeben hatte, von einer großen Juwelenschachtel von Sternen, die dicht gedrängt in sauberen stabilen Bahnen liefen und klar und sauber ein Schwarzes Loch umgaben, das alle interstellaren Trümmer ausgefegt hatte. Von den etlichen Millionen Sternen, die in das zentrale Parsec gepackt waren, befanden sich nur ein paar tausend wirklich innerhalb der Gashülle. Einige, einschließlich eines Haufens sehr heißer und sehr junger Sterne, waren in die Hülle der Gaswolken eingebettet. Die meisten waren außerhalb von ihr und nur im Infrarot sichtbar. Diejenigen, welche sich innerhalb der Hülle befanden, waren zumeist massive rote oder blaue Sterne; und sie alle hatten keine Planetensysteme und zeigten irgendeine Abweichung von der normalen Sternentwicklung. Manche, abgeflachte und extrem instabile eruptive Sterne, waren offensichtlich Produkte kürzlich erfolgter Zusammenstöße. Andere waren nackte Kerne, die durch Gezeitenerhitzung entblößt worden waren, oder so dicht umeinander kreisten, daß sie durch Schleifen sich vermischender Gase überbrückt waren. Sie alle bewegten sich mit ungeheuren Geschwindigkeiten um das Schwarze Loch, und viele, wie der matte rote Überriese, um den der Wurmlochplanetoid mit mehr als der zehnfachen Distanz kreiste wie Pluto um Sol, waren ihrer äußeren Schicht durch überschnelle Winde ionisierter Gase beraubt worden.

Was den Planetoiden anging, so war er größer als der Erdmond, aber seine Masse war viel kleiner. Und das mußte auch so sein, denn er war nicht die übliche abgeplattete Sphäre, die bei einem Körper seiner Größe zu erwarten wäre, sondern eine Art Hantel, als ob etwas an beiden Polen zugegriffen und versucht hätte, ihn auseinanderzureißen. Seine äquatoriale Einschnürung war übersät mit Wurmlochausgängen; aber anstelle einer gescheckten Landschaft durch Öffnen und Schließen von Wurmlöchern wie auf Colcha war das Gelände am Äquator gleichförmig chaotisch, während die aus Wasser-Eis bestehenden Oberflächen der gegenüberliegenden Hemisphären so glatt waren, daß sie maschinell mit einem Zentimeter Toleranz hätten hergestellt sein können.

Und als ein eilends gestarteter Kartierungssatellit am Ende des zweiten Tages seine Daten zu übermitteln begann, wurde plötzlich klar, daß Menschen nicht als erste durch eines der Wurmlöcher des Planetoiden gekommen waren. Eine riesige Struktur war über einem flachen Krater in der engen Taille des Planetoiden ausgebreitet. Ein Hektar eng verflochtener Fäden von jeweils nicht mehr als einem Meter Durchmesser, zerrissen, zerbrochen und in rußigen interstellaren Staub gehüllt.

Binnen Minuten nach Entdeckung dieser Struktur schaffte es jemand, eine Neutrinosonde dorthin zu schicken. Dorthy war inzwischen schon ungefähr fünfzig Stunden lang wach gewesen. Mit geröteten Augen und träge drängte sie sich mit dem Dutzend Wissenschaftlern, die keine Zeugen waren, um einen Holotank, als Profile von der Sonde vorbeizogen. Sie zeigten grau in grau, daß eine Art von Schaltkreisen durch die Wände der Fäden lief und daß die Fäden einen nur ein Zentimeter dicken hohlen Kern hatten und einige von ihnen die unmißverständliche Topographie des Wellenleiters eines Phasenwandlers aufwiesen. Das zusammengebrochene Gewirr war das Wrack eines Sternenschiffs.

»Es müssen Insekten gewesen sein«, sagte Valdez zu Dorthy, »um in etwas gelebt zu haben, das so klein ist.« Er zupfte an den Enden seines gewichsten Schnurrbarts. »Man stelle sich nur vor, daß ein Haufen von Asseln ein interstellares Schiff fliegt!«

»Sie hätten ebensogut so etwas wie eine Koralle oder ein Schimmelwesen sein können«, sagte Dorthy. Die für Valdez uncharakteristische Nervosität mischte sich mit ihrer eigenen, einer zappligen Instabilität ähnlich der Hochstimmung, die sie nach zu viel Kaffeegenuß zu bekommen pflegte. Sie fügte hinzu: »Deswegen sind wir hergekommen, um die Wahrheit ausfindig zu machen und heimzubringen.«

Denn obwohl Flores es vorgezogen hatte, das Schiff zu verlassen, hatte der Rest der Clique es vorgezogen zu bleiben, zusammen mit zwei oder drei wissenschaftlichen Nichtzeugen. In den folgenden drei Wochen intensiver Datensammlung, die dem Durchtritt der *Vingança* durch das Wurmloch folgten, schienen die meisten von ihnen den Höhepunkt ihres Lebens erfahren zu haben, trotz den willkürlichen Beschränkungen, die die Zeugen ihrer Forschung aufzwangen.

Dorthy fand eine Beschäftigung, indem sie Sonden verfolgte, die im Kontraraum ausgesetzt waren und jetzt durch die Sammelscheibe auf das Schwarze Loch zufielen. Sie war wieder zur Astronomin geworden und freute sich über jede Minute. Valdez indessen hatte wenig mehr zu tun, als den Planetoiden zu kartieren; und nach Entdeckung des fremden Wracks wollten die Zeugen ihm nur stark zensierte Daten überlassen. Vielleicht war das ein Grund, weshalb seine Beziehungen zu Dorthy plötzlich erkalteten... Und er hatte auch Angst vor ihr oder vor dem, was in ihrem Kopf war, war aber zu stolz, das zuzugeben. Dorthy versuchte, mit ihm vernünftig zu reden; aber sie liebten sich nur genau zweimal nach der Passage durch das Wurmloch. Und das letzte Mal war Valdez impotent und gab natürlich Dorthy die Schuld. Sie bemühte sich, ihn zu beschwichtigen, und sagte ihm, daß sie alle erschöpft wären und stets auf der Kippe stünden. Aber für ihn war das eine Sache des Stolzes, des Gesichts oder von Machhismus. Er fing an, ihr aus dem Wege zu gehen. Sie arbeiteten alle so viele Stunden lang, daß das nicht schwierig war.

Vielleicht hätte das nichts ausgemacht – nicht wenn so viel sonst auf dem Spiel stand –, wenn nicht Dorthy bei einer der medizinischen Routineuntersuchungen, denen die Zeugen alle unterzogen, entdeckt hätte, daß sie schwanger war. »Auch schon einen vollen Monat«, sagte Dorthy zu Ang Poh Mokhtar, die die einzige Person war, der sie vertrauen mochte. »Es muß beim ersten Mal passiert sein, als wir uns geliebt haben. Ich finde mich so blöde. Ich wußte, daß ich einige Wochen zu spät war, schob das aber auf den Stress unserer Lage hier. Meine Spritze verlor ihre Wirkung, während ich von der Navy festgehalten wurde, und ich habe später überhaupt nicht daran gedacht. Ich glaube, ich habe im Hintergrund meines Gehirns gedacht, daß Valdez auch eine Spritze bekommen hätte.«

»Viele Großbrasilianer machen das nicht, das kann ich dir sagen«, erwiderte Ang. »Sie denken, es schadet ihrer Männlichkeit. Eine Frau muß mit denen vorsichtig sein. Sie sind alle geladene Pistolen.«

»Nun gut, jetzt weiß ich das. Ich finde mich so dumm, daß ich durch Biologie ertappt bin nach allem, was ich durchgemacht habe.«

»Was wirst du jetzt tun, meine Liebe? Abgesehen davon, daß du Valdez nichts sagst.«

»Das ist eine der Fragen, die ich dir stellen wollte. Ob ich es ihm sagen sollte.«

»Wenn du mich zuerst fragen mußt, dann willst du es nicht.«

Dorthy dachte darüber nach. »Ich denke, nein. Er würde nur meinen, ich wollte mich dafür rächen, daß er mir aus dem Wege geht.«

»Ich bin nur eine unwissende Nepalesin und keine Gedankenleserin. Aber du siehst mit der Nachricht gar nicht so unglücklich aus.«

Auch darüber dachte Dorthy nach. Sie sagte: »Nein, ich glaube, ich bin es nicht. Ang, ich bin vierunddreißig. Ich habe niemals ernstlich daran gedacht, ein Kind zu haben … Aber ich werde mich seiner nicht entledigen. Jedenfalls nicht, bis ich nicht etwas mehr darüber nachgedacht habe.«

Aber es gab wenig Zeit zum Nachdenken. Es war zu viel zu tun. Durch Nachlässigkeit hatte die Clique der nicht gleichgesinnten Wissenschaftler die enorme Aufgabe angepackt, das Schwarze Loch und seine Sammelscheibe zu kartieren. Die Zeugen waren mit einer Struktur beschäftigt, die etwas weiter weg hinter der Kante der Sammelscheibe hing. Und sie waren enttäuschend geheimtuerisch hinsichtlich ihrer Entdeckungen; denn Dorthy wußte, wenn die Marodeure irgendwo wären, müßten sie dort sein. Aber bisher hatte es noch kein Zeichen von ihnen gegeben, und die Struktur war größtenteils durch die Sammelscheibe selbst verdeckt, und niemand in der Gruppe hatte viel mehr gesehen als unscharfe, grobe Holos von etwas, das merkwürdigerweise wie eine gigantische Version der *Vingança* aussah, eine Art Kugel mit einem Rückgrat oder Dorn dahinter.

Dorthy, die Tag für Tag in die Datenströme der einen oder anderen Sonde eingeschaltet war, die durch das apokalyptische Spektakel der Sammelscheibe fielen, hatte von der Struktur so viel gesehen wie jeder andere Nichtzeuge an Bord der *Vingança*. Induktionselektroden, die an ihre Augenlider geklebt waren, speisten Daten, die von der Sonde aufgenommen waren, direkt in ihr Sehzentrum ein. Wenn sie eingestöpselt war, vergaß sie bald, daß sie in der Umarmung einer Liege versunken war in einem der Überwachungsabteile des Forschungssektors. Sie war *da draußen*. Daten von einem runden Dutzend der Instrumente der Sonden flackerten ständig am Rande ihres Gesichtsfeldes, während diese durch Fluten entblößter Atomkerne und Spiralstürme von Licht fielen.

Die durch einen großen Bogen aus einfallenden Material gespeiste Sammelscheibe brodelte, knarrte und flimmerte von Energie jeder Art. Das Titanblech, welches die Sonde umhüllte, erodierte so schnell, daß Dorthy fast fühlen konnte, wie es zerfetzt wurde, wenn kosmische Strahlen, die durch zusammenbrechende Kerne erzeugt wurden, Millionen Löcher von atomarer Größe in jeder Sekunde hineinstanzten. Die Angaben der sich selbst reparierenden Stromkreise zitterten und verschwammen, während sie Schäden behoben, die vom Quantenniveau an bis hin zum Aufprall interstellarer Körner verursacht wurden. Es war so viel Strahlung, daß es bei einem Menschen in einem Druckanzug allenfalls eine Stunde gedauert hätte, bis er eine tödliche Dosis aufnahm.

Und über dem allen war Licht, so viel Licht, vom fernen Infrarot bis zu Röntgenstrahlen, welche von Atomen erzeugt wurden, die in dem ständigen Gebrodel zusammenstießen. Strahlung und Teilchenkollision bewirkten anregende Emissionen in den dünnen Gasen. Flatternde Banner und Schärpen und Bänder – violett, rot, indigo, grün, golden und tief purpurn – wanden sich durch das allgemeine ultraviolette Glühen der Sammelscheibe. Es gab Stürme elektrischer Energie in der Größe von Sonnensystemen, die durch Reibung entstanden. Reste von Sternen, die durch Gezeitenkräfte zerrissen waren, glühten wie brennende Augenbrauen. Und Gravitationsströme waren oft so steil, daß sie wie Fusionszangen wirkten und nackte Kerne von Wasserstoff und Helium zu schwereren Elementen verschmolzen in mikroskopischen Supernovae, die durch die Polarlichter der Sammelscheibe wie Nadelstiche im reinen Licht der Schöpfung wirkten.

Im Zentrum von dem allen war das Schwarze Loch. Sagittarius A*, ein gefrorener und für immer in sich zusammenstürzender Stern, dessen Licht für immer in seinem Ereignishorizont eingefangen war. Alpha und Omega. Man konnte es nicht sehen, außer durch die Verzerrung, die es bei der Sammelscheibe bewirkte – ein asymmetrisches Flimmern scharfer Strahlung, die um ein Objekt zusammengedrängt war von etwa zehnmillionenfacher Sonnenmasse, einem theoretischen Durchmesser von dreißig Millionen Kilometern und einem virtuellen Durchmesser, der nicht zu berechnen war, weil innerhalb der Singularität alle Gesetze versagten. Die Sonde war jetzt nur noch einen Lichttag von ihm entfernt, war aber auch bei stärkster Vergrößerung kaum zu sehen. Ein winziger, unbedeutender Fleck in den sich verengenden Spiralen der Sammelscheibe, aber doch so trächtig von Bedrohung wie eine entartete Krebszelle.

Die Masse des Schwarzen Lochs und die Vorgänge in seiner Sammelscheibe waren leicht gemessen. Tatsächlich waren die Daten, die Dorthy zu sammeln half, nur Verfeinerungen von dem, was seit Jahrhunderten bekannt war, Details, die bisher verdunkelt waren durch riesige Gaswolken, die den galaktischen Kern vor dem Spiralarm verhüllten, wo Sol und die kleine Blase des bekannten Weltraums sich befanden. Aber was Dorthy über das meiste von alledem lernen wollte, lag nicht innerhalb der Sammelscheibe, sondern an ihrem Rande, einige Dutzend Lichttage von dem Wurmlochplanetoiden entfernt: die riesige, geheimnisvolle Hyperstruktur, die die Zeugen als ihr Eigentum erklärt hatten, sicher ein Überbleibsel aus dem Goldenen Zeitalter, das sie in ihrem Dämmerzustand unten auf Colcha erspäht hatte.

An dem Tag, da sich alles änderte, stellte Dorthy wie üblich die rückwärtige Kamera der Sonde zur Verfolgung der Hyperstruktur ein, als sie sich einschaltete. Ein Inset von etwa hundert Pixel Seitenlänge überlagerte eine Ecke vom Panorama der Sammelscheibe und zeigte die Hyperstruktur vor dem unscharfen Haufen von Wolf-Rayet-Sternen, die innerhalb des zerfransten Torus von Gaswolken zu leuchten begannen. Der Schatten einer Sphäre mit einem nachgezogenen Dorn, einem Dorn von Milliarden und aber Milliarden Kilometern Länge, der aber nur ein undeutlicher Faden war, selbst bei Einsatz des der Sonde eingebauten Vergrößerungs-Chips. Da war die Andeutung eines gespenstischen Zwillings dieses riesigen Überbleibsels, etwas hinter der Kante der Sammelscheibe, aber nicht mehr als eine Andeutung.

Aber es blieb keine Zeit mehr für einfache Beobachtung. Die Hälfte der Instrumente der Sonde war bereits verstummt als Opfer von Strahlung oder Aufprall entblößter Kerne, die sich mit fast Lichtgeschwindigkeit bewegten. Und jetzt brach auch die Verbindung selbst zusammen. Interferenzraster flimmerten über Dorthys Gesichtsfeld. Ein Gebrüll weißen Lärms erhob sich in ihren Ohren. Mit einigem Bedauern schaltete Dorthy die Verbindung aus. Das ausgedehnte Panorama einfallender Lichtspiralen zitterte und fiel in sich zusammen. Sie war wieder auf der Liege, tief im Forschungsmodul der *Vingança*.

Dorthy setzte sich hoch, benommen vor Disorientierung und fing an, Kontakte von ihren Lidern zu lösen, ihren Schläfen und ihrem Nacken. Sie empfand eine tiefe, leise Trauer wegen des Verlustes der armen, getreuen Sonde. Aber vielleicht war es auch so schon gut. Sie hatte genügend lange Zeit mit Beobachten verbracht. Es war Zeit, Bilanz zu ziehen, zu analysieren, was geschah und was geschehen war, und die Milliarden von Daten durchzusieben nach irgendeiner Spur der Marodeure.

Aber wie gewöhnlich war Professor Doktor Abel Gunasekra allen anderen voraus. Als Dorthy etwas zu essen fassen wollte, erfuhr sie, daß er eine Besprechung anberaumt hatte, um seine Funde zu diskutieren. Nach drei Wochen war alles dabei, sich zu verändern.

»Es kann kein Zweifel bestehen«, sagte Gunasekra zu Ende seines Vortrags, »aber derselbe Prozeß, den wir nach dem Ereignis beobachteten, das asymmetrische Auftreten ultrahochenergetischer Photonen, die in Kaskaden von Leptonen und Hadronen zerfielen, geht auch innerhalb der Sammelscheibe vor sich, nur in sehr viel größerem Maßstab. Wir sehen die Wellenfrontbildung von Sternen infolge eines kürzlichen Kataklysmus; und wir sehen eine Hülle aus Gas, das kürzlich von der Sammelscheibe ausgestoßen wurde. Ich vermute, daß diese Sterne fast völlig aus Wasserstoff bestehen, der durch den Zerfall ultrahochenergetischer

Photonen gebildet wurde. Irgend etwas scheuert das Gewebe von Raumzeit so dünn, daß Schöpfung durchscheint. Ich will nicht weiter spekulieren, aber vielleicht können wir unsere eigenen Schlüsse ziehen hinsichtlich dessen, was dafür verantwortlich sein könnte in Anbetracht der anomalen Struktur, die in der gleichen Region beobachtet wurde.«

Fast alle Wissenschaftler waren da, um ihn anzuhören – mehr als dreißig Zeugen und, in einer defensiven Gruppe in einer Ecke, das Dutzend andersdenkender Gelehrter, die sich entschlossen hatten, nach der Meuterei auf der *Vingança* zu bleiben. Talbeck Barlstilkin saß unter ihnen. Seine Augen starrten ins Unendliche. Gunasekras Folgerungen waren zu abstrakt und zu weit von gewöhnlicher menschlicher Erfahrung, um ihm etwas zu nützen. Auch Valdez war da. Als Dorthy ihren Platz hinten im Raum eingenommen hatte, hatte sein Anblick sie wieder überwältigt. Da war er, völlig ohne Wissen dessen, was er ihr angetan hatte. Und doch war sie nicht mehr auf ihn böse. Früher oder später würde sie es ihm ohnehin sagen müssen. Sie war eine kleine, grazil gebaute Frau; und in ein paar Wochen würde ihre Schwangerschaft deutlich in Erscheinung treten. – Und dann hatte Gunasekra angefangen zu sprechen, und Dorthy hatte alles andere vergessen.

Denn wenn es auch Talbeck Barlstilkin gelangweilt hatte, Gunasekras kurzer Vortrag hatte sie überwältigt. Ein Pfeil reiner intellektueller Elektrizität hatte ihre Erschöpfung besiegt; und das enervierende Summen von zu viel Kaffee (sie müßte mit Kaffee Schluß machen) überwältigte die leichte Klaustrophobie, die von der abgestandenen Luft und dem unnatürlichen Licht der Leuchtröhren und zu vielen Gehirnen, die ihre eigenen Gedanken bedrängten, herrührte. Man denke nur! All das war viel Fremdartiger als alles, was man ihr von den Alea auf P'thrsn erzählte hatte, fremdartig und wunderschön und aufregend. Die Marodeure hatten mehr getan, als bloß die anderen Alea-Sippen zu vertreiben und die Kernsterne zu übernehmen. Sie hatten den Prozeß der Schöpfung selbst umgekehrt.

In jedem anderen Teil des Universums wies der Pfeil der Entropie unausweichlich auf Hitzetod, indem unersetzlicher Wasserstoff in vier Einheiten zu schwereren Elementen verschmolzen wurde bis hin zu Eisen, das nicht weiter verschmelzen würde. In künftigen Äonen würde das Weltall so kalt werden, daß kein organisches Leben mehr möglich wäre. Es würde nichts übrig bleiben als Schwarze Löcher, schwarze Zwergsterne und wandernde Planeten, die nur durch Protonenzerfall erwärmt wurden, alles ein unmeßbarer Bruchteil über dem absoluten Nullpunkt, ein Wolfswinter, der bis nach 10^{30} Jahren dauern würde. Zuletzt würde die Raumzeit aufhören, sich auszudehnen und beginnen, in sich selbst zurückzufallen.

Aber nicht hier, in der Wiege der Schöpfung. Hier wurde Wasserstoff geboren aus dem von einem anderen Kontinuum gestohlenen Licht. Und er wurde zu Sternen gestaltet. Wenn die alte Ordnung dahinschwand, würden Welten, die diese neuen Sonnen umkreisten, Heimstätten für die Sippen der Marodeure bieten, Welten und Sterne ohne Ende, bis das Universum schließlich wieder in seine Singularität zusammenstürzte.

Nach Beendigung seiner Rede verbeugte sich Gunasekra vor seiner Hörerschaft und setzte sich an den Tisch gegenüber der Versammlung und neben den wohlwollend lächelnden weißhaarigen Führer der Zeugen, Gregor Baptista. Es gab ein Raunen von erregtem Geflüster. Dorthy teilte die allgemeine Aufregung und konnte auch Baptistas heimliches Vergnügen empfinden. Er und ein paar andere Zeugen hatten das gleiche Geheimnis; aber Dorthys Talent war durch das Gegenmittel zu abgestumpft, um zu wissen, was ihn amüsierte. Außerdem war es nicht an der Zeit, ein Talent, eine Spionin zu spielen. Sie war so in Spekulationen versunken, daß sie kaum die ersten Bemerkungen hörte, welche gelehrte Zeugen machten. Aber dann ging Jake Bonner an die weiße Tafel. Selbst Talbeck Barlstilkin schaute auf. Zwei Finger ruhten auf seinem narbigen Gesicht.

Bonner sagte: »Ich habe einen Einwand. Ich fürchte, daß Sie eines übersehen haben, Abel. Wenn wir annehmen, daß Ihr postulierter Prozeß dazu dient, das Weltall wieder mit Wasserstoff aufzufüllen und die Ära durch Sterne bestimmter Vorgänge unendlich auszudehnen, dann wird unausweichlich seine Temperatur durch Photonenerzeugung steigen.« Er wischte auf der Tafel mit einem nassen Lappen ein Stück frei. »Wenn wir annehmen, daß all der neue Wasserstoff schließlich durch stellare Fusionsprozesse verbraucht wird, können wir ganz leicht die angesammelte Zahl von Sternenlichtphotonen ableiten, die durch *N*, die Anzahl der Protonen, erzeugt werden.«

Mit großer, unbeholfener Schrift notierte Bonner eine Gleichung, die Dorthy sofort klar war, eine Kurzfassung gemeinsamer Ausdrücke für die Anzahl der Sterne, ihre mittlere Leuchtkraft, Lebensdauer und Größe.

$$10^{-3} (M_e/M_p)\, a^6\, a^G - {}^{1/2}N \approx 10\,N$$

»Natürlich«, sagte Bonner, »ist das sehr viel kleiner als die Anzahl der vom Urknall übrig gebliebenen urtümlichen Photonen, die ungefähr eine Milliarde *N* beträgt. Aber es kommt darauf an, daß Sternenlichtphotonen ungefähr zehntausendmal energetischer sind als die Photonen des restlichen 3-Kelvin-Hintergrundes. Die derzeitig angesammelte Dichte der Sternenlichtenergie ist nicht um viele Größenordnungen kleiner als diejenige, welche vom Urknall beigesteuert wird. Und eine Zunahme von *N*, wie Sie es vorschlagen, Abel, wird die Ausbeute an Sternenlichtphotonen erhöhen und damit auch die Hintergrundtemperatur des Universums.«

Dorthy erkannte, daß das eine direkte Ableitung vom Olbers-Paradoxon war, dem alten Problem, warum, wenn das Universum unendlich war, der Raum nicht von Sternenlicht erfüllt wäre, so wie ein Beobachter in einem dichten Walde in jeder Richtung nichts als Baumstämme sieht. Ein unendliches Universum müßte von Licht lodern und überall die Temperatur einer Sternoberfläche haben. Aber natürlich war das Universum nicht unendlich, weil es einen spezifischen Ausgangspunkt hat. Es war ganz einfach nicht alt genug, um von Sternenlicht ganz erfüllt zu sein. Aber die Marodeure produzierten eine neue Quelle von Sternenlicht, und eine ausgedehnte Erzeugung würde das Universum überhitzen, anstatt nur seine Abkühlung zu mildern.

Bonners Einwand war fundamental und elegant einfach. Professor Doktor Abel Gunasekra machte ein betroffenes Gesicht. Aber nur für einen Moment. Er wollte seine geliebte, neu geprägte Hypothese nicht kampflos aufgeben. Er sagte: »Natürlich sehe ich dies Problem, aber die Photonensammelrate ist sicher zu langsam, als daß sie einen wesentlichen Effekt haben könnte. Damit der Weltraum beispielsweise die Temperatur kochenden Wassers erreichen könnte, müßte das Verhältnis von Photonen zu Protonen 10^2 betragen, aber nicht 10^9 wie jetzt. Stellare Photonenerzeugung müßte mehrere Hubble-Lebensdauer währen, um sich diesem Wert auch nur anzunähern. Sicher lang genug in diesem unserem endlichen Universum, um kein Problem zu sein.«

Bonner entgegnete: »Mir kommt es darauf an, daß, falls der Prozeß, den wir in der Sammelscheibe beobachten, sich bis in die Unendlichkeit ausdehnen würde, die Temperatur schließlich den Punkt erreichen müßte, wo Photonen/Leptonen-Umwandlungen spontan auftreten können. Und dann sind wir zu den Bedingungen des Monoblocks zurückgekehrt, aber in einem Maßstab von hundert Milliarden oder noch mehr Lichtjahren. Ich denke, wir sollten überlegen, ob signifikante Effekte eintreten könnten, ehe *T* die Unendlichkeit erreicht.«

Dorthy sah, daß die beiden Gelehrten die ursprüngliche Debatte in Schichten komplexer Argumentation und Widerlegung zu verdunkeln begannen. Vielleicht ging es Gregor Baptista auch so; denn der Führer der Zeugen stand langsam auf. Dorthy beugte sich ihrem Sessel aus gepreßtem Kunststoff vor. Trotz der gebieterischen, ruhigen Miene Baptistas fühlte sie tief in ihm etwas Verzerrtes, einen aufkommenden Wutausbruch unter der Politur seiner gepflegten Manieren. Es würde etwas passieren.

Baptista behielt seine Pose eine volle Minute bei, ohne zu sprechen, und sah die Leute im Saal einen nach dem andern an. Dorthy starrte kühn zurück, aber sein Blick war schon vorbeigegangen. Schießlich sagte er: »Ich habe mir sorgfältig alles angehört, was Sie beide zu sagen hatten, ganz besonders Sie, Professor Doktor Gunasekra ...« – er nickte Gunasekra nachdrücklich zu, der einfach zurücklächelte –, »und es ist mir klar, daß wir mit Prozessen jenseits unserer Vorstellungskraft konfrontiert sind.«

»Zum Teufel, nein!« sagte Jake Bonner von seiner Ecke an der Tafel her. »Nur jenseits unserer Fähigkeiten, jedenfalls für den Moment.«

Baptista ignorierte ihn. »Wir müssen einräumen, daß wir uns in der Präsenz jener befinden, die wir im alten Sinne des Wortes Götter nennen würden. Weltenmacher, Schöpfer, Unsterbliche. Sie sind mit einer Großtat von Ingenieurleistung beschäftigt, die sich im Vergleich zur Bewohnbarmachung eines einzelnen Planeten verhält wie die Cheopspyramide zu einem Ameisenhaufen. Mir ist klar, daß wir nicht gegen diese Götter kämpfen können, denn die geringste Geste ihrerseits wäre für uns sofort fatal. Statt dessen müssen wir einfach als Bittende an sie herantreten. Wir werden unsere Präsenz verkünden und dann abwarten. Wir sind nicht in der Lage, etwas mehr zu tun.«

»Ich glaube, Sie haben unrecht«, sagte Dorthy. Die Leute sahen sich nach ihr um. Scharfe, abschätzende Blicke seitens der Zeugenwissenschaftler, interessierte aus der neutralen Ecke. Sie sagte: »Hier gibt es nichts, das der Geschichte widerspräche, die mir seitens der Alea von P'thrsn angegeben wurde, außer vielleicht im Maßstab. Alles, was wir sehen, ist das Werk der Alea-Sippe der Marodeure, die gestohlene Technologie und Maschinen benutzen, die sie von irgendeiner anderen intelligenten Species gestohlen haben.«

Baptista sagte sanft: »Dr. Yoshida, ich sehe nicht die Pointe Ihrer Mitteilung, selbst wenn diese verifiziert werden kann. Macht es wirklich etwas aus, wie diese Wesen zu dem wurden, was sie ganz offenbar sind?«

»Doch, bei Christus, ich sehe das!« Talbeck Barlstilkins Sessel kippte um, als er aufsprang. »Was gestohlen wurde, kann wieder gestohlen werden, und warum nicht von uns? Ich bin nicht hierhergekommen, um mich dem Feind zu Füßen zu werfen. Denn das sind sie doch. Das dürfen wir nicht vergessen. Alea wie die Alea von BD 20.« Er sah sich im Raum um. Die nicht vernarbte Seite seines Gesichts glänzte von Schweiß. Ein paar der nicht linientreuen Wissenschaftler nickten zustimmend, aber die Zeugen saßen alle mit steinernen Gesichtern da.

Baptista sagte freundlich: »Ich fürchte, daß Sie nicht das Recht haben, eine solche Handlungsweise zu wählen, Seyour Barlstilkin.« Er lächelte mit roten Lippen in seinem weißen, seidenweichen Bart.

Dorthy sagte in dem Augenblick, als es ihr klar wurde: »Sie haben schon gewählt!«

»Natürlich. Wir wußten, was wir tun müßten, noch

ehe das Schiff den überschnellen Stern verließ. Sie werden mit mir kommen, Dr. Yoshida. Vielleicht könnten wir Ihr Talent brauchen, falls es eine Antwort auf unser Signal gibt.«

»Was ist mit den anderen?«

»Die werden eingesperrt, nichts weiter.« Baptistas Lächeln wurde breiter. Alle Zeugen lächelten, das klare, unbeirrte Lächeln siegreicher Fanatiker, die sich der Richtigkeit ihrer engen Vision sicher sind.

»Bitte!« sagte Abel Gunasekra. »Was ist das? Ich verstehe nicht.«

Talbeck Barlstilkin sagte: »Ich glaube, man hat uns daran erinnert, daß wir Gefangene sind.«

»Sie haben Glück«, sagte Baptista. »Sie werden an meiner Seite sein, wenn eine neue Ära der Menschheit beginnt, eine Ära, die wir uns gar nicht vorstellen können!«

Dorthy spürte, wie sich tief in ihr etwas rührte, weit unter der Oberfläche ihres Bewußtseins: Die eingeprägte Persönlichkeit des weiblichen Alea-Neutrums, der Traum und die Warnung. Sie sagte zu Baptista: »Mein Problem ist, daß ich es mir nur zu gut vorstellen kann, und es ängstigt mich fast zu Tode.«

2

Suzy wußte nicht, wieviel Zeit sie hatte, ehe das Schiff den Phasenübergang in den Normalraum machen und Maschine seine Drohung ausführen würde, es ihr wegzunehmen; aber sie stellte sich vor, wenn sie etwas unternehmen wollte, müßte sie das bald tun. Maschine lag jetzt in einer Art von Zelt oder Hülle aus optischen Filamenten, die über ihm aufragten und in Kabel verwoben waren, die sich nach innen bogen, um sich mit den Systemen des Schiffs zu vernetzen. Er schien zu schlafen, die Augen fast geschlossen, die Hände auf der Brust um die kleine Rattenmaschine gefaltet. Wahrscheinlich schlief er aber nicht, jedoch konnte Suzy nur hoffen.

Sie saß still und versuchte nachzudenken. Sich einen vollständigen Plan zu machen. Schritt um Schritt, damit sie die Kontrolle übernehmen könnte. Etwas, das sie nicht tun konnte, war aufzustehen und seine Verbindungen herauszureißen. Die Rattenmaschine würde ihr die Augen ausbrennen und in ihre Kehle flitzen, ehe sie auch nur angefangen hätte.

Irgendwie war alles normal. Es schien an nichts herummanipuliert worden zu sein. Sie beobachtete die Kontrollen mit nichts im Kopf außer einem Knoten von Verzweiflung, als ihr der Einfall kam. Das Umlegen von Schaltern und das Eingabepaneel, das zu beschriften sie sich nicht bemüht hatte, weil sie das Schiff immer von Hand geflogen hatte, zu sehr besorgt, den Draht zu benutzen beim Flug durch die Saturnringe für den Fall, daß der Polizist etwas hineingetan hätte.

Und zu verdammt stolz, es beim Transit um den Neutronenstern zu benutzen.

Es würde dem krummen Hund recht geschehen, dachte Suzy. Ihr Mund zeigte den Anflug eines Lächelns. Sie würde ihn lehren, daß es ein wechselseitiger Prozeß war, sich in ein Schiff zu verdrahten. Sie langte hoch, schaltete den Computer ein und fing an, manuell eine Befehlsfolge zu starten.

Und plötzlich kam die Sicht nach außen wieder. Sie waren wieder zurück in der Realität.

Das Lebenssystem war zu einem Inset geschrumpft. Wie durch ein Fenster sah Suzy, wie Maschine sich in seiner Wiege aus Fasern regte. Sie beendete eilends die Befehlskette. Fingerspitzen, die auf weichen Plastiktasten schwitzten und geisterhaft erschienen in einem Anblick, aus dem sie kaum Sinn gewinnen konnte. Keine Zeit zu prüfen, ob es gehen würde oder nicht. Sie sagte: »Bist du wach? Wo sind wir?«

Ein verrückter Fluß aus gefrorenem Licht schlängelte sich nach oben davon. Er füllte den größten Teil des Himmels aus. Hinten wich ein massiger Planetoid zurück, dessen eingeschnürter Äquator von winzigen schwarzen Kreisen übersät war. Er hob sich scharf vor Gaswolken ab, die durch Flechtwerk wie aus brennendem Eisen gezeichnet waren, mit vereinzelten blauen Sternen, die unscharf dahinter wogten.

Suzy fing an, sich mit den Schiffsinstrumenten zu synchronisieren und vergaß Maschine, als alte Routinen in Kraft traten. Ein schneller Radarschwenk gab ihr die Entfernung und meldete, daß es ein verdammt *großer* Planetoid war, größer als der Mond, mehr als zweitausend Kilometer in der großen Achse. Über das ganze Radiospektrum krachte und summte es von Funkstörungen. Eine schnelle Prüfung zeigte ihr, daß es da draußen jede Art von Strahlung gab, heiße, schwere, schnelle Partikel und Röntgenstrahlen und eine ganze Menge von Gamma. Sie entwarf ein Gitter zur Erkennung von Mustern. Dieses schnitt sofort die einundzwanzig-Zentimeter-Linie ab. Da war etwas, eine rasch pulsierende Kaskade von Piepsern, langen und kurzen Tönen, die in einer endlosen Folge durcheinanderprasselten. Das ließ ihr einen eisigen Schauer den Rücken hinabrieseln. Und das Eis schnitt noch tiefer, als Maschine das Wort ergriff.

»Suzy, das ist ein menschliches Signal. Sie können es übersetzen, wenn Sie wollen. Es ist ein binäres Gitter von 256 mal 256 Bits.«

Suzy bediente den Computer, nett und beiläufig, und wurde fast sofort belohnt mit einer schachbrettförmigen Darstellung in Schwarz und Weiß. Linien teilten sie in eine Hauptsektion mit einer Gruppe kleinerer Kästen unter ihrem Rande. Die Hauptsektion zeigte die rohe Darstellung eines Menschen, der mit einer Hand auf ein Nebenbild verwies, wo eine Reihe von Anhäufungen unterschiedlicher Größe das Sonnensystem darstellte.

»SETI«, sagte Maschine. »Wiederbelebung einer alten, sehr groben Art, die menschliche Existenz vermutlich anderen Zivilisationen zu signalisieren. Sie enthält noch mehr. Wenn Sie gestatten.«

Das Inset zerfiel und bildete sich neu. Schwarze und weiße Pixels liefen in neue Anordnungen wie Termiten, die von Licht überrascht wurden. Gestrichelte Linien unterschiedlicher Länge strahlten von einem einzigen Punkt aus.

Maschine sagte: »Die Entfernung von zwanzig Pulsaren zu Sol. Die Abstände der Punkte stellen in Millisekunden die Periodizität von deren Radioausbrüchen dar.«

Suzy konnte nur denken, wie tief er in die Systeme des Schiffs eingedrungen war.

Maschine fuhr fort: »Robot hat einige Nachforschungen über das Original angestellt. Das war auf einer Tafel eingraviert, die einer frühen Raumsonde mitgegeben wurde, der ersten, die die Entweichgeschwindigkeit vom Sonnensystem erreichen sollte, wenn auch nur knapp. Sie hätte mehr als dreihunderttausend Jahre gebraucht, um den Sirius zu erreichen. Ironischerweise haben kommerzielle Archäologen sie auf ihrem langsamen Weg durch die Oortsche Wolke zu Anfang dieses Jahrhunderts geborgen und dem Museum der Menschheit verkauft. Robot suchte einmal nach Unterstützung, um die Sonde zu stehlen und wieder auf ihren ursprünglichen Kurs zu bringen. Ich schließe«, sagte Maschine, »daß an Bord des Schiffs eine Gruppe von Zeugen sein muß. Diese Art von Verlautbarung ist in dem, was mein anderes Ich ihren retrograden technophilen Stil nennen würde.«

»Pfeif auf Geschichte! Welches Schiff signalisiert? Und wo, zum Teufel, sind wir? Ich kann aus den Navigationsbildern keinerlei Schlüsse ziehen.« Das mußte sie wissen, ehe sie ihn fallen ließ. Es hatte keinen Sinn, eine tote Heldin im letzten Akt von nirgendwas zu sein, oder Lieder anzustimmen über das, was sie getan hatte und wo sie gewesen war. Sie hatte die Pforten des Himmels gesehen, und das allein war schon ein Lied wert. Sie sagte, wenn sie auch nur halb daran glaubte: »Wir können nicht beim galaktischen Zentrum sein, oder doch? Wir waren nicht lange genug im Transit, um von der Erde zum Mars zu springen.«

»Der Ort, durch den wir gegangen sind«, erwiderte Maschine, »ist noch mehr zusammengefaltet als sogar der Kontraraum. Was das Schiff anbetrifft, nun, das wissen Sie schon.«

Plötzlich legte sich ein neues Bild über einen schmalen Ausschnitt des Panoramas des großen Lichtstroms und seines Hintergrundes aus düster glimmenden Wolken. Um den hantelförmigen Planetoiden befand sich nichts im Orbit.

Suzy schaltete das Radar ein, erwischte das ungefähr tausend Kilometer vom Planetoiden entfernte Signal und vergrößerte es. Zugleich mit dem Bild leuchtete der binäre Identifikationsstreifen auf. Es war natürlich die *Vingança*. Sie war ihnen zuvorgekommen.

Das war alles, was sie brauchte. Sie sagte das eine Wort, welches die Befehlsfolge aktivieren würde: *Beendigung*.

Und Maschine krümmte sich in seinem Stoßschutz-Kokon, balancierte auf den Fersen und dem Hinterkopf. Die kleine Rattenmaschine driftete etwas von ihm fort, hing aber noch mit haarfeinen Fasern an dem Gewirr von Kabeln, die um ihren Kopf gesponnen waren. Ein Dutzend Gliedmaßen, jede mit einem anderen Werkzeug an der Spitze, ging nach allen Seiten von ihrem geschwollenen Körper aus. Sie sah aus wie eine stilisierte Sternexplosion oder eine zerquetschte Wanze. Die geschwollenen, buckligen Platten ihres Körperpanzers trennten sich voneinander, als ob der übermächtige Befehl zu gewaltsamer Zerstörung eine langsame Explosion darin ausgelöst hätte.

Suzy schnallte sich los, holte aus dem Fach ihrer Liege das Pack für medizinische Hilfe und drückte Maschine Pflaster mit Morphiaten auf die Stirn. Nach einer langen Minute entspannte sich sein Körper langsam und hörte auf, gegen die Klammern des Schutzkokons zu stoßen. Er stieß einen langen, winselnden Seufzer aus und murmelte: »Helft mir, helft mir!«

Wieder grub sich der Eisklumpen diesmal genau zwischen die Sehnen ihres Nackens: »Was?« fragte sie und zog sich näher heran. »Was hast du gesagt?«

Aber der Klumpen war jetzt weg. Er atmete mit offenem Mund in rauhen kleinen Japsern. Er hatte sich während des Zugriffs auf die Zunge und die Innenseite der Backen gebissen. Hellrote Blutkügelchen flogen ihm bei jedem Atemzug aus dem Mund. Sie spritzten Suzy auf Hände und Gesicht, als sie die Verbindungen trennte, die er von seiner Maschine hatte spinnen lassen. Ein feiner, süßsalziger Dunst verschloß ihre Nase und überzog ihr Gesichtsfeld mit einem rostigen Schleier.

Als sie mit Maschines Verbindungen fertig war, fing Suzy an, die optischen Fasern abzutrennen, die die Rattenmaschine fesselten. Als sie diese losriß, platzten plötzlich die Platten ihres Panzers. Hundert winzige metallische Skorpione schwärmten heraus. Sie fuhr in Panik zurück, stieß mit der Hüfte gegen die Kante der kardanischen Liege, prallte davon ab und schaffte es, einen Halt nahe der Luke für Abfallentsorgung zu finden. Sie stopfte die Rattenmaschine hinein und startete den Ventilationszyklus, als etwas ihre Hand verbrannte, so daß sie die Krampe loslassen mußte, an der sie sich hielt, um ihren Fuß in eine andere festzuhaken, damit sie ihre wilde Rotation zum Stehen brachte.

Das Ding stach sie wieder, auf die Haut zwischen Daumen und Zeigefinger. Eine perfekte Miniaturkopie der Rattenmaschine, kaum ein Zentimeter lang, versuchte, ihren Finger mit einem haarfeinen Laser wegzubrennen. Suzy riß das Ding weg und schmetterte es gegen das Gehäuse eines Ventilators. Sie fühlte, wie etwas auf ihre Kopfhaut kroch und riß eine weitere Maschine los. Es gelang ihr, sie zu packen, als sie fortwirbelte; aber ehe sie sie zerquetschte, versengte sie ihr noch eine Fingerspitze. Sie dachte, das verdammte Ding hätte Junge gekriegt. O Gott, alles ist *vorbei!*

Suzy erreichte es, sich so weit zu beruhigen, daß sie nach mehr dieser widerlichen kleinen Babymaschinen suchte. Sie erwischte zwei, die über das Steuerpult liefen, und eine weitere, die eine einfasrige Glasverbindung zwischen einem gelösten Kabel und der Induktionsplatte spann, die in dem verstärkten Arm von Maschine eingelassen war: Sie zermalmte alle drei, schnallte sich wieder in der Liege an, rieb sich frischen Elektrolyt auf die Stirn und machte das Induktionsband fest.

Das Getriller vom Identifikationssignal der *Vingança*

war noch da, aber der Planetoid erschien viel kleiner. Er entfernte sich mit hundertfünfzig Kilometern pro Sekunde. Die Engel hatten dem Schiff irgendwo im Transit einen mächtigen Schub gegeben.

Suzy wärmte den Nachrichtenlaser des Schiffs auf und ließ eine Signalschleife laufen. Dann drehte sie das Schiff so, daß es auf den Planetoiden gerichtet war, und fing an, die Geschwindigkeit herauszunehmen. Der Schub der Bremsung begann sich gerade aufzubauen, als endlich auf der *Vingança* jemand ihr Rufzeichen bestätigte und fragte, was, zum Teufel, sie hier wohl bitte zu tun gedächte.

Sie sagte: »Ich freue mich bloß, euch zu sehen, *Vingança,* obwohl ihr beim letzten Mal, als ich euch sah, ein Geschoß auf mich abgefeuert habt. Ich könnte fragen, was auch ihr alle hier macht. Ich dachte, ich hätte euch Burschen hinter mir gelassen.« In ihrer Panoramasicht gab es einen unscharfen Fleck, der hinter ihrem Kopf größer wurde. Sie griff nach dem Tastenfeld, das durch glimmende Gaswolken undeutlicher erkennbar war, konnte aber den Fehler nicht beseitigen.

Die *Vingança* teilte Suzy mit, sie solle die Bahnen so schnell sie könnte angleichen; und sie meldete, daß sie gerade eben dies zu tun versuchte. Verschwommenheit verzerrte jetzt den größten Teil der Sammelscheibe des Schwarzen Lochs. Rote Nullen begannen das Kontrollanzeigepaneel zu sprenkeln.

»Ich habe hier eine kleine Störung«, sagte Suzy. Und dann riß jede Eingabe ab, und sie starrte auf das nackte Kontrollpaneel, das lauter rote Lichter zeigte.

Mit einem leeren Gefühl im Magen klappte sie die Verkleidungen auf... und prallte zurück vor einem tückischen grünen Faden aus Laserlicht. Drei der Miniaturmaschinen hatten sich wie Spinnen in einem feinen Gewebe aus optischen Fasern eingenistet. Ein weiterer Laserstrahl versengte ihren Finger, als sie daran ging, sie loszureißen. Gemeine Biester, die versuchten, die Macht zu übernehmen. In der medizinischen Garnitur war ein Skalpell. Sie schaltete das ein und zerschnitt sorgfältig alle Maschinen in zwei Teile, in der Hoffnung, dadurch wieder volle Kontrolle zu erlangen.

Es gelang nicht. Statt dessen erloschen die Lichter des Lebenserhaltungssystems. Ebenso die Ventilatoren der Luftmaschine.

Finsternis, eine beängstigende Stille, die nur durch das japsende Schnarchen von Maschine unterstrichen wurde. Suzy meinte rings um sich schwache schlurfende Geräusche zu hören, und benutzte die Pünktlichter des Kontrollpaneels, um den Schalter zu finden, der die schwache rote Notbeleuchtung einschaltete. Aber sie konnte keine weitere Miniaturmaschinen sehen. Dennoch waren sie da. Sie konnte sie fühlen.

Sie öffnete die anderen Zugangsdeckel des Paneels. Die Biester versuchten, ihr auf alle mögliche Weise beizukommen. Sie verfügte noch über die Lagekontrolle, den Reaktionsmotor, den Phasenwandler – der ihr gerade jetzt viel nützte – und Waffen (wieder ein eisiger Schauer im Rücken, wenn sie daran dachte, daß diese Geschosse auf die *Vingança* gerichtet waren, mein Gott!). Aber sie hatte den Computer verloren und jede Kontrolle der Lebenssysteme, hatte weder Radar noch Nachrichtenverbindungen noch Optik, außer einer Schwarzweißkamera geringer Auflösung, die eigentlich nur zur Kontrolle der letzten paar Meter vor einem Andockmanöver dienen sollte.

Schweiß rieselte ihr über den ganzen Körper. Sie erstickte ein Gähnen. Warmes, rotes Licht… wie eine Gebärmutter…

Nun, wenn sie vorher zu stolz gewesen war, mit Draht zu fliegen, mußte sie es jetzt wirklich anpacken. Sie zerrte die Kamera hin und her, bis sie den Planetoiden fand, kaum mehr als ein unscharfer Fleck vor einem kreidigen Geschmiere. Sie fing an, im Kopf Zahlen zu addieren, kalkulierte mit Zeit und Geschwindigkeit, um einen ungefähren Begriff davon zu bekommen, wann sie den Motor abstellen müßte. Sollte er zu lange laufen, würde sie genau vorbeischießen.

In einer Tasche der Liege war eine Schreibtafel. Sie kritzelte Berechnungen darauf und benutzte drei verschiedene Wege, um sicher zu sein. Ihre Finger begannen von Schweiß glitschig zu werden. Verdammt, ihr wurde heiß. Sie überlegte und gähnte wieder. Kohlendioxid sammelte sich an. Na ja, und Wärme. Kleine üble Biester versuchten, sie fertig zu machen; aber sie dachte nicht daran, ihr Schiff einem Haufen von Robotkakerlaken preiszugeben.

Sie befeuchtete Gesicht und Oberkörper mit Wasser aus der Trinkflasche der Liege und konzentrierte ihre Aufmerksamkeit auf den kleinen flachen Schwarzweißschirm. Die Zahlen der Uhr waren in ihrem rechten Handgelenk auf die Haut tätowiert. Sie hatte nichts weiter zu tun, als etwa eine Stunde lang wach zu bleiben... Aber es wurde ständig wärmer... schwerer zu atmen. Die Luft war warm und dick wie Molasse, das Licht hatte die dunkle rotgoldene Färbung von rohem Zucker bei seinem ersten Schmelzen. Als ob sie langsam in eines der Fässer sank, wo hinter dem alten Hause Zucker zu Kristallen geschmolzen wurde. *Halte durch!* dachte sie und gähnte so weit, daß ihr die Ohren schmerzten: Halte durch!

Sie blinzelte durch trübes Licht auf den kleinen Schwarzweißschirm und konnte jetzt das Bild der *Vingança* auflösen, einen Fleck, der sich von der unscharfen Doppelsphäre des Planetoiden abhob. *Halte durch!* sagte sie sich und versuchte, ihre Berechnungen immer wieder nachzuprüfen. Die rutschigen Finger wollten nicht mehr zusammenkommen. Sie konnte nur hoffen, daß sie es richtig hingekriegt hatte. Hoffen und Warten. Das war alles, was sie zu tun hatte; aber es wurde mit jeder Sekunde schwerer.

3

Wie bei vielen Goldenen in einem bestimmten Alter gab es lange Perioden, wenn Talbeck Barlstilkin kaum an irgend etwas dachte. Er konnte tagelang bloß zuschauen, abwarten und den rechten Augenblick abpassen. Jüngere Goldene mußten diese Art von Geduld erst noch lernen. Sie versuchten, jeden wachen Augenblick mit Sensationen vollzustopfen, obwohl ihre Leben nicht, wie die volkstümliche Meinung war, leere Scharaden waren, die in dem Augenblick zusammenbrechen würden, da sie aufhörten, sich zu bewegen, zu konsumieren und zu *sein*. Weit gefehlt! Tatsächlich waren ihre Leben viel reicher als jene von Kurzlebigen. Schließlich hatten die meisten Goldenen, sogar die ständigen Erben, Pflichten auszuüben und Verantwortungen zu tragen. Sie manövrierten mit Budgets, die größer waren als die kleiner Nationen der Erde, und beaufsichtigten Organisation und Verbrauch von Energien, die eine kürzlich gegründete Koloniewelt jahrzehntelang versorgen könnten. Sie billigten Strategien, die das Leben von Millionen Menschen mit einem Schlag veränderten. Sie lebten in jedem Augenblick ihres Lebens, weil jeder Augenblick bedeutsam war.

Talbeck war einmal auf einer Party gewesen – einer jener Parties, die das Thema kurzlebiger Folklore über die Goldenen sind. Sie waren die pazifische Küste von Großbrasilien hinuntergerast und dann mit hundert Luftwagen über den Ozean geschwappt wie ein Schwarm wandernder Schmetterlinge – und wie viele waren noch in dem Gefolge, unsichtbar, aber stets wachsam und zur Hand... tausend, zehntausend? Nach einem kurzen Zwischenstop auf den Philippinen (eine erstaunliche und erschöpfende Nacht, die Manilas Vergnügungsparks plünderte) waren sie irgendwo im Gebirge von Sumatra gelandet. Inzwischen waren viele gegangen, aber Talbeck und ein Dutzend anderer hatten es sich in den Kopf gesetzt, den Dschungel zu durchqueren. (Er war jung gewesen, fünfzig oder so. Seine Pläne für eine extravagante Rache mußten erst in jedem Teil seines Lebens Wurzeln schlagen. Er hatte noch Zeit, einer plötzlichen Laune zu folgen.) Er und seine Freunde beabsichtigten, die Berge zu besteigen, die aus Säumen nebliger grüner Wälder aufragten. Aber trotz ihrer gemieteten Führer erwies sich der Treck als schwieriger, wie es unten in der Stadt geschienen hatte. Zunächst einmal hatten sie sich entschlossen, ihre eigenen Vorräte selbst zu tragen. Andererseits hatten sie ihr Gefolge entlasssen – ein Stück jugendlicher Unbedachtheit, die Talbeck nicht wiederholen sollte, bis er der WVN-Polizei entkam, um Dorthy Yoshida dingfest zu machen. Ganz gleich, wie weit und wie hoch die Expedition stieg, die Berggipfel lagen immer vor ihnen.

Manchmal rückten sie nach der einen Seite, manchmal nach der anderen, purpurn vor heißem, blauem Himmel oder halb in schwarze Wolken gehüllt, die eine Stunde später einen Regenschauer über ihren Weg ergießen würden.

Talbeck erinnerte sich, daß die Expedition schließlich auf ein Dorf Eingeborener getroffen war, ein Dutzend langer Hütten, die auf Stelzen ruhten und mit trockenem Gras gedeckt waren inmitten einer weiten Lichtung, die mit Maniok und Erdnüssen bepflanzt war. Das einzige Zeichen dafür, daß es sich nicht um eine Zeitreise in das Paläolithikum handelte, waren die schwarzen Folien von Solarstromgeneratoren über den Firsten der steilen Dächer und die Schüssel einer Satellitenbodenstation auf einer Bambusplattform. Die Expedition war eine Woche dort geblieben, ehe sie umkehrte. Wegen der dürftigen Verbindung des Dorfes mit dem Weltnetz hatte man die Goldenen als das erkannt, was sie waren und wie Götter behandelt.

So also verhielten sich die Goldenen gegenüber den Kurzlebigen. Aber anders als jene Stammesangehörige hatten die meisten Kurzlebigen nicht den einfachen Anstand, es zuzugeben. Sie versuchten es und versagten, Goldene in ihre engen Schablonen von Verhalten einzuordnen und nannten sie müßige Hedonisten, weil das der einzige Teil vom Leben der Goldenen war, den sie verstanden.

Talbeck hatte lange nicht mehr darüber nachgedacht, aber es war jetzt einer der wenigen Gedanken, die ihm durch den Kopf gingen, nachdem die Zeugen ihn mit den nicht linientreuen Wissenschaftlern im entfernten Ende der Forschungssektion eingesperrt hatten. Wie die alten Männer und Frauen auf der Straße vom Flughafen Chongqing hatte der Dschungelstamm gewußt, was er von seinen Göttern wünschte. Es waren Personen, mit denen man disputieren konnte, die vertrauenswürdig waren, die bestätigten, wann die Zeit zum Obstpflücken günstig war und welches das beste Feld zum Anbau der nächsten Reisernte war. Ein Bedürfnis im Rahmen des häuslichen Bedarfs und für menschliche Intervention, nicht mehr. Man ließ die Mysterien der Schöpfung auf sich beruhen und die geheime Geschichte der Zeit. So etwas war nichts für menschliche Wesen. Die Welt war so, wie sie zu sein schien. Nur Götter brauchten sich Sorgen zu machen über das, was hinter dem Schleier lag.

Aber die Zeugen waren so aggressiv wie nur irgendeine von den drei monotheistischen westlichen Religionen Judentum, Christentum und Islam. Organisiert nicht für individuelle, sondern bürokratische hierarchische Zwecke. Sie erwarteten (wenn überhaupt) nicht

Leitung, sondern Bestätigung der komplizierten und detaillierten Karten des irreduziblen ideologischen Felsens ihres Glaubens. So auch hier. Bei all ihrem Gerede von demütigem Bitten waren die Zeugen nicht auf der Suche nach Erleuchtung in den galaktischen Kern eingedrungen. Sie benahmen sich, als ob die Geheimnisse, auf die Gunasekra angespielt hatte, gewissermaßen im Tagebau für menschliche Transzendenz ausgebeutet werden könnten.

Talbeck dachte ruhig und planlos hierüber nach, als der Professor Doktor persönlich ihn aufsuchte.

Gunasekra sagte: »Es macht Ihnen hoffentlich nichts aus, wenn ich hier mit Ihnen zusammenkomme. Ich entweiche für einige Zeit dem Gewühl meiner Kollegen.«

Talbeck lag auf einer Couch in einem der nicht benutzten Abteile eines Sondenanschlusses, wo er ein Auge auf das ungefähre Dutzend gefangener Wissenschaftler halten konnte, ohne ein Teil von ihnen zu sein. Er hatte von seiner Dienerin die Kopfstütze hochstellen lassen, so daß er aufrecht sitzen konnte. Er zeigte für Gunasekra auf das Fußende der Liege. Der Gelehrte warf einen Blick auf Talbecks teilnahmslose Dienerin, hockte sich dann ganz an den Rand der Couch und lächelte Talbeck zu.

»Was machen sie, Ihre Kollegen?«

»Der junge Bursche, Valdez, versucht in die Informationsströme der Sonden einzudringen, welche die Zeugen zu der Hyperstruktur geschickt haben. Ich glaube, daß es dafür entweder zu früh oder zu spät ist, habe aber nicht das Herz, es meinen Freunden zu sagen. Sie sind auf die Zeugen wütend, und wer kann sie dafür tadeln?«

Gunasekra hatte den Kopf gewendet, um auf den unordentlichen Raum hinter dem Abteil zu blicken, wo Jake Bonner und Seppo Armiger eine ernste Diskussion führten über einem Tank, der die Sammelscheibe zeigte. Armiger griff in das Bild, um Bahnkurven zu skizzieren. Sein langer Zopf pendelte über seinem nackten Rücken – er trug nur ein Paar lockere Hosen mit vielen Taschen –, während er einen Lichtstift in weiten Bogen herumschwenkte.

»Und sind Sie auch ärgerlich?« fragte Talbeck.

»Ja, vielleicht.« Gunasekra studierte die Linien auf seinen Handflächen. Licht schien auf sein glattes schwarzes Haar. »Ich denke, daß Sie nicht aus wissenschaftlichem Interesse hierhergekommen sind, Seyour Barlstilkin. Und bestimmt nicht, um Seminare zu leiten oder Wolf-Rayet- und T-Tauri-Sterne im Gashalo zu kartieren. Falls ich anmaßend bin, gebieten Sie mir bitte Einhalt! Aber ich meine, daß wir etwas gemein haben. Eine Rastlosigkeit … eine Frustration vielleicht.«

»Sagen wir, eine Enttäuschung meinerseits«, entgegnete Talbeck, »obwohl es etwas komplizierter ist.«

»Ich habe den größten Teil meines Lebens auf ein einziges Ziel hingearbeitet. Ich war auch recht glücklich, hier einzutreffen, glücklicher als viele, die verschleppt wurden und sich an einem sehr fremden Ort wieder fanden, ohne eine Karte. Während ich arbeitete, habe ich überhaupt nicht darüber nachgedacht, was passieren würde, wenn ich das bewiese, was ich mir vorgenommen hatte. Aber jetzt, da mir das gelungen ist, finde ich mich die ganze Zeit fehl am Platze. Meine Arbeit war keine einfache Sache; und als ich sie abschloß, fand ich, daß mir die Zeit fehlte, einfach zurückzutreten und das ganze Gebäude zu betrachten. Nun, das stimmt nicht ganz. Sie wissen, es gab einen Moment, nur einen Moment, als mir die letzte Lösung kam und ich erkannte, was niemand sonst wußte.«

»Sie haben die Gestalt des Universums definiert.«

»So beschreiben es die populären Darstellungen. Aber was soll ich streiten? Die Gleichungen stellen eine einheitliche Lösung dar für die Evolution der Geometrien von gewöhnlichem und Kontraraum. Darum wird der entsprechende Querschnitt ihre gegenwärtige topologische Beziehung beschreiben. Aber ich war an ihrer finalen Form interessiert. Falls ich meine falsche Bescheidenheit ablege, so weiß jedermann, daß das Universum von einer Singularität ausging, einem dimensionslosen Punkt unendlicher Temperatur, der alle Energie – oder Masse – enthielt, die wir heute um uns sehen. Da Raumzeit bei einer solchen nackten Singularität zusammenbricht, kann daraus alles entstehen. Aber niemand wußte, welche der unendlich vielen potentiellen Lösungen tatsächlich das Universum definieren und sein Schicksal bestimmen. Würde es sich für immer ausdehnen? Würde es letztlich aufhören zu expandieren und in sich selbst zusammenstürzen, wieder in eine Singularität gepreßt werden und wieder von vorn anfangen? Das wird durch die Geometrie von Raumzeit bestimmt. Wenn Sie wissen, wie die aussieht, wissen Sie auch, wohin sie geht. Ich bin recht glücklich, in einer Zeit zu leben, wo die für Kontraraumübergänge erforderlichen Twistor-Gleichungen hinreichend entwickelt waren, um auf die klassischen kosmologischen Geometrien von Schwarzschild/Hawkins/Einstein anwendbar zu sein. Und das ist es, was ich getan habe.«

»Es ist also doch nicht ganz flach? Die Topologie der Cauchyschen Hyperfläche besagt, daß Gravitation schließlich Expansion ausgleichen wird. Die Dinge werden rückwärts laufen. Ist das richtig?«

Gunasekra lächelte. »Und Sie haben gesagt, daß sie kein Wissenschaftler wären, Seyour Barlstilkin.«

»Ich habe einen Hypädie-Lehrgang über Ihre Arbeit gemacht, als ich erfuhr, daß Sie hier wären. Das Problem mit Hypädie ist, daß sie Fakten einprägt, jedoch muß man über die Zusammenhänge belehrt werden. Aber warum sind Sie mit Ihrer Entdeckung nicht glücklich?«

»Das ist nicht der Grund meines Hierseins, jedenfalls

nicht genau. Ich habe nach meiner Offenbarung drei Jahre damit verbracht, Gleichungen nachzuprüfen und mich zu vergewissern, daß die intuitiven Abkürzungen, die ich benutzt hatte, nicht falsch waren. Aber sehen Sie, nachdem ich meinen Aufsatz veröffentlichte, haben die Leute entweder an dem von mir konstruierten Gebäude herumgeschnippelt oder versucht, auf dem einen oder anderen Teil ihr Banner aufzupflanzen und ihn für sich zu beanspruchen. Ich bin jetzt an Ausgewogenheit und Harmonie interessiert, daran, ob es eine Klasse von Universen gleich unserem eigenen geben kann, oder ob jedes Universum im Multiversum einzigartig ist. Aber man erwartet von mir immer, daß ich zurückrenne und meine Wahl des Materials verteidige und Slogans entkräfte, die jemand auf eine Wand gemalt hat... Ich hoffe, das ist Ihnen klar. Mathematik ist streng und verzeiht nicht, aber wunderbar einfach. Sie sagt, was sie meint. Sprache – finde ich unbeholfen. Da wird zuviel impliziert. Worte lassen andere Worte widerhallen. Ich verliere mich in den Metaphern, könnte man sagen.« Gunasekra lächelte. »Nun, es könnte schwierig sein; aber ich glaube, Ihnen wäre es lieber, wenn ich nicht auf Mathematik zurückgreifen würde.«

»Wie Sie sagten, bin ich kein Wissenschaftler. Professor, darf ich Ihnen eine Erfrischung anbieten? Die Verhältnisse sind nicht die besten, aber das ist keine Entschuldigung dafür, ein schlechter Gastgeber zu sein. Ich erwarte, daß meine Dienerin einen Weg finden wird, um zumindest Tee zu bekommen. Mögen Sie Jasmintee? Ich liebe ihn sehr, besonders dann, wenn ich ruhebedürftig bin.«

»Ich will kein schlechter Gast sein und ablehnen, aber ist es in unserer gegenwärtigen Lage nicht zu viel Mühe ...?«

»Dazu habe ich meine Dienerin«, sagte Talbeck und gab ihr seine Anweisungen.

Gunasekra sah zu, wie sie ging. »Ich gestehe, daß sie mich nervös macht. Vielleicht ist auch Mathematikern etwas Aberglaube gestattet. Ich kann mir nicht helfen, mich zu fragen, ob nicht in irgendeinem Winkel ihres Gehirns unter dem Computerkonstrukt noch der Geist ihrer Persönlichkeit lauert.«

»Ich habe darüber nie ernsthaft nachgedacht. Als ich sie kaufte, hat man mich ihrer Verläßlichkeit vergewissert. Bisher hat sie mich noch niemals im Stiche gelassen.«

»Es ist einfach die Tatsache, daß man Menschen *besitzt,* selbst wenn sie Hülsen sind, aus denen das Gehirn entfernt wurde. Das stört mich.«

»Jedermann hat so oder so einen Besitzer, Professor. Selbst diejenigen, welche das nicht zugeben. Ganz besonders diese. Die Navy hat unsere Arbeit hier gesponsort, was auch immer sie ist. Würden Sie deshalb nicht sagen, daß sie an unseren Gedanken interessiert ist?«

»Oh, meine Gedanken sind die meiste Zeit für niemanden sehr interessant oder verständlich. Die meiste Zeit verstehe ich sie sogar selbst nicht. Die Navy darf mir sehr gern Fragen über alle meine Gedanken stellen, und ich werde sie so beantworten, wie ich jedem antworten werde, der sie stellt, und zwar so wahr ich kann, wie ich hoffe. Ich verlange keinen Preis für sie, Seyour Barlstilkin. Sie wissen, vor den Kriegen, vor vier oder fünf Jahrhunderten, waren künstliche Intelligenzen imstande, sich in die Nervenbahnen menschlicher Gehirne einzuschmuggeln. Erst durch maschinelle Interfaces und dann direkt, indem Muster stehender Wellen peripheren Nerven der Haut überlagert wurden. Man spekuliert, daß Fragmente von Gespensterpersönlichkeiten künstlicher Intelligenzen in menschlichen Gehirnen seitdem überdauert haben, indem sie von der Mutter zum Fötus übergegangen sind. Viele unserer Gedanken und Vorurteile sind vielleicht nicht unsere eigenen, sondern Infektionen. Psychische Viren, wenn Sie so wollen. Nun, alles was ich sagen will, ist, daß nichts an einem Gedanken einzigartig ist, nur weil ich zufällig sein Träger bin.«

Talbeck merkte, daß Gunasekra auf seine subtile Art um den Kern seiner Frustration herumging. Er ging in Kreisen darauf zu wie die losgerissenen Partikel der Sammelscheibe auf Spiralbahnen der Gravitationssenke des Schwarzen Lochs zustrebten. Er kam, ohne als Bittsteller auftreten zu wollen, und Talbeck mochte ihn deswegen, da er einen Stolz von der Größe seines eigenen erkannte. Talbeck sagte: »Professor, Sie haben erwähnt, daß Sie mit Ihrer Entdeckung nicht unglücklich wären; aber ich fühle, daß sie das jetzt zu verleugnen suchen.«

»Sieht es so aus? Vielleicht. Nicht das Werk selbst, sondern der Gebrauch, den man von ihm machte. Ich erwähnte, daß ich ausgiebigen Gebrauch von Twistorgleichungen gemacht habe. Irgend etwas an dieser Arbeit weckte das Interesse der Navy. Sie fand, daß es nützlich war, um vorherzusagen, wie Phasenwandler sich tief in Gravitationssenken verhielten.«

Es gab eine Pause. »Sie explodieren, nicht wahr?« sagte Talbeck.

»Wenn Raumzeit durch Gravitation genügend verzerrt ist, kann der Phasenwandler den Transfer aus dem Energiezustand des Normalraumes nicht in den des Kontraraumes bewirken. Anstelle das Schiff in einen Zustand zu versetzen, wo es vielfache Lichtgeschwindigkeiten erreichen kann, gibt es eine Art von Zerplatzen. Gewöhnlich geschieht das so rasch, daß der Entropieverlust nur den Phasenwandler zerstört und das Schiff, welches ihn trägt. Aber die Navy hat einen Weg gefunden, diesen Augenblick um etwa eine Femtosekunde zu verlängern. Dann ist der Entropieverlust viel größer und beeinflußt ein viel größeres Raumvolumen.« Gunasekra studierte wieder seine Hände und sagte leise: »Ich nehme an, Sie wissen, was die Navy gegen Ende des Krieges um den Stern BD 20-2465 gemacht hat? Sie ließen ein unbemanntes Einzelschiff in einem Schleuderkurs an dem Stern vorbeifliegen; und bei der größten Annäherung, in weniger als hundert Kilometern über der Oberfläche des Sterns, schalteten sie den Phasenwandler ein. Nun sind rote Zwergsterne auf jeden Fall zu Explosionen geneigt, aber die resultierende Instabilität riß in diesem Fall den größten Teil der Photosphäre weg. Und das war es, was alle Asteroidensiedlungen des sogenannten FEINDES zerstört hat. Tatsächlich hat es viele davon buchstäblich verdampft.«

»Haben Sie bemerkt, daß der Feind alsbald nach Beendigung der Alea-Kriege plötzlich eine Kreditausstattung erhielt? Er war während der Kämpfe nur ein Gegner zweiter Klasse.«

»Der Staat hat immer seine eigene Dämonologie«, erwiderte Gunasekra. »Der britische Philosoph David Hume hat geschrieben, daß, da die Herrschenden wenige und die Beherrschten viele sind, die wenigen die vielen kontrollieren müßten, indem sie ihre Meinungen beherrschten. Es ist immer bequem, einen äußeren Feind zur Hand zu haben, gegen den man die Massen entflammen kann.«

»Wie Sie bin ich daran interessiert zu zeigen, daß der FEIND weder Hörner noch gespaltene Hufe hat«, versicherte Talbeck.

»Oder einen behaarten Schwanz«, sagte Gunasekra lächelnd.

»Professor, ich glaube, wir könnten auf der gleichen Seite stehen. Sie sagten, Sie wollten mir etwas mitteilen, das Sie Ihren Kollegen nicht sagen könnten. Darf ich fragen, was das ist?«

Inzwischen hatte sich ein halbes Dutzend Leute um den Tank in dem Raum unter dem Abteil versammelt, obwohl dieser nur den tanzenden Schnee eines leeren Kanals zeigte. Dorthy Yoshidas früherer Freund Valdez tippte Befehlsfolgen ein, während die anderen ihm zusahen. Gunasekra sah hin und rückte dann ein wenig auf der Couch nach oben, dichter zu Talbeck. »Die Expedition zu dem überschnellen Stern war nur deshalb gestartet worden, weil die Navy ein anderes Nest des FEINDES zu entdecken hoffte oder vielleicht einen völlig neuen FEIND. Die *Vingança* war genau zu diesem Zweck als Köder bei Colcha eingesetzt. Aber ich nehme an, das wissen Sie. Dorthy Yoshida hat uns gesagt, daß der überschnelle Stern indessen nicht vom FEIND geschickt war, und ich sehe keinen Grund, ihr nicht zu glauben. Falls der FEIND wußte, daß sich auf der Erde intelligentes Leben entwickeln würde, hätte er uns schon vernichtet. Der überschnelle Stern ist keine Waffe, sondern meines Erachtens sowohl eine Botschaft wie ein Auslieferungssystem für das Tor, durch das wir gereist sind. Und jetzt sind wir hier am Kern; und die Zeugen halten Ausschau nach Göttern, die uns vor uns selbst retten sollen. Aber ich fürchte, daß sie nur das finden werden, nach dem die Navy gesucht hat.«

»Sie meinen die Marodeure?«

»Ach ja, so hat Dorthy Yoshida sie genannt. Ich bedaure, daß ich nur unvollständigen Zugang zu Berichten über die P'thrsn-Episode habe.«

»Es ist das, was die Alea, die den Krieg hier am Kern verloren haben, ihren FEIND nannten. Aber das war vor mehr als einer Million Jahren. Glauben Sie, daß sie noch hier und am Leben sind? Haben Sie Beweise?«

»Ich habe nur einen unvollständigen Satz Daten. Aber ich denke, daß sie wirklich nicht die wohlwollenden Götter sind, von denen die Zeugen träumen. Da gibt es einen Anstieg ...«

Er hielt inne, weil jemand an die Tür des Abteils geklopft hatte. Einen Moment dachte Talbeck, es wäre seine Dienerin, die schon verdammt lange fort war. Aber es war Jake Bonner. Sein schmales runzliges Gesicht zeigte ein breites Grinsen.

»Abel, Talbeck«, sagte er. »Ich bedaure zu stören, aber Sie würden es sonst versäumen. Valdez hat es geschafft, sich einen Weg in die Sonde der Zeugen zu bahnen. Und das ist wirklich das verdammteste Ding!«

Talbeck brauchte mehrere Minuten, um zu verstehen, was er in dem Holotank sah. Ein Inset zeigte ein Übersichtsbild der Hyperstruktur, und das half ihm, sich zu orientieren. Das nach innen, auf die Sammelscheibe hin zeigende Ende war eine riesige Schattenkugel, deren Oberfläche seltsam gefaltet und wie von Löchern gesprenkelt und mit Dornen unterschiedlicher Länge gespickt war. Es hätte die zerschlagene Schale eines Seeigels sein können, nur war der kleinste Dorn mehr als eine halbe Million Kilometer lang. Er hätte von der Erde bis zur Mondbahn gereicht. Und der größte war fast so breit wie die Astronomische Einheit, der Entfernung zwischen Sonne und Erde, und so lang, daß er wie ein Faden wirkte, der sich bis zu den glühenden Gaswolken erstreckte. Hinter dem Punkt, wo er entschwand, war ein Fleck weißen Lichts, rein vor der zerfetzten scharlachroten Fluoreszenz der Gaswolken.

Die Sonde war jenseits der Schattenkugel wieder in den Normalraum eingetreten. Jetzt zog sie längs des größten Dorns ihre Bahn, über etwas, das wie ein glatter blutroter Schild aussah, geteilt durch parallele Fäden roten Lichtes. Das ganze Ding zog sich hin wie eine Studie in Perspektive.

Während er das Inset betrachtete und das monotone Bild ansah, fügte Talbeck es langsam zusammen. Der Dorn war mindestens ein halbes Lichtjahr lang. Er wurde erhellt durch die Quelle an seinem entfernten Ende längs Dutzender von Feldlinien. Der Schild war ein Gletscher, größer als ein Dutzend Sonnensysteme – gefrorener Sauerstoff über Stickstoffschnee gelagert, mit Wasser-Eis von Dutzenden Kilometern Dicke darunter.

Valdez erläuterte, daß dies Archivmaterial wäre, welches die Sonde ausgegeben hatte, kurz ehe sie einen neuen Sprung durch Kontraraum machte. »Der Gletscher geht ungefähr hundert Milliarden Kilometer weiter. Darum nehme ich an, daß die Zeugen ungeduldig geworden sind. Ich glaube, sie wird in fünf Minuten wieder eintreten. Ich habe leider keinen guten Zugang zu ihren Befehlssequenzen.«

»Bist du sicher, daß sie nicht wissen, was du hier machst?« gab Seppo Armiger zu bedenken. Über seiner Nasenwurzel war eine steile Falte, als er den Tank studierte.

»Oh, ich bin keineswegs sicher«, erwiderte Valdez. »Irgend etwas hat die Zeugen verwirrt, und ich bekomme dies durch Linien, die offengelassen wurden. Wenn sie daran denken, sie zu schließen, dürften sie wohl mein kleines parasitäres Zugriffsprogramm orten. Falls ihr besorgt seid, kann ich es jetzt sofort ausschalten.«

Einige Leute lachten und minderten dadurch die Spannung.

Jake Bonner hatte etwas auf eine Tafel geschrieben; jetzt gab er sie Gunasekra. »Abel, woraus sie auch gemacht sein mag, kann keine Rolle spielen. Selbst Diamant wäre nicht stark genug, um den Gezeitendrücken zu widerstehen, denen eine so große Struktur im Orbit um das Schwarze Loch unterworfen wäre. Sie würde wie Wasser zerfließen.«

Gunasekra lächelte und reichte die Tafel zurück. Talbeck beobachtete ihn und wunderte sich plötzlich, wo seine Dienerin war. Dann vergaß er sie aber völlig, weil ein laufender Raster das Bild der Eisfläche löschte und durch etwas anderes ersetzte.

»Mein Gott!« sagte Valdez. »Es sieht so aus, als ob die Zeugen schließlich doch ihre Götter gefunden hätten.«

4

Obwohl der lange Tunnel, der das Aggregat des Steuermoduls mit dem Rest des Schiffs verband, sich steil aufwärts krümmte, wirkten künstliche Schwerkraft und matte rote Beleuchtung zusammen, um die Illusion eines ständig zurückweichenden Abhangs zu schaffen. Dorthy ging langsam neben Gregor Baptista, mit der Hand von Ang Poh Mokhtar auf ihrem Ellbogen und einem Schweif von Zeugengelehrten hinter ihnen. Sie hatte das Gefühl, in den Tiefen christlicher Hölle in einer endlosen Tretmühle zu stecken, in einem Alptraum, aus dem sie in der luxuriösen, ihr zugewiesenen Fünfraumsuite tief unter dem Museum der Menschheit in Rio de Janeiro erwachen würde. Noch auf der Erde, noch unter Bewachung der Marine der Föderation …

Inzwischen erzählte ihr Baptista, gewichtig und klar, jeden Satz mit der Sorgfalt eines Meisterarchitekten betonend, daß sie in einer Zeit der Gnade lebten, einer Zeit, lange nachdem die frühen Kämpfe von Intelligenz vorbei wären. Er sagte, so wie das Universum alterte, wäre es auch gastfreundlicher gegenüber Intelligenz geworden. Es dauert eine lange Zeit, vier oder fünf Milliarden Jahre, bis ein Planet ein Ökosystem entwickelt hat, das komplex genug ist, um eine intelligente Species zu tragen. Und jene bescheidene Dämmerung war nur die erste Stufe in der Entwicklung der Intelligenz selbst. Einer Evolution fern von den engen Grenzen eines Planeten, eines Sternsystems, einer Galaxie, bis sie nur noch durch die raumzeitliche Architektur des Universums selbst gebunden war. Kurzum, eine unausweichliche Entwicklung zur Gottheit.

»Früher dachte man einmal, daß es bei einem gegebenen endlichen Alter des Universums nur eine einzige oder gar keine Chance für ihre Entstehung gegeben hätte«, sagte Baptista. »Daß sie, da sie auf der Erde entstanden war, nicht auch anderswo hätte aufkommen können, nicht auf irgendeinem Planeten irgendeines Sterns der vierhundert Milliarden Sterne dieser Galaxis, noch auch auf einem Planeten einer Galaxie unter den Milliarden Galaxien im beobachtbaren Weltall. Aber das war nur eine Verfeinerung vom Argument des Ptolemaios für die zentrale Bedeutung der Erde, und natürlich wissen wir jetzt, daß Leben überall existieren wird, wo es kann – auf der Erde, auf Elysium, auf Serenity und sogar auf dem armen Nowaja Rossija, Dr. Yoshida.«

Dorthy biß nicht auf diesen Köder an, falls es einer war. Sie vermutete, daß Baptista keineswegs versuchte, Information aus ihr herauszuholen. Er predigte und versuchte, sie zu bekehren. Wie alle Fanatiker glaubte er wirklich, daß jemand, dem man einmal die Wahrheit verkündet hat, das Licht erblicken wird. Immerhin mußte sie einräumen, daß seine Stimme einen gewissen hypnotischen Tonfall hatte.

»Wir sagen gern, daß Leben eine allgemeine Bedingung des Universums ist«, fuhr Baptista fort. »Denn unser Universum ist von allen Universen, die sicherlich existieren müssen, in einzigartiger Weise für die Entwicklung von Leben geeignet. Zum Beispiel sind die Resonanzen der Kerne von Beryllium und Helium so fein abgestimmt, daß sie imstande sind, sich im Innern von Sternen zu verschmelzen und Kohlenstoff zu produzieren. Ohne diese feine Kopplung wäre Kohlenstoff so selten wie Gold, und es könnte kein Leben geben. Oder zumindest nicht so, wie wir es kennen. Da Sie Astronomin sind, Dr. Yoshida, könnten Sie sicher viele andere Beispiele liefern.«

»Das ist schon lange her«, entgegnete sie.

»Sie sollten nicht bitter sein«, sagte Baptista freundlich. »Sie werden hier Zeugin von etwas Wundervollem sein. Wir alle werden es sein.«

Aber Dorthy wußte, daß im Kern keine Götter zu finden sein würden. Die alten hatten sich schon lange zurückgezogen, falls sie überhaupt Götter gewesen waren. Sie hatten nur riesige rätselhafte Maschinen hinterlassen, die die Marodeure für ihre eigenen Zwecke benutzt hatten. Die Marodeure wollten keine Evolution. Die wollte keiner der Alea. Mutante Kinder rochen schlecht und wurden von ihren elterlichen Hirten ausgesondert und verspeist. (*Marodeure* war die schlechte Übersetzung eine Alea-Obszönität, die bedeutete *Fresser ihrer Kinder*.) Intelligenz war ein Produkt von Stress, von Gefahr, davon, daß man aufgegeben wurde, sobald die Gefahr vorüber war und die Hirten zu ihrem friedlichen Leben außerhalb jeglicher Geschichte zurückkehren konnten.

Dorthy konnte das den Zeugen natürlich nicht sagen. Noch schlimmer, als ihrer Botschaft keinen Glauben zu schenken, würden sie sie einfach ignorieren und sie übergehen, wie ein Schiff im Kontraraum die nicht kartierten Lichtjahre passiert. Dorthy konnte rechts von ihr Angs Glauben fühlen, der nichts in Frage stellte, wie eine Ladung, die ihr durch die Haut ging von der Stelle aus, wo die Pilotin ihren Ellbogen gepackt hatte. Mit einem Hauch bitteren Selbstmitleids dachte Dorthy, daß sie zumindest wußte, warum Ang so freundlich zu ihr gewesen war. Nicht um ihretwillen, sondern wegen ihres Talents. Darauf lief es immer wieder hinaus, dachte Dorthy und hörte kaum zu, als Baptista fortfuhr, über Leben zu predigen, das sich überall im Weltall ausbreitete, indem es ausgefällt wurde von präzise abgestimmten physikalischen Konstanten wie Kristalle aus einer übersättigten Lösung – und so weiter, den ganzen Weg bis hin zur Brücke der *Vingança*, wo ein Pandämonium herrschte.

Ein Einzelschiff, fast sicher dasjenige, welches während des Ereignisses verschwunden war, war aus einer der Wurmlochgräben in dem Planetoiden aufgetaucht. Dorthy hatte das fast vergessen, und jetzt war es wieder da. Es war Talbeck Barlstilkins eigenem Schiff an dem Neutronenstern vorbei und weiter so dicht zu dem überschnellen Stern gefolgt, daß mit seinen Plänen irgendein Zusammenhang bestehen mußte. Talbeck hatte von Verbündeten in Urbis auf Titan gesprochen. Vielleicht gehörte dieses Schiff dazu. Vielleicht waren sie wie er von der WVN-Polizei gejagt und zur Flucht gezwungen worden.

Wie es bei Schiffen der Navy Tradition war, herrschte auf der Brücke Mikrogravitation, ohne Konzessionen für die Bedürfnisse jener, die an freien Fall ohne lokales Bezugssystem nicht gewöhnt waren. Überall waren Konsolen zusammengedrängt und ergaben eine Art dreidimensionales Labyrinth. Nur ein halbes Dutzend davon waren aktiv, und von denen wurde nur an zweien wirklich gearbeitet, jede von einem Marineoffizier unter strenger Aufsicht eines Paares bewaffneter Zeugen. Dorthy hängte sich an das Geländer, das den Äquator des Navigationstanks umgab. Ang war direkt neben ihr.

Ein Dutzend Männer und Frauen drängte sich um den Tank wie ebenso viele hängende Fledermäuse und machten eine Menge Lärm in dem engen und schlecht erleuchteten sphärischen Raum. Baptista hing an der gegenüberliegenden Seite hinter einem Gewirr von Daten in Koordinatengittern, dem glühenden gespenstischen Radarbild des Planetoiden und der Aufzeichnung der Spur des vagabundierenden Schiffs, einer engen Schleife wie ein Ausrufungszeichen mit dem Planetoiden als Punkt. Es war mit enormer Geschwindigkeit aus dem Wurmloch herausgeschossen, hatte stark abgebremst und näherte sich jetzt der *Vingança*.

Baptista hörte zu, wie ein Mann in grauer einteiliger Uniform in den Tank griff und etwas über die Spur des Schiffs erklärte, das Dorthy nicht richtig mitbekommen konnte. Jemand anders stürmte plötzlich fort. Er schlängelte sich zwischen den Konsolen durch wie ein Delphin, der durch die Verzweigungen und Bogen eines Korallenriffs schießt.

Im Moment spielte es keine Rolle, wer das Schiff steuerte. Sein Auftauchen hatte genügt, um die Zeugen in Aufregung zu versetzen. Das gehörte nicht zu ihren Plänen. Der Pilot, eine Frau, hatte kurz mit dem Offizier vom Dienst gesprochen, antwortete jetzt aber gar nicht. Einige Zeugen verlangten, ein Projektil auf das Schiff abzufeuern, aber Baptista hatte sie davon abgebracht. Es war schließlich ein Kampfflugzeug, das mit einem Gegenangriff antworten könnte. Außerdem könnte es ein Bote sein, eine Antwort auf das Rufsignal der Zeugen. Es war vor der *Vingança* durch ein Wurmloch gegangen, aber nach ihr herausgekommen. Es war irgendwo anders gewesen und war jetzt hier.

Dorthy nahm an, daß es dieses Argument war und nicht die Möglichkeit eines Gegenschlages, das so leicht gegen die militärische Gruppe siegte. Das war eine verwirrende Erkenntnis über Zeugenpolitik. Alles, sogar das Überleben war sekundär gegenüber der geringsten Möglichkeit von Transzendenz. Und wenn sie gewillt waren, ihr Leben so unbekümmert aufs Spiel zu setzen, wieviel weniger war ihr eigenes Leben wert oder das der nicht linientreuen Wissenschaftler oder der Marineoffiziere, die die *Vingança* betrieben, während Pistolen auf ihre Köpfe gerichtet waren?

Dorthy versuchte, Ang Poh Mokhtar danach zu fragen; aber die Frau sagte ihr nur, daß sie sich keine Sorgen machen sollte und daß Gregor Baptista ein großer

Mann wäre, der sie alle an einen Wendepunkt der Geschichte geführt hätte.

»An den Wendepunkt der Geschichte von jemand anderem«, sagte Dorthy mißmutig. Inzwischen hatte man Beutel mit lauwarmem vegetarischem Eintopf verteilt, aber sie war zu müde und abgestumpft, um hungrig zu sein. Sie sagte: »Ang, ich weiß, was hier geschehen ist. Sehen Sie das nicht? Hier gibt es für uns nichts als Gefahr. Das ist alles schon lange vorbei. Hier sind jetzt nur Alea, die eine aufgegebene Technologie benutzen. Sie haben in den Feldzügen gekämpft. Sie wissen, wie gefährlich die Alea sind.«

»Oh, ich weiß alles darüber«, sagte Ang lebhaft. »Wir alle kennen Ihre Geschichte, Dorthy. Darum sind wir hier. Sie sehen es nur aus einer einzigen Perspektive. Darum macht es Ihnen Angst. Sehen Sie nicht, wie glorreich alles dies ist? Die Erschaffung neuer Sterne aus dem Nichts, bedenken Sie das! Die WVN und die Navy waren nicht an dem weggelaufenen Stern interessiert. Die *Vingança* war nur ein Köder, den man dem Unbekannten hinhielt, überhaupt keine richtige Expedition, bis Gregor Baptista kam und uns vergewisserte, daß wir allen anderen an Zahl überlegen waren. Er hat uns zu diesem glorreichen Moment geführt trotz der Opposition unserer Gegner. Er ist ein großer Mann, Dorthy! Es war für uns so leicht, die *Vingança* zu infiltrieren, gerade weil die Navy sich wirklich nicht darum gekümmert hat. Ich habe Ihnen schon gesagt, daß Frauen in der Marine unsichtbar sind. Das ist sehr wahr. Viele von uns hier sind Frauen gerade wegen dieser Tatsache. Sie haben uns nicht bemerkt, bis es zu spät war.«

Ang lächelte so breit, daß ihre zu Schlitzen verengten Augen im Halbdunkel glitzerten. Dorthy konnte fast spüren, wie das Adrenal in der Pilotin ihr eigenes Blut erregte. »Als Sie ankamen, war es wie ein Signal. Es war wirklich ein Zeichen, als Sie auf Colcha Ihre Vision hatten. Ich habe oft gedacht, daß es eine geheime Geschichte gibt, die unterhalb dessen wirkt, was wir tatsächlich wahrnehmen. Vielleicht hat das alles auf diesen Moment hingearbeitet, meinen Sie? Dies könnte sein, wo alles verschmilzt, eines wird, die reale und die geheime Geschichte. Als ich aus den Feldzügen zurückkam, war mir im Kopf sehr übel. Weil so viele meiner Freunde getötet waren, machte ich mir selbst Vorwürfe, überlebt zu haben. Vielleicht habe ich überlebt, um Sie, Dorthy, zu treffen und Sie nach Colcha hinunterzubringen. Sie sehen, alles hat seinen Zweck.«

»Die Feldzüge waren nur ein Fehler«, sagte Dorthy. »Das Resultat eines schrecklichen Mißverständnisses. Die Alea um BD 20 hielten uns für den Feind, vor dem sie geflohen waren; und selbst als wir das begriffen, haben wir sie noch vernichtet.«

Aber Ang hörte nicht zu. Sie schaute in den Navigationstank. Ein grüner Funke beschrieb langsam eine Linie vom Zentrum hin zu dem roten Punkt des Einzelschiffs, das relativ zur Bahn der *Vingança* fast stationär war. Die Pilotin sagte: »Es vollendet das Rendezvous nicht, darum werden wir einen Schlepper schicken, um es herzuholen. Nun gut. Vielleicht werden Sie herausbringen, Dorthy, wo es gewesen ist.«

»Ich glaube nicht. Ich habe schon lange mein Talent nicht mehr ausgenutzt.«

»Das ist es aber, weshalb Sie hier sind, Dr. Yoshida«, sagte Baptista über den Navigationstank hinweg. »Sie verstehen sicher, daß wir Sie brauchen.«

»Ich werde Ihnen sagen, was ich verstehe: Daß ich zu lange im Griff von Plänen anderer Leute gehalten wurde. Manchmal waren es nicht einmal Menschen«, fügte Dorthy hinzu und dachte an das Gedankenbild des Alea-Vorfahren, das auf ihren Geist eine subtile Wirkung ausübte, indem es sie zum Werkzeug der Rache für einen Krieg machte, der mehr als eine Million Jahre vor ihrer Geburt geführt worden war.

Alle um den Äquator des Tanks sich herumtreibenden Leute schauten sie an. Sie sagte: »Ich wollte schon immer den Menschen die Wahrheit über P'thrsn sagen. Aber die Navy wollte es nicht hören und mich lieber zu jemand anderem sprechen lassen. Ihr werdet mir nicht glauben, und Talbeck Barlstilkin will es nicht wissen.«

»Aber wir sind es, die Ihrer Botschaft gelauscht haben, Dr. Yoshida«, sagte Baptista. »Wie Ang sagte, waren Ihr Kommen und das, was mit Ihnen auf Colcha geschehen ist, für uns wie ein Zeichen. Sie sind das Licht, das uns hierhergeführt hat.«

»Sie hören nur das, was Sie hören wollen, und nicht das, was ich Ihnen zu sagen habe. Was für ein Signal, was für ein Licht war das?«

»Wir verstehen das, was Sie uns zu sagen haben, besser als Sie selbst, Dr. Yoshida.« Baptista schwebte von ihr weg und sah aus wie ein fröhliches Walroß ganz in Weiß. »Sie sind wie Rilkes Engel – verwirrt durch Ihre Fahrt vom Himmel und so geblendet von dem Glanz des heiligen Wortes, welches Sie tragen, daß Sie die wahre Bedeutung Ihrer Botschaft vergessen haben. Aber schon durch Ihre bloße Anwesenheit hier ist die Botschaft überbracht worden. Es ist Ihr Irrtum zu glauben, daß wir verrückte religiöse Fanatiker wären. Aber wir sind Wissenschaftler, die sich nicht vor der Wahrheit fürchten und keine Angst haben, in der Wahrheit zu leben. Professor Doktor Gunasekra ist sicher ein großer Mann, aber er *lebt* nicht in der Wahrheit des Universums, das er entdeckt hat. Es ist von seinem täglichen Leben getrennt. Es ist wie ein Gemälde, das ein Künstler verkauft hat, der die Momente der Schöpfung besitzen kann, aber nicht das Ding selbst.«

Dorthy lachte. Sie konnte nicht anders. Ihr Ärger trieb es aus ihr heraus, wie die Kräfte steigenden Wassers die Luft aus einem sinkenden Schiff drücken. »Ist es das, wie Sie sich sehen? Sie sind noch närrischer, als ich mir vorgestellt habe, Dr. Baptista!«

Baptistas Lächeln, eingerahmt von seinem weißen Bart, blieb unerschüttert. »Sie könnten recht haben. Aber wir sind auf jeden Fall hier, auf der Schwelle der Verklärung der gesamten Menschheit. Sie wollen doch sicher das Beste für Ihr Kind, Dr. Yoshida. Möchten Sie nicht, daß es ins Paradies hineingeboren wird?«

Ihr Ärger dröhnte Dorthy in den Ohren. Sie hatte bis zu diesem Augenblick nicht gewußt, ob sie den Fötus behalten wollte oder nicht. Aber jetzt wußte sie es. Sie sagte: »Was ich für mein Kind wünsche, geht Sie nichts an.«

»Sie werden für uns arbeiten«, erwiderte Baptista. »Als Sie ein dienstverpflichtetes Talent waren, hat der Forschungsstab am Kamali-Silver-Institut Auslöser in Ihr Gehirn gepflanzt, um Antworten zu bekommen, auch wenn Sie tief im Geist von jemand anderem stecken. Talbeck Barlstilkin kennt die Stichwörter, die diese Zünder auslösen, und wir natürlich auch. Wir würden es vorziehen, Ihr Talent mit Ihrer Zustimmung zu benutzen, Dr. Yoshida. Aber die ist nicht unbedingt erforderlich.«

Dorthy war vor Jahren in den Grundlagen von *aikido* unterwiesen worden, als sie ihre kurze Laufbahn als freischaffendes Talent starten wollte. Damals hatte es alle Arten von Tips gegeben. Jemand hatte ihr geraten, daß sie nie wissen würde, wann sie es nötig hätte. Tatsächlich hatte sie es nie anzuwenden gehabt und fast alles vergessen bis auf das, was man ihr als erstes beigebracht hatte, daß sie nämlich ihren Gegner nie wissen lassen dürfe, was sie täte. – Wenn du springen willst, dann spring! Du sollst nicht drohen und nicht schreien. Spring einfach!

Sie tat es.

Sie wechselte ihren Griff an der Stange und drehte sich nach oben mit geschlossenen Beinen, um mit den

Fußspitzen Baptista voll anzuspringen. Grüne Zahlen und rote Kurven faserten sich in ihrem Kopf aus, als sie wie ein Speer über den arbeitenden Navigationstank flog. Sie traf Bapstista genau unter dem Brustbein und fühlte etwas knacken. Dann entspannte sie die Knie und machte einen Salto um ihren Körperschwerpunkt, Baptista flog tangential weg. Der rote Mund in seinem weißen Bart stand offen, als Gesichter und Konsolen an ihr vorbeisausten. Dann sausten sie wieder mit einem entsetzlichen Ruck zurück, als jemand sie bei einem Fußknöchel packte. Hände waren auf ihren Armen, über ihrem Mund und ihren Augen. Es gab einen Stich seitlich in den Hals, und alles entschwand in der Ferne.

Die Zeugen bestraften Dorthy nicht für den Angriff auf ihren Führer. Sie taten sie einfach in einen Raum, damit sie sich von der Beruhigungsspritze erholte; und als sie wieder gehen konnte und es schaffte zu sprechen, ohne allzu undeutlich zu sein, brachte man sie nach unten, damit sie ihre Prise besichtigen konnte.

Das Einzelschiff lag wie ein gefallenes schwarzes Blatt in der Startwiege. Rauhreif verdampfte unter blauweißen Bogenlampen, als die Hülle sich von fast absolut Null erwärmte. Wasserdampf, der von dem Druckvorhang unter der Wiege eingefangen wurde, rollte und wirbelte um die Deltakurve der Auftriebsfläche des Schiffs. Unter den Bogenlampen glitzerte der Nebel, als ob er mit Diamantstaub bepudert wäre. Aber von der mattschwarzen Oberfläche kam kein Reflex. Das Licht drang ohne Glanz und Flimmern ein.

Ang Poh Mokhtar sagte mit einer durch den Packen Betel, den sie in eine Backe gestopft hatte, gedämpften Stimme: »Jemand hat viel Geld für diese Schönheit ausgegeben. Das ist kein gewöhnliches Einzelschiff für Forschungszwecke, Dorthy. Es ist bewaffnet, siehst du? Ich würde wetten, daß es alles hätte übertreffen können, was wir in den Feldzügen geflogen haben. Wirklich!«

Dorthy und Ang standen auf einer Plattform hoch über dem eingefangenen Einzelschiff. Das gebogene und durchbrochene Rahmenwerk der Decke des Docks war nur etwa ein Meter über ihren Köpfen. Das dünne Geländer der Plattform kniff Dorthy in den Bauch, als sie sich dagegenlehnte. Ihre Arme waren hinter ihrem Rücken mit zusammengebundenen Handgelenken. Hinter ihren Augen flatterte noch Benommenheit von der Spritze. Immerhin hatten sie klug genug etwas benutzt, das der zarten Biochemie ihres Implantats nicht schaden konnte.

Während sie sprachen, legte Ang beiläufig Dorthy eine Hand auf die Schulter. Dorthy nahm an, das wäre nur für den Fall, daß sie sich entschließen könnte, einen Kopfsprung auf den Boden zu machen. Wenn man die alten Stichwörter kannte, wußte man auch von ihren kindischen Selbstmordversuchen. Aber sie hatte nicht vor, sich umzubringen. Das war nur wieder eine ihrer dämlichen Vermutungen.

Dies verletzte sie am meisten. Die Art, wie die Zeugen ihren besten Moment seit zehn Jahren abgetan hatten, als ob es nur der Koller eines watschelnden Kleinkindes gewesen wäre. Ihre Annahme – dazu brauchte sie ihr Talent nicht, um es klar in allen ihren Köpfen geschrieben zu sehen –, daß sie, ganz gleich, was sie unternahm, die Macht über sie hatten, in Ruhe allmächtig, endlos edel in ihrer Fähigkeit zu verzeihen, weil sie so verflucht hoch über allem standen ... Ang hatte gesagt, daß ihre, Dorthys, Gewalttätigkeit auf ihren unentwickelten Bewußtseinszustand, auf *vikshipta,* zurückzuführen sei. »Ich kann dich später durch einige Atemübungen leiten«, hatte sie gesagt. Und als Dorthy sagte, daß sie alles über den blöden *prāṇāyāma* wüßte, hatte Ang nur fröhlich hinzugefügt: »Es wird dich beruhigen. Ich war wie du gereizt und mit der Welt uneins, bis ich die Lehren begriff. Wir alle sind mit dem Universum eins, Dorthy. Darum ist es uns möglich, ohne Verwirrung oder Zaudern gegen unsere Feinde vorzugehen.«

Das Plastikband um Dorthys Handgelenke brannte in ihre Haut. Sie entspannte sich und fühlte Angs Griff auf ihrer Schulter nachlassen wie in Würdigung dieser Entspannung. Was Dorthy aber ihrer Meinung nach nicht tun konnte, war die Verringerung ihrer Arroganz wegen ihrer Tat. Weil sie wenigstens wieder eine eigene Aktion geschafft hatte.

Die erste war gewesen, als sie versucht hatte, aus Talbeck Barlstilkins chinesischem Refugium im Gebirge zu entfliehen. Sie hatte damals gewußt, daß es vergebens war und daß die leibeigene Dienerin sie beobachtete, als sie durch die nebligen Abhänge von Bambus und Felsen abstieg. Aber es war keine bloße Geste gewesen. Es war ein Akt der Definition gewesen, das Ziehen einer Linie, die etwas über den Käfig hinausging, in dem sie ständig gesteckt hatte, seit die Navy ihr kleines Forschungsschiff aus seinem langen, langsamen Orbit durch die Oortsche Wolke geholt hatte. Das war der Anfang der Zwangsrekrutierung gewesen, die sie zu P'thrsn gebracht hatte und nicht endete, als Talbeck Barlstilkins Söldner in die Wohnungen des Ausgrabungsplatzes Arull Tereck auf Nowaja Rossija eingebrochen waren. Dadurch war nur die Richtung geändert worden und eine Beschleunigung eingetreten.

Jetzt hatte Dorthy eine andere Linie gezogen; und falls die Zeugen sie ignorieren wollten, war das deren Problem. Sie hatte für sich definiert, wie weit man sie schubsen konnte, und eine Grenze für die Passivität gesetzt, die zehn Jahre der Gefangenschaft in sie eingegraben hatten. Mit den Händen hinter ihrem Rücken gebunden und bewacht von einer Frau, die sie einmal für eine Freundin gehalten hatte, fing Dorthy an sich zu erinnern, was es heißt, frei zu sein.

Ang sagte: »Sie werden es aufbrechen, sobald sie herausfinden, was drin ist.«

Ein halbes Dutzend Arbeiter in unförmigen weißen Kontaminations-Schutzanzügen mühten sich auf Gehsteigen zu beiden Seiten des Schiffs ab, hüfttief im Nebel. Eine Neutrinokamera schwenkte auf einem langen Mast aus und fing an, über dem Schiffsprofil elegante Bogen zu beschreiben. Eine der Figuren in Anzügen berührte ab und zu einen Geigerstab entlang einer Kante der Auftriebsfläche. Ein anderer duckte sich in den Nebel, der sich um die stromlinienförmige Gondel ballte. Einen Moment später schwang eine Sektion des schwarzen Rumpfes auf und zeigte ein Gestell mit schlanken Geschossen. Eine andere Figur gab das Zeichen ›alles klar‹ mit über dem Blasenhelm gekreuzten Armen.

Ang spie blutigen Saft auf den Gitterboden und befahl der Plattform, sich zu senken. Die schwenkte in die Schicht kalter Luft im Dock ein und hielt ein paar Meter über einem Gehsteig an, wo die Person, die das Freizeichen gegeben hatte, einen Wust blonden Haares aus dem Ringkragen ihres Anzugs schüttelte. Ihr Helm ruhte in der Armbeuge. Sie schaute zu Dorthy auf und sagte: »Nun, lesen Sie in meinem Geist?«

Ang spuckte wieder und wischte sich einen roten Tropfen vom Kinn. Sie sagte: »Dorthy ist nur hier, um einen allgemeinen Eindruck zu gewinnen, Givy. Um zu sehen, ob mehr als die Pilotin drin ist und ob es etwa blinde Passagiere gibt, wenn du weißt, was ich meine.« Dorthy bemerkte, daß Ang die Lasche über dem karierten Knauf ihrer in einem Halfter steckenden Pistole losgemacht hatte.

Givy, die blonde Frau, war amüsiert. »Kann sie das durch die Schiffshülle hindurch tun?«

»Ich fühle nichts Fremdartiges«, meldete sich Dorthy. Das war die Wahrheit und kostete sie nichts. Was ihr am meisten auffiel, war die Aufmerksamkeit der bewaffneten Wachen auf Plattformen hoch oben. Sie fügte hinzu: »Wenn ihr wollt, daß ich etwas Bestimmtes herausfinde, müßt ihr mir ein Gegenmittel geben, um mein TALENT freizusetzen.«

»Das kann ich nicht tun, sofern nicht konventionelle Verfahren uns nichts lehren«, entgegnete Ang.

»Der Sucher hat da drin zwei Personen aufgefunden«, sagte Givy. »Akustische Anzapfungen melden uns, daß sie nicht sprechen oder herumgehen. Wenn wir auf den Suchbildern nicht sehen könnten, wie sich ihre Rippen bewegen, würde ich sagen, daß sie tot sind. Die Angaben des Lebenserhaltungssystems sind eigenartig, heiß mit hohem Kohlendioxid. Vielleicht ist es nur eine Marotte, aber wir ergreifen Vorsichtsmaßnahmen und entfernen zunächst einmal die Geschosse. In vielleicht ein paar Minuten werden wir das Schiff aufbrechen, Vielleicht können Sie uns dann mehr sagen, Dorthy.«

»Vielleicht.« Irgend etwas kratzte an Dorthys Aufmerksamkeit wie ein glitzernder Fleck in ihrem Augenwinkel. Der Gehsteig führte schräg abwärts entlang der Auftriebsfläche des Schiffs. Wo er unter dem Bug durchging, hockten drei Arbeiter in Anzügen unter der Ausbauchung der Lufteinlässe, um an dem ausgestülpten Gestell der Geschosse zu arbeiten.

Etwas mit den Geschossen... ein merkwürdiges Licht, das um ihre goldplattierten Nasen spielte, eine Art pointillistischer Halo, der in Dorthys Netzhaut prickelte.

Niemand sonst schien es bemerkt zu haben. Bestimmt nicht die Zeugen, die damit beschäftigt waren, die Geschosse zu entschärfen. Aber nach einem Augenblick fühlte Dorthy in ihrem Kopf einen vertrauten Druck. Es war die gewichtige Präsenz der Alea-Ahnin. Sie war es, die das flüchtige Funkeln erblickte. Es hatte eine Qualität wie – wenn auch nicht ganz identisch – gewisse Waffen der Marodeure, dachte Dorthy und erkannte dann, daß dieser Gedanke und die Erinnerung, auf die er sich gründete, nicht ihre eigenen waren. Ein wenig wie die zusammengefalteten dimensionslosen Gewebe, welche Sonnen umhüllt hatten, ehe sie aufflammten, ein Stoff, der in seltsamen Winkeln die vertrauten Dimensionen des alltäglichen Universums schnitt. Waffen, die zu reiner Mathematik entblößt waren, eine Idee, die zur Tat geworden war …

Die Arbeitsmannschaft war mit der Entschärfung der Geschosse fertig. Eine Person im Anzug strich explosives Gel um den Rand der Luftschleuse. Der Neutrinosucher hing direkt darüber, und Givy, die blonde Frau, beobachtete einen kleinen Bildschirm. Der Arbeiter trat zurück. Es gab einen gedämpften Knall, und das Rechteck der Luke wurde von Rauch markiert. Jemand mit einem Fernmanipulator stemmte die Tür der Luke beiseite, und zwei Arbeiter krochen durch die Öffnung.

Dorthy vergaß die flüchtige falsche Erinnerung. Sie sah mit Ang und mit dem runden Dutzend Zeugen, die auf verschiedenen Gerüsten und Plattformen in unterschiedlicher Höhe über der grell beleuchteten Dockbucht standen, wie zwei Bahren in das Schiff gebracht wurden, um die Besatzung herauszuholen.

»Bist du sicher, Dorthy, daß dir nichts Seltames auffällt?« fragte Ang.

»Ich bin sicher«, erwiderte Dorthy. Sie spürte, wie sich Angs Aufmerksamkeit wieder den reglosen Personen auf den Bahren zuwandte, und erkannte, daß ihr Talent sich auszuweiten begann, als ob sie gerade eine Tablette vom Gegenmittel eingenommen hätte. Sie wußte, der Ahnengeist wollte jetzt von ihr, daß sie aufmerksam und bereit wäre. Die subtile Veränderung an den Geschossen hatte die Ahnin alarmiert. Wo immer das Schiff gewesen war, irgend etwas hatte es verändert.

Vielleicht hatte es auch seine Passagiere verändert, obwohl die ganz harmlos aussahen. Ein Mann und eine Frau, beide in Unterkleidung für Druckanzüge und beide sicher auf ihren Bahren angeschnallt. Der linke

Arm des Mannes war verstärkt. Er hatte den Ärmel seines Unterzeugs nach Art von Mechanikern abgerissen, und die plastischen Glieder seiner Prothese glitzerten im Licht der Bogenlampen.

Ein Arbeiter kroch wieder in das Schiff zurück und zog ein schweres Kabel hinter sich her. Auf dem Niveau der Auftriebsfläche des Schiffs hockten die anderen um die Bahren herum und prüften die Lebenszeichen des bewußtlosen Paares. Givy hielt der Frau eine Sauerstoffmaske ans Gesicht.

Auf der Plattform sagte Dorthy zu Ang: »Wenn du willst, daß ich herausbringen soll, was geschehen ist, so kann ich von hier aus nicht ihre Gedanken lesen.« In ihrem Blut brauste Adrenalin wie eine gezupfte Stahlsaite. Sie bemerkte, daß Ang sich mehr für das interessierte, was da unten geschah, als für das, was sich in ihr abspielte.

»Wir werden ihnen noch eine Minute geben«, sagte Ang, auf die Brüstung gestützt.

Die Frau auf der Bahre fing an, sich zu rühren. Eben, als Givy die Maske wegnahm und die Frau fragte, wer sie sei, kam etwas Kleines und Schnelles aus der Luke. Dorthy sah es und wußte, daß niemand sonst es gesehen hatte. Es jagte durch Dampfwirbel und schwang sich an einem Gerüstträger hoch. Einen Augenblick lang sah Dorthy deutlich eine kleine Maschine mit gepanzertem Rückenschild und spinnenähnlichen Gliedmaßen, ehe sie in Blendung und Schatten verlorenging.

Der Mechaniker auf der Bahre hatte die Augen geöffnet. Sein verstärkter Arm krümmte sich gegen die Gurte. Er zitterte angestrengt, und die Nähte rissen. Seine rasiermesserscharfen Verlängerungen schnitten die Reste weg. Er setzte sich auf; und Ang, die gerade sagen wollte, daß es okay wäre und sie hinuntergehen könnten, verschluckte ihre Worte und stieß einen Warnschrei für Givy aus. Die Blonde schaute sich gerade um, als die Hälfte der Leuchten in Kaskaden von

Funken explodierte. Der Mechaniker rollte sich von der Kante der Auftriebsfläche hinunter in die dichte Nebelbank unter dem Schiff.

Dorthy machte einen Schritt nach vorn und packte die Handsteuerung der Plattform mit ihren gefesselten Händen. Sie fingerte sich zu den Schaltern hinunter und drückte erst den einen und dann den anderen.

Die Brüstung, auf die Ang sich stützte, wich zurück, und die Plattform fing an, nach oben zu schwingen. Ohne ein Geräusch fiel Ang rücklings von der Plattform herunter. Sie landete auf einem der Arbeiter, der ausgestreckt hinfiel, während die Plattform Dorthy durch Licht und Finsternis nach oben trug. Jemand brüllte ihren Namen; und sie sah, wie auf der gegenüberliegenden Seite des Schiffs ein Wächter seine Waffe hob, als sie auf die Höhe seiner Position gelangte. Er brüllte noch einmal. Dorthy rannte mit auf den Rücken gefesselten Händen los und sprang auf einen Gehsteig, als die Plattform daran vorbei aufstieg. Sie rollte sich ab, kam am Ende des Gehsteigs auf die Knie und warf sich dann nach vorn, als ein ovaler Ausschnitt des Maschenbodens kirschrot aufleuchtete und mit heißem Qualm wegsackte.

Der Wächter brüllte wieder. Dorthy stemmte sich auf die Füße und rannte los. Sie fühlte, wie die ruhige, kühle Aufmerksamkeit des Wächters auf ihre Schulterblätter konzentriert war – als ob das gyroskopisch ausbalancierte Gewehr in seinem lockeren Griff zuckte, während es sich auf sie festlegte. Sie hatte Zeit zu denken, daß das vielleicht schließlich doch keine sehr gute Idee gewesen war, als der Rest der Leuchten ausfiel und in der Dunkelheit ein starker Wind aufkam.

Die Phosphore der Notbeleuchtung gingen fast gleichzeitig an, aber die Konzentration des Wächters war dahin. Dorthy lief mit gesenktem Kopf durch das mattrote Licht gegen einen Sandsturm an. Mit ihren gefesselten Händen konnte sie nicht gut balancieren und prallte dauernd gegen das Geländer des Gehwegs. Irgend jemand lief eilends auf einen kreuzenden Weg und versuchte, sie abzufangen. Aber sie änderte einfach die Richtung und drängte sich durch Dockmaschinerie, die über einer leeren Startwiege hing.

Sie hatte ein flüchtiges Bild vom Einzelschiff, das nicht mehr in Nebel gebettet war. Jemand oder irgend etwas hatte den Druckvorhang darunter ausgeschaltet, Plattformen kippten nach vorn, als sich ein halbes Dutzend Gestalten unter einem Sturm aus Fetzen und Schrott auf Leitern und Gehsteigen nach oben kämpfte.

Dann rannte Dorthy eine Rampe aus biegsamem Geflecht hoch auf einen dunklen Verbindungstunnel zu, und sie wußte, daß ihr dort niemand auflauerte.

5

Suzy erwachte bei dem stechenden Geschmack von kaltem, trockenem Sauerstoff. Sie lag auf einer Bahre und hatte eine Maske über Nase und Mund. Sie sah unscharfe Doppelbilder, umrahmt von flatterndem Schwarz. Über ihr eine Linie aus grellen weißen Lichtern. Plattformen mit Geländern, Träger. Sie hatte das Gefühl, in dem kathedralenähnlichen Raum nach vorn zu kippen. Eine Gestalt im Druckanzug beugte sich über sie. Ihr eigenes Gesicht war verzerrt im Spiegel von dessen Visier. Suzy versuchte etwas zu sagen, aber die Maske ließ das nicht zu. Dann setzte Finsternis ein und trug sie fort.

Beim zweiten Mal saß sie in einem Metallsessel. Von oben schien Licht herunter, der Rest des Raumes lag in tiefem Schatten. Sie hatte einen sauren Geschmack im Mund, so übel, daß sie ihn bis in den Magen hinunter brennen spürte. Als sie versuchte, sich zu bewegen, fand sie, daß ihre Unterarme an die flachen Armlehnen des Sessels gebunden waren. Ihre Beine waren an den Schienbeinen mit Klebeband zusammengebunden. Irgend jemand saß ein halbes Dutzend Meter von ihr entfernt. Seine lockere weiße Kleidung schimmerte im Halbdunkel.

»Macht ihr es mit allen Leuten so, die ihr aufgreift?« fragte Suzy. »Das muß doch wohl ein Irrtum sein. Nicht wahr?«

Sie war an Bord der *Vingança*. Mußte es sein. Erinnerungen kamen wieder. Der Laich von Robots Rattenmaschine hatte das Lebenssystem ihres Schiffs ruiniert.

Sie hatte nicht daran gedacht, ihren Druckanzug anzulegen und war ohnmächtig geworden. Sie waren auch nicht imstande gewesen, die Steuerung des Schiffs zu übernehmen, und ihr Flug nach Sicht hatte sie so nahe herangebracht, daß man sie aufgreifen konnte. Zumindest hatte die *Vingança* versucht, sie aus der Bahn zu pusten, wie damals bei dem überschnellen Stern. Aber das waren auch schon alle guten Nachrichten.

Der Mann ihr gegenüber beugte sich vor. Sie konnte ihn kaum sehen wegen des Lichtkegels, der auf sie herunterfiel. Er sagte: »Wissen Sie, wo Sie sind?«

»Ich habe so eine Idee«, sagte Suzy. Sie versuchte, sich auszumalen, wo etwa. Vielleicht eines der Gymnasien.

»Ich meine nicht das Schiff, sondern ich meine, wo sich das Schiff befindet, im Zentrum der Galaxis. Ah, das haben Sie nicht gewußt? Und dennoch scheinen Sie nicht überrascht zu sein.«

»Maschine hat gesagt, es wäre ein Ort, den noch nie zuvor jemand gesehen hätte«, erklärte Suzy. Sie wunderte sich, wo der Mistkerl steckte. Und Robot... »Ich nehme an, er hatte recht. Das ist schwer zu erklären, aber ich will mein Bestes tun. Ich meine, falls Sie es wissen wollen.« Plötzlich erkannte sie, wie verängstigt sie war, schlimmer als damals, wo ihr Schiff in die Grube jenes Mondes hineingezogen worden war. Das Unbekannte war nicht so erschreckend wie das Wissen, was Menschen anderen Menschen antun konnten – *ihr* antun konnten. Sie sagte: »Sie haben doch nicht etwa mit der Navy zu tun?«

»Suzy, wir sind nicht an Ihren Motiven interessiert. Oder denen Ihres Gefährten«, sagte der Mann. »Glauben Sie, daß die uns etwas ausmachen? Glauben Sie, daß die Aktionen eines Individuums irgendeinen Unterschied in der Entwicklung der menschlichen Rasse bewirken können?«

»Nicht, daß ich wüßte«, erwiderte sie. »Sehen Sie, Sie

kennen meinen Namen und wissen, daß ich bei den Feldzügen gedient habe. BD 20, Kampfeinzelschiff. Ich fliege direkt aus *diesem* Schiff auswärts. Was kann ich Ihnen erzählen?« Zwischen ihren Brüsten troff Schweiß. Das Unterzeug klebte an ihrem Rücken und ihren Schenkeln. In dem Raum befand sich noch jemand. Wenn sie den Atem anhielt, konnte sie die Person hören. Vielleicht einen Meter hinter ihr, nicht mehr als zwei. Sie wagte nicht, sich umzuschauen, sondern hielt den Blick fest geradeaus. Sie sagte: »Tatsächlich, ich kann Ihnen alles erzählen, was Sie wissen wollen.«

»Natürlich können Sie das. Aber alles, was wir wollen, ist die Wahrheit, Suzy. Schnell und einfach. Wir wollen wissen, wo Sie gewesen sind und was mit Ihnen dort geschehen ist. Das ist alles.«

Ihre Augen gewöhnten sich allmählich an die Dunkelheit. Sie sah, daß er ein alter Bursche war, mit sauber geschnittenem Bart und weißem Haar, das seine Kopfhaut knapp bedeckte. Der Weihnachtsmann in einer Toga. Den linken Arm hielt er steif vor die Brust, als ob er angebunden wäre.

Sie fing an, ihm von dem endlosen Strand zu erzählen und der fraktalen Wüste, den Schattentänzern und den Engeln. Aber nach einer Minute erhob er die rechte Hand mit gespreizten Fingern und nach außen gekehrter Handfläche. »Sie sind noch nicht bereit, uns dies zu erzählen, Noch nicht.«

»Nun, das ist die Wahrheit. Das ist es, wo wir waren, tief in jenem Loch. Das ist es, was geschehen ist, Mann, ob Sie mir glauben oder nicht.«

»Was ist ein Engel?«

»Ich bin nicht sicher. Die lebten dort. Wo wir waren.«

»Und wo war das?«

»Ich weiß nicht, nicht genau. Es sah aus wie ein Strand irgendwo in den Tropen. Aber das war so, weil der menschliche Teil von Robot es träumte.«

»War es ein Ort oder ein Traum?«

»Ich vermute, etwas von beidem. Maschine sagte, es wäre eine Art von Interzone zwischen diesem Universum und dort, wo die Engel lebten.«

»Aber Sie wissen nicht, was die Engel waren?«

»Sie sagten Ihnen, daß Sie etwas für sie tun sollten.«

»Den Marodeuren Einhalt gebieten. Was die da draußen tun, verletzt die Engel. Die Engel wollten, daß es aufhörte. Es ist schwer, dies in meinem Kopf richtig zu ordnen. So, wie es mir gesagt wurde, schien es eine Selbstmordmission zu sein. Als ich Ihre Sendung hörte, hielt ich deshalb direkt auf Sie zu. Ich meine, was hätte ich sonst tun sollen?«

Der alte Mann hob wieder die Hand, jetzt mit gekrümmtem Zeigefinger. Da war jemand, den Suzy gar nicht kannte – nicht der Mann hinter ihrem Rücken; der hatte sich nicht bewegt. Eine Frau in militärischem Overall mit einer großen funkelnden Brosche über der linken Brust trat aus dem Schatten. Sie hielt dem alten Kerl eine Notiztafel vor das Gesicht. Er sagte »Gut«, erhob sich aus seinem Sessel und trat dahinter, mit einer Hand auf der Schulter. Er sagte zu Suzy: »Wir haben nicht viel Zeit und müssen wissen, ob man uns die Wahrheit erzählt.«

»He, das ist alles, was ich Ihnen sagen will.«

»Das ist gut. Aber, sehen Sie, wir müssen dessen sicher sein. Catarina, ich bin jetzt bereit«, sagte er zu der Frau, und die half ihm auf die Beine. Er sagte zu Suzy: »Falls es irgendeinen Trost gibt – es ist für den größeren Gott.«

»Hallo! He, ich habe Ihnen gesagt ...«

Aber der Alte ging fort in den Schatten, auf den Arm der Frau gestützt. Suzy hörte den Mann hinter sich und wandte den Kopf. Eine große Hand umklammerte ihre linke Schulter, die andere berührte ihre Wange und ließ die Spitze eines schwarzen Zylinders an ihrem Kinnbacken entlanggleiten. Zuerst spürte sie ein leichtes

Kitzeln. Dann fing es an zu brennen, und sie mußte die Zähne zusammenbeißen, um nicht laut zu schreien.

Der Mann kam herum und kniete sich vor ihr hin. Braune Augen zwinkerten unter einer faltigen Stirn. Ein Lächeln entblößte weiße Zähne. Er sah aus wie ein Priester oder Professor. Er sagte: »Keine Sorge, kleine Seyoura! Ich werde Sie nicht töten.«

6

Das Blau war das Blau des von der Sonne beschienenen Ozeans, gemustert durch die ausgefransten Schatten weißer Wolkengebilde. Das Licht hatte nicht mehr die Farbe geronnenen Blutes, sondern des üppigen Glühens sommerlicher Orangen. Die Sonde war unter die Geleise hinabgestiegen, welche die weite Ebene des Dorns erhellten, und kreuzte einige tausend Kilometer über dem Ozean, der so geradlinig wie eine Rennbahn in die Unendlichkeit verlief, wo sich Strähnen von Licht im Dunst der Atmosphäre verflachten. In mittlerer Entfernung war der Ozean durch braune und ockerfarbene Gestalten durchbrochen – Kontinente so groß wie Jupiter, falls man diesen Planeten abhäuten und wie einen Schmetterling in einer Sezierschale anheften könnte.

Die Wissenschaftler sprachen alle auf einmal, alle außer Abel Gunasekra, der einfach in den Tank starrte, eine Hand unter das Kinn gekrümmt. Talbeck stand hinter den anderen und beobachtete Gunasekra ebenso wie den Tank. Das Geplapper der Spekulationen ließ er durch sich hindurchströmen.

»Spektraltyp G8… Wir befinden uns jetzt – was? – achthundert Milliarden Kilometer längs des Dorns, dreißig Lichttage? Wenn diese Wellenleiter oder was immer weißes Licht aus dem entfernten Ende kanalisieren, und es rot wird, wenn es die Schattensphäre erreicht, ein halbes Lichtjahr lang…«

»Der Quanten-Tunneleffekt würde das schaffen«, sagte Jake Bonner. »Das ist es, wie die Wellenleiter seitlich abstrahlen. Zuerst verlieren sie kurze Wellen. Es ist ungefähr die gleiche Isolierung, die Tau Ceti Elysium gibt. Wird nach weiteren fünfhundert Milliarden Kilometern oder so wie die Erde sein. Ich werde eine Transformation ausführen müssen ...«

Martins, der Exobiologe, sagte: »Ich habe eine Absorptionslinie von Chlorophyll. Leben, meine Freunde!«

»Streuung bringt den atmosphärischen Druck auf rund drei Viertel des Wertes in Meereshöhe auf der Erde. Da gibt es Stickstoff, Sauerstoff, Kohlendioxid. Aber was ist diese Linie hier?«

»Helium, ungefähr ein halbes Prozent. Was, zum Teufel? Die Schwerkraft beträgt eins Komma zwei fünf zwei Ge ... Wenn das der Standard über das ganze Gebiet ist, gäbe es keine Möglichkeit, daß viel Helium zurückgehalten werden könnte, ohne etwas zu erzeugen. Oder, he, falls nicht die Atmosphäre relativ neu ist ... Gibt es dafür schon irgendwelche Daten?«

»Valdez, wie ist es damit?«

»Sicher, ich kann in die verschlüsselten Datenströme des Instruments eingreifen, aber nicht ohne die Sichtbarkeit meiner Einspeisung zu kompromittieren.«

»Meinst du mit kompromittieren, die Zeugen zu schwächen? Ich bin noch nicht so darauf aus, das herauszufinden.«

»Nun, *ich* bin es.«

»He, Armiger, bist du lebensmüde? Willst du etwas tun, dann rechne das nützliche Oberflächenareal aus!«

»Das habe ich schon getan«, sagte Armiger mit einem Pokergesicht. »Die beste Maximalschätzung beträgt 7^{20} Quadratkilometer. Das ist ungefähr die Hälfte der totalen Fläche, ungefähr eineinehalbe Billion Erden.«

»Mein Gott, Seppo, ist das *Land*fläche?« fragte Martins.

»Ozean und trockenes Land. Ich habe genug, um

schon einen funktionierenden Algorithmus auszuarbeiten.«

Abel Gunasekra sagte ruhig: »Und sie fangen an, eine zweite Hyperstruktur zu erbauen.«

Es herrschte für einen Augenblick Schweigen, und dann setzte das Geschnatter der Gelehrten wieder ein. Aber Talbeck hörte nicht mehr hin. Er hatte, was er wollte. Das Tor, Raum für jeden Lebenden, sein eigenes Imperium von Größe der Erde zu haben. Hier gab es jetzt etwas, für das zu kämpfen es sich lohnte!

Tief in Gedanken versunken bemerkte er nicht, daß seine Dienerin zurückgekommen war, bis sie seinen Arm berührte. Sie hielt ihm eine kleine Pistole hin. Unter ihren Nägeln war frisches Blut. Talbeck wollte ihr erstaunt gerade die Waffe abnehmen, als ein Dutzend halbnackter Männer in den Raum stürmte.

Es waren die Marineoffiziere, die die Zeugen geschanghait hatten, um die *Vingança* durch das Wurmloch zu steuern. Lieutenant Alverez war an ihrer Spitze. Er trug ein Gewehr und schnitt das Geplapper der Wissenschaftler ab, indem er eine Salve Bolzen in eine Instrumentenbank an der gegenüberliegenden Seite des Raumes abfeuerte.

Danach gab es nur noch das Zischen von Funken, die in zerstörten Schaltkreisen herumsausten.

»All right«, sagte Alverez und grinste breit. Auf seinem muskulösen Bauch war eine hellrote frische Brandwunde, und sein schwarzes Haar ragte in Büscheln über einer blutigen Binde um die Stirn. Aber seine Stimme war ganz ruhig. »All right. Da ist jemand anders durch das Wurmloch gekommen, und die Zeugen haben sein Schiff an Bord genommen. Er ist entkommen. Jetzt malträtiert er die Systeme der *Vingança*.«

»Wer ist das?« fragte Talbeck.

»Seyour Barlstilkin« – eine knappe ironische Verbeugung –, »Sie sind noch am Leben. Ich freue mich, das zu sehen. Ihre Dienerin hat den Wächter getötet und die Türen unserer Zellen geöffnet. Dieser Kerl kann in jede Art von Computer eindringen, wie es scheint. Er nennt sich *Maschine,* falls das eine Rolle spielt.«

»Da gab es einen Artisten, der sich manchmal Robot/Maschine nannte«, sagte Talbeck. In seinem Kopf kamen zwei Dinge zusammen: der Verrat durch seine Mitverschwörer und das Einzelschiff, das ihm zu dem überschnellen Stern gefolgt war. »Er arbeitete in Urbis auf Titan. Ich glaube, ich habe einen Teil seiner Arbeit gesponsort.«

»Das Weltall ist sehr klein«, sagte Alverez. »Dies könnte später nützlich sein, Talbeck. Jetzt, meine Herren, sehe ich, daß die Gefangenschaft ihre Forschungen nicht behindert hat. Aber ich muß Ihnen sagen, daß sie jetzt ein Ende haben. Die Gegenmeuterei hat begonnen. Ich glaube nicht, daß die Zeugen schon von unserem Entkommen wissen. Ihre Sicherheitsdienste sind lachhaft. Aber sie werden bald genug Bescheid wissen, weil Maschine dabei ist, seinen nächsten Zug zu tun. Ich weiß nicht, wie viele von Ihnen Erfahrung mit Mikrogravitation im Vacuum haben. Die, welche sie nicht haben, werden es vielleicht auf die harte Art lernen müssen, gekoppelt mit meinen Männern hier. Von diesem Augenblick an sind Sie alle eingezogen.«

Seppo Armiger sagte: »Sehen Sie nur, Alverez, wir alle sind mitten in der aufregendsten Entdeckung, seit Kontakt mit dem Feinde hergestellt wurde. Die Zeugen kontrollieren eine Sonde, die die Hyperstruktur an der Kante der Sammelscheibe erkundet. Wir können es uns nicht leisten, deren Daten zu verlieren.«

Alverez stieß den dicken Lauf seiner Flinte durch das Bild des unendlichen Ozeans in den Tank und drückte die Mündung Armiger gegen den nackten Bauch. Der Gelehrte rührte sich nicht und parierte seinen starren Blick, ohne mit der Wimper zu zucken. Alverez sagte:

»Ich mag Sie. Darum hoffe ich, daß Sie besser zuhören werden.«

»Vielleicht sind Sie es, der zuhören sollte«, erwiderte Armiger.

Jake Bonner räusperte sich nervös. »Er hat recht, Lieutenant. Dies ist nicht die Zeit, das Schiff in einer unsinnigen Katzbalgerei zu gefährden.«

Alverez ignorierte Bonner und sagte: »Dies Schiff ist Kriegsgebiet, Dr. Armiger. Als amtierender Kapitän bin ich ermächtigt, jeden körperlich geeigneten Bürger der Föderation zu rekrutieren. Falls Sie nicht helfen wollen, kann ich eines Ihrer dämlichen Beine wegpusten. Ich möchte das lieber nicht tun; denn Sie sehen so aus, als ob Sie nützlich sein könnten.«

»Werden Sie uns den Gebrauch der anderen Sonden garantieren, wenn wir gewinnen?« fragte Armiger.

Alverez lächelte und schulterte sein Gewehr. »Natürlich. Wir sind ja schließlich hier, um den Rest des FEINDES aufzuspüren. Wenn wir einmal mit den Zeugen fertig sind, werde ich alles autorisieren, was Sie benötigen, um den FEIND zu finden. Und Sie *werden* ihn auch finden, weil ich mich darauf verlasse.«

Talbeck sah in dem Lieutenant etwas, das vorher nur latent gewesen war, verborgen unter der Galauniform und der peniblen Etikette der Offiziersmesse. Es war etwas, das jeder Führer brauchte, die Fähigkeit, sofort einen Mann zu beurteilen und für ihn einen Platz in seinen Maßnahmen zu finden.

Seppo Armiger lächelte zurück und sagte: »Wir können es machen. Aber ich möchte sagen, daß Ihre Position etwas wacklig ist, Lieutenant. Schließlich sind Sie ebensosehr ein Meuterer wie jeder beliebige Zeuge.«

Ein Offizier lachte und meinte: »Wir alle sind Meuterer.«

»Aber Sie verstehen, daß wir die braven Burschen sind«, sagte Lieutenant Alverez. »Und jetzt Schluß mit reden! Es ist Zeit zu gehen.«

7

Dorthy wußte, daß es nur einen Ort gab, wo sie sich sicher verstecken konnte, das Labyrinth von Kabinen und Abteilen und Gemeinschaftsräumen in den Wohnmodulen. Natürlich würden die Zeugen auch dort nach ihr suchen, aber ihr Talent erlaubte ihr, ihnen leicht auszuweichen. Sie fand einen Spiegel und trat ihn ein. Einen der noch im Rahmen steckenden Splitter benutzte sie, um das Klebeband an ihren Handgelenken zu zerschneiden.

Wie alle anderen Kabinen in dem Modul war diese eiskalt und wurde nur durch eine schwache rote Leuchtröhre der Notbeleuchtung erhellt. Weil aber jemand den entsprechenden Stromverbrauch orten könnte, wagte Dorthy nicht, die Klimaanlage einzuschalten. Sie saß auf dem Kunststoffstuhl und legte die Füße auf das nackte Gestell der Pritsche hoch. Die Hände schob sie zwischen die Schenkel, um sie warmzuhalten, und überlegte, was sie jetzt tun könnte.

Ihr erwachtes Talent schien sich stabilisiert zu haben. Es war nicht außer Kontrolle, aber obwohl jetzt das Adrenalin ihrer Flucht abklang, fragte sie sich, was mit ihr geschehen würde, falls das Implantat schwer geschädigt oder gar getötet wäre. Wenn sie nicht imstande war, ihr Talent zu kontrollieren, wäre das so, als ob sie nicht mehr schlafen oder träumen könnte. Es würde zu Halluzinationen führen, zu Verletzungen in der Großhirnrinde, zum Tod.

Dorthy dachte darüber ruhiger nach, als sie es früher getan hätte. Obwohl sie den größten Teil ihres Lebens mit diesem Risiko verbracht hatte, mußte sie sich jetzt auch um den einen Monat alten Fötus in ihrem Leib kümmern. Sie erkannte aber auch wieder, wie sehr sie die Benutzung ihres Talentes vermißte. Jene zehn Jahre im Navy-Gewahrsam waren gleichsam zehn Jahre des Lebens mit verschwommener Sicht und weißem Rauschen in den Ohren gewesen. Jetzt konnte sie wieder sehen und hören.

Sie konnte jedes des halben Hunderts menschlicher Geister an Bord des Schiffs wahrnehmen. Die meisten davon waren in zwei getrennten Gebieten zusammengedrängt, welche die Kommandokuppeln und das Forschungsmodul sein mußten. Nur einige wenige waren in den Docks im Rückgrat des Schiffs verteilt. Niemand war ihr nahe genug, daß sie mehr als einen groben Eindruck gewinnen konnte. Am deutlichsten gewahrte sie die allgemeine *Gestalt* da, wo drei, sechs oder ein Dutzend Personen beieinander waren. Hier ein Knoten erregter Neugier, hin und wieder eine ruhige, unbekümmerte Freude, die gleiche transzendentale Emotion, die sie vorher in Ang Poh Mokhtar bemerkt hatte.

Aber allmählich wurde ihr etwas anderes bewußt. Fließende Eindrücke wie das Flimmern der ersten Sterne, wie man es an einem warmen Sommerabend auf der Oberfläche eines Planeten sieht... Oder nein, sie waren zu hell, wie die flüchtigen mikroskopischen Einschnürungen, die zufällige Fluktuationen der Schwerkraft in der Sammelscheibe erzeugen.

Sie waren anders als alles, was sie je gesehen hatte. Wie riesige lineare logische Ketten, vom Ende her gesehen, oder kurze Blicke auf die genau definierten Nanosekundenpulse, die das maschinelle Äquivalent (aber kein Talent konnte das Arbeiten von Maschinenintelligenz wahrnehmen) der langen, unbeholfenen, verwickelten Gewebe menschlichen Denkens waren.

Insbesondere ein dimensionsloses Stäubchen schimmerte und funkelte und drehte sich so strahlend zwischen den flackernden Kerzen rein menschlicher Geister, daß es ihre volle Aufmerksamkeit auf sich zog. *Hier,* rief es ihr zu. *Hier, hier, hier bin ich!*

Nach einer Weile erhob sich Suzy aus dem Stuhl und setzte sich in *zazen*-Haltung auf den kalten, staubigen Fußboden, einen dünnen Plastikbezug über dem unnachgiebigen Metall der Schiffshaut. Von allen Methoden, die sie versucht hatte, war Zen-Meditation *sessan amakuki* für sie die beste Art, ihr Talent zu fokussieren, indem sie es von dem weiten, undefinierten Feld von Empathie, das alles um sie herum berührte, auf das Besondere einengte, das einzigartige Muster des Individuellen, welches in ihrem stillen Zentrum gespiegelt werden konnte.

Aber die flackernde Spur wurde nicht deutlicher, als sich Dorthys Trance vertiefte. Es blieb ein halb erkennbares täuschendes Irrlicht. Statt dessen wurde die Tür des Raumes zurückgezogen, und die Alea-Ahnin trat ein. Jedes Haar ihres dichten schwarzen Pelzes endete in einer klaren, refraktiven Spitze, die alle das mattrote Licht der Kabine in rubinrote, karneol- und granatfarbene Nadelstichmustern brachen, die herumwirbelten und bei ihrer letzten Bewegung aufblitzten. Obwohl ihr großer, in einer Kapuze steckender Kopf gebeugt war, streifte er doch die Decke. Im Schatten der Falten nackter blauer Haut war ihr schmales Gesicht von Freude belebt. Ihre schwarzen, runzligen Lippen gaben feuchte Reihen von scharfkantigem Horn frei in Annäherung an ein menschliches Lächeln.

– Mein liebes Kind. Etwas Wundervolles ist zu uns gekommen. Geh jetzt mit mir! Es gibt Leute, die du kennenlernen sollst.

Wie in einem Traum, ohne sich über die unmögliche Fremdartigkeit dieser Erscheinung zu wundern, erhob sich Dorthy vom Boden und folgte dem weiblichen Neutrum durch die Tür in stürmisch rotes blendendes Licht.

Über die flachen Fliesen der Plattform kamen zwei menschliche Gestalten auf sie zu, die sich als Silhouetten vor der sengenden, schwarzgefleckten Scheibe der Sonne von P'thrsn abzeichneten.

8

Später brachten sie Suzy in eine Kabine und schlossen sie mit einem Wächter ein. Der Raum war völlig leer bis auf den Stuhl, auf dem der Wächter saß, und die Matratze, auf der sie lag. Sie zitterte in ihrer Unterkleidung. In ihrem Unterkiefer waren ein paar Zähne locker. In einem Ohr empfand sie sengenden Schmerz. Auf den Armen, wo ein katalytisches Feuerzeug ihre Haut berührt hatte, trug sie einige Brandflecke.

Aber schlimmer als der aktuelle Schmerz war die Erinnerung an den kleinen schwarzen Stab, eine Art von Induktionsgerät, das die Nerven unter ihrer Haut überall da entflammt hatte, wo es sie berührt hatte. Es hatte sie in einer Welle weißglühender Qual voll aufgerissen. Der Mann hatte es vorsichtig an verschiedenen Stellen ihres Körpers benutzt und dabei gesagt, was er tun würde. Danach stellte er ihr eine Frage, tat es, wenn sie antwortete, und fragte dann wieder. Sie hatte die Wahrheit gesagt, nicht weil sie es wollte, sondern weil der Schmerz ihr keinen Raum ließ, an etwas anderes zu denken. Selbst als er fertig war, hatte sie noch weiter geredet in einem verzweifelten unzusammenhängenden Strom – über die Schattentänzer und die fraktale Wüste und die goldene Stadt der Engel, die längs des unendlichen Horizonts brannte, und den Verrat von Maschine. Schließlich hatte er sie hart ins Gesicht geschlagen und gesagt, sie solle aufhören. Sie wären jetzt fertig.

Das war es, worüber Suzy sich schämte, die Art und Weise, wie man sie geöffnet hatte. Es war so schlimm gewesen, wie sie sich eine Vergewaltigung vorstellte. Es war so, als ob er ihr seine schmutzigen Finger in den Kopf gesteckt und den privaten Platz verschmiert hätte, wo sie lebte.

Suzy lag auf der Matratze und dachte darüber nach. Sie bemühte sich, objektiv daran zu denken. Darüber, was es bedeutete, nicht darüber, wie es sich angefühlt hatte. Sie wollte, daß ihre Wut sich abkühlte und zu einem eisigen Stern tief in ihrem Innern zusammenzöge. Besonders wollte sie zur rechten Zeit das Richtige tun. Denn diesmal könnte einer ihrer blöden Fehler für sie tödlich sein.

Der Wächter war eine junge, schlichte schwarze Frau mit plumpen pockennarbigen Wangen und einem Busch drahtigen Haares. Sie war erheblich größer als Suzy. Sie saß in ihrem Stuhl und schmökerte sehr langsam in einer Lesetafel. Dann blickte sie über deren Kante auf Suzy. Im Ohr hatte sie einen Audiostecker, und direkt unter ihrem Doppelkinn war ein Kehlkopfmikrophon angeklebt. In ihrem breiten Schoß lag eine Pistole.

Suzy dachte, wenn sie die Gelegenheit ergriffe, könnte sie die Wächterin packen. Die Frau war größer, aber Suzy hatte ihre implantierten Muskeln. Aber wenn sie das täte, müßte sie die Wächterin bestimmt erschießen und auch das Schloß herausschießen. Das gäbe einen Mordslärm. Und höchstwahrscheinlich würde die Frau um Hilfe rufen, sobald sie in Schwierigkeiten käme. Das Mikrophon wegreißen und gleichzeitig die Pistole ergreifen? – Sicher.

Plötzlich war ein leiser metallischer Laut zu hören, ein hohles Knacken, als wenn ein Kugellager in eine stählerne Schale fiele. Das kam von dem Gitter der Luftleitung in der Wand über der üppigen Frisur der Wächterin. Suzy sah, wie sich hinter dem Gitter etwas bewegte. Dann glühte eine rote Linie auf dem Boden des Gitternetzes auf, lief zu beiden Seiten daran hoch und dann längs der Oberkante. Der kleine Raum füllte sich mit dem Geruch von geschmolzenem Metall; und die Wächterin drehte sich um und stand aus ihrem Sessel auf, genau in dem Augenblick, als das Gitter auf den Boden fiel und das Ding dahinter sich hindurchschwang. Es hielt sich mit einem halben Dutzend spinnenartiger Glieder an dem gezackten Rand des Gitters fest, während es andere davor schwenkte. Die Wächterin hob ihre Pistole, und das Ding brannte ihr den Oberteil des Kopfes weg.

Suzy hatte sich in eine Ecke gedrängt. Ihre Füße drückten sich in die Matratze. Die Wächterin war in den Sessel zurückgefallen. Ihr Kopf war nach vorn geneigt und zeigte die klebrige, verkohlte Stelle, wo ihre Schädeldecke gewesen war. Der Gestank von versengtem Haar und gebratenem Fleisch bereitete Suzy Übelkeit.

Die Maschine landete mit einem Schwung neben ihr auf der Pritsche. Es war eine Baby-Rattenmaschine, aber erheblich größer als jede, die Suzy bisher gesehen hatte.

Suzys erster Gedanke war, darauf zu treten; aber die Wächterin hatte eine Pistole gehabt, und sie hatte nicht einmal Schuhe. Dann entsann sie sich, was Robot ihr in dem Fußgängertunnel in Urbis gesagt hatte, als sie im Gefolge von *Urbanem Terrorismus* zum Flughafen gerannt waren. Da hatte er einen kleinen eingepflanzten Sender gehabt, um seine Maschinen zu kontrollieren und zu koordinieren.

Sie schluckte und sagte leise: »He, erinnerst du dich an mich? Schau, Robot, Maschine, du weißt, wer diese Burschen sind? Du weißt, was sie wollen? Schau, kannst du durch dies Ding sprechen? Oder es vielleicht dazu bringen, daß es etwas schreibt, nur um mir mitzuteilen, daß es dir gut geht?«

Die Maschine richtete sich auf den Spitzen von einem halben Dutzend Gliedmaßen auf. Suzy schloß die Augen und öffnete sie wieder, als sie spürte, wie etwas Scharfes und Kaltes ihren Fußknöchel berührte. Die Maschine saß zu ihren Füßen und blickte zu ihr auf.

Suzy sagte: »Was ich mir wirklich sehr wünsche, ist, daß du die Tür aufmachst. Hör zu, ich habe eine Idee! Ich kann deinen Helfer hier hochheben und an die Tür halten. Dann könnte der einfach das Schloß ausbrennen. Ich meine, es ist einen Versuch wert.«

Sie zwang sich, die Maschine anzufassen. Die rührte sich nicht, und sie hielt sie fest. Sie war warm und erstaunlich leicht. Irgend etwas in ihr vibrierte. Das konnte sie in den Fingerspitzen fühlen.

Und dann befand sie sich nicht mehr in dem Raum. Sie kniete auf Stein am Rande einer Art Plattform, die über der Flanke eines Berges hing. Eine riesige mattrote Sonne schwamm am Horizont. So groß, daß sie, wenn sie den einen flackernden Rand betrachtete, nicht den anderen sehen konnte. Und so trüb, daß sie direkt hineinstarren und die brodelnde Granulation ihrer Photosphäre sehen konnte. Ein Bogen schwarzer Sonnenflecken zog sich halb um ihren Äquator. Das rote Licht der Sonne schimmerte in der Luft wie eine Flüssigkeit und ließ die Wälder und Ebenen weit drunten eher schwarz als grün erscheinen.

Suzy stützte sich mit ihren bloßen Handflächen auf kalten, kieseligen Stein. Von gezackten Hängen aus schwarzer Lava blies Wind empor und drückte ihr Haar nach hinten. Es roch nach Fichten.

»Ein beachtlicher Anblick, schon recht«, sagte hinter ihr eine Stimme. Suzy fiel fast über die Kante, weil sie sich so rasch umdrehte. Robot ergänzte: »Man braucht nur einige verkrüppelte Fichten und vielleicht ein oder zwei verfallene Mausoleen, um daraus einen Stich von Piranesi zu machen.«

Das Gefühl, das sie nach dem ersten Moment von Erstaunen und jähem Herzklopfen hatte, lag halbwegs zwischen heftiger Furcht und heftigem Glück. Sie sagte: »Du bist es wirklich! Ich meine, du bist es wirklich, der spricht, und nicht das Ding, das du in deinem Kopf hast. Du bist wieder wach!«

»Maschine ist irgendwo anders beschäftigt«, sagte Robot. Wie Suzy trug auch er nur das Unterzeug eines Raumanzugs. Der linke Ärmel war abgerissen und zeigte seinen verstärkten Arm. Wind blies kümmerliches blondes Haar aus seinem hageren weißen Gesicht.

Suzy stand auf und lächelte (jawohl: Glück). Sie machte einen Schritt auf ihn zu. »Warum tust du das? Wir sind wieder zurück auf jenem Platz mit den Engeln, aber du stellst es dir anders vor?« Sie lachte. »Nein, du hast damals ja geschlafen, nicht wahr? Verdammt, Mann, ich freue mich, dich wiederzusehen.«

Und dann waren sie beisammen. Ihr Gesicht eng auf Netzgewebe über Robots knochige Brust gepreßt, ihre Arme um seine Taille und, nach einem Moment, sein verstärkter Arm um ihren Schultern.

»Ich war in irgendeinem Raum eingesperrt, und eine deiner Maschinen ist gekommen und hat die Wächterin getötet«, sagte Suzy. »Jetzt bin ich hier. Ich halte mich nicht für verrückt. Ich meine, du fühlst dich für mich real an.« Ihr Kinnbacken schmerzte nicht mehr, wie sie merkte. Sie löste die Umarmung und zog den Ärmel ihrer Kombination hoch – nur unversehrte Haut. »Schau, dieser verdammte Kerl hat mich verbrannt, genau hier. Aber jetzt bin ich okay und weiß, daß ich nicht verrückt bin. Aber was, zum Teufel, ist das hier, Robot?«

»Es ist ein Ort, wo wir eine Menge anderer Leute treffen können«, erklärte Robot und zeigte lächelnd seine braunen, lückenhaften Zähne. Er schob sich Haare aus den Augen: »Suzy, ich habe eine Menge gelernt, als ich fort war, nämlich wie man solches Zeug zusammenfügt. Es ist größtenteils die Erinnerung von jemand anderem, aber ich habe es umgeschrieben. Und meinem kleinen Liebling haben die Engel etwas angetan. Sind nicht alle Kinder ein wenig wie jene alten, illegalen künstlichen Intelligenzen? Aber der Unterschied ist, daß ich sie kontrollieren kann. Ich habe Dinge getan, von denen ich nicht einmal geträumt hätte, daß sie möglich wären. Es ist recht schwierig, Ihnen das zu erklären, in Anbetracht dessen, was Sie darüber fühlen. Ich weiß nicht, ob Sie mich im Modus von Maschine mögen; aber diese Art von Traum ist für mich jetzt realer als die reale Welt, um die Maschine sich kümmert.«

»So ist das alles ein Traum von dir, und ich bin immer noch in diesem widerlichen Zimmer eingesperrt?«

»Gewiß! Es wäre nicht schwierig, dort herauszukommen, aber zuerst müssen wir mit diesen Leuten reden. Entscheiden Sie, was zu tun ist! Es hat auf der *Vingança* eine Meuterei gegeben, ehe sie durch das Wurmloch ging. Sie untersteht jetzt nicht der Navy.«

»Das habe ich mir schon selbst gedacht. Ich schätze, daß ich uns in einen tiefen Schlamassel gebracht habe.«

»Das macht nichts. Vielleicht funktioniert es auf diese Weise letztlich sogar besser.«

»Na schön, danke! Wer sind diese Leute, mit denen du reden willst?«

Robot zeigte über die große Steinplattform hinweg. Dort hing eine schwarze Linie in der Luft. Er sagte: »Hier sind sie.«

Die schwarze Linie entrollte sich irgendwie. Suzy erspähte einen kahlen Raum, ähnlich dem, worin sie eingesperrt gewesen war, aber von einem roten Licht erhellt, das noch schwächer war als das der riesigen Sonne. Dann traten nacheinander zwei Personen hindurch.

Suzy dachte im ersten Moment, daß einer von ihnen ein großer Mann wäre, eingehüllt in eine Art von schwarzem Cape, das mit einer Kapuze sein Gesicht umgab. Dann hielt sie ihn für eine Art Tier, vielleicht wie ein Bär. Aber Bären hatten keine so langen Beine und auch kein zweites Paar Arme, die über der Brust zusammengeschrumpft und gefaltet waren. Auch haben sie keine fleischige Kapuze aus nackter, blauer Haut, die um ihre Gesichter gelegt ist, oder so große, wissende Augen.

Suzy trat einen Schritt zurück. Dann fiel ihr ein, wie nahe sie der Kante war. Falls sie hinunterstürzte, würde sie erwachen, wie aus einem Traum? Oder würde sie sterben und in der verschlossenen Kabine aufgefunden werden, blutüberströmt und mit gebrochenen Knochen im ganzen Körper? Robot legte ihr eine Hand auf die Schulter und sagte, es wäre alles in Ordnung.

»Was ist das?« flüsterte Suzy aufgeregt. »Mein Gott, Robot!«

Die andere Person, die durch das Tor geschritten war, eine Frau, sagte: »Sie ist ein weibliches Alea-Neutrum.« Die Frau war vielleicht fünfzig Zentimeter kleiner als Suzy und etwa ein halbes Dutzend Jahre älter. Sie trug einen grauen Uniform-Overall. Das schwarze Haar war militärisch kurz geschnitten, das runde Gesicht wirkte frisch gewaschen, und die schwarzen Augen zeigten Mongolenfalten. Hinter ihr rollte sich das Tor wieder auf und wurde zu einer Linie. Diese schrumpfte zu ihrem Mittelpunkt zusammen und verschwand. Die Frau trat hinter die Kreatur und lächelte. »Sie sind die beiden, die auf dem Einzelschiff gewesen sind. Was ich gern wissen möchte, ist, was ihr in meinem Kopfe anstellt.«

»Wenn dies euer Traum ist, so seid ihr willkommen, besonders das Ding da«, sagte Suzy.

Robots Griff auf Suzys Schulter wurde etwas fester: Er sagte: »Wir sind in Ihrem Kopf, Dr. Yoshida, obwohl ich zugebe, diesen Ort von Ihnen entliehen zu haben.

Aber da er zuerst von jemand anderem dorthin plaziert wurde, hoffe ich, daß es Ihnen nichts ausmacht. Ich habe uns alle zusammengeschaltet, so daß wir sprechen können.«

»Ist das wirklich einer von den FEINDEN?« fragte Suzy. »Spricht er?«

Yoshida, die Frau, sagte: »Es ist ein Alea, aber nicht wirklich ein FEIND. Sie ist seit langem tot, fast eine Million Jahre. Sie und dieser Ort kommen beide aus einer Erinnerung, die auf P'thrsn von ihren letzten Nachkommen tief in mein Gehirn eingepflanzt wurde. Und da sind wir jetzt auch, auf P'thrsn, wie es war, als sie gelebt hat.«

»Ich habe schon mit ihr gesprochen«, sagt Robot. »Es war ein Schock, sie hier zu finden, als ich zu Ihnen kam.«

»Aber bitte!« sagte Suzy. Sie konnte die Augen nicht von dem FEIND wenden. Ob weibliches Alea-Neutrum, oder wie man es sonst nennen mochte, es war immer noch der FEIND. Große, dicht beieinander stehende Augen in einem schmalen Gesicht blickten auf sie zurück. Die um den Kopf gelegten Hautfalten waren nackt und blau wie die Kehllappen eines Truthahngeiers. Um Gottes willen – es gab an den drei Fingern jeder Hand *Krallen*. Ein Mund voller Sägeblätter, wie aus einer Horrorgeschichte. *Sehr gut, um einen zu fressen.* »Herrgott, müssen wir mit diesem Ding sprechen?«

Robot und Yoshida ignorierten Suzys Bemerkung, wodurch sie nur noch ängstlicher und wütender wurde.

Die Yoshida-Frau sagte zu Robot: »Wenn du zu dem weiblichen Neutrum gelangt bist, hast du mehr erreicht, als die Navy jemals konnte. Wer bist du? Wo immer wir auch sind, ich kann mein TALENT hier nicht benutzen.«

Suzy stellte fest, daß ihr dies bei Yoshida geläufig

war. Sie hatte schon früher Talente getroffen, als Seyour Bonadventure seine Kampfstaffel Gästen vorgeführt hatte. Die Art, wie sie einen anschauten, war so überlegen, so über allem erhaben.

»Ich bin Robot, ein Artist und Krimineller. Meine Freundin ist Suzy Falcon, eine Jagdfliegerin. Wir kommen beide von Titan via Himmel, mit unbekanntem Ziel. Eines wissen wir. Man hat uns mit einer Mission gegen die Marodeure betraut. Man hat uns eine Waffe gegen sie gegeben.«

»Und ich glaube immer noch, daß man uns für eine Art Kamikaze-Bravourstück bestimmt hat«, sagte Suzy. »Wenn diese Engel so überlegen sind, warum greift man da auf uns zurück?«

»Suzy, das habe ich doch erklärt. Sie sind entwickelt und können im Universum so wenig existieren wie eine Seifenblase auf der Oberfläche der Sonne.«

»Die geheime Geschichte«, sagte Yoshida und wandte sich dem neutralen Alea zu. Es war doppelt so groß wie sie; aber irgendwie schien sie nicht von ihm beherrscht zu sein. »Du hattest recht mit dem Paradigma. Intelligente Rassen müssen sich zwangsläufig über die ganze Galaxis entwickelt haben, um sie vor den Marodeuren zu retten. Diese Engel müssen es gewesen sein, welche die Technologien aufgaben, die die Marodeure gefunden haben. Sie müssen es gewesen sein, die euch mit dem Paradigma der Intelligenz infiziert haben, der Schablone.«

»Sie sind fortgegangen und haben das Universum zugunsten eines für sie passenderen Ortes zurückgelassen«, erklärte Robot. »Sie wußten nicht oder kümmerten sich nicht darum, ob andere nach ihnen kommen würden. Sie hatten das ganze Weltall erforscht – das war damals viel kleiner – und keine andere intelligente Species gefunden. Sie glaubten allein zu sein und wandten sich nach innen. Sie entwickelten einen besseren Weg von Existenz. Sie gingen fort und gaben die

Maschinen auf, die sie benutzt hatten, um einen Weg von hier nach da zu öffnen.«

Seine Augen waren geschlossen, und er wirkte wieder wie ein Heiliger. Es war, als ob Licht unter seiner blassen, blaugeäderten Haut glühte. Er sagte: »Und dann kamen die Alea an. Die waren nur dann intelligent, wenn sie es sein mußten, wenn ihre Sonne aufflammte. Und als sie schließlich zu instabil wurde und die Alea sich zu den Sternen des Kerns flüchteten, fanden einige von ihnen die verlassene Technologie. Die Art, wie die Marodeure sie benutzen, bedroht die Interzone und was jenseits von ihr liegt. Es bedeutet, daß die Tore von hier nach dort nicht geschlossen werden können. Sie können nicht zurückkommen, um die Marodeure aufzuhalten, und sie können auch nicht weitermachen. Jetzt wird alles klar.«

»Wenn diese Engel fortgingen«, fragte Yoshida, »wer hat dann das Paradigma freigesetzt, wodurch andere Species Intelligenz entwickeln konnten? Wer hat den überschnellen Stern gestartet?«

»Nicht alles ist klar«, sagte Robot mit immer noch geschlossenen Augen. »Es ist aus irgendeinem Grunde wichtig, daß ich nicht alles weiß – noch nicht. Ich weiß sicher, daß die überschnellen Sterne – viel mehr als ein einziger und jeder mit einem Wurmlochtor in Umlaufbahn darum – irgendwann nach dem Krieg zwischen den Marodeuren und den anderen Aleas gestartet wurden. Ein Stern für jede intelligente Species, um sie hierher zu bringen… Sie sehen, Dr. Yoshida, man hat uns eine Waffe für den Einsatz gegen die Marodeure gegeben. Ich weiß auch, wie sie zu benutzen ist. Ich brauche sie nur auszuliefern.« Er öffnete die Augen und sah die Yoshida-Frau an und dann die große Alea.

»Das ist großartig«, sagte Suzy. Sie war immer ungeduldiger und ärgerlicher geworden während Robots begeisterten Ergusses. Sie sagte: »Ich sehe einfach nicht ein, weshalb wir darin verwickelt sein müssen. Ich meine Leute, Menschen. Du hast gesagt, es sei Geschichte. Die Geschichte von jemand anderem. Was geht sie uns an? Wir sollen so dankbar ein, weil die Engel uns das Feuer gegeben haben, daß wir uns drängen, für sie ihren Krieg zu führen?«

»Ich kann dir einen Grund nennen«, erwiderte Yoshida. »Das war etwas, das ich auf P'thrsn gelernt habe. Die Marodeure können nicht die Anwendung von Phasenwandlern entdecken. Darum haben die Alea, gegen die wir kämpften, sie auch nie benutzt. Jedesmal, wenn ein Schiff einen Phasenwandler einsetzt, erzeugt es eine Diskontinuität, die sich durch den Kontraraum ausbreitet. In fünfzig Jahren oder so werden Diskontinuitäten von den ersten Phasenwandlern den Kern erreichen. Ich hatte immer gedacht, es würde noch hundert Jahre dauern, bis die Marodeure durch den Kontraraum zur Föderation zurückreisen könnten und wir also reichlich Zeit hätten, ihnen entgegenzutreten. Aber die Wurmlöcher machen daraus eine Sache von Stunden. Du bist Jagdpilotin gewesen, Suzy. Du hast gegen den FEIND gekämpft. Wenn die Marodeure nicht jetzt ausgeschaltet werden, werden sie in weniger als fünfzig Jahren die Erde erobern und plündern, auch Elysium und so weiter. Ich will keinen Krieg und nicht bloß, weil ich weiß, daß die Menschheit keine Chance gegen die Marodeure haben würde. Was dir und deinem Freund gegeben ist, kann Krieg verhindern, ohne ihn zu schaffen.«

Suzy sah Yoshida und die sie überragende Alea an. Die Frau hat Mumm, das mußte sie ihr lassen, selbst wenn sie vollkommen schieflag. Aber wer konnte ihr einen Vorwurf machen mit diesem Ding in ihrem Kopf? Wie Robot und die Engel. Suzy dachte, ich bin hier die einzige, die nicht manipuliert worden ist. Ich bin die einzige, die es richtig machen kann.

»Suzy, du mußt nicht gehen«, sagte Robot. »Ich schätze, daß ich auf der *Vingança* einen anderen Jagdpiloten finden kann.«

»Ich kann fliegen«, sagte Yoshida. »Zumindest habe ich mein eigenes Forschungsschiff geflogen.«

»Unsinn«, sagte Suzy. »Jeder kann ein Schiff von A nach B fliegen, aber im Kampf gehört etwas mehr dazu. Und, zum Teufel, Robot, wo willst du jemanden finden, außer einem stammelnden Fanatiker, der die Marodeure für Lieblingsonkel von Jesus Christus hält?«

»Es gibt Marinepersonal«, sagte Robot lächelnd.

»Nun ja. Die werden nicht auf dich hören, Mann, oder nur, wenn du dir das Haar schneidest und dich durch die Ränge hochdienst. Ich war in dieser beschissenen Navy und weiß Bescheid.«

»Willst du damit sagen, daß du es schließlich doch machen wirst?« fragte Robert.

Suzy fühlte sich plötzlich sehr kühl. Ihr Ärger brach in ihr zu einer glatten Kugel von der Dichte eines Neutronensterns zusammen. Sie sagte: »Ich weiß, warum ich es tue. Und das ist nicht für deine glitzernden Engel.« Die menschliche Rasse retten? Gut! Sie würden sie in den nächsten Jahrmillion auf die Titelseiten jedes Geschichtsbuches setzen. Aber sie wußte, daß sie es auf ihre Art tun würde, nicht nach der der anderen. Sie konnte nur hoffen, daß Yoshida die Wahrheit gesagt hatte und daß sie nicht imstande wäre, in dem gemeinsamen Traum Gedanken zu lesen. Sie sagte: »Schaffe mich nur aus dieser Zelle heraus, Mann, und sorge dafür, daß ich mein Schiff wiederbekomme! Das ist alles, was ich verlange. Ich habe einen Fehler gemacht. Das gebe ich zu. Laß mich jetzt etwas Gutes tun!«

9

Mit Alverez voran bewegte sich die klapprige Schar aus Wissenschaftlern und aufständischen Navy-Offizieren ruhig durch einen engen Tunnel mit Maschenboden und passierte in regelmäßigen Abständen gewölbte Abzweigungen in andere Tunnels, die nach oben oder unten zu den verschiedenen Sektoren des Schiffs führten. Sie hatten als Ziel die Wartungsabteilung im Kiel vor den Kommandokuppeln. Dort befanden sich, wie Alverez gesagt hatte, alle Arten von Kram, den sie brauchen könnten, wenn die Zeit kam. Er sagte, die Zeugen könnten jetzt zwar das Schiff kontrollieren, würden es aber bestimmt nicht so kennen wie er. Außerdem würden sie, wenn dieser Maschinenkerl hindurch wäre, alle eine einfache Säuberungsaktion durchführen müssen.

Talbeck vergewisserte sich, daß er sich dicht hinter der Gruppe befand. Seine Dienerin ging hinter ihm und drückte als Antwort auf seine unterschwelligen Fragen mit ihren kalten, blutbefleckten Fingern Muster auf sein Handgelenk.

Ja, sagte sie ihm, jemand namens Maschine hatte ihr gesagt, was sie tun müßte. Er hatte, wie sie behauptete, für Talbeck gesprochen. Darum hatte sie ihm gehorcht, die Wächterin getötet und die Offiziere befreit. Sie wußte nicht, was Maschine mit dem Schiff machen würde, noch, woher er gekommen war. Aber Maschine wußte, wo Yoshida war, fügte sie hinzu. Er sagte, er würde dafür sorgen, daß sie in Sicherheit wäre.

Talbeck dachte darüber nach. Es gab nur einen Fluchtweg aus der *Vingança,* den Dorthy automatisch nehmen würde, wenn sie die Wahl hätte. Es war Zeit abzuhauen.

Gunasekra war auch hinter den anderen zurückgeblieben. Er sagte zu Talbeck: »Das ist nicht, was ich vorhatte.«

»Sie waren gerade dabei, mir etwas zu sagen, ehe die Sonde diese Bilder schickte.«

»Im Moment scheint das unwichtig. Sie sagten, Sie kennen diese Maschinenperson.«

»Ich glaube, daß einer meiner Konzernfonds ihm ein zeitweiliges Darlehen gewährt hat. Ich habe wahrscheinlich fünf Minuten mit ihm gesprochen bei irgendeinem Empfang in Urbis.«

Talbeck hatte seinen Schritt verlangsamt, und der Rest der Gruppe war weiter nach vorn gezogen und verschwand außer Sicht, als der Tunnel sich hinter einer gewölbten Kreuzung nach oben wandte. »Er hat eine Tat namens *Urbaner Terrorismus* geplant, jene Art von herausfordernder und zerstörerischer Tätigkeit, die ich aufregend finde. Wir wollen hier abbiegen, Professor. Wie Sie sehen, habe ich diese Pistole. Ich bin sicher, daß Sie keine Dummheiten machen werden.«

Gunasekra schaute Talbeck ruhig in sein ruiniertes Gesicht. Die Dienerin hatte seinen Arm gepackt, aber er tat so, als ob er nichts merkte. »Ich finde jede Art von Gewalt abstoßend, Seyour Barlstilkin.«

»Ich freue mich, das zu hören. Das ist aber auch nicht mein Kampf. Ich habe schon ein Schiff. Rasch jetzt, ehe man uns vermißt!«

Talbeck ließ die Dienerin vorausgehen. Während er darauf wartete, daß etwas passierte, damals bei dem überschnellen Stern, hatte er seinen Schiffscomputer mit den Systemen der *Vingança* verbunden und einen vollständigen Satz Schemata speichern lassen. Nun stiegen sie durch eine Luke in die Wartungsschächte und folgten einem Steg unter farbig gekennzeichneten Rohren um die omegaförmigen Bogen von Heizleitungen.

»Ich habe keinen Streit mit der Navy oder den Zeugen«, versicherte Talbeck. »Für mich waren sie nur Mittel zum Zweck. Ich habe gesehen, wonach ich Ausschau hielt; und jetzt ist es Zeit, zur Erde zurückzugehen, um die gute Nachricht zu verbreiten.«

»Soll ich Ihre Geisel sein, Seyour Barlstilkin?« Gunasekra nahm es sehr ruhig auf.

»Sie werden es ihnen sagen! Professor, nicht wahr? Sie werden ihnen alles erzählen, was wir gesehen haben, wenn wir zurückkehren. Die Hyperstruktur und die Milliarden von Kilometern Land, das reif ist für Erkundung. Die Föderation hat schon Schwierigkeiten, die tröpfelnde Einwanderung zu kontrollieren zu dem halben Dutzend neuer Welten, die seit den Alea-Feldzügen eröffnet wurden. Dies jetzt wird der Anfang eines unaufhaltsamen, reißenden Stromes sein.«

»Ist es das, was Sie wollen? Den Dorn der Hyperstruktur für sich selbst beanspruchen? Sie sind sehr ehrgeizig, Seyour Barlstilkin. Aber verzeihen Sie mir, wenn ich sage, daß niemand *so* ehrgeizig sein kann. Und außerdem ist da noch das Problem der Marodeure.«

»Wenn ich irgendeinen Anspruch auf den Dorn hätte, würde ich ihn gern weggeben. Ich will nur, daß die Leute wissen, was es dort gibt. Der Rest wird folgen. Ein Ende der Herrschaft der Erde. Die ist ein historisches Relikt. Sie hätte schon vor einem Jahrhundert zu Ende gehen müssen.«

»Mein Lieber, ich glaube, Sie werden über diese Dinge überzeugender reden, als ich es je vermöchte.«

»Ich bin ein Verbrecher«, sagte Talbeck vergnügt. »Ich habe das Sonnensystem verlassen mit der WVN-Polizei auf den Fersen. Ich nehme an, daß sie inzwischen all meinen Besitz beschlagnahmt haben. Oder jedenfalls alles, was ich ihnen gestattet habe, davon zu wissen. Aber Ihnen, Professor, wird man Gehör schenken. Sie sind mein Zeuge.«

»Sie sind sich sehr sicher, daß wir zurückkommen werden. Ich wollte, ich könnte ihre Zuversicht teilen.«

Die Dienerin stieß eine Luke auf. Sie führte auf eine Plattform hoch über den Docks im Kiel des Schiffs. Talbeck legte die Hände auf das schwache Geländer der Plattform und schaute nach links und rechts. Seine Dienerin hatte es gut gemacht. Die meisten Startwiegen waren leer – dunkle Gruben, über denen stille Maschinerie ruhte, obwohl etwas weiter zum Heck hin Batterien von Bogenlampen auf ein mattschwarzes Einzelschiff strahlten. Aber direkt unter der Plattform erhob sich aus wirrem Schatten der vernarbte Bugkegel seines modifizierten Lastenschleppers.

10

Robot und Suzy Falcon verschwanden so abrupt wie Seifenblasen, und Dorthy blieb mit dem weiblichen Neutrum in dem Traum vom alten P'thrsn zurück. Und dann senkten sich die Nebel, und Dorthy war allein. Glatter Stein, bitterkalt unter ihren bloßen Füßen, und weiße Stille ringsum. Es gab einen Weg nach draußen, es mußte einen Ausweg geben. Aber Dorthy konnte ihn nicht finden. Sie wußte, daß es irgendwo eine Tür gab, aber die war immer genau jenseits ihres Gesichtsfeldes.

»Ich weiß, was du zu tun versuchst.« Dorthys Worte versanken in weißer Stille; aber plötzlich erhob sich die große schwarze Gestalt des weiblichen Neutrums aus dem Nebel. Dorthy konnte fühlen, wie sich Spuren von Denkstrukturen der anderen Aleas um sie drängten.

Sie war das Zentrum ihrer kalten Aufmerksamkeit.

Sie sagte: »Ich weiß, daß ihr auszubrechen versucht, aber ihr seid alle Geister. Weniger als Geister. Nukleotide, wie Perlen auf einem Draht aufgereiht.« Einen Moment dachte sie, sie sähe die Fäden von Botschafter-Ribonukleinsäure in den Neuronen an ihrer Hirnbasis zappeln. Lange, stachlige Schlangen entrollten sich durch ribosomale Schablonen. Code ins Gedächtnis, Wort zu Gedanken, zu Tat. Sie drückte ihre Handflächen gegen die Augen und sagte laut: »Dies befindet sich in meinem Kopf, nicht in einem Computer und nicht auf P'thrsn. In meinem Kopf, meinem!«

Mitgefühl, Anteilnahme.

Dorthy wandte sich um, aber die Tür drehte sich ebenso schnell wie sie. Sie schaute zu dem weiblichen

Neutrum auf. Ihre Hände waren so fest geballt, daß ihre Fingernägel sich tief ins Fleisch gegraben hätten, wenn sie nicht die Gewohnheit gehabt hätte, sie ständig abzuknabbern.

»Ich weiß, was du vorhast. Ich will es nicht haben.«

– Wir müssen jetzt handeln. Die Marodeure sind hier.

»Wurdest du mir in den Kopf gesetzt, damit du deinen verrückten Krieg führen konntest? Der war vor mehr als einer Million Jahre.«

– Nein. Unser Rückzug war ein Rückschlag, aber jetzt sind wir wieder zum Kern in dir zurückgekehrt, mein Kind.

»Ich bin menschlich. Ich wurde nicht ausgebrütet, sondern geboren.«

– Ja. Und alle Menschen sind unsere Kinder. Wir wissen, was wir vorher nur vermutet hatten, daß wir die unwissentliche Ursache für das Aufflammen von Intelligenz in eurer Species gewesen sind.

»Und deswegen wollt ihr uns beschützen? Warum tut ihr mir dann dies an?«

Dorthy konnte das weibliche Neutrum jetzt kaum erkennen. Nebel strömte ein, dämpfend, tilgend.

– Wir müssen auf deinem Körper reiten, um in der realen Welt zu handeln.

»Nein!«

Für einen Moment wurde der Nebel etwas dünner, aber dann drückte seine weiße Fülle wieder auf sie. Dorthy fiel auf die Knie und fiel noch weiter. Sie taumelte durch weiße Leere. Terror quetschte sie zu wie ein Augenlid. Einen Augenblick lang nahm ihr Talent die spärliche Konstellation menschlicher Geister an Bord der *Vingança* wahr, weiter verstreut, als es möglich schien. Ohne Ziel tauchte sie verzweifelt auf sie hinunter und kniete dann ihn der kalten, rot beleuchteten Kabine. Blutiger Speichel troff von ihren Lippen.

Bei ihr war jemand, der Mann aus dem gemeinsamen Traum, der sich Robot genannt hatte. Er half ihr, sich aufzusetzen und hielt ihr einen Papierbecher mit Wasser an die Lippen.

»Danke!« sagte Dorthy und trank gierig. Der schale Geschmack des Wassers und der Schmerz ihrer zerbissenen Zunge halfen ihr, sich zu konzentrieren. Ihr Bewußtsein war eine dünne Membran über einer brodelnden Leere. Ein Fehler, und der Geist der Alea würde ihre Gedanken glätten wie Öl, das sich auf Wasser ausbreitet.

»Es sah so aus, als ob Sie einen Anfall gehabt hätte«, sagte Robot. »Er war wie in dem Traum sehr groß und sehr schlank, nur mit der Unterkleidung eines Raumanzugs bedeckt.« Er richtete sie mit seinem verstärkten Arm auf und roch stark nach Schweiß. Er sagte: »Ich möchte wetten, daß die weibliche Alea ihnen Schwierigkeiten gemacht hat. Habe ich recht? Aber machen Sie sich keine Sorgen, Sie sind jetzt wieder in der Realität.«

»Wenn mein Talent nicht funktioniert hätte, würde ich nicht den Weg zurück gefunden haben. Ich nehme an, sie mußte sich seiner bedienen, und das war ihr Fehler. Ich denke, daß ich mich in der Gewalt habe.«

»Das ist gut, denn Sie können darauf wetten, daß wir später brauchen werden, was sie weiß. Können Sie aufstehen? Das ist gut. Wir müssen eine Reise unternehmen.«

Dorthy versuchte, aus Robots Kopf die Antwort zu bekommen. Aber der Strom seiner Gedanken war anders als alles, was sie je zuvor gesehen hatte. Ein Wirbelsturm, unterbrochen durch große Lücken, ein Gießbach voller leerer Räume. Es war, als hätte jemand sein ganzes Gehirn untertunnelt. Sie sagte: »Wo ist Suzy Falcon?«

»Das ist es eben. Wir müssen das Einzelschiff vor ihr erwischen. Und das wird nicht einfach sein nach dem, was Maschine getan hat.«

Sie gingen durch enge, rot beleuchtete Korridore. Es war außerordentlich ruhig.

»Maschine?«

»Der andere Teil von mir, nur daß er sich nicht mehr in meinem Kopf befindet. Er hat sich in die Kontrollsysteme eingespeichert und das Schiff aufgebrochen. Darum müssen wir uns sputen. Ich befürchte, Suzy könnte vor uns dort sein und eine Dummheit begehen.«

»Gegen die Marodeure? Wissen wir überhaupt, wo sie sind?«

»Auf jener realen großen Struktur an der Kante der Sammelscheibe. Ihr Passagier kann es uns genau sagen. Jedenfalls hoffe ich das sehr.«

»Ich weiß nicht, ob ich sie fragen kann, ohne die Kontrolle zu verlieren.«

»Aber als sie zu Ihnen kam, konnten Sie es tun. Wir sind schon da.«

Es war eine Luftschleuse.

»Ich habe Ihnen gesagt, daß Maschine das Schiff aufgebrochen hat«, sagte Robot. »Die Marineleute kämpfen gegen die Zeugen, und es war für mich sehr schwierig, von der Stelle, wo ich war, nach hier zu kommen, ohne erschossen zu werden. Und jetzt müssen wir zu dem Hauptteil des Schiffs gelangen. Dem Kiel. Dort befindet sich das Einzelschiff.«

Sie betraten die Schleuse, legten Raumanzüge an mit schwerem, plumpem Strahlungsschutz, versorgten sie mit Energie und checkten sie. Dorthys Talent war noch in voller Kraft, und die Dringlichkeit, die Robot antrieb, war ansteckend. Dennoch verhielt sie auf der Schwelle der Luke verwundert, als sie vor der ultravioletten Glorie des weiten geflochtenen Stroms einfallender Gase die scharfkantigen Silhouetten von zwei Dutzend Modulen sah, die von dem langen Rückgrat der *Vingança* wegtrieben.

Robot hatte ihr Funkstille empfohlen, falls die Zeugen ihnen lauschten. Aber sie konnten durch eine eingestöpselte Verbindung miteinander reden. Robot sprach zu Dorthy wieder über die Engel und über den Ort zwischen Universen, wo sie lebten. Dorthy gelang es, einen kurzen Blick auf einige der fremdartigen phantastischen Bilder zu erhaschen, die durch das Chaos ihres Geistes wirbelten. Der Strand, den er durch Träumen ins Leben gerufen hatte. Die unendlichen geflochtenen Muster der fraktalen Wüste. Die brennenden Engel. Sie fragte, ob die Waffe der Engel die Marodeure vernichten würde, und überlegte, ob das ihre Frage war oder eine des weiblichen Neutrums. Nein, die Membran, die ihre Passagiere von ihr selbst trennte, war noch intakt. Sie konnte sie aber fühlen, wie sie in den glatten Wegen ihres limbischen Cortex rumorten wie Monster, die durch die Tiefen eines blutroten Ozeans patrouillieren.

Sie hatte Robots Antwort verpaßt und bat ihn, sie zu wiederholen. Er sagte: »Die Engel haben Maschine gesagt, daß er die Prozesse neutralisieren würde, welche die Marodeure gestohlen hatten.«

»Die Schöpfung anhalten«, murmelte Dorthy.

Robot hatte sie nicht gehört. Sie sah, wie er den Arm hob und auf die Silhouette des sich verjüngenden Dorns der *Vingança* wies. »Mein Gott, sehen Sie das?«

Sie sah es, ehe sie es erkannte. Eine schwarze Deltagestalt flog aus der Mittelsektion der *Vingança*, angetrieben von der Explosion einer weißen Fusionsflamme. Sie driftete einige Augenblicke, dann zündete ihr Reaktionsmotor und zog eine helle Linie über den blauen Schimmer der Sammelscheibe, welche rasch zu einem Stern schrumpfte. Und dann begann der Stern zu entschwinden.

»Verfluchte Suzy Falcon!« sagte Robot. »Was sollen wir jetzt tun?«

Es war das Einzelschiff gewesen, das die Zeugen gekapert hatten. Bestückt mit der abstrakten Waffe der Engel zielte es auf den Umkreis der Sammelscheibe, auf den weiten Wohnsitz der Marodeure.

11

Suzy war zu einem Punkt gekommen, der nicht gerade Erschöpfung war, in dem sie aber nichts mehr überraschen konnte. Für einen Moment war sie in dem gemeinsamen Traum, oder was immer, im nächsten war sie wieder in der Zelle mit der toten Wächterin und dem Geruch verbrannten Fleisches. Die Tür der Kabine stand offen, und die Rattenmaschine war in ihrer Hand; und ohne zu überlegen, schleuderte sie sie gegen die Wand, so heftig sie konnte. Das brach die meisten ihrer Glieder, aber sie schaffte es, ihr die Knöchel mit einem Laserstoß zu versengen, ehe Suzy sie mit dem Kolben der Pistole der Wächterin zerschmetterte.

Und dann war sie mit einemmal frei.

Es stellte sich heraus, daß die Zeugen sie in einer Kabine des Moduls der *Vingança* festgesetzt hatten, das sie am besten kannte, im Wohnbereich der Jagdpiloten. Der Raum, in dem man sie verhört hatte, war der bis auf die Schott ausgeräumte Sportsaal gewesen, in dem sie einst stundenlang auf einer künstlichen Grasbahn herumgestampft war, genau ein halbes Kilometer je Runde.

O Gott, alles würde zusammenbrechen, wenn sie nachgäbe. Ihr Steward schüttelte sie wach. Sie war in dem Schiff angeschnallt mit dem Frühstückssteak, das ihr schwer im Magen lag, und ihrer Angst, die wie eine leere Blase in ihrer Kehle schwebte. Sie befand sich in fast völliger Finsternis. Oben vor ihr prägten sich Zustandsdaten in den Kopf, während sie auf den Fall wartete, den knochenbrechenden Stoß der dem Schiff angefügten Zusatzbooster. Nein, sie wollte und konnte das nicht wieder haben. Nicht jetzt.

Mit gekrümmten, verstärkten Schultern, die die Nähte ihres Unterzeugs spannten, platschte sie barfuß durch Gänge, die ihr vertraut waren, sobald sie sie erblickte. Sie trug die Pistole der toten Wächterin in der linken Hand und hielt sie knapp unter ihrer Visierlinie. Die Finger ihrer rechten Hand schwollen bereits von der Verbrennung an, die ihr die Rattenmaschine zugefügt hatte – eine tiefe Brandwunde, die höllisch zu schmerzen begann, schlimmer als das, was ihr das Verhör angetan hatte.

Immer wieder fühlte Suzy unter ihren bloßen Füßen eine Vibration aufkommen und verschwinden. Sie war so nervös, daß sie am liebsten aus der Haut gefahren wäre. An jeder Ecke duckte sie sich und schob den Kopf und den stumpfen Lauf der Pistole vor, um den nächsten Schritt auszukundschaften. Aber die Hoffnung trieb sie an, den Kerl zu erwischen, der ihren Geist vergewaltigt hatte. Sie sah niemanden in den engen und schwach beleuchteten Gängen; aber sie brauchte eine halbe Stunde, um die kurze Strecke von der Kabine zur nächsten Notschleuse zurückzulegen.

Suzy fühlte sich etwas besser, als sie erst einmal in der engen Schleuse von der Größe eines Sarges war. Sie hatte das Paneel draußen aufgestemmt und die Notschaltung aktiviert. Dann blockierte sie die Tür von innen. Wenn jetzt jemand vorbeikäme, würde es mindestens zehn Minuten dauern, in die Schleuse zu gelangen. Inzwischen wäre sie längst fort.

Sie schob den großen roten Hebel bis zum ersten Anschlag. Weil sie dazu beide Hände brauchte, mußte sie die Pistole hinlegen. Als verbrannte Haut aufbrach und eine klare, klebrige Flüssigkeit über die Knöchel ihrer rechten Hand lief, zog sie eine Grimasse. Es schmerzte höllisch. Vor ihr schob sich das Fach der Schleuse auf. Sie stieg sofort in den darin befindlichen Druckanzug. Das war eine große und schwerfällige Arbeit, da dessen Gelenke durch Servomaschinen verdickt waren. Sie biß sich auf die Lippen, als sie die Hände durch steife Ärmel in die Handschuhe schob. Aber sie mußte sich jetzt beeilen, weil das Ziehen des Hebels auf den Haupttableaus ein Warnlicht ausgelöst haben mußte, das alle sehen konnten. Und dazu kam noch die Furcht, daß Maschine irgendwie in alle Systeme des Schiffs eingedrungen wäre und sie irgendwie stoppen könnte.

Sie löste ihre im Handschuh steckende Hand vom Fach, wobei sie mühsam gegen den Widerstand des Anzugs kämpfen mußte. Sie schwitzte wegen des Schmerzes der Brandwunde, stemmte aber den Handballen gegen den Hebel und stieß ihn bis zu seinem zweiten Anschlag herunter.

In ihrem Rücken summte etwas, als das Fach die doppelte Naht des Anzugs schloß. Der Helm kam herunter, und Suzy schob das Kinn hinein, um den Rand frei zu bekommen. Hinter ihr ertönte ein dumpfer Schlag, als der Verschluß einrastete. Dann begann kühle, metallische Luft zu zischen: Der penetrante Geruch drang ihr in die Nase. Ihr ganzer Körper fing an zu vibrieren, als die Servomotoren des gepanzerten Anzugs Energie bekamen. Jetzt konnte sie sich in seiner unbequemen Umarmung leicht bewegen. Bernsteinfarbene Ziffern geisterten durch ihr Gesichtsfeld. Die Elektrik des Anzugs meldete ihr, daß alles in Ordnung war.

Kleine Silikonpolster in den Fingerspitzen der Handschuhe vermittelten ihr ein gewisses Tastgefühl. Suzy fühlte, daß der Hebel unter ihrem Griff eine Raste freigab. Sie drückte wieder nach unten und kreischte vor Schmerz auf, so daß ihre Stimme laut im Helm widerhallte. Dann ging die äußere Luke der Schleuse auf. Sie stemmte sich gegen den heftigen, nach außen strömenden Luftschwall, flog aus dem Rahmen und durch die Öffnung in freien Raum hinaus.

Orientierungslosigkeit durchströmte sie wie eine Welle, und dann war sie wieder Herrin der Lage. Sie zog die Rückstoßpistole aus dem Gerätegürtel des Anzugs und gab einen kleinen, wohlbemessenen Schuß ab, um ihre Abtrift von der Haut des Schiffs zu bremsen. Sie drehte den Kopf im Helm hin und her, ausschauend und abmessend.

Das Modul kurvte unter ihren Stiefeln davon. Sie sah es hauptsächlich als eine dimensionslose Kontur vor den gefrorenen Ballen der Schale aus Gaswolken, die in großer Entfernung jenseits des ultravioletten Dunstes der Sammelscheibe schwebten. Hier und da häuften sich die verschwommenen Punkte neu entstehender Sterne. Das doppelte Sphäroid des Wurmlochplanetoiden und das trübe Rot seines Sterns erschienen auch, klein wie Suzys bekleidete Hand, als Schatten vor den gitterartigen Strukturen.

Hinter ihrem Rücken erfüllte ein Strom tödlich blauer Strahlung den halben Himmel und wirbelte abwärts zu seinem unsichtbaren Punkt des Verschwindens. Sie vermied es, ihn anzusehen, da sie fürchtete, daß er ihr trotz der Helmfilter die Augen verbrennen würde. Sie bildete sich ein, den unerhörten Zug des Schwarzen Lochs als einen Druck zu fühlen, der sich zwischen ihren Nieren konzentrierte.

Jetzt, da sie sich darüber klar war, wo sie sich befand, benutzte sie wieder die Rückstoßpistole und schoß sich über dem Modul in einen Winkel ein, dessen Krümmung hauptsächlich definiert war durch spärliche Streifen roter Leitlichter, von denen immer mehr in Sicht kamen, je weiter sie sich entfernte. Der Rest des Schiffs brauchte erstaunlich lange, um in Erscheinung zu treten. Und als er es tat, war er weit entfernt; und sie sah, daß alle Module – mehr als zwei Dutzend – sich von dem Rückgrat getrennt hatten. Das überraschte sie nicht. Vielleicht würde sie überhaupt nichts mehr überraschen. Es war wie in einer Saga.

Die Zergliederung des Schiffs mußte das Werk von Maschine sein. Und er hatte gewußt, wo sie war, und wollte sie in Gewahrsam und aus dem Weg haben. Suzy fletschte im Helm die Zähne. Sie hatte richtig gehandelt. Maschine, Robot, jene Yoshida-Frau – keinem davon konnte man trauen. Yoshida hatte den FEIND in ihrem Kopf. Was, um Gottes willen, konnte man da erwarten?

Suzy befand sich hoch genug über dem Schiff, um alles zu sehen. Jedes Modul war weggeblasen und hatte den langen Dorn des Schiffs kahl zurückgelassen bis auf die voluminösen Antriebseinheiten am Heck. Sie änderte wieder ihren Kurs und bewegte sich in einem langen, flachen Winkel auf den nackten Kiel zu. Sie zielte zwischen zwei kastenförmige, sich langsam überschlagende Module. Das eine entließ eine große Wolke aus Wasserdampf, die glitzerte, während sie sich ins Vacuum zerstreute. Plötzlich schwärmten die Schatten von Leuten in Raumanzügen durch diesen flüchtigen Schimmer. Suzy sah kurz einen den Augen wehtuenden Lichtfaden. Dann spaltete sich eines der Module, und seine gezackten Hälften zogen eine Schleppe aus Schrott hinterher, als sie sich voneinander wegdrehten. Eine Pistole für Partikelstrahlung hatte nackte Wasserstoffkerne mit Lichtgeschwindigkeit abgeschossen. Die Leute da draußen meinten es ernst. Suzy fragte sich, ob es Zeugen oder die Navy wäre. Nicht, daß das irgendeinen Unterschied machte.

Sie war dem Wrack jetzt ganz nahe. In der sich erweiternden Lücke zappelten kleine Gruppen von Personen. Nur weniger als die Hälfte der Figuren hatten lesbare Identitätsmarken.

Der Rest zeigte kleine verschwommene Lichtflecke. Das war sicher Marinepersonal. Also hatte Maschine auch sie befreit. Vektordaten zeigten, daß die meisten mehr oder weniger relativ zum Schiff im Ruhezustand waren; aber einer kroch nach oben auf Suzy zu.

Suzy bediente sich ihrer Gaspistole, um Geschwindigkeit zu gewinnen. Aber der Zeuge – sein Schild identifizierte ihn als Zia al Qumar – kam unerbittlich näher. Einen Moment glaubte Suzy, sie würde vorbeirutschen; aber dann zerrte etwas an ihrem Fußgelenk, und sie begann zu rotieren.

Es war ein Halteseil. Dessen elastisches Ende peitschte um den verstärkten Stiefel ihres linken Fußes, rollte sich dann um den Knöchel und arbeitete sich stur weiter nach oben. Sie spürte, wie es sich um das steife Material des Anzugs enger zog. Die Klinge des Mehrzweckewerkzeugs aus Suzys Gerätegürtel konnte es nicht schneiden. Bei jeder Umdrehung sah sie kurz taumelnde Module, Wrackteile, Handgemenge, den kahlen Kiel der *Vingança* vor leuchtenden Gaswolken und den Zeugen, der sie gefesselt hatte. Der zog sich an dem Seil hoch.

»Anhalten!« sagte Suzy dem Anzug. »Halt bloß an!«

Die nüchterne Stimme des Anzugs sagte ihr, die Anweisung sei unvollständig.

»Die Rotation. Halt die Rotation an!« Sie hatte die Augen geschlossen. Das Drehen machte sie schwindlig.

Der Anzug verlangte von ihr bestimmte Ruhekoordinaten.

»Wie, zum Teufel, soll ich das wissen? Das Schiff, bring mich zur Ruhe in bezug auf das Schiff!«

– Es wurde keine Loran-Funkpeilung geortet. Entfernungsmessung identifiziert drei Strukturen, die mit mehr als siebzig Prozent Wahrscheinlichkeit ein Schiff sind. Bitte, Ruhekoordinaten spezifizieren!

Die taumelnden Module verwirrten den einfachen linearen Verstand des Anzugs. Suzy öffnete die Augen vor dem irren Wirbel von Sternen, Schiff und Gaswolken. Radar über ihr meldete, daß der Zeuge weniger als hundert Meter entfernt wäre und mit jeder Umdrehung größer würde. Sie mußte etwas unternehmen und von sich aus handeln.

Zunächst setzte sie die Rückstoßpistole ein. Die Leine um ihr Bein zog sich nur noch fester. Im nächsten Moment prallte der Zeuge auf sie drauf.

Er packte einen ihrer Stiefel, kroch unbeholfen an ihr hoch und stöpselte die Servomotoren ihres Anzugs aus. Sofort war Suzy, als sei sie in eine Schwerkraft gefallen, die die der Erde fünfmal übertraf. Das Atmen des Mannes klang laut in ihren Ohren. Er hatte sich in das Funktelephon ihres Anzugs eingeschaltet. Er wollte wissen, wer sie wäre. Suzy wartete nur eine Sekunde, ehe sie es ihm sagte. Schließlich wollten die Zeugen sie ja lebendig haben; sonst hätten sie sie nach dem Verhör getötet.

Er sagte ihr, sie solle sich entspannen. »Seyoura Falcon, ich kann Sie in Sicherheit bringen. Es ist nicht nötig, daß Sie sich hier draußen befinden. Sie sollten ihre Identitätsmarke aktivieren, sonst könnten Sie verletzt werden.«

»Ich war im Wohnmodul. Die mich bewachende Frau sagte, wir könnten hinauskommen, wenn es sich abtrennte. Aber ich weiß nicht, wohin sie danach gegangen ist. Können Sie meinen Anzug wieder einschalten?«

»Besser, ich übernehme die Leitung«, sagte Zia al Qumar. Das war die Stimme der Vernunft, die Stimme, die sie schon immer gehaßt hatte. Sie war nur eine Frau; darum brauchte sie Schutz, ob sie es wünschte oder nicht.

Der Zeuge lockerte das Seil und drehte sie herum, um nach dem Ring ihres Gerätegürtels zu greifen. Suzy konzentrierte ihren ganzen Willen darauf, den linken Arm zu bewegen, um die Rückstoßpistole einzusetzen. Der Mann sah, was sie tat, und bewegte sich, um ihr die Waffe wegzunehmen. Gerade als sich sein Handschuh um sie schloß, drückte Suzy mit dem letzten Rest ihrer Kraft auf den Auslöser. Sie kämpfte so heftig gegen den toten Widerstand des Anzugs, daß ihr Zeigefinger ausgerenkt wurde.

Durch einen roten Schleier von Agonie sah sie den Zeugen von sich wegkreisen. Der Brustteil seines weißen Anzugs war versengt, Arme und Beine flatterten. Sie selbst drehte sich langsam in die andere Richtung. Vor Schmerz schwitzend, wechselte sie die Pistole in ihre verbrannte Rechte, voller Furcht, sie loszulassen, da sie jetzt keine Unterstützung durch die Servos des Anzugs hatte. Sie wagte nicht, es zu versuchen und herumzulangen, um den Anzug wieder einzuschalten. Wahrscheinlich könnte sie das ohnehin nicht. Jedesmal, wenn sie das Wrack des Moduls sah, gab sie einen kurzen Gasstoß ab mit vor Anstrengung um den Drücker verkrampften Fingern, bis sie schließlich nicht mehr taumelte, und entfernte sich vom Kampfplatz.

Allmählich näherte sie sich dem nackten Kiel der *Vingança*. Das halbe Dutzend Kommandokuppeln sah aus wie Perlen, die ganz vom Ende des langen Rückgrats losgeschüttelt waren. Noch während sie hinschaute, begann das Zentrum einer der Kuppeln in Weißglut zu erstrahlen. Jemand hatte einen Laser darauf gerichtet. Dann verdeckte der Kiel alles.

Sie hing mit den Fingerspitzen an der Kante einer Andockluke, fünf Lichttage über dem Schwarzen Loch im Zentrum der Galaxis.

Der Rest war leicht. Sie ging auf Finger- und Zehenspitzen über die Schiffshülle, bis sie eine Luftschleuse fand. Dann zog sie den Griff und drehte ihn. Die Luke summte unter ihr und glitt zurück. Sie fiel hindurch in rotes Licht, prallte von der Wand ab, fand den Auslösehebel und stieß ihn nach unten. Die Luke glitt zu, und sie wurde von einem Luftschwall getroffen.

Sie war drin.

Die Docks, welche den Kiel entlangliefen, standen unter Druck, wurden aber nur schwach durch Notbeleuchtung erhellt, die nicht heller strahlte als der Vollmond auf der Erde. Es gab keine künstliche Schwere und war sehr kalt. Suzy hatte den beschädigten Anzug in der Schleuse gelassen. Anfrierendes Metall klebte an ihren Fingerspitzen (sie hatte den Zeigefinger wieder eingerenkt, aber er tat höllisch weh), als sie sich durch den Verhau von Trägern, Windenstreben und Servogehäusen über den Docks hindurcharbeitete.

Die meisten Startwiegen waren leer. Eine Handvoll Schlepper für Boden-Orbit-Betriebsanlagen angedockt, ein paar schlanke Jagdflugzeuge und die größte Sonde, die Suzy je gesehen hatte, längs deren schwarzem Rumpf Sensorstangen wie die Fühler einer Wespe angelegt waren. Aber sie wußte jetzt, was sie wollte, und erkannte, wo es war, noch ehe sie es erblickte. Ihr Schiff, dessen Startwiege im Mittelpunkt eines Dutzends sich überlappender Bogenlampen lag, schien auf dem Grunde eines Teichs von Licht zu schweben.

Ein einzelner Wächter hing in einem Schwerelosigkeitsnetz bei einer Batterie von Monitoren mit ebenen Bildschirmen. Er hatte eine Fangpeitsche im Gürtel seines Overalls stecken und eine Pistole im Halfter über dem Herzen. Suzy hing mit den Fingerspitzen an einem Kabel ein Dutzend Meter höher und bewegte den Kopf hin und her, um den Nebel ihres Atems zu zerstreuen. Sie hatte noch die Rückstoßpistole, die hier aber so nützlich war wie ein Kinderluftballon. Ihn anschleichen… sicher, und dann in Draht gewickelt vielleicht sicherheitshalber weggepustet zu werden.

Sie sah zu, wie der Wächter seine Monitore beobachtete, welche den Kampf außerhalb des Kiels zwischen den langsam taumelnden und zerfallenden Modulen zeigten. Er schaute lange hin. Frustration krümmte sich in ihrer Brust wie ein verklemmtes Seil, bis sie erkannte, daß es immer Waffen gab, wenn man nur richtig hinsah.

Sie konnte die Bolzen nicht benutzen, weil sie keine Mechanikerin war und auch nicht den entsprechenden verstärkten Arm hatte. Aber es gab da manuelle Steuerungen als Reserve – eine Art Handschuh aus elastischem Kunststoffgewebe mit silbernen Reifen an den Knöcheln und Fingergelenken, sowie ein dickes, geflochtenes Kabel zur Verbindung mit der Maschine. Natürlich rechtshändig. Suzy konnte nicht umhin, ein Geräusch zu machen, als sie den Handschuh über ihre rohen und blasigen Knöchel zog. Aber der Wächter war in die Monitore vertieft und schaute nicht auf, bis der Greifer hinunterzuschweben begann.

Wenn der Wächter daran gedacht hätte, sich unter die Startwiege des Einzelschiffs zu rollen, wäre er vielleicht entkommen. Aber er trat aus dem Netz heraus und sauste über die Gitterplattform. Er langte nach dem Halfter auf seiner Brust, als der Greifer hinter ihm herschwebte und (hoch droben auf dem schattigen Laufsteg) große Krallen spreizte wie die Blütenblätter einer fleischfressenden Pflanze. Der Wächter holte seine Pistole heraus, sah dann aber, was bevorstand, packte das Gitter mit seiner freien Hand und zog sich zur Seite, als die Klauen des Greifers (Suzy schrie vor Schmerz, als sie eine Faust machte) dort zusammenklappten, wo er gerade gewesen war.

Der Greifer schwang zurück und in die Höhe. Die Klauen öffneten sich wieder, als der Wächter seine Pistole hob, die rechte Hand auf die linke stützte und feuerte.

Licht und Lärm füllten die Grube wie ein Blitzschlag. Der Strahl, so schmal wie eine gezogene Linie und so hell wie die Sonne, verfehlte Suzy um Meter. Aber dennoch versengte seine Hitze ihr Gesicht, und sie wurde von seinem Glanz geblendet.

Blind und zitternd ließ sie den Greifer hinunter, indem sie die Finger zusammenpreßte. Der erstickte Schrei des Wächters war lauter als die plötzliche Bö, die rund um Suzy heulte. Und dann war da nur noch der Wind. Er riß sie fast weg, als sie den Steuerhandschuh abschüttelte. Der Schuß des Wächters hatte ein Loch in die Hülle geschlagen.

Suzy konnte, wenn sie zur Seite blickte, um blendende gelbgrüne Nachbilder herum, gerade eben ausmachen, wohin sie ging. Sie stürzte sich kopfüber in die Grube, Hand über Hand an einem Energiekabel entlang, das so dick war wie ihr Schenkel. Luft umbrauste sie. Nadelstiche preßten sich in ihre Ohren, und sie schluckte wiederholt, um den Druck zu mindern. Als sie den Boden erreichte, hatte ihre Nase zu bluten begonnen, und ihre Augen fühlten sich an, als ob man ihnen Daumen in die Winkel gedrückt hätte. Sie tat einen flüchtigen Seitenblick auf den Leichnam des Wächters, der zwischen den Klauen des Greifers zerbrochen war. Dann stürzte sie sich in eine verzweifelte Flugbahn, indem sie sich so hart wie möglich auf die offene Luke über der Auftriebsfläche des Einzelschiffs abstieß. Der Wind trug sie zur Seite, aber es gelang ihr, sich an einem Kabel festzuhalten und daran entlangzuhangeln.

Mit Händen und Füßen an den Rand der Luke stoßen. Dem Kabel dahin zurückfolgen, wo es eingestöpselt ist. Die Augen blind vor Tränen und Nachbildern. Etwas gluckert in ihrer Lunge. Deckel wegziehen, das schwere, unhandliche Kabel herausziehen. Keine Luft, keine Luft! Nach dem Hebel tasten. Blutige Fingerspitzen rutschen auf glitschigem Kunststoff. Herunterziehen. Suzy fühlte mehr, als daß sie hörte, wie die Luke sich schloß. Dann kam ein brüllendes Geräusch, der Lärm des Gebläses der Lufterzeugungsanlage.

Suzy lag auf der kardanischen Couch und zog den kleinen Autodoc heraus. Sie ließ ihn an ihren verbrannten und abgeschürften Händen arbeiten, bis sie gut genug sehen konnte, um ihn selbst zu steuern. Sie ließ ihn etwas zusammenmischen, das sie aus dem Post-Adrenalin-Schock herausführen sollte. Die Muskeln in ihren Armen und Beinen zuckten immer noch heftig, deshalb nahm sie auch ein krampflösendes Mittel. Die große, bis auf den Knochen gehende Verletzung über ihrer linken Hüfte, der Schmerz, der jedesmal in ihrer Lunge zustieß, wenn sie atmete, die Verbrennungen an den Armen und der Hand – mit dem allen konnte sie eine Weile leben. Sie entließ den automatischen Arzt, legte sich das Stoßschutznetz um und zog die Flugmaske herunter.

Die Waffengestelle waren offen, aber die Projektile waren noch in ihren Halterungen. Suzy lächelte, wobei geronnenes Blut in ihren Mundwinkeln knirschte, und untersuchte sie eingehend. Anscheinend hatten die Zeugen kein Stück angerührt. Das Schiff gehörte ihr.

Es wäre zwecklos, jemanden zu bitten, das Tor zu öffnen. Suzy summte die Verse von *Bad to the bone* und startete die Aufwärmperiode für den Rückstoßmotor. Die Pistole des Wächters hatte ein mehr als ein Dutzend Meter großes Loch in die Sektion der Hülle über dem Schiff gerissen. Mit Hilfe des einschüssigen Schiffslasers machte Suzy es noch weiter.

Sie hob mit Lagekorrekturdüsen bei minimalem Schub das Einzelschiff aus der Wiege, wobei sie vorsichtig Korrekturen anbrachte, um zu verhindern, daß Ketten und Kabel an der Auftriebsfläche scheuerten. Zerfetzte Teile des Rumpfes blätterten ab. Sie richtete den Bug ihres Schiffs nach oben und ließ den Reaktionsmotor eine Sekunde lang arbeiten, ohne einen Pfifferling dafür zu geben, welchen Schaden das an den Docks verursachte. Und dann war sie endlich im freien Flug.

Sie korrelierte Koordinaten, die sie in Erinnerung hatte, mit den Navigationswerten. Das dauerte nicht länger als eine Minute, und nur eine weitere Minute war erforderlich, um die lokale Gravitationsdichte zu prüfen. Die Lagedüsen pufften wieder, und das Schiff machte, als es den Kiel hinter sich ließ, eine Schwenkung und zielte auf einen Punkt, der einige Dutzend Lichtjahre hinter der Kante der Sammelscheibe lag.

Der Kampf bei den Modulen schien vorbei zu sein. Suzy überlegte kurz, wer wohl gewonnen haben mochte, obwohl das für sie jetzt keinen Unterschied mehr machte. Dann setzte der Reaktionsmotor ein, und Beschleunigung drückte sie in die Liege. Das Wrack der *Vingança* entschwand in der Ferne, verloren vor dem wirbelnden Gleißen der Sammelscheibe.

12

Irgend jemand, die Navy, die Zeugen oder vielleicht einer nach dem andern, hatten alle Kontrollsysteme des Lastenschleppers durchgeprüft. Auf der Suche nach Fachwissen hatten sie alles herausgezogen, was sie konnten, und alles da liegen gelassen, wohin sie es hatten fallen lassen. Talbeck Barlstilkin schob noch Wafermatrizen in ihre Schlitze, als Suzy Falcon ihr Einzelschiff durch den Rumpf der *Vingança* jagte.

Der Schlepper hatte Talbeck die explosive Dekompression der Docks vor ein paar Minuten gemeldet. Er hatte gedacht, daß es etwas mit der Schlacht draußen zu tun hätte und aus seiner Aufmerksamkeit verdrängt. Aber dann erbebte der ganze Schlepper in seiner Startwiege. Zehntausend Tonnen sprangen ein halbes Meter hoch und polterten wieder herunter. Talbeck fiel auf die Knie und sah im Navigationstank das Aufblitzen vom Reaktionsmotor des Einzelschiffs. Ketten und Masten zeichneten sich scharf vor tobendem, weißem Feuer ab... Und dann raste das Feuer über den Schlepper. Datenangaben flammten rot auf, als die Hülle kurzzeitig die Temperatur einer Sternoberfläche abbekam. Das weiße Licht im Holotank verblaßte zu einem grauen Schneesturm. Außenkameras waren weggebrannt worden.

Talbeck studierte mit neu eingesetzten Kameras einen Moment lang die verwüsteten Docks und setzte dann die restlichen Wafermatrizen ein. Er brachte die Paneele wieder an Ort und Stelle und fing mit einem gründlichen Systemcheck an. Nichts konnte ihn von seinen Plänen ablenken. Er lehnte es ab, Angst zu haben, schirmte jede Furcht ab und tat sie in ein rotes Dreieck, das er zu einem Punkt schrumpfen ließ. Er würde eine Stunde lang auf Dorthy Yoshida warten; und wenn sie nicht käme, würde er gehen. Professor Doktor Abel Gunasekra, der in Yoshidas früherer Kabine eingesperrt war, würde ein adäquater, wenn auch nicht allzu verläßlicher Zeuge sein.

Talbeck war mit seinem Systemcheck noch nicht ganz fertig, als jemand die Luftschleuse des Schleppers in Gang setzte. Nicht eine Person, sondern zwei. Er gestattete sich ein kleines Triumphgefühl, nahm die Pistole von der Steuercouch, befahl seiner gleichmütigen Dienerin, ihm zu folgen, und ging hinunter, um seine Besucher zu begrüßen.

Dorthy Yoshida trat durch die Innentür der Luftschleuse, sobald Talbeck sie öffnete. Das weiße Material ihres gepanzerten Druckanzugs knisterte vor Reif. Unterm Arm trug sie ihren Kugelhelm. Sie schaute auf die Pistole und sagte: »Sie sind erfreut, mich zu sehen. Warum tragen Sie das? Mein Freund ist auf Ihrer Seite.« Dann änderte sich ihre Miene, und sie sagte: »Oh! Sie haben so unrecht, Talbeck. Wir können jetzt nicht fort.«

»Bitte, nehmen Sie den Rest dieses Anzugs ab! Sie und Ihre Freundin. Ich sollte Sie beglückwünschen«, sagte Talbeck zu Robot, der wie Dorthy keinen Helm trug, aber sonst vollständig bekleidet war, »zu der erfolgreichen Gegenmeuterei.«

»Der Kampf ist noch nicht vorbei«, sagte Robot.

»Ich bin an dem Ergebnis nicht interessiert. Bloß an dem Spielraum, den es mir für mein Manöver gibt.«

»Er will zur Erde zurückkehren«, sagte Dorthy wütend. Sie ließ den Helm ihres Druckanzugs fallen, ergriff den Knebel des Verschlusses unter dem Kinn mit beiden behandschuhten Händen und drehte ihn, bis er einrastete. »Er denkt, daß die Nachricht von der Hyperstruktur auf der Erde eine Revolution verursachen wird. Jeder wird hierher kommen und Anspruch auf eigenes Land erheben.« Der Verschluß hatte sich unter ihre rechte Achselhöhle gedreht und kroch nun mit einem summenden Schnarren ihren Rücken hinunter. Sie sagte: »Er erwartet, daß wir beide ihn unterstützen.«

Talbeck gab seiner Dienerin ein Zeichen, ihr zu helfen. Dorthy machte eine Bewegung, als ob sie widerstehen wollte, gab dann aber nach. Sie sagte zu Talbeck: »Sie sollten vorsichtig sein. Sie sind nicht der einzige, der das Schiff kontrollieren kann.«

»Robot, sag mir, ob du noch Zugriff zu den Schiffscomputern hast«, sagte Talbeck. »Kannst du das Nischentor unter meinem Schiff öffnen?«

»Sag es ihm nicht, Robot!«

Der schlaksige blonde Artist machte in seinem sperrigen Druckanzug eine Bewegung, die ein Achselzucken hätte sein können. »Sie können Ihr Schiff durch das Loch hinausbringen, das Suzy gemacht hat, wenn Sie Mut haben. Von den Docks ist nicht viel übriggeblieben.«

»Danke! Wenn du nicht die Tore öffnen kannst, kannst du auch meine Dienerin nicht mißbrauchen, oder doch?«

Robot unterwarf sich nun seinerseits der Aufmerksamkeit der Dienerin und sagte: »Wir müssen nicht gehen. Ich will Ihnen ganz offen sagen, ich kann Ihre Dienerin nicht beeinflussen und würde das auch nicht wollen, falls ich könnte. Ich habe keine Zeit dafür. Suzy wüßte nicht, was sie mit jenen Projektilen anfangen sollte, außer mit deren Plasmafusionsladungen Löcher in die Hyperstruktur zu pusten. Und das wäre gar nicht gut. Und vielleicht weiß sie es nicht; aber die Geschosse sind von den Zeugen abgetrennt worden. Sie müßte in den freien Raum hinausgehen und die Verbindungen wiederherstellen, ehe sie irgend etwas tun kann. Wir müssen hinter ihr her, Seyour Barlstilkin, damit ich ihr sagen kann, was zu tun ist.«

»Er hört Ihnen nicht zu«, sagte Dorthy.

»Sie scheinen einen anderen Lieferanten für das Gegenmittel gefunden zu haben«, sagte Talbeck zu ihr und zeigte ihr nacheinander Bilder, wie sie eine Fusionsflamme zündete, wie sie nackt aus einer Luftschleuse geblasen wurde, und wie die Dienerin sie erwürgte. Er mußte ihr zubilligen, daß sie nicht mit der Wimper zuckte, und sagte: »Passen Sie von jetzt an auf, was Sie sagen! Ich bin noch nicht sicher, daß ich Sie brauche – falls ich Sie jemals brauchen sollte.«

Robot fuhr sich mit der prothetischen Hand durch seine blonde Mähne und sagte: »Ich weiß nicht, was mit Ihnen beiden los ist.« Er hatte jetzt den Anzug abgelegt und stand mit dürren Waden und Plattfüßen in seinem zerknitterten Unterzeug da. Er wiederholte: »Ich weiß nicht, was es ist, aber wir haben keine Zeit dafür. Wir haben nur dieses kleine Zeitfenster, ehe die Marodeure gegen uns agieren. Man muß Suzy sagen, wie die Waffe richtig benutzt wird.«

»Du bist ein komischer Krieger«, sagte Talbeck zu ihm. »Als Letztes erfuhr ich, daß du in Urbis vorgetäuschte Terroranschläge inszeniert hast. Ich glaube, du solltest noch etwas erwachsener werden, ehe du ernsthaft handelst. Du solltest bedenken, daß das, was du zu tun meinst, nicht deine eigene Idee sein muß, sondern daß jemand anders sie aufgebracht haben könnte. Etwas von der Art, wie Dorthy durch die Alea getrieben wird, die in ihrem Schädel Wohnrecht errungen haben. Sie gibt vor, in Selbstkontrolle zu sein; aber ich habe medizinische Berichte gesehen, die die wahre Geschichte erzählen. Ich glaube, es war die Rede von chronischer aphasischer Schizophrenie. Es gab auch noch andere Probleme. Man kann ihr nicht völlig vertrauen.«

»O Talbeck. Sie hassen jeden«, sagte Dorthy Yashida. »Sie hassen sogar sich selbst. Ich bewundere Ihren Mut und wie Sie es schaffen, jeden Morgen in den Spiegel zu schauen. Das ist es, was Sie wirklich hassen, nicht die Föderation. Ihr eigenes Bild. Ja, Sie können mich töten. Aber Professor Gunasekra wird kein halb so guter Zeuge sein wie ich. Sehen Sie nicht, daß Sie Ihre Idee eines Imperiums für jedermann nicht verkaufen können, wenn die Marodeure den wahren Grund und Boden haben?«

Talbeck gewährte ihr ein schiefes Lächeln. Er sagte: »Die Marodeure können schon seit einer Million Jahre tot sein. Und außerdem haben wir ihresgleichen schon einmal besiegt. Wir können es wieder tun.«

»Aber sie sind am Leben«, sagte Gunasekra ruhig. »Und Seyour Robot hat recht. Wir haben nur wenig Zeit zum Handeln.«

Talbeck dämpfte seine Panik, ehe es so weit kam, daß Dorthy Yoshida es sehen konnte. Jetzt waren es zwei Punkte wie rote Augen in seinem Hinterkopf. Er sollte sie vergessen. »Ich wußte nicht, daß Sie ein Ausbruchfachmann sind, Professor. Sie sind in der Tat ein perfekter Mensch.«

Gunasekra zwinkerte selbstzufrieden. »Sie sollten nie einen Mathematiker in einen Raum sperren, dessen Tür von einem Kombinationsschaltkreis bestimmt wird. Zufällig ist die Theorie der Primzahlen ein Hobby von mir; und natürlich sind Primzahlen die Basis für die meisten Arten von Verschlüsselung. Aber das nur nebenbei. Ich versuchte schon seit einiger Zeit, Ihnen zu sagen, Seyour Barlstilkin, daß die Marodeure von uns wissen. In diesem Raumvolumen steigt die Hintergrundstrahlung ständig an – und zwar besonders in dem Zoo von ›seltsamen‹ Partikeln, die durch Verdampfung von Superphotonen erzeugt werden, wie wir während des Ereignisses erlebt haben. Ich habe Zerfallsspuren verfolgt, und sie weisen auf die Hyperstruktur hin. Der Anstieg erfolgt logarithmisch. Bald wird es Spallationsspuren geben, und zwar in sehr großem Maßstab. Sogar die Zeugen müssen das bemerken. Und kurz danach, lange bevor wir an Strahlenvergiftung sterben, wird der Energiestrom so stark sein, daß sogar unsere Moleküle zerrissen werden.«

Talbeck zuckte die Achseln. »Also sind die Marodeure hier. Desto mehr Grund, abzuhauen. Robot, sei bitte still! Du kannst Professor Gunasekra jede beliebige Frage stellen, sobald wir unter Gewicht stehen. Dorthy, es war ein geschickter Zug, den Spiegel zu erwähnen. Wie müssen Sie Ihr Talent vermißt haben, als die Navy Sie gefangen hielt. Mindestens in jenen zehn Jahren waren Sie imstande zu erkennen, was es heißt, eine gewöhnliche Person zu sein, bestürmt von Zweifeln über die Motive anderer. Sie sind nicht mehr jung, Dorthy. Zehn Jahre Gefangenschaft und Ihre Abenteuer auf P'thrsn haben Sie älter werden lassen, als Sie denken. Sehen Sie jemals in den Spiegel? Früher glaubten Sie einmal, daß Tod etwas sei, das nur anderen Leuten zustößt, daß Sie etwas Besonderes seien und er niemals zu Ihnen kommen würde. Aber jetzt sind Sie in einem Alter, wo Sie anfangen zu begreifen, daß Sie sich geirrt haben. Sie waren jung vor P'thrsn, aber wie sind Sie seitdem gealtert! Der Tod schaut durch die Haut Ihres Gesichts. Er blickt jedesmal auf Sie zurück, wenn Sie in den Spiegel sehen, nicht wahr?

Nein, Robot, du darfst nicht reden. Unterbrich mich noch einmal, und ich lasse dir durch meine Dienerin die Zunge ausreißen, und du mußt sie fressen. Dorthy, vielleicht werden wir uns lange Zeit nicht sehen. Wenn wir zu dem überschnellen Stern zurückgekommen sind, wird meine Dienerin euch alle beruhigen. Die Rückreise zur Erde wird ungefähr zwanzig Jahre dauern. Ich fürchte, daß dieser Schlepper nur sehr langsam wird abbremsen können, um seine Winkelgeschwindigkeit der der Sonne anzugleichen; und ich habe keine

Lust, noch einmal so etwas wie den Impulstransfer des Neutronensterns zu riskieren. Die Tiefkühlapparate verlangsamen den Stoffwechsel, halten ihn aber nicht auf. Während des Schlafes werden Sie altern – um zwei oder drei Jahre. Sie werden wahrscheinlich Ihr Kind verlieren, Dorthy. Ja, ich weiß von dieser schmutzigen kleinen Affäre. Ich weiß alles. Und wenn Sie aufwachen, werden Sie in den Spiegel schauen und sehen, daß Ihr Tod gerade wieder ein bißchen nähergekommen ist. Und Sie werden mich anschauen und sehen, daß ich überhaupt nicht gealtert bin. Das ist meine Rache, Dorthy. Ich werde die Föderation überleben und auch euch alle. Nichts zu sagen? Ich bin enttäuscht.«

Er sagte der Dienerin: »Halt sie in der Messe! Sie können miteinander sprechen. Aber töte jeden, der ohne meine Erlaubnis wegzugehen versucht!«

In der Messe gab es einen kleinen Holotank, der an den Navigationstank auf der Brücke angeschlossen war. Die unsymmetrische Doppelsphäre des Wurmlochplanetoiden, wie ein kindliches Tonmodell des Zeichens für Unendlich, wurde langsam größer, als der Schlepper darauf zufiel. Nur Robot beobachtete den Tank. Abel Gunasekra versuchte, Dorthy seine Folgerungen zu erklären, und die Dienerin stand in dem ovalen Torbogen. Sie drehte den Kopf langsam hin und her wie eine Eidechse, die ihre nächste Mahlzeit erwartet.

»Der Kerl ist bestimmt verrückt«, sagte Robot. Es war nicht das erste Mal, daß er diese Bemerkung machte. Durch ein Übermaß an nervöser Energie getrieben sprang er auf und stöberte in dem kleinen, kahlen Raum herum. Er starrte der Dienerin in die leeren Augen (sie war genau so groß wie er) und kam zurück zu dem gepolsterten Sims, weiß wie der ganze übrige Raum, wo Dorthy und Gunasekra saßen. Er blickte über Gunasekras Schulter auf die vollgeschriebene Tafel und sagte bekümmert: »Mist! Ich wollte, Maschine hätte mich nicht verlassen. Er könnte mir sagen, was all diese Krähenfüße bedeuten.«

Abel Gunasekra sagte: »Wenn Sie wollen, werde ich versuchen, es Ihnen zu erklären.«

»Alles, was ich wissen muß, ist, wo sich die Marodeure befinden«, erwiderte Robot. »Sofern wir keine Möglichkeit haben, mit Suzy Falcon zu sprechen. Sie ist verrückter als eine Schachtel voller Skorpione, das ist die Wahrheit. Aber falls jemand mit ihr reden würde, könnte sie darauf achten, daß es richtig geschieht.«

»Ich habe einige Ideen über die Natur der Hyperstruktur. Ach, ich kann über die Marodeure nur spekulieren. Ihre Vermutung ist so gut wie die meine.«

Robot zupfte an seinem Haar: »Die Engel haben zu Maschine gesprochen, nicht zu mir. Er weiß es, befindet sich aber noch in der *Vingança*. Ich hätte ihn dazu befähigen sollen, sich selbst zu kopieren; nur habe ich nie erwartet, daß eine Situation wie diese entstehen würde. Es war vorgesehen, daß er sich bald wieder in mich einspeichern würde, sobald wir bereit wären fortzugehen. Und dann hat Suzy dieses verdammte Einzelschiff gestohlen, und dieser Kerl Barlstilkin kommt mit seinem eigenen Plan. Falls er denkt, daß die Engel ihn durchlassen werden, ist er wirklich verrückt und es macht mir nichts aus, ob er zuhört, denn das ist die Wahrheit.«

Dorthy gab es widerstrebend auf, über die eleganten Twistorgleichungen nachzudenken, die nach Gunasekras Meinung das Geflecht der unterhalb der Planckschen Elementarlänge liegenden Mikrostrukur des Normalraums beschreiben konnten, welche die Hyperstruktur geschaffen hatten und die Hypersphäre mit ihren Lücken und Dornen, den bewohnten Dorn selbst und sogar die quer zu seiner Oberfläche wirkende Gravitation. Die Konzentration auf die rutschigen Verwicklungen der Gleichungen war ein Weg gewesen, nicht so wie die anderen um sie herum zu denken, und insbesondere nicht das gebrochene Surfen in Robots Kopf mitzumachen. Was sich in dem Kopf der leibeigenen Dienerin befand, war erstaunlicherweise nicht allzu schlecht, nämlich kaum etwas außer einer Art leisen Gemurmels tief aus dem limbischen Cortex der Frau, einer Art Betriebspuls, der sich wenig von den Lebensäußerungen eines trägen Krokodils unterschied.

Aber Robot... Dorthy staunte, daß er bei seinem Geisteszustand überhaupt funktionieren konnte. Überall waren Lücken. Es gab keine rationale Kontrolle der Impulse, von denen er gepackt wurde, große, pompöse Alpträume, aus denen sie nie erwachen würde, falls sie darein verfiele. Sein Kopf war nur Zentimeter von dem ihren entfernt. Der kühle Kunststoff seines verstärkten Arms streifte ihren Nacken, wo er zwischen ihr und Gunasekra lehnte. Sein blondes Haar, in einer Strähne mitten auf dem Kopf länger als an den Seiten, war so fein, daß darunter die weiße Kopfhaut durchschimmerte und die Narben der von ihm selbst getätigten Chirurgie, seines ersten Aktes von radikalem Situationismus.

Wenn man Maschinen brauchte, um außerhalb der kuscheligen Hülle der Erde oder erdähnlicher Planeten zu überleben, dann wäre es der vernünftige Ausgangspunkt, eine in den Kopf zu tun und das Verhalten an Orten steuern zu lassen, wo die Instinkte eines Wesens, das sich von dem auf Bäumen lebenden Affen zu einem zweifüßigen Jäger der Savannen gewandelt hat, für das Überleben höchst gefährlich sind...

Das Fragment entfaltete sich in Richtung auf sie so, wie eine gierige fleischfressende Pflanze ihre Blütenblätter in zuckenden Zeitlupenbewegungen ausstreckt. Dorthy zog den Zielpunkt ihres Talents noch gerade rechtzeitig zurück. Sie fürchtete, irgendein Fragment von Robots verrücktem, aufgeplustertem Geist, das in ihr hauste, könnte ihr die Kontrolle rauben und die gedanklichen Pläne der Alea (die immer noch da waren und wie Haie gemächlich in ihren blutroten Tiefen umherzogen) freisetzen. Ausbrechen.

»Die Engel haben uns alle hindurchgebracht – nicht wahr?« sagte Dorthy. »Zuerst ergriffen sie dich und Suzy Falcon, um den Weg zu weisen. Dann erlaubte man der *Vingança* zu passieren. Sie wurde das, was die Navy schon die ganze Zeit gewollt hatte, der Köder, der Lockvogel, das Bauernopfer, um den FEIND auf sich zu ziehen. Und während sie damit beschäftigt waren, hätte euer kleines Schiff durch das Netz schlüpfen und heimkehren können.«

»Vielleicht«, räumte Robot ein.

Abel Gunasekra sagte nachdenklich: »Ich wünsche mir, ich wüßte mehr über die Waffe, die sie Ihnen gegeben haben. Ich habe immer davon geträumt, eine Gleichung zu sehen.«

»Das macht gerade keinen besonderen Eindruck«, meinte Robot.

»Es ist wie brennender Diamantstaub. Wie Licht«, sagte Dorthy. »Es war auf den Gefechtsköpfen deiner Geschosse, als die Zeugen dich hereinbrachten. Die Alea in meinem Kopf befähigten mich, es zu sehen. Ich glaube, sie wußte, was es war und wonach man Ausschau halten mußte. Niemand sonst hat es gesehen.« Ihr kam ein Gedanke, und sie fühlte plötzlich etwas entgleiten ... Aber nein, noch nicht!

»Die endgültige Maschine«, sagte Gunasekra. »Eine mathematische Gleichung, die mit dem virtuellen Universum operiert. Sie ist schließlich das, was die Hyperstruktur ist. Wenn Ihre Aleas sich daran erinnert haben, Dorthy, dann würden sie sicher die Prinzipien der Waffe der Engel verstehen. Sind Sie noch Herrin ihrer selbst?«

»Vielen Dank, Abel! Ja, ich denke schon, aber Sie müßten jemand anders fragen. Wie könnte ich es wissen? Schau nur«, sagte Dorthy zu Robot, »wenn dein Freund es schafft, den Dorn zu zerstören, dann wird Talbeck wirklich in der Patsche stecken.«

»Die Waffe wird die Hyperstruktur nicht zerstören. Das ist nicht das Problem«, sagte Robot. »Ich meine, sie ist aus diesem Universum gemacht. Was die Engel verscheucht, ist die Art, wie die Marodeure Material aus anderen Universen entnehmen. Und dem wollen sie Einhalt gebieten. Dann können sie weiterhin überall hingehen.«

»Es ist noch schlimmer, Seyour Robot«, sagte Gunasekra. »Dorthy, erinnern Sie sich an Jake Bonners Einwand gegen meine Hypothese über die Art, wie die Marodeure den Wärmetod des Weltalls überleben könnten?«

»Er dachte, daß kontinuierliche Schöpfung zu viele heiße Protonen hervorbringen könnte. Bei genügend Zeit würde das die Hintergrundtemperatur des Weltalls drastisch erhöhen. Aber Sie sagten, das würde länger dauern als die Lebenszeit des Universums und spiele deshalb keine Rolle.«

»Ich habe über diesen Einwand nachgedacht und bin zu einem aufregenden Schluß gekommen.« Gunasekra löschte alles auf der Tafel und fing an, neue Gleichungen hinzukritzeln. »Die Quelle des Lichts für den Dorn ist zu groß für einen jeden Einzelstern; und außerdem haben Sterne, anders als der Dorn, nur eine endliche Lebensdauer und brennen um so kürzer, je größer sie sind. Es ginge nicht an, Stern um Stern bis hin zum Ende des Dorns zu ernähren, besonders wenn sie dazu tendieren, instabil zu sein. Also wird statt dessen das Licht naher Sterne längs des Dorns linsenartig gebündelt. Kontinuierliche Schöpfung liefert gerade zu diesem Zweck Generation um Generation von Sternen der Population I. Und natürlich können mehr Hypersphären gemacht werden. Es ist ziemlich leicht, die Banach-Tarski-Robinson-Manipulation von Hypermaterie anzuwenden.« Er schenkte Robot ein strahlendes Lächeln. »Die Anzahl der Punkte auf der Oberfläche einer Hypermateriensphäre wie der, die den Dorn an der Sammelscheibe verankert, ist größer als unendlich. Aber eine solche Sphäre kann in eine endliche Anzahl von Stücken gebrochen werden, die man wieder zusammenfügen kann, um zwei Sphären herzustellen, die mit der ursprünglichen identisch sind. Tatsächlich kann man eine solche Sphäre in zwei nicht identische Hälften, Alpha und Omega, trennen. Diese lassen sich ihrerseits trennen, so daß man zwei Alphas und Omegas hat, und wieder vereinigen. Fragen Sie mich nicht, *wie* man sie trennt. Schließlich weiß ich nicht, wie man mit Twistorgleichungen bei realer fünfdimensionaler Raumzeit operiert. Wir können Gleichungen nur benutzen, um das Universum zu beschreiben, es aber nicht damit manipulieren. Oder noch nicht … Folgen Sie mir, Dorthy?«

Sie hatte es versucht; aber das war so gewesen, als ob man die Spur eines jeden Individuums in einer Schule von Fischen verfolgen wollte, die sich plötzlich durch blaue Tiefen zerstreut.

»Der Punkt ist einfach, daß die Population der Marodeure nicht konstant bleiben wird«, sagte Gunasekra. »Sie werden neues Territorium brauchen. Zum Beispiel sehen wir den Versuch, eine neue Hypermateriensphäre zu schaffen. Biologische Populationen stehen unter optimalen Bedingungen nicht still und vermehren sich auch nicht linear sondern exponentiell. Sie verdoppeln sich, Seyour Robot, und so weiter. Die Linie ist nicht gerade, sondern eine ins Unendliche ansteigende Kurve. Sie sehen, Jake Bonner hatte recht; aber er ist nicht weit genug gegangen!«

Er erklärte, wenn man die Marodeure gewähren ließe, würde es eine exponentielle Vermehrung an Hypermateriesphären geben, von denen ganze Schwärme um jedes Schwarze Loch im Weltall verankert wären. Und die Sammelscheibe eines jeden Schwarzen Lochs würde mit Quellen von Superphotonen besät werden, die das Universum mit Licht aus neugeschaffenen Sonnen erfüllten, bis die Raumzeit selbst Feuer finge.

»In diesem Fall werden wir den kritischen Punkt viel schneller als in der Unendlichkeit erreichen, lange bevor die Schwerkraft die raumzeitliche Expansion ausgleicht und das Universum sich zum großen ›Schnurps‹ zusammenzieht. Und ich glaube auch, daß das plötzlich geschehen wird, nicht allmählich. Es gibt einen Übergangspunkt analog dem Phasenübergang bei Sublimationsprozessen, wo die Produktion virtueller Photonenpaare bald rapide ansteigt. Wie der Inflationspunkt unmittelbar nach dem Urknall, der überall und gleichzeitig Anisotropie ausbügelt. Sogar Regionen, in denen keine exzessive Photonenproduktion stattgefunden hat, würden verzehrt werden.«

»Wie ist der Maßstab davon?« warf Robot ein. »Was meinen Sie mit *bald?*«

Gunasekra zuckte die Achseln. »Das hängt davon ab, wie schnell die Marodeure über den Lebensraum hinauswachsen, den die sehr große Oberfläche des Dorns bietet. Da sie anscheinend schon versuchen, die Hypermateriesphäre zu verdoppeln, möchte ich sagen, daß die untere Grenze eine Million Jahre sind. Dies liefert uns ein Szenario für den schlimmsten Fall.«

»Es könnte auch ein bester Fall sein«, wandte Dorthy ein. »Alea tun nie etwas, wenn sie nicht müssen. Wenn sie eine andere Hypermateriesphäre zu schaffen versuchen, so geschieht das, weil die eine, welche sie kolonisiert haben, bereits übervölkert ist. Alea vermehren sich, um verfügbaren Raum zu füllen, und sie werden auf solche Teile des Dorns beschränkt sein, wo das Licht reich an langen Wellenlängen ist. Ultraviolettes Licht tötet ihre Kinder.«

»Sind diese Marodeure so blöd, daß sie nicht sehen«, sagte Robot. »Sie werden das Universum kochen?«

»Nicht blöd«, entgegnete Dorthy, »nur eben nicht weitblickend. Sie haben etwas gefunden, das ein idealer Weg zu sein schien, ihre Stammeslinie unendlich auszudehnen. Und darauf haben sie es abgesehen. Vielleicht glauben sie, daß sie erforderlichenfalls auch das Problem der Sternlichterhitzung lösen können. So wie seinerzeit im Zeitalter der Verschwendung die Menschen auf der Erde glaubten, daß ihre kapitalistisch-industrielle Ökonomie sich unendlich ausdehnen würde.«

Gunasekra kritzelte auf seiner Tafel. »Wenn wir eine Verdopplungsperiode von einer Million Jahre annehmen und einige optimistische Ansätze über die Größe von Sammelscheiben und die Packung von Hypermateriesphären um deren Grenzen machen, dann wird jedes Schwarze Loch binnen weniger als sechzig Millionen Jahren vollkommen umgeben sein. Das sind ungefähr 0,14 Milliarden mal Milliarden Hypersphären mit ihren begleitenden Dornen und Materie erzeugenden Knoten. Diese Zahl ist fast genau gleich einem Milliardstel des Hubbleradius, obwohl ich sicher bin, daß das eine triviale Koinzidenz ist. Und grob geschätzt würde dies das Universum auf die Temperatur erhitzen, wo Quanteneffekte dominieren, wie in der Singularität – und das weniger als vier Milliarden Jahren. Weniger als das Alter der Erde.«

Aus irgendeinem versteckten Lautsprecher über ihren Köpfen drang die Stimme von Talbeck Barlstilkin, kühl und distanziert: »Selbst ich mache mir so weit voraus keine Sorgen, Professor.«

»Vielleicht sollten Sie es doch tun«, erwiderte Abel Gunasekra. »Wenn mehr Leute die Zeitskala verstehen, auf der die Prozesse des Makro-Universums ablaufen, sollten wir keine Species sein, die durch *Hybris* in die Luft fliegt.«

»Noch ein Idealist. Wie enttäuschend! Aber ich schlage vor, daß Sie alle sich auf die nächsten paar Minuten konzentrieren. Wir werden gleich das Wurmloch passieren.«

Dorthy sah, daß der Planetoid den Holotank ausfüllte. Seine schattenhafte Figur schwoll rasch an wie ein Hammerschlag. Eine der Wurmlochgruben stürzte aus dem Zentrum empor. Dorthys Hände klammerten sich an den glatten Kunststoff der Polsterung des Simses fest, um sich vor dem Schock des Übergangs zu sichern.

Es war keine Zeit, etwas zu fühlen. Der Tank blitzte weiß auf und zeigte dann nur eine dunkle, unebene Fläche, die in einen unregelmäßigen Horizont auslief, eine wellige Kante, die das Leuchten kondensierender Gaswolken verdeckte. Auf halber Entfernung vom Horizont war ein schattiger, verworrener Haufen von Streben und Röhren.

Sie waren unten auf der Oberfläche des Planetoiden, aus hundert Kilometern in der Sekunde in einem Augenblick zum Stillstand gekommen. Das große Gewirr war die Ruine des alten fremden Raumschiffs. Robot brüllte etwas über Engel, und Abel Gunasekra stotterte, als er eine Frage zu formulieren suchte; und irgendwo anders in dem Schiff schrie Talbeck Barlstilkin aus Wut und Angst auf.

Dorthy fühlte alles dahinschwinden. Oder vielmehr zog sie sich davon zurück und versank in ihr eigenes Gehirn, während etwas anderes von dessen Grund aufstieg. Der Schock hatte ausgereicht, die Membran ihrer Kontrolle zu zerbrechen.

Sie stand da und torkelte auf Beinen, die zu kurz waren und sich allenthalben in die falsche Richtung krümmten. Sie war die ganze Zeit eine Beobachterin gewesen, und es war fremdartiger, als sie es sich hätte vorstellen können, daß sie plötzlich in jeden Teil dieses spindeldürren Körpers hinein ausgedehnt wurde, bis hin zu den krallenlosen Fingerspitzen der zerbrechlichen fünffingrigen Hände. Auf Zehenspitzen gehend, die Knie nach außen gerichtet wie ein Sumo-Ringer, trat sie zu der Dienerin und erdrosselte sich fast selbst, als sie ihr einen Befehl zu geben versuchte. Menschliche Stimmbänder hatten die falsche Form, um die flötenden, fast in den Ultraschall gehenden Triller der Alea zu bilden.

»Du wirst mich passieren lassen«, sagte das weibliche Neutrum, »Ich kenne einen Weg, die Marodeure zu vernichten. Bis das getan ist, werden die Engel dich nie zurückkehren lassen.«

13

Dorthy konnte noch sehen und hören und fühlen; aber sie konnte ebensowenig mit einem Finger zucken, wie die glatten Drüsen an ihren Nieren willentlich dazu veranlassen, Adrenalin auszuschütten. Ihre Sicht war körnig schwarzweiß und eigenartig begrenzt, als ob sie die Welt aus dem entfernten Ende eines Tunnels betrachten würde. Das Dröhnen der Luftströme der Schleuse und verschiedene metallische Geräusche, als das Gestell ihr einen Druckanzug anlegte, waren vermischt mit dem dumpfen Klopfen ihres Pulses, dem Rascheln von Luft in ihrer Kehle und dem Rumoren ihrer Verdauung.

Alles wurde durch den Denkapparat des weiblichen Neutrums gefiltert. Ihr Körper fühlte sich merkwürdig verlängert an, ihre Glieder zu lang und zu dünn, die Füße in verwirrender Weise von den Händen verschieden: Ihr Kopf kam ihr geschoren und nackt vor; und sie hatte eine seltsame gespenstische Empfindung zu beiden Seiten ihres schwachen Brustkorbes, direkt unterhalb der Brüste... gerade dort, wo das Paar zusätzlicher Arme sitzen würde, wenn sie eine Alea wäre.

Der Helm senkte sich auf ihren Kopf. Riegel schnappten ein. Das Gestell gab sie frei. Unsicher auf Zehenspitzen gehend, trat sie an die Kontrollen der Luftschleuse und startete die Frequenz der Druckentspannung. Dabei benutzte sie Knöchel anstelle von Fingerspitzen beim Schalten, das Kinn an den Helmkragen gepreßt, als sie kurzsichtig durch das Visier peilte.

Irgendwo in ihrem Hinterkopf versuchte Dorthy, sich in das beruhigende Ritual von *Sessan Amakuki* zu sammeln, in sich hineinzuschauen, wo sie vielleicht die Fäden würde sehen können, die sie mit dem Denkapparat des weiblichen Neutrums verbanden, und den Weg zurück in ihren eigenen Körper aufzeichnen. Sie war noch am Probieren, als die Luftschleuse ihren Zyklus beendet hatte. Die Luke ging hoch, und sie tauchte aus der Umarmung der künstlichen Schwere des Schleppers auf und flog über die dunkle, zerklüftete Oberfläche des Planetoiden.

Sie flog in Mikrogravitation und Vacuum benommen einen Bogen, wobei sie Zehen- und Fingerspitzen benutzte, um dicht über die Oberfläche zu gleiten wie ein Kieselstein über Wellen – einmal, zweimal, dreimal. Dann drehte sie sich auf der Höhe des dritten Bogens so sauber um wie ein Akrobat und landete gewandt im tiefen Schatten eines Troges, griff mit gespreizten Fingern zu und versuchte mit den Füßen, die nicht zupacken konnten, Halt zu bekommen. Sie schlug fast einen Purzelbaum und ließ sich dann mit heftigem und lautem Herzklopfen nieder. Vorsichtig richtete sie sich auf und schaute sich um.

All dies geschah, ehe Dorthy Zeit hatte zu reagieren.

Es war dunkel dort auf der Oberfläche des Planetoiden, dunkel wie in einem tiefen Bergwerksschacht. Einfarbig waren die üppigen Wirbel der Gaswolken auf kalkige Fingerabdrücke reduziert, die nichts als sich selbst erhellten. Die gekippte Verschwenkung des einfallenden Bogens, größtenteils durch den furchterregend nahen Horizont abgeschnitten, war geisterhaft blaß. Dorthy hörte, wie ihre eigene Stimme, bis an die Obergrenze ihres Umfangs getrieben, vom Anzug verstärkte Sicht verlangte.

Langsam rollte eine Rasterlinie das trübe Blickfeld herunter und ersetzte es durch ein Gewirr unscharfer schwarzweißer Blöcke, die sich nach einiger Zeit zum Bild einer streifigen Fläche von Rillen und zerfetzten

Kanälen ordneten. Überall lag Staub von rußigen Rückständen interstellarer Körner.

In Dorthys Erinnerung tauchten einige Zeilen eines alten Missionarsliedes auf… *Erde stand fest wie Eisen / Wasser wie ein Stein…* Dann bewegte sich ihr usurpierter Körper wieder. Sie fühlte überall auf der Haut, wie die atavistische Erregung vom Geist des weiblichen Neutrums sie reizte. Ihre Zähne knirschten aufeinander, als sie wie ein vierfüßiges Tier über Löcher und Bodenwellen dahinraste.

Das Gewirr des Wracks der Fremden dämmerte langsam über dem abgeschnittenen Horizont auf. Das weibliche Neutrum bewegte sich vorsichtiger. Die Bauchpartie des Anzugs scharrte über rußige Eisfelsen, während sie von Spalte zu Spalte hastete. Das Blut war durch ungewohnte Chemikalien erregt, und der Puls verwirrend schnell. Das menschliche Sehzentrum im Gehirn schien mit Mikrogravitation nicht zurechtzukommen und behauptete stur, daß sie, anstatt über eine chaotische Ebene zu rasen, einen unendlich gekrümmten Berg emporstiege – oder, noch schlimmer, eine kahle Steinfläche hinunterkröche. Der Reflex stieß weiche Fingerspitzen ohne Nägel ständig zu tief in Felsspalten, und der ganze nackte gegabelte Körper war in seinem Panzer in Schweiß gebadet.

Schließlich hing sie am Rande der flachen Schüssel des Aufprallkraters des Wracks, das gegen eine halb geschmolzene Felsspitze gerast war. Die Schüssel schnitt eine große Lücke in den nahen Horizont, runzlig durch Scherströme, gestreift mit Adern aus nacktem Eis, die noch nicht durch langsam einfallenden interstellaren Ruß bedeckt waren. Ein Mandala, das mit surrealistischer Intensität in ihrer verstärkten Sicht glühte.

Das Wrack lag im Zentrum dieses Mandalas, ein ausgedehnter Verhau von Röhren, die wie die Beine einer Menge kopulierender Spinnen verflochten waren. Durch das gigantische Gewirr wie zwergenhaft wirkte ein Dreiecksflügel, den Dorthy als eines der Beiboote der *Vingança* erkannte. Wie in einem Alptraum suchte sie ein Versteck, konnte sich aber nicht bewegen. Das Beiboot und das darüber aufragende Wrack kamen außer Sicht, als das weibliche Neutrum den gesamten Krater absuchte. Sie wurden ruckartig wieder scharf, während ein halbes Dutzend glühend heller Fackeln lässig davon aufstiegen als eine strahlende bösartige Konstellation, die nach der Seite zu driften begann, als die Fackeln die paar Meter pro Sekunde erreichten, die für eine Umlaufbahn erforderlich waren.

Schatten, die in dem Wrack tanzten, bewirkten, daß es sich zu schütteln und zu rühren schien, wie aus einem langen ungestörten Schlaf erwacht. Und etwas, das kein Schatten war, stoppte das langsame Kriechen um die Peripherie des Kraters zu der Felsspitze, wo das weibliche Neutrum hing. Sie zischte und verletzte dabei ihre menschliche Kehle, bog nagellose Finger und sprang, wobei sie Arme und Beine um die Gestalt im Druckanzug schlang, während sie beide hoch über runzligem Eis dahinflogen.

Rote Linien kreuzten sich über ihnen, als sie im Schweben um sich schlugen. Wo die Linien die Oberfläche des Planetoiden berührten, brach schwarzes Eis ein und verkochte oder zerplatzte explosiv. Das weibliche Neutrum machte eine Rolle und hielt dabei immer noch die Arme ihres Gegners fest, so daß sich ihre Handschuhe unter den Rand seines Helms schoben. Schneller, als Dorthy folgen konnte, schätzte sie das Gewebe roter Fäden ab, trat zu, hakte einen Fuß um eine Bodenfalte und zog.

Dann lag sie auf ihrer Beute in einer tiefen Senke, während rußiger Staub um sie herum hochflog. Stumpfe Finger bemühten sich, das Opfer auszuweiden, kratzten aber nur über unnachgiebigen Strahlenpanzer. In ihrem Helm krächzte eine Stimme.

»Töte ihn nicht!« schrie Dorthy und merkte dann,

daß sie tatsächlich schreien konnte. Ihre Kehle schmerzte. Die Augen füllten sich mit Tränen, die in der Mikrogravitation anschwollen, aber nicht herunterliefen. Sie rollte sich von Robot weg und schnaubte kräftig. Etwas Glattes und Salziges glitt ihre Kehle hinunter. Alles war zu etwas anderem verwischt. Die unscharfen Bildelemente der verstärkten Sicht mischten sich mit dem Schleier ihrer Tränen. Der Blutdurst des weiblichen Neutrums und ihr eigenes Entsetzen hatten die gleichen Drüsen getroffen.

»Mein Gott!« sagte Robot. Er lag auf dem Rücken und schaute auf zu roten Fäden, die ein Dutzend Meter über ihm spielten und jetzt funkelten, als Staubfahnen mit geraden Rändern durch sie sprühten. Das tödliche Muster wurde von dem Visier seines Anzugs reflektiert. Signal-Laser, dachte Dorthy, die irgendwie mehr Kraft gewonnen hatte. Falls diese Strahlen Eis bei einer Temperatur nur wenig über dem absoluten Nullpunkt schmelzen konnten, würden sie auch leicht durch einen Druckanzug und die darin steckende Person schneiden können. Sie erinnerte sich, daß sie sich wie eine Balletteuse in jenem tödlichen Gewebe drehte, und erschauerte.

»Mein Gott!« sagte Robot wieder. »Ich versuche herauszuhelfen, und Sie haben uns beide fast töten lassen.«

»Das war das weibliche Neutrum. Die ist jetzt fort. Es ist alles in Ordnung.«

Aber der Alea-Denkapparat war nicht weggegangen, wie Dorthy merkte. Er war ganz um sie herum und wartete auf seine Zeit.

»Wir haben gesehen, wie die Zeugen das Beiboot heruntergebracht haben«, sagte Robot. »Sie funken allerhand unsinniges Zeug, um die toten Götter aufzuwecken. Ihr Freund Barlstilkin verbirgt sich auf der Brücke in einer Art von monumentalem Trotz, und der Professorenbursche meint es gut. Er ist aber ein Denker.

Ihn mit irgendeiner Bewaffnung hier herauszubringen, wäre so, als ob man einem Baby eine taktische Atombombe zum Spiel gäbe. Also lief es wohl auf mich hinaus. Ich erwartete keine große Dankbarkeit, möchte aber sagen, daß es ziemlich happig war, so angefahren zu werden. Sind Sie sicher, daß das Ding wieder in Ihrem Kopf eingesperrt ist? Was will sie hier eigentlich?«

»Wahrscheinlich läßt sie mich mit dir reden, aber nur so lange, wie sie etwas erfahren kann. Sie suchte nach der Waffe, die die Engel den Besitzern des verunglückten Raumschiffs gegeben haben. Will sie gegen die Marodeure einsetzen, um den Krieg zu beenden, der vor einer Million Jahre begonnen hat.«

Plötzlich erloschen die Laser. Robots Visier war ein schwarzer Fleck, den er Dorthy zuwandte, als er sich auf einen Ellbogen aufrichtete. Er sagte: »Das habe ich mir gedacht. Und wir brauchen sie auch, um die Waffe zu benutzen. Schalten Sie die optische Verstärkung Ihres Anzugs aus und blicken Sie zum Himmel! Sie werden sehen, was ich meine.«

Dorthy hob den Blick. Langsam war sie imstande, Ranken aus vagem leuchtenden Grün auszumachen, die sich über den halben Himmel wanden wie ein Knäuel von Schlangen, die sich zurück zum Rande der Sammelscheibe krümmten. Sie empfand auf ihrer ganzen von Schweiß getränkten Haut eine eisige Kontraktion. Sie erkannte, was die grünen Himmelsschlangen bedeuteten. Die ›Fresser ihrer Kinder‹ hatten tausend Welten mit dieser Waffe sterilisiert.

»Die Marodeure verpassen diesem Bereich eine schwere Dosis harter Strahlung«, sagte Robot. »Was wir sehen, sind nur die Spuren entsprechender Synchrotronstrahlung, die entlang magnetischer Feldlinien ausgezogen sind. Das, was wir *nicht* sehen können, schadet uns. Alle Arten von Partikeln, die dadurch erzeugt werden, daß Superphotonen entlang relativistischer Scherungslinien aus alternativen Universen herbeigezerrt werden. Das ist es wohl, was Gunasekra ausrechnet. Grotesk, nicht wahr? Vielleicht haben wir noch ein paar Stunden, ehe wir geröstet werden.«

»Wenn die Zeugen uns bekommen, noch weniger«, sagte Dorthy. »Die haben die Laser ausgeschaltet, weil sie wenigstens einen von uns lebendig bekommen wollen. Höchstwahrscheinlich mich. Schließlich kann ich ja zu Aleas sprechen, warum nicht auch zu Göttern? Ein halbes Dutzend von ihnen sind hinter uns her.«

»Das ist gut«, sagte Robot. »Denn wir müssen sie erwischen, ehe wir die Waffe bekommen können. Sie kommen hinter uns, und ich hatte schon durch meine kleinen Helfer einige Tricks für sie herrichten lassen. Altes Zeug, aber ich hatte es eilig. Außerdem sind hier ja keine Kritiker, stimmt's?«

Das halbe Dutzend leise strömender Flammenzungen beendete seinen ersten Umlauf, als Dorthy und Robot in das zerklüftete Gelände am Rande des Einschlagskraters aufbrachen und die Zeugen damit vom Schiff wegführten. Diese verfolgten die Radarkennungen ihrer Druckanzüge. Und mit ihrem Talent konnte Dorthy dem Vorrücken der Zeugen folgen. Sechs Kerzenflammen verschoben sich über der quälend desolaten Landschaft des Planetoiden und zerstreuten sich nach und nach, wobei zwei den anderen vorauseilten in einer klassischen Zangenbewegung.

Sie waren zehn Minuten unterwegs, als sich der erste von Robots Tricks zeigte. Er dämmerte wie ein riesiger Mond über dem gezackten Horizont auf, ein unstabiler Globus aus versilbertem Mylar, an dessen Äquator ein Gürtel von Schubaggregaten geklemmt war, die ihn vorantrieben, und das mit sehr kleinen Gasschweifen.

Robot ergriff Dorthys Arm, und sie sanken langsam auf eine genarbte Platte aus rußigem Eisfelsen hinunter. Er brach die Funkstille und sagte ihr, sie solle gut zuhören.

Die Silberkugel rotierte über ihnen. Über ihre Oberfläche ergoß sich ein Schimmer von Reif, der dann das Gesicht von Gregor Baptista, dem Führer der Zeugen, offenbarte. Rosenrote Lippen teilten den weißen Bart, und die glatte, salbungsvolle Stimme des Mannes kam über den allgemeinen Kanal, etwas asynchron zu den Bewegungen der Lippen des Hologramms.

»Freunde, ihr denkt, in eurem Leben fehlt etwas, wenn es die ganze Zeit in euch ist. Ich dachte, daß ich das alles wüßte; aber jetzt weiß ich, daß ich im Unrecht war, und muß euch sagen, daß auch ihr unrecht hattet ...«

Als das Ding über ihre Köpfe hinzog und fröhliche Albernheiten verzapfte, sah Dorthy, daß Baptistas Gesicht janusgleich auf beide Hälften der Kugel projiziert war. Fäden aus rotem Licht schossen aus der zerklüfteten Landschaft empor. Die Sphäre schwebte durch sie hindurch: Baptistas Gesicht brach in sich zusammen, als die Mylarkugel durch ein halbes Dutzend Löcher Druck zu verlieren begann. Aber die synthetische Stimme war nicht in Mitleidenschaft gezogen.

»Schaut in euch selbst! Das ist mir Ernst, Freunde. Welches Beispiel bringen wir zu den Straßenkreuzungen der Galaxis? Es gibt keinen Kampf, keine Revolution, keinen leuchtenden Pfad. Ihr seid schon die Monarchen über alles innerhalb eurer Haut. Höret! Ich habe Jesus gesagt, daß ich nicht mehr zur Kirche gehe, und *er hat mir die Hand geschüttelt!* Meine Phantasie ist ein Krebs, und ich werde sie zur Sau machen, ehe sie es mit mir tut. Ich sprühe Sonnen aus meinem Hintern, und jede davon ist mit der Pest der Entropie geladen. Ich bin der eine und einzige. Ich bin ein Meisterverbrecher und *nicht wahnsinnig.* Ich war drogenabhängig, ehe ich geboren wurde. *Sie* sind die Opiate *meiner* Religion!«

Robot stöpselte eine Sprechverbindung in Dorthys Anzug. Seine Stimme klang schwach unter den rasenden Ergüssen des Pseudo-Baptistas. »Die zweite Welle wird jeden Moment kommen. Diese Burschen werden damit beschäftigt sein, sie abzuschießen. Und wir gehen durch ihre Linie und kommen zum Wrack. Was meinen Sie?«

»Als Plan läßt es jeden gesunden Menschenverstand vermissen. Aber ich habe keine Alternative. Wo hast du die Zeit gefunden, all dies zu machen?«

»Nicht ich. Meine kleinen Helfer. Von-Neumann-Maschinen. Sie haben emsig produziert während der ganzen Zeit, da die Zeugen mich gefangen hielten. Ich schätze, es muß hier jetzt ungefähr tausend von ihnen geben, überall in der *Vingança,* auf allen Schiffen in deren Docks verstaut.«

»Sogar in dem Beiboot, das die Zeugen gestohlen haben?«

Aber Robot hatte die Verbindung unterbrochen, und das Baptista-Ding blockierte immer noch den allgemeinen Kanal und plapperte dahin, während es dem fernen Horizont zutorkelte, ein kaum sichtbarer Ring mit Fetzen von Mylar, dessen gebündelte Strahltriebwerke zur Hälfte von den Garben der Zeugen weggebrannt waren. Dann wurde er zugleich heller und undeutlich. Eine eingeblendete Anzeige verriet Dorthy, daß seine Temperatur rapide anstieg. Als eine Wolke verdampfter Moleküle sich um den Ring herum ausbreitete, konnte sie den Strahl des Röntgenlasers erkennen, der hineinbrannte. Die synthetische Stimme brach mitten in der mahnenden Ansprache ab. Dann verschwand der Ring in einem unregelmäßigen Verpuffen vom Blitz geschmolzener Tröpfchen.

Baptistas Stimme kam über den allgemeinen Kanal wieder, aber diesmal war sie echt, als sie fast unzusammenhängend zeterte über Reinigung des Gebietes, Ausmerzen der Nachäffer zwecks Wegbereitung für die Große Frohe Stunde, die bald schlagen würde, und die Zeichen am Himmel, daß sie fast schon gekommen sei …

»Ich nehme an, ich habe ihn richtig erwischt«, sagte Robot. »Burschen wie er sind eitel und haben keinen Sinn für Humor. Die zweite Welle kommt. Gehen wir!«

Als er sich aufrichtete, sah Dorthy eine Armee aus Licht und Farbe sich im Zeitlupentempo über den Horizont ergießen. Dinge, die Halsbänder von Leuchtröhren nach sich zogen, während sie hoch über die rußigen Pfosten sprangen; rotierende Objekte mit sich verschiebenden Spektren innerer Fluoreszenz; Gegenstände, die sich rasch aufblähende Stiele hochwarfen, während sie über Steinplatten und Felsblöcke kletterten; andere, die sich in Klecksen roh holographierter Witzblattkarikaturen bewegten – eine grinsende Maus mit großen halbkreisförmigen Ohren und zwei hellen Knöpfen, die ihre Hose hielten, ein buckliger Wolf mit menschlichen Augen, dem eine rote Zunge aus dem sabbernden Maul hing, ein riesiger Weihnachtsmann ... Jene Art von Projektionen, welche die *gaijin*-Manager auf dem verdorrten Rasen ihrer exklusiven Häuser in der australischen Walfängerstadt aufstellten, in der Dorthy geboren war. Und noch hundert mehr, vergessene Cartooncharaktere und reale oder eingebildete Tiere, die in einem Wirbel von Federn, Fellen und Klauen und glühenden goldenen Augen krochen, erzitterten, rotierten und flatterten. Eine Phantomarmee aus Laserlicht, Mylar und Niederdruckgasen blockierte jede Radiofrequenz mit überlappendem Geheul und rasenden Fetzen einer martialischen Musik, die klang, als würde sie von tausend wahnsinnigen Trommlern gespielt, die geradeswegs über den Rand einer Klippe marschieren.

Als Dorthy sich an Robots Fersen heftete, blitzten die ersten Laserfäden auf zwischen seinen Geschöpfen. Mitten im Sprung fühlte sie, wie sich in ihr ein kühler Verschluß senkte. Der Gedankenapparat des weiblichen Neutrums übernahm wieder die Kontrolle, so glatt, daß ihr Körper kaum zauderte, als er in der Mikroschwerkraft von Felsblock zu Felsblock hüpfte, wobei er den Kopf hin und her drehte, um die Positionen der Zeugen zu triangulieren.

Robot verschwand in der Entfernung, ein Schatten, der sich bald in der trüben, rußigen Landschaft verlor. Aber das weibliche Neutrum wurde langsamer und bewegte sich mit großen Pausen von der einen Position zur anderen; Jäger hatten keine Fluchtreaktion. Sie schlichen ihre Beute an oder kämpften dort, wo sie standen, bis zum Tod.

Der erste Zeuge war leicht. Das weibliche Neutrum umkreiste ihn und wartete, bis er hochsprang, um noch einmal auf die wirre Horde von Robots Kreationen zu schießen. Ihr Sprung erwischte ihn, als er gerade feuerte. Seine Laserfäden stiegen zum Zenith und erloschen, als sie die Verbindung seines Lebenspacks herausriß, den Signallaser ergriff und sich gegen eine Eisplatte abstützte. Sie trennte die heulende Kreatur von ihrer Waffe und schickte sie sich hoch überschlagend gegen die hüpfende und jaulende Armee.

Ein anderer Zeuge war schnell genug, um einen Schuß auf das weibliche Neutrum abzugeben; aber die hatte sich schon geduckt und benutzte die flachen Flugbahnen von Eisbrocken als Deckung für ihren nächsten Zug, ein gewundenes Kriechen über ein flaches Eisfeld, wobei sie den Laser hinter sich herzog. Sie rastete im Lee eines verkrümmten Eisklumpens und wartete geduldig, bis der Zeuge wieder aus der Deckung kam. Dann schoß sie ihm durch den Helm. Er brach in einer Wolke kondensierenden Dampfes zusammen. Das weibliche Neutrum erreichte den sterbenden Zeugen mit einem Sprung, langte in seinen zertrümmerten Helm und tat etwas Unsagbares, als eben Robots Kavalkade vorbeizog in einer Menge gestelzter Anhängsel, unscharfer Lichtsäulen und strahlender Konstellationen mit scharfen Konturen.

Sie konnte die Positionen der restlichen Zeugen mit

ihrem menschlichen Sinn ausmachen. Deren Gedanken wirbelten panisch durcheinander. Sinneseindrücke prallten zusammen wie Felsblöcke, die in dem Sturzbach einer Wüste taumeln. Die Zeugen hatten jeden Gedanken daran aufgegeben, sie und Robot zu verfolgen. Die nächsten zwei Gegner waren leicht zu töten; sie lockte sie in einen Hinterhalt. Robot befand sich irgendwo in Horizontnähe und bewegte sich gleichmäßig auf das fremde Wrack zu... Und hinter ihm bewegte sich jemand, ein Geist, den Dorthy erkannte, still und rein in seiner Absicht.

Das weibliche Neutrum setzte sich in Bewegung und zuckte kaum, als eine Lichtschranke hinter dem Horizont aufflammte und das Stimmengewirr, das sie die ganze Zeit im Ohr gehabt hatte, in Schweigen ausklang. Die Kavalkade mußte den Verteidigungsumkreis vom Schiff der Zeugen erreicht haben. Und zwischen Bruchstücken von religiösen Gesängen und heulenden Schlachtrufen vernahm das weibliche Neutrum eine menschliche Stimme – die von Robot. Einen Schrei der Überraschung, der jäh abriß.

Sie legte Geschwindigkeit zu und flog wie ein Schwimmer über zerklüftete Eisfelder. Aber es war zu spät. Als sie den Rand des Einsturzkraters erreichte, indem sie eine Hand um einen Vorsprung klammerte und sich gerade rechtzeitig herumschwang, um einem scharfen roten Strahl auszuweichen, der von dem Eis einen Splitter abschmolz, erblickte sie auf dem Feld wiedergefrorener kleiner Wellen zwei Gestalten in Druckanzügen, mitten auf der Flucht zu dem im Schatten des wirren fremden Wracks gelandeten Beibootes.

Sie riskierte einen zweiten Blick und sah, daß die eine Gestalt auf den Rücken der anderen angebunden war. Dann eilte sie auf stumpfen Fingerspitzen um den Krater herum. Unter ihren Fingern zersplitterte Eis. Dann sauste sie Hals über Kopf hinunter. Sie sah schwarze Felsen und kalkige Gaswolken und eine riesige, sich ausdehnende Dampffahne, die die Stelle markierte, wohin der Röntgenlaser der Zeugen getroffen hatte. Sie flog ziemlich weit, landete auf allen vieren – wie eine Katze, dachte Dorthy verwirrt – und fing sich irgendwie, ehe sie zurückprallte. Sie drückte sich dicht an die Oberfläche, als Trümmerstücke vorbeisausten, große Eisklumpen, die langsam zwischen Millionen sphärischer wiedergefrorener Tröpfchen kollerten, die wie Hagel gegen eine Seite des Druckanzuges hämmerten.

Irgendwie hielt sie immer noch den Laser fest. Sie zielte damit auf das Beiboot, um wenigstens einen Schuß abzugeben, ehe die Waffe der Zeugen sie wegbrannte, wie sicher zu erwarten war. Aber in dem Moment, da sie das Ziel erfaßte, sah sie, daß mit dem Schiff der Zeugen etwas Seltsames geschah, und verhielt mit dem Feuer.

Das Beiboot änderte seine Gestalt. Oder nein, es richtete sich auf. Sein pyramidenförmiges Bugaggregat kippte nach oben, als Dampfwolken den schwarzen Blättern der Antriebsstrahler im Heck entquollen. Es schickte sich an abzuheben. Aber während Dorthy das noch dachte, sah sie, daß es auch umkippte. Die Spitze der nahen Auftriebsfläche rumpelte auf das Eis. Radiatorblätter begannen durch Dampf aufzuscheinen, dunkelrot an der Kante und weißgeädert gelb an der Basis. Dampf flog in dichten geraden Streifen von dem Beiboot weg und verhüllte das zusammengebundene Paar, das sich immer noch darauf zukämpfte.

Dorthy sah, daß das Beiboot jetzt fast völlig von der zerknautschten Ruine der nahegelegenen Auftriebsfläche gestützt wurde. Das ganze Heck war kirschrot. Radiatoren umgaben die aufflammende Motorkapsel mit gleichmäßig weißem Glanz. Dann brachen die Reste der Auftriebsfläche zusammen, und das Beiboot stürzte um. Sein fast zerschmolzenes Heck prallte in Wasser-Eis, das tausend Grad kälter war. Es bildete sich ein Explosionsherd aus überhitztem Dampf, der sich blitzschnell ausdehnte, das Boot anhob und fast sofort zu einem Nebel aus mikroskopischen Eiströpfchen gefror. Als der Druck fort war, stürzte das Boot zusammen, hinein in das Loch, das es geschmolzen hatte. Der Kiel krachte in ein halbes Dutzend Stellen und änderte seine Form, als noch mehr Dampf entstand und ausblies. So bohrte es sich taumelnd immer tiefer in das Eis.

Die Gestalten draußen auf dem Abhang waren stehen geblieben. Das weibliche Neutrum zielte kühl mit dem Laser und schoß der Gestalt, die nicht Robot war, durch die Brust.

Die tote Zeugin war Ang Poh Mokhtar. Dorthy erkannte die feingeschnittenen Züge der Frau durch die Eisblumen, die das Innere ihres Visiers bedeckten, als sie es gerade mit dem Laser wegbrennen wollte. Die Absicht steckte ihr noch in den Muskeln, und das Anhalten warf sie fast um. Aber das weibliche Neutrum wollte eine Trophäe haben. Das frische, noch lebende Gehirn ihres Opfers.

Sie ließ den Laser fallen und setzte sich neben Robot, der zusah, wie Eisbrocken aus dem Krater aufstiegen, wo das Beiboot der Zeugin versunken war.

»Wer bist du?« fragte Robot auf der allgemeinen Frequenz. Nach dem Radau seiner Kavalkade und dem Gebrüll von Gregor Baptista war die Stille zwischen seinen Worten fast beklemmend.

»Dorthy. Dorthy Yoshida. Jedenfalls glaube ich, daß ich es bin.« Sie konnte einen Teil vom Gedankenapparat des weiblichen Neutrums dicht bei sich fühlen, ein fast unmerklicher Schatten wie etwas, das eben außerhalb ihres Gesichtsfeldes lag. »Sie will die Waffe haben«, sagte Dorthy nach einem Moment.

»Ich denke, das wäre eine gute Idee.« Robot machte eine Handbewegung, und Dorthy blickte nach oben.

Grüngoldene Würmer brachen jetzt aus dem ganzen Himmel. Robot sagte: »Es wird wirklich schlimm.«

Sie hüpften wie auf dem Mond durch den Krater auf das labyrinthische Gewirr des fremden Wracks zu und umgingen dabei die wenigen noch überlebenden Hologramme, die stumm und ziellos herumdrifteten. Dumbo, Tinkerbell, Officer Pupp und die Böse Hexe aus dem Westen. Bei jedem Sprung knirschten Kristalle unter Dorthys Stiefeln. Gefrorener Schaum aus der Vernichtung des Bootes der Zeugen. Sie fragte Robot danach; und er sagte, daß einer seiner Helfer an Bord gewesen wäre und die Orthidiumbatterien manipuliert hätte, ihre ganze Energie auf einmal freizusetzen. Die anderen Konstruktionen hatten zur Täuschung gedient als leichte Ziele für die Zeugen, um sie von der Sabotage abzulenken.

Das Wrack des Beibootes lag auf dem Boden einer tiefen Grube mit glatten Wänden, in durchsichtiges Eis gehüllt. Robot fragte sich, ob da unten noch jemand am Leben wäre.

»Nicht einer«, sagte Dorthy bestimmt.

»Ich nehme an, daß du das wissen würdest.«

»Das nehme ich auch an.« Dorthy starrte auf die Hektare von narbigem Röhrenzeug, das sich jenseits des eingesunkenen Wracks des Bootes erhob und verkrümmte. Sie überlegte, wo sie anfangen sollte. Vielleicht würde Robot es wissen. Vielleicht war er von einem Engel besessen wie sie von dem weiblichen Neutrum.

Sie hatte keine Zeit zu fragen. Das Gefühl kühlen Zurückziehens kam. Sie warf den Kopf im Helm ihres Druckanzugs zurück und heulte triumphierend auf, ohne sich um ihre verletzte Kehle zu kümmern. Selbst wenn die Strahlung eine tödliche Stärke erreicht hätte, wäre es für die ›Fresser ihrer Kinder‹ jetzt zu spät, sie aufzuhalten. Feiglinge, die sie waren, waren sie vor direkter Aktion zurückgeschreckt. Und jetzt würden sie den Lohn aller Feiglinge ernten. Bei der vernachlässigbaren Schwere war es leicht, durch den Verhau von Röhren zu ihrem Ziel hochzuklettern, selbst mit dem schwächlichen Körper, den sie bewegte. Bald ließ sie den anderen Menschen hinter sich, während sie über bucklige Kreuzungen sprang, die immer häufiger wurden, als sie sich dem undeutlichen Schimmer der Waffe der Engel näherte, die nach all dieser Zeit immer noch leistungsfähig war.

Das Pochen der schwachen Blutpumpe des Körpers, das Rasseln seines Atems und das Geknatter des Strahlungszählers waren in ihren Ohren gleichlaut, als sie die Waffe erreichte. Sie fuhr mit behandschuhten Händen über den Knoten des Terminals, das einst aus dem Rest des Schiffslabyrinths hervorgeragt hatte, ohne die durch Strahlungen verkratzte organometallische Oberfläche zu sehen, wohl aber die Konstellationen eingefangener mathematischer Möglichkeiten, die tief im Innern schimmerten und flimmerten .

Nach einem Moment schien es ihr, als ob sich ihre Handschuhe durch diese hängenden Lichtpunkte bewegten und sie in ihre aktive Konfiguration rückten. Ihr ganzer Körper vibrierte, als etwas durch ihn hindurchging. Dann war es verschwunden. Es hatte sich in die virtuelle Matrix der Raumzeit aufgelöst.

Sie schaute auf und sah, daß die verschlungenen Spallationsspuren bereits ausfransten und mit Lichtgeschwindigkeit in Richtung auf ihre Punktquelle entschwanden. Sie empfand eine intensive Aufwallung von Glück und erinnerte sich an den gemeinsamen Triumph, als die von ihren Vorfahren bemannte Arche zuerst einen Umlauf um die Welt gemacht hatte, die die Zufluchtsstätte ihrer Familie sein würde. Das Gefühl breitete sich aus wie ein grenzenloses Meer; und sie sank fröhlich, Salzkristall oder Schneeflocke, in die Auflösung des Nirwanas.

Als Robot Dorthy Yoshida erreichte, fand er sie auf

dem Rücken liegend auf dem breiten stumpfen Knoten, der das Ende des Rohres abschloß. Ein Bein und ein Arm baumelten über einem Abgrund mehr als hundert Meter über schwarzem Eis. In der niedrigen Schwere des Planetoiden wäre das wohl kein tödlicher Sturz; aber er rückte ihre Glieder zurecht und klinkte eine Halteleine an den Gerätegürtel ihres Anzugs. Der Himmel war jetzt fast frei von Spallationsspuren. Es war nichts mehr übrig als ein zerfasertes grünes Glimmen, das in den ultravioletten Schein der Sammelscheibe entschwand.

Nach einer Weile begann Dorthy sich zu rühren. Robot widerstand der Versuchung, sie zu fragen, wer sie diesmal war. »Weißt du, wo du bist?«

»Sie ist fort«, sagte Dorthy. Sie wollte sich aufsetzen und flog fast von dem Knoten herunter.

Robot stemmte sich fest und kontrollierte ihre Bewegung, als sie sich irgendwie hinhockte.

»Vielen Dank! Ich habe einen Moment vergessen...« Sie lachte zitterig. »Sie hat es wirklich getan, nicht wahr?«

»Du hast die Waffe ausgelöst.«

»Sie hat es getan«, sagte Dorthy. »Das weibliche Neutrum. Die Alea haben immer mehr gewußt, als wir dachten. Wir waren froh, daß sie so dekadent geworden sind und sich halb nach dem Tod gesehnt haben. Sie ist gegangen, Robot! Sie hat getan, wozu sie bestimmt war. Sie hat der Waffenrüstung der Marodeure ein Ende gemacht. Wie sehr muß ihre Sippe sie gehaßt haben, wenn die Feindschaft eine Million Jahre lang am Leben gehalten wurde. Und mein Talent ist, als ob ein Schalter umgelegt worden wäre. Ich bin in meinem Kopf wieder allein. Du kannst dir überhaupt nicht vorstellen, wie schön das ist!«

»Nein, ich glaube nicht, daß ich das kann«, sagte Robot und empfand einen Stich wegen der stillen Architektur in seiner linken Gehirnhälfte. Er sagte: »Suzy

Falcon wird außer sich sein. Sie strebte nach dem Ruhm, mit den Alea Schluß zu machen.«

»Oh, das ist nicht möglich. Die sind überall in der Galaxis verstreut. Aber hier ist es vorbei, Robot. Glaubst du, daß die Engel uns jetzt erlauben werden heimzukehren?«

Er blickte zurück auf die nachtschwarzen Eisfelder des Planetoiden, dort, wo der Horizont seine doppelte Kurve über die matten Gloriolen der Gaswolken zog, und sagte: »Ich weiß nicht. Aber ich schätze, daß es nur eine Möglichkeit gibt, es herauszufinden.«

14

Als das Einzelschiff beschleunigte, um sich der relativen Geschwindigkeit der Hyperstruktur an der Kante der Sammelscheibe anzupassen, hatte Suzy mehr als genug Zeit, um über das nachzudenken, was sie getan hatte. Sie hätte mit den Navy-Offizieren gegen die Zeugen Partei ergreifen können. Sie hätte auf Robot und jenes Talent warten können, Dorthy Yoshida. Sie hätte auch wenigstens einen Moment innehalten können, ehe sie startete – nur einmal in ihrem Leben innehalten, um zu erwägen, auf was sie sich einließ.

»Jetzt hast du es wirklich getan«, murmelte sie vor sich hin. »Was für eine verdammt blöde Maßnahme!«

Sie konnte nicht einmal anfangen zu planen, wo sie zuschlagen müßte, bis sie das Ziel erreicht hatte. Ihr Ziel war zwar groß, aber so weit entfernt, daß es selbst bei stärkster Vergrößerung nur ein Faden von wenigen Pixeln Breite war, kopfüber auf den Rand der Sammelscheibe gerichtet wie ein riesiges Spermatozoon, das auf Gottes eigenes Ovum zustößt.

Meistens richtete sie ihre Aufmerksamkeit weiter auf die entschwindenden Reste der *Vingança,* die zu ein paar Punkten geschrumpft waren, die sich langsam voneinander entfernten auf Umlaufbahnen um den Wurmlochplanetoiden. Ihr handbreiter Empfänger konnte nur Bruchstücke von Sendungen aufnehmen, die alle durch Hintergrundstrahlung böse behindert waren. Sie wollte nicht wissen, ob die Navy gewonnen oder verloren hatte, falls sie nicht umdrehen und umkehren würde. Das einzige, was sie wußte, war, daß sie dafür zu stolz war.

Das Einzelschiff war nur noch Minuten davor, seine relative Geschwindigkeit der Hyperstruktur anzugleichen, und der Phasenwandler lud sich schon auf für den Übergang, als von dem Planetoiden eine kurze, aber heftige Eruption kam. Der Schiffscomputer vergrößerte und verstärkte das Bild und wiederholte es für Suzy. Ein kleines Schiff tauchte in eine der Wurmlochgruben des Planetoiden, und im Moment des Eindringens brach Licht nach außen und breitete sich in komplexen Falten und Riffeln aus wie eine exotische Blume, die in Zeitlupe erblühte und die aufgereihten Reste der *Vingança* verschlang, ehe sie verblaßte.

»Ist die *Vingança* noch da?« fragte Suzy.

Der Computer ordnete die Komponenten der *Vingança,* Flecke vor den glühenden Gaswolken, und sagte ihr, daß er eine Sendung empfinge.

»Oh, verdammt! Nun, du solltest mich wohl besser zu ihnen sprechen lassen.«

Es folgte ein kurzer Stoß elektronischen Geplappers in hohen Tönen. Dann eine Männerstimme, halb übertönt durch das Dröhnen eines Kataraktes statischer Störungen, die über eine Million Kilometer zu ihr sprach. Der Mann hieß José Alverez. Er war Lieutenant der Navy und effektiver Kommandierender Offizier der *Vingança.* Er wollte wissen, wohin Suzy fuhr.

Suzy empfand sofort große Erleichterung, weil sie halb den hektischen Redeschwall der Zeugen erwartet hatte. Sie sagte, nachdem sie sich identifiziert hatte: »Mein Ziel ist der FEIND. Ich hoffe auf eine kleine Gewinnchance. Seid ihr jetzt mit den Zeugen fertig?« Sie mußte das wiederholen, damit Alverez es sicher mitbekam. Der Sender ihres Schiffs war viel schwächer als der der *Vingança* und konnte sich kaum durch die zunehmend krachenden Störungen hindurchkämpfen. Sie wollte auch, daß er wirklich alles empfinge. Das würde höchstwahrscheinlich ihre Grabinschrift sein, und sie wollte sich in gutem Stil verabschieden.

Lieutenant Alverez sagte: »Das ist vorbei. Die meisten von ihnen getötet, der Rest unter Bewachung. Wir haben ihren Führer nicht gefunden. Er könnte versucht haben, sich durch ein Wurmloch aus dem Staub zu machen.«

»Ich habe das Bild gesehen.«

»Das war Barlstilkin, nicht die Zeugen. Der Bastard ist uns entkommen.«

Suzy erinnerte sich an den Namen. Bonaventure hatte ihn erwähnt. Barlstilkin war der Kerl, den sie fast umgebracht hätte und sich selbst mit ihm, wenn nicht Robot sie zurückgehalten hätte.

Lieutenant Alverez sagte: »Wir sind vier in schäbigem Zustand, Alles, was uns noch geblieben ist, ist der Kiel. Die lokale Strahlung steigt an. Wir müssen abhauen. Keine Zeit, um irgendwelche Module zu bergen. Verstehen Sie?«

»Wollen Sie damit sagen, daß Sie mir nicht zu Hilfe kommen können?«

»So ungefähr, Suzy Falcon. Alle unsere Kampfschiffe sind beschädigt. Wir betreiben die *Vingança* mit einer improvisierten Verbindung in den Kabelschächten. Wir haben genug Kontrolle, uns heimzubringen, werden aber die lange Route nehmen müssen. Hören Sie mich?«

»Ich höre wirklich sehr schlecht.«

»Wir werden den Wurmlöchern nicht trauen, und der Phasenwandler nützt uns nichts für die Entfernung, die wir reisen müssen. Wir sind achtundzwanzigtausend Lichtjahre von Sol entfernt, und die Transitzeit durch den Kontraraum beträgt fast einhundert Jahre.

Darum werden wir das Problem durch rohe Gewalt lösen. Wir schwingen uns um das Schwarze Loch – und zwar so eng, wie es eben noch zu riskieren ist, und machen ein Schleudermanöver. Die *Vingança* ist schlimm beschädigt, aber ihre Grundstruktur ist in gutem Zustand.«

»Sie ist ein gutes altes Schiff«, sagte Suzy. Aus irgendeinem Grunde stachen ihr Tränen in die Augen und schwollen bei dem geringen Beschleunigungsschub des Einzelschiffs langsam an, um ihr dann über den Ohren wegzulaufen.

Die krächzende Stimme von Lieutenant Alverez sagte: »Wir werden uns so nahe an die Lichtgeschwindigkeit heranschieben bei kontinuierlicher Beschleunigung von einem Ge, wie wir können. Die Zeitdilatation wird die Reise auf etwa zehn Jahre nach Schiffszeit verkürzen. Wir werden in Kühlschlaf gehen, dann wird es nicht so schlimm. Die reale Zeit wird natürlich eine Reise in die Zukunft sein. Achtundzwanzigtausend Jahre, um die Galaxis zurück zu Sol zu durchqueren, zuzüglich eines unbestimmten Betrages wegen Zeitdilatation, wenn wir dem Schwarzen Loch nahe sind. Die Wissenschaftler versuchen noch herauszubekommen, wieviel. Das hängt ab von der genauen Größe der Singularität und der Gestalt unserer hyperbolischen Bahn um sie herum. Wir wissen nicht genug, um sicher zu sein. Aber mindestens werden auf uns keine Anklagen wegen Meuterei warten. Sogar die Statuten der Marine werden überholt sein.«

»Nun, das ist wohl besser als zu sterben?«

»Es klingt vielleicht schmeichlerisch, aber ich beneide Sie in vielfacher Hinsicht. Es bringt nicht viel Ehre, wenn man diesen ganzen Weg hierher macht und dann angesichts des FEINDES den Schwanz einzieht und umkehrt. Suzy, ich habe hier ihre Akte. Sie haben eine teufelsmäßige Liste, wie Sie von der *Vingança* aus während der Feldzüge losgeflogen sind.«

»Schönen Dank! Aber wohin ich mich jetzt begebe, habe ich wohl kaum eine größere Chance als ein Schneeball auf der Venus.«

»Suzy, hören Sie genau zu! Sobald wir unseren genauen Kurs um das Schwarze Loch kennen, werde ich ihn Ihnen mitteilen. Halten Sie Ihre Antenne immer auf uns gerichtet, wo Sie auch sein mögen! Falls Sie Ihre Fahrt überleben, gibt es eine sehr kleine Möglichkeit, daß Sie vielleicht ein Manöver ähnlich dem unseren ausführen können und sich damit unserem Kurs und unserer Geschwindigkeit anpassen würden. Wir werden alle Information sammeln und mitteilen, die wir können.«

»Ich hoffe, euch Burschen wiederzusehen«, sagte Suzy, obwohl sie wußte, daß das nicht einmal eine entfernte Möglichkeit war. Selbst *wenn* sie die Konfrontation mit dem FEIND überleben sollte, hatte ihr kleines Schiff doch nicht die Abschirmung zum Schutz vor den Röntgen- und Synchrotronstrahlen tief in der Sammelscheibe. Sie hätte eine bessere Chance gehabt, wenn sie es mit dem Wurmlochplanetoiden versucht hätte.

Sie suchte nach einer etwas eleganteren Formulierung, einer angemessenen tapferen Grabinschrift. Aber das Knattern der Störungen in ihren Ohren war verschwunden. Und irgend etwas passierte mit dem Anblick der Sammelscheibe direkt vor ihren Augen. Blaues Licht, das wallte und zusammenlief und sich um die Konturen eines Gesichts faltete.

Strähniges blondes Haar, totenblasses Gesicht, stechende blaue Augen. Schmale Lippen, in einem Lächeln zurückgezogen, entblößten weit auseinanderstehende braune Zähne.

»Hallo, Suzy!« sagte es.

Es war Robots Gesicht und die flache, leidenschaftslose Stimme von Maschine. Suzy schrie auf und hielt eine Hand über das Kommunikationspaneel.

Aber das Gesicht verschwand nicht.

»Nun, nun!« sagte Maschine. »Dafür ist es zu spät. Ich habe mich schon ganz zu Anfang der Sendung in den Computer dieses Schiffs eingespeichert; und Sie wissen, daß Sie den Computer nicht mehr überstimmen können, nicht nach den Veränderungen, die meine kleinen Helfer vorgenommen haben.«

»Ich kann dich mit meinen bloßen Händen ausstöpseln, du Mistvieh. Wie würde dir *diese* Art von Kommunikation gefallen?«

»Du hast noch dreiundneunzig Sekunden bis zum Übertritt in den Kontraraum, Suzy. Ich schlage vor, daß du sorgfältig über eine so radikale Amputation an deinen Schiffssystemen zu einer so kritischen Zeit nachdenkst. Außerdem brauchst du mich, und ich brauche dich.«

»Ich brauche niemanden, jetzt nicht mehr.«

»Weißt du, wo der FEIND zu finden ist? Ich denke nein. Aber ich weiß es. Die Engel haben es mir gesagt. Ich werde dich das Schiff fliegen lassen, wenn du meinen Anweisungen folgst. Und ich brauche dich wirklich. Ich kann nicht in den freien Weltraum hinausgehen und die Gefechtsköpfe der Projektile neu einstellen.«

»Oh, verdammt!« sagte Suzy. Sie hatte überhaupt nicht daran gedacht, den Zustand der Waffensysteme zu prüfen, außer nachzusehen, daß sie noch aktiv waren. Sie hatte einfach angenommen, daß die Zeugen nicht daran herumgespielt hätten. Die Gefechtsköpfe der Geschosse waren zwar noch scharf; aber die Kontrollwege zu ihren Leitsystemen waren gekappt. Sie würden fliegen, aber sie könnte ihnen nicht sagen, wohin. Sie war blöder gewesen, als sie gedacht hatte.

Und es war keine Zeit, gerade jetzt etwas daran zu ändern. Die Countdown-Uhr für den Transit hatte zu leuchten begonnen. Ihr einziger Zeiger lief um das Zifferblatt. Suzy legte die Totmannschaltung frei und drückte den Pistolengriff. Die Zeit für Phasenübergang war zu heikel, als daß man sie menschlichen Reaktionen anvertraut hätte. Aber sie konnte die Sequenz bis zur letzten Nanosekunde anhalten, indem sie den Schalter losließ.

Sie sagte zu Maschine: »Also wie ist die Abmachung?«

Das geisterhafte Gesicht zeigte ein Lächeln. »Wir helfen einander. Du gehst nach draußen und schließt die Leitsysteme der Geschosse wieder an, und ich werde für dich den FEIND orten. Der lebt irgendwo auf dem Dorn, der hinter der Hypermateriesphäre herzieht, irgendwo auf einer Fläche von drei Billionen Erden. Du würdest es schwer haben, ihn auf eigene Faust zu finden, Suzy. Aber ich war imstande, mit der Alea-Ahnin zu sprechen, als wir alle verschmolzen. Ich habe viel von ihr gelernt.«

Zwanzig Sekunden.

Suzy drückte den Totmannschalter so fest, daß ihr ganzer Arm zitterte. Sie hatte einen schrecklichen Verdacht, den sie nicht recht definieren konnte, aber es gab keinen anderen Ausweg. Sie sagte: »Okay, du hast gewonnen.«

Der körperlose Kopf von Maschine nickte – ein unheimlicher Effekt – und verblaßte genau in dem Augenblick, als der Zeiger der Uhr senkrecht stand. Ohne weitere Umschweife faltete sich das Universum – Sammelscheibe, Gaswolken, unscharfe Sterne im Geburtszustand – um Suzy herum und dehnte sich zu einem in der Unendlichkeit verschwindenden Punkt, als das Einzelschiff den Sprung in den Kontraraum machte.

15

Talbeck Barlstilkin hörte sich die Nachricht, die Dorthy und Robot mitgebracht hatten, erstaunlich ruhig an; und noch überraschender war er damit einverstanden, daß sie es mit dem Wurmloch noch einmal versuchen müßten. Aber obwohl ihr Talent durch die Ausscheidungen ihres Implantats behindert war, konnte Dorthy die lebhafte Wut tief in seiner eisigen Gelassenheit spüren, ein roter Wurm, der im Herzen eines Gletschers brannte.

Abel Gunasekra war weniger sicher: »Seyour Robot, Sie nennen die Kreaturen, mit denen Sie zu tun gehabt haben, *Engel*. Wenn man einer Kreatur einen Namen gibt, so bedeutet dies nicht, daß man sie definiert oder gar kennt. Können Sie sicher sein, daß sie eine anständige Natur haben?«

Robot hob eine Achsel.

»Wir können über nichts sicher sein, außer daß das Wurmloch unser einziger Weg nach Hause ist! Für uns gibt es hier nichts.«

»Seitens einer Studentin der Astronomie halte ich das für eine erstaunliche Bemerkung«, erwiderte Gunasekra. »Wir befinden uns am Rande des größten natürlichen Laboratoriums in der Galaxis, um Quanten- und kosmologische Prozesse zu studieren. Ich möchte während hundert Lebenszeiten hier sein, um zu beobachten und nachzudenken. Ich bin entschieden *nicht* der Ansicht, daß es schon an der Zeit wäre heimzukehren.«

Talbeck Barlstilkin sagte ohne eine Spur von Ironie: »Professor Gunasekra, ich weiß, daß moderne Druckanzüge für mindestens ein Jahr das Leben erhalten können. Es bleibt Ihnen gern unbenommen, einen zu nehmen und dazubleiben, aber ich für meinen Teil möchte fort. Dorthy, Robot, ich fürchte, daß unser Ziel nicht die Erde sein wird. Ich habe nicht den Eindruck, daß mich die Begrüßung, die mich dort erwartet, freuen würde, und übrigens auch nicht irgendwo sonst in der Föderation. Ich muß eine Notmaßnahme ergreifen, von der ich immer gehofft hatte, sie nie benutzen zu müssen. Es gibt einen Kolonieplaneten namens Iemanja, der, wie der Name sagt, größtenteils aus Ozeanen besteht. Ich besitze eine kleine Insel in dem Archipel. Dorthin will ich mich begeben, falls die Engel uns Passage zurück zu dem überschnellen Stern gewähren. Iemanja ist eine recht angenehme Welt, aber isoliert. Schiffe mit neuen Kolonisten kommen in sehr seltenen Intervallen an. Ich glaube, das nächste ist erst in fünf Jahren fällig. Ich bin darauf vorbereitet, eine Rückkehrpassage für dich und dein Kind zu buchen, und für Seyour Robot. Nur harte Klasse, aber anders geht es nicht.«

»Das ist großzügig von Ihnen«, sagte Dorthy.

»In Anbetracht meiner Lage ist es großzügiger, als du dir vorstellen kannst, aber wenigstens wirst du von der Navy frei sein. Und bitte, Seyour Robot, hegen Sie nicht die Absicht, mein Schiff zu sabotieren! Ich hatte es schon mit der Masseninvasion Ihrer schlauen kleinen Maschinen aufnehmen müssen. Das war übrigens eine interessante Show, die Sie da abgezogen haben. Ich habe Bandaufzeichnungen davon. Vielleicht könnte ich Beschäftigung als Ihr Agent finden, wenn ich nicht gezwungen wäre, ein so entferntes Heim zu wählen.

Und Sie, Professor Gunasekra, wollen Sie hierbleiben?«

»Treiben Sie keine Spiele mit mir, Seyour! Natürlich nicht. Wenn es eine Möglichkeit gäbe, lange genug zu überleben, um alles zu lernen, was ich könnte … vielleicht. Aber ich würde sehr viel mehr brauchen als einen Druckanzug.«

»Ich verstehe«, sagte Talbeck Barlstilkin. »Na schön, und ich hatte immer gedacht, der Wert von Wissen läge in seiner allgemeinen Verfügbarkeit.«

»Solange *ich* etwas weiß, was kümmert es mich, ob das für andere nicht gilt? Sie können nicht wissen, wie es ist, etwas zu wissen, das niemand zuvor gewußt hat – wenigstens kein Mensch, möchte ich sagen. Erst jetzt merke ich, daß ich deshalb hier bin – und leider zu spät.«

Talbeck Barlstilkin wandte sich zu gehen, machte aber am oberen Ende der Wendeltreppe zur Brücke kehrt und lehnte sich an das dünne Geländer. Er sagte: »Robot, meinen Sie, daß die Engel uns werden zurückkehren lassen?«

Wieder zuckte Robot steif mit einer Achsel.

»Ich glaube, nicht«, sagte Barlstilkin und zeigte sein schreckliches Lächeln, ehe er ging.

Dorthy streckte sich auf einem der großen Sofas aus und befahl eine Rückenmassage. Sie entspannte sich, während der Apparat sich an den verkrampften Muskeln des Rückgrats entlangarbeitete. Sie sagte: »Ich glaube, wir haben alle recht. Er befindet sich nahe an der Kante, aber er steht nicht darauf. Wenn er kein Goldener wäre, könnte ich besorgt sein.«

»Ich weiß nicht, ob wir so über ihn sprechen sollten«, sagte Gunasekra. Er hockte sich ganz auf die Kante des gepolsterten Simses gegenüber Dorthys Couch. »Wahrscheinlich lauscht er heimlich.«

»Was macht das aus?« Suzy erhob die Stimme. »Das gibt ihm ein harmloses Vergnügen. Stimmt's Talbeck? Keine Sorge, Professor Gunasekra! Goldene in seinem Alter begehen keinen Selbstmord. Die Angewohnheit durchzuhalten steckt tief in ihnen. Und er darf immer noch hoffen, daß das, was wir gelernt haben, die Föderation irgendwie schmerzen kann. Er kann im Exil abwarten und beobachten. Er dürfte Agatherin in seinem Versteck haben, darauf können Sie wetten, und auch irgendein medizinisches Programm zur Hand. Goldene denken in Dekaden, und nicht in Tagen. Gerade jetzt hat er sich zu einem Ort zurückgezogen, wo der Präsident nicht an ihn herankann... Darum wirkt er so distanziert.«

»Dr. Yoshida, ich bin kein Talent. Aber mir scheint, daß ein weiterer Rückschlag ihn echt und unwiderruflich verletzen könnte.«

»Wenn die Engel uns nicht zu dem überschnellen Stern zurückkehren ließen, würde das nichts ausmachen.«

»Sie hören sich an, als ob es Ihnen gleichgültig wäre.«

»Oh, doch! Bis jetzt bin ich immer einen Weg gegangen, der nicht der meine war, indem ich mich mit dem weiblichen Neutrum und ihren Verwandten auf meinem Rücken abgeschleppt habe, ohne es zu wissen. Jetzt stehe ich auf der Schwelle meines Lebens, zum erstenmal seit einem Dutzend Jahren.« Sie befahl dem Sofa, ihr Kopf und Schultern anzuheben, und lächelte Gunasekra zu. »Trinken Sie Alkohol? Ich bin der Tatsache sicher, daß, wenn die Zeugen nicht den von Talbeck angelegten Weinvorrat geplündert hätten, der noch keineswegs erschöpft wäre. Etwas Wein, im Interesse Ihres Magens?«

Gunasekra fing an, an den Kontrollen des Holotanks herumzuhantieren. »Vielleicht klingt es affektiert, wenn ich sage, daß ich keinerlei Drogen nehme. Es stimmt aber. Aber ich will auf Ihre Freiheit mit Fruchtsaft anstoßen, wenn Sie mögen. Vielleicht wird Seyour Robot mithalten.«

Robot hatte die gefühllose Dienerin angestarrt. Sein Gesicht war nur ein paar Zentimeter von dem ihren entfernt. Er schaute sich um, als sein Name fiel, und richtete den Blick dann wieder auf die Dienerin. Er war merkwürdig matt gewesen, seit er und Dorthy zum Schiff zurückgekehrt waren. Dorthy dachte, er vermißte den Gefährten, der fest verdrahtet in seinem Gehirn steckte. Das war eine Erkenntnis, die ihr durch den gedämpften Funken ihres Talents gewährt wurde. Und damit zusammen kam ein Echo von Robots einsamer Verzweiflung, der schmerzenden Leere in seinem Schädel und einer fast postkoitalen Betrübtheit, dem Irrsinn, daß seine Kreativität völlig abgenutzt war und es dafür keinen Ersatz gab.

Wenn man ein Talent war, gehörte dazu das Bedürfnis, andere glücklich zu machen. Dorthy hatte dem immer ärgerlich widerstanden. Bisweilen war dies ein ganz verzweifeltes Verlangen, ein Verteidigungmechanismus, der das abwehrte, was sonst ein fast ständiges Bombardement unterschiedlicher Grade von Verzweiflung sein würde. Daß Dorthy versucht hatte, sich einen eigenen Panzer dagegen wachsen zu lassen, eine gewisse Schwieligkeit oder Selbstsucht, war vielleicht einer der Gründe dafür, daß sie nie ein vollprofessionelles Talent geworden war, eine persönliche Unterhalterin/Bekennerin/Beraterin für jeden, der es sich leisten konnte, sie anzuheuern. Sie hatte es einmal versucht, als sie sich mit ihrem Talent prostituierte, um ihren Weg durch Fra Mauro zu bezahlen. Sie hatte sich damals geschworen: Nie wieder! Sie war zu sehr auf ihr eigenes Selbst bedacht, trotz des Trainings im Kamali-Silver-Institut, als daß sie es wünschte oder gar verlangte, die Gedanken anderer auf sich eindringen zu lassen. Schweigen, Exil und Schlauheit würden ihre Parolen sein... Aber die Alea-Feldzüge hatten sie prompt erwischt; und danach war sie Gefangene ihres Talents in einem Maße, wie sie es sich sogar in ihren schwärzesten Momenten nie zuvor ausgemalt hatte.

Aber jetzt berührte Robots Verzweiflung sie wie seit langem nicht etwas. So wie sie nicht berührt war seit

P'thrsn und dem Tod des armen Arcady Kilczer, oder seit sie ihre Schwester Hiroko vor so langer Zeit auf der Erde den inzestuösen Klauen ihres Onkels entrissen hatte. Gerettet und verloren. *Ich kann nicht unter Fremden leben.*

Aber für Dorthy war niemand wirklich ein Fremder. Damit hatte sie sich immerhin abgefunden.

Robot wandte den Blick nicht von der Dienerin, als Dorthy ihm eine Hand auf die linke Schulter legte, direkt über dem Ansatz seiner Prothese. Sie sagte: »Sie ist nicht Maschine.«

»Sie könnte es sein. Ich meine, der Teil, der sie beherrscht.«

»Das würde dir nicht helfen, Robot. Du mußt alles von dir selbst geben und wie sie werden.«

»Vielleicht wäre das gar keine so schlechte Idee«, sagte er und wandte sich Dorthy zu. Das Aluminium und der Kunststoff seines verstärkten Armes wischten ihre Hand weg. Sie erhob sie und drückte die Handfläche auf seinen Brustkasten in den Ausschnitt seines offenen Einteilers.

»Es wird hart sein, aber ich weiß, daß du lernen wirst. Etwas für das alltägliche Leben behalten, leben wie jeder andere auch.«

Robot holte tief Luft und sagte: »Das ist es ja gerade.« Aber er schob ihre Hand nicht weg.

»Maschine dir in den Kopf zu setzen, war auch ein Kunstwerk? Dein ganzes Leben war ein Kunstwerk?«

»Oder ein Akt. Aber es ist vorüber. Es ist zerstört.«

»Wenn Maschine Teil eines Kunstwerks oder einer Aufführung oder was immer war... weshalb glaubst du, es kontrollieren zu müssen? Ist das nicht der Sinn deines Tuns? Dinge in Gang setzen und zusehen, was passiert? Vielleicht – verläßt dich Maschine. Das ist nur ein Teil der Vorstellung. Die ist noch nicht zu Ende. Sie dauert noch an.«

»Jeder ist ein Kritiker«, sagte Robot.

Dorthy lächelte. »Ich weiß nicht, ob ich ein Kritiker bin, aber deine letzte Vorstellung hat mir bestimmt gefallen.«

»Sie war ziemlich grob, und die Hälfte der Projektionen waren die meiste Zeit wild außer Focus ... Aber – na ja, in Anbetracht der Umstände war sie nicht so schlecht. Wenigstens für einen Ulk. Kein Kunstwerk. Eine Art letzter Spaß für die Zeugen.«

Dorthy wollte gerade sagen, daß sie sie nicht beklagen würde, aber sie erinnerte sich an den flüchtigen Blick auf Angs totes Gesicht durch das reifbedeckte Visier. Und mit einem Schauer dachte sie daran, wie das weibliche Neutrum sich das Gehirn hatte herausfischen wollen.

Robot nahm ihre Hand in seine: »Vielleicht ist es das, was passiert, wenn Sie sich als Gottes Bote aufspielen, ohne vorher *Sie* zu fragen. Vielleicht war ich zum Ausführenden ihres Hasses bestimmt. Suzy und ich haben die Dinge in der Zwischenzone Engel genannt. Nun, vielleicht sind sie welche. Ich habe noch nicht alle Lücken in dem aufgefüllt, was sie mir gesagt haben. Oder vielleicht besorgt meine substantivistische Erziehung für mich das Denken.«

»Bald werden wir herausfinden, ob eure Engel mit dem zufrieden sind, was hier geschehen ist«, sagte Gunasekra. Er fummelte an den Kontrollen des Holotanks herum. »Wenn ich diese übermäßig verzierte Apparatur zum Arbeiten bringen könnte, würden wir vielleicht sehen, wie es passiert.«

Die Dienerin ging um Robot und Dorthy herum, beugte sich über Gunasekras Schulter – er blickte überrascht auf – und machte etwas mit den durch Intarsien in Gold und Perlmutter geschmückten Kontrolltafeln. Die indirekte Beleuchtung der Messe wurde gedämpft, und der graue Block des Holotanks wurde ersetzt durch eine schwarze Doppelkurve vor gefrorenen karmesin- und scharlachroten Wirbeln.

Es war der Planetoid als Silhouette vor den Gaswolken. Das Schiff hatte schon seine Oberfläche verlassen und bewegte sich auf die Wurmlochgrube zu. Bewegte sich *in sie hinein,* wie Dorthy feststellte, weil die rußigen Eiskappen des Planetoiden aus dem Holotank aufstiegen und die Gaswolken über seinen Rand stießen. Genau in der Mitte zeichneten schwache Leuchterscheinungen einen kreisrunden Schlund ab. Dorthy reckte den Hals nach einem letzten Blick auf die Sammelscheibe des Schwarzen Lochs, und der Tank leuchtete hell auf.

Gunasekra fiel auf die Couch zurück. Sein Gesicht war übergossen von dem Licht, das aus dem Holotank strömte. Weißer Sand fiel zu blauem Wasser ab, das von weißen Schaumköpfen gesprenkelt war. Der Strand krümmte sich nach rechts und links, gesäumt von Palmen.

»Wo ist das?« fragte Gunasekra. »Haben die Engel einen Weg zur Erde geöffnet? Oder ist das der Ozean, von dem Barlstilkin gesprochen hat?«

»Nein«, sagte Robot. »Ich kenne diesen Ort. Hier ist es, wo die Engel leben. Und sehen Sie nur!« Er ging vorwärts und stieß mit seinem verstärkten Arm gegen den Holotank.

Über dem funkelnden Ozean bildete sich etwas. Es war, als ob eine Messerklinge aus hell von innen her beleuchtetem Glas die klare Luft zerschnitte. Der Lichtpunkt streute Regenbogenmandalas aus, während er wirbelte und sich ausweitete. Reflexionen zogen sich zusammen und bildeten einen rotierenden Regenbogenrand um einen plötzlich klar abgezeichneten Kreis. Der sah etwas ähnlich aus wie eine heiße Luftblase, die über einer sommerlichen Straße entsteht, aber mit realer Festigkeit und Tiefe, wobei das eigene Licht ihre Dimensionen definierte. Licht strömte da heraus, obwohl es trotz all seiner verschwenderischen Fülle nichts erleuchtete als sich selbst. Dorthy mußte nicht blinzeln, um es anzuschauen. Überrascht sah sie, wie sich helle Flecken in der unendlichen Perspektive des Tunnels weit in der Tiefe bewegten. Sie rasten auf sie zu, brachen über den Rand und bildeten Fontänen hoch über der mit Diamanten bestäubten See.

Eine Herde, eine Schar, eine Glorie von Engeln.

Dann wurde Dorthy von Licht und Wärme getroffen. Sie stolperte in weichem weißen Sand vorwärts. Ihre nackten Füße sanken knöcheltief ein. Abel Gunasekra rappelte sich auf die Füße, und Robot stand mit zurückgeworfenem Kopf da. Der Arm aus Metall und Plastik beschattete seine Augen, als er zu der wirbelnden Säule brennender Gestalten aufblickte, die hoch emporragte. Ein halbes Dutzend Meter entfernt wandte sich Talbeck Barlstilkin ihnen zu, den schiefen Mund offen und die unversehrte Seite seines Gesichts weiß in dem erbarmungslosen Licht. Hinter ihm stand die Dienerin so gleichmütig wie immer.

Dorthy erkannte Barlstilkins Absicht, noch ehe er nach der Pistole griff, die in seinem breiten Gürtel steckte. »Sie können sie nicht verletzen!« schrie sie mit gellender Stimme. Sie dachte, es wäre ein Schock. Aber auch, daß dies realer wäre als der Traum des weiblichen Neutrums. Real und doch nicht – nicht ganz. Das grünweiße Sonnenlicht kam nicht aus einem Punkt oder einer Scheibe, sondern aus einer Art verwischtem Fleck, als ob sich das klare Himmelsblau gemischt hätte und dort ausgelaufen wäre. Und sie hatte das Gefühl, als ob nichts ganz im Focus wäre, bis sie hinsah. Sand um die gefalteten Manschetten ihres Overalls wurden von unbestimmtem Blau nur dann zu pulvrigen Körnern, wenn sie sie mit zusammengekniffenen Augen anblickte. Palmzweige entwickelten sich aus undeutlichen grünen Fächern zu Laub mit scharfen Rändern. Der Berg hinter ihnen zerfloß und rutschte weg, wenn sie wegschaute.

Auch Robot hatte das bemerkt. Er sagte: »Sie werden besser beim Übergang, aber ohne meine Phantasie zerfällt dieser verdammte Ort.«

»Wir befinden uns an einem Ort mit seinen eigenen Gesetzen«, sagte Abel Gunasekra. »Einige davon sind mit denen unseres Universums verträglich, andere nicht.«

»Wer träumte dies? Wer träumte dies, als ich fortging? Wessen Traum ist es jetzt?«

Robot lief zum Meeresufer hinunter und rief die taumelnden, wirbelnden Engel an. Ihr Tanz definierte eine deutliche, aber instabile Säule, hell wie der lichtspendende Fleck, der sich hoch über der Meeresflut erhob, genau dort, wo Wellen sich sammelten, um an den Strand zu laufen. Die Öffnung, aus der sie geströmt waren, war verschwunden.

»Das ist nicht der Traum eines einzigen«, sagte Gunasekra zu Dorthy. »Nicht eines einzigen, noch jedermanns. Wir sind hier bis auf grundlegende Feldgleichungen entblößt. Alles ist möglich, solange es geschrieben steht.« Sein Gesicht glühte wie geschmiedete Bronze, als ob es durch einen Blick von Gottes Glorie verwandelt wäre.

Talbeck Barlstilkin kreuzte die Arme über dem Magen und schaute nicht ganz auf die wirbelnde Säule der Engel. Sein Gesicht war durch sein grimmiges Lächeln verzerrt: »Sie scheinen sich sehr sicher zu sein, Seyour Professor Gunasekra. Wieso wissen Sie das?«

Gunasekra erwiderte leise: »Können Sie ihre Stimmen hören? Ich kann sie hören und auch ein Echo Ihrer Gedanken, all unserer Gedanken. Wir alle sind hier Talente, wenn wir es sein wollen.« Er hob die Hand, als Barlstilkin wieder sprechen wollte. »Nein, pst! Seien Sie still und hören Sie zu!«

Dorthy fand, daß sie leicht in die Stille in ihrem Zentrum sinken konnte, den perfekten Spiegel von *Samādhi*. Aber sie konnte nicht erkennen, ob sie dort den tumultuösen Chor hörte; oder ob es nur eine Mischung mit dem Wispern salziger Luft über dem Strand war, das polternde Vorrücken und zischende Zurückströmen der Wellen. Sie wußte aber, daß alle es hörten. Robot, Talbeck Barlstilkin, Abel Gunasekra und sogar die leibeigene Dienerin. Sie konnten in ihnen allen die Echos des Gesangs der Engel vernehmen, von tausend Stimmen, die nicht unisono sangen, aber einheitlich; Individuen, die jeweils ein Wort, eine Silbe, eine Note zu Gesang verwoben, und doch alle zugleich. Denn es gab keine Zeit. Es war zeitlos. Es dauerte eine Stunde oder eine Sekunde oder einen Tag.

Und dann war es vorbei.

Alle fünf Menschen sahen einander für die Dauer eines Pulsschlages an. Dann hob die Dienerin eine Hand zu ihrem Kopf und sagte erstaunt: »Ich denke ...« Dann brach sie zusammen, langsam und stückweise, zunächst auf die Knie; dann krümmte sie sich zur Seite, mit den Händen vor dem Gesicht und angezogenen Knien.

»Sie schläft«, stellte Abel Gunasekra fest.

»Sie haben sie zurückgebracht«, sagte Dorthy.

»Der Prozeß der Versklavung hat die chemischen und elektrischen Schemata ihres Bewußtseins beendet«, erklärte Robot, »aber die gewachsenen Verbindungen zwischen ihren Neuronen durch Erinnerung und Erfahrung konnten nicht zerstört werden. Alles, was sie gelernt hatte, ist verblieben, weder schlafend noch wachend, weder tot noch lebendig. Ein Potential. Die Engel haben sie zurückgebracht.« Die linke Seite seines Gesichts verzog sich. Wasser überflutete seine Augen und lief die Wange hinunter als eine schimmernde Spur, die pulsierte, während Tränen rannen und von seinem Kinn wie Perlen auf dem gesteppten Stoff seines Einteilers fielen. Er schniefte laut und sagte: »Sie haben versucht, Maschine wiederherzustellen, aber der hat nichts hinterlassen.«

»Wenigstens wissen wir jetzt, was sie wollen«, sagte Talbeck Barlstilkin. Er schien von allen am wenigstens beeindruckt zu sein, immer noch trotzig und stolz. Er machte eine Geste zu dem Felsvorsprung, der weit ins Meer hinausragte. »Und wenn wir tun, was sie verlangen, kennen wir den Lohn. Obwohl ich für meinen Teil ihn mit meinen eigenen Augen sehen möchte.«

»Ihre Dienerin …«, setzte Robot an.

Talbeck Barlstilkin schnitt ihm ungeduldig das Wort ab. »Ihre Schutzengel werden sich zweifellos um sie kümmern.«

Er machte sich auf den Weg zum Strand hinunter, und nach einem Blickwechsel folgten Dorthy, Robot und Abel Gunasekra ihm. Als sie ihn eingeholt hatten, sagte er: »Die WVN-Polizei könnte nichts gegen uns unternehmen, wenn wir die Schattentänzer mit heimbrächten. Ich müßte mich nicht verstecken.«

»Sie meinen, daß wir uns direkt zur Erde begeben könnten?« Der Gesang der Engel hallte noch in ihrem Geist wider, als ob sie eine blitzende Silberglocke wäre, die sie geläutet hätten.

»Das ist nicht der Punkt«, beharrte Gunasekra. »Der Punkt ist, daß die Marodeure immer noch die Tore zwischen Universen versperren. Es kommt darauf an, sie zu stoppen. Für die Engel sofort. Für unser Universum in weniger als vier Milliarden Jahren.«

Talbeck Barlstilkin sagte mit einem finsteren Unterton in der Stimme: »Ich würde mich lieber auf unsere unmittelbaren Bedürfnisse konzentrieren. Professor Doktor Gunasekra will die Wünsche der Engel für eine unvorstellbar ferne Nachwelt erfüllen. Was meinst du, Dorthy?«

»Brauche ich einen Grund?«

»Natürlich nicht«, sagte Gunasekra lächelnd. »Aber Sie müssen sich entscheiden. Wir alle müssen uns entscheiden. Das erwarten die Engel von uns.«

»Ich frage mich, warum«, sagte Talbeck Barlstilkin

und starrte zu den Lichtgestalten empor, die in der klaren Luft über der See auf- und abstiegen. Die unbeständige Säule der Engel hatte mit den vier Menschen Schritt gehalten, als diese durch heißen weißen Sand stampften.

»Ein Teil Ihres Gastes ist noch da«, sagte Robot zu Dorthy. »Sie wird sie niemals verlassen. Maschinen kann man wegwischen, aber keine Netzwerke.«

»Wenn du darauf bestehst, daß ich einen Grund haben muß, dann laß es einen mir eigenen sein! Vor langer Zeit hat meine Schwester mir gesagt, daß sie nicht unter Fremden leben könnte. Wie du siehst, habe ich sie verlassen. Die ganze Zeit habe ich geglaubt, ihr zu helfen. Ich habe sie den Klauen von jemand entrissen, der sie mißbrauchte, und ihr ein Zimmer und ein Konto gegeben. Ich hatte anderswo zu tun. Ich konnte sie nicht mitnehmen. Und als ich von dieser Arbeit zurückkam, war sie fortgegangen. Wieder zurück. Sie konnte nicht unter Fremden leben. Siehst du, ich hatte sie aufgegeben. Hatte mir eingeredet, alles getan zu haben, was ich konnte, während ich in Wirklichkeit meiner Verantwortung entflohen war. Ich wollte das nicht und konnte dem nicht ins Gesicht sehen. Lange Zeit habe ich nicht verstanden, was Hiroko mit dieser Notiz, dieser geheimnisvollen einen Zeile, gemeint hatte. Ich verstand es erst, als ich auf P'thrsn das weibliche Neutrum traf. Für Hiroko, für das weibliche Neutrum und für jeden Alea war der Fremde der Feind. Menschen oder Engel oder jeder Alea, der nicht zur Sippe gehörte. Hiroko konnte gegen ihre Herkunft ebensowenig etwas tun, wie die Alea dem genetischen Trieb zum Kampf gegen einen jeden widerstehen können, der nicht von ihrer Abstammung ist. Siehst du, ich war rechtzeitig herausgekommen, oder glaubte das wenigstens. Darum konnte ich es nicht verstehen. Aber mein einziger Weg, es zu tun, war, daß ich mich zurückzog, mich abschirmte, mich über mein Talent ärgerte und Vergessen durch das Gegenmittel begrüßte, die Stille der Isolation. Das ist es, was ich über mich damals auf P'thrsn zu lernen begann. Ich lerne immer noch. Darum habe ich jetzt meine Wahl getroffen. Verweigerung hieße, die Partei der Marodeure zu ergreifen, ihren Solipsimus zu teilen, der das ganze Weltall zerstören würde in einem Versuch, es sich zu eigen zu machen. Wenn man ihnen das Mittel dafür wegnimmt, wird das vielleicht ein erster Schritt sein weg von Arroganz und Stolz, hin zu Akzeptanz. Zu uns, zu den Fremden.«

Sie blickte von Gesicht zu Gesicht und sah Robots Mitgefühl, Abel Gunasekras leise Zustimmung und Talbeck Barlstilkins schiefes Lächeln. Nach einem Augenblick klatschte Talbeck Barlstilkin langsam und leise einmal, zweimal, dreimal in die Hände und sagte: »Bravo! Ich wünschte, daß wir alle unsere Ideale hätten.«

»Talbeck«, sagte Dorthy zu ihm, »auch Sie sollten sich nicht vor Fremden fürchten. Haß und Furcht sind zwei Seiten der gleichen Medaille.«

Er wandte ihr sein ruiniertes Gesicht zu: »Wünsche ich etwa nicht, die Schattentänzer zu sehen?«

»Wir müssen gehen«, sagte Abel Gunasekra.

Und Robot fügte hinzu: »Suzy Falcon fliegt immer noch.«

»Ich weiß, wieviel Zeit wir haben«, sagte Talbeck Barlstilkin und klopfte sich auf die Seite des Kopfes. »Sie haben mir eine Uhr gegeben. Wie schlau von ihnen.«

»Wir wissen nicht, was sie uns antun können«, sagte Abel Gunasekra. »Sie lassen uns wählen; aber angenommen, wir verweigern uns ihnen?«

»Wir würden wie die Schattentänzer werden«, sagte Robot. »Verschlüsselt und gespeichert.«

Talbeck Barlstilkin sagte: »Wir würden alle sterben.«

Niemand versuchte, ihm etwas anderes einzureden.

Sie gingen den Rest des Weges in Schweigen, stiegen über einen Haufen durch Wellen erodierter Felsblöcke und erkletterten steile Gesimse wie die Treppe eines Riesen bis hin zum Anfang der Steinstufen, die zur Bucht der Schattentänzer hinabführten.

Es war der Vision, die Dorthy inmitten der archäologischen Ausgrabungen im Tiefland von Nowaja Rossija gewährt worden war, so sehr ähnlich, daß sie in einem Moment der Verwirrung ein Empfinden von *déjà vu* hatte. Robot sah ihre Bestürzung und legte eine Hand auf ihren Ellbogen; und sie lehnte sich dankbar an ihn.

Zusammen schauten sie auf die graziösen Gestalten hinab, die in klarem Wasser unter einer schwimmenden Decke schwarzblauer Bänder unablässig um verkrustete Säulen glitten.

Glatte schwarze Deltas, deren Schatten über den weißen Boden der kleinen Bucht zuckten, beschrieben zu Dutzenden und aber Dutzenden im Gleichschritt damit eine feierliche Pavane. Schattentänzer. Bisher hatte Dorthy nicht gewußt, wie schön sie waren.

»Sie werden zu uns sprechen, wenn es vorbei ist«, sagte Robot.

Talbeck Barlstilkin meinte: »Ich sehe nicht, daß sie überhaupt von uns Kenntnis genommen haben.«

»An den Schattentänzern ist mehr dran als an den Tänzern selbst«, sagte ihm Robot und wies nach unten, wo das klare Wasser eine weite Felsbank bespülte. Dicht unter der Wasserlinie waren eng geballte Umrisse auszumachen, die sich übereinanderschoben in einem Gewirr aus schwarzen, verkrusteten Muscheln und steifen Gelenken mit zarten Antennen. »Dieser Ort ist irgendwie eine Art Bibliothek oder Universität. Alles Wissen der Schattentänzer ist in extranuklearen Polytenchromosomen in den Muschelschalen verzeichnet. Die Tänzer sind Vermittler und die Krabben Erbauer. Sie werden einen Übertragungsdienst errichten oder haben ihn eingebaut. Ich bin mir da nicht sicher.

Aber sie werden mit uns sprechen, wenn die Zeit kommt.«

Talbeck Barlstilkin schlang die Arme ineinander. »Ich nehme an, daß wir den Engeln wohl trauen müssen.«

»Wem könnte man auch besser vertrauen als Gottes persönlichen Dienern?« fragte Abel Gunasekra. »Wir sind in ihren Händen gewesen, seit wir den Kern der Galaxis erreicht haben. Dorthy, es ist Zeit. Ich fühle es.«

»Ich auch«, erwiderte Dorthy.

Und sie hatte auch eine leichte Empfindung in der Magengrube, eine Erregung mit trockenem Mund, als sie die steilen Felsen wieder zum Strand zurückkletterte. Abel Gunasekra sah sie mit breitem Grinsen an. Dorthy lachte; und sie liefen zum Wasser hinunter wie aufgeregte Kinder und wateten gegen die warme Brandung an, bis sie schenkeltief darin standen.

Die schmale Basis des wirbelnden und sich wiegenden Lichtturms schwebte über sie hinweg. Hände, die keine Hände waren, hoben sie auf und schleuderten sie in den Tanz des Lichts. Dorthy konnte noch immer Gunasekras Hand in der ihren fühlen; jene feste Berührung, die sie nur als strahlende Glorie empfinden konnte, durchdrang sie und löschte die ganze ehemalige Welt aus.

16

Die Lichter im Lebenssystem des Einzelschiffs flackerten, und Dutzende kleiner Ventilatoren begannen sich zu drehen wie ebenso viele hüpfende Pulsschläge, ehe sie regelmäßig zu summen begannen. Die Katalfissionsbatterien sind schwach, dachte Suzy. Bei dem Phasensprung zurück in den Normalraum hatte der Entropiestoß stark an ihren Reserven gezehrt. Verdammt – das Schiff war in schlechterem Zustand, als sie dachte. Sie hätte anhalten sollen, um die Batterien auszutauschen, ehe sie die *Vingança* verlassen hatte.

Hättest eine *Denk*pause einlegen sollen, Suzy!

Seit dem Sprung waren schon Sekunden vergangen; aber diese ungemütliche Idee, daß sich jemand mit ihr in der Kabine befände, war so stark, daß sie sich überall umschaute, ehe sie ihre Überschaubilder und die äußere Panoramasicht einschaltete und herauszufinden versuchte, wo sie sich befand. Die Hälfte der Übersichtsbilder fehlte, zweifellos von Maschine zensiert. Und visuelle Einblendungen waren nutzlos – nur rote Streifen auf schwarzem Grund. Die könnte man später zu deuten versuchen. Die Zustandsanzeigen beanspruchten ihre Aufmerksamkeit. Sie flimmerten und wechselten, ohne daß sie etwas daran tat. Sie hörte das dumpfe Rumoren des Motors weiter hinten. Das Stoßschutznetz versteifte sich um ihren ganzen Körper. *Peng!* In einer halben Minute Beschleunigung von Null auf Maximum. Drei Ge preßten sie in die Liege und suchten sie dann hinunterzustoßen, als auch die Triebwerke für Lageregelung einsetzten und der Geschwindigkeitsänderung des Schiffs noch Drehimpuls zufügten.

Sie benutzte alle Muskeln, um ihre Lungen aufzublasen. »Maschine! Maschine, du Hurensohn! Du läßt mich dies Ding fliegen, verstehst du?«

Nichts. Allmählich konnte sie dem, was sie sah, Sinn abgewinnen. Das Schiff streifte dicht über eine Art von riesigem Eisfeld, einem Gletscher größer als Welten, Milliarden Kilometer von Wasser-Eis und Stickstoff- und Sauerstoffschnee, nicht mehr als dreißig oder vierzig Grad über dem absoluten Nullpunkt, mit der Farbe geronnenen Blutes unter schwachen roten Fäden, die in Richtung auf einen diamanthellen Punkt vor matt glimmenden Staubwolken entschwanden.

»Maschine, um Himmelswillen, sprich zu mir!«

Dieser Ort, der Dorn, war riesig. Mit einem tumultartigen panischen Gefühl, in die falsche Richtung zu rasen, begann Suzy zu erkennen, wie groß er in Wirklichkeit war. Und sie hatte nicht die leiseste Idee, wo sie in dieser Unermeßlichkeit den FEIND finden könnte; und alles, was ihr zur Verfügung stand, waren ein Dutzend Geschosse mit Zangenfusionsgefechtsköpfen, die funktionieren würden oder auch nicht, nach dem, was die Engel damit gemacht hatten. Ferner besaß sie die doppelte Anzahl von einschüssigen Röntgenlasern und ein paar nur für Verteidigung vorgesehene Gegenprojektile. Gerade etwa genug, um eine Asteroidensiedlung auszulöschen. Vielleicht würde der Katalysator, oder was immer die Engel auf die kombinierten Gefechtsköpfe gedrückt hatten, funktionieren; aber sie hatte nicht die geringste Vorstellung, was er tun sollte.

Plötzlich zuckte das Gesicht von Maschine über Suzys Bild des schattenhaften Weltgletschers. Trotz des Beschleunigungsdrucks war sie inzwischen so versteift, daß sie ihr Schutznetz vor Überraschung fast zerrissen hätte. Maschine sagte: »Entschuldigung, Suzy! Es wird gleich etwas passieren. Ich habe versucht, uns klar zu bekommen.«

»Werden wir angegriffen? Zum Teufel noch mal, gib mir hier die Kontrolle!«

»Kein Angriff. Die Marodeure haben uns geortet oder auch nicht; aber sie greifen uns nicht an. Ich habe festgestellt, daß wir unseren Kurs nicht ändern müssen. Vielleicht wird es nötig sein, wieder in den Kontraraum einzutreten.«

Die Beschleunigung setzte aus, und Suzy befand sich wieder in Schwerelosigkeit. Ihr Magen wollte ihr bis unter die Schädeldecke hochsteigen. Sie unterdrückte Übelkeit infolge Trägheit. »Wir haben nicht die Kraft, du blöder Haufen von Codes. Wir können hineinkommen; wenn wir aber beim Austritt nicht das richtige Energieniveau treffen, werden wir zu einer Partikelwolke, die von hier bis zum Andromedanebel reicht. Gib mir jetzt um Gottes willen eine Pause! Ich bin der blöde Pilot, denkst du daran?«

Maschine sagte nichts; aber Suzy hatte plötzlich wieder die Kontrolle und dehnte ihre Nerven in jede Ecke des Schiffs aus. Sie fühlte einen Stich seitlich am Hals, als die Couch ihr einen Cocktail von Anregungsmitteln für das Gehirn durch die Haut jagte, der sie wie ein Sturz in eiskalte Lauge traf. Sie ließ ein Bandbreitenscanning laufen und blätterte Ausgaben der ganzen verrückten Instrumentierung durch, die Maschine der Standardausrüstung aufgedrückt hatte.

Jetzt sah sie es. Die Kurve des Gravitationswellenmessers zitterte in unregelmäßigen Buckeln; das Gittermuster des Quantengefahrpegels sah aus, als wollte es sich um sich selbst kringeln. Irgendeine gewaltige Veränderung tief auf dem Quantenniveau der Realität raste durch die Struktur des Vacuums selbst und stürzte sich das Rückgrat hinab mit Lichtgeschwindigkeit auf das Einzelschiff. Sie war so mächtig, daß ihre

Wirkungen sie überholten und als eine relativistische Bugwelle durch den Kontraraum ergossen.

Ihr erster Gedanke galt den Marodeuren. »Ei, verflucht! Die können Sachen abziehen, neben denen das, was wir zustande bringen, nicht mehr ist wie Spucke in einer Fusionsflamme.«

»Das sind nicht die Marodeure«, sagte Maschines Stimme ruhig. Das papierdünne überlagerte Bild seines Gesichts schwebte in einer Matrix flimmernder Daten. »Es kommt aus der anderen Richtung. Die Marodeure sind vor uns, jenseits des Eises in der bewohnbaren Zone des Dorns. Dies hier kommt von jenseits der Hypermateriesphäre, die den Dorn an die Grenzregion der Sammelscheibe des Schwarzen Lochs verankert. Die genaue Position der Wellenfront läßt sich schwer messen; aber ich schätze, daß sie das Schiff in weniger als zwanzig Minuten erreichen wird.«

»Keine Möglichkeit, dem zu entkommen, du blöde Maschine. Du hast Zeit vergeudet, die ich für Arbeiten außerhalb des Schiffs hätte brauchen können. Wir haben immer noch keine Waffen, erinnerst du dich? Was immer es auch ist, unsere einzige Chance besteht darin, den Katalysator der Engel zu benutzen. Ich hoffe, daß er funktioniert.«

»Und was würden wir dann gegen die Marodeure einsetzen?«

»Ich werde sie glatt *rammen,* wenn ich nichts anderes tun kann. Warte, du hast recht. Laß mich nachdenken!« Suzy stellte einige elementare Berechnungen an. »Soweit ich sehe, kommt es aus der Richtung des Wurmlochplanetoiden. Sollte vielleicht jemand da hinten irgendeine Waffe gefunden haben?«

»Das ist möglich«, sagte Maschine. »Die Menschen sind nicht die erste intelligente Rasse, die hier angekommen ist, seitdem die Marodeure die Herrschaft angetreten haben. Die Engel haben sie auch bewaffnet.«

»Also hat irgend jemand es gefunden und herausgebracht, wie man es benutzt. Das heißt, ich vermute, daß es jenes kleine japanische Mädchen gewesen ist, das mit dem Alien im Kopf, Dorthy Yoshida.« Woher ist das aufgetaucht? »Von ihr oder Robot, es sei denn, der wüßte nichts, weil ihr Burschen die einzigen wart, mit denen die Engel geredet haben.« Sie empfand eine verzweifelte Wut. »Mist, die wird sie erschießen, ehe ich nur die Spur einer Chance bekomme! Ich werde hier vergeblich sterben, Maschine.«

»Wir wissen nicht, was für eine Art von Waffe es ist, außer daß sie eine halbe Million Jahre alt ist. Wir wissen nicht, was sie gegen die Marodeure ausrichten wird.«

»Das werden wir in zwanzig Minuten erfahren. Keine Zeit zum Entkommen.«

»Achtzehn Minuten, plus oder minus sechs Komma vier.« Suzy warf ihr Stoßschutznetz ab: »Was uns vielleicht genügend Zeit läßt, unsere Waffen neu einzustellen.«

»Dies ist nicht die Zeit ...«

»Wenn das Ding die Marodeure trifft und wenn es nicht funktioniert, dann werden sie bombensicher danach suchen, woher es gekommen ist. Und wenn wir dann noch leben, werden sie uns *sehen*.«

»Sie haben recht. Ich entschuldige mich.«

»Laß mich hier in meinen Anzug schlüpfen, und dann kannst du die Luke öffnen. Okay?«

Suzy blickte automatisch nach hinten, als sie durch die Luke in den freien Raum schoß. Hinter der knollenförmigen Flamme des Reaktionsmotors blickte sie hinunter auf die lineare Geometrie des Dorns – Streifen aus mattrotem Licht, die über eine dunkle, unendliche Eisfläche zur Hypermateriesphäre hin entschwanden. Sie sah nach dem massiven Quantenereignis, das sich auf sie zu bahnte, und bemerkte nichts außer vielleicht einer flimmernden Kräuselung, einer Art von Wärmeblitz, vor dem schmalen Band ultravioletten Lichts, das die von der Kante aus gesehene Sammelscheibe war.

Sie hatte keine Zeit, noch länger Ausschau zu halten. Sie bremste ihren Drehimpuls ab und machte einen Salto, so daß sie mit den Füßen nach unten auf den Deltabogen der Unterseite der Auftriebsfläche des Schiffs zeigte. Ein paar Schüsse ihrer Rückstoßpistole trieben sie auf die sich verjüngende Nase zu. Der Lichtstrahl des Helms kroch über schwarze Schiffshaut. Es gab kaum eine andere Beleuchtung, selbst als verstärkende Stromkreise eingeschaltet wurden. Nur der Reflex dunkelroter Lichtstreifen von Gottes eigenem Gletscher, eine Million Kilometer unter den Stollen ihrer Stiefel. Denk auch nicht darüber nach, Suzy! Du hast etwas zu tun.

Jetzt mit der Ruhe! Klemm den Ring an eine versenkte Öse und benutze den gezackten Schlüssel! Die Luke zur Waffennische öffnete sich schön und glatt. Gestelle klappten heraus. Da war der Schimmer von irgendeinem blanken Zeug, das tief in den goldplattierten Nasen der schlanken Waffenköpfe zu stecken schien. Bei näherem Hinsehen war es fort.

Rote Zahlen hingen vor ihren Augen und zählten auf Null herunter. Jetzt noch weniger als sechs Minuten. Denk nicht daran, denk nicht an das Gefühl, daß jemand dir über die Schulter späht! Maschine schaute wahrscheinlich zu. Das würde ihm sehr gut tun.

Es dauerte nur einen Augenblick, den Stromverteiler einzustöpseln und von *Hauptsystem* auf *Fernbedienung* umzuschalten. Sie setzte die Kurzschlußbrücken wieder ein, die die Zeugen herausgezogen hatten, schaltete ein und sah das Bild in ihrem Visier so klar und grün aufleuchten, daß sie lächeln mußte. Maschine mochte in dem Hauptsystem stecken, hatte aber noch viel zu lernen, wie man ein Einzelschiff fliegt.

In ihrem Helm tönte ihr die Stimme von Maschine

ins Ohr: »Suzy, ich habe keine Kontrolle. Haben wir Probleme?«

»Keine Probleme. Ich dachte irgendwie, daß *ich* mich um diese Seite der Dinge kümmern sollte.«

Er wollte noch eine Menge sagen, aber sie hörte nicht zu. Sie drehte die Lukenflansche und stieß sich beiseite, als sie sich sanft schloß. Sie löste den Haltering und rutschte über den Bauch des Schiffs mit dem Visier nur Zentimeter von seiner Hülle entfernt, so daß sie sich keine Gedanken machen mußte über eine Million Kilometer gähnender Leere. *Zwei Minuten.* Sie hakte den Sicherungsring wieder ein. Ihr schwitzten die Hände in den Handschuhen. Der Deckel des Röntgenlasers streifte ihre Schulter, als er aufsprang. Dadurch geriet sie ins Taumeln und vergeudete wertvolle Sekunden, um wieder in richtige Position zu kommen.

Einklinken. *Hauptsystem*-Paneel auf *Fern*bedienung. Maschine redet immer noch, versucht vernünftig zu sein. »Sicher«, sagte Suzy, »und wenn ich dir die Kontrolle überlassen hätte, würdest du mich in das Lebenserhaltungssystem zurückgelassen haben? So sehe ich uns als gleichberechtigte Partner. Was sagst du dazu?«

»Suzy, Sie wissen nicht, was Sie tun.«

»O doch! Du und ich, Mann.«

Rote Ziffern rutschten zu einer Reihe von Nullen ab und fingen dann an aufzuleuchten, als sie hochzuzählen begannen. Sie hatte alles unter Strom, drehte die Klinken und griff zum Haltering, als der Deckel wieder einschnappte. Die Zahlen liefen weiter hoch. Sie dachte, Maschine hätte vielleicht auch das vermurkst.

Dann erfolgte der Schlag.

Alles um sie herum schien sich in einen Kreis vollkommen gleichmäßigen Lichts zusammenzufalten. Für einen winzigen Bruchteil von Zeit hielt alles an. Alles, bis hinab zu dem Wirbel von Elektronen und dem Vibrieren von Quarks. Suzy hatte den Eindruck zu sterben. Sie fühlte, wie ihre Anima vom Körper gerissen wurde und nach der unausweichlichen Veränderung den Dorn hinunterraste, hinter dem entschwindenden Lichtkreis her.

Dann fühlte sie, wie sie direkt durch das Licht *hindurch* flog. Die große geräuschlose Helligkeit umgab sie allseitig, so daß sie heftig blinzeln mußte, um die Nachbilder loszuwerden und sehen zu können, wo sie war.

Sie befand sich in ihrem Druckanzug und kniete in körnigem Sand, rein und weiß wie Zucker. Jemand stand über ihr, ein überstrahlter Schatten vor grünlichem Sonnenlicht.

»Hallo, Suzy«, sagte Dorthy Yoshida. »Hör lieber zu, denn wir haben nicht viel Zeit. Eigentlich gar keine Zeit.«

Suzy griff zu den Krampen ihres Helms, aber Dorthy Yoshida sagte ihr, dies wäre nicht real. Aber ihre Stimme klang in Suzys Ohren so deutlich und nahe, daß sie nicht über irgendeine Nachrichtenverbindung kommen konnte.

»Nun, mir kommt dies alles höllisch real vor«, sagte Suzy und betrachtete ringsum den Saum gebeugter Palmen, deren sägezahnförmige Blätter sich scharf vor einem vollkommen blauen Himmel abzeichneten, und die schwachen Wellen, die Schaum auf festen, feuchten Sand warfen. Sie sah flüchtig, daß jemand dort am Rande der Wellen wanderte, ein stämmiger Bursche mit brauner Haut und glattem, zurückgeklebtem schwarzem Haar. Aber nur, wenn sie etwas zur Seite schaute. Wie der verwirrte Geist eines Vagabunden, der im Strandgut nach seinem Schicksal sucht.

»Das ist Abel Gunasekra«, sagte ihr Dorthy. »Er ist durch mich mit dir verbunden. Ich spreche zu dir durch die Implantate in deinen Ohren, so daß Maschine mich nicht hören kann. Nur du kannst es. All dies ist eine Art Metapher, Suzy. Die Engel können es nur für den Moment aufrecht erhalten, in dem der Katalysator durch deinen Ort geht. Halte es für eine Realität, die ein wenig schmilzt und dann wieder fest wird. Wir befinden uns jetzt in dieser flüssigen Phase.«

»Richtig, die Engel. Ich wußte, daß die darin stecken müßten. Also hast du für sie den Katalysator freigemacht, he? Denjenigen, den die anderen Gimpel hatten, die mit ihrem Schiff auf dem Planetoiden eine Bruchlandung gemacht haben. Meinst du, daß er funktionieren wird, wo er so alt ist?«

»Wir sind hier beisammen. Und nicht nur das, du befindest dich in meiner Zukunft, Suzy. Wo ich bin, hat der Katalysator die Marodeure nicht getroffen. Er hat die Wirkungen der Waffe ausgelöscht, die sie auf uns gerichtet hatten auf der *Vingança,* auf dem Wurmlochplanetoiden. Aber er hat noch nicht die Quelle erreicht. Wo du bist, rast er schon die Hyperstruktur hinunter. Er arbeitet irgendwie durch Kontraraum. Darum trifft seine Wirkung vor ihm ein. Ich meine, da gibt es ein oder gar dreikausale Paradoxa. Ich bin sicher, Abel Gunasekra könnte es erklären, aber er ist gerade jetzt beschäftigt. Suzy, es gibt ein Problem, über das wir sprechen müssen.«

»Du sagst, daß er gegen die Marodeure gewirkt hat? Was gibt es denn da noch zu besprechen?«

»Er *wird* gegen den Prozeß funktionieren, den die Marodeure als Waffe eingesetzt haben. Den Prozeß, den die Engel hinterlassen haben. Aber den Marodeuren ist es gelungen, ihn zu klonen, auf die Weise, wie sie die Hyperstruktur zu klonen versucht haben. Rings um den Ereignishorizont des Schwarzen Loches sind Quellen von Superphotonen verteilt. Diese verwandeln sich in Energie, Licht, Gamma- und Röntgenstrahlen und auch in Partikel. Hadronen und Leptonen: Protonen, Elektronen, Neutronen. Zumeist werden sie zu Wasserstoff und etwas Helium. Zu neuer Materie, die sich die ganze Zeit tief in der Sammelscheibe bildet. Strahlungsstrom durch Einsturz in das Schwarze Loch wächst an, kann aber letztlich nicht entweichen, weil zu viel Gas da ist. So kommt es zu einer riesigen Explosion, die Gas nach außen bläst. Das ist schon einmal geschehen. Das Gas bildet einen Wolkenring um die Sammelscheibe und expandiert davon hinweg.«

»Was willst du damit sagen? Daß der Dorn aus diesem Zeug besteht?«

»Zum Teil. Zumeist besteht er aus Raumzeit selbst, bearbeitet von der Engelmaschinerie. Das Eis, das Wasser und die Atmosphäre in der bewohnbaren Zone, vermutlich auch der Boden, das alles kommt aus der neuen Materie. Aber der größte Teil der neuen Materie bildet neue Sterne. Hinter dem anderen Ende des Dorns gibt es fünf Wolf-Rayet-Sterne, die in komplizierten, aber stabilen Bahnen umeinander laufen. Ihr Licht wird die ganze Strecke den Dorn hinab kanalisiert und wird immer roter, bis es im fernen Infrarot liegt, wenn es die Hypermateriesphäre erreicht.«

»Spielt das eine Rolle, nachdem du sie erledigt hast?«

»Der Katalysator wird die Marodeure nicht töten. Bloß die Superphotonenquelle vergiften, die sie als Waffe gegen alles benutzt haben, das durch den Tor-Planetoiden gekommen ist. Die anderen Quellen, rings um das Schwarze Loch, arbeiten noch und pumpen neuen Wasserstoff ins Weltall. Verstehst du, Suzy? Die Marodeure werden noch neue Sterne bauen, wenn die alten aussterben! Gunasekra denkt, daß sie auch gelernt haben, neue Hyperstrukturen zu klonen. Sie wollen, daß ihre Sippe für immer lebt, über den Wärmetod des Weltalls hinaus. Ihre Sterne werden noch scheinen – um die Schwarzen Löcher herum, zu der jede Galaxie werden wird. Ewiges Licht, soweit es sie betrifft. Aber das Problem ist die Anhäufung von Photonen und Erhitzung des Vacuums.«

Sie erläuterte den Prozeß über die Kontraktion des Universums zurück zu einer Singularität, und warum der Weltraum kalt sein müsse, wenn der Prozeß anfinge. Aber Suzy verlor das Interesse. Komisch, daß sie überhaupt nichts empfand. Sie würde für nichts sterben, und das schien ihr nicht viel auszumachen.

Und dann sagte Dorthy Yoshida: »Darum brauchen wir dich, Suzy. Du hast noch den Katalysator, den die Engel in deine Projektile gepreßt haben. Du kannst alle Quellen kontinuierlicher Schöpfung vergiften. Sie so vergiften, daß die Marodeure nicht imstande sein werden, neue zu klonen. Verschließ die Wurmlöcher zwischen den verschiedenen Universen und laß die Engel ihre eigenen Wege gehen!«

Suzy schaute zu der Frau auf; aber die war von so hellem Licht umstrahlt, daß Suzy ihr Gesicht nicht erkennen konnte. »Du nimmst mich nicht auf den Arm?« fragte sie.

»Du bist hier an der rechten Stelle, Suzy. Die Engel konnten dein Schiff bewaffnen; aber wenn wir zurückkommen, werden die Marodeure für uns bereit sein. Sie haben andere, konventionellere Waffen außer denen, die wir vernichtet haben. Du bist die einzige, die das tun kann.«

»Also ziele ich auf die Schwarzen Löcher, und nicht auf die Marodeure. Die Engel bekommen, was sie wollen, und du bekommst auch etwas, nicht wahr? Du bekommst die Möglichkeit heimzukehren. Was bekomme ich?«

»Ich weiß nicht, was ich dir sagen soll«, sagte Dorthy Yoshida. »Wenn dies real wäre, könnte ich mein Talent benutzen, um zu versuchen, dich zu überlisten. Aber es ist nicht real. Wir haben auch nicht viel Zeit. Hör zu, Suzy! Du bist hierher gekommen, um die Marodeure zu vernichten. Du wußtest aber in Wirklichkeit, daß du das nie tun könntest.«

»Auf jeden Fall wollte ich die Hundesöhne so gut verletzen, wie ich konnte«, sagte Suzy. »Für all das, was in den Feldzügen geschehen ist.« Sie schniefte, und etwas Kaltes und Salziges lief ihr die Kehle hinunter. Sie weinte und hatte das bis dahin nicht einmal gemerkt.

»Um was ich dich bitte, wird den Marodeuren schaden, Suzy«, sagte Dorthy Yoshida. »Es wird sie nicht töten, aber ihren Plänen Einhalt gebieten. Ich werde noch bei dir sein und dich mit Abel Gunasekra verbinden, wenn du es willst. Er wird wissen, wo sich Quellen der Schöpfung befinden. Schieß nur die Projektile auf sie ab! Das ist alles, was nötig ist, um den katalytischen Prozeß in Gang zu setzen. Und hör nicht auf Maschine! Er war dem weiblichen Alea-Neutrum zu nahe und hat von ihrem Rachedurst abbekommen ...«

Dorthy Yoshidas Stimme senkte sich zu einem Flüstern. Alles wurde dunkel. Es war, als hätte plötzlich eine Wolke die Sonne bedeckt. Suzy versuchte aufzustehen, aber es gab nichts, wovon sie sich abstoßen konnte. Alles, was sie sehen konnte, war der schwache Lichthof um Dorthy Yoshidas Kopf.

»Warte! Sag mir, was mit mir danach geschieht!«

Aber da war nur noch ihre eigene Stimme. Der Lichthof war nur die Rückstreuung vom Strahl ihrer Lampe an ihren Tränen. Was auch immer es gewesen war, das durch das Schiff gegangen war wie Gottes eigener Atem, war fort. Das Einzelschiff raste immer noch über das riesige Eisfeld.

Nein, es hatte sich doch etwas verändert. Die vage Präsenz, die sie an ihrem Rücken gefühlt hatte, seit das Schiff aus dem Kontraraum gefallen war, hatte sich verstärkt. Und jetzt war es direkt in ihr. Wenn sie sich konzentrierte, konnte sie ein schwaches Echo von Glanz auf einem Sandstreifen, ein Wispern von Brandung in ihrer Ohrmuschel zurückholen.

Ja, Suzy. Ich bin hier. Ich bin bei dir.

»He, ich höre dich«, sagte Suzy.

Aber ihre Stimme zerstörte ihre Konzentration. Sie hing immer noch an der Unterseite des Schiffs, den Handschuh am Sicherungsring. Sie vollendete die Bewegung und ließ die Leine in ihren Gürtel zurückrollen.

Und dann erfüllte die ruhige, leidenschaftslose Stimme von Maschine ihren Helm: »Sie sollten besser hereinkommen, Suzy. Ich glaube, ich habe die Marodeure entdeckt.«

Suzy blieb vollkommen in das Lebenserhaltungssystem ihres Anzugs eingeschlossen. Sie fürchtete, daß Maschine die Atmosphäre des Schiffs ablassen könnte, wenn sie den Helm abnehmen würde. Sie mußte sich durch das Terminal ihres Anzugs in die Anzeigen des Schiffs einschalten: Dabei erschien alles in Schwarzweiß, weil der Datenstrom die Betriebseinrichtungen ihres Anzugs fast überforderte.

»Die Störung der Raumzeit ist weg«, sagte Suzy. »Sie scheint den Marodeuren nicht geschadet zu haben. Ich habe den Neutrinodetektor laufen lassen. Da gibt es einen riesigen Hintergrund, der auf Quellen von acht Milliarden Kilometern Ausdehnung längs des Dorns hinweist. Aber es ist mir gelungen, einige große Punktquellen an der Grenze des bewohnbaren Gebietes zu isolieren.«

»Laß mich nur eine Minute hinschauen, okay?«

Suzy starrte kurz auf die Neutrinoprofile und rief dann Aufzeichnungen von Messungen ab, die während der Alea-Kriege bei BD 20 gemacht worden waren. Bernsteinfarbene Konturgraphiken überlagerten sich zu einer fast vollkommenen Signatur der Fusionstechnologie des FEINDES.

»Da gibt es noch mehr«, sagte Maschine. »Die nach vorn gerichteten Sonden zur Auffindung von Massen erfassen gravitische Anomalien, sehr massenreiche Strukturen über der Ebene des Dorns. Sie stoßen an die Grenze der Neutronenquellen.«

»Ja, okay, das sehe ich.«

»Sie scheinen sich auch in einem Äquivalent von

geosynchronem Orbit zu befinden. Aber das ist natürlich unmöglich.«

»Laß es mich nur nachprüfen, okay?« sagte Suzy.

Kleine bucklige Konturen innerhalb der Massenverzerrung, die vom Sporn selbst verursacht wurden... Ach ja, sie befanden sich unmittelbar am Rande der bewohnbaren Zone. Es war wegen des schrecklichen Hintergrundes schwierig, spezifische Neutrinoquellen mit den Strukturen zu korrelieren – weit unten am Dorn lagen Fusionsquellen, die so weit entfernt waren wie Prosperino von Sol –, aber Suzy versuchte es auf dreierlei Art und bekam immer die gleiche Antwort.

»Die Neutrinoquellen waren nahe genug, um von der Störung, der alten Waffe der Engel, erreicht worden zu sein«, sagte Maschine. »Es hat nicht geklappt, Suzy. Die Marodeure sind noch da. Uns erwartet immer noch der Ruhm, sie zu packen.«

»Darüber muß ich nachdenken.«

»Wir haben keine Zeit, Suzy. Aus ihrer Position genau an der Grenze der bewohnbaren Region schließe ich, daß die Strukturen etwas mit Verteidigung zu tun haben müssen. Wir werden sie in weniger als dreihundert Sekunden erreichen. Wir müssen jetzt die Projektile einsetzen.«

Suzy dachte über das nach, was Yoshida ihr gesagt hatte, nämlich daß man Maschine nicht trauen könne. Sie sagte: »Nein, das ist nicht gut. Das sind riesige Ziele, und die konventionellen Ladungen der Geschosse reichen nicht aus, um sie auszuschalten. Wir würden nur die Waffe der Engel vergeuden.«

»Suzy, geben Sie mir die Kontrolle! Ich kann verwundbare Punkte in den Strukturen haargenau ausmachen. Was nützt die Waffe der Engel? Wir wissen, daß sie nicht funktioniert.«

»Prüfe die Hintergrundstrahlung!« Dieser Gedanke entsprang ihrer inneren Wachsamkeit.

»Ich verstehe nicht, was Sie meinen, Suzy.«

»Prüf sie nach! Sie wird niedriger sein als zu dem Zeitpunkt, bevor die Waffe der Engel uns passiert hat.«

»Die Strahlung ist gesunken, das stimmt. Aber wir nähern uns dem bewohnbaren Teil des Dorns, Suzy. Man würde erwarten ...«

»Die Waffe der Marodeure ist verschwunden. Darum ist sie gesunken. Du mußt mir die Kontrolle über das Schiff lassen. Es gibt ein besseres Ziel für unsere Geschosse. Tu es, Maschine!«

Sie hatte also ihre Entscheidung getroffen.

»Nein, Suzy. Das Ziel liegt vor uns. Wenn wir es nicht vernichten, werden uns die Kinderfresser umbringen. Rendezvous in einhundertvierundfünfzig Sekunden. Die Zeit läuft. Bei R minus zehn Sekunden müssen Sie die Geschosse abfeuern. Oder ihre Explosionen werden auch uns erledigen.«

In grober brauner Graphik erschienen in ihrem Helm Punkte auf den buckligen Massenkurven. Maschine sagte: »Ich habe lokalisiert, was ich für synergistische Schwachpunkte in den Strukturen halte. Überlassen Sie mir das Zielen!«

Suzy hatte fertig geplant, was sie tun wollte, und zu den Kontrollen gegriffen. Aber sie konnte nicht den Mut finden, die Bewegung zu beenden. Dann sagte Maschine, die irgendwie erriet, was sie vorhatte: »Nein, Suzy, wenn Sie mich ausschalten, werden Sie alle Systeme lahmlegen ...«

Aber sie hatte es schon getan. Die Graphiken verschwanden. Sie konnte die matt erhellte, enge Kabine sehen und die Prüflichter der Kontrollen, die zur Hälfte rot, der Rest zumeist gelbbraun blinkten. Sie schaltete die langsamen und trägen Stromkreise des Hilfscomputers ein und befahl Außenansicht. Rot beleuchtetes Eis wich hinter ihr zurück, und ein blauweißes Band schien vor ihr in die Unendlichkeit aufzusteigen, aufwärts zu einem Punkt intensiv weißen Lichts. Keine Graphiken, keine Detektoren – die waren alle dirigiert durch die

Stromkreise, welche Maschine usurpiert hatte. Nichts als optische Sicht und Radar und das Minimum an Betriebsanzeigen. Wie beim Kampfeinsatz auf Titan flog sie mit dem Gefühl im Hosenboden.

»Also, los geht's!« sagte sie und gab den Triebwerken für Lageregelung eine schnelle Befehlsfolge ein. Sie drehte das Schiff so um, daß es mit dem Heck voran flog, während der Bug auf den schmalen Lichtschein der Sammelscheibe einschwenkte. Warnlichter wegen zu großer Nähe fingen an zu blinken. Suzy schaltete sie aus. Rückwärtig erkannte sie ein langes, graues Grenzgebiet zwischen Eis und Ozean. Riesige, unregelmäßig schimmernde Gebilde dehnten sich darüber, und Lichtpunkte, die den Augen weh taten, strahlten darin. Die Schiffskameras abschalten. Jetzt keine Zeit für Ablenkungen. Sie mußte auf jene leise, kleine Stimme in ihrem Innern lauschen ...

Es gibt ein Schema, dem du folgen mußt. Gunasekra spricht darüber eben jetzt zu mir. Laß dich nur darin entspannen, Suzy! Laß es einfach kommen ...

Suzy fühlte, wie sich ihr Arm hob, ohne daß sie irgend etwas damit zu tun hatte. Sie verkrampfte sich unwillkürlich fest nach unten. Sie konnte sich nicht entspannen und nicht glauben, daß das real wäre. Jene brennenden Punkte – sie konnte ahnen, was sie waren. Jede Sekunde würde sie merken, wie real sie waren. Oh, lieber Jesus, laß es geschehen!

Nur tief und langsam atmen, Suzy. Aus deinem Zentrum heraus.

»Ich versuche es, aber, lieber Jesus ...«

Konzentriere dich auf deinen Atem. Shrī shānti, Shrī shānti.

»Jetzt kann ich die Wellen hören.«

Ja. Jetzt still! Shrī shānti. Shrī shānti. Süßer Atem. Heiliger Atem. *Atme nur, Suzy.* Dorthy lächelte, strahlendes Lächeln erhellte ihr schlichtes Gesicht: *Du machst es großartig.*

Suzy konnte für einen Augenblick alles klar wie am Tage sehen. Die weiße Kurve des Strandes, die an das blaue Wasser grenzte; und Dorthy Yoshida; und das Muster heller Knoten, die um das Schwarze Loch verstreut waren auf dem Boden des brodelnden Wirbels der Sammelscheibe; und gefrorene Tundra, die eine Million Kilometer unter ihrem Kiel dahinflog; und die aufragenden Festungen, größer, als sie es sich vorstellen konnte, so riesig und doch so fern, daß ihre Waffen sie noch nicht erreicht hatten – noch nicht ganz …

Und dann wirbelte das meiste von ihr fort, der Strand und die kahlen Lichtfluten; und sie war wieder sie selbst. Ihre Hände waren noch auf die Konsole gespreizt. Eine Einblendung in der Ecke ihres Gesichtsfeldes, das Feuerleitnetz des Anzugs, zeigte, daß alle Projektile fort waren. Und von einem jeden gingen strahlenförmig die unmißverständlichen Verzerrungen der Raumzeit durch die katalytische Waffe der Engel aus. Es war vollbracht.

Suzy blickte rückwärts und sah, wie strahlender Glanz auf sie zukam. Der gleiche letzte Anblick, den so viele ihrer Kameraden unten in der Schweresenke von BD 20 gehabt hatten, als ihre Schiffe durch relativistische Plasmastrahlen in die Zange genommen wurden. Eben genug Zeit, um ihre restlichen Waffen trotzig abzuschießen und das schwindende Gefühl von Fremdartigkeit tief in ihrem Innern anzurufen und zu flehen, daß man sie hiervon wegbringen möge, ehe es traf.

17

Rings um sie war ein Ausbruch von Licht. Farben blitzten auf und glitten ineinander, als sei sie kopfüber in einen Regenbogen getaucht. Sie torkelte auf heißem Sand, noch benommen von der momentanen Vision, die sie gehabt hatte, als sie von alledem herunterkam. Ein kurzer blendender Anblick der Architekturen aus gefrorenem Licht, das den Horizont der fraktalen Wüste überkrustete. Eine Stadt – sie wußte nicht, wie sie es sonst nennen sollte – eine Stadt aus Licht, die mit unendlicher Geschwindigkeit in das Unendliche zurückwich... Ewiges Licht, für immer an der gleichen Stelle fixiert wie das Bild eines Reisenden, der von einem Schwarzen Loch verschluckt wurde. Alles, was von ihr in diesem Universum übrigbleibt, festgehalten an der zeitlosen Schwarzschild-Grenze.

Irgend jemand prallte an ihre Seite. Es war Robot, der sie aufrichtete und nach ihrem Befinden fragte. Sein Mund lag an ihrem Ohr; aber sie konnte ihn kaum hören durch den Wirbel von Wind und ein Spiel reiner Töne wie eine Kaskade von Kristallglocken. Und sie stammelte im Versuch, ihm von der Glorie zu erzählen, die sie erschaut hatte. Aber bloße Worte konnten das nicht fassen, was sie gesehen hatte. Und der Moment grenzenlosen Verständnisses begann schon zu schwinden, so wie ein nicht fixiertes photographisches Bild bei Tageslicht verblaßt.

Aber Licht wirbelte immer noch um sie herum. Sie und Robot waren das Zentrum eines Ansturms von Licht und Luft. Zarte Feuerzungen umschmeichelten sie fließend. Sie zeigten bald nichtmenschliche Gesichter von großer und schrecklicher Schönheit, bald Muster, in denen sich Suzys nachlassende Erinnerung an die Glorie, die sie gesehen hatte, widerspiegelte, blendend hell, aber durchsichtig wie Wasser. Sie konnte durch sie hindurchsehen. Wasserhosen, aufgewirbelt durch den wilden Tanz. Das blaue Meer, zu weißen Schaumkronen gepeitscht, die gegen ein steiles Felsenbollwerk stießen. Gezackte Palmblätter, die über dem Kopf zusammenstießen und das grünweiße Licht des Flecks am Himmel immer und immer wieder vermischten.

Aber Gunasekra räkelte sich auf weißem Sand in ein paar Metern Entfernung. Talbeck Barlstilkins schwarze Gestalt kauerte dicht bei ihm, die Arme um den Kopf geschlungen wie in einem pathetischen Bemühen, die galoppierenden Engel abzuwehren. Gunasekra hob den Kopf, um Barlstilkin etwas zu sagen, und für einen Moment verband sich sein Blick mit dem ihren. Ihr gegenseitiges Verständnis schien in der Luft zwischen ihnen zu knistern.

Sie hatten beide, wenn auch nur für einen Augenblick, die Stadt Gottes gesehen.

Robot schrie ihr ins Ohr: »Die Engel! Die Engel gehen fort!«

Sie begann sich daran zu erinnern, was sie getan hatte und warum, obwohl sie nicht ganz sicher war, wer sie wäre, Suzy Falcon oder Dorthy Yoshida. Sie schaute auf das turmhohe Geschwirr brennender Engel und auf die steilen Felsen, die diamantenfest über schäumende Wellen aufragten. Engel und Schattentänzer, die gingen und wiederkamen.

»Es ist vorbei«, sagte sie und drückte Robot vor Freude. »Es ist wirklich vorbei!«

Er erwiderte ihre Zärtlichkeit, dieser fremdartige, hochgewachsene Mann, die Haut sehr weiß in dem strahlenden Wirbel, sein blonder Haarschopf wie elektrisiert aufgerichtet. Sie wünschte in diesem Augenblick, daß sie wenigstens einmal gesagt hätte, daß sie ihn liebe in all den Malen, da sie auf der langen Reise nach draußen mit ihm geschlafen hatte.

Das war ein Gedanke von Suzy, und er entschwand zugleich mit ihr. Dorthy wußte wieder, wer sie war. Sie wußte aber auch, daß ein gewisser Teil von Suzy immer mit ihr sein würde, eine Spur, die immer verweilen würde, ebenso wie das weibliche Neutrum, Arcady Kilczer, Hiroko und alle anderen, deren Geist sie je berührt hatte, noch bei ihr waren. Jeder Teil ihres Gemütes war von Geistern bewohnt. Sie begann gerade erst zu erkennen, wie sehr sie sie brauchte.

Als Suzy in Dorthys Geist einsank, stieg der Sturm der Engel höher und flog mit einem großen, klatschenden Lärm landeinwärts. Der elektrische Wind, den sie hinter sich herzogen, riß Laub von den Palmen und steckte es in Brand. Dorthy verlangte es nach den Engeln. Sie ergriff Robots Hand und zog ihn mit sich, während sie bis zum höchsten Punkt der Felsen kletterte.

Rußige Fragmente von Palmzweigen, die meisten noch mit glimmenden Funken, sanken um sie herum zu Boden. Dorthy und Robot schauten landeinwärts. Die fraktale Wüste war abgesunken, oder vielleicht waren der Strand und das Meer aufgestiegen. Sie konnten jenseits der brennenden Palmwipfel und der veränderlichen und maßlos verzwickten Muster der fraktalen Wüste das virtuelle Bild der Stadt des Lichts erspähen, für immer am Horizont der Interzone eingefroren.

Abel Gunasekra stieß einige Minuten später zu ihnen. Er keuchte heftig vom Klettern, Talbeck Barlstilkin folgte. Er pirschte sich vorsichtig von Stein zu Stein, die Hände in den Taschen seiner schräg geschnittenen schwarzen Hose, um Lässigkeit vorzutäuschen.

Robot schaute sie alle an und sagte: »Die Engel haben noch eine Aufgabe für uns, und dann können wir gehen. Es hat mit den Schattentänzern zu tun.«

Dorthy wandte den Blick von dem schimmernden

Horizont zu Barlstilkins halb ruiniertem Gesicht und sagte: »Es hat auch Sie berührt. Erzählen Sie mir nicht, daß es nicht so war!«

»Wir alle haben es gefühlt«, sagte Gunasekra. Er lächelte so breit, daß seine lustigen schwarzen Augen fast in seinen runden Backen verschwanden. »Ich war draußen in der Sammelscheibe, Dorthy, wie ein perfekter Beobachter ganz hindurch gelangt. Ich konnte den Schöpfungsprozeß *fühlen!* Ich konnte fühlen, wie Hadronen und Leptonen aus dem Nichts auftauchten, gegeneinanderprallten und zu Wasserstoff verschmolzen. Ich konnte auf den Kraftlinien reiten, die Gestalt des reinen Raumes erblicken und gravitische Verzerrungen wie Feuerblasen in altem Glas sehen… Während jener kurzen Zeit hatte ich die Augen und Ohren vom Brahman selbst.« Er fuhr mit etwas schwächerem Lächeln fort: »Zumindest das werde ich nicht vergessen.«

Talbeck Barlstilkin sagte: »Wir werden alle reichlich Zeit haben, wenn dies vorbei ist«, und fügte hinzu: »Wenn wir etwas zu tun haben, dann laßt uns rangehen!« Er machte auf den Absätzen kehrt und ging über die Felsblöcke auf den Rand des Amphitheaters der Schattentänzer zu.

»Der Mann ist schwer verärgert«, stellte Robot fest.

»Er hat Angst, hat aber schon lange keine mehr empfunden«, meinte Dorthy. »Er fühlt, daß die Zeit abläuft, nicht nur hier, sondern für ihn persönlich.«

Sie hätte noch mehr gesagt, aber da stieß Barlstilkin einen Ruf aus. Er stand auf einem Felsblock, und Dorthy dachte einen Moment lang, daß der Stein unter ihm versänke. Aber dann sah sie Tausende von Krabbenwesen um ihn herumkriechen, von denen sich eine Schicht über die andere schob. Sie hielt an, aber Robot ging weiter, und der Teppich der Krabbenwesen teilte sich für ihn.

»He, das geht in Ordnung«, sagte Robot. »Die haben nichts Böses vor.« Er hielt Barlstilkin seinen verstärkten

Arm hin; aber der sah den Artisten nur kühl über seine eingedrückte Nase hin an. »Nun, ich nehme an, daß Sie alleine von da herunterkommen können«, sagte Robot fröhlich und ging weiter.

Dorthy folgte ihm, wobei sich mit einem Geklapper von Chitingliedern ein Gewirr von gepanzerten Leibern von ihrem Füßen wegbewegte. Schwarze, flache Muscheln schimmerten mit tiefem Glanz wie sehr alter Lack. Einige schienen, wie Dorthy bemerkte, als sie ihren Weg über unebene Steine suchte, halb gepanzert zu sein mit narbigem rotgoldenem Metall, das in Stacheln um das vordere Bündel von Stielaugen hervorragte. Die Glieder anderer hatten vorn Spitzen aus dem gleichen Material, komplexe Auswüchse, die Sensoren oder auch Werkzeuge hätten sein können. Das kleinste hatte die Größe ihrer Hand. Das größte hatte einen Durchmesser von mehreren Metern. Kleinere Versionen von ihm selbst hingen an seinen vielen Gliedmaßen rings um die fransige Kiementasche, die an der Verbindung seines Panzers pulsierte. Jedes einzelne hatte einen rohen, runzligen Symbionten in der Nähe seiner komplexen Mundpartie angeheftet. Dies hatten sie mit Schattentänzern und Schöpfmuscheln gemeinsam. Sie rochen nach Salzlauge, hochmolekularen organischen Säuren und rohem Ozon. Dorthys Nase juckte davon.

Gunasekra sagte: »Ich nehme an, daß Sie diese einfach aufschöpfen könnten, sehe aber nicht, wie Sie auch nur den Kadaver eines Schattentänzers mitnehmen könnten, geschweige denn, eine solche Kreatur am Leben halten.«

»Wir brauchen nicht irgendwelches Material zu nehmen.«

Robot stand an der Kante des terrassierten Absturzes zum überfluteten Amphitheater, wo Schattentänzer unter dem schwimmenden Algendach zwischen versunkenen Säulen ihre endlose Pavane flochten. Am Rande des klaren Wassers erhob sich ein neuer, vollkommen gemeißelter Pfeiler und funkelte schwarz und rot. Auf seiner Spitze lehnte sich eine Art schneckenförmige Verlängerung über die letzte Stufe der Terrasse. Daran baumelte etwas Dorniges.

Robot sagte wieder: »Wir brauchen überhaupt kein Material zu nehmen. Nur ein Engramm der Schattentänzer, etwas, das wir einem passenden Wirt einpflanzen können, wenn wir zur Erde zurückkehren.«

Talbeck hatte sich widerstrebend von seinem Ausguck gelöst und folgte Dorthy und Gunasekra: »Glaubst du, daß die WVN-Polizei uns Zeit dafür gestatten wird?« meinte er.

»Sie könnten auch ein paar dieser Krabbenwesen mitnehmen«, sagte Robot. »Wenn Sie sie fangen können. Wir müssen mit den Schattentänzern darüber sprechen. Krabben könnten zeitlich unangebracht sein. Und das ist das Übersetzungsgerät, was da an dem Pfeiler hängt.«

»Woher weißt du das alles?« fragte Talbeck Barlstilkin scharf. Auf seiner unversehrten Gesichtshälfte perlten Schweißtropfen.

»Ich nehme an, daß die Engel es mir erzählt haben.«

»Sie haben doch vorher zu dir gesprochen, nicht wahr?« sagte Dorthy. »Als du mit Suzy hier warst. Ich frage mich, warum sie nur zu dir gesprochen haben.«

»Vorher haben sie zu Maschine gesprochen und jetzt zu mir. Das *Material* von Maschine ist noch in meinem Kopf – das stimmt. Seine *Leiche*. Ich nehme an, daß sie die benutzen. Auch die Schattentänzer wollen mit einem von uns reden. Ich will nicht drängen, Dorthy, aber Sie dürften von uns die Beste dafür sein.«

Sie lachte. »Weil ich Aliens kenne? Tatsächlich weiß ich kaum etwas über dich, geschweige denn über die Alea oder Schattentänzer. Keine Sorge, Talbeck, ich werde es tun. Was auch immer es ist.«

»Das ist gut«, sagte Talbeck Barlstilkin.

»Wir haben genug Zeit«, sagte Gunasekra zu dem Goldenen. »Ist das nicht wundervoll?«

»Soviel Zeit auch nicht«, sagte Robot. »Die Engel halten einen Weg offen, wollen das aber nicht lange tun. Für den Fall, daß die Marodeure irgendwie kontinuierliche Schöpfung ruckartig in Gang setzen und wieder alles verderben.«

»Ja, *was* soll ich denn nun tun?«

»Einfach da hinuntergehen und dieses Ding auf den Kopf setzen. Das ist alles. Die Schattentänzer werden das übrige erledigen.«

»Ist das wirklich so einfach?«

»He, wenn Sie Engeln nicht trauen, wem dann sonst?«

Der Stein der letzten Stufe, glatt wie Knochen, lag unter Wasser, das so warm war wie ihr Blut. Eine Welle durchnäßte Dorthys Hose bis zu den Knien und warf sie fast um. Es war das Kielwasser eines Schattentänzers, der flott um die Ecke kam und seine schwarzen Schwingen nach unten krümmte, während er davonglitt. Er war so groß wie ein Killerwal. Dorthy fragte sich nervös, was Schattentänzer zu essen pflegten. Schellfisch, vermutete sie. Sie hatten irisierende plattenartige Mahlflächen hinter Maulklappen auf ihrer Unterseite. Das hatte sie damals auf Nowaja Rossija als erstes gelernt. Und sie fraßen auch die Schöpfmuscheln, wegen der genetisch codierten Information, die sie enthielten. Als ob man in einer Bibliothek herumschmökerte.

Sie konnte gerade die Schöpfmuscheln sehen, die das Oberteil der nächsten Säule säumten, im Schatten blauschwarzen Blattwerks, das sich fächerartig über die Wasseroberfläche ausbreitete. Tausende davon wanden sich spiralig um jede Säule in dem Amphitheater; und eine jede strampelte mit einer Myriade fein gefranster Beinchen, um Nahrung aus dem Wasser zu filtern ...

– Los, Dorthy, mach schon! Trödele nicht herum! (*Suzy?*) Laß es uns *tun!*

Der neue schwarzrote Pfeiler ragte direkt vor ihr aus dem Wasser. Der Kranz oder die Krone, oder was immer es war, baumelte über ihrem Kopf. Sie mußte sich auf Zehenspitzen stellen, um es zu erreichen, und fiel fast auf den Hintern, als sie es abriß. Aber das war besser, als in das überflutete Amphitheater zu fallen. Es gelang ihr, die Kante der Steinstufe über ihr zu fassen, ließ irgendwie den Kranz nicht fallen, als der Pfeiler erbebte, begann aber unsicher zu werden, während die Krabbenbiester, die sich zusammengedrängt hatten, einander losließen, ins Wasser tauchten und über weißen Sand davonkrochen. Einige ruderten in Kreisen um Dorthys Füße, ehe auch sie verschwanden. Sie hörte einen der Männer über ihr etwas rufen, schaute aber nicht auf, um nicht das Gleichgewicht zu verlieren.

Der Kranz brannte in ihren Fingern. Weder Metall noch Muschel oder Knochen, sondern eine Art hybriden Materials, verkrustet, als ob es irgendwo auf einem Korallenriff gewachsen wäre. Als sie die riesigen Stufen wieder emporkletterte, fühlte sie es kühler werden und seine verkrustete Oberfläche in neue Mikrokonfigurationen gleiten. Suchende elektrische Fühler prickelten über ihre Hand und wanden sich um ihren Unterarm. Es paßte sich ihr an.

»Also gut«, sagte sie und rief den Männern oben auf der Terrasse laut zu: »Ich nehme an, ihr wißt, wie es funktioniert.«

»Legen Sie es an!« sagte Robot. »Das ist alles, was Sie zu tun haben.«

»Das ist alles.« Dorthy hatte große Angst, aber wie Robot gesagt hatte, wenn man den Engeln nicht trauen könnte… Sie hob den Kranz und setzte ihn auf den Kopf.

Zwölf Milliarden Stimmen dröhnten in ihrer Schädelhöhle.

Als sie aufwachte, lag sie auf kahlem Stein oben auf der Terrasse. Sie fühlte sich, als hätte jemand mit einem Stemmeisen ihre Schädeldecke entfernt. Robot lehnte über ihr. Sie wollte etwas darüber sagen, daß Engel nicht immer recht hätten, aber in ihrer Kehle stieg etwas hoch. Sie drehte den Kopf zur Seite und übergab sich. Robot hielt ihr den Kopf, bis der Krampf verging. Seine prothetische Hand war kühl auf ihrer feuchten Stirn. Er sagte: »Sie sind glatt hingefallen, und es hat auch uns alle umgehauen.« Er half Dorthy, sich aufzusetzen. »Ich habe mich wohl geirrt, he?«

Abel Gunasekra hockte hinter Robot auf den Fersen. Eine Silhouette vor blauem Himmel. Talbeck Barlstilkin stand hinter ihm. Dorthy sagte ihnen: »Mir geht es gut. Wirklich. Die Schattentänzer haben einen Fehler gemacht. Das ist alles. Sie sind alle eines, eine Symbiose, eine *Gestalt*. Schattentänzer, Krabbenwesen, Schöpfmuscheln sind alle Teile des gleichen Bewußtseins. Sie – oder es – denken, daß es mit der Menschheit ebenso ist. Darum hat mich das Gerät mit ihnen allen verbunden und auch mit der ganzen Menschheit.«

»Wir wissen«, sagte Robot.

»Sie sind umgekippt, und das Gerät ist ihnen von der Stirn gefallen«, sagte Abel Gunasekra. »Das war ein Glück; denn wir waren ebenso betroffen wie Sie. Ich weiß, daß ich es Ihnen nicht hätte abnehmen können. Interessanterweise ist Seyour Barlstilkins Dienerin zurückgekommen, während Sie bewußtlos waren, als ob sie herzitiert worden wäre.«

Dorthy drehte sich um und sah die schlanke Frau etwas abseits stehen, so leidenschaftslos wie eh und je. Nein, etwas an ihr hatte sich verändert. Dorthy konnte das fühlen, obwohl die Empathie, die sie alle geteilt hatten, mit den Engeln verschwunden war; und ihr Talent arbeitete an diesem Ort zwischen den Universen überhaupt nicht.

»Alles, was wir tun müssen, ist, daß wir einige Krabben oder einige Schöpfmuscheln nehmen«, sagte Robot. »Welche, spielt keine Rolle.«

»Vielleicht spielt es doch eine Rolle wieviele«, sagte

Abel Gunasekra. »Das wäre so, als ob man ein Hologramm zerteilte. Das ganze Bild bleibt, wird aber immer unschärfer, bis schließlich nur Lärm übrigbleibt.«

»Sie haben schon viel verloren, als die Engel sie geborgen und hierhergebracht haben«, sagte Dorthy. Sie konnte diesen Verlust fühlen als Fäden, die aus einem Millionen Jahre alten Gewebe gezogen waren. Sie fragte: »Was ist mit dem Übersetzungsgerät passiert?«

Talbeck Barlstilkin streckte die Hand aus. Der verkrustete Kranz baumelte zwischen Daumen und Zeigefinger. Er sagte: »Du bist mit einem jeden zugleich in Kontakt gewesen. Jedem in der Föderation?«

»Ich glaube, ja. Ich habe sie nicht gezählt.«

»Natürlich nicht. Aber ich glaube, daß schon die halbe Bevölkerung ausreichen würde.« Er hob den Kranz über seinen Kopf ...-

»Talbeck! *Nein!*«

... und senkte ihn wieder.

Und kreischte. Der gleiche Schrei, der die Kehlen von Dorthy, Robot und Abel Gunasekra zerriß. Er hallte in jedem wider auf der Erde, in allen zehn Welten, in jeder fernen Kolonie und auf jeder orbitalen Siedlung und in jedem Schiff. Er verzerrte die ersten Schreie einer Million Babies und einer Million letzter Atemzüge. Hinter dem Schrei waren Feuer und Sterne, zwei miteinander verschmolzene Bilder. Geist des vorangegangenen Augenblicks, der sich über einem von Lampen erhellten Hof zusammenballte, dessen hohe Steinmauern in die Nacht aufragten, der den fernen Schrei eines Röntgenlasers vernahm, der sich auflud und nicht wußte, was es war. Geist des Augenblicks danach, der wieder durch den Torweg zurücktorkelte, auf einer Seite von Kopf bis Fuß in Flammen. Eine Steinkante stieß gegen Schienbeine. Dann tauchte er in die Zisterne. Die kalte Wasserflut erstickte die Flamme, aber nicht die Qual. Und dazwischen eingefangen der schreckliche helle Moment, als das Wasser, welches die Kopfsteine genetzt hatte, sich in Blut verwandelte und die Luft von dem Schock der Explosion und dem Sprühen geschmolzener Steine erfüllt wurde. Sofort stand alles in dem Hof in Flammen. Wagen waren plötzlich Schatten in Kugeln aus orangefarbenem Feuer. Pferde und Menschen schrien in ihren neuen Hüllen aus Glut. Regen zischte zu Dampf auf. Haar, Haut und Kleider flammten hell auf. Brennen! Brennen! Brennen!

Und doch war das nur der Rahmen für alles andere, lebhaft und schrecklich, aber nur marginal gegenüber der großen kühlen Vision des galaktischen Kerns. Die dreifachen Ströme aus Licht querten die Sammelscheibe des Schwarzen Loches. Der Wurmlochplanetoid. Die stechenden Verwicklungen der Hypermateriesphäre. Und der darüber aufragende Dorn, verkleinert durch die Großartigkeit des Kerns und doch zugleich ein unermeßlich weites Territorium von Wiesen und Wäldern und stillen blauen Teichen, das unter wolkenbedecktem Himmel ewig weiterlief. Und dahinter die Vision, hinter dem Echo der verflochtenen *Gestalt* der Symbiose der Schattentänzer, zwischen Feuer und Unendlichkeit, Qual und Verzückung. Der Sinn verborgener Maschinerien, einander zusingender Apparate der Nacht, majestätische unfaßbare Sinfonien der geheimen Geschichte des Universums.

Dorthy schrie in die Nacht hinaus; und plötzlich war es ihr eigener Schrei. Die Qual war fort. Sie befand sich mit Händen und Knien auf einem glatten Stein. Warmes Licht wärmte ihr den Rücken. Sie fragte sich, ob sie sich wieder übergeben würde, aber ihr Magen verkrampfte sich um nichts.

Was sie zuletzt gefühlt hatte mit zwölfmilliardenfahem Echo, war Talbeck Barlstilkins Tod gewesen.

Was sie jetzt noch fühlte, war das weiße Rauschen des Übersetzungsgeräts, der umfassende Punkt-zu-Punkt-Kontakt mit jedem lebenden menschlichen Wesen.

Die Frau, die Talbeck Barlstilkins leibeigene Dienerin

gewesen war, ging zu ihrem Herrn und zog ihm den verkrusteten Kranz vom Kopf. Sein Körper brach zusammen. Er war nur durch Rückkopplung aufrecht gehalten gewesen. Die Frau setzte ihre anmutige Bewegung fort, indem sie den Arm ausstreckte und den Kranz über die Bucht der Schattentänzer schleuderte. Es gab einen kurzen Ruck, als er das Wasser traf; und dann war er verschwunden.

Die Frau wandte sich zu den drei Personen auf der Felsklippe. Ihr schlichtes Gesicht war durch ein glückliches Lächeln verklärt.

»Ich entsinne mich«, sagte sie. »Oh, das ist so wundervoll! Ich erinnere mich, wer ich bin!«

Es blieb nicht viel mehr zu tun, als sich zu verabschieden.

Dorthy sagte zu Gunasekra vielleicht zum fünftenmal: »Sind Sie sicher, die richtige Entscheidung getroffen zu haben?«

Er lächelte und nahm ihre Hand in seine. »Ich fühlte, daß es richtig ist.« Das war, was er schon immer auf ihre Frage geantwortet hatte. Er fügte hinzu: »Ich fühle mich wieder wie ein kleines Kind, Dorthy. Ich muß diesen ganzen Strand erforschen, eine unendliche, zeitlose Verbindung zwischen allen Universen im Meta-Universum. Draußen in der Sammelscheibe, getragen von Engeln, erkannte ich für einen Moment nur einen Bruchteil davon, was es heißt, ein Beobachter von allem zu sein. Der äußerste und letzte Blickpunkt zu sein, wenn Sie so wollen. Ich habe immer gern am Strand herumgesucht. Wer weiß, was das Meer gegen diese Küste spülen wird?«

»Und wem wollen Sie das erzählen? Wer wird erfahren, was Sie lernen?«

»*Ich* werde es wissen. Und ich denke nicht, daß ich immer allein sein werde. Ich habe da eine Vermutung«, sagte Abel Gunasekra, »daß die Engel nicht alles waren, was sie schienen. Sie waren sowohl mehr, als sie zu sein behaupteten, und auch irgendwie weniger. Ich will das ausprobieren und verstehen, um einmal anzufangen. Und für diesen Anfang werde ich Gesellschaft haben. Wenigstens für eine kleine Weile.«

Er und Dorthy blickten auf die Frau, die Barlstilkins leibeigene Dienerin gewesen war. Sie schlenderte unter den Palmen dahin, die den weißen Strand säumten, und blieb stehen, um einen der rauhen, gebeugten Stämme zu berühren, während sie auf die fraktale Wüste hinausblickte, die sie bald durchqueren würde. Als sie sich von der Palme abstieß und ihren langsamen Spaziergang wieder aufnahm, erspähte Dorthy einen perlmuttartigen Schimmer, der ihren Bewegungen folgte, als ob sie Ströme von Licht teilte. Weder Mensch noch Engel, aber in der Mitte festgehalten und sich langsam aus dieser Interzone lösend. Weitergehend. Den Engeln folgend in die unvorstellbare Lücke zwischen Universen, in das Schweigen, wo noch nie ein Wort gefallen war.

»Mein Gott, ich dachte, ich würde diese Dinger nie an Bord bekommen«, sagte Robot zu Dorthys Überraschung. Seine blonde Mähne war zottig und verschwitzt und sein Grinsen manisch. Er sagte: »Was ich schon immer hatte sein wollen – ein Krabbenhirt. Diese Biester haben weniger Verstand als meine kleinen Helfer. Aber sie sind wohlverstaut, wenn das der richtige Ausdruck ist. Sie kletterten alle über die Wand von Barlstilkins Kabine, und ich habe sie eingesperrt, falls das zu etwas gut ist. Wo sie die Wände erklimmen, hinterlassen ihre kleinen Füße Dellen im Metall. Aber sie sind an Bord, mehr als zwei Dutzend. Gut für Krabbensalat, wenn schon nichts anderes.«

»Ich glaube, daß es immer die Pflicht des Künstlers ist, den feierlichen Moment ins Lächerliche zu ziehen«, sagte Abel Gunasekra. »Uns daran zu erinnern, daß wir menschlich sind.«

»Ja, ich pfeife auch auf Kathedralen. Kommen wir nun hier hinaus oder was? Wir haben nicht viel Zeit.«

Er deutete mit dem dreigliedrigen Daumen seines prothetischen Arms nach oben auf den lichtspendenden Fleck im blauen Himmel. Dorthy hatte das bis jetzt nicht bemerkt; aber der war jetzt kleiner und schwächer.

»Das ist der Weg nach Hause«, sagte Robot. »Das ist es, wo sich alles überkreuzt. Mindestens in unserem Universum. Falls Sie nicht auf die Idee kommen, ein neues zu versuchen.«

»Die Chancen sind sehr groß, daß kein anderes Universum auch nur die subatomaren Partikel vertragen könnte, die unsere Körper und unser Schiff ausmachen, geschweige denn Leben«, erwiderte Abel Gunasekra.

»Das ist es, was ich an Ihnen vermissen werde, Doktor. Ihr unverwüstlicher Sinn für Humor. Sie wissen, ich habe meinen Spaß, Dies ist alles so sauber. Ich werde den Rest meines Lebens mit dem Versuch verbringen, es so zu gestalten, wie es hier ist. Wie die Vision des heiligen Johannes des Göttlichen. Multimedien unbedingt. Flotationstank, chirurgischer Eingriff in den sensorischen Teilen des Gehirns. Richtig eingeben und dann das wiedergeben, was wir gefühlt haben, so gut ich es hinkriegen kann.«

»Du wirst es schwer haben, willige Teilnehmer zu finden«, sagte Dorthy. »Warum so extrem, Robot?«

»Sie würden sich wundern, wer alles auf dieses Zeug abfährt«, erwiderte Robot. »Hören Sie, Kunst ist Kommunikation. Sie ist dazu da, jemandem etwas mitzuteilen. Dies ist das Fleisch, das wir töten werden. Dies ist das Land, das ich besitze. Diese geometrische Figur ist eine Frau. Dieses Bild einer Röhre ist keine Röhre. Die beste Kunst hat die einfachste Botschaft. Ich hatte einen Blitz vom Himmel, nicht durch Licht, nicht durch meine Augen, aber durch alles, was ich bin. Falls jemand davon einen Anteil wünscht, wird er ein Jahr drangeben müssen, meine ich. Ein Jahr, sich darauf hinzuentwickeln, ein Jahr, das zu einem einzigen Aufblitzen führt. Und in diesem Blitz sieht man es, sofern man bereit ist.«

Abel Gunasekra sagte: »Ich glaube, dies ist nicht die Zeit zur Erläuterung Ihrer Kunsttheorie, Seyour Robot. Der Fleck ist in der Tat dabei, sich zu schließen. Das Licht, das wir sehen, ist Energie und Materie, die sich aus unserem Universum zu dieser Stelle ergießen, wobei alles zu Licht wird, weil nur Photonen herüberkommen können. Wir selbst sind nicht real hier, aber das verstehen Sie sicher. Wir sind als stehende Wellen an der Grenze gespeichert. Sie müssen wieder zu dieser Welle werden und sich aus dieser Illusion lösen.«

Dorthy ergriff seine Hände: »Wollen Sie wirklich hier bleiben, Abel? Kein Weg zurück?«

»Vielleicht wird es Sterne geben ohne diese mißgestaltete Sonne. Und gewiß wird es andere Sonnen geben, weiter unten am Strand. Ich brauche nur zu gehen, um neues Licht zu finden. Mir wird es gut gehen, Dorthy. Machen Sie sich keine Sorgen! Ich glaube, ich habe mein ganzes Leben auf diesen Augenblick hin gelebt.« Er nahm seine Hände von den ihren und legte ihr die eine auf den Kopf und die andere auf den Bauch. »Seien Sie sehr vorsichtig mit allem, was Sie tragen!«

Also erstiegen Dorthy und Robot die Rampe des Schiffs und schüttelten unrealen Sand von den Füßen. Gunasekra stand am Fuß der Rampe und lächelte ihnen mit gekreuzten Armen zu. In Dorthys Leib rührte sich etwas. Sie drehte sich um und betrachtete noch einmal den fremdartigen Ort. Das Meer, jetzt im schwindenden Licht zu Violett verdunkelt, der weiße Sandbogen, dunkle Schatten tief zwischen den geneigten Palmen. Der Wechselbalg, der Talbecks leibeigene Dienerin gewesen war, eilte unter den Palmen dahin, immer schneller und schneller, mit erhobenen Armen tanzend und Licht durchs Dunkel streuend. Auf ihrer Stirn schimmerte eine Gespensterkrone, deren Muster eine Wiedergabe der Muster hinter den Palmen waren. Sie marschierte endlos hinaus auf das ewige Licht jenseits der Interzone zu.

Das Schiff war von Geistern bewohnt: Noch ehe Dorthy sich auf der Kontrollcouch in der kahlen kleinen Brücke angeschnallt hatte – deren grünes Vinyl trug noch den Eindruck von Talbeck Barlstilkins Körper –, sprangen die Systeme von selbst an. Bis sie das Stoßschutznetz festgemacht und die Sensorenmaske richtig aufgesetzt hatte, hatte der Reaktionsmotor seine Anwärmsequenz beendet, und Ziffern in drolligen Computertypen des zwanzigsten Jahrhunderts tickten auf Null herunter.

Robots Stimme, die durch Röhren aus einem Beschleunigungstank tief in den Eingeweiden des Schiffs kam, sagte ihr ins Ohr: »Sie wissen sicher, was Sie tun, Seyoura?«

»Das Schiff macht alles von selbst. Ich nehme an, eine letzte Spur der Engel. Wir brechen jetzt auf.«

Impulsiv verlangte sie Sicht nach draußen und sah, wie Gunasekra vom Schiff fortging.

Robot sagte: »Keine Sorge! Wir bekommen eine Art Helfer.«

»Du wirst unglücklich sein, nicht wahr, wenn du nicht mehr alles weißt.«

»Ich weiß nicht, was Gunasekra gemeint hat, als er Sie so gehätschelt hat.«

»Du bist zu blöde, Robot. Genau wie ich, und ich trage das dumme Baby.«

Robot lachte so laut, daß es sich zu Störgeräuschen verzerrte. Er sagte: »Meinen Sie, Sie und der fromme Doktor?«

»Ich sehe voraus, daß wir eine hübsche Zeit zusammen haben werden. *Nicht* Gunasekra. Den Kerl traf ich auf der *Vingança,* als sie noch bei dem überschnellen Stern war. Einer der gewöhnlichen Wissenschaftler. Ich kannte ihn von früher her. Wir haben damals auf Fra

Mauro zusammen studiert. Ich war zehn Jahre im Gefängnis gewesen, und dann ist es irgendwie passiert.« Es war ihr peinlich, aber sie wollte es lieber hinter sich bringen, solange Robot nur eine Stimme war, die sie abschalten konnte, wenn sie wollte. »Und ich hatte vergessen, daß meine Antibabyspritze nicht mehr wirksam war; und er hatte vermutlich keine und dachte, ich hätte eine.«

»Nun, die Kleinen haben bisher ein höllisch seltsames Leben gehabt, he? Vielleicht wird es von jetzt an ruhiger für sie werden.«

»Das hatte Gunasekra gemeint. Wird dir auch der Countdown gemeldet? Ich glaube nämlich, daß wir gleich starten werden.«

»Keine Sorge!« sagte Robot.

Die Ziffern gingen auf Null. Strand und Meer drifteten einfach davon. Dorthy, die sich gegen den Ruck der Beschleunigung festgestemmt hatte, entspannte sich. Die Engel hatten auch das vorausgesehen und die lokalen Schwerkraftfeldlinien geglättet. Es war, als ob man in den Himmel fiele.

Der weißgrüne Fleck war direkt voraus, Dorthy konnte seine wallenden Ränder vor dem blauen Himmel erkennen. Kurz bevor er sie verschluckte, sagte Robots Stimme: »Eines möchte ich gerne wissen, nämlich wie es Suzy Falcon ergangen ist. Aber vermutlich werde ich das nie erfahren.«

Und dann wurden sie von Licht erfaßt, und die Zeit hielt inne.

18

Suzy Falcon fiel. Sie fiel zehntausend Kilometer über einem Ozean, der mit Eisbergen von Kontinentgröße gesprenkelt war, die wie mattrote Gemmen auf dem schwarzen Wasser schimmerten. Sie hatte die Sperre der Marodeure überlebt, aber nur knapp. Schüsse mit Röntgenlasern in die Plasmastrahler hatten die selbsterzeugten Kraftlinien zerstört, die die Strahlen zusammenhielten und ihre Energie bis auf einen kleinen, aber entscheidenden Rest zerstreut. Etwas hatte auch geholfen, das Heck anzuheben. Aber das Schiff war verkrüppelt. Die Hälfte seiner Sensoren weggesengt, Reaktionsmotor und Kühlerflossen zu Schlacke geschmolzen, die Waffen verbraucht und der Computer abgeschaltet, weil sie nicht bereit war, es mit Maschine aufzunehmen. Das Lebenssystem war noch intakt und ebenso der größte Teil der Auftriebsfläche; und das war alles, womit sie noch spielen konnte. Sie hatte alle Reaktionsmasse in den noch vorhandenen Strahltriebwerken aufgebraucht, um das Trudeln des Schiffs auszugleichen, nachdem es vom Plasma getroffen war.

Im freien Fall. Sie bemerkte ein schwaches Ionisationsglimmen, als das Einzelschiff flach in die Hochatmosphäre des Dorns eintauchte, die kaum mehr war als ein Vacuum, aber schon die enorme Geschwindigkeit abzubremsen begann. Negative Beschleunigung preßte das Stoßschutznetz der Liege in frische Beulen, die vom Aufprall des Plasmas stammten, und in alte Beulen, die sie bekommen hatte, als sie sich das Schiff genommen hatte. Dazu kamen noch die Brandwunden vom Verhör.

Die riesigen Strukturen, die die Grenze der bewohnbaren Oberfläche des Dorns bewachten, schrumpften heckseitig in zehn Millionen Kilometern dahin. Suzy hatte nur noch weniger als hundertzwanzig Grad Gesichtsfeld und konnte sie nicht sehen. Sie wollte gar nichts sehen, falls sie einen neuen Angriff starteten.

Sie konnte ohnehin nichts daran ändern. Sie hatte alles heruntergeschaltet, was sie konnte. Die Kabine lag im Dunkel, die Luft wurde schal und warm, weil die Luftanlage abgestellt war, und die meisten Instrumente waren stillgelegt. Sich tot stellen. Und vielleicht konnten sie es nicht wagen, jetzt auf sie zu schießen, weil sie brennendes Plasma in ihre Heimstätten jagen würden, wenn sie sie verfehlten.

Glücklich, Suzy, so verdammt glücklich. Alles, was du jetzt zu tun hast, ist dies Ding zu landen und einige Milliarden abscheulicher Alea abzuwehren. Da war nichts dabei.

Sie wagte schon zu glauben, daß sie alles hinter sich hätte, als ihre erste Halluzination eintraf.

Es war, als ob sie eine Sekunde lang weg gewesen wäre und einen Traum gehabt hätte über den Strand, der im Innern des Tores gewesen war. Nur war das nicht ihr Traum gewesen. Sie teilte ihn mit mehr Leuten, als sie sich vorstellen konnte. Und dann war sie wieder in der dunklen, muffigen Kabine und fühlte, daß für einen Moment die ganze menschliche Rasse nach ihr gegriffen hatte.

Plötzlich sehnte sie sich nach einer Stimme, irgendeiner Stimme. Sie schaltete Maschine wieder ein, ohne sich weiter darüber Sorgen zu machen, daß er versuchen könnte, wieder das Schiff zu übernehmen. Für ihn war sowieso nichts mehr übrig geblieben.

Seine Stimme schmetterte los und gab ihr einen Stoß: »... alles im Schiff!« Und dann: »Sie haben es getan.«

»Was ist mit dir los?«

»Sie haben es wirklich getan. Sie haben die Marodeure am Leben gelassen.«

»Das gehört der Geschichte an. Die Marodeure sind auch nur eine andere Alea-Sippe. Jetzt hat die Waffe der Engel ihr Ding mit der kontinuierlichen Schöpfung zerstört. Und sie werden immer Alea sein, falls wir sie nicht aus jedem Ort vertreiben, an dem sie sich in der Galaxis versteckt haben.«

»Die kleine Suzy Falcon als Retterin des Weltalls.«

»Du kannst mich gern haben! Ich sollte dich vielleicht wieder ausschalten.«

»Sie brauchen mich, Suzy. Geben Sie das zu!«

»Na ja, und du brauchst mich. Jemanden, der aufpaßt. Das ist es, wofür Robot dich geschaffen hat. Erst er, dann ich. Schütze mich also! Sag mir, was mein Ziel ist! Sag mir, daß ich nicht sterben werde! Okay?«

Sie wagte nicht zu glauben, daß sie dies überleben würde. Man zieht aus, um strahlenden Ruhm zu ernten; und dann bekommt man dies: eine Schinderei mit Einsamkeit und Terror.

»Ich schalte einige Systeme ein«, sagte Maschine. »Kein Grund zur Aufregung für Sie.«

Suzys zuckendes Sehfeld setzte für ein paar Sekunden aus. Am unteren Rand flackerte ein halbes Dutzend Daten, als sich deren Einstellungen änderten.

Maschine sagte munter: »Wir befinden uns schon über der bewohnbaren Zone. Die Absorptionswerte des Ozeans unten deuten auf Anwesenheit photosynthetischer Pigmente. Das Radar hat Bewegungen um die Ränder oder Küsten der schwimmenden Eiskontinente koordiniert. Scharen oder Schulen von Tausenden sehr großer Objekte. Wenn dies die Erde wäre, würde man sie als Wale einordnen. Mit Ausnahme des Maßstabs. Sie sind so groß wie die *Vingança*.«

»Dann sag mir …«

Was war das? Wie ein Aufflackern jenes Augenblicks von Einheit. Gleich wieder verschwunden.

»Dann sag mir, was vor uns liegt. Können wir in einem Stück hinunterkommen?«

Sie kam nicht dazu, Maschines Antwort zu hören, weil das Blackout oder der Dämmerzustand wieder zuschlug, aber diesmal mit geballter Kraft. Das Schloß, der Stoß des Röntgenlasers. Sie brannte. Sie schrie. Sie fühlte die riesige Entferntheit des galaktischen Kerns, heimgesucht von Geistern der Götter. Sie war nicht einmal mehr Suzy. Sie war ein Nichts, ein Stäubchen in einem rudimentären Schwarm winziger Teilchen, eine wimmelnde Handvoll von Staub, der durch einen Ring von Feuer in unendliche Finsternis geblasen wird.

Und sie kam schreiend heraus, gegen irgend etwas kämpfend. Das Stoßschutznetz. Maschine brüllte sie an. Sie war erschrocken und mußte zurückschreien, daß sie okay wäre. Es war vorbei.

»Sie hatten einen Anfall. Ich glaube, Sie hätten sterben können«, sagte Maschine. »Die Wellenfunktionen Ihres Gehirns setzten einfach aus. Ich war außerhalb davon und konnte nichts tun.«

»Auch ich habe geglaubt zu sterben. Zu sterben und in die Hölle zu fahren.« Suzy trank kühles geschmackloses Wasser aus dem Lutscher ihres Anzugs. »Aber ich bin wieder da. Ich bin okay. Aber, mein Gott, Maschine, es war wild! Als ob jemand versuchte, das ganze Universum in meinen Kopf zu packen. Und mich mit Unsinn über Götter zu erschrecken – Göttern genau hier, am Kern. Aber da gibt es doch keine, nicht wahr? Das wissen wir. Nur Engel. Und die sind fortgegangen.«

»Ich wollte nicht alleingelassen werden«, sagte Maschine.

»Na, und wo sind wir jetzt?« Kein Ozean und keine Eisberge mehr. Und sie hätte schwören können, daß das Licht aus dem Geflecht glühender Fäden über dem Schiff heller war, weniger rot, mehr orange. Weit unten drehten sich braune Gebilde, hier und da rötlich-weiß gefleckt. Nach einem Moment fing sie an, das zu begreifen. Als ob man über einen enthäuteten und flach ausgebreiteten Planeten flöge. Die winzigen Runzeln waren Gebirgsketten, und der rötlich weiße Staub war Schnee auf etwa einer Million Bergspitzen...

Maschine sagte ihr, sie befänden sich jetzt mehr als fünfzehn Milliarden Kilometer in der bewohnbaren Zone. Er bezeichnete große Wälder auf infraroten endlosen Grasflächen, Reihen durch Land getrennter Ozeane, deren kleinster größer war als der Pazifik und der größte so riesig, daß man die ganze Erde in ihm hätte unterbringen können und noch Platz übrig geblieben wäre.

»Ich hatte ein Profil für minimale Abbremsung ausgearbeitet«, sagte Maschine. »Aber wir haben schon ungefähr vierzig Prozent unserer kinetischen Energie abgestoßen. Wir werden uns bald entscheiden müssen, ob wir hinuntergehen oder nicht.«

»Oh, wir gehen wohl besser hinunter. Innerhalb von tausend Lichtjahren von hier gibt es keinen so verlockenden Grundbesitz, wenn wir nur anfangen, uns danach umzusehen.«

»In diesem Falle müßten wir uns mit den Besitzern verständigen. Ich schlage vor, wir behalten unser gegenwärtiges Profil für weitere mindestens zehn Milliarden Kilometer bei. Das Licht wird dann mehr dem auf der Erde ähneln. Hier ist es mehr wie auf P'thrsn und vermutlich der Heimatwelt der Alea. Suzy?«

»Ich gehe nirgendwo hin.«

»Was wird aus mir werden?«

»Ei, verflucht, Maschine, glaubst du, daß ich dich aufgeben werde? Du bist die einzige Gesellschaft, auf die ich zählen kann. Außerdem war ich nie ein Pioniertyp. Ich werde die heimatlichen Annehmlichkeiten dieser Blechbüchse nicht verlassen, so wie sie sind. Die Batterien sind vielleicht schon schwach, aber sie werden deine Stromkreise noch tausend Jahre in Gang halten. Jedenfalls länger, als ich sie brauchen werde.«

Maschine sagte: »... Vielen Dank, Suzy!«

»Nun etwas anderes. Ich werde die Lagekontrolle übernehmen, wenn wir hinuntergehen. Bis dann kannst du sie fliegen; aber das ist ein Job, den ich für mich beanspruche, auch wenn ich dadurch für uns beide den Hals riskiere.«

Sie wollte ihren angeschlagenen Vogel zur Ruhe schicken. Sein letzter Flug wie Shelleys Absturz, jener Absturz, mit dem alles angefangen hatte. Aber diesmal würde es kein Überziehen geben. Es würde nicht tödlich enden.

»Ich bin Suzy Falcon«, sagte sie zu Maschine, als der zu protestieren begann. »Ich bin die miserabelste Jagdfliegerin über achtundzwanzigtausend Lichtjahre. Aber ich habe meinen Stolz! Nun, bei dieser angekratzten alten Blechbüchse sollte lieber immer noch die Musikbibliothek in Ordnung sein, sonst könnte ich das ganze Ding abschreiben.«

Maschine rief für sie ein Verzeichnis auf, und sie ging es durch bis zu dem gewünschten Teil. Die vertrauten Namen waren für sie ein Trost gegenüber dem zerzausten fremdartigen Aussehen des Dorns.

»Ich stelle fest«, sagte Maschine, »daß mir wohl noch eine Menge Bildungsunterricht bevorsteht. Wollen Sie sich wirklich dieses primitive Zeug anhören?«

»Du und ich, Mann, werden voneinander lernen.« Sie traf eine erste Auswahl und lehnte sich zurück, als die schreckliche alte und immer junge Stimme über Akkorden rauh und klagend erklang:

I got to keep moving, I got to keep moving,
Blues falling down like hail, blues falling down like hail,
I can't keep no money, Hellhound on my trail,
*Hellhound on my trail, Hellhound on my trail ...**

Das erklang über acht Jahrhunderte hinweg, über achtundzwanzigtausend Lichtjahre für Suzy Falcon, als sie den Blick fest nach vorn richtete, wo der Dorn zu seinem hellen Endpunkt hin verschwand, wo sie schon eine Andeutung von Blau und Grün ausmachen konnte. Sie dachte dabei an die grüne Welt, die zu finden sie vor so langer Zeit ausgezogen war. Sie sagte, als das Lied zu Ende war: »Du und ich, Mann, wir werden es prima hinkriegen.«

Maschine, der sich nicht sicher war, ob sie zu ihm spräche, bewahrte höfliches Schweigen, als ein anderes Lied begann.

---

* *Ich muß in Bewegung bleiben, ich muß in Bewegung bleiben.*
Schwermut fällt wie Hagel, Schwermut fällt wie Hagel.
Ich kann kein Geld behalten, zur Hölle führt mein Pfad,
zur Hölle führt mein Pfad ...

Vierter Teil

DIE ERBEN DER ERDE

1

Milliarden und aber Milliarden von Wellenfunktionen brachen in Partikelstränge zusammen. Der arg mitgenommene Lastenschlepper stieß in den natürlichen Raum und streute dabei eine Hülle aus falschen Photonen aus.

Für Dorthy änderte sich alles von einem Herzschlag zum andern. Grünweißes Licht ergoß sich wie Flammen, die von einem starken Wind getrieben werden, um die blaue, marmorierte Sichel der Erde zu enthüllen, hinter der sich der leuchtende Halbmond ihrer Schwesterwelt abzeichnete. Alle Angaben und Daten über ihrem Rundum-Gesichtsfeld stellten sich in großen stillen Schwenkungen ein. Das Schiff befand sich in geosynchroner Umlaufbahn, etwa fünfunddreißigtausend Kilometer über dem Horn von Afrika.

Radarbilder zeigten den schmalen Ring von Schutt, der schräg um die Erde lief – orbitaler Abfall, zum Teil fast tausend Jahre alt, der ständig von Sonden aufgesammelt und von zwei Hirtenmonden – genau plazierten Asteroiden – zusammengehalten wurde. Und es zeigten sich auch mehr als hundert jener Strukturen, die sich die geosynchrone orbitale Schale teilten, angefangen mit Fabrikationsplattformen über Umsteigeterminals bis hin zu Wohnkomplexen wie dem Kamali-Silver-Institut… Dort, ein rot eingefaßter schwarzer Doppelstreifen neben der Radartrasse, war das Rufsignal!

Jetzt wurde es für Dorthy real. Während sie die Schwesterwelten betrachtete, war sie durch eine große Flut von Emotionen weit hinausgetragen worden – weder Glück noch Friede, aber eine Mischung von allem: Die gehobene Stimmung gegen Ende der Reise; ein vom Berg herunter heimkehrender Jäger; die kleinen Bewegungen von Dankbarkeit und Erwiderung.

Eine Hand ergriff ihre Schulter. Es war Robot. Dorthy schob die Sensormaske weg und zwinkerte ihm zu. Nicht vergossene Tränen behinderten ihre Sicht.

Er sagte: »Ich denke, daß wir immer noch in Schwierigkeiten stecken könnten. Haben Sie nicht bemerkt, daß hier draußen kein Funkverkehr herrscht?«

Das stimmte nicht genau. Da waren die automatischen Baken, mit denen jedes Gerät im Orbit seine Position und Identität anzeigte, und ein Wust schwacher Signale, die von der Erde selbst durchsickerten, atmosphärischer Verkehr, der empfindlichere Apparate brauchte, als der Schlepper besaß, um Sendungen zu trennen. Und dann gab es starke Strahlungsstöße im Mikrowellenband, ein abgerissener Impuls, als ob jemand versuchen würde, Radarwellen von der nächsten Galaxis zurückprallen zu lassen. Aber da war keines der ständigen Wechselgespräche zwischen Wohnsiedlungen und zwischen Schiffen, und auch keine Spur von Verkehrskontrolle, die sonst hätte losheulen sollen, sobald ihr Schiff aus dem Kontraraum unmöglich tief in der Gravitationssenke von Sol auftauchte.

»Die Energie liefernden Satelliten im Librationspunkt L5 sind verschwunden, und es gibt keine Schiffe«, sagte Dorthy, nachdem sie den Computer durch Blinkkomparator nach Radarkarten für nichtorbitale Vektoren hatte suchen lassen. »Kein Verkehr zwischen Erde und Mond, keine interplanetaren Flitzer bei den Transitterminals. Keine Yachten, keine Lastfrachter. Nicht einmal ein suborbitaler Schlepper, sondern nur die automatischen Sonden, die orbitalen Schrott sammeln. Wo sind alle diese Schiffe, Robot? Was ist hier geschehen?«

»Meinen Sie, daß vielleicht die Marodeure irgendwie

hierhergekommen sind? Vielleicht auf die gleiche Art wie wir?«

»Es gibt Leute auf der Erde. Da gibt es Funkverkehr.«

»Radiobetrieb von jemandem oder von irgend etwas. Was ist mit dem Rest des Systems? Mars, Titan. Was ist mit dem verdammten Mond los?« Robot quälte sich mit der blonden Haarsträhne auf seinem Kopf. Mit nackter Brust und bloßen Beinen saß er in *zazen*-Haltung neben der Kommandocouch, ein tragbares Terminal im Schoß. Dessen grünes Licht glühte auf seinem Gesicht. »Ich habe einige Apparate zur Entfernungsbestimmung benutzt, um ein paar Wohnsiedlungen zu untersuchen. Ich kann keinerlei Neutrinospuren von ihren Fusionskraftwerken entdecken; und sie strahlen auch keine Wärme von ihren Kühlgittern ab, außer passiv. Sie sind tot, Dorthy, sie alle. Aufgegeben. Ich nehme an, das waren die Marodeure. Wer sonst hätte es tun können? Ich meine, wir sind doch weniger als ein Jahr fort gewesen.«

»Ich weiß«, sagte Dorthy. »Ich *weiß*.« Robots Panik schnitt scharf durch ihre eigenen Gedanken: »Nun gut, wir haben zwei Möglichkeiten: Wir können uns von hier aufmachen und anderswo im System auftauchen. Oder wir können landen und es auf eigene Faust herausfinden.«

Robot streckte ein Bein aus, damit er in die Taschen des einzigen Kleidungsstücks greifen konnte, das er trug, weite Leinenshorts mit vielen Reißverschlüssen und kleinen Werkzeugen, die an einem Dutzend Schleifen an seinem breiten Gürtel hingen. Er hob eine Münze hoch, die auf der einen Seite grün lackiert und auf der anderen mit glattem weißem Kalzit überkrustet war.

»Mein Glücksstück«, sagte er und rieb es am Nasenflügel. »Habe es gefunden, als ich als Kind zu alten Wracks getaucht bin, die vor Jahrhunderten als Fundamente für ein neues Riff gesunken waren. Es stellt eine hübsche binäre Entscheidungsmaschine dar.« Er warf es hoch, fing es wieder auf und bedeckte es dann mit dem

Metallplastik seiner linken Hand. »Kopf bedeutet Erde, Unterseite nach draußen. Okay?«

»Warum nicht?«

Es war Kopf.

»Mist!« sagte Robot. »Wie, wenn man den Besten von drei Würfen nähme?«

»Vielleicht sind die Engel noch mit uns. Sie haben doch gewünscht, daß wir zur Erde zurückgingen. Wirf nur weiter die Münze, und wir werden es herausfinden.«

Robot drehte die Münze zwischen den verlängerten Fingern seiner prothetischen Hand hin und her, so schnell, daß sie wie ein weißer Nebel aussah. Er sagte: »Eines brauche ich nicht zu wissen. Sie werden irgendwie immer bei uns sein.«

Dorthy hatte bis dahin alles über ihr Baby vergessen.

Keine Stimme rief sie an, kein Polizeifahrzeug versuchte sie abzufangen, als sie das Schiff aus der Umlaufbahn lenkte. Robot blieb neben ihr, über die von ihm angepaßte Konsole gebeugt und mit seiner prothetischen Hand auf der Tastatur klappernd, als er reihenweise Befehle eingab.

Dorthy sagte, verhüllt von der Sensormaske und die Augen voller Tränen über die blauweiße Pracht der Erde: »Ich glaube, du solltest wissen, daß ich noch nie mit einem solchen Ding hier landen mußte.«

»Na, und wenn schon!«

»Ich meine, du solltest dich besser in ein Stoßschutznetz anschnallen.«

Robots besessene Tipperei änderte sich nicht im geringsten. »Ich versuche hier, etwas auszurechnen. Ich denke, wenn wir eine Bruchlandung machen, dann geschieht das eben, und wir verbrennen. Das wäre es dann gewesen.«

Dorthy suchte die Linien von grünen und braungelben Anzeigen ab, die projiziert wurden über… was denn? Das eine Gerät meldete ihr, es wäre der Indische Ozean. Früher Morgen, der aufregendste Sonnenaufgang im rückwärtigen Teil ihrer Rundumsicht, ein Band aus Orange von Horizont zu Horizont, überschattet durch Schichten, die von Dunkelrot bis Schwarz gingen. Sie hatte sich jetzt an die dreihundertsechzig Grad umspannende Projektion gewöhnt. Man tat einfach so, als wäre es ein Band, das auf jede Stelle zentriert war, die man betrachten wollte. Dabei ignorierte man die Tatsache, daß es rings um den ganzen Kopf zu laufen schien: Sie hielt Ausschau nach den Inseln, auf denen sie einige Wochen verbracht hatte, als sie ihr Talent prostituierte. Aber da gab es zu viel Gewölk, und sie konnte nur mühsam herausfinden, auf welche Küste sie gerade blickte. Sie sagte zu Robot: »In ein paar Minuten treffen wir auf die Obergrenze der Atmosphäre. Ich lasse es soweit möglich sich selbst fliegen.«

»*Sie*. Schiffe sind weiblich. Wollen Sie wissen, was ich herausgefunden habe, oder muß das noch warten?«

»Was hast du denn gefunden, Robot?« Er war nicht so besorgt wie zuvor, zeigte aber immer noch eine gespannte Nervosität, die sich bis zur Panik steigern konnte.

»Nun, unser Ziel ist doch Galveston Port, nicht wahr? Wir sind darübergeflogen, als wir herumkamen, um niederzugehen. Ich habe die Bilder durchgesehen, welche die Kamera im Bauch des Schiffs aufgenommen hat. Da ist dieses erstaunliche Verstärkungspaket, Algorithmen, die das richtige Detail aus all dem trüben Zeug herausfiltern ...«

»Sag mir einfach, was du gefunden hast!«

»Da ist noch mehr, das ich *nicht* gefunden habe. Zum Beispiel die Stadt und der Raumflughafen.«

»Bist du sicher, daß du an der richtigen Stelle nachgesehen hast?«

Jetzt war ihre Besorgtheit in Panik umgeschlagen, als ob man ihr eine Messerklinge durchs Blut gezogen hätte.

Robot sagte: »Da gibt es diese Detailroutine; und die Anzeige für den Küstenverlauf ist recht gut. Schließlich bin ich ja in Galveston geboren worden. Ich erkenne sehr wohl Pelican Island, aber es gibt da keine Felder. Es fehlt auch die Wasserfront der City, obwohl ich noch etwas vom Straßenplan erkennen kann. Und dann gibt es da etwas Neues, gerade längs der Küste. Ein ganzer Haufen von Kreisen mit hoher Albedo.«

Dorthy bemerkte und korrigierte einen geringfügigen Drift in der Lagekontrolle. Der Schlepper berührte eben die Obergrenze der Stratosphäre und stieß eine große Blase überhitzter Ionen vor sich her. In etwa der Hälfte ihres Panoramasichtfeldes zitterte es ganz wenig. Das Schwerefeld des Schleppers dämpfte jede Vibration. Im Grunde flog das Ding von selbst. Eine stumpfe Pfeilspitze, die durch die hohe Luftschicht schnitt und sich selbst auf Kurs hielt. Dorthy hatte wirklich kaum mehr zu tun, als sich Sorgen zu machen, während voraus die Ostküste Afrikas am Rande der Welt aufstieg, braungetönt unter hohen Cirruswolken … und hinter ihr erhob sich das violette Band der Hochatmosphäre, während der Schlepper tiefer ging. Ein Inset zeigte, daß ihre rechte Hand auf dem sattelförmigen Tastenfeld ruhte. Sie konnte die abgewetzte und leicht fettige Stelle an der Kante fühlen, wo Talbeck Barlstilkins Hand gelegen hatte …

»Erzähl mir den Rest!« sagte sie.

»Nun, das ist es, woher diese Impulse kommen, die auf dem Einundzwanzig-Zentimeter-Band.«

»Das Wasserloch«, sagte Dorthy.

»Was?«

»So pflegte man es zu nennen. Das ist ein Gebiet geringer Aktivität zwischen den Emissionslinien von neutralem Wasserstoff und Hydroxyl-Ionen. Man pflegte anzunehmen, daß, falls eine fremde Zivilisation ihre Anwesenheit signalisieren wollte, dieser Teil des Radiospektrums am ehesten naheläge. Radioastronomen im zwanzigsten Jahrhundert nannten es das Wasserloch in Analogie zu den Wasserlöchern in den afrikanischen Savannen, wo Tiere zum Trinken zusammenkamen.«

»He, ich weiß, was ein Wasserloch ist.«

»Robot, ich kann vermuten, was diese Kreise sind und auch, auf welchen Teil des Himmels sie gerichtet sind. Ich denke …«

Ein Schwall aus reinem Lärm stach Dorthy in die Ohren. Mit ihrem Blickfeld ging etwas schief. Ein quadratischer Fleck direkt vor ihr verschwand und zerteilte sich in tanzende Lichtpunkte wie Schnee, der an einem Fenster vorbeitreibt. Und dann zerstreute sich der Schnee, und irgend jemand blickte sie an. Ein adretter, fetter und vollkommen kahler Mann mit blaßblauen Augen, Stubsnase und kleinem affektiertem Mund in einem weißen Gesicht.

Er sagte: »Bürger, wir sind gerade dabei aufzuzeichnen, welche Verträge Sie brechen. Sie haben fünfundsiebzig Sekunden, um uns mitzuteilen, warum wir Sie nicht aus der Luft von Gaia wegpusten sollten. Die zählen ab jetzt.« Englisch mit einem starken Badland-Akzent.

Dorthy sagte: »Wir kommen von der *Vingança*.«

Die Lippen des fetten Mannes öffneten sich und zeigten vollkommenes Erstaunen. Er sah auf etwas außerhalb des Bildschirms und dann wieder auf Dorthy: »Ich hoffe, daß das nicht ein Trick der Freihändler ist. Haben Sie Beweise für uns, Bürger?«

»Ich habe Beweise aller Art, wenn Sie uns landen lassen.« Robots Hand lag auf ihrem Arm, und sie machte ihm ein Zeichen, still zu sein. Sie sagte: »Als Anfang können Sie die Registrierung dieses Schiffs prüfen.«

Es gab eine Pause, als der Mann wieder vom Bildschirm wegschaute. Sein Ohr war durchbohrt. Daran hing eine glitzernde Spirale. Er wandte sich wieder Dorthy zu und sagte: »Unser Vehikel wird Sie zu einem Landefeld eskortieren.«

»Wir haben Kurs auf Galveston. Ich glaube nicht, daß ich das Schiff jetzt wenden kann.«

»Das ist uns klar. Unser Fahrzeug wird sich mit Ihnen dreihundert Kilometer vor Galveston treffen. In… zweihundertvierundzwanzig Sekunden. Wir raten Ihnen, nicht von Ihrem Kurs abzuweichen.« Das Fenster verschwand wie eine geplatzte Seifenblase.

Dorthy sagte zu Robot: »Das sind Zeugen. Was du da gesehen hast, sind ihre Radioteleskope. Ich glaube zu wissen, was geschehen ist; aber es gibt keine Zeit, es dir zu sagen. Los, nimm dir ein Schutznetz! Ich denke, daß uns eine rauhe Zeit bevorsteht.«

»Was ich sagen wollte – ich habe dieses Bündel ausgedruckter Dokumente: Offiziell aussehendes Zeug. Die Daten…«

»Wir haben keine Zeit, Robot!«

»Hören sie nur zu! Zweiunddreißig. Vierzig. Einundvierzig. Fünfundvierzig. Wir sind Nullzwei gestartet und weniger als ein Jahr fort gewesen. Wir befinden uns in der Zukunft!«

»Ich weiß! Ich will aber nicht, daß du getötet wirst. Also bitte, verzieh dich in ein Stoßschutznetz!«

»Die verdammte Zukunft!« sagte er. Und dann war er fort, und Dorthy erblickte voraus die Eskorte, schwarze Flecke, die in pfeilförmiger Formation über der Wolkendecke von oben auf den Schlepper zurasten. Ein Dutzend schwerbewaffneter Flugwagen, deren Rümpfe von einschüssigen Röntgenlasern strotzten. Sie schwenkten beidseitig aus und kurvten zurück, um sich über ihnen und genau ein Kilometer dahinter zu halten. Als der Schlepper die Wolkendecke durchstieß, gab es einen Moment weißer Streifen; und dann lag unten der Ozean. Die Küste war ein brauner Fleck am Horizont und raste auf sie zu.

Der fette Zeuge sagte: »Wir sehen Ihren Kondensstreifen, Bürger. Fliegen Sie drei Kilometer über die Insel hinaus! Dort gibt es ein Landefeld. Benutzen Sie es!«

Überall unten auf Dorthys Gesichtsfeld blitzten Daten auf.

Der Schlepper konnte den Raumhafen nicht finden. Sie griff nach dem Höhensteuerknüppel, schaltete auf manuell und fühlte, wie der Knüppel in ihrer Hand lebendig wurde. Der Horizont kippte und beruhigte sich. Sie sagte: »Ich sollte Sie warnen. Ich bin nicht besonders gut bei Flügen in der Atmosphäre. Wir waren gewöhnlich ein Teil des Wissenschaftlerteams.« Der Steuerknüppel vibrierte, als das Schiff die Schallgrenze nach unten durchstieß.

»Es wäre besser für Sie, Bruch zu machen, als das Flugfeld zu verpassen«, wies sie der Zeuge an.

Die Fluggeschwindigkeit war jetzt auf ein paar hundert Kilometer in der Stunde vermindert, so daß Dorthy die Schaumkronen auf den Wellenzügen erkennen konnte, die auf die Küste zuliefen. Die Flugwagen befanden sich immer noch hinter ihr. Ihr Schiff bildete die Spitze der V-förmigen Formation. Sie konnte ihren Herzschlag im Daumen und in den Fingern fühlen, wo sie auf dem Pistolengriff des Steuerknüppels lagen. Küstenlinie, dann verkümmerte Bäume, zwischen denen gelegentlich Ruinen zu erkennen waren.

Keine Zeit, sich zu fragen, wie alt die Ruinen waren. Ein breiter Flußkanal, ein silbriger Schimmer weit im Süden und dicke zigarrenförmige Gestalten (Luftschiffe!) haufenweise voraus. Plötzlich gefangen in einem Wald aus fasrigen roten Lichtern, die nach oben in die Wolken stießen.

Der Zeuge sagte: »Hier ist es, wo Sie landen, Bürger.«

»Natürlich«, sagte Dorthy höflich, zog den Knüppel schräg zurück und startete den Reaktionsmotor des Schleppers.

Danach sah sie nur noch Himmel vor sich. Der Kondensstreifen des Schleppers drehte sich hinter ihr. Schwarze Flecke zogen Rauchfahnen, als sie hinten brennend niedergingen. Robot und der Zeuge schrien sie unterschiedlich an; und es gab einen farblosen Blitz. Ihr Gesichtsfeld wurde eine Sekunde lang grau und kam dann zurück mit allenthalben verteilten roten Schadensmeldungen, ehe es wieder in einem farblosen Blitz ausging. Sie war gegen die Halterungen der Liege geschleudert worden, als die künstliche Schwerkraft des Schleppers für eine Sekunde aussetzte. Sie sah ein undeutliches Bild brennender Baumwipfel durch ein Gewirr roter Codestreifen und schob den Hebel der Lageregelung ganz nach vorn. Der Schlepper stieg hoch mit Backbordschlagseite. Sie sah weit hinter sich den Ozean durch eine Rauchwolke. Eine Minute lang glaubte sie, es geschafft zu haben. Dann gab es noch einen Blitz. Der Rahmen des Schleppers erbebte. Die Hälfte der Auftriebsfläche war weg, und die Geschwindigkeit nahm ab.

Dorthy glich aus, so gut sie konnte. Ihre Hand schwitzte am Knüppel. Sie versuchte, den Schlepper im Gleitflug irgendwie zu landen. Alles kippte hin und her, als ob der Schlepper ein Lebewesen wäre, das ihre Kontrolle abschütteln wollte. Sie erblickte Himmel, einen breiten braunen Fluß, der sich durch eine ebene Grünfläche schlängelte, dann wieder Himmel, bis der Horizont vor ihr aufstieg. Die Warnungen wegen zu großer Annäherung dröhnten ihr in die Ohren. Bäume, dann etwas, das wie Wiesen aussah. Sie hatte noch Zeit zu denken, daß, wenn die künstliche Schwere wieder aussetzte, der Stoß des Aufpralls sie wahrscheinlich töten würde. So schob sie den Stock zurück, um auf Überziehtempo zu kommen. Dann pflügte der Schlepper mit langem Erzittern durch die Erde … und hielt an.

Als Dorthy die Luftschleuse erreichte, fand sie alle drei ihrer Türen offen. Die frische Luft der Erde blies ihr ins Gesicht. Frisches Grün breitete sich um fünfundvierzig Grad gekippt vor ihr aus. Die ganze Welt war gegenüber dem Schwerefeld des Schleppers wie ein Berg.

Robot stand schräg unter der Luke und rief ihr zu,

daß sie lieber springen sollte; denn das Schiff brannte an mehreren Stellen. Krabbenartige Dinger klapperten um ihn herum. Ihre verkrusteten Rückenschilde waren wie Bronze mit Grünspan und mattiertes Silber.

Dorthy atmete tief ein und sprang, schätzte es aber schlecht ab. Der Berg wurde zu flachem Boden, der sie heftig auf Rippen und Hüfte prallen ließ und ihr die Luft aus den Lungen preßte. Sie mußte die ersten paar hundert Meter von Robot getragen werden. Die Erde war kühl unter ihren bloßen Füßen. Üppiges nasses Gras durchtränkte ihren Overall bis zur Taille. Die Krabbenwesen waren irgendwie im Gras verschwunden.

»Eine Waffe«, fuhr Robot fort. »So etwas müßte ich jetzt haben. Alles, woran ich denken konnte, waren die widerlichen Krabben; und nachdem ich sie hinausgeschafft hatte und hinterhergesprungen war, gab es keinen Weg zurück. Aber ich sollte eine Waffe haben.«

»Was würdest du mit einer Waffe anfangen?« schaffte es Dorthy schließlich zu sagen. »Los, Robot, laß uns versuchen, etwas schneller zu gehen! Der Reaktionsmotor hat unsere Eskorte weggepustet, aber die Zeugen werden noch andere Luftwagen haben. Sie werden jede Minute alle hier sein.«

Hinter ihnen stieg Rauch vom Heck des Schleppers auf. Der Himmel wurde dunkel. Der Abend kam hier früh. Die Luft ließ leicht frösteln.

Dorthy konnte nicht umhin, sich alle paar Sekunden umzuschauen. Es war ein merkwürdiges Gefühl, nicht direkt nach hinten blicken zu können. Eine Rauchwolke stieg über dem Horizont auf von einem durch die Waffen der Zeugen in Brand gesetzten Wald. Nach Süden und Norden erhob sich Grasland, dessen grünes Meer nur durch einzelne Bäume unterbrochen wurde. Im Osten schimmerte Wasser, der breite Fluß, den Dorthy aus der Luft erspäht hatte. Sie dachte an den Mississippi oder einen seiner Nebenflüsse.

Sie versuchte, sich zu erinnern, wie weit sie wohl von

Galveston entfernt wären; aber ihr Kopf funktionierte nicht richtig. Nichts wollte länger als ein paar Sekunden darin haften bleiben. Schließlich brach ihre Angst, die ausgesetzt hatte, seit der Zeuge sich in die Kommunikation des Schiffs eingeschaltet hatte, wieder durch. Sie fühlte ein Stechen. Ihre Knie kamen ihr wie ausgerenkt vor. Robot war ihr bald voraus. Darum war er es, der die Straße entdeckte.

Die war ungepflastert, ein breiter Streifen aus rotem Schlamm, der sich über einem tiefen Graben dahinzog, über den Dorthy springen mußte. Sie fiel auf der anderen Seite hin und kroch dann ganz hinüber. »Ich bin dafür zu alt«, sagte sie und rappelte sich hoch. »Zu alt und zu schwanger.«

Robot blickte die Straße auf und ab. Er sagte: »Ich kann diese kleinen Biester nirgends sehen. Glauben Sie, daß sie uns gefolgt sind?« Dann sagte er: »Lauschen Sie! Hören Sie etwas?«

Und noch ehe sie sich bewegen konnte, kam der Wagen um die Baumgruppe an der Kurve der breiten Straße. Sein Fahrer stand von seiner Bank auf, als er den bei den Pferden in die Zügel griff.

Der Fahrer des Wagens hieß Sugar Jack Durras. Er kam aus einem Ort namens Kingman Seven. Er sagte: »Sobald wir die Blitze sahen, wußten wir, daß etwas in Richtung auf uns herunterkam. Ich sah, wo ihr zu Boden gingt, und dachte, ich sollte mich wohl lieber umsehen, ehe die Zeugen hierherkämen. Ich dachte nicht, daß ich gottesfürchtige Weltraumleute aufnehmen würde. Bitte um Verzeihung, Ma'am!«

»Mein Name ist Dorthy, Dorthy Yoshida. Und ich bin hier auf der Erde geboren worden, in Australien.« Dorthy und Robot hockten sich hinter der Fahrerbank hin unter einer schweren, geölten Plane. Sie lehnten sich aneinander gegen die Stöße des Wagens. Ihr erschien nichts hiervon real, und sie mußte gegen den Drang ankämpfen, in Lachen auszubrechen. Binnen dreißig Minuten vom interstellaren Raumschiff zu einem Pferdewagen dürfte eine Art Rekord in negativer Verkehrsentwicklung sein.

Durras blickte über die Schulter. Sein schwarzes Haar war zu einem Zopf geflochten, der über den ganzen Rücken seines karierten weißen Baumwollhemdes hinabreichte. Er sagte: »Sie sind also die lokale Kontaktperson für Ihren Freund? Ich hoffe, daß Sie Ihr Zeug abgeladen haben, ehe diese Schufte Sie erwischten; denn sonst würden sie es in ein paar Minuten haben.«

»Wir sind auch keine Schmuggler«, sagte Dorthy. Sie erinnerte sich, was der Zeuge zu ihr gesagt hatte. »Oder Freihändler.«

Robot fragte nach dem Datum. Das erste Mal, daß er sprach, seit sie Durras' Wagen bestiegen hatten.

»Zwanzigster November.« Durras schaute zum Himmel auf und sagte: »Ei, verflucht, da ist eine ihrer fliegenden Maschinen. Bleibt unter der Plane, verstanden? Je eher wir euch verstecken, desto besser wird es für jedermann sein. Wir werden euch etliche Tage verbergen, während die Zeugen nach euch suchen. Mit etwas Glück werdet ihr rechtzeitig zum Erntedankfest wieder draußen sein. Und ihr könnt eine Weile bleiben, wenn ihr mögt; dennoch nehme an, daß ihr eine tolle Geschichte zu erzählen habt.«

2

Schließlich blieben Dorthy und Robot in Kingman Seven noch lange nach Erntedankfest, nach Weihnachten und Neujahr bis in den Frühlingsanfang hinein. Sie litten an Retroschock, daran, daß sie aus dem Kern der Galaxis und der virtuellen Realität der Interzone zwischen Universen herausgerissen und in das hinterwäldlerische Milieu der Erde gestürzt worden waren von dem, was einst als ›Badlands‹ die Nordostmexikanischen Golfstaaten gewesen waren.

Die kleine Stadtgemeinde Kingman Seven war an einer Stelle gegründet worden, wo sich früher eine alte Ackerbaustation befunden hatte. Im Buschwald, der die Felder des Ortes umgab, konnte man noch jahrhundertealte Reste hydroponischer Teiche finden. Dort lebten weniger als hundert Personen, ein Dutzend Familien, deren Vorfahren sich hier während des Interregnums angesiedelt hatten. Es gab in den Badlands Tausende solcher Kommunen, die wie Flechten an ihrem Fleck Erde hingen, alt, aufmüpfig und träge im Wandel.

Das waren die Leute, unter die Dorthy einmal hatte gehen wollen, die Leute, denen sie die geheime Geschichte erzählen wollte, die sie auf P'thrsn geschaut hatte. Und nun war sie hier und wußte jetzt so viel mehr davon; und dennoch spielte das irgendwie keine Rolle mehr. Nichts war so real wie die Anhäufung von Holzhäusern und die weißgekalkte Kirche und die Rhythmen des Gemeindelebens, gemessen wie die Jahreszeiten.

Außerdem kannten die Leute von Kingman Seven schon etwas von der geheimen Geschichte. Wie konnte es auch anders sein nach *jenem Tage,* nach der *Offenbarung* vor fast fünfzig Jahren, als jedes menschliche Wesen überall im Normalraum durch Talbeck Barlstilkins Fiebervision angerührt worden war?

Es schien, daß Talbeck Barlstilkin letztlich gewonnen hätte. Die Föderation hatte unmittelbar nach der Offenbarung zu zerfallen begonnen. Die Regierungen der WiederVereinigten Nationen der Erde, denen man nachgewiesen hatte, daß sie das Geheimnis des überschnellen Sterns und noch viel mehr den eigenen Völkern und den übrigen Regierungen der zehn Welten vorenthalten hatten, waren eine nach der anderen gefallen.

Es hatte Krawalle, Märsche und Massenversammlungen gegeben. Der Präsident von Großbrasilien hatte Selbstmord verübt oder war ermordet worden. Das wurde nie geklärt. Nowaja Semlja hatte sich von der Föderation getrennt. Hundert Tage danach war Serenity gefolgt. Dann Elysium und Ruby. Die auf Nowaja Semlja eingesetzte Marionettenregierung WVN hatte das Schicksal ihrer Herren ereilt.

Und auf der Erde hatten die Zeugen die Gelegenheit ergriffen. Sie hatten die feurigen transzendentalen Bilder der Todesvision von Talbeck Barlstilkin, von Dingen wie Göttern im Kern der Galaxis für sich beansprucht. Die eilig von der lange diskreditierten Opposition in Großbrasilien gebildete Regierung war gescheitert und fast sofort wieder auferstanden. Ihr Kabinett hatte zur Hälfte aus Zeugen bestanden. Einige Jahre lang waren ihre Ziele mit den Wünschen des Mobs zusammengefallen, der mit dem entstehenden interstellaren Imperium der Erde nichts im Sinn hatte. Raumhäfen wurden geschlossen und zumeist geplündert und gründlich verbrannt. Orbitale Installationen wurden evakuiert, und schließlich hatte die Marine der Föderation sich selbst zerrissen, indem loyale Anhänger der WVN mit Kadern der Zeugen Krieg führten. Die erste und letzte Raumschlacht des Sonnensystems war im cislunaren Bereich ausgefochten worden. Seitenmanöver hatten wieder einmal den größten Teil von Eurasien unbewohnbar gemacht, und die Erde hatte ein Jahr ohne Sommer durchlitten, eingehüllt in Staubwolken, die bis in die Stratosphäre reichten. Fünf Milliarden Menschen, die Hälfte der Erdbevölkerung, waren verhungert.

Und danach hatten die Zeugen über die Erde geherrscht oder das, was davon übrig geblieben war, mit distanzierter, unbekümmerter Autorität, die durch die riesigen Luftschiffe symbolisiert war, welche am Himmel patrouillierten. Sie machten sich wenig Sorgen um die Völker, die sie regierten; außer daß sie rücksichtslos alle Zeichen von Unbotmäßigkeit erstickten und einen jeden, der sich als Kriegsherr oder Baron aufspielen wollte, vernichteten. Sie herrschten durch Teilen.

Denn die Zeugen glaubten, daß es eine viel größere Macht die Erde regieren würde. Ihre Theologie hatte nach der Offenbarung einen fundamentalen Sprung gemacht. Anstatt nach gottgleichen Aliens zu suchen, bemühten sie sich jetzt, die Götter des Kerns zu besänftigen, ohne zu erkennen, daß es sich dabei zumeist um Fragmente handelte, die aus Barlstilkins zerfallendem Selbst im Moment seines Todes hervorgegangen waren. Aber daß *sie* in jedes menschliche Gehirn an *jenem Tage* eingeprägt worden waren, machte *sie* ebenso real wie die Engel der Marodeure. Für die Zeugen waren *sie* zwingend realer als die Erde selbst. Ihre Gebete ergossen sich ständig aus riesigen, auf der Erde stationierten Radioteleskopen, die direkt auf Sagittarius ins Herz der Galaxis gerichtet waren. Die Zeugen glaubten, daß um die Zeit, da diese Signale die Götter erreichen würden, die Menschheit sich selbst geläutert und über ihre primitiven animalischen Ursprünge erhoben haben würde.

Sie würde bereit sein, Göttlichkeit anzunehmen.

Inzwischen war der größte Teil der Erde in eine Art

von Anarchie zurückgefallen. Es gab kein Geld, wohl aber Tauschhandel. Kein Gesetz als die rohe Justiz von Stadträten. Keine Nationen als solche, die durch individuelle Männer und Frauen dargestellt waren. Für die meisten Leute hatten sich die Dinge sehr wenig verändert. Ihre Herren waren ebenso entfernt und launisch wie eh und je und weniger wichtig als die Jahreszeiten von Saat und Ernte. Die Erde war wieder das geworden, was sie den größten Teil der menschlichen Geschichte über gewesen war – eine Welt von Bauern. Die Geschichte lief weiter – aber anderswo. Für die Erde war die Geschichte zu einem Ende gekommen.

Dorthy und Robot erfuhren die Geschichte der Jahre nach der Revolution scheibchenweise von den wenigen Einwohnern von Kingman Seven und den benachbarten Siedlungen, die alt genug waren, sich zu erinnern, und von jenen, die die Erzählungen ihrer Eltern oder Großeltern gehört hatten. Falls jemand diese Ornamente der irdischen Zivilisation aufgezeichnet haben sollte, so besaß man in Kingman Seven dieses Buch nicht, obwohl es dort viele andere gab. Sugar Jack Durras war nicht nur der Brauer von Kingman Seven, sondern auch sein Bibliothekar und sogar Publizist. Er benutzte einen abgenutzten, aber noch funktionierenden Hartkopierer, um Bücher aus den Beständen auf Blätter aus glattem, weichem Papier zu übertragen, das einer seiner Stämme von genmanipulierten Bakterien abgesetzt hatte. Seine Frau band die Bände zum Tausch mit anderen Gemeinden ein.

Dorthy lernte von Cochina Durras, wie man Leder – hauptsächlich Rehfelle – zum Binden präpariert, und verbrachte ihre Tage damit, Fleisch und Haare von frischen Fellen zu schaben und diese dann, nachdem sie in einem stinkenden Extrakt aus Färberbaum und Eichenrinde gegerbt waren, zuzuschneiden und zu strecken. Bald lernte sie, mit Zurichtmesser, Krispelholz und Spachtel umzugehen. Gerberbrühe verhärtete frische Schwielen auf ihren Handflächen und Fingern.

Dies war das Mindeste, das sie tun konnte, um Kingman Sevens Gastfreundschaft zu vergelten. Robot rührte sich ab und zu, um irgendein Stück der Maschinerie aus Zeiten vor der Revolution zu reparieren, saß aber die meiste Zeit in Durras' Veranda, dem Kommunikationszentrum der Siedlung, und süffelte Sugar Jacks Schnaps mit seinen Altersgenossen, guten alten Knaben und Mädchen, die ihre letzten Jahre verlebten.

Dorthy und Robot hatten beide ihre Hektik verloren, ihren Schwung. Aber Robot hatte auch Maschine verloren, und alle seine Äußerungen waren jetzt bedeutungslos. Manchmal brach er zusammen und weinte tief in den Nachtwachen bittere Tränen von Selbstmitleid um die Kunstwerke, die er jetzt nie mehr erschaffen würde. Dorthy konnte nichts weiter tun, als ihn zu stützen. Sie waren beide weit aufs Meer hinausgeführt worden, um dann auf eine Küste zurückgeworfen zu werden, die fremd und wild geworden war.

Nach dem Jahreswechsel fingen Leute an, Kingman Seven zu besuchen, zu zweit und zu dritt, ohne jemals länger zu verweilen als eine Nacht. Sie kamen zufällig vorbei auf ihrem Weg anderswohin. So schien es wenigstens. Meistens junge Leute, Repräsentanten verschwommener Antizeugen-Gruppen, deren Buchstabenabkürzungen wahrscheinlich mehr Buchstaben besaßen, als die Gruppen Mitglieder zählten. Sie kamen, um Dorthy und Robot zu sehen, von deren Abenteuern sie durch eine Art Buschtelegraph gehört hatten. Hauptsächlich kamen sie mit der Bitte um Unterstützung, um Zauberformeln, die die Zeugen über Nacht bannen würden, und um Macht. Dorthy erzählte ihnen die Wahrheit, und sie gingen meistens enttäuscht wieder fort. Die Wahrheit war anscheinend nicht genug. Aber manche verstanden, hörten genau zu und dankten ihr. Sie fragte sich, was für eine Art Samen sie da ausstreute, konnte aber nicht Schweigen bewahren. Ihre Story und ihr ungeborenes Baby waren alles, was ihr von ihrem großen Abenteuer geblieben war.

Die Jahreszeiten wechselten von Winter zu Frühling, und Dorthys Kind regte sich heftig in ihrem Bauch; aber sonst schien die Zeit stehengeblieben zu sein. Wie an dem Strand zwischen Universen hingen sie und Robot in einem Moment, der sich zwischen einer Pendelschwingung und der nächsten erstreckte.

Als die Zeit wieder einsetzte, begann sie mit einem Traum. Als Dorthy erwachte, war er in ihrem Geist noch lebendig vermischt mit der samtigen Dunkelheit ihres Zimmers und dem Klang des Februarregens auf den Schindeln des Dachs. Robot atmete ruhig neben ihr.

Ein Traum von einem Strand, der nicht die Küste zwischen Universen war – aber irgendwie ihr ähnlich. Gehend oder laufend am Rande der seichten Wellen, irgendwie wieder das Selbst ihrer Kindheit – aber doch nicht ganz. Trotzdem hatte es dort Wale gegeben. Allerdings nicht die toten, plumpen Massen, entblößt von Haut und Speck wie in dem Flenshof, wo ihr Vater und Onkel Mishio gearbeitet hatten. Nein, diese waren lebendig. Ihre großen Rücken weideten grünes Meer ab, und sie stießen diamantene Fontänen hoch über die Wellen. Und einer von ihnen hing auf der Höhe seines Sprungs als Silhouette vor einer riesigen rötlichen Sonne und drehte sich graziös wie ein Schattentänzer …

Dorthy legte eine Hand unter ihren angeschwollenen Leib und fühlte, wie sich das Kind in ihrer Gebärmutter bewegte. Schattentänzer …

Dann kamen die Geräusche, die sie geweckt hatten, wieder. Ein schnelles Krabbeln, ein vierfaches Klappern wie das Fallen von Münzen auf Holz. Sie wagte es, nach der Lampe zu greifen und drehte sie an. Grelles Licht schoß ihr in die Augen. Robot rührte sich verschlafen neben ihr und hob seinen verstärkten Arm, um das Gesicht zu bedecken.

»Wach auf!« sagte sie und zog an seiner Schulter. »Hier kommt etwas zu uns herein.«

»Was denn?«

»Ich weiß nicht. Es ist komisch, ich habe Angst hinzusehen.«

»Oh, verdammt!« sagte Robot schläfrig und stieß sich gegen das Kopfkissen hoch. Sein Atem roch nach Aceton, ein Rest nach dem abendlichen Schnaps von Sugar Jack. Auch Dorthy schmeckte ihn noch in ihrem Mund – ein Überbleibsel ihres Liebesspiels. Die Schwangerschaft machte sie so geil wie die Hölle. Sie konnte nicht genug bekommen.

Das Geräusch kam wieder, und Dorthy quietschte leise. Halb echter Schrecken, halb Belustigung über ihre Feigheit.

»Mist!« sagte Robot wieder. Er beugte sich über sie, um zu schauen, und fiel dann fast aus dem Bett. Er sagte mit einer durch die Flanelldecke gedämpften Stimme: »Sie sind wieder da!«

Es waren die Krabbenwesen. Es schienen ihrer mehr zu sein, als Dorthy sich erinnerte; und viele von ihnen schienen auch kleiner zu sein. Robot stellte das fest. Er lag auf dem Bauch. Sein nacktes Hinterteil war im Lampenlicht leuchtend weiß. »Ich vermute, daß etwas einen Teil von ihnen gefressen oder getötet hat. Und einige andere haben sich vermehrt. Schau her, siehst du, wie die kleinen um die Stacheln dieses alten Biestes kriechen? Was glaubst du, wie sie uns gefunden haben? Vielleicht durch den Geruch?«

»Nein. Ich weiß, was es ist. Die Schattentänzerschablonen in meinem Kopf. Ich bin sicher. Robot, ich hatte einen sehr seltsamen Traum.«

Sie erzählte ihm davon, und sie saßen den größten Teil der Nacht auf und erörterten, was zu tun sei, während die Krabbenviecher über den Fußboden klapperten und sich in dem sicheren Schatten unter ihrem Bett schließlich zusammen niederließen.

Am nächsten Tag sagte Clary Rossas: »Ein Ort, an dem ihr bestimmt Freihändler finden könnt, ist Evangelina. Das ist eine Stadt am Golf. Vielleicht eine lange Reise für eine Frau mit Kind, Dorthy, in dieser oder jeder anderen Jahreszeit. Und Evangelina ist auch kein guter Platz.«

»Ich habe eine Cousine in Evangelina, und die ist keine böse Frau«, sagte Cochina Durras.

»Ein Ort kann schlecht sein, aber dennoch können dort gute Menschen leben«, sagte Clary Rossas. »Evangelina ist berüchtigt wegen seiner Morde und krummen Geschäfte.«

»Nun, wie oft kommen diese Freihändler dort vorbei?« fragte Dorthy.

»Das kann niemand sicher sagen«, erklärte Clary Rossas. »Manche handeln gar nicht, sondern nehmen nur. Sie plündern die Ruinen der Städte, zerstören die Umwelt... Schließlich sind sie alle Piraten, die einen mehr, die anderen weniger. Es ist sechs Jahre her, daß einer von ihnen uns nahegekommen ist.« Ihr Achselzucken war auf lässige Weise vielsagend. Sie war eine kleine, dunkle Frau, lebhaft, mit kaum beherrschten Energien, das schwarze Haar in Zöpfe geflochten mit weißen Perlen, die um ihr Gesicht klapperten, wenn sie gestikulierte. Ihr Wams aus feinem Rehleder war geschmeidig wie Baumwolle, und ihre Stiefel (die sie auf das Geländer der Veranda gelegt hatte) waren aus schwarzer Schlangenhaut. Clary Rossas war die am weitesten Gereiste aller Einwohner von Kingman Seven und mit ihren späten dreißig Jahren schandbarerweise immer noch unverheiratet. Sie fügte hinzu: »Vielleicht wird wieder einmal einer vorbeikommen, vielleicht auch nicht. Wer kann das sagen?«

»Dies ist meine Antwort«, sagte Dorthy. »Ich kann nicht abwarten, bis ein Freihändler aufkreuzt. Ich bin im sechsten Monat, und in der vorigen Woche ist mein Nabel vorgesprungen. Ich bin eine kleine Frau. Ich weiß nicht, ob ich mit einem ausgewachsenen Baby in mir gut reisen kann. Also ist es jetzt an der Zeit.«

Cochina Durras wandte ein: »Aber wenn das Kind geboren ist, wird es für dich bestimmt leichter sein.«

Sie saßen alle drei in einer Ecke von Durras' Veranda und tranken Kaffee. Dorthy hatte ihren wegen des ungeborenen Kindes mit Wasser verdünnt, hatte es aber nicht geschafft, vollständig auf ihre tief eingewurzelte Gewohnheit zu verzichten. Regen schlug auf das Blechdach der Veranda. Silbrige, vom Wind getriebene Vorhänge verdeckten halb die anderen, zwischen Bäumen und eingezäunten Feldern verstreuten Häuser: Vom Karneval übriggebliebene Wimpel hingen schlaff im Platzregen. Es war Ende Februar, und fast jeden Tag strömte Regen schräg aus dem grauen Himmel und durchtränkte die fruchtbare, rote, alluviale Erde. Die erste Pflanzperiode war fast vorbei.

»Nachdem es geboren ist, wird man es entwöhnen müssen«, sagte Dorthy; »und dann müßte ich warten müssen, bis es gehen oder ein Pferd reiten kann. Ehe ich so weit bin, werde ich hier Großmutter.«

»Was gar nicht so übel ist«, sagte Cochina Durras lächelnd. Im Monat zuvor war ihr drittes Enkelkind zur Welt gekommen.

»Was gar nicht so übel ist«, sagte auch Dorthy lächelnd. »Aber es ist nicht das, was ich für den Rest meines Lebens vorhatte. Cochina, ich muß noch diese Sache zu Ende bringen.«

»Natürlich. Aber ohne deine Flugmaschine wird es mindestens zwei Monate dauern, bis du Evangelina erreichst. Und die Zeugen suchen dich immer noch. Es wäre besser, hier zu warten.«

»Vielleicht«, sagte Clary Rosas, »aber ich halte das für nicht aussichtsreich. Die Freihändler in Evangelina haben eine Art Sanktion mit den Zeugen. Sie schaffen technische Güter heran, welche die Zeugen nicht selbst herstellen können, und nehmen Baumwolle, Tabak, Korn und alles sonst mit, das sie finden können. Sie dürfen die Verteidigungsanlagen der Zeugen passieren, welche mit jedem Jahr stärker werden, wie du selbst erlebt hast, Dorthy. Weiter im Norden könntest du einen Freihändler finden, aber nicht jetzt und hier, wie ich meine. Das ist für sie zu gefährlich. Der eine, der vor sechs Jahren vorbeigekommen ist, war monatelang nach der Landung auf der Erde gewesen, aber nie länger als ein paar Tage am gleichen Ort. Gauner sind immer getarnt und daher schwer zu finden.«

»Aber nicht in Evangelina.«

»Natürlich«, sagte Clary Rosas, »wird jeder Freihändler für seine Hilfe Bezahlung fordern.«

»Wenn er oder sie erfährt, wer ich bin und wo ich gewesen bin«, sagte Dorthy, »wird ihm jeder Preis sicher sein, den er verlangt.«

»Und was ist mit deinem Gatten?« fragte Cochina Durras. »Vielleicht will er nicht, daß du reist.«

Dorthy hatte es nie geschafft, Cochina zu sagen, daß sie und Robot nicht verheiratet waren und das Kind, das sie trug, gar nicht von ihm war. Sie sagte: »Wir haben darüber gesprochen. Er ist damit einverstanden, daß wir gehen.«

»Du mußt bedenken, wie unterschiedlich man auf anderen Welten handelt«, sagte Clary Rosas.

Cochina Durras meinte: »Vielleicht bin ich wirklich eine zahnlose alte Großmutter, die nie einen Schritt aus ihrer Heimat hinaus getan hat; aber ich weiß mehr, als du denkst.«

Aber Clary Rosas sagte Dorthy: »Ich beabsichtige, etwa in der nächsten Woche wieder eine Reise zu machen. Gewiß nicht so weit wie Evangelina, aber eine gewisse Strecke in dieser Richtung. Du kommst mit mir, Dorthy, mit oder ohne Gatten. Männer sind sowieso nur für eine Sache gut.« Sie kicherte.

Und so war es beschlossen in der umständlichen Weise, wie die meisten Dinge in Kingman Seven entschieden wurden. Dorthy, Robot und Clary Rosas brachen an einem kalten, aber klaren Morgen auf, dem ersten März. Robot hatte während der letzten Tage den alten Solargenerator des Ortes repariert als Entgelt, obwohl keines gefordert war, für die Pferde und Vorräte, die man ihnen gegeben hatte.

Sie brauchten zehn Tage, um zweihundert Kilometer nach Westen zurückzulegen zu der kleinen Stadt an der Flußkreuzung, bis zu der Clary Rosas mitreiste. Sie trennten sich auf dem großen Markt nahe der Brüche, wo Straßenhändler ihre Waren anpriesen und Leute in hundert verschiedenen Kostümen sich um die Stände drängten. Der weiße Bogen der Hängebrücke leuchtete in klarem Frühlingssonnenlicht, am anderen Ende überschattet durch die aufgeblähte Gestalt eines Luftschiffs der Zeugen.

Clary Rosas drückte sie beide an sich und wünschte ihnen eine glückliche Reise; und Dorthy und Robot bezahlten die Maut und ritten über die Brücke, über die schnellen braunen Wasser des Mississippi. Die Krabbenwesen waren in einem kleinen viereckigen Kasten eingesperrt, der hinter Robots Sattel hing. Er hatte seinen verstärkten Arm abgenommen. Dorthy trug einen weiten blauen Mantel, der ihren aufgetriebenen Leib verhüllte. Der Zeuge, der auf einer Plattform am anderen Ende der Brücke stand, schenkte ihnen kaum einen Blick, als sie vorbeiritten.

3

Dorthy und Robot brauchten mehr als zwei Monate, um flußabwärts bis Evangelina zu reisen. Obwohl es auf dem Fluß nur fünfhundert Kilometer waren, wurde die Strecke durch lange Umwege, die von Sümpfen und mäandernden Wasserläufen erzwungen wurden, mehr als verdreifacht. Dorthy und Robot konnten nicht wagen, auf den weißen, gravitätischen Flußschiffen mit drei Decks Passage zu nehmen, denn an Bord waren stets Zeugen. Und die vielen Boote auf dem Fluß fuhren nur kurze Strecken und konnten ihre Pferde nicht mitnehmen.

Sie reisten durch ein Land, das immer wieder von der Geschichte gezeichnet war, manchmal auf Straßen, die dem Verlauf von Interstates folgten, die noch aus der Zeit der Verschwendung stammten; und manchmal auf Eisenbahnspuren, die wegen des monokristallinen Eisens in ihren magnetischen Kernen aufgelassen waren. Aber am häufigsten nahmen sie Landstraßen, die zehn Jahre oder tausend Jahre hätten alt sein können, unbefestigte Wege, die direkt durch das Schachbrettmuster von Reisfeldern, Weideflächen und Pekabäumen, sowie Gummi- und Bananenplantagen führten (Dorthy hatte eine Gier nach grünen Bananen entwickelt und aß täglich ein Dutzend davon, wenn sie konnte). Oder sie wanden sich durch Zypressensümpfe und blauen Fichtenwald im Verlauf der natürlichen Konturen des Landes.

Die Reise wurde verlängert durch die Notwendigkeit, sich den Lebensunterhalt in den kleinen Siedlungen und Städten zu verdienen, welche sie passierten. Es gab mehr als genug reparaturbedürftige Geräte, um Robot ein Jahr lang beschäftigt zu halten, falls er das wollte. In einer Stadt verdiente er genug, um sich ein Gewehr mit einem zerbrochenen Laserzielfernrohr zu kaufen. Nachdem er es instandgesetzt hatte, konnte Dorthy Kleinwild – Waldkaninchen, Gürteltiere, Wildhühner und Truthähne – erlegen. Wilden Reis brauchte man nur zu nehmen, und Obst konnte man von den Pflanzungen einsammeln. Sie brauchten nur noch Salz und Kaffee. Die Krabbenwesen in ihrer Holzkiste verhielten sich ruhig. Obwohl Robot in jeder Nacht den Deckel abnahm, kam es selten vor, daß auch nur ein Exemplar sich hinauswagte.

Dorthy und Robot konnten jetzt mehr oder weniger aus dem Lande leben, ihre Reise ging schneller, und als die Regengüsse nachließen und die Tage wärmer wurden, kampierten sie eher im Freien, anstatt ein Bett zu mieten oder in einer Wirtschaft oder einem Hospiz einzukehren. Einmal blieben sie über Nacht in den Ruinen eines großen Gebäudes, dessen zerfallende Mauern überall mit wirbelnden Graffitis von Bären bemalt waren. Als sie aufwachten, fanden sie ein halbes Dutzend Kaninchen mit gebrochenen Hälsen, die noch warm neben der Asche ihres Lagerfeuers lagen.

Und einmal mußten sie einen Tag und eine Nacht durch sumpfiges Gebüsch mit Büffelgras und Steppenkraut reiten, in dem vereinzelt Zwergweiden wuchsen, um einem Rudel wilder Hunde zu entkommen, die erbarmungslos hinter ihnen hertrotteten. Meistens hielten sie respektvollen Abstand, aber ab und zu rannten einer oder zwei oder ein halbes Dutzend los und heulten wilde Drohungen. Nur wenn Dorthy ihnen mit dem Gewehr winkte, wichen sie zurück. Dorthy, Robot und die Pferde waren völlig verbiestert und erschöpft, als die Meute schließlich am Rande der nächsten Folge bebauter Felder die Jagd aufgab.

Reis, der noch Sämlinge gewesen war, als Dorthy und

Robot ihre Reise antraten, war jetzt hoch gewachsen. Schwere Ähren neigten sich in heißer, feuchter Luft. Dann machte die Ernte die Felder kahl, und die Luft war voll Gestank von Dünger, der in die bewässerten Reisfelder eingepflügt wurde. Danach sah es so aus, als ob sich in jedem überfluteten Feld, an dem Dorthy und Robot vorbeiritten, eine Reihe von Männern, Frauen und Kindern über ihre Spiegelbilder bückten, während sie mechanisch einen Sämling nach dem andern in braunes Wasser steckten.

Es war um diese Zeit, nach zwei Monaten der Reise, als Dorthys Träume wirklich absonderlich zu werden begannen. Sie konnte mitten in der Nacht mit barocken Visionen aufwachen, die verblaßten, sobald sie nach ihnen zu greifen suchte. Woran sie sich am meisten erinnerte, was das wiederkehrende Bild des schwarzen Sandstrandes, der zuerst in ihren Träumen erschienen war, als die Krabbenwesen zu ihr und Robot zurückgekehrt waren. Schwarzer Sand, rötlicher Himmel, ein Wal, der sich mitten im Sprung vor einer milden, orangefarbenen Sonne abzeichnete. Die anderen Träume brachten das Gefühl beim Blick auf die riesige substanzlose Stadt, die hinter den komplexen Windungen der fraktalen Wüste schimmerte – aber etwas üppiger und glorreicher. Wenn sie aus diesen Träumen erwachte, lag sie eine Stunde oder länger in sanftem Dunkel oder im Mondlicht, mit dem mechanischen Zupfgeräusch der in der Nähe grasenden, angehobbelten Pferde und weiter entfernt mit dem Knistern von Reisschößlingen, die ihre Blätter sprengten oder dem Gewisper von Waldbäumen und den kurzen polternden und zischenden Tönen von Jägern und Gejagten kleinen Lebewesen, deren diamantscharfe Wege sie mit ihrem Talent erschaute – und zwei- oder dreimal dem Husten eines Jaguars oder dem Heulen einer Todesfee, das sich wie ein Stacheldraht kilometerweit in den tiefsten Teil des nächtlichen Waldes hinzog. Aber schließlich schlief Dorthy dann wieder ein und stellte beim Erwachen fest, daß ihre Erinnerung an den Traum zu Asche geworden war wie das Feuer der letzten Nacht.

Und so reisten sie, bis sich das Land neigte und an die Stelle von Wäldern ein Netzwerk von trägen Strömen und schlammigen Inseln und Mangrovesümpfen trat. Und schließlich gelangten sie nach Evangelina.

Das war eine Hafenstadt, ausgebreitet auf einer niedrigen Bodenleiste über einem der langen, schlammigen Arme des Deltas. Das gute Viertel, in Wirklichkeit nicht mehr als eine einzige lange Straße, die sich parallel zu den kilometerlangen Docks hinzog, bestand aus weißen Schindelgebäuden auf zwei Meter hohen Stelzen, mit verdeckten Verandas und Balkonen mit rostigen Eisengittern. Mehr als die Hälfte waren Bars oder Bordelle oder Hotels. Die übrigen dienten zumeist Händlern, Krämern, Kulturpflegern, Gutachtern, Notaren und dergleichen. Hinter der schäbigen Eleganz der Wasserfront zogen sich Baracken und Zelte zwischen sumpfigen hin. Und jenseits des zum Meer hin gelegenen Punktes der Docks schwebten einige Luftschiffe der Zeugen vor dem weiten Himmel, verankert an der geneigten Schüssel eines Radioteleskops.

Dorthy und Robot kamen am frühen Abend an, als die Sonne hinter Wolkenbändern über dem Mississippi unterging. Dorthy hatte an diesem Tage leichte Krämpfe in ihrem Bauch nach oben und unten empfunden; und ihre üblichen Rückenschmerzen waren zu einer Messerklinge geworden, die sich zwischen ihre Nieren preßte. Als sie ihr Pferd durch Menschenmengen führte in dem Gewirr von Schatten der hohlen zylindrischen Segel von Barken und Karavellen, wo Kräne wie gigantische Vögel auf schlanken Trägern über ihnen aufragten, fühlte sie plötzlich einen schweren Krampf, der die ganze Welt auszufüllen schien oder alles andere wegstieß. Nach

Luft schnappend zog sie die Zügel ihres Pferdes an und stützte sich auf den Sattelknauf.

Robot, wieder mit einem Arm, lenkte sein Pferd neben ihres und fragte, ob es ihr gut ginge. Dorthy sagte: »Ich glaube, die Zeit ist gekommen. Wir sollten lieber diese Cousine von Cochina finden.«

»Und einen Arzt, nicht wahr? Ich denke, daß ich Wasser kochen kann, aber sonst werde ich nicht viel von Nutzen sein.«

»Ärzte pflegen den Mann Wasser kochen zu lassen, damit er etwas zu tun hat. Ich verstehe nicht viel davon, meine aber, daß du dich lieber beeilen solltest.«

Die Adresse, die Cochina Durras ihnen gegeben hatte, war ein kleiner Gasthof mit einer schäbigen Fassade, aber einer sauberen Veranda mit einem polierten Mahagonifußboden, roten und rosa Geranien in Hängetöpfen und einem blau und rot gestrichenen Eisengeländer. Als der Gastwirt Dorthys Zustand erkannte, schob er den Empfehlungsbrief weg, den Dorthy vorzeigte, und sagte ihr und Robot, ob mit der Cousine seiner Frau befreundet oder nicht, könnten sie kein Zimmer haben, weil er keine solchen Unannehmlichkeiten haben wolle. Dabei machte er so viel Lärm, daß seine Frau herausstürzte, um zu sehen, was los war.

Sie warf gar nicht erst einen Blick auf den Brief, sondern ergriff sofort Dorthys Arm und half ihr durch eine enge dunkle Diele die Treppen hinauf. Sie war eine fette, sensible Frau mit geöltem schwarzem und über den Ohren zu Zöpfen geflochtenem Haar. Sie sagte zu Dorthy: »Keine Sorge, meine Liebe! Ich habe selber sechs gehabt, und nicht eines davon ist gestorben. Wenn dein Gatte sich keinen Arzt leisten kann, schätze ich, daß das keinen großen Unterschied machen wird. O je! Nun, macht nichts, es ist gleich so weit.«

Dorthys Fruchtwasser war ausgeströmt und näßte ihre Schenkel. Die Wehen kamen jetzt jede zweite Minute, Wehen, von denen jede folgende sich auf dem abklingenden Schmerz der vorangegangenen aufzubauen schien. Dorthy hatte kaum bemerkt, wie sie auf das Bett gelegt und ihre Kleider weggeschnitten wurden. Irgendwer machte Lärm in der Tür; aber die Frau des Gastwirts schob ihn weg.

Sie sagte, während ihre plumpen Finger Dorthys geschwollenen Bauch abtasteten: »Das ist das natürlichste Ding der Welt; und Männer sind am unnatürlichsten, wie ich meine. Wie lange ist es bei dir her? Ich würde sagen, nicht mehr als sieben Monate, und ist es dein erstes? Acht Monate sind es? Nun, dann wirst du keine Schwierigkeiten haben. Wie heißt du? Dorthy? Bist du aus dem Süden? Solche Augen. Das habe ich mir gedacht. Ich bin Maria. Aber das hat dir Cochina wohl schon erzählt. Wie geht es ihr? Wir sind beide südlich von hier geboren, aber nicht so weit wie du, möchte ich wetten. So, wenn du schreist, wirst du den Schmerz los.«

Aber der Schmerz blieb, wo er war, Welle um Welle. Mit jedem Krampf brach über den ganzen Körper Dorthys Schweiß aus. Sie versuchte, im Rhythmus der Kontraktionen zu atmen, und konnte an nichts anderes denken. Die Wehen kamen alle drei oder vier Minuten. Das war nicht genug Zeit, um sich vor der nächsten zu entspannen, so daß sie zunehmend erschöpft wurde. Jedesmal war es wie ein Berg, von dem sie sicher war, daß sie ihn nicht würde ersteigen können; aber jedesmal schaffte sie es irgendwie, auf seinen Gipfel zu gelangen. Sie fragte Maria ständig, ob es schon angefangen hätte; und die Frau sagte ihr, daß sie sich keine Sorgen machen müßte. Es war hart, aber sie würde hinkommen. In dem Zimmer waren noch mehr Personen. Sie war sich nicht sicher, wie viele. In einer Ecke brannte eine Lampe, und es war Nacht hinter dem Fenster. Die Dunkelheit machte aus dem Glas einen Spiegel, der die Leute, die Frau und sie selbst reflektierte, wie sie sich auf dem Bett abquälte. Maria legte ihr in Eiswasser getränkte Tücher auf die Stirn. Etwas später gab Robot ihr ein Glas von etwas Kühlem und Klarem zu trinken, das nach Nelken roch. Es gelang ihr, ihm zu sagen, daß er recht gehabt hätte, als sie Bruch machten. Wenn schon keine Gewehre, hätten sie zumindest den Autodoc retten sollen.

Was auch in dem Glas gewesen sein mochte, es distanzierte Dorthy etwas von sich selbst. Das Zimmer schien weit entfernt zu sein, ein kleines Lichtquadrat am Ende eines langen Tunnels. Sie war in dem Raum und gleichzeitig irgendwo anders, geschüttelt und zusammengedrückt durch heftige, unregelmäßige Pressionen. Eine alte schwarze Frau mit einem Haarknoten so dünn wie ein abgewetzter Läufer, fragte sie nach den Krämpfen; und sie versuchte durch den Nebel der Droge zu antworten. Sie konnte das Raunen der Stimmen hören und versuchte, sich dahin zu drehen, wo Licht durch die vibrierende Presse drang.

Als sie wieder voll zu sich kam, ritt sie auf dem Höhepunkt der bisher größten Kontraktion und schrie aus Leibeskräften. Robot drückte ihren Kopf zart auf das schwere Kissen zurück, das jetzt mit ihrem Schweiß getränkt war. Er sagte: »Ich habe eine Ärztin gerufen. Sie wird das Baby herausschneiden. Es könnte sich mit der Nabelschnur verheddert haben. Es gibt irgendwelche schmerzstillenden Mittel, könnte aber dennoch weh tun.«

»Das Baby lebt«, schrie Dorthy. »Ich fühle es in meinem Kopf.«

»Eine Tochter, he? Nun, du brauchst dir keine Sorgen zu machen, daß sie tot sein könnte. Man kann jetzt ihren Herzschlag hören.«

»Ich will nicht, daß sie ein Monster ist. Die ganze Strahlung, die Waffe der Marodeure. Robot, versprich mir, daß du sie tötest, wenn sie ein Monster ist!«

»Oh, sie ist in Ordnung. Sie hat zwei Arme, zwei

Beine und einen Kopf. Soviel weiß die Ärztin immerhin.«

Kühle auf ihrem angeschwollenen Leib. Die weißhaarige Ärztin strich ein klares Gel darauf. Als der nächste Krampf kam, fühlte Dorthy, wie sich ihre Muskeln verhärteten: Aber es tat nicht mehr weh. Robot war noch über sie gebeugt. »Die Träume, die ich hatte. Ich dachte, sie kämen von den Schablonen der Schattentänzer. Ich habe mich wohl geirrt. Sie kamen von meinem Baby.«

»Sie werden dir jetzt den Bauch aufschneiden. Sieh nicht hin, wenn du nicht willst! Wie fühlst du dich?«

»Ganz miserabel. Heb mich etwas an!«

Die Ärztin sagte, daß sie nichts fühlen würde. Es würde eine Narbe geben, aber keine große. Sie schob Stahlinstrumente erst in der einen und dann in der andern Richtung durch einen kleinen silbernen Kasten, aus dem ein hohes Jaulen drang. »Jetzt werden wir Sie vorbereiten«, sagte sie und rieb Dorthys Bauch mit Äthylalkohol ein, tastete und klopfte und horchte dann wieder durch eine kleine Silberröhre auf das Baby, den Kopf dicht an Dorthys Kinn anliegend: »Ihre Tochter liegt kopfüber und kennt den Ausweg nicht. Also werden wir ihr etwas helfen. Haben Sie jetzt keine Angst!«

Dorthy wollte sagen, daß das auch nicht der Fall wäre; aber der Raum entfernte sich wieder, oder Dunkelheit entstand ringsherum, so daß er wie ein kleines erhelltes Fenster war, das auf eine Nacht hinausblickte, so tief wie die zwischen Galaxien. Klar und entfernt. Dorthy sah, wie die Ärztin einen tiefen Einschnitt in ihren Bauch machte. Maria wischte den plötzlichen Schwall dunkelroten Blutes weg. Dorthy hatte keine Schmerzen, konnte aber fühlen, wie Haut und Muskeln auseinandergezogen wurden, der Druck nachließ, grelles Licht eindrang und grobe Hände zufaßten und zogen, während die Ärztin den Kopf des Babys, das durch den Schnitt runzlig und purpurrot zu sehen war, packte und dann den Rest heraushob. Sie legte es Dorthy zwischen die Brüste, schwer, feucht und warm, in Schleim und Blut gehüllt. Die Nabelschnur zog sich von ihrem Bauch in die Schnittwunde.

Die Ärztin beugte sich über das Kind und drehte seinen Kopf. Sie entfernte Schleim mit dem Finger, blies ihm sanft in den Mund und kitzelte die Sohlen der winzigen Füße. Dorthy versuchte, die Arme zu heben; aber die waren zu schwer, von der Dunkelheit niedergedrückt. Das Baby machte ein kleines erstickendes Geräusch und tat seinen ersten Atemzug. Aber es schrie nicht.

Mit noch runzlig geschlossenen Augen wollte Dorthy das Gesicht zuwenden. Seine ersten Versuche mit Worten waren steif und kehlig, kaum mehr als geballte Japser. Es arbeitete mit dem winzigen Mund und versuchte es wieder.

»In mir«, sagte es.

Die Ärztin wich zurück, bis sie an die Wand stieß, blutige Hände auf den offenen Mund gepreßt. Maria rief den Herrn Jesus Christus an. Robots Hand verkrampfte sich auf Dorthys Schulter, und der Schmerz brachte sie wieder zu sich.

Ihre Tochter holte mit leichtem Rasseln Atem. Schleim und Speichel tröpfelten. Ihr kleines runzliges Gesicht, von trocknendem Blut und klebrigem Schleim bedeckt, sah aus, als ob es tausend Jahre alt wäre. Sie sagte: »Schattentänzer. In mir. In mir!«

4

Der Freihändler war ein großer, hagerer Mann, von Kopf bis Fuß in Schwarz gekleidet. Abgetragene Stiefel aus Zithsa-Leder, schwarze Strümpfe und schwarze Kniehosen mit einem breiten Gürtel aus schwarzem Leder, weites schwarzes Hemd und eine Art kurzes Cape um die Schultern. Die Augen waren mit schwarzer Tusche gerändert. Totenkopfaugen in seinem verkniffenen weißen Gesicht. Er sagte: »Sie sind wirklich von der *Vingança*. Das ist kein Problem. Aber woher ich das wohl weiß?«

Er lümmelte sich in dem einzigen Stuhl des Zimmers und sah Dorthy an, die auf dem Bett mit ihrer Tochter im Arm saß, und Robot, der seinen einen Arm vor die Brust hielt, die Hand auf seiner leeren Schulterpfanne.

»Sie haben meinen Arm gesehen«, sagte Robot. »Sie haben die Krabbendinger gesehen.«

»Ihr Arm ist ein antikes Stück. Die Erde ist voll von Altertümern. Und soweit ich weiß, haben Sie diese Krabben aus dem Sumpf hier bekommen. Auf der Erde gibt es mehr ausgefallene Kreaturen als auf jeder anderen Welt, die ich kenne; und ich bin auf einem Dutzend davon gewesen. Noch etwas anderes für mich, oder vergeude ich meine Zeit?«

»Mach du weiter!« sagte Dorthy zu ihrer Tochter.

Das Baby sagte, wie sie es geübt hatte: »Die *Vingança* hat die ganze Strecke bis zum Kern der Galaxis zurückgelegt. Dort habe ich sprechen gelernt.«

Der Mund des Freihändlers klappte laut zu. Dann sagte er: »Ich habe davon gehört, es aber bis jetzt nicht geglaubt.«

»Glaube nicht an *dich*«, sagte Dorthys Tochter und drückte ihr Gesicht zwischen die Brüste ihrer Mutter.

»Sie wissen, daß es für Sie eine Belohnung gibt«, sagte der Freihändler. »Die Zeugen sind wirklich ganz scharf auf Sie. Darum bin ich interessiert.«

Robot sagte: »Wieviel werden Sie dafür bekommen, daß Sie die einzigen Überlebenden von der Expedition zum Zentrum der Galaxis von der Erde befreit haben?«

»Geht Sie nichts an. Selbst wenn Sie nicht wären, was ... Sie zu sein behaupten, würde das eine Rolle spielen. Handel mit Zeugen bedeutet nicht, daß ich die Verschwender leiden kann. Außerdem sind Sie wertvoller als Fracht.« Der Freihändler konnte nicht aufhören, das Baby anzuschauen. »Ist sie wirklich erst drei Tage alt? Lassen Sie sie noch etwas sagen!«

»Ich bin kein *Trick*«, sagte das Baby mürrisch und durch den Stoff von Dorthys Kleidung gedämpft. Seine Aussprache wurde klarer; aber es neigte zum Lispeln. Es schlug mit einer winzigen, wie ein Seestern gespreizten Hand auf die Mutter. »Hungrig.«

»Still, Kind! Sobald wir mit unserem Geschäft fertig sind.« Das Baby krümmte sich in einem Anfall von Temperament, aber Dorthy hielt es fest, bis es nachgab: »Es tut mir sehr leid«, sagte sie zu dem Freihändler.

»Halten Sie es nicht fest, Seyoura! Habe selbst Kinder aufgezogen. Ich habe einen Sohn, drüben im Kollektiv auf Bradbury. Schätze, daß Sie Bradbury nicht kennen. Nach Ihrer Zeit besiedelt. Dritter Planet von Al Nasl.« Er kratzte sich an seinem vorstehenden Wangenknochen. »Schätze, daß Sie noch nicht einmal den Stern kennen.«

»Ich weiß vom ihm«, sagte Dorthy. »Obwohl ich ihn besser als Lambda Sagittarii kenne. Aber ich nehme an, daß Sie, Seyour, den Schützen nicht kennen, da Sie nicht von der Erde sind. Ihre Heimat ist – na – hundert Lichtjahre entfernt?«

»Hundertvierundzwanzig.«

Robot sagte: »Dr. Yoshida ist Astronomin.«

»Fällt mir wieder ein«, sagte der Freihändler: »Yoshida. Mitglied der P'thrsn-Expedition damals in den Alea-Kriegen. Hat Geschichten über die Feldzüge zur Sprache gebracht. Großvater dabei gefallen. Einzelschiffpilotin bei BD 20. Ich fliege in meiner Familie schon *sehr lange* Schiffe.«

»Prüfen Sie sie nur gründlich!« riet ihm Robot. »Testen Sie uns nach Belieben! Sie sind doch interessiert, nicht wahr?«

»Aber über Sie kann ich mich an nichts erinnern.«

»Fragen Sie mich nach Kunstgeschichte!« schlug Robot vor.

Dorthy fühlte Robots Unbehagen, als ob vom Boden eines tiefen Teichs Schlamm aufgewirbelt würde. Sie sagte: »Er ist ein Aktionskünstler.«

»Verstehe nicht viel von Kunst. Wollen Sie sehen, wie wir arbeiten? Auf Titan gibt es einen Außenposten, wohin ich Sie zuerst bringen werde. *Falls* ich es tue.«

»Das ist okay«, sagte Robot. »Ich kenne Titan. Ich habe einige meiner besten Werke in Urbis gemacht.«

Der Freihändler sagte: »Urbis hat es früher einmal gegeben. Es besteht aber jetzt aus gefrorenen Ruinen. Die Wegstation besteht aus einigen Arcologiekuppeln. Kleine Ecke des alten Raumhafens. Sie sollten dort lieber abmustern.«

»Ich freue mich, daß Sie uns mitnehmen«, sagte Dorthy und schüttelte leicht ihre Tochter, die dem großen Mann, der nicht lächelte, überhaupt nicht traute.

»Das habe ich noch nicht entschieden. Falls ja, sollten Sie lieber verschwinden. Sonst vermodern Sie in Urbis, soweit es mich betrifft. Hydroponische Arbeiten verrichten, um die Passage abzuverdienen. Dürfte nicht mehr als dreißig Jahre dauern.«

Dorthy merkte, daß er befürchtete, dies alles könnte eine Art Komplott der Zeugen sein, mit dem man ihn hereinlegen wollte.

Sie sagte: »Man will Sie nicht hereinlegen.«

»Ich werde noch etwas anderes nachprüfen«, sagte der Freihändler. »Habe damit schon angefangen. Wäre sonst nicht hier.«

Robot redete mit ihm einige Minuten vor der Tür, während Dorthy ihrer Tochter die Brust reichte. Dabei hielt sie ein Tuch an die andere Warze, um den mitkommenden Fluß aufzufangen. Als Robot wieder hereinkam, sagte er: »Vielleicht könnte ich auch etwas davon bekommen.«

»Sei nicht so taktlos!«

»Ich denke, daß er uns nehmen wird.«

»Ich auch. Aber ich meine auch, er könnte Hintergedanken haben und uns den Zeugen ausliefern.«

»Ich gebe zu, daß das auch mir durch den Kopf gegangen ist. Vielleicht sollten wir von hier abhauen, wenn deine Tochter reisen kann. Und wenn du es kannst, ohne daß dir der Bauch auseinanderfällt.«

»Ich bin wund, aber es heilt.«

»Wann wirst du einen Namen für sie finden, he?«

»Ich wollte sie Hiroko nennen, aber meine frühreife Tochter mag den Namen nicht.« Arme Hiroko, sicher jetzt tot. Oder eine uralte Frau. Und der Vater ihrer Tochter immer noch auf der *Vingança,* die, wenn sie den Transfer-Orbit um die Singularität überlebt und relativistische Geschwindigkeit erreicht hätte, gerade jetzt die dicht gedrängten Sterne des galaktischen Kerns hinter sich ließe, achtundzwanzigtausend Lichtjahre weg von zu Hause. Zeitdehnung würde bedeuten, daß Valdez nicht mehr als eine Handvoll Jahre altern würde. Aber Dorthy und ihre Tochter wären seit fast dreihundert Jahren tot, bis er zurückkäme.

Das Baby ließ die Brust los und sagte: »Blöder Name, 'roko. Blöde. Ich wähle.«

Dorthy wischte dem Kind Milch und Sabber vom Kinn. »Dann solltest du dich lieber beeilen und eine Wahl treffen, ehe jemand dich wählt.«

»Weißt du was?« sagte Robot. »Der Bursche fragte

mich, als er ging, ob die Zeugen recht hätten. Ob es wirklich Götter im Zentrum der Galaxis gäbe.«

»Noch nicht«, sagte Dorthys Tochter und nuckelte weiter.

Sie brachen spät am Abend auf und ritten langsam durch die Volksmenge, die sich auf der weiten Dockseite auf und ab wälzte unter Balkons, wo es Männer, Frauen und Kreaturen gab, die entweder eines davon oder beides sein konnten, die sich auf verschnörkelte Eisengitter stützten und zu etwaigen Kunden hinunterriefen. Als sie ihr Zimmer bezahlt hatten, erfuhr Dorthy vom einem halbfertigen Plan, sie an die Zeugen zu verraten, der sich im Geist des Wirtes formte. Darum hatte sie Maria, seine Frau, beiseite genommen und sie geradeheraus gebeten, dafür zu sorgen, daß sie mindestens Zeit haben würden, aus der Stadt wegzukommen. Maria, die auch für offene Worte war, hatte ihr gesagt, sie sollten sich keine Sorgen machen. Ihr Gatte könnte das Gasthaus nicht eher verlassen, bis die Bar am frühen Morgen dichtmachte; und sie würde dafür sorgen, daß er nicht einen Schankgehilfen mit einer Botschaft losschickte.

»Aber du mußt wissen, daß die Zeugen noch früh genug Wind bekommen werden«, hatte sie gesagt. »Sie kümmern sich nicht viel um das, was an der Promenade vor sich geht; aber ein Baby, das von Geburt an sprechen kann, ist etwas anderes. Armes Würmchen, ich wünsche, ihr könntet etwas länger bleiben. Es ist hart für dich und für sie.«

»Ich bin schon in schlimmeren Situationen gewesen«, hatte Dorthy gesagt. Und Maria hatte sie in die Arme genommen und ihr ein Papierpäckchen mit gepreßtem Trockenobst gegeben. Und dann hatte sie sie durch die schwarze Allee hinausgeleitet.

Aber allen Versicherungen Marias zum Trotz fühlte Dorthy sich wohler, als sie und Robot den bewaldeten Hang jenseits von Evangelina erstiegen hatten. Sie empfand auch Robots Erleichterung. Das Baby schlief in der Schlinge, die Dorthy gemacht hatte, an ihre Brust gekuschelt. Es träumte von den Schattentänzern; ihrem anmutig schwebenden Tanz zwischen den mit Schöpfmuscheln verkrusteten Säulen ihrer Lagune.

Sie errichteten ein Lager in einem Hain gedrungener alter Zypressen, in ausreichender Entfernung von der ungepflasterten Straße. Weit unten am Hang konnte sie die schwachen Lichter von Evangelinas Barackenstadt sehen und das helle Band der Promenade. Über den Strom gleitende Schiffslaternen waren wie kleine Sternbilder. Direkt südlich der Stadt waren zwei Luftschiffe der Zeugen beleuchtet, ein jedes heller als die spitze Sichel des Mondes. Wie bei manchen Tiefseefischen waren die Hüllen der Luftschiffe transparent und zeigten schattenhaft Skelettstrukturen und Gasballons wie leuchtende Organe. Die Schüssel des Radioteleskops war von weißem Licht gesäumt. Ein Auge, das nicht schläft.

Dorthys Tochter wurde wach, quengelig und hungrig. Dorthy stillte sie und mampfte dabei Händevoll stark gesüßte, getrocknete Früchte. Sie wagten nicht, ein Lagerfeuer anzuzünden. Nach einer Weile stand Robot auf und bemerkte beiläufig, daß er wieder in die Stadt reiten wollte, um zu sehen, ob er den Freihändler finden könnte.

»Sei aber vorsichtig!«

»Sie sind ja nicht gerade auf mich erpicht«, erwiderte er. Und dann kam wieder dieser Anflug von schwarzer Stimmung.

Dorthy sagte: »Beeil dich mit der Rückkehr!« was bedeutete: *Komm zurück, lauf nicht fort!* Denn davor hatte sie Angst, daß Robot in das Hinterland seiner Kindheit verschwinden und sie und ihre kleine Tochter auf einer anarchischen Erde gestrandet verlassen würde.

Nachdem Robot gegangen war, lag Dorthy auf duftenden Zedernnadeln in dem warmen, feuchten Dunkel mit ihrer Tochter zwischen den Brüsten. Ihr Leib war schlaff und tat weh, wie die Hülle einer ausgekratzten Frucht. Nun, das würde vergehen. Sie hatte ihre Tochter, warm und nach saurer Milch und Pipi riechend – und etwas Undefinierbarem, das ihr Herz beunruhigte. Wie oft hatte sie ihr Schicksal verflucht, als weibliches Wesen geboren zu sein – womit sie die Verzweiflung ihres Vaters wiedergab, weil er keine Söhne hatte, was ihr vorher nicht klar geworden war. Aber Männer konnten dies doch niemals haben.

Ihre Tochter schlief wieder, wachte dann auf und beklagte sich über ihre vollen Windeln. Dorthy wickelte sie im Dunkeln und hielt sie dann wieder im Arm. Sie probierte Namen für das Baby aus, von denen ihr aber keiner gefiel. Dann fragte sie, wieviel sie sich erinnerte. Darin vermischten sich Neugier und leichte Besorgnis. Was war nur dieser Wechselbalg, den sie getragen hatte, mit vollem Bauch und nach der wilden Lust von ihr und Valdez? Wie menschlich war das Kind? Wie menschlich würde es sein?

Aber ihre Tochter hatte kein Verständnis oder brachte ihre lebhaften Träume mit der stickigen Realität der Gebärmutter durcheinander, schlug mit ihren Händchen frustriert zu, weil sie es ihrer Mutter nicht erklären konnte. Und dann sank wie wieder abrupt in Schlaf.

Auch Dorthy döste vor sich hin und erwachte dann mit dem Gefühl, daß Leute näher kamen. Sie rief laut in der schläfrigen Annahme, es wäre Robot, der mit dem Freihändler zurückkäme. Aber dann erkannte sie, wer es war. Jedoch noch ehe sie aufstehen konnte, wurde sie aus vier Richtungen zugleich von Licht getroffen, und ein Mann sagte: »Bleiben Sie da, wo Sie sind, Bürgerin!«

5

Die Zeugen waren so höflich wie nur möglich. Es war, als ob um Dorthy und ihre Tochter ein Raum wäre, den sie nur nach sorgfältiger ritueller Beschwichtigung zu betreten wagten, indem sie sagten: »Vorsichtig jetzt, Dr. Yoshida!« oder: »Lassen Sie mich nur für eine Minute Ihre Hand ergreifen!« während sie ihr aus dem Bodenwagen halfen und sie über lange Kieswege führten, die sich zwischen Hütten und Behelfskuppeln dahinwanden. Dahinter ragten die bei den hellen Luftschiffe und das Gerüst und die riesige, von Licht gesäumte Schüssel des Radioteleskops vor einem Himmel auf, der so schwarz war, daß er massiv zu sein schien.

Es waren ein halbes Dutzend Zeugen, gekleidet in weite Uniformröcke und Hosen in verschiedenen Grundfarben, die alle ein Symbol der dreifachen Spirale der Galaxis mit einem synthetischen Rubin in der Mitte an einer feinen Kette um den Hals trugen. Alles Männer und alle sehr jung. Hübsch auf eine anständige, schlanke und nichtssagende Weise. Daran gewöhnt, ohne Fragen Befehlen zu gehorchen. Genau die Art von Kanonenfutter, die ein Dschihad braucht.

Sie hatten versucht, ihr die Tochter wegzunehmen; aber Dorthy war trotz ihren Pistolen wild geworden, und sie hatten achselzuckend aufgegeben. Das machte ihnen nichts aus. Sie hatten so viel Zeit, wie sie nur wollten.

Sie brachten sie in ein kleines Zimmer, das mit einem Tisch und einem Paar Stühlen mit geraden Lehnen ausgestattet war, sowie einem eisernen Bettgestell mit einer

Drahtmatratze. Auf den weißen Fliesen um das Bettgestell waren alte dunkle Flecken. Ein merkwürdig aussehender Apparat, ein schwarzer Kasten mit einem Griff und langen, davon herunterhängenden Drähten, war am Kopfende festgemacht.

Die Zeugen ließen sie eine Weile in dem Zimmer. Zwei standen gleichmütig zu beiden Seiten der Tür. Das Baby wachte auf und verlangte Nahrung. Dorthy gab sie ihm: »Böse Menschen«, bemerkte das Kind, als es fertig war, und fiel wieder in Schlaf. Kleine Blasen von Milchspeichel hoben und senkten sich in einem Mundwinkel im Rhythmus des feuchten Atems.

Zeit verging. Nach einer Weile brachte einer der Zeugen Dorthy einen Kaffeebecher aus rostfreiem Stahl. Sie nippte noch daran, als weitere zwei Zeugen hereinmarschierten, die Ehrenwache für einen stämmigen Mann, der kaum menschlich aussah und ganz in Weiß gekleidet war.

Sein Name war Paul Marquira. Er war der Leitende Demiurg der Petitionskammer von Evangelina. Er sagte zu Dorthy: »Wir haben alle Zeit, die wir brauchen.« Seine Augen waren beide künstlich, und in dem rasierten Schädel waren Inserts – durchsichtige Fenster, die blaue Blutgefäße zeigten, welche sich über glatte Gehirnfalten schlängelten. Er gehörte einer der extremeren Sekten der Zeugen an, die glaubten, daß durch diese Art Verstümmelung Unsterblichkeit erlangt werden könnte. Marquira badete sich in Dorthys neugierigem Blick und erzählte ihr prahlerisch, daß seine Organe zur Hälfte Implantate wären. Sein Blut war ein künstliches Plasma, in dem an Silicium gebundenes Hämoglobin Sauerstoff beförderte. Sein Stoffwechsel war radikal umgekrempelt, so daß er als Nahrung nur eine einfache Nährlösung brauchte. Er sagte, alles, was wirklich erforderlich wäre, sei das Gehirn; und selbst das sei entbehrlich, wie die Alten gezeigt hätten. Volle Übertragung von sowohl Verstand wie Anima auf maschinelle Intelligenz wäre die nächste große Etappe in der menschlichen Evolution, lange verzögert, aber unausweichlich.

Dorthy trödelte mit Marquira herum. Sie brauchte keine Inserts, um seine Gedanken zu erkennen. Sie war eine wertvolle Trophäe. Der Besitz einer Person, die den Kern der Galaxis besucht und die Stimmen der Götter gehört hatte, würde den Status von Marquiras Sekte enorm heben. Eigentlich hätte man sie direkt nach Galveston schicken können. Aber statt dessen warteten sie auf ein Luftschiff, das den Golf überquerte und den Anführer von Marquiras schismatischer Sekte bringen sollte. Man würde sie mit freundlichen Händen vernehmen, wie Marquira es ausdrückte.

Dorthy sagte, daß sie ihm gleich hier alles erzählen würde, was er zu wissen wünschte. »Ich habe keine Geheimnisse, Seyour. Ich sah, was ich sah, und ich möchte, daß die Leute davon erfahren. Darum bin ich zur Erde zurückgekehrt.«

»Und warum versuchen Sie dann, sie zu verlassen?« Maquira saß ihr am Tisch gegenüber, die Hände über dem Wanst gefaltet, den sein Bauch in seinem lavendelfarbenen Rock bildete. Der umgebaute Stoffwechsel hatte seine Leber auf das Vierfache anschwellen lassen.

Robot, dachte Dorthy. Robot hatte sie verraten. Er oder der Freihändler oder alle beide.

Marquiras eingesetzte Augen waren silbern, mit unscharfen schwarzen Pupillen, die sich unabhängig weiteten. Sie schimmerten bei dem scharfen Licht des Zimmers in Spektralfarben. »Wir haben Sie beobachtet, seit Sie in Evangelina eingetroffen sind. Wir beobachten einen jeden Ankömmling hier, der oder die uns interessiert. Wir sind nicht so dumm, wie die Leute glauben, obwohl wir gern ein niedriges Profil zeigen. Wer uns Ärger macht, den lassen wir verschwinden. Ohne Umschweife und ohne Spur. Das ist nicht unsere Hauptaufgabe, aber wir sind gründlich.«

»Sie brauchen sich nicht vor mir zu rechtfertigen«,

sagte Dorthy. »Ich habe gesehen, was Sie hier getan haben.« Der Kaffee hatte sie nervös gemacht.

Marquira zuckte die Achseln. Das hatte er alles schon früher gehört. »Wir brauchen im Moment die Erde als Plattform für unsere Petitionen. Nach der Großen Offenbarung hatten nur wir die Organisation und den starken Willen, um der Welle von Anarchie zu widerstehen, die die Erde überschwemmte. Unsere gegenwärtige Position ist einfach eine historische Unvermeidbarkeit.«

»Nicht einer der Leute, über die Sie zu herrschen vorgeben, hat um ihre Herrschaft gebeten. Sie sind nur ein Haufen opportunistischer Sicherheitsbeamter.«

»Dr. Yoshida, nach der Offenbarung sind Milliarden Menschen gestorben. Aber Milliarden mehr haben durch uns überlebt. Weil wir darauf vorbereitet waren, Widerstand zu leisten.«

»Was werden Sie mit uns machen? Werden auch wir ein Teil dieser Ihrer historischen Unvermeidbarkeit sein?«

»Sie sind im Kern der Galaxis gewesen. Sie haben die Glorie geschaut, von der das Volk auf der Erde nur einen flüchtigen Schimmer erhascht hat.«

Dorthy glaubte zu wissen, was kommen würde. Sie hatte Marquira gesagt, daß seine Große Revolution nicht mehr wäre als das ersterbende Gestammel eines psychotischen Goldenen, der nur noch der Rache gelebt hatte. Sie hatte ihm gesagt, wenn es je Dinge wie Götter gegeben hätte, so wären diese schon vor einem Äon dahingegangen, und daß die menschliche Rasse nur ein Bauernopfer wäre, das im Endspiel der Geschichte dargebracht würde.

Marquira ließ sie mit glitzernden Silberaugen unbewegt ausreden. Als sie fertig war, nickte er leicht; und Dorthy hatte kaum Zeit, mit der Wimper zu zucken, ehe die bei den Zeugen hinter ihr sie hochrissen. Der eine schnappte sich ihre Tochter, während der andere ihr einen Schlag ins Genick versetzte.

Roher weißer Schmerz wischte alles weg. Sie war auf allen vieren und fühlte, wie Stücke von ihr wieder zusammenströmten, als die Qual nachließ. Ihr Rückgrat war eine Stange aus Feuer.

Marquira stand auf und kam um den Tisch herum. Er sagte: »Dr. Yoshida, Sie sind müde, verwirrt und erregt. Sie glauben, daß Sie uns hassen, und denken darum, daß Sie uns verletzen können, indem Sie die gleiche Art grundloser Gerüchte wiederholen, die neuerdings durch die hiesige Bevölkerung schwirren. Tatsächlich können Sie uns überhaupt nicht verletzen. Aber wir können Sie verletzen. Und das werden wir auch tun, bis wir an die Wahrheit gelangen. Das könnte ein langer, harter Weg sein; aber wir werden am Ende dort ankommen. Sie werden Ihrer Ketzerei abschwören. Und dann werden Sie in einer Lage sein, jedermann von dem zu erzählen, was Sie im Kern erfahren haben. Erst dann. Nicht jetzt.«

Danach verließen sie Dorthy und ihre Tochter. Der Schmerz ging nicht weg, obwohl sie nach einer Weile imstande war, vom Fußboden hochzukommen und sich auf einen Stuhl zu setzen. Sie hatte das verzweifelte Verlangen, sich hinzulegen, aber der Boden war zu hart, und sie konnte nicht auf der Drahtmatratze liegen, da sie nur zu gut wußte, wozu sie benutzt worden war.

Das Baby regte sich in Dorthys Umarmung auf, da es die Qual seiner Mutter spürte und nichts dagegen tun konnte. Die Augen versuchten, sich auf Dorthys Gesicht zu richten, und die kleinen Hände drehten sich, zappelten und stießen. »Ist schon gut«, sagte sie eindringlich. »Alles, alles in Ordnung. Schlafen.«

»Kind, vielleicht können Träume trösten; aber du mußt immer wieder daraus erwachen und findest die Welt unverändert. Träume sind nur eine Spiegelung der Welt. Sie haben keinen Einfluß auf sie.«

»*Meine* doch«, sagte das Baby.

»Die Schattentänzer schlafen tief in dir. Darum siehst

du sie in deinen Träumen. Wir können sie hier nicht aufwecken.«

»Wir werden sehen«, sagte die Tochter und fiel wieder in Schlaf. Nach einiger Zeit wurde sie lange genug wach, um zu sagen: »Sie wissen Bescheid.« Und dann schlief sie wieder, einen seltsamen tiefen REM-Schlaf, der Dorthy hineinziehen würde, wenn sie es zuließe.

Schnell und lebhaft kam die Morgendämmerung. In dem kleinen Raum fing es an warm zu werden. Es gab keine Klimaanlage. Das Zimmer war nur ein Betonkasten mit weiß gekacheltem Boden und einer hohen Decke, die Dorthy nicht erreichen konnte, auch wenn sie auf den Stuhl stieg, den sie auf den Tisch gehoben hatte. In dem Tisch war einmal ein Bildschirm zum Schreiben gewesen. Aber man hatte ihn entfernt und das Loch verklebt. In der Schublade waren nur kleine Staubflocken. Auch sonst war in dem kleinen Raum nichts, das sie brauchen konnte außer vielleicht den peitschenartigen Drähten, die von der Maschine herabhingen, die mit Bolzen am Kopfende des Bettgestells befestigt war. Aber sie konnte sich nicht überwinden, diese anzufassen.

Wenn sie sich auf den Stuhl stellte, konnte sie durch das hohe, schmale Fenster blicken. Aber sie konnte nichts sehen außer den gezackten Wipfeln einer Palmengruppe, die sich vor blauem Himmel abzeichneten.

Die meiste Zeit über saß sie in *zazen*-Haltung auf dem Tisch. Die Zeit wurde markiert durch den Lichtfleck, der vom Fenster auf die gegenüberliegende Wand geworfen wurde und langsam nach oben wanderte, während Dorthy versuchte, ihre Gedanken zu ordnen und den Schweiß zu ignorieren, der ihr über den Körper rann, und den dumpfen Schmerz in den Nieren (sie hatte sich zweimal verstohlen in einer Ecke des Zimmers erleichtern müssen. Ihr Urin war beide Male mit Blut gefärbt). Es lief darauf hinaus, daß sie nicht zulassen konnte, benutzt zu werden. Diesmal nicht. Sie konnte sich nicht vormachen, der Tortur widerstehen zu können. Jener eine Schlag hatte in ihrer Psyche schon seine Spur hinterlassen. Und Hiebe waren noch das geringste Übel dabei. Es gab Auswege. Die hatte sie ein- oder zweimal nach besonders quälenden Sitzungen im Kamali-Silver-Institut versucht (einmal mit einem Bleichmittel, einmal mit einem Messer; und einmal hatte sie versucht, sich in dem freischwebenden tropfenförmigen Schwimmbecken im gewichtslosen Zentrum des Instituts zu ertränken. Versucht und versagt. Aber sie war damals nur ein Kind gewesen.

Aber da war ihre Tochter. Dorthy konnte sie nicht zurücklassen. Aber sie mitzunehmen (falls sie es könnte) würde bedeuten, die Hoffnungen einer ganzen Rasse zu verraten. Die Zeugen wußten das. Vielleicht nicht offenkundig, aber dennoch mit der Art von Instinkt, der einen wilden Hund sich das schwächste Tier einer Herde heraussuchen läßt, welches mit der geringsten Mühe zu erlegen ist.

So waren auch die Zeugen, dachte Dorthy, oder noch minderwertiger. Sie waren Aasfresser, die an den Knochen der Geschichte nagten. Sie besaßen genügend Drohvermögen und Imponiergehabe, um schwächere Kreaturen in die Flucht zu jagen, hatten aber nicht das nötige Quentchen Mut, um selbst zu töten. Selbst wenn sie sie durch Gehirnwäsche dazu brächten, ihre Glaubenssätze zu bestätigen, waren sie immer noch im Unrecht und rückständig. Lügen würde ihren Glauben keineswegs realer machen. Sie würden weiterhin der Erde Elend auferlegen. Aber weil ihre Religion die Entweihung des Weltraums durch etwas anderes als ihre Gebete verbot, würden sie sich nicht anderswohin ausbreiten.

Man konnte es nicht zulassen, daß die Schattentänzer als gefrorene Potentiale in der zarten Kurve des Schädels ihrer Tochter als Totgeburten in diesem Universum endeten; denn sie schwammen trotz alledem immer noch im Ozean der Interzone. Wenn sie könnte, würde sie sie retten, ihre Tochter und die Schattentänzer. Sie müßte am Leben bleiben und wachsam jeder Chance entgegensehen, die sich bieten könnte. Alles, was sie hatte, war das, was sie immer besessen hatte – ein leichter Hauch von Hoffnung.

Der helle Fleck von Sonnenschein erreichte den Winkel zwischen Wand und Decke und begann zu sinken. Dabei verlor er seine Schärfe. Als er nicht mehr heller war als die vergitterte Leuchtröhre, die nie ausgeschaltet worden war, brachte ein Zeuge ein Stahltablett ins Zimmer mit quadratischen Stücken einer blassen, in Bottichen erzeugten matschigen Masse und einem randvollen Becher mit lauwarmem, trübem Wasser. Dorthy nahm den Becher und sagte, daß sie das Essen nicht wollte. Aber sie bat um Windeln zum Wechseln für ihre Tochter.

Der Zeuge nahm das Essen mit, ohne ein Wort zu sagen, kam aber erstaunlicherweise wieder mit einem Stapel gestärkter und gebügelter Handtücher. Dorthy wickelte ihre Tochter, die weiterschlief und immer noch von Schwimmern in dunklen Gewässern unter rosafarbenem Himmel träumte. Als Paul Marquira zurückkam und ihr sagte, es wäre Zeit zu gehen, herrschte nur Dunkelheit hinter dem Fensterspalt.

Ein neues Luftschiff war jenseits des Radioteleskops verankert und lag im grellen Licht sich überkreuzender Scheinwerfer. Es war klein und schwarz. Seine kreuzweise angeordneten Propellerflügel blitzten an den Kanten. Rote und grüne Lichter blinkten beiderseits der Kabine, die unter der phallischen Schwellung der Hülle befestigt war. Dorthy und Marquira bildeten die Spitze eines Pfeils von Zeugen, die durch kümmerliches Gras darauf zugingen.

Marquira sagte zu Dorthy: »Auf der anderen Seite des

Golfs haben wir einen Platz. Sie werden dorthin gehen. Das wird sicherer sein.«

»Für mich oder für Sie?«

»Für uns alle«, sagte der Zeuge. Die Inserts in seinem Schädel flackerten in den Lichtern, die das Radioteleskop umgaben, als er sich nach bei den Seiten umschaute. Dorthy brauchte ihr Talent nicht, um seine Angst zu sehen. Er sagte: »Dr. Yoshida, Sie haben viel Unruhe mitgebracht: Hätte ich ...«

Und dann gingen alle Lichter aus. Die Scheinwerfer um das Luftschiff, die Lichter des Radioteleskops, die Lichter der Gebäude und des umgebenden Geländes.

Dorthy blieb stehen, und jemand prallte auf sie und stieß ihre Tochter fast zu Boden. Die Gruppen von Fächerpalmen ringsum wurden irgendwie bewegt, obwohl es keinen Wind gab. Das Baby fing an zu quengeln, und Dorthy hob es sich auf die Schulter. Sie war das Zentrum eines Kreises in Panik versetzter Zeugen. Da waren nur noch die Lichter der Luftschiffe, die als helle Konstellationen vor dem Gewimmel von Fixsternen am Himmel schaukelten.

Sterne begannen zu fallen, die Feuerschleppen nach sich zogen, als sie schräg zu Boden fielen und in flakkernden Kometenschweifen explodierten oder goldenem Feuer, oder auch in wirbelnde Funkenreihen zerplatzten, die alle sich zu einer weißen Blüte entfalteten. Sich überlappende Muster aus bleichem Licht erfaßten die Zeugen um Dorthy in allerhand absurden Stellungen. Dann kam ein schrecklicher Donnerschlag, und ein Drache schlängelte sich über den gestirnten Himmel. Er spie Feuer, das das schwarze Luftschiff in der Mitte traf und dort hängen blieb.

6

»Ihr Idioten!« brüllte Marquira. »Das ist ein Feuerwerk!«

Aber schon liefen einige Zeugen zu den Gebäuden zurück. Die skizzierte Kontur des Drachens verblaßte und wurde überstrahlt durch die grelle Helligkeit des brennenden Luftschiffs. Auch auf dem Boden waren Brände ausgebrochen. Scharfer Rauch wirbelte hüfttief um Dorthy und die restlichen Zeugen. Phantomschatten bewegten sich durch den Qualm. Sie wurden vom Scheiterhaufen des Luftschiffs geworfen und den Fackeln, die noch zwischen Erde und Himmel hingen. Einer davon war real, wie Dorthy erkannte. Er versuchte, ihr etwas zu erzählen, wußte aber nicht, wie er das Bild gestalten sollte. Und sie war durch die allgemeine Panik der Zeugen abgelenkt.

Dann zog Maquira seine Pistole und befahl den anderen zusammenzubleiben. Sonst würde er den nächsten Mann erschießen, der nicht parierte. Das brennende Luftschiff sank zu Boden und verkrümmte sich zu einem *V*, als sein Rückgrat brach. Ein Schatten hing über dem zitternden Licht des Brandes und glitt dann langsam zur Seite. Marquira hob die Pistole, und für einen Augenblick zog eine Linie von Licht so hell wie die Sonne durch den Himmel. Danach donnerte es.

Marquira packte Dorthys Arm und zog sie mit sich. »Wir werden zu den Gebäuden zurückgehen. Sie werden nicht wagen, auf uns zu schießen, solange wir Dorthy und ihr Baby haben; und Hilfe wird bald genug eintreffen. Man muß diese Vorstellung längs der ganzen Küste gesehen haben.« Er starrte Dorthy an. »Und während wir auf Hilfe warten, werde ich aus Ihnen herausbringen, wer Ihre Freunde sind. Oh, Sie werden reden, das verspreche ich!«

»Ich werde Ihnen etwas sagen«, erklärte Dorthy. Sie versuchte, sich auf Marquiras unbeständige Wut und die nicht ausgesprochene Botschaft zugleich zu konzentrieren. Dann geschahen zwei Dinge auf einmal. Ein Zeuge streckte sich in voller Länge aus. Er drehte sich, um das zu fassen, was sein Bein gepackt hatte, und heulte auf, als er blutige Hände zurückzog. Und Dorthys Tochter, die alles gleichmütig beobachtet hatte, jammerte plötzlich und sagte: »Mehr Licht!« Sie schloß krampfhaft die Augen, als eine rote Feuersäule vor der Gruppe emporschoß.

Robot stand inmitten quirlenden Rauches. Eine kleine dunkle Brille bedeckte seine Augen. Er streckte seinen verstärkten Arm aus mit der Fläche der rechten Hand nach oben gerichtet. Irgend etwas summte darin. Dorthy begriff jetzt, was er ihr mitzuteilen versucht hatte. Sie drehte sich in dem Moment um, als das grelle Licht aufflammte und blauweiße Helligkeit weit über das Buschwerk warf.

Durch undeutliche grüngelbe Nachbilder sah Dorthy, wie Zeugen ihre Augen rieben, während sie in hektischen Kreisen herumtappten oder auf die Knie fielen. Nein, nicht alle. Marquira stand ruhig da. Die Blendung hatte seinen implantierten Augen nichts angetan. Er hob die Pistole und richtete sie genau auf Robots Brust ... Da klammerte sich ein Klumpen von Dunkelheit um sein Bein, und er lag auf dem Boden, wo er das große Krabbenwesen wegzustoßen versuchte, das an seinem Schenkel hochkletterte. Es machte ein metallisches Geräusch und schnitt ihm die Finger ab.

Dorthy drückte ihre Tochter an die Brust und lief auf das herunterkommende Einzelschiff zu. Sie konnte es jetzt deutlich vor dem brennenden Wrack erkennen. Robot hielt mit ihr Schritt. Eine Flut von Krabbenwesen schwärmte um sie herum. Sie erreichten das deltaförmige Schiff vor den Menschen. Robot erkletterte die Auftriebsfläche, nahm Dorthy das Kind ab und gab es an den großen hageren Freihändler weiter. Dann ergriff Dorthy Robots Hand und verließ die Erde.

Der Mond stieg hinter der Halbkugel der Erde auf. Der Doppelplanet Erde-Mond schrumpfte deutlich zusammen. Robot schob den Schirm weg und knetete mit der prothetischen Hand seinen Bizeps. Das Stoßschutznetz hatte während der brutalen Minuten der Startbeschleunigung rote Striemen erzeugt. Jetzt befanden sie sich im freien Fall. Dorthys Tochter rotierte mitten in der Luft, schlug mit ihren rundlichen Armen und gurgelte entzückt. Dorthy sah ihr nachsichtig zu. Krabbenwesen drängten sich hinten in der engen Kabine zusammen und schoben sich mit metallischem Rasseln und Klappern übereinander.

»Du hast es die ganze Zeit gewußt«, sagte Dorthy zu ihrer taumelnden Tochter. »Du hast die Augen deiner Freunde, das weiß ich ganz sicher.« Sie fing das Kind ein und schaute es finster an. »Und was noch? Was weißt du sonst noch?« Sie dachte: Hörst und fühlst du mein Erstaunen und meine Angst?

Aber das Baby fuchtelte nur mit den Händen. Speichelblasen bildeten sich an seinem wie ein Cupido-Bogen geschwungenen Mund. »Mehr!« sagte es: »Mehr, mehr, immer mehr!«

Robot sagte: »Wir waren ziemlich sicher, daß die Zeugen dich ergriffen hatten. Auch ohne daß die Krabben uns hingeführt hätten.« Er drückte mit den Knöcheln seine von Rauch verschmierten Wangen und fragte vielleicht zum zehntenmal: »Wie hat dir die Show gefallen?«

»Du hättest getötet werden können«, sagte Dorthy. »Auf diese Weise hier hereinzukommen ... Ich hätte mich schon davongemacht. Ich wartete nur auf den richtigen Moment ...«

»Alles, um was ich bitte, ist eine kleine dankende Anerkennung. Die letzte Vorstellung, die ich je auf der Erde geben werde. Verdammt, ich mußte doch mittendrin sein.«

»Ich bin mir immer noch nicht sicher, ob deine Leute real sind«, sagte der Pilot. »Nicht einmal, ob das, was du getan hast, als real gelten kann.«

»Wir sind real«, sagte Robot.

»Das solltest du auch lieber sein. Ich hatte keine Zeit, um ein großes Geschäft mit Wildweizen-Genen abzuschließen, und schätze, daß ich nicht wiederkommen werde. Und habe auch nicht erwartet, daß diese deine Krabbenwesen herkommen würden. Bist du sicher, daß sie harmlos sind?«

»Meistens ja«, erklärte Robot. Zu Dorthy sagte er: »Ich glaube, sie verstehen mich. Sind direkt mit mir gegangen, nachdem ich die Energiesysteme überladen hatte.«

»Das war nicht ich, der sie folgten.« Dorthy starrte immer noch Auge in Auge auf ihre Tochter und fragte sich, wieviel das Baby wüßte und wie sehr es verändert worden war. Durch die Engel. Durch die Schattentänzer. Aber das Baby blinzelte nur zurück und sabberte Blasen.

»Das Märchenland wiegt nicht mein Kind auf«, sagte Dorthy schließlich. »Wir müssen eine Menge voneinander lernen, du und ich.« Sie wirbelte das Baby herum und lachte über sein unschuldiges Entzücken, während auf dem nicht beobachteten Bildschirm der Doppelstern von Erde und Mond zu einem einzigen Punkt schrumpfte und sich vor den diamantenen Schwärmen der vierhundert Milliarden Sterne der Milchstraße verlor.

Coda

EWIGES LICHT

Als das Luftkissenfahrzeug an die Küste kam, befand Dorthy sich am Strand und ging auf nassem schwarzen Sand, während das Kind vor ihr her lief. Es rannte vor und zurück durch Schaumreihen, die unermüdlich in die gleiche Richtung ausliefen. Am Vorabend hatte sie gesehen, wie das weiße Schiff vor dem östlichen Punkt der weiten Krümmung der Küste ankerte, unter dem hohen Kap, das die Marinestation einnahm. Sie hatte angenommen, es wäre nur eine zur Reparatur eingetroffene Fischerei-Expedition. Fünfzig Kilometer von der Küste entfernt brachten aufwärts gerichtete Strömungen reiche Nährstoffe aus den kalten, dunklen Tiefen. Riesige Fische, die größten in jedem bekannten Ozean, versammelten sich dort, um sich von ausgedehnten Planktonfeldern oder auch ihresgleichen zu ernähren. Fischereischiffe besuchten die Marinestation etwa ein dutzendmal in der Saison. Aber gewöhnlich machten sich deren Kunden keine Gedanken über das Haus an der anderen Seite der Bucht. Oder wenn sie es doch taten, belästigten sie seine Bewohner nicht.
Aber jetzt bog ein kleines Luftkissenfahrzeug von dem Schiff ab. Dorthy beschattete die Augen, um zu verfolgen, wie es sein Kielwasser quer durch die Bucht zog. Eine blaue Perle, die auf ihrem Luftkissen ritt, durch die Brandung brach und den Strand hinaufglitt, um in einer Sandwolke genau unterhalb des Rasens anzuhalten, der von dem langen großen Haus nach unten verlief.

Bis Dorthy und ihre Tochter zurückgekehrt waren,

hatte der Besucher es sich schon auf ihrer Veranda bequem gemacht. Er lümmelte sich behaglich in einem Rohrsessel, die Beine aufs Geländer gelegt. Im ersten Augenblick erkannte Dorthy ihn nicht. Sein Haar war schwarz, in einem langen Zopf nach hinten geflochten, und sein locker geschnittenes Seidenhemd und die weiten Hosen waren elegant und kostspielig. Aber dann lief ihre Tochter die Stufen hinauf zu ihm, und Robot stand auf, fing sie und wirbelte sie herum. Sein verstärkter Arm blitzte im orangefarbenen Sonnenlicht.

Später, beim letzten Tagesschimmer, saßen sie auf einer flachen Steinplatte neben einem Gezeitentümpel und redeten über Vergangenheit und Zukunft, während Dorthys Tochter nach Quarzkieseln tauchte. Das Mädchen schwamm mit stolzer Anmut. Ihr nackter Körper blitzte und drehte sich in dem tiefen, klaren Wasser. Die Augen waren weit offen, und eine Blasenspur zog sich durch ihr langes schwarzes Haar, während ihre gespreizten Hände aus geriffeltem schwarzem Sand und Spalten in den schiefen Felsen nach Schätzen suchten.

»Ihre Freunde verlassen sie dort«, sagte Dorthy. »Es muß irgendwo eine Ader hinaus aufs Meer führen. Auf dem Lande gibt es nur Metamorphosit.«

»Ich hoffte, die Schattentänzer zu sehen«, sagte Robot. »Aber die Leute auf der Station erklärten mir, die befänden sich weiter westlich.«

»Wenn du fischen gehst, könntest du sie sehen.«

»Um ehrlich zu sein, ich habe das Schiff vor einem Tag bestiegen und werde übermorgen zurückfliegen. Hast du von der Expedition gehört?«

»Nein. Und ich werde auch nicht in deinen Kopf blicken, um herauszufinden, was es ist. Diese Zeiten sind für mich mehr oder weniger vorbei. Aber meine Tochter weiß wahrscheinlich auch Bescheid. Sie ist ein Naturtalent, und zwar das erste. Kein Training, um es zu entwickeln und kein Implantat, um es zu regulieren. Das macht sie alles selbst. Ich habe einen Kredit im Wert einer doppelten Lebenszeit vom Kamali-Silver-Institut für exklusive Rechte an ihr auf Elysium abgelehnt.«

Robot änderte die Lage seiner Stiefel aus Zithsa-Leder – die schon brüchig waren und Salzwasserflecken hatten –, als die Kleine direkt am Rande der Steinplatte auftauchte und ihrem kleinen Haufen einige weitere Kiesel hinzufügte. Kurze Haarsträhnen klebten an ihrer Stirn. Dann tauchte sie wieder. Der nackte Rumpf blitzte auf, als sie mühelos durch das klare Wasser nach unten wedelte.

Robot sagte: »Ich wußte nicht, was du hier machst. Ich hörte, daß du mehrfach in halb geheimen Missionen zur Erde zurückgekehrt warst. Aber das war alles… Dies war auch mit ein Grund, warum ich gekommen bin, Dorthy. Um mich auf den neuesten Stand zu bringen. Es ist eine lange Zeit gewesen. Sechs Jahre.«

»Und zum Teil ist da auch noch etwas anderes. Was hast du vor, Robot? Du hast dich verändert.«

Er grinste. »Ich bin nicht so verrückt, wie du denkst. Ich habe einen Ersatz für Maschine konstruiert. Stumpf wie ein steinerner Kasten. Aber er hält mich in Gang. Auch du hast dich verändert. Du bist nicht mehr so… nun, hektisch.«

»Ich bin erwachsen geworden. Sie hilft mir dabei. Wir leben hier, studieren gemeinsam Meeresbiologie und helfen nach besten Kräften beim Schattentänzerprogramm.«

»Und stiften Unruhe auf der Erde.«

»Das ist keineswegs alles.«

Er grinste. »Na ja, das weiß ich. Ich sehe, daß du noch nicht alle Schärfe verloren hast.«

»Robot, die Revolution wird von selbst kommen. Wir brauchen nichts zu tun, um sie zu ermutigen, außer die Wahrheit zu sagen. Die Zeugen können nicht für immer durchhalten. Das geht nicht. Denn mit jeder Sekunde, die verstreicht, kommt der überschnelle Stern dem Sonnensystem siebzehntausend Kilometer näher, um es zu zerstören. Zwölfhundert Jahre scheinen eine lange Zeit zu sein; aber auf der Erde leben Milliarden Menschen. Es wird die größte und schwierigste Evakuierungsaktion in der Geschichte sein. Aber sie muß durchgeführt werden.«

Sie unterhielten sich über die Zeugen und den langsam zunehmenden Widerstand gegen ihre Herrschaft und über Dorthys Missionen zur Kontaktaufnahme mit geheimen Regierungen, die fünfzig Jahre Zeugenherrschaft überlebt hatten. Auch sie war eine Zeugin; denn schließlich durfte sie jedem, der es hören wollte, die Geschichte von den Alea und den Engeln und der geheimen Geschichte des Universums erzählen. Und so unterhielten die beiden sich über die Probleme, die Ruhezellen der Schattentänzer, die die Krabbenwesen gebracht hatten, zum Auskeimen und zur Reife zu bringen und ihre Biochemie so zu verändern, daß sie wie die Killerwale, die jetzt als Ersatzkörper der Schattentänzer dienen mußten, in den Ozeanen von Iemanja leben könnten. Es war für die Schattentänzer schwierig, sich den fremden stromlinigen Körpern von Killerwalen anzupassen.

»Ihr könntet es mit Mantarochen versuchen«, schlug Robot vor.

»Nicht genügend Gehirnkapazität.«

»Nicht einmal mit harter Verdrahtung? Aber ich nehme an, daß du schon an so etwas gedacht hast. Jedenfalls ist es gut zu sehen, daß du einen Platz und eine Karriere gefunden hast.«

»Mein Leben ist nie normal gewesen, Robot. Ich habe mir selbst viele Schwierigkeiten bereitet, indem ich dagegen angekämpft habe, anstatt es zu akzeptieren. Mich sogar darüber zu freuen. Ich war ein ziemliches Mistvieh, als ich jünger war. Ich hätte dich ebenso gut aufschneiden wie anblicken können. Dies jetzt ist so normal, wie es nur sein kann, meine ich. Fremde Geister, die eine halbe Million Jahre alt sind, die Benutzung der Körper von Killerwalen zu lehren und zuzuschauen, wie meine Tochter zu etwas Wildem und Fremdartigem und Wundervollem aufwächst.«

»Sie hat immer noch keinen Namen.«

»Allein in diesem Jahr hat sie ein Dutzend Namen gehabt. Aber im Moment hat sie keinen.« Dorthy sah zu, wie das Mädchen durch tiefen, gesprenkelten Schatten zwischen Felsblöcken auf dem Boden des Teiches schwamm. Ihre unermüdliche Meerjungfrau. »Manchmal macht sie mir Angst, Robot. Sie weiß das und sucht mich zu trösten. Aber sie macht mir trotzdem Angst. Wir alle haben uns verändert, aber sie am meisten. Und nicht bloß, weil sie von Geburt an sprechen konnte. Draußen in der Marinestation haben sie schwere Waffen, die nicht alle dazu dienen, Haifischschwärme fernzuhalten. Ich frage mich, was aus ihr werden wird, wenn sie erwachsen ist, diese meine Tochter.«

»Ich habe auch darüber nachgedacht.« Robot wirkte schlau und fast mephistophelisch und war gar nicht mehr der wilde, verzweifelte junge Mann, den Dorthy gekannt und in all jenen Nächten geliebt hatte, als sie Flüchtlinge auf der Erde gewesen waren. Er legte seine eleganten Stiefel übereinander, wischte an den Puffärmeln seines rohseidenen Hemdes und lehnte sich auf beide Ellbogen zurück. »Du weißt, daß ich den Engeln näher gewesen bin als jeder andere, ausgenommen vielleicht Talbeck Barlstilkins leibeigener Dienerin. Ich habe darüber viel nachgedacht. Besonders, seit die Kleine Maschine sich niedergelassen hat.«

»Und so bist du zu bestimmten Schlußfolgerungen gekommen und willst meine Meinung darüber hören.«

»Ich vergesse ständig dein Talent.«

»Hast du dich jemals gefragt, was die Engel sind, Dorthy? Was sie in Wirklichkeit sind?«

»Wechselbälge. Denkende Kreaturen einst wie wir oder die Schattentänzer oder die Alea. Kreaturen aus Fleisch und Blut, die sich in etwas anderes umgewandelt haben. Reines Denken, hat Gunasekra einmal gesagt. Diese Idee gefiel ihm. Weiterlebend wie die toten Leute, die vor dem Interregnum in Computer eingespeichert wurden. Aber mit ihren Animas.« Dorthy lächelt. »Aber du denkst da ganz anders.«

»Vielleicht sind ihre Herren so. Aber ich glaube nicht, daß die Engel so sind. Du weißt, daß sie überhaupt nur durch mich oder Maschine oder Talbecks Dienerin gesprochen haben.«

»Sie haben zu mir gesprochen, wenn sie mich irgendwohin führten, so daß ich mit jener Kampfpilotin reden konnte.«

»Suzy Falcon.«

»Ja. Und sie haben vermutlich auch zu Abel Gunasekra gesprochen … Ich frage mich, ob sie es immer noch tun.«

»Sie konnten zu euch sprechen, weil ihr alle euch in meinem Traum befandet. Als die Engel uns, Suzy und mich, zum erstenmal ergriffen, wurde ich veranlaßt, die seltsame – na ja – Metapher zu träumen, nehme ich an. Die Interzone zwischen der fremdartigen virtuellen Realität der Engel und unseren eigenen Wahrnehmungen.. Inzwischen hat Suzy gedacht, daß sie mit mir spräche. Aber in Wirklichkeit sprach sie mit Maschine. Und Maschine war den Engeln näher als ich und drehte deshalb ein wenig durch, wie ich meine. Dies und das weibliche Neutrum.«

»Du meinst, die Engel wären Maschinen? Die jemand anderem dienen?«

»Was ist eine Maschine, Dorthy? Etwas, um Arbeit zu leisten. Ein Hebel, ein Orchester, ein Jagdbomber, eine Subroutine in einem Schaltkreis. Ich glaube, das ist es, was die Engel waren. Subroutinen an der Schnittstelle. Ihre Herren haben wir überhaupt nie zu Gesicht bekommen. Die waren von uns zu weit entfernt. Mit ihnen zu reden versuchen, wäre so gewesen, als ob man im Innern eines Sterns stehen wollte.«

Draußen in der Mitte des Teiches kam Dorthys Tochter mit einem Triumphgeschrei an die Oberfläche. Sie rief: »Noch einer!« und warf ihrer Mutter den Schatz zu, ehe sie selbst auf die Steinplatte kletterte, keuchend wie eine Robbe am Strand.

Dorthy drehte den mit Quarz geäderten Kiesel in den Fingern und reichte ihn dann Robot hinüber.

»Hübsch«, sagte er. »Du hast einen ganzen Haufen davon gefunden? Finden die Schattentänzer für dich solche Dinge?«

Das kleine Mädchen zuckte die Achseln, reckte ihren Leib und ließ ihren glatten, feuchten Kopf auf den bloßen Füßen ihrer Mutter ruhen. Sie schloß die Augen und schien sich sofort in Schlaf zu entspannen.

»Die Krabbenwesen bringen sie«, sagte Dorthy. »Reib einmal mit dem Daumen darüber! Los!«

Robot tat es, runzelte dann die Stirn und legte den Stein in seine prothetische Hand. Er drehte ihn um und um und wischte ihn mit feinen Tastdrähten darüber, die aus den Gelenken seiner verlängerten Finger hervorsprossen. Er sagte: »Gravierungen. So klein, so dicht … Hat das etwas zu bedeuten?«

Dorthy wackelte mit den Zehen unter dem Gewicht vom Kopf ihrer Tochter. »Das weißt du doch. Du willst es nur nicht sagen. Wie vieles andere.«

»Weißt du, wer die wahren Herren der Engel waren?« fragte Robot. »Ich möchte darauf wetten, daß du es weißt. Ich glaube auch, es zu wissen. Ich habe sie einmal kennengelernt, wie du.«

»Sie wird dir nicht sagen, ob sie es weiß oder nicht«, erwiderte Dorthy. »Und falls sie es weiß, wird sie dir nicht sagen, *was* sie weiß.«

»Dann werde ich ihr sagen, was ich weiß oder zu wissen glaube.«

»Darum bist du also wirklich hergekommen, um sie zu fragen. Man hat das schon oft versucht, Robot. Viele Male.«

»Um sie zu sehen und um dich zu sehen. Das waren damals schöne Zeiten, die wir hatten. Auf der Erde. Kingman Seven. Ich nehme an, daß es sich nicht verändert hat.«

»Ich erinnere mich an die Kälte und den Regen. Und daß du dich oft betrunken hast. Versuche nicht, mich auf den Arm zu nehmen, Robot!«

Er lächelte und zuckte die Achseln. Dann sagte er: »Ich bin auch gekommen, um dir allerhand zu erzählen.«

»Daß die Engel nur Maschinen wären, nur Subroutinen. Diener von jemand anderem. Hast du dir das selbst ausgedacht?«

»Sie haben mir etwas davon erzählt. Ich habe nur eine Weile gebraucht, um es zu verstehen. Eine Weile und mit einiger Hilfe seitens der Kleinen Maschine. Das befand sich alles in meinem Kopf; aber wir mußten unsere eigenen Algorithmen aufschreiben, um es lesen zu können. ›Im Reiche des Lichts gibt es keine Zeit.‹ Keine Zukunft, keine Vergangenheit, so wie wir sie verstehen. Nur dieses ewige Jetzt, ewiges Licht. Falls es einen Gott gibt, muß ES ihm gleich sein, außerhalb unserer Zeit, ohne Uhren und Entropie. Ewig und unveränderlich, wie eine stehende Welle am Horizont eines Schwarzen Lochs. Ich habe mich kürzlich mit Physikern draußen herumgetrieben und versucht, auf ihre Weise zu denken.« Robot grinste verschmitzt und klopfte sich auf die linke Seite seines Kopfes. »Kleine Maschine, der versteht es viel besser als ich. Wir kommen gemeinsam zurecht.«

»Das ist also der Grund dafür, daß wir fünfzig Jahre in der Zukunft herauskamen.«

»Das ist etwas anderes, wovon ich dir erzählen will.«

Sie plauderten weiter, während draußen hinter der Anhöhe, wo das Haus stand, die riesige, milde, orangefarbene Sonne auf den Horizont niedersank. Das Kind schien weiterzuschlafen. Aber Dorthy wußte, daß es nicht schlief, jedenfalls nicht auf eine Weise, die jemand verstehen konnte.

Robot versuchte, die Geschichte zu erklären, die in seinen Kopf eingegeben war, Vergangenheit und Zukunft in bunter Mischung. Es hatte im Universum nur eine einzige reale Intelligenz gegeben, genau wie es das Schwache Anthropische Prinzip schon lange gefordert hatte. Alles – Hunderte Milliarden von Galaxien, jede mit drei- oder vierhundert Milliarden Sternen, war nötig gewesen. Genau hinreichend Raum, damit diese eine Species Intelligenz entwickeln konnte. Aber das war schon sehr früh geschehen, zu einer Zeit, da die Galaxien noch eng beisammen waren. Oder vielleicht noch früher, in der Ära vor den Galaxien, der Ära übermassiver Sterne und der Bildung Schwarzer Löcher, der Ära, in der das meiste vom Licht im Universum geschaffen wurde. Zu einer Zeit, da das Universum nur ein paar hundert Millionen Jahre alt war und ein paar hundert Millionen Lichtjahre Durchmesser hatte. Es mußte sogar so früh geschehen sein, weil die Herren der Engel im ganzen Universum, wie Robot sagte, im Zentrum einer jeden Galaxie gelebt hatten. Er dachte, daß sie vielleicht irgendwie in den Sammelscheiben Schwarzer Löcher gelebt hätten oder etwa am Ereignishorizont selbst, genährt durch das Wogen von Hawking-Strahlung, virtuellen Partikeln, die in dieses Universum eindrangen, während ihre Antiteilchen, die mit ihnen geboren und vergangen wären, in der Singularität eingefangen blieben.

»Ich glaube, man hat mir gezeigt, wie sie ausschauten, kann mich aber nicht daran erinnern. Konnte es vielleicht nicht verstehen; und so habe ich es nicht behalten. Aber ich glaube nicht, daß sie wie wir oder die

Alea oder die Schattentänzer waren. Das sagen auch meine befreundeten Physiker. Als das Weltall noch so jung war, war es noch nicht an der Zeit, daß Leben auf Kohlenstoffbasis weit über das Stadium von Bakterien herausgekommen sein konnte, wenn überhaupt so weit. Ich war im letzten Jahr auf diesem Symposium.«

»Dem Symposium über mögliche Information verarbeitende Lebensformen? Ich hatte eine Einladung, es zu besuchen.«

»Da gab es allerhand verrücktes Zeug. Noch verrückter als Kunst, mußt du wissen. Diese Burschen haben mich einfach abgekanzelt. Aber was auch immer die Engel wären, damit haben sie sich nicht abgegeben. Das Universum würde nicht lange genug dauern, um ihnen zu passen, und seine Energiedichte ändere sich in der falschen Richtung. Darum hätten sie Maschinen gebaut, die sie anderswohin befördern sollten. An den Ort, den wir gesehen haben. Sie hätten einen Weg entwickelt, um in andere Universen zu gelangen, und sie hätten ihn beschritten und wären hindurchgegangen. Aber die Alea wären erschienen. Im Fleisch gewordene Intelligenz, an Planeten gebundene Intelligenz ... Eine ausgefallene Sache – in dieser einen Galaxie von all den Milliarden, die es gibt ... Vielleicht gäbe es anderswo noch andere ausgefallene Dinge. Aber von denen würden wir nichts erfahren. Der einzige Grund, weshalb wir von den Alea wissen, ist der, daß wir zufällig ihretwegen da sind.«

Das Kind murmelte: »Es ist ein Vacuumdiagramm.«

»He, was sagt sie?«

Dorthy erklärte: »Eine der aphoristischen Bemerkungen meiner Tochter. Manchmal erklärt sie sie sogar. Dann war es keine Lüge, daß die Alea mit irgendeiner Intelligenz bildenden Schablone infiziert wurden? Merkwürdig, weil ich das immer angenommen habe.«

»Darüber gab es im Symposium einige furchtbare Diskussionen. Die Hauptsache scheint zu sein, daß, wenn die hohe Dichte intelligenter Rassen isotrop ist, wir nicht hier sein würden; denn jemand anders wäre zuerst hierhergekommen und hätte das ganze Universum kolonisiert. Oder wir wären einfach ihre Sklaven. Statt dessen geht es darum, daß Intelligenz in dieser Galaxis – wie lautet das Wort …?«

»Anisotropisch ist. Körnig. Wie Stein oder Holz.«

»Sie ist anisotropisch. Ein kleiner Haufen, der sich um die Alea-Sippe geschart hatte, die zufällig auf P'thrsn und um BD 20 gesiedelt hatte. Wir, die Schattentänzer … vielleicht die Ureinwohner von Elysium, waren ein mißglückter Versuch. Und so ähnlich ist es in der ganzen Galaxis.«

»Weil die Alea-Sippen, die vor den Marodeuren geflohen sind, überall in der Galaxis vorkommen«, sagte Dorthy und dachte an die geheime Geschichte, die man ihr auf P'thrsn gezeigt hatte. Die nach draußen fliehenden Archen, die durch die Gaswolken zogen, welche die hellen, dicht gedrängten Sterne des Kerns umrundeten, und in den weiten Spiralarmen der Galaxis verschwanden, unter den Milliarden unauffälliger Feldsterne.

Sie sagte: »Darum gehst du dorthin zurück, nicht wahr?«

»Zum Teil.« Robot fuhr mit den Verlängerungen seiner prothetischen Hand den Zopf entlang. Übertragung einer Geste, die Dorthy allzu gut kannte. Er sagte: »Möchtest du mich zurück zu meinem kleinen Wasserkäfer begleiten? Das Schiff muß beim Gezeitenwechsel draußen sein; und wenn ich mich verspäte, wird mich der Rest der Party am Bugspriet aufhängen, oder was sie sonst tun, um Mißbilligung zu demonstrieren.«

Das Kind rappelte sich auf die Füße, sagte etwas davon, ihnen etwas zu zeigen, und war dann fort. Sie hüpfte wie eine blasse Gazelle von Stein zu Stein zum Strand und hetzte durch rötliches Licht, das auf den flachen Fluten des Meeres schimmerte, und auf den unzähligen Tümpeln und Rinnsalen, die es an dem sehr langen schwarzen Strand gab.

Als Dorthy und Robot mühsam hinter ihr herkamen, stieß ein Wal an die Oberfläche und machte einen großen Sprung, wobei sich sein gekrümmter Leib vor der großen Sonnenscheibe abhob, ehe er zurückfiel und lautlos in sprudelndem Wasser verschwand.

Dorthy blieb stehen, von einem eiskalten Gefühl des *déjà vu* getroffen. Als sie von Stein auf Sand trat, war es, als wäre sie in einen Traum getreten, den ihr Kind geträumt hatte, als es noch in ihrem Leib war …

Robot sagte etwas, und Dorthy lächelte und ging neben ihm weiter. Aber das Gefühl hielt sie immer noch im Bann – ein kalter Griff über ihre Schultern, kalte Finger an der Basis ihres Rückgrats. Robot erzählte von seiner Expedition; und sie zwang sich zuzuhören. Es hatte jemand einen Weg gefunden, die Wurmlöcher zu benutzen und zu steuern. Ein halbes Dutzend Schiffe kehrten zu dem überschnellen Stern zurück und würden durch eines von Colchas Wurmlöchern am Kern hindurchgehen. Und Robot würde mit ihnen gehen. Er sagte, er wolle nach Suzy Falcon suchen.

»… Aber sie wird bestimmt tot sein. Alle diese Jahre. Wir wissen nicht einmal, ob sie die Marodeure überlebt und es geschafft hat, auf die Oberfläche des Dorns niederzugehen! Wie willst du in diesen Billionen von Quadratkilometern auch nur ihr Grab finden?«

»Was wir über Wurmlöcher herausgefunden haben, Dorthy, ist, daß man bei der Reise hindurch auch durch die Zeit reist. Manchmal ist es eine Schleife, so daß man zur gleichen Zeit herauskommt, in der man hineingegangen ist. In anderen Fällen bleibt die Schleife offen. Man kommt vorwärts. Das ist damals geschehen, als wir zur Erde zurückgeschickt wurden. Deshalb sind wir in der Zukunft herausgekommen. Ich neige zu der Vermutung, dies geschah, weil die Engel überhaupt kein Zeitgefühl haben. Aber ich weiß, daß sie es so geplant hatten. Frag mich nicht, warum ...«

Robot blinzelte über die Krümmung des Strandes durch Schichten schwindenden Sonnenlichts und widergespiegeltes Glitzerns. »Ich denke, deine Tochter hat das gefunden, was sie uns hatte zeigen wollen. Sie hüpft herum, als ob sie am Platzen wäre.« Während sie weitergingen, sagte er: »Da gibt es noch etwas mehr. Wir haben versucht, die Wurmlöcher des Planetoiden am Kern zu kartieren. Wir hielten Ausschau nach intelligenten Species, die sich nahe den Versteckplätzen der anderen Alea-Sippen entwickelt hatten, die vor den Marodeuren geflohen waren. Zum Beispiel gab es da diese Species, die das Schiff gebaut hat, welches wir auf der Oberfläche des Planetoiden gefunden haben. – He, was hast du da gefunden? Was sind das für Dinger?«

Dorthy hörte das Rasseln von Chitin, ehe sie sah, wodurch es hervorgerufen wurde. Das Kind lief am Rande der zurückweichenden Flut entlang und sprang durch die Menge der dort krabbelnden Wesen. Es waren Hunderte, ja Tausende von ihnen, ihre gerippten Rückenschilde rempelten sich gegenseitig an, und Voluten der Kopfschilde stießen blind zusammen, als sie sich in der Brandung nach hier oder da bewegten und mit sturer Hartnäckigkeit übereinanderkrochen. Rund um sie stiegen Streifen aus weißem Schlamm empor und sanken wieder hinab, um sich in den Wellen zu verteilen.

Dorthy stieß einen Seufzer der Erleichterung aus. »Ich habe vergessen, daß die Monde in Konjunktion stehen. Dadurch wird ihr Brunftzyklus ausgelöst. Sie kommen hier herauf, wo sie keine Raubtiere zu fürchten haben.«

»Was sind sie?« Robot drehte ein vereinzeltes Exemplar mit der Stiefelspitze um. Die Beine der Kreatur mit vielen Gelenken, jedes einzelne in einer einzigen Kralle endend, zappelte ungestüm, als sie sich aufzurichten versuchte.

»Trilobiten.« Weiter draußen in der Brandung platschte etwas. Wahrscheinlich ein Amphibium, das sich an dem Schwarm mästen wollte. Dorthy sagte ihrer Tochter: »Geh ja nicht ins Wasser!«

»Ich habe eben gerade gedacht, das könnten meine alten Freunde gewesen sein.«

»Die Krabbenwesen kommen in diesen Tagen kaum an die Küste. Sie befinden sich viel weiter draußen und benutzen eine Technologie, die wir ihnen gegeben haben, um etwas zu bauen, das wir einen Datenspeicher nennen würden. Wir haben Schwierigkeiten, die Schöpfmuscheln im offenen Wasser anzusiedeln.«

Robot richtete den Trilobiten auf, den er umgedreht hatte. »Die Dinger sehen schrecklich aus.«

»Auch sie haben ihren Platz.«

Das Kind hatte mit seinen Luftsprüngen aufgehört. Es sah Dorthy und Robot an und sagte: »Die sind wie wir. Auch wir haben noch einen langen Weg der Entwicklung vor uns. Nehmen Sie Talente mit, Seyour Robot, wenn Sie losziehen, um nach den anderen Rassen Ausschau zu halten! Wir sind die Anfänge der Kette, die uns alle am Ende der Zeit verbinden wird, wenn einst das Universum in sich zusammenstürzt auf den Ort hin, von dem es gekommen ist. Dann werden wir alles wissen und für immer leben.

Mutter, du glaubst mir nicht. Hast du dich nicht immer gefragt, woher die schnellen Sterne gekommen sind? Die Engel konnten das Interface zwischen den Universen nicht verlassen, den Ort, wo ihr sie getroffen habt. Das konnten sie niemals. Und die ältesten waren vor langer Zeit verschwunden und haben nichts hinterlassen als den Schatten ihrer Substanz und ein paar Maschinen. Ebenso, wie wir den Stern explodieren ließen, der den Tod der Heimatsonne der Alea verursachte, haben wir die schnellen Sterne ausgesandt. Ihr könnt so gut rückwärts reisen wie vorwärts. Die Engel sind unsere Diener, oder die Diener von dem, was wir einst sein werden, wir alle, am Ende der Zeit.

Seyour Robot, es stimmt, daß es an der Schnittstelle Subroutinen gibt – aber nur von außen nach innen. Sie sind ein Versuch, mit den Ältesten zu kommunizieren an einem Ort außerhalb des Bereichs des Lichtes und der Zeit. Sie waren da, um Sie zu führen. Aber Sie hatten die Wahl. Ihr freier Wille hat die Schleife in dem Vacuum-Diagramm davor zurückgehalten, daß sie in sich selbst zusammenfiel. Verstehen Sie nicht? Es gibt keinen Anfang und kein Ende.«

Dorthy riskierte einen Schritt nach vorn. »Ich weiß, wer spricht. Ich dachte, du wärest verschwunden, als deine Aufgabe erfüllt war. Wie wagst du es, in ihren Kopf zu gehen?«

Aber das Kind schüttelte den Kopf. »Es ist nicht die alte Alea. Das bin nur ich – wirklich!« Sie lächelte. »Du siehst so ängstlich aus; und das bin nur ich! Ich habe einen neuen Namen ausgedacht.«

»Wie … wie heißt er, Kind?«

»Lucia«, sagte das Mädchen. Und dann war es verschwunden und lief blindlings über den Strand zum Haus.

Dorthy hatte hinterherlaufen wollen; aber Robot legte ihr eine Hand auf die Schulter und sagte: »He, beruhige dich!«

»Robot, ich muß sie zu einer neuen Kontrolle bringen. Ich dachte, diese Tage wären vorbei. So viele Dinge in ihrem Kopf, und sie ist so jung!«

»Sie ist etwas ganz Besonderes. Denkst du, daß diese Dinge wahr sein könnten?«

»Sie liest ständig. Alle Arten von Texten. Kosmologie, Theoretische Physik, Science Fiction. Ich glaube, das ist bloß etwas, das sie aufgeschnappt hat. Alles kommt am Ende der Zeit zusammen, ein einziger gottgleicher Geist, der für immer im ewigen Licht der finalen Singularität lebt? Ich erinnere mich an so etwas aus einem uralten Buch. Ich bin sicher, daß sie es von dort hat.«

Aber sie war sich keineswegs sicher.

Robot sagte: »Sie hat etwas erkannt, das ich dir mitzuteilen versuchte. Es ist – zumindest theoretisch – möglich, die Wurmlöcher für Zeitreisen in beide Richtungen zu benutzen. Das ist außerhalb der Kreise, in denen ich mich in diesen Tagen zu bewegen scheine, nicht allgemein bekannt, weil die Leute befürchten, daß die Zeugen versuchen könnten, es zu benutzen, um etwa Einfluß darauf zu nehmen, wie die letzte Schlacht für die *Vingança* ausgegangen ist. Sie sagen, ein Paradoxon dieser Art sei unmöglich; oder es würde nur ein lokales Paralleluniversum schaffen, das wir nicht einmal bemerken könnten. Allerdings sind sie sich nicht hundertprozentig sicher. Aber deine Tochter weiß Bescheid. Das andere, was wir mit den Wurmlöchern machen werden, ist zu bewirken, daß jemand in der Zeit rückwärts reist. Zu einem Punkt gleich nach der Schlacht um die *Vingança* nach der Offenbarung. Ein Jahr, vielleicht zwei. Ich fliege diese Mission und werde nach Suzy suchen. Und ich weiß, daß sie am Leben sein wird, Dorthy. Sie war in mancher Hinsicht töricht. Aber sie war eine Kämpfernatur. Sie wird da sein.«

»Und Maschine auch.«

»Allerdings, der auch.«

»Du hast sie beide geliebt. Das verstehe ich, Robot. Eines, das ich gelernt habe, ist zu verstehen. Meine Tochter … vielleicht nicht. Aber ich kenne andere Leute. Wenn du zurückkommst, möchte ich Suzy Falcon treffen. Wir hatten nur eine kurze Zeit gemeinsam und haben so viel ausgerichtet.«

»Freier Wille, hat Lucia gesagt. Also hat Suzy gewählt und das Weltall gerettet. Wird sie es krummnehmen, wenn ich es ihr erzähle?«

Sie gingen weiter. Schließlich sagte Dorthy: »Eines möchte ich über meine Tochter wissen. Sie ist schon über mich hinausgewachsen. Ich werde sie bald ziehen lassen müssen, wohin auch immer ihr Schicksal sie führen wird.« Sie lachte. »Und ich glaubte, Schwierigkeiten zu haben, als ich jung war, Robot! Meine arme Tochter! Armes kleines Superweibchen! Was sie an Veränderungen wird durchzumachen haben!«

Dorthy zwinkerte in das letzte Licht der Sonne und wollte plötzlich sehen, wohin ihr Kind gegangen war. Aber aus dem Himmel strömte so viel buntes Licht, und der Strand war so lang und von Tümpel zu Tümpel so voller Lichtblitze, daß sie nicht einmal sehen konnte, ob er ein Ende hatte.

HEYNE BÜCHER

Lois McMaster Bujold

Barrayar-Zyklus

Die Vorkosigan sind ein altes Feldherren- und Herrschergeschlecht auf Barrayar, einem Planeten, die sich seit Jahren im Krieg gegen Escobar befindet. Als einer der Söhne eine gegnerische Raumschiffkommandantin zur Frau nimmt, bricht für viele eine Welt zusammen, und die Gegner der herrschenden Dynastie wittern ihre Chance.

Der erfolgreiche Zyklus einer jungen amerikanischen Autorin - zweimal ausgezeichnet mit dem begehrten HUGO GERNSBACK AWARD

Scherben der Ehre
06/4968

Barrayar
06/5061

Der Kadett
06/5020

Der Prinz und der Söldner
06/5109

Ethan von Athos
06/5293

Wilhelm Heyne Verlag
München